Diogenes Taschenbuch 21243

de
te
be

Jules Verne

Die Insel der Milliardäre

Roman

Deutsch von Christa Hotz und Ute Haffmans

Mit 81 Illustrationen von L. Bennett

Diogenes

Titel der Originalausgabe:
›L'île à hélice‹
Die Illustrationen sind der 1895 bei Hetzel, Paris,
erschienenen Ausgabe entnommen
Die Erstausgabe dieser Neuübersetzung
erschien 1985 im Diogenes Verlag

50/94/8/2
ISBN 3 257 21243 7

INHALT

ERSTER TEIL

ZWEITER TEIL

ERSTER TEIL

ERSTES KAPITEL

DAS SOLISTEN-QUARTETT

Wenn eine Reise schlecht beginnt, endet sie selten gut – eine Meinung, die vier Instrumentalisten sicher mit Recht vertreten könnten, wenn ihre Instrumente zerstreut am Boden liegen, weil die Kutsche, in die sie an der letzten Bahnstation haben umsteigen müssen, gerade unsanft gegen eine Böschung gekippt ist.

»Jemand verletzt?« fragte der erste, nachdem er leichtfüßig auf die Beine gesprungen war.

»Ich bin mit einem Kratzer davongekommen!« antwortete der zweite, indem er seine von einem Glassplitter angeritzte Wange abwischte.

»Und ich mit einer Schramme!« erwiderte der dritte, an dessen Wade einige Blutstropfen herunterliefen.

Alles in allem hatte man also Glück im Unglück gehabt.

»Und mein Cello?« rief der vierte. »Hoffentlich ist meinem Cello nichts geschehen!«

Glücklicherweise waren alle Instrumentenkästen unversehrt: weder das Cello noch die zwei Geigen, noch die Bratsche hatten einen Schaden davongetragen. Höchstens ein wenig neu stimmen würde man sie müssen, was ohne Zweifel für ihre Qualität sprach.

»Verdammte Eisenbahn, die auf halbem Weg liegengeblieben ist!« fing der eine wieder an.

»Verdammte Kutsche, die uns in dieser Einöde im Stich gelassen hat!« fuhr der nächste fort.

»Und gerade jetzt, wo es Nacht wird!« fügte der dritte hinzu.

»Was für ein Glück, daß unser Konzert erst übermorgen stattfindet!« bemerkte der vierte.

Auch ein paar Scherze flogen hin und her zwischen diesen vier Musikern, die ihre unangenehme Lage mit Humor hinnahmen. Einer von ihnen, ein unverbesserlicher Anhänger alberner Wortspiele, mißbrauchte sein Fachwissen und meinte:

»Unser Pech könnte wirklich einmal einen Kontrapunkt machen!«

»Pinchinat!« rief einer seiner Gefährten.

»Aber es ist halt ein Doppelkreuz mit diesen Landstraßen!« fuhr Pinchinat fort.

»Bist du still...!«

»Und wir täten gut daran, unser Quartett in eine andere Kutsche zu transponieren!« ließ sich Pinchinat unverdrossen vernehmen.

So ganz unrecht hatte er nicht, denn die vier Reisenden waren tatsächlich ein wenig vom Pech verfolgt, wie der Leser gleich erfahren wird.

Diese Unterhaltung wurde in französischer Sprache geführt. Genausogut hätte sie jedoch englisch erfolgen können, denn dank zahlreicher Aufenthalte in Ländern angelsächsischen Ursprungs beherrschte das Quartett die Sprache von Walter Scott und Cooper wie seine Muttersprache. Es zeigte deshalb keine Mühe, sich mit dem Kutscher zu verständigen.

Den braven Mann hatte es am schlimmsten getroffen, da er vom Bock geschleudert worden war, als die Vorderachse der Kutsche brach, wenn sich auch seine Verletzungen praktisch auf ein paar zwar nicht sehr gefährliche, aber dafür schmerzhafte Prellungen beschränkten. Laufen konnte er dennoch nicht, weil er auch eine Zerrung erlitten hatte. Man mußte also irgendein Transportmittel finden, um ihn ins nächste Dorf zu schaffen.

Eigentlich grenzte es ja fast an ein Wunder, daß bei diesem Unfall niemand zu Tode gekommen war. Die Straße führte kurvenreich durch gebirgiges Gelände, haarscharf vorbei an tiefen Abgründen, dicht entlang an reißenden Wildbächen und mitten durch kaum passierbare Furten. Wäre die Vorderachse nur wenige Schritte weiter talabwärts gebrochen, so wäre die Kutsche in diese felsigen Schluchten gestürzt, und dann hätte vielleicht niemand die Katastrophe überlebt.

Wie dem auch sei, die Kutsche war nicht mehr zu gebrauchen. Eines der beiden Pferde, das mit dem Kopf auf einen spitzen Stein aufgeschlagen war, lag röchelnd am Boden, das andere hatte eine schwere Verletzung an der Hüfte. Somit hatte man beides, Wagen und Gespann, verloren.

Das Schicksal hatte es mit unseren vier Künstlern bisher wirklich nicht besonders gut gemeint in Niederkalifornien. Zwei Unfälle innerhalb von vierundzwanzig Stunden ... wenn man da nicht über philosophischen Gleichmut verfügte ...

Damals war San Francisco, die Hauptstadt Kaliforniens, über eine direkte Eisenbahnlinie mit San Diego verbunden, das nahe der Grenze der alten Provinz Kalifornien liegt. In San Diego, dieser bedeutenden Stadt, sollten die vier Musiker in zwei Tagen ein groß angekündigtes, mit Spannung erwartetes Konzert geben. Nachdem sie San Francisco am Abend zuvor verlassen hatten, waren sie nur noch etwa fünfzig Kilometer von San Diego entfernt, als sich der erste Mißton in ihre Reise einschlich.

Ja, »Mißton«, so nannte es der Witzbold der Truppe, und als genauem Kenner der Harmonielehre sei es ihm erlaubt, diesen Ausdruck zu gebrauchen.

Am Bahnhof von Paschal nämlich wurde der Zug zu einem nicht fahrplanmäßigen Halt gezwungen, weil die Gleise auf einer Strecke von drei bis vier Kilometern vom Hochwasser mitgerissen worden waren. Völlig unmöglich, die Reise hinter dem überschwemmten Teil mit dem Zug fortzusetzen, denn das Unglück hatte sich erst vor wenigen Stunden ereignet, und man hatte noch keine Anschlußmöglichkeiten organisiert.

Es gab also nur zwei Möglichkeiten: Entweder warten, bis die Strecke wieder passierbar war, oder im nächsten Nest einen Wagen nach San Diego mieten.

Das Quartett hatte sich für letzteres entschieden. In einem Nachbardorf war man auf eine Art alten Landauer gestoßen, ein klappriges, mottenzerfressenes, ausgesprochen unbequemes Gefährt. Man hatte mit dem Besitzer einen Preis ausgehandelt, den Kutscher mit einem guten Trinkgeld geködert und sich mit den Instrumenten, aber ohne Gepäck, auf den Weg gemacht. Das war ungefähr um zwei Uhr nachmittags, und bis sieben Uhr abends verlief die Reise ohne nennenswerte Zwischenfälle. Doch dann brachte der zweite »Mißton« die Kutsche zum

Umkippen, und zwar so unglücklich, daß es unmöglich wurde, die Fahrt mit ihr fortzusetzen.

Und noch war das Quartett gut zwanzig Kilometer von San Diego entfernt!

Aber was hatte vier Musiker, vier Franzosen, noch dazu alle aus Paris, in eine so unwahrscheinliche Region Südkaliforniens verschlagen?

Ja, was? Diese Frage wollen wir kurz beantworten und bei dieser Gelegenheit auch in groben Zügen die vier Virtuosen beschreiben, die der launische Zufall zu Protagonisten dieser ungewöhnlichen Geschichte gemacht hat.

In jenem Jahr – das sich nur ungefähr innerhalb eines Zeitraums von dreißig Jahren festlegen läßt – verdoppelten die Vereinigten Staaten von Amerika die Zahl der Sterne auf ihrer Flagge. Als Wirtschafts- und Handelsmacht waren sie auf einem Höhepunkt angelangt, nachdem sie die Dominion of Canada bis an die entferntesten Grenzen des Polarmeers und die südamerikanischen Provinzen mit Mexiko, Guatemala, Honduras, Nicaragua und Costa Rica bis zum Panamakanal annektiert hatten. Gleichzeitig entwickelten die eroberungslustigen Yankees ein Gefühl für die schönen Künste, und wenngleich die Zahl ihrer eigenen Leistungen auf diesem Gebiet noch ziemlich beschränkt war und sich ihr Nationalgenie in bezug auf Malerei, Bildhauerei und Musik noch etwas widerspenstig zeigte, so fehlte es ihnen doch nicht an Geschmack. Indem sie die Gemälde alter Meister und moderner Künstler mit Gold aufwogen, um private oder öffentliche Sammlungen anzulegen, indem sie berühmte Sänger und Schauspieler und die begabtesten Musiker zu schwindelnd hohen Gagen engagierten, gelang es ihnen, sich ein Gefühl für die edlen und schönen Dinge des Lebens anzueignen, das ihnen so lange gefehlt hatte.

Auf dem Gebiet der Musik hatten sich die Kunstfreunde der neuen Welt zuerst besonders für die Werke der berühmten Komponisten des späten 19. Jahrhunderts begeistert, also Meyerbeer, Halévy, Gounod, Berlioz, Wagner, Verdi, Massé, Saint-Saëns, Reyer, Massenet und Delibes. Nach und nach gelangten sie dann auch zum nötigen Verständnis für das tiefgründigere Werk von Mozart, Haydn und Beethoven, mit denen im 18. Jahrhundert diese faszinierende Kunst ihre Blüte erlebte. Opern wurden große Mode, danach das Singspiel, die Symphonie, die Sonate, die Orchestersuite. Und genau zu der Zeit, von der wir sprechen, war es gerade die Sonate, die in den verschiedenen Staaten Amerikas Furore machte. Man bezahlte die Musiker praktisch pro Note: 20 Dollar für eine halbe, 10 Dollar für eine viertel und 5 Dollar für eine achtel Note.

So kam es, daß vier hochbegabte französische Instrumentalisten, die von dieser überschwenglichen Begeisterung gehört hatten, den Entschluß faßten, in den Vereinigten Staaten Ruhm und Reichtum zu erwerben. Vier gute Freunde, Klassenkameraden am Konservatorium, die sich durch ihre Kammermusikkonzerte, einer in Amerika bis dahin noch kaum bekannten Musikform, in Paris schon einen guten Namen gemacht hatten. Mit welch seltener Perfektion, welch wunderbarer Übereinstimmung, welch tiefem Gefühl interpretierten sie die Werke für vier Streichinstrumente von Mozart, Beethoven, Mendelssohn, Haydn und Chopin. Ihnen ging es nicht darum, möglichst laut zu spielen, wie man es so oft antrifft, sondern nur um tadellose Ausführung und unvergleichliche Virtuosität. Der Erfolg des Quartetts wird um so verständlicher, wenn man weiß, daß das Publikum zu jener Zeit der gewaltigen symphonischen Orchester allmählich müde wurde. Zugegeben, Musik kann als nichts weiter als eine kunstvolle Kombination von Schallwellen betrachtet werden. Aber das heißt schließlich nicht, man müsse diese Wellen in ohrenbetäubende Brecher ausarten lassen.

Kurz, unsere vier Instrumentalisten entschlossen sich also, die Bürger der Vereinigten Staaten von Amerika in die süßen und unvergleichlichen Genüsse der Kammermusik einzuweihen. Gemeinsam waren sie aufgebrochen, um die Neue Welt zu erobern, und in den vergangenen zwei Jahren hatten die musikbegeisterten Yankees bei ihren Konzerten weder mit Anerkennung noch mit Dollars gespart. Die Matinées und Soirées des Quartetts waren stets ausverkauft. Das Solisten-Quartett, wie man sie nannte, konnte sich der Einladungen reicher Kunstfreunde kaum noch erwehren. Keinem Ball, keinem Empfang, keiner Gesellschaft, keinem Five o'clock-Tea, keiner Gartenparty – kurz, keinem Fest, das ohne sie stattfand, wäre noch irgendeine Bedeutung beigemessen worden. Dank dieser Begeisterung für ihre Kunst hatte besagtes Quartett schon beträchtliche Summen verdient, die als Guthaben im Tresor der Bank von New York ein ganz hübsches Kapital ergeben hätten. Aber warum es nicht gestehen? Sie gaben das Geld mit vollen Händen aus, unsere amerikanisierten Pariser; diese vier Bogenvirtuosen und Saitenkünstler dachten gar nicht daran zu sparen. Sie hatten an ihrem Zigeunerleben Gefallen gefunden, denn sie waren sicher, immer und überall, ob in New York oder San Francisco, in Québec oder New Orleans, in Neuschottland oder Texas, fürstlich empfangen und entlohnt zu werden. Sie fühlten sich als Bohemiens, von jener Boheme der Jugend, die die älteste, charmanteste, berühmteste und beliebteste Tradition Frankreichs darstellt.

Nun ist es wohl an der Zeit, die vier Musiker einzeln und namentlich denjenigen unter unseren Lesern vorzustellen, die nie das Vergnügen hatten – und es aller Wahrscheinlichkeit nach auch nie haben werden –, eines ihrer Konzerte zu besuchen.

Yvernès – erste Geige – 32 Jahre alt, überdurchschnittlich groß, bewußt schlank geblieben, blondes, leicht gelocktes Haar, glattrasiertes Gesicht, große schwarze Augen, lange, schmale Hände, wie dafür geschaffen, auf dem Griffbrett seiner Guarneri wahre Wunder zu vollbringen, eine elegante Erscheinung, die es liebte, sich in dunkle Mäntel zu hüllen und Seidenzylinder zu tragen. Er hatte vielleicht etwas von einem Gecken an sich und war ohne Zweifel der Sorgloseste der Gruppe, da ihn die ernsten Fragen des Lebens wenig interessierten, ein Künstler durch und durch, ein enthusiastischer Bewunderer alles Schönen, ein begnadeter Musiker mit großer Zukunft.

Frascolin – zweite Geige – 30 Jahre alt, klein, neigte zu Übergewicht, worüber er sich selbst am meisten ärgerte, braunes Haar, brauner Bart, breites Gesicht, schwarze Augen, lange

Nase mit empfindsamen Nasenflügeln, an denen rote Druckstellen davon zeugten, daß der kurzsichtige Frascolin nicht ohne sein goldgefaßtes Lorgnon auskommen könnte. Ein gutmütiger, zuvorkommender, hilfsbereiter Mann, der seinen Freunden alles Lästige abnahm, weshalb er auch die Kasse des Quartetts verwaltete; er predigte seinen Freunden zwar dauernd, doch sparsamer zu sein, fand aber kein Gehör. Nie war er eifersüchtig auf die Erfolge seines Freundes Yvernès, denn er besaß nicht den Ehrgeiz, sich zu den Höhen des Violinsolos emporzuschwingen, was ihn jedoch nicht daran hinderte, ein ausgezeichneter Musiker zu sein. Im Moment trug er einen weiten Staubmantel über seiner Reisekleidung.

Pinchinat – Bratsche – von seinen Freunden »Seine Hoheit« genannt, 27 Jahre alt, der Jüngste der Truppe und auch der Vergnügteste, einer jener unverbesserlichen Burschen, die ihr ganzes Leben lang Lausbuben bleiben. Feingeschnittenes Gesicht, intelligente, wache Augen, rötliches Haar, spitz gezwirbelter Schnurrbart, unermüdliches Mundwerk mit weißen, spitzen Zähnen; ein nervenzermürbender Liebhaber von Blödeleien und Wortspielen, angriffslustig und schlagfertig, das Gehirn unter ständiger Hochspannung, was er der Lektüre der verschiedenen C-Schlüssel zuschrieb, die sein Instrument verlangt – »ein wahrer Schlüsselbund, ähm, Ausbund an Witz«, wie er einmal meinte. Von unerschütterlicher guter Laune, ständig zu Streichen aufgelegt, ohne zu bedenken, was seinen Freunden daraus für Ungelegenheiten erwachsen könnten, wurde er deswegen auch so manches Mal vom Chef des Quartetts getadelt, zurechtgewiesen, um nicht zu sagen »abgekanzelt«.

Ja, denn das Quartett hatte auch einen Chef, den Cellisten Sébastien Zorn, der diese Stellung seinem Talent so gut wie seinem Alter verdankte – 55 Jahre alt, klein, dick, immer noch blond, die üppige Haarpracht an den Schläfen zu Schmachtlokken gekämmt, der struppige Schnurrbart verlor sich links und rechts im Gekräusel der spitz zulaufenden Koteletten; sein Gesicht leuchtete rot, seine Augen funkelten durch Brillengläser, die er zum Lesen mit einem Lorgnon ergänzte. Seine Finger waren kurz und fleischig, seine Rechte, angepaßt an die Wellenbewegungen des Bogens, schmückten an Ringfinger und kleinem Finger schwere, goldene Ringe.

Diese wenigen Pinselstriche sollten genügen, um Mann und Künstler zu zeichnen. Doch niemand hält ungestraft gut vierzig Jahre lang einen klingenden Holzkasten zwischen den Beinen; die Nachwirkungen davon spürt man sein ganzes Leben, es beeinflußt den Charakter. Die meisten Cellisten sind gesprächig und cholerisch, führen gern das große Wort, was sie blumig und meist auch gewitzt tun. Diesem Bild entsprach Sébastien Zorn, dem Yvernès, Frascolin und Pinchinat bereitwillig die Organisation ihrer Tourneen übertragen hatten. Sie ließen sich widerspruchslos herumkommandieren, denn er verstand etwas von dem Geschäft. Gewöhnt an seine gebieterische Art, lachten sie nur über seine Allüren, wenn er sich einmal »im Ton vergriff«, – was einem Musiker nicht passieren dürfte, wie der respektlose Pinchinat bemerkte. Er stellte die Konzertprogramme zusammen, bestimmte den Tourneeverlauf, verhandelte mit den Impresarios, kurz, erledigte all jene Aufgaben, die ihm tausendfach die Gelegenheit gaben, sein aggressives Temperament zu demonstrieren. In finanzielle Fragen mischte er sich allerdings nicht ein: Die Verwaltung der Einnahmen, der gemeinsamen Kasse, hatte man ja der zweiten Violine anvertraut, dem peinlich genauen Schatzmeister Frascolin.

Damit wäre das Quartett vorgestellt, wie auf dem Podium vor einem Konzert. Man kennt die vier vielleicht nicht sehr originellen, aber dafür sehr unterschiedlichen Charaktere, aus denen es sich zusammensetzt. Jetzt möge der Leser den turbulenten Ereignissen dieser einzigartigen Geschichte erlauben, ihren Lauf zu nehmen. Er wird erfahren, in welche Rolle sich diese vier Pariser dabei gedrängt sahen, die sich, nachdem sie überall in den Vereinigten Staaten von Amerika bejubelt worden waren, plötzlich an einem Ort wiederfanden, der … Aber greifen wir nicht vor, »kommen wir nicht aus dem Takt«, wie sich Seine Hoheit ausdrücken würde, und üben wir uns in Geduld.

Die vier Franzosen befanden sich also gegen acht Uhr abends

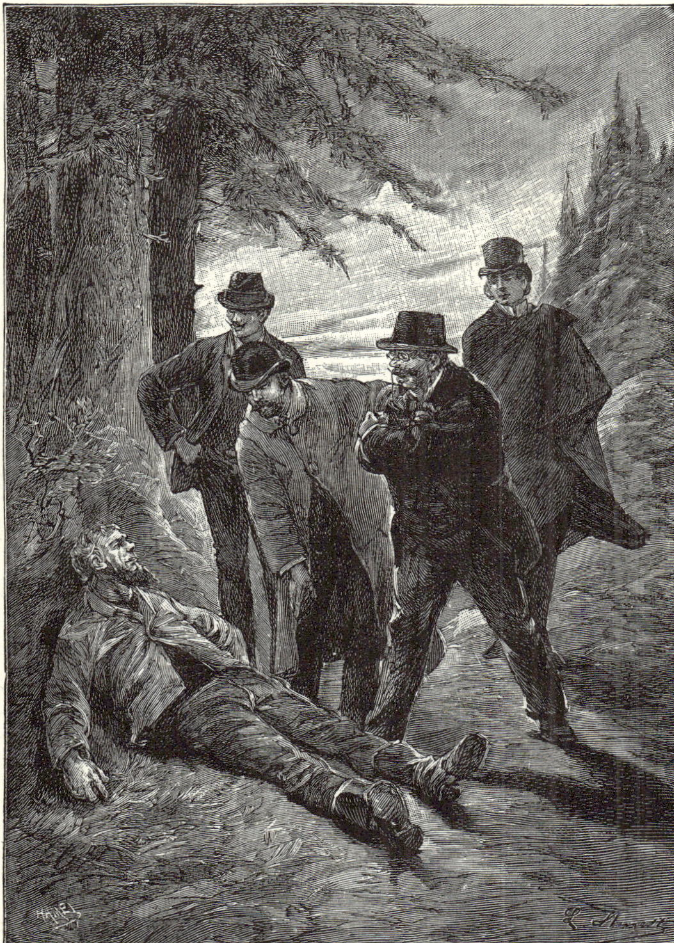

»Und wo?« polterte Sébastien Zorn

auf einer einsamen Straße in Niederkalifornien neben den Überresten ihres »lädierten Landauers« – nach Pinchinats Ansicht geradezu ideal als Titel und Thema für eine komische Oper von Boieldieu. Während er, Frascolin und Yvernès dieses Abenteuer mit philosophischem Gleichmut hinnahmen und sogar ihre Späßchen darüber machen konnten, überrascht es nicht, daß der Chef des Quartetts diese gute Gelegenheit, sich in einen Wutanfall hineinzusteigern, nicht ausließ. Aber was will man? Ein Cellist hat eben ein hitziges Gemüt, Feuer im Blut, wie man so sagt. Aus diesem Grund behauptete auch Yvernès, Sébastien Zorn müsse von den beiden wohlbekannten Wüterichen des Altertums, Ajax und Achill, abstammen.

Doch trotz ihrer gegensätzlichen Veranlagung – Sébastien Zorn cholerisch, Yvernès phlegmatisch, Frascolin friedlich und Pinchinat von unbändiger Ausgelassenheit – waren sie die besten Freunde und empfanden eine geradezu brüderliche Zuneigung füreinander. Sie fühlten sich durch ein Band verbunden, das weder persönliche Wünsche noch Eigenliebe zerreißen konnte, durch gemeinsame Neigungen, die ein und derselben Quelle entsprangen. Genau wie ihre hochklassigen Instrumente blieben auch ihre Herzen immer im Gleichklang.

Und während Sébastien Zorn laut schimpfend seinen Cellokasten untersuchte, um sich zu vergewissern, ob auch wirklich alles heil und ganz geblieben war, ging Frascolin zum Kutscher hinüber:

»Na, mein Freund«, fragte er ihn, »was sollen wir denn jetzt machen?«

»Was man so macht, wenn man weder Wagen noch Pferde hat... warten«, antwortete der Mann.

»Warten, bis vielleicht zufällig jemand hier vorbeikommt?« rief Pinchinat empört. »Wenn aber zufällig niemand vorbeikommt?«

»Dann suchen wir eben jemanden«, bemerkte Frascolin, den sein Sinn fürs Praktische niemals verließ.

»Und wo?« polterte Sébastien Zorn, der wutschnaubend auf der Straße hin und her lief.

»Dort, wo jemand ist!« erwiderte der Kutscher.

»He, sagen Sie, Sie Fahrkünstler«, ereiferte sich der Cellist, dessen Stimme sich langsam dem hohen Register näherte, »was sind denn das für Antworten? Dieser Tölpel kippt uns auf die Straße, ruiniert seine Kutsche und macht seine Pferde zu Krüppeln, und alles was, er dazu zu sagen hat, ist: ›Dann seht mal zu, wie ihr zurechtkommt!‹.«

Damit setzte der von Natur aus nun einmal schwer zu bremsende Sébastien Zorn zu einer ebenso endlosen wie ausgesprochen nutzlosen Tirade an. Frascolin unterbrach ihn:

»Laß mich das machen, alter Freund.«

Danach wandte sich Frascolin erneut an den Kutscher.

»Wo sind wir denn eigentlich?«

»Fünf Meilen vor Freschal.«

»Ist das eine Eisenbahnstation?«

»Nein, ein Dorf an der Küste!«

»Können wir dort einen Wagen mieten?«

»Einen Wagen? Kaum. Vielleicht einen Karren.«

»Einen Ochsenkarren, wie zur Zeit der Merowinger!« rief Pinchinat dazwischen.

»Na und?« meinte Frascolin.

»Frag ihn lieber, ob es in diesem Kaff auch ein Gasthaus gibt«, mischte sich Sébastien Zorn wieder ein. »Ich habe es satt, nachts in der Gegend herumzukutschieren!«

»Guter Mann«, fuhr Frascolin also fort, »gibt es irgendein Gasthaus in Freschal?«

»Gibt es«, antwortete der Kutscher. »Dort hätten wir die Pferde gewechselt.«

»Und um zu diesem Dorf zu kommen, müssen wir nur auf dieser Straße weitergehen?«

»Immer geradeaus.«

»Dann also los«, befahl der Cellist.

»Aber wir können doch diesen braven Mann in seinem Zustand nicht einfach so hier liegen lassen«, gab Pinchinat zu bedenken. »Also, mein Freund, wenn wir Ihnen helfen würden, könnten Sie dann nicht vielleicht doch ...?«

»Unmöglich«, antwortete der Kutscher. »Außerdem bleibe ich lieber hier, bei meiner Kutsche, und wenn es hell ist, werde ich schon irgendwie zurechtkommen.«

»Sobald wir in Freschal sind, könnten wir Ihnen ja Hilfe schicken«, schlug Frascolin darauf vor.

»Ja, der Gastwirt dort kennt mich gut und wird sicher etwas für mich tun...«

»Gehen wir jetzt endlich?« schimpfte der Cellist, der inzwischen seinen Cellokasten aufgestellt hatte.

»Ja, ja sofort«, erwiderte Pinchinat. »Aber bevor wir gehen, wollen wir unseren Kutscher noch hinüber zur Böschung schaffen...«

In der Tat konnte der Mann nicht mitten auf der Straße liegenbleiben, und da er wegen seiner Beinverletzungen nicht gehen konnte, hoben ihn Pinchinat und Frascolin hoch, trugen ihn hinüber und lehnten ihn gegen die Wurzeln eines mächtigen Baumes, dessen unterste Äste eine natürliche Laube bildeten.

»Wie lange soll ich denn noch warten?« schrie Sébastien Zorn, der marschbereit dastand, seinen Cellokasten mit einem improvisierten Tragriemen auf den Rücken gebunden.

»So, das hätten wir«, sagte Frascolin.

Dann wandte er sich ein letztes Mal an den Kutscher:

»Es bleibt also dabei... der Gastwirt in Freschal wird Ihnen Hilfe schicken. Sonst können wir nichts für Sie tun?«

»Doch«, antwortete der Kutscher, »ein Schluck Gin wäre nicht schlecht, wenn Sie welchen übrig hätten.«

Die Flasche von Pinchinat war noch fast voll, und Seine Hoheit opferte sie gerne.

»Damit, guter Mann, können Sie sich wenigstens von innen aufwärmen«, meinte er.

Eine erneute Verwünschung des Cellisten veranlaßte seine Freunde, sich auf den Weg zu machen. Ein Glück, daß ihre Koffer im Gepäckwagen des Zuges geblieben und nicht in die Kutsche umgeladen worden waren. Auch wenn sie so etwas später in San Diego ankommen würden – unsere vier Musiker mußten sie wenigstens nicht bis ins nächste Dorf schleppen. Die

Geigenkästen wogen schwer genug, und der Cellokasten mehr als das. Aber ein Musiker, der dieses Namens würdig ist, trennt sich niemals von seinem Instrument, ebensowenig wie ein Soldat von seiner Waffe, oder eine Schnecke von ihrem Schneckenhaus.

ZWEITES KAPITEL

DIE WIRKUNG EINER KAKOPHONISCHEN SONATE

Mitten in der Nacht zu Fuß auf einer Straße, die man nicht kennt, durch eine gottverlassene Gegend zu gehen, wo Wegelagerer im allgemeinen weniger selten vorkommen als friedliche Reisende, hat schon etwas leicht Beunruhigendes an sich, und genau in dieser Lage befand sich ja nun unser Quartett. Selbstverständlich sind Franzosen tapfer, von dieser Regel machten unsere vier bestimmt keine Ausnahme, im Gegenteil. Aber zwischen Tapferkeit und Kühnheit gibt es eine Grenze, die ein vernünftiger Mensch nicht freiwillig überschreiten sollte. Schließlich: wären die Eisenbahnschienen nicht von Hochwasser überflutet worden, wäre die Kutsche nicht fünf Meilen vor Freschal umgestürzt, hätten sich unsere Instrumentalisten nicht gezwungen gesehen, sich nachts auf diese nicht ganz geheuere Straße zu wagen. Wir wollen übrigens hoffen, daß ihnen nicht noch etwas Unangenehmes zustößt.

Es war ungefähr acht Uhr, als Sébastien Zorn und seine Kollegen den Angaben des Kutschers folgend zur Küste aufbrachen. Die drei Geiger, nur mit den leichten und handlichen Geigenkästen aus Leder in der Hand, hätten wirklich keinen Grund gehabt, sich zu beklagen. Sie taten es auch nicht, weder der besonnene Frascolin noch der immer gut gelaunte Pinchinat noch der romantische Yvernès. Aber der Cellist mit seinem Cellokasten – einer Art Schrank auf seinem Rücken! Bei seinem Charakter wird man sich kaum wundern, daß er darin Anlaß genug zum Murren und Lamentieren fand, einem Wutausbruch, der sich in lautmalerischer Form als Kette von Ahs!, Ohs! und Uffs! äußerte.

Bereits herrschte tiefe Finsternis. Am Himmel jagten dicke Wolken dahin, rissen manchmal auf, gaben den Blick auf eine spöttische Mondsichel frei, die fast ihr erstes Viertel erreicht hatte. Man weiß nicht genau warum, außer vielleicht weil er ein zänkischer und reizbarer Mensch war, aber die blonde Phöbe hatte nicht das Glück, Sébastien Zorn zu gefallen. Er ballte die Faust gegen sie und schrie:

»Was hast du denn da oben zu suchen, du mit deinem blöden Profil? Wirklich, ich habe noch nie etwas Dümmeres gesehen als diesen unreifen Melonenschnitz, der da oben herumspaziert!«

»Besser wäre es ja, wenn er uns von vorn anschauen würde«, sagte Frascolin.

»Warum denn?« fragte Pinchinat.

»Weil wir dann den Weg besser sehen könnten.«

»O keusche Diana«, deklamierte Yvernès, »o friedliche Botin der Nacht, bleiche Gefährtin unseres Planeten, angebetetes Idol des anbetungswürdigen Endymion ...«

»Bist du bald fertig mit deiner Ballade?« zeterte der Cellist. »Wenn diese ersten Geigen erst einmal ins Tremolieren kommen ...«

»Beeilen wir uns etwas«, sagte Frascolin, »sonst müssen wir noch unter freiem Himmel schlafen und dürfen die Sterne zählen.«

»Falls welche da sind ... und kommen dann zu spät nach San Diego«, bemerkte Pinchinat.

»Das hätte uns gerade noch gefehlt!« rief Sébastien Zorn und rückte seinen Cellokasten zurecht, der bei diesem Manöver einen klagenden Ton von sich gab.

»Aber, alter Freund, das Ganze war doch deine Idee ...« warf Pinchinat ein.

»Meine?«

»Aber sicher. Daß wir nicht in San Francisco geblieben sind, wo wir mit unserer Musik ganze Legionen kalifornischer Ohren entzückt haben!«

»O keusche Diana«, deklamierte Yvernès

»Sag das noch einmal! Warum sind wir losgefahren?« fragte der Cellist.

»Weil du es so wolltest.«

»Also gut, ich gestehe, daß ich damit keiner besonders glücklichen Eingebung gefolgt bin, wenn ...«

»Seht doch, Freunde«, unterbrach ihn Yvernès, indem er mit der Hand auf eine vom Mondlicht sanft beleuchtete Wolke zeigte.

»Was ist denn, Yvernès?«

»Sieht diese Wolke nicht aus wie ein Drachen mit ausgebreiteten Flügeln und einem Pfauenschwanz, den die hundert Augen des Argus zieren?«

Wahrscheinlich besaß Sébastien Zorn nicht die Gabe des hundertfach verstärkten Sehvermögens, die Ios Bewacher auszeichnete, denn er übersah eine tiefe Wagenspur, in die er so unglücklich hineintrat, daß er bäuchlings zu Boden stürzte und unter seinem Cellokasten begraben liegenblieb, ein riesiger, am Boden herumkrabbelnder Käfer.

Jetzt hatte er wirklich Grund sich aufzuregen, was er auch ausgiebig tat, ohne zu vergessen, die erste Geige zu beschimpfen, die noch immer ihr wolkiges Ungeheuer bewunderte.

»Yvernès ist schuld, daß ich gestürzt bin«, beteuerte Sébastien Zorn. »Hätte ich nicht zu diesem verdammten Drachen hochgeschaut ...«

»Oh, der Drache hat sich in eine Amphore verwandelt. Mit nur ein bißchen Phantasie kann man sich gut vorstellen, sie in den Händen Hebes zu sehen, die gerade den Nektar eingießt.«

»Paß nur auf, daß nicht zuviel Wasser in deinem Nektar ist«, warf Pinchinat ein, »und daß uns deine reizende Göttin der Jugend nicht gleich eine tüchtige Dusche verpaßt!«

Unerfreulicherweise sah es wirklich nach Regen aus – ein Grund mehr, den Weg nach Freschal so schnell wie möglich hinter sich zu bringen.

Der vor sich hin schimpfende Cellist wurde wieder auf die Beine gestellt, worauf ihm Frascolin anbot, den Cellokasten für ihn zu tragen. Zuerst lehnte Sébastien Zorn empört ab: sich von seinem Instrument trennen... einem Violoncello von Gand et Bernardel, sozusagen von einem Teil seiner selbst...! Doch schließlich mußte er nachgeben, und dieser kostbare Teil seiner selbst wurde auf den Rücken des hilfsbereiten Frascolin geschnallt, der seinerseits seinen leichten Geigenkasten dem Cellisten anvertraute.

Dann setzte man den Weg fort. Zwei Meilen lang kamen sie gut voran, ohne daß sich etwas Besonderes ereignete. Die Nacht wurde immer schwärzer, das Wetter immer schlechter. Da fielen auch schon die ersten Tropfen, dick und schwer, von der Art, die im allgemeinen ein Gewitter ankündigt. Aber Yvernès' Amphore der hübschen Hebe leerte sich nur um diese wenigen Tropfen, und unsere vier Nachtwanderer hatten einige Aussicht, trockenen Fußes in Freschal anzukommen.

Allerdings mußten sie sich auch weiterhin sehr in acht nehmen, um Unfälle zu vermeiden, denn auf dieser dunklen, stark ausgewaschenen Straße stießen sie ständig auf unvorhersehbare scharfe Kurven und tiefe, unheimliche Schluchten, in denen man reißende Wasser rauschen hörte. Und so verschieden ihre Temperamente waren, so unterschiedlich schätzten sie auch die Situation ein: Yvernès fand sie romantisch, Frascolin dagegen beunruhigend.

Man könnte sich auch mit Fug und Recht vor gewissen unangenehmen Begegnungen fürchten, die es in diesem Teil Südkaliforniens so schwer machen, die Sicherheit von Reisenden zu gewährleisten. Zu seiner Verteidigung besaß das Quartett nur drei Geigenbögen und einen Cellobogen, was man als eine recht mangelhafte Bewaffnung ansehen kann, noch dazu in dem Land, das den Colt erfunden und in jüngster Zeit zu einer Präzisionswaffe gemacht hat. Ein echter Yankee hätte sich ohne diesen sechsschüssigen Reisebegleiter im Halfter nicht einmal in die Eisenbahn San Francisco–San Diego gesetzt. Aber unsere Franzosen hatten geglaubt, darauf verzichten zu können. Um die Wahrheit zu sagen, sie hatten nicht einmal an so etwas gedacht, ein Versäumnis, das sie vielleicht noch zu bereuen haben würden.

Pinchinat marschierte an der Spitze und behielt die Umgebung scharf im Auge. Solange die Straße rechts und links durch hohe, steile Böschungen eingeschlossen war, mußte man kaum mit einem plötzlichen Angriff rechnen. In dieser relativen Sicherheit überkam den ewigen Witzbold das ebenso unwiderstehliche wie dumme Verlangen, seinen Freunden einen üblen Streich zu spielen, ihnen »ein wenig Angst zu machen«, indem er zum Beispiel unversehens stehenblieb und mit vor Angst zitternder Stimme flüsterte:

»He...! da drüben... da ist doch etwas... aufgepaßt...!«

Doch als dann der Weg in einen dichten Wald einbog, sich fast verlor inmitten der fünfzig Meter hohen Mammutbäume, dieser kalifornischen Baumriesen, da verging ihm die Lust zu scherzen. Hinter jedem der enormen Stämme konnten sich gut und gern zehn Männer verstecken... Ein kurzes Aufblitzen, gefolgt von einem trockenen Knall... das Pfeifen einer Kugel... mußte man nicht jeden Augenblick darauf gefaßt sein? In einer solchen Gegend, für einen nächtlichen Überfall wie geschaffen, war ein Hinterhalt nicht auszuschließen. Sollte man aber das Glück haben, keinem Banditen in die Hände zu fallen, verdankte man das nur der Tatsache, daß dieser schätzenswerte Vertreter der Gattung Mensch im Westen Amerikas fast ausgestorben war und sich jetzt vielmehr finanziellen Transaktionen auf den Kapitalmärkten der Alten und Neuen Welt widmete. Welch ein trauriges Ende für die Nachfahren eines Karl Moor oder Jean Sbogar! Wer von den vieren stellte wohl solche Überlegungen an? Natürlich Yvernès. »Kein Zweifel«, dachte er, »das Stück ist der Kulisse nicht würdig!«

Ruckartig blieb Pinchinat stehen.

Frascolin, der hinter ihm ging, tat es ihm gleich.

Sébastien Zorn und Yvernès nahmen hinter ihnen Aufstellung.

»Was ist denn?« fragte die zweite Geige.

»Ich glaube, dort etwas gesehen zu haben...« antwortete die Bratsche.

Und dieses Mal handelte es sich nicht um einen seiner

Dicht zusammengedrängt beobachtete man das Tier

gewohnten Scherze. Zwischen den Bäumen hatte sich wirklich etwas bewegt.

»Mensch oder Tier?« fragte Frascolin.

»Ich weiß nicht.«

Keiner wagte zu vermuten, was ihm lieber gewesen wäre. Ohne ein Wort zu sagen, ohne sich zu rühren, standen sie dicht aneinandergedrängt und starrten ins Dunkel.

Da gab ein Riß in der Wolkendecke den Mond frei, dessen Licht durch die Kronen der Mammutbäume hindurch bis auf den Waldboden drang. Jetzt war im Umkreis von hundert Schritten alles gut zu erkennen.

Pinchinat hatte sich nicht getäuscht. Doch diese gewaltige Gestalt konnte unmöglich einem Menschen gehören: dort stand ein imposanter Vierfüßler. Aber was für ein Vierfüßler...? Ein Raubtier...? Ganz sicher ein Raubtier... Aber was für ein Raubtier...?

»Ein Sohlengänger!« sagte Yvernès.

»Zum Teufel mit dem Biest!« zischte Sébastien Zorn mit leiser, aber wütender Stimme, »und damit du's weißt, Yvernès, damit meine ich dich! Kannst du dich nicht ein einziges Mal ausdrücken wie andere Leute auch? Was soll denn das nun wieder sein, ein Sohlengänger?«

»Ein Tier, das auf seinen Sohlen läuft«, erklärte Pinchinat.

»Ein Bär!« fügte Frascolin hinzu.

Zweifellos, es war ein Bär, noch dazu in ungewöhnlich großer Ausführung. In den Wäldern Südkaliforniens gibt es weder Löwen noch Tiger, noch Leoparden; Bären jedoch sind dort häufig anzutreffen, wenn auch eine Begegnung mit ihnen im allgemeinen wenig erfreulich verläuft.

Kein Wunder also, daß die vier Franzosen gemeinsam auf die Idee kamen, das Feld dem Sohlengänger zu überlassen. Außerdem waren die Wälder ja schließlich sein Zuhause... Und so wich die Gruppe dicht aneinandergedrängt zurück, langsam und vorsichtig, ohne das Tier aus den Augen zu lassen, sorgfältig darauf bedacht, ja nicht den Eindruck einer hastigen Flucht zu erwecken.

Hochaufgerichtet folgte ihnen das Tier mit kleinen Schritten, indem es seine Vordertatzen wie ein Verkehrspolizist schwenkte und sich wie eine Tänzerin in den Hüften wiegte. Es kam immer näher, benahm sich immer feindseliger – sein heiseres Brummen und die gefletschten Zähne verhießen nichts Gutes.

»Vielleicht sollten wir jeder in eine andere Richtung auseinanderlaufen?« schlug Seine Hoheit vor.

»Nein, wir bleiben lieber zusammen«, antwortete Frascolin. »Er würde bestimmt einen von uns erwischen, und der müßte dann sein Leben für die anderen opfern.«

Dieser unvorsichtige Plan, der ohne Zweifel hätte ernste Folgen haben können, wurde also aufgegeben.

So erreichte das Quartett vollzählig eine kleine Lichtung. Der Bär hatte sich ihnen inzwischen schon bis auf zehn Schritt genähert. Die Stelle schien ihm offensichtlich günstig für einen Angriff, denn sein Grollen wurde lauter, seine Bewegungen schneller.

Die vier hasteten rückwärts weiter, wobei die zweite Violine die anderen zu beruhigen suchte.

»Nur ruhig Blut... nur nicht die Nerven verlieren, meine Freunde!«

Endlich hatten sie die Lichtung glücklich hinter sich und tauchten wieder in den schützenden Wald ein, wodurch jedoch die Gefahr keineswegs gebannt war. Aus der Deckung der Baumstämme heraus konnte der Bär sie völlig unerwartet anspringen, und vermutlich hatte er das gerade vor, als das schreckliche Brummen mit einem Mal aussetzte – das Tier zögerte...

Den nachtschwarzen Wald erfüllte eine eindringliche Melodie, ein ausdrucksvoll gespieltes Largo, in das der Künstler seine ganze Seele legte.

Es war Yvernès, der seine Geige durch die kraftvolle Berührung des Bogens zum Klingen brachte. Eine geniale Idee! Warum sollten schließlich Musiker ihr Heil nicht in der Musik suchen? Bewegte nicht der Klang von Amphions Leier die Steine dazu, sich von selbst zu Thebens Mauern zu fügen? Brachte nicht Orpheus' Gesang die wilden Tiere dazu, sich zahm zu seinen Füßen niederzulegen? Es ist anzunehmen, daß dieser kalifornische Bär etwas von der musikalischen Veranlagung seiner Vorfahren aus der griechischen Sagenwelt sein eigen nannte, denn er beruhigte sich sichtlich. Seine instinktive Musikbegeisterung hielt ihn im Bann. Zufrieden brummend folgte er dem Quartett, das sich vorsichtig weiter zurückzog. Es fehlte nicht viel, und er hätte Bravo gerufen!

Eine Viertelstunde später hatten Sébastien Zorn und seine Freunde den Waldrand erreicht. Sie traten ins Freie, ohne daß Yvernès aufhörte, auf seiner Geige zu spielen.

Das Tier war stehengeblieben; es hatte scheinbar nicht die Absicht, ihnen weiter zu folgen, fing dafür aber an, seine riesigen Vordertatzen gegeneinander zu schlagen.

Da nahm auch Pinchinat sein Instrument und rief:

»Den Bärentanz, aber mit Schwung!«

Worauf die erste Geige diese berühmte Melodie lautstark in Dur herunterfiedelte, begleitet von der Baßstimme der Bratsche in kreischendem, mißtönendem moll.

Und wirklich, der Bär fing an zu tanzen, er hob erst die rechte, dann die linke Tatze, er zappelte und verrenkte sich und ließ es zu, daß sich die Gruppe langsam entfernte.

»Ph!« bemerkte Pinchinat, »das war ja nur ein Zirkusbär!«

»Und wenn schon!« entgegnete Frascolin, »da hat dieser Teufelskerl von Yvernès wirklich eine grandiose Idee gehabt!«

»Jetzt aber nichts wie weg hier, und zwar allegretto. Und kein Blick mehr zurück!« meinte der Cellist.

Gegen neun Uhr kamen die vier Schüler Apollos endlich gesund und munter in Freschal an. Obwohl ihnen der Sohlengänger schon lange nicht mehr auf den Fersen war, hatten sie dieses letzte Stück im Sturmschritt zurückgelegt.

Freschal: ungefähr vierzig Holzhäuser, oder besser, -häuschen, in der Mitte ein mit Buchen bepflanzter Platz – damit ist dieses einsame Dorf, das zwei Meilen von der Küste entfernt liegt, bereits erschöpfend beschrieben.

Unsere Freunde schlüpften zwischen einigen Häusern im

Schatten hoher Bäume hindurch, traten auf einen Platz hinaus, erkannten auf der anderen Seite des Platzes schemenhaft den bescheidenen Kirchturm einer bescheidenen Kirche und stellten sich im Halbkreis auf, als ob sie eine Gelegenheitskomposition vortragen wollten, um erst einmal ihre Lage zu beraten.

»Das soll ein Dorf sein?« sagte Pinchinat.

»Du hast wohl eine Stadt wie New York oder Philadelphia erwartet?« zog ihn Frascolin auf.

»Aber es schläft, euer Dorf!« warf Sébastien Zorn achselzukkend ein.

»Man soll ein schlafendes Dorf nicht aufwecken«, seufzte Yvernès melodisch.

»Im Gegenteil, genau das sollte man!« rief Pinchinat.

Wenn sie die Nacht nicht unter freiem Himmel zubringen wollten, würden sie sich wirklich zu diesem Schritt entschließen müssen.

Bis jetzt hatte sich keine Menschenseele gezeigt, und es herrschte Totenstille. Nirgends ein halboffener Fensterladen, nirgends ein Lichtschein. Das Dornröschenschloß wäre hier in seinem hundertjährigen Schlaf bestimmt nicht gestört worden.

»Aber hier soll es doch ein Gasthaus geben ...« wunderte sich Frascolin.

Ja ... das Gasthaus, von dem der Kutscher gesprochen hatte, wo seine in Not geratenen Reisenden eine offene Tür und ein warmes Bett finden sollten ...? Und der Gastwirt, der dem unglücklichen Kutscher umgehend Hilfe schicken sollte ...? Hatte der arme Mann vielleicht phantasiert? Oder – waren sie vielleicht im falschen Dorf? War das etwa gar nicht Freschal?

All diese Fragen verlangten unverzüglich eine Antwort. Da diese aber nur von einem Ortskundigen gegeben werden konnte, mußte man wohl oder übel an die Tür eines der Häuschen klopfen, oder, noch besser, an die Tür der Herberge, falls man sie durch einen glücklichen Zufall vielleicht doch noch entdeckte.

Also gingen unsere vier Musiker rund um den dunklen Dorfplatz von Haus zu Haus, tasteten sich die Wände entlang, suchten nach einem Wirtshausschild, doch ohne Erfolg. Allem Anschein nach gab es hier kein Wirtshaus.

Wenn es schon keine Herberge gab, durfte man wohl annehmen, daß irgendein gastfreundliches Haus ihnen Einlaß gewähren würde, und da man sich ja nicht in Schottland befand, konnte man es auf die amerikanische Art versuchen. Welcher Bewohner Freschals würde sich schon weigern, ein oder zwei Dollar pro Person für eine Mahlzeit und ein Bett zu verdienen?

»Klopfen wir irgendwo«, sagte Frascolin.

»Aber bitte im Sechsachteltakt!« fügte Pinchinat hinzu.

Man hätte genausogut im Dreiviertel- oder Vierviertelttakt klopfen können – nichts regte sich, obwohl das Quartett den Versuch bereits mindestens an einem Dutzend Häuser gemacht hatte.

»Ich glaube, wir haben uns geirrt«, erklärte Yvernès. »Das ist gar kein Dorf, das ist ein Friedhof, und wer hier schläft, schläft den ewigen Schlaf... *Vox clamantis in deserto.*«

»Amen!« antwortete Seine Hoheit mit der tragenden Stimme eines Vorsängers in der Kirche.

Was tun, da die Dorfbewohner ihr hartnäckiges Schweigen nicht brechen wollten? Nach San Diego weitergehen? Man war halb tot vor Hunger und Müdigkeit, und außerdem: wie sollte man ohne Führer den richtigen Weg durch diese Finsternis finden...? Versuchen, ein anderes Dorf zu finden? Aber welches? Der Kutscher hatte behauptet, es gäbe in diesem Küstenabschnitt nur das eine. Man würde sich nur noch mehr verirren. Am besten wartete man hier den Tag ab. Dennoch – die halbe Nacht unter freiem Himmel zu verbringen, einem Himmel noch dazu, an dem dicke drohende Regenwolken aufzogen, konnte man wirklich keinem Menschen zumuten, nicht einmal Künstlern.

Da kam Pinchinat eine Idee. Seine Ideen waren zwar nicht immer die besten, aber dafür hatte er um so mehr davon. Und was er jetzt vorschlug, fand sogar die Zustimmung des vernünftigen Frascolin.

»Hört einmal, Freunde«, fing er an, »warum sollte uns das,

was bei einem Bären geholfen hat, nicht auch bei einem kalifornischen Dorf helfen? Wir haben doch diesen Sohlengänger mit ein wenig Musik gezähmt, warum versuchen wir nicht, diese Landbewohner durch ein Konzert mit viel *Forte* und *Allegro* aufzuwecken?«

»Das ist einen Versuch wert!« meinte Frascolin.

Sébastien Zorn hatte Pinchinat gar nicht erst ausreden lassen. Schon stand er da, das Cello, auf seine Stahlspitze gestellt, in der einen, den Bogen in der anderen Hand, bereit, aus diesem klingenden Kasten alles herauszuholen, was er nur hergab.

Fast gleichzeitig waren auch seine Freunde soweit, ihm bis an die letzten Grenzen ihrer Kunst zu folgen.

»Das b-moll Quartett von Onslow«, sagte er, »und los geht's ...«

Dieses Quartett von Onslow kannten alle vier auswendig, und sie brauchten als gute Musiker auch kein Licht, um mit ihren geschmeidigen Fingern die richtigen Saiten auf dem Griffbrett ihrer Instrumente zu finden.

Dann vergaßen sie alles um sich her, gingen völlig in ihrer Musik auf. Vielleicht in keinem der Kasinos und Konzertsäle der Vereinigten Staaten hatten sie mit solcher Hingabe und Perfektion gespielt wie hier. Die Luft war erfüllt von erhabenen Harmonien, denen ein menschliches Wesen unmöglich widerstehen konnte – außer es war taub. Wären sie auf einem Friedhof gestanden, wie Yvernès vermutet hatte, die Gräber hätten sich geöffnet, die Toten wären auferstanden, die Skelette hätten Beifall geklatscht ...

Aber die Häuser von Freschal blieben geschlossen, die Schläfer wachten nicht auf. Das Stück endete glanzvoll mit seinem beeindruckenden Finale, ohne daß Freschal auch nur ein einziges Lebenszeichen von sich gegeben hätte.

»So ist das also!« schrie Sébastien Zorn außer sich. »Man muß diesen Wilden wohl genauso barbarisch aufspielen, wie ihren Bären ...! Also gut! Noch mal, aber diesmal spielst du, Yvernès, in d, Frascolin in e und Pinchinat in g. Ich bleibe in b. Los, auf geht's, und mit aller Kraft!«

Was für eine Kakophonie! Welch ohrenbetäubender Lärm! Man fühlte sich an dieses vom Prinzen de Joinville dirigierte, bunt zusammengewürfelte Orchester in einem Nest im brasilianischen Urwald erinnert. Es hörte sich an, als ob alle auf einer »Kratzerius« irgendeine fürchterliche Symphonie spielten – eine Wagneroper von hinten...!

Alles in allem war Pinchinats Idee doch nicht so schlecht gewesen. Was eine meisterliche Interpretation nicht vermocht hatte, vermochte diese Katzenmusik: Freschal begann sich zu rühren. Da und dort erhellten sich einige Fenster. Die Bewohner des Dorfes waren also offensichtlich weder tot noch taub, gaben sie doch Lebenszeichen von sich und hörten zu...

»Sie werden uns mit Tomaten bewerfen!« bemerkte Pinchinat in einer Pause, denn das Taktmaß wurde, im Gegensatz zur Tonart, peinlich genau eingehalten.

»Dann haben wir wenigstens etwas zu essen«, antwortete ihm der praktische Frascolin.

Und auf ein Zeichen von Sébastien Zorn spielte man voller Elan weiter. Nachdem das Quartett mit einem kräftigen Schlußakkord in vier verschiedenen Tonarten geendet hatte, warteten die Künstler gespannt auf die Reaktion ihres Publikums.

Doch was geschah? Nicht Tomaten flogen ihnen aus den etwa zwanzig bis dreißig geöffneten Fenstern zu, sondern frenetischer Beifall, Bravos und Hurras! Niemals zuvor hatte man in Freschal ein musikalisches Erlebnis dieser Erlesenheit gehabt. Ohne Zweifel würde man sich jetzt darum reißen, so unvergleichliche Virtuosen zu beherbergen.

Aber während sich unsere vier Pariser solchen instrumentalen Exzessen hingegeben hatten, hatte sich ein neuer Zuschauer genähert, ohne daß sie es bemerkten. Dieser Herr, der einer Art elektrisch angetriebenem Kremser entstiegen war, blieb in einiger Entfernung stehen. Soweit man das auf diese Distanz in der Dunkelheit erkennen konnte, war er hochgewachsen und ziemlich beleibt.

Und indessen sich unsere Freunde noch fragten, ob sich ihnen nach den Fenstern nun wohl auch die Türen öffnen würden, um

Man spielte voller Elan weiter

sie gastlich aufzunehmen – was gar nicht so sicher schien –, näherte sich ihnen der Neuankömmling und sprach sie in einwandfreiem Französisch und liebenswürdigem Tonfall an:

»Meine Herren, ich bin ein großer Musikfreund und hatte die außergewöhnliche Freude, Ihrem Konzert applaudieren zu dürfen.«

»Nach unserem letzten Stück?« fragte Pinchinat ironisch.

»Nein, meine Herren, nach dem ersten, und ich habe dieses Quartett von Onslow selten mit mehr Talent spielen hören.«

Ohne Zweifel hatte man es mit einem Kunstkenner zu tun.

»Mein Herr«, erwiderte Sébastien Zorn im Namen seiner Kameraden, »wir sind hocherfreut über Ihr Kompliment. Und wenn unser zweites Stück Ihnen Ohrenschmerzen verursacht hat, dann nur ...«

»Mein Herr«, begann der Unbekannte und unterbrach damit eine Erklärung, die sehr lange geworden wäre, »ich habe noch nie jemand mit solcher Perfektion so falsch spielen hören. Aber ich habe sehr wohl verstanden, mit welcher Absicht Sie so gehandelt haben. Sie wollten damit die guten Leute von Freschal aufwecken, die bereits wieder eingeschlafen sind. Deshalb, meine Herren, darf ich mir vielleicht erlauben, Ihnen das anzubieten, was Sie durch diese verzweifelte Maßnahme zu finden hofften ...«

»Ein Nachtquartier?« fragte Frascolin.

»Ja, ein Nachtquartier, und zwar ein sehr luxuriöses. Wenn mich nicht alles täuscht, habe ich das berühmte Solisten-Quartett vor mir, das überall in unserem wunderbaren Amerika so enthusiastisch gefeiert wird ...«

»Mein Herr«, glaubte Frascolin einwerfen zu müssen, »wir sind wirklich äußerst geschmeichelt ... aber ... dieses Nachtquartier, wo könnten wir das dank Ihnen finden ...?«

»Zwei Meilen von hier.«

»In einem anderen Dorf?«

»Nein, in einer Stadt.«

»In einer größeren Stadt?«

»Das kann man wohl behaupten.«

»Entschuldigen Sie«, bemerkte Pinchinat, »aber man hat uns gesagt, daß es vor San Diego überhaupt keine Stadt mehr gibt...«

»Das ist ein Irrtum, ...den ich mir nur schwer erklären kann.«

»Ein Irrtum?« wiederholte Frascolin.

»Ja, meine Herren, und wenn Sie die Güte haben würden, mich zu begleiten, so verspreche ich Ihnen den Empfang, der großen Künstlern wie Ihnen gebührt.«

»Ich schlage vor, wir sollten annehmen«, sagte Yvernès.

»Ich bin völlig deiner Meinung«, schloß sich Pinchinat an.

»Moment, Moment«, rief Sébastien Zorn, »spielen wir nicht schneller als der Dirigent dirigiert!«

»Was bedeutet...?« fragte der Amerikaner.

»Daß wir in San Diego erwartet werden«, antwortete Frascolin.

»Wo man uns für eine Reihe von Matinée-Konzerten engagiert hat«, erklärte der Cellist, »von denen das erste übermorgen, am Sonntag, stattfinden soll.«

»Ach!« entfuhr es dem Herrn, in einem Tonfall, der ganz und gar nicht begeistert klang.

»Aber das soll kein Hindernis sein«, fuhr er fort. »In einem Tag haben Sie genug Zeit, eine Stadt kennenzulernen, die die Mühe wert ist, und ich gebe Ihnen mein Wort, Sie danach zur nächsten Bahnstation bringen zu lassen, so daß Sie noch rechtzeitig in San Diego eintreffen werden.«

Dieser Vorschlag war wirklich verführerisch – und willkommen dazu. So hatte man die Gewißheit, ein gemütliches Zimmer in einem guten Hotel vorzufinden, ganz abgesehen von den anderen Annehmlichkeiten, die ihnen dieser freundliche Gentleman in Aussicht stellte.

»Nehmen Sie an, meine Herren?«

»Wir nehmen an«, antwortete Sébastien Zorn, der vor Hunger und Müdigkeit nur zu gern bereit war, eine derartige Einladung zu akzeptieren.

»Also abgemacht«, meinte der Amerikaner, »wir brechen

sofort auf, und in zwanzig Minuten sind wir am Ziel. Sie werden es bestimmt nicht bereuen, meiner Einladung gefolgt zu sein.«

Es bedarf wohl keiner besonderen Erwähnung, daß sich in Freschal nach den letzten Beifallskundgebungen für das Katzenmusik-Konzert alle Fenster wieder geschlossen hatten. Die Lampen wurden gelöscht, und das Dorf versank von neuem in tiefen Schlaf.

Der Amerikaner und die vier Künstler gingen zum Wagen, verstauten die Instrumente und nahmen Platz, das Quartett hinten, der Amerikaner vorne neben dem Chauffeur. Ein Hebel wurde betätigt, der die elektrischen Akkumulatoren und damit das Fahrzeug in Gang setzte, worauf es mit rasch zunehmender Geschwindigkeit die Fahrt Richtung Westen aufnahm.

Eine Viertelstunde später erschien am Horizont ein weißlicher Widerschein, eine strahlend helle Reflexion des Mondlichts. Dort lag die Stadt, von deren Existenz unsere Pariser nichts hatten ahnen können.

Daraufhin hielt der Wagen an, und Frascolin sagte: »Da wären wir also an der Küste.«

»An der Küste – nein«, antwortete der Amerikaner. »Wir befinden uns an einem Fluß, den wir überqueren müssen.«

»Aber wie denn?« fragte Pinchinat.

»Mit dieser Fähre dort, die unseren Wagen transportieren wird.«

Tatsächlich wartete da eine der in den Vereinigten Staaten so zahlreichen Fähren, die sie und ihren Kremser an Bord nahm. Auch die Fähre wurde ohne Zweifel elektrisch angetrieben, denn sie stieß keinerlei Rauch aus. Zwei Minuten später legte sie am entgegengesetzten Ufer am Quai eines geschützten Hafens an.

Der Wagen rollte herunter und weiter durch ländliche Alleen bis zu einem Park, der von hellen Scheinwerfern aus der Luft beleuchtet wurde.

Am anderen Ausgang des Parks begann eine lange, breite Straße, deren Steinplatten unter den Wagenrädern dumpf dröhnten. Fünf Minuten später stiegen unsere Künstler vor einem eleganten Hotel aus, wo sie nach einigen erklärenden Worten des

Amerikaners höchst zuvorkommend empfangen wurden. Man geleitete sie sogleich zu einem üppig gedeckten Tisch, wo sie, wie man sich wohl denken kann, mit gutem Appetit speisten.

Nach dem Essen führte sie der Empfangschef in ein geräumiges Zimmer, dessen elektrische Lampen man je nach Bedarf heller oder dunkler stellen konnte. Ohne lange eine Erklärung für all diese technischen Wunder zu suchen, sanken sie in die vier Betten, jeder in einer anderen Ecke des Raumes, wo sie schon bald mit jener außergewöhnlichen Harmonie schnarchten, für die sie so berühmt waren.

DRITTES KAPITEL

EIN REDSELIGER CICERONE

Schon um sieben am anderen Morgen ertönten im gemeinsamen Zimmer des Quartetts erst die durchdringende Imitation eines Trompetensignals und dann folgende Worte oder eher Kommandos im besten Kasernenhofton:

»Los! Los! Raus aus den Federn, aber ein bißchen plötzlich!« brüllte Pinchinat.

Yvernès, der nonchalanteste des Quartetts, hätte sich lieber etwas weniger plötzlich von den warmen Decken seines Bettes getrennt. Doch er mußte dem Beispiel seiner Freunde folgen und sich aus der Horizontalen in die Vertikale begeben.

»Wir haben keine einzige Minute zu verlieren«, bemerkte Seine Hoheit.

»Sehr richtig«, pflichtete ihm Sébastien Zorn bei, »denn morgen müssen wir in San Diego sein.«

»In Ordnung«, meinte Yvernès. »Ein halber Tag wird ja wohl genügen, um die Stadt dieses freundlichen Amerikaners zu besichtigen.«

»Was mich wundert«, fügte Frascolin hinzu, »ist, daß sich in der Nähe von Freschal überhaupt so eine bedeutende Stadt befindet! Wieso hat uns der Kutscher nur nichts davon gesagt?«

»Hauptsache, daß wir hier sind, mein alter Violinschlüssel«, sagte Pinchinat. »Und wir sind ja wohl hier, oder nicht?«

Das Licht flutete durch zwei große Fenster ins Zimmer, die den Blick auf eine prächtige, von Bäumen gesäumte Straße freigaben.

Für ihre Morgentoilette stand den vier Freunden ein komfortables, mit den neuesten technischen Errungenschaften ausgestattetes Badezimmer zur Verfügung: es gab fließendes Wasser, warm und kalt, Waschbecken, die sich auf einen Hebeldruck hin automatisch leerten, Badeöfen, Lockenscheren, Parfümzerstäuber, elektrische Deckenventilatoren, selbsttätige Bürsten, unter die man nur den Kopf oder auch Kleider und Schuhe zu halten brauchte, und alles wurde zur vollsten Zufriedenheit gebürstet oder gewichst.

Und das war noch nicht alles! Abgesehen von einer Uhr und zahlreichen elektrischen Lampen, hatte man auch mehrere Klingelknöpfe und Telefonapparate installiert, über die die Gäste in direkte Verbindung mit dem Hotelpersonal treten konnten.

Aber Sébastien Zorn und seine Freunde konnten nicht nur innerhalb des Hotels telefonieren, sondern auch mit den verschiedenen Quartieren der Stadt und vielleicht – wie Pinchinat meinte – sogar mit sämtlichen Städten Amerikas.

»Und Europas«, fügte Yvernès hinzu.

Ihre Vermutungen blieben jedoch vorerst unbestätigt. Um 7 Uhr 47 erreichte sie folgende telefonische Nachricht in englischer Sprache:

»Calistus Munbar entbietet den verehrten Mitgliedern des Solisten-Quartetts einen guten Morgen und bittet sie, sobald es ihnen genehm ist, in den Dining Room des Hotels Excelsior herunterzukommen, um ein erstes Frühstück einzunehmen.«

»Hotel Excelsior!« sagte Yvernès, »der Name dieser Karawanserei klingt ja sehr vielversprechend!«

»Calistus Munbar, das ist unser hilfreicher Amerikaner«, bemerkte Pinchinat. »Ein klangvoller Name!«

»Meine Freunde«, rief der Cellist, dessen Magen ebenso

»Ganz der Ihre, meine Herren, ganz der Ihre!«

gebieterisch war wie sein Besitzer, »das Frühstück ist fertig, also gehen wir frühstücken, und dann ...«

»Dann wollen wir uns die Stadt ansehen«, unterbrach ihn Frascolin. »Was uns da wohl erwartet?«

Da unsere Pariser praktisch fertig angekleidet waren, antwortete Pinchinat dem Angestellten, daß sie sich freuen würden, der Einladung von Calistus Munbar in weniger als fünf Minuten Folge zu leisten.

Einen Augenblick später also verließen sie ihr Zimmer, um einen Aufzug zu betreten, der sich sogleich in Bewegung setzte und sie in die monumentale Hotelhalle hinunterbrachte. Am anderen Ende der Halle öffnete sich die Tür zum Dining Room, einem großen, vor Goldbeschlägen glitzernden Saal.

»Ganz der Ihre, meine Herren, ganz der Ihre!«

Es war niemand anderer als der Herr vom Vorabend, der sie mit diesem Satz aus acht Wörtern begrüßte. Er gehörte zu jener Sorte Mensch, die keiner formellen Vorstellung bedarf. Es scheint einem immer, als kenne man sie schon seit langer Zeit, oder, um einen passenderen Ausdruck zu verwenden, »seit einer Ewigkeit«.

Calistus Munbar mußte zwischen fünfzig und sechzig Jahre alt sein, sah aber aus wie fünfundvierzig, ein überdurchschnittlich großer Mann mit einem kleinen Embonpoint, sicher im Auftreten, kräftig gebaut, kerngesund und energiegeladen, kurz: er strotzte nur so vor Gesundheit, wie man so sagt.

Sébastien Zorn und seine Freunde waren Menschen seines Schlages in den Vereinigten Staaten schon häufig begegnet. Calistus Munbars Kopf war ungewöhnlich groß und kugelrund, mit wehenden blonden Locken, und seine Gesichtsfarbe sehr kräftig. Sein gelblicher, recht langer Bart teilte sich am Ende in zwei Spitzen; er trug allerdings keinen Schnurrbart. Die permanent nach oben zeigenden Mundwinkel verrieten den liebenswürdigen Spötter, der beim Lachen strahlendweiße Zähne blitzen ließ. Über seiner Nase, die man trotz ihrer empfindsamen Nasenflügel etwas knollig nennen mußte, standen zwei senkrechte Falten, und auf dieser fest verankerten Nase saß ein

Kneifer, der an einem feinen silbernen Kettchen hing. Hinter den Gläsern des Kneifers funkelten aufmerksame grünliche Augen, in denen ein inneres Feuer zu brennen schien. Ein mächtiger Stiernacken verband Kopf und Körper, der Oberkörper ruhte sicher auf stämmigen, standfesten Beinen und leicht nach außen gerichteten Füßen.

Calistus Munbar trug ein sehr weites, schwarzbraunes Twill-Jackett, aus dessen Brusttasche ein Kavalierstuch herausschaute. Seine sehr weit geschnittene Weste wurde von drei goldenen Knöpfen zusammengehalten. Den Bauch umspannte eine massive Goldkette, an deren einem Ende eine Uhr, am anderen ein Schrittzähler hing, ganz zu schweigen von den Anhängern, die in der Mitte herumklimperten. Zusätzlich zu dieser Schmucksammlung trug er an jedem seiner zehn fetten, rosigen Finger einen Ring. Drei Diamanten zierten anstelle von Knöpfen sein steif gestärktes, makellos weißes Hemd. Unter dem großzügig umgelegten Kragen hatte er eine winzige Krawatte umgebunden, die aus einem einfachen goldbraunen Band bestand. Seine gestreiften, weit gefältelten, sich nach unten hin verengenden Hosen, fielen auf Schnürstiefel mit Aluminiumhaken.

Was die Physiognomie des Yankees betraf, so war sie im höchsten Maße ausdrucksvoll, ganz wie ein offenes Buch – die Physiognomie jener Menschen, für die nichts unmöglich ist und »die schon einiges hinter sich haben«, wie man so schön sagt. Dieser Mann wußte sich mit Sicherheit immer zu helfen, und er handelte entschlossen, was man am Tonus seiner Muskeln, an der offensichtlichen Verkrampfung von Augenbrauen- und Kiefermuskulatur erkennen konnte. Schließlich lachte er gern und schallend, doch mehr durch die Nase als durch den Mund, eine Art Gewieher, dessen wissenschaftliche Bezeichnung »hennitus« lautet.

Das also war Calistus Munbar. Beim Eintritt des Quartetts lüftete er seinen breitkrempigen Hut, zu dem eine Feder à la Louis XIII. nicht schlecht gepaßt hätte. Er drückte den vier Künstlern die Hand und führte sie zu einer Tafel, auf der ein Teekessel vor sich hinsang und der traditionelle Toast dampfte.

Er redete ununterbrochen, ließ ihnen keine Zeit zu Zwischenfragen – vielleicht, um keine beantworten zu müssen –, rühmte die Sehenswürdigkeiten seiner Stadt, ihre außergewöhnliche Gründung, und beendete nach dem Frühstück seinen Monolog mit folgenden Worten:

»Meine Herren, würden Sie die Güte haben, mir zu folgen? Und dann noch eine Bitte...«

»Welche?« fragte Frascolin.

»Es ist strengstens verboten, auf unsere Straßen zu spucken.«

»Das ist sowieso nicht unsere Art«, protestierte Yvernès.

»Um so besser, das wird Ihnen Bußen ersparen.«

»Nicht spucken...? Und das in Amerika?« murmelte Pinchinat halb überrascht, halb ungläubig vor sich hin.

Einen besseren Fremdenführer als Calistus Munbar hätte man sich nicht wünschen können. Er kannte die Stadt wie seine Westentasche. Kein Palais, dessen Eigentümer er nicht nennen konnte, kein Haus, dessen Bewohner ihm unbekannt war, kein Passant, der ihn nicht mit sympathischer Vertrautheit gegrüßt hätte.

Die Stadt war ganz regelmäßig angelegt: Alleen und Straßen, alle mit überdachten Gehsteigen, schnitten sich schachbrettartig genau im rechten Winkel. Ihr streng geometrischer Grundriß sorgte zwar für eine gewisse Einheitlichkeit, aber trotzdem wirkte die Stadt keineswegs eintönig, denn im Stil der Häuser und deren Einrichtung hatte man der Phantasie ihrer Architekten völlig freien Lauf gelassen. Außer in den Geschäftsvierteln hatten diese Wohnhäuser etwas von Palästen an sich, mit ihren von eleganten Pavillons flankierten Ehrenhöfen, der künstlerischen Gestaltung ihrer Fassaden, dem Luxus, den man in ihrem Innern erahnte, und den Gärten, oder vielmehr Parks, die sich hinter den Häusern erstreckten. Es fiel jedoch auf, daß sich die Bäume, zweifelsohne erst vor kurzem angepflanzt, alle noch nicht voll entwickelt hatten. Dasselbe ließ sich auch von den Grünanlagen sagen, die die wichtigste Kreuzung der Stadt verschönten: Sattgrüne Rasenflächen umgaben Pflanzengruppen aus tropischen und gemäßigten Zonen, die dem Boden offenbar

»Wir befinden uns jetzt in der 3. Straße.«

nicht genügend Kraft zum Wachstum zu entziehen vermochten. Damit stand die hiesige Vegetation in scharfem Kontrast zum übrigen Kalifornien, wo in unmittelbarer Nachbarschaft der großen Städte gewaltige Wälder gedeihen.

Das Quartett ging vor Calistus Munbar her und besichtigte dieses Stadtviertel, jeder auf seine Weise: Yvernès begeisterte sich für Dinge, die Frascolin völlig kalt ließen, Sébastien Zorn interessierte sich für Dinge, die Pinchinat völlig gleichgültig waren, doch alle vier wurden gleichermaßen von dem Geheimnis fasziniert, das diese unbekannte Stadt umgab. Aus so verschiedenen Betrachtungsweisen müßte sich eigentlich ein ziemlich treffendes Gesamturteil über die Stadt ergeben. Außerdem war da ja noch Calistus Munbar, der auf alle Fragen eine Antwort wußte. Was heißt hier Antwort?... Er wartete gar nicht erst auf Fragen, sondern redete und redete – es gab keine Wahl, man mußte ihn reden lassen, zu bremsen war er nicht.

Eine Viertelstunde, nachdem sie das Hotel Excelsior verlassen hatten, sagte Calistus Munbar:

»Wir befinden uns jetzt in der 3. Straße, einer von ungefähr dreißig dieser Größenordnung in unserer Stadt. Dies hier ist unsere Hauptgeschäftsstraße, unsere Fifth Avenue, unsere Regent Street, unser Boulevard des Italiens. In ihren Geschäften und Boutiquen kann man alles kaufen, lebensnotwendige ebenso wie Luxusartikel, alles, was sich auch der anspruchsvollste Kunde an modernem Komfort nur wünschen kann.«

»Ich sehe zwar Geschäfte, aber ich sehe keine Käufer«, bemerkte Pinchinat.

»Vielleicht ist es noch zu früh am Morgen?« warf Yvernès ein.

»Das kommt daher«, erklärte Calistus Munbar, »daß man hier seine Einkäufe zum Großteil fernmündlich oder fernschriftlich erledigt...«

»Was war das bitte?« fragte Frascolin.

»Sehen Sie, wir bedienen uns hier allgemein des Schreibtelegraphen, einer Weiterentwicklung des Telefons, mit dem statt gesprochener Worte geschriebene übermittelt werden. Dann haben wir noch den Kinematographen, der nach dem gleichen

Prinzip Bewegungen aufzeichnet, wie der Phonograph Töne, und die Spiegelkammer, die auf große Distanz Bilder aufnimmt. Unser Schreibtelegraph gibt einem eine viel größere Sicherheit als eine einfache Depesche, die in alle möglichen unbefugten Hände fallen kann. Wir können so elektrisch Vollmachten und Verträge unterzeichnen ...«

»Auch Heiratsurkunden?« fragte Pinchinat ironisch.

»Aber sicher, mein Herr Bratschenspieler. Oder gibt es irgendeinen Grund, warum man sich nicht telegraphisch verheiraten sollte?«

»Und sich scheiden lassen?«

»Selbstverständlich! Dafür werden unsere Apparate sogar ganz besonders häufig gebraucht.«

Bei diesen Worten brach ihr Führer in ein schallendes Gelächter aus, das den ganzen Schmuckladen an seinem Bauch erzittern ließ.

»Sie sind ja sehr vergnügt, Monsieur Munbar«, sagte Pinchinat, der vom Heiterkeitsausbruch des Amerikaners angesteckt wurde.

»Ja, quietschvergnügt wie eine ungeölte Straßenbahn!«

Inzwischen waren sie an einer breiten Querverbindung angekommen, der 19. Straße, einer reinen Wohngegend, die genau wie die 3. Straße zum Netz der Straßenbahn gehörte. Schnellbahnen rollten vorbei, ohne auch nur ein einziges Staubkorn aufzuwirbeln, denn die Straße war ganz mit nicht faulendem Parkett aus australischem Karri- und Dscharrah-Holz ausgelegt – warum eigentlich nicht gleich brasilianisches Mahagoni? –, so glatt wie frisch gespänt. Im übrigen bemerkte Frascolin, dem physikalische Phänomene immer sofort auffielen, daß der Boden bei jedem Schritt widerhallte, als ob er aus Metall wäre.

»So weit sind wir also schon«, dachte er, »man verwendet hier also Blech als Straßenbelag!«

Er wollte sich gerade bei Calistus Munbar danach erkundigen, als dieser ausrief:

»Meine Herren, schauen Sie sich dieses Haus an!«

Und er zeigte auf ein großes, eindrucksvolles Gebäude, dessen

Seitenflügel, die einen Ehrenhof flankierten, durch ein Aluminiumgitter verbunden waren.

»Dieses Haus – fast möchte man sagen Palais – wird von einer der ersten Familien unserer Stadt bewohnt, nämlich der Familie von Jem Tankerdon, dem unerschöpfliche Ölfelder in Illinois gehören, vielleicht der reichste und infolgedessen der achtbarste und geachtetste unserer Mitbürger...«

»Millionär?« fragte Sébastien Zorn.

»Pah«, machte Calistus Munbar. »Millionär ist hier fast jeder. In dieser Stadt wohnen nur schwerreiche Nabobs. Das erklärt auch, warum die Kaufleute unseres Geschäftsviertels in wenigen Jahren ein Vermögen verdienen – ich meine natürlich Einzelhändler, denn Großhändler gibt es in unserem einzigartigen Mikrokosmos nicht.«

»Und Industrielle?« fragte Pinchinat.

»Genauso wenig!«

»Und Reeder?« wollte Frascolin wissen.

»Auch nicht.«

»Dann gibt es hier also nur Rentiers?« warf Sébastien Zorn ein.

»Ja, nur Rentiers und Geschäftsleute, die bald auch in der Lage sein werden, in den Ruhestand zu treten.«

»Ja, ... und Arbeiter?« bemerkte Yvernès.

»Wenn wir Arbeiter benötigen, lassen wir sie von auswärts kommen, und wenn ihre Arbeit getan ist, kehren sie wieder dorthin zurück, mit einem schönen Verdienst in der Tasche.«

»Aber hören Sie, Monsieur Munbar«, meinte Frascolin, »in Ihrer Stadt gibt es doch sicherlich auch einige arme Leute, und sei es nur, um die Spezies nicht aussterben zu lassen...?«

»Arme Leute, mein lieber Herr Geiger? Nein, die werden Sie hier bei uns nicht finden!«

»Betteln ist also verboten?«

»Wir mußten es nie verbieten, denn Bettler haben in unserer Stadt keinen Zutritt. Sie passen besser in die Städte der Vereinigten Staaten mit ihren Schutthalden, Heimen und Arbeitshäusern – und natürlich den Besserungsanstalten, die sie ergänzen...«

»Wollen Sie damit sagen, daß es hier auch keine Gefängnisse gibt?«

»Ebensowenig wie Gefangene!«

»Aber es gibt doch Kriminelle?«

»Die sollen lieber in der Alten und Neuen Welt ihr Unwesen treiben, wo sie auch viel bessere Arbeitsbedingungen vorfinden.«

»Wenn man Sie so hört, Monsieur Munbar«, sagte Sébastien Zorn, »könnte man fast glauben, daß wir gar nicht mehr in Amerika sind.«

»Gestern waren Sie noch dort, Herr Cellist«, antwortete dieser erstaunliche Cicerone.

»Gestern?« wiederholte Frascolin, der sich fragte, was wohl diese seltsame Antwort zu bedeuten hatte.

»Selbstverständlich! Denn heute befinden Sie sich in einer unabhängigen, einer freien Stadt, auf die die Vereinigten Staaten keinerlei Ansprüche haben, die völlig autonom ist...«

»Und die heißt ...?« unterbrach ihn Sébastien Zorn, bei dem das reizbare Naturell langsam durchbrach.

»Erlauben Sie mir«, erwiderte Calistus Munbar, »daß ich Ihnen ihren Namen vorläufig noch verschweige.«

»Und wann dürfen wir ihn erfahren?«

»Wenn Sie die ganze Stadt gesehen haben, die sich übrigens durch Ihren Besuch außerordentlich geehrt fühlt.«

Die Geheimnistuerei des Amerikaners wirkte zumindest befremdlich. Aber eigentlich war es ja nicht so wichtig, wann die vier den Namen erfuhren. Sie würden diesen merkwürdigen Spaziergang noch vor Mittag beendet haben, und wenn man ihnen den Namen erst bei ihrer Abreise mitteilte, würde das doch vollauf genügen. Man mußte sich nur fragen, wie eine so bedeutende Stadt Land an der kalifornischen Küste beanspruchen konnte, ohne zu den Vereinigten Staaten zu gehören, und wie es außerdem zu erklären war, daß der Kutscher nicht daran gedacht hatte, sie zu erwähnen. Schließlich kam es nur darauf an, innerhalb von vierundzwanzig Stunden in San Diego einzutreffen, wo man dieses Rätsel bestimmt lösen konnte, falls Calistus Munbar sich nicht dazu entschloß, den Schleier zu lüften.

Indessen ließ dieser seltsame Zeitgenosse seinen Redefluß weiterplätschern, nicht ohne zu erkennen zu geben, daß er keine weiteren Fragen zu diesem Thema wünschte.

»Meine Herren«, fuhr er fort, »wir sind nun am Anfang der 37. Straße angelangt. Beachten Sie bitte die zauberhafte Perspektive. Auch hier gibt es weder Geschäfte noch Märkte, und damit auch kaum Verkehr, nichts als Villen und Privathäuser, nur sind die Leute hier nicht ganz so reich wie in der 19. Straße. Nur zehn- oder zwölffache Millionäre.«

»Also richtige Habenichtse!« unterbrach ihn Pinchinat augenzwinkernd.

»Nur kein Spott, verehrter Herr«, entgegnete Calistus Munbar. »Im Vergleich mit einem anderen kann jeder ein Habenichts sein. Ein Millionär ist reich, wenn man ihn mit jemandem vergleicht, der nur hunderttausend Francs besitzt! Er ist es nicht, verglichen mit jemandem, der 100 Millionen sein eigen nennt!«

Schon einige Male war unseren Künstlern aufgefallen, daß das Wort »Million« im Wortschatz ihres Führers entschieden am häufigsten vorkam – ohne Zweifel ein gewichtiges Wort! Er sprach es auf eine ganz besondere Art aus, verlieh seiner Stimme mit aufgeblasenen Backen einen metallischen Klang. Man konnte förmlich die Goldstücke klimpern hören, ja, man erwartete fast, sie wie im Märchen aus seinem Mund fallen zu sehen.

Und Sébastien Zorn, Pinchinat, Frascolin und Yvernès setzten ihre Besichtigung dieser außergewöhnlichen Stadt fort, deren geographische Bezeichnung ihnen noch immer unbekannt war. Jetzt belebten sich die Straßen durch das Kommen und Gehen gutgekleideter Menschen; nie wurde das Auge durch die Lumpen eines Bettlers beleidigt. Überall verkehrten elektrische Straßenbahnen, Karren und Lastwagen. Verschiedene große Hauptverkehrsadern waren mit rollenden Gehsteigen versehen, die mittels Kettenantrieb funktionierten und auf denen die Leute dahinspazierten, genauso wie man die Eigenbewegung eines fahrenden Zuges nutzt.

Auf den Straßen rollten auch Elektroautos vorbei, so geräuschlos und erschütterungsfrei wie Billardkugeln auf einem Billardtisch. Equipagen, und zwar Equipagen im wahrsten Sinne des Wortes, nämlich von Pferden gezogene Wagen, sah man nur in den wirklich luxuriösen Wohnvierteln.

»Da seht! Eine Kirche«, sagte Frascolin.

Dabei zeigte er auf ein ziemlich plumpes, stilloses Bauwerk, eine Art Holzkiste, umgeben von leuchtend grünem Rasen.

»Das ist die protestantische Kirche«, erklärte Calistus Munbar und blieb vor dem Gebäude stehen.

»Gibt es auch katholische Kirchen in Ihrer Stadt?« fragte Yvernès.

»Ja. Ich darf Sie im übrigen darauf aufmerksam machen, daß wir hier, obwohl auf der Welt ungefähr tausend verschiedene Religionen ausgeübt werden, nur zwei Religionen praktizieren, nämlich den Katholizismus und den Protestantismus. Es ist bei uns nicht wie in den Vereinigten Staaten, wo man sich, wenn man sich ausnahmsweise in politischen Fragen einmal einig ist, sicher über religiöse Dinge streitet, und wo es fast ebenso viele verschiedene Sekten gibt wie Familien, Methodisten, Anglikaner, Presbyterianer, Anabaptisten, Wesleyaner, und so weiter. Hier gehört man entweder dem calvinistischen Glauben an oder dem römisch-katholischen.«

»Und welche Sprache spricht man hier?«

»Hauptsächlich englisch und französisch.«

»Wozu wir Ihnen gratulieren dürfen«, sagte Pinchinat.

»Die Stadt«, fuhr Calistus Munbar fort, »ist also in zwei ungefähr gleich große Hälften geteilt. Hier befinden wir uns in der...«

»Westlichen Hälfte, würde ich sagen«, bemerkte Frascolin, der sich am Stand der Sonne orientierte.

»In der westlichen – wenn Sie so wollen...«

»Was soll denn das nun wieder heißen: Wenn ich so will?« entgegnete die zweite Violine, ziemlich verblüfft über diese Antwort.

»Kann man hier jede der vier Himmelsrichtungen nach Belieben festsetzen?«

»Ja – und nein«, erwiderte Calistus Munbar. »Ich werde Ihnen das später erklären. Um noch einmal auf diese – wie sagten Sie...? – westliche Hälfte zurückzukommen: Sie wird ausschließlich von Protestanten bewohnt, die sogar hier ihre grundpraktische Natur beibehalten haben, während die intellektuelleren, anspruchsvolleren Katholiken die ... östliche Hälfte bewohnen. Somit ist das hier die protestantische Kirche.«

»So sieht sie auch aus«, bemerkte Yvernès. »Bei dieser niederdrückenden Architektur kann das Gebet ja kein Erheben zu Gott bedeuten, sondern nur ein Zerschmettern auf der Erde!«

»Schön gesagt!« rief Pinchinat. »Monsieur Munbar, in einer so modernen Stadt kann man doch sicher auch die Predigt oder die Messe über Telefon mithören?«

»Selbstverständlich.«

»Und auch telefonisch beichten?«

»Genauso wie man telegraphisch heiraten kann, und Sie werden mir zugestehen müssen, daß das sehr praktisch ist.«

»Kaum zu glauben, Monsieur Munbar, kaum zu glauben«, antwortete Pinchinat.

VIERTES KAPITEL

EIN QUARTETT AUS DEM TAKT

Nach einem so langen Spaziergang ist es wohl erlaubt, um elf Uhr etwas Hunger zu haben, eine Erlaubnis, von der unsere vier Künstler ausgiebig Gebrauch machten. Ihre Mägen knurrten in schönstem Einklang, weshalb sie einstimmig entschieden, es sei höchste Zeit für ein Mittagessen.

Diese Meinung teilte auch Calistus Munbar, der der Notwendigkeit täglicher Nahrungsaufnahme nicht weniger unterworfen war als seine Gäste. Würde man zum Essen ins Hotel Excelsior zurückkehren?

Ja, denn die Stadt selbst schien nicht sehr viele Restaurants zu besitzen. Ohne Zweifel zogen es die meisten Bewohner vor, zu

Hause zu essen, und Touristen aus der Alten und Neuen Welt gab es offenbar kaum.

In wenigen Minuten brachte die Straßenbahn die fünf ausgehungerten Männer zum Hotel zurück, wo sie an einem reich gedeckten Tisch Platz nehmen konnten. Die angebotenen Speisen hoben sich deutlich von einer normalen amerikanischen Mahlzeit ab, bei der meist mehr Wert auf Quantität als auf Qualität gelegt wird. Es erwartete sie ausgezeichnetes Rind- und Hammelfleisch, zartes, schmackhaftes Geflügel, appetitlich frischer Fisch. Außerdem servierte man statt des üblichen Eiswassers verschiedene Biersorten und Weine, die vor zehn Jahren an Hängen im Médoc und Burgund herangereift waren.

Pinchinat und Frascolin taten diesem Mahl bestimmt nicht weniger Ehre an als Sébastien Zorn und Yvernès... Selbstverständlich hatte es sich Calistus Munbar nicht nehmen lassen, sie einzuladen, und es wäre sehr unfreundlich gewesen, diese Einladung nicht anzunehmen.

Übrigens verbreitete der Yankee, dessen Redefluß nicht abriß, eine angenehme Stimmung. Er plauderte über alle möglichen Details der Stadt, nur nicht über das, was seine Gäste gerne gewußt hätten – nämlich den Namen dieser unabhängigen Siedlung, den er erst nach Beendigung des Rundgangs preisgeben wollte. Man mußte sich also bis dahin in Geduld üben. Oder wollte er sie etwa betrunken machen, damit sie den Zug nach San Diego verpaßten? Nein, aber man aß und trank mehr als reichlich und das Dessert klang gerade bei Tee, Kaffee und Likör aus, als eine heftige Detonation die Scheiben des Hotels erzittern ließ.

»Was war denn das?« fragte Yvernès und sprang auf.

»Beunruhigen Sie sich nicht, meine Herren, das war nur die Kanone unseres Observatoriums«, antwortete Calistus Munbar.

»Wenn dieser Schuß die Mittagsstunde anzeigen soll«, erwiderte Frascolin, indem er auf seine Uhr schaute, »dann muß ich sagen, daß Ihre Uhren etwas nachgehen.«

»Nein, verehrte Bratsche, nein! Die Sonne geht hier ebensowenig nach wie anderswo!«

Ein seltsames Lächeln umspielte die Lippen des Amerikaners, seine Augen glitzerten hinter dem Kneifer, und er rieb sich die Hände. Man hätte fast glauben können, er gratuliere sich zu einem gelungenen Streich.

Frascolin, den das gute Essen nicht so sehr in Stimmung versetzt hatte wie die anderen, beobachtete ihn mißtrauisch, ohne genau zu wissen, was er von alledem halten sollte.

»Nun, meine Freunde – Sie erlauben mir doch, Sie als solche zu betrachten –«, fuhr Calistus Munbar in seinem liebenswürdigsten Tonfall fort, »müssen Sie noch die zweite Hälfte der Stadt besichtigen, und ich wäre untröstlich, wenn Ihnen dabei auch nur die kleinste Einzelheit entginge. Wir haben keine Zeit zu verlieren...«

»Um wieviel Uhr geht der Zug nach San Diego?« fragte Sébastien Zorn, wie immer ängstlich darauf bedacht, seinen Verpflichtungen pünktlich nachzukommen.

»Ja, um wieviel Uhr?« drängte auch Frascolin.

»Oh, gegen Abend«, antwortete Calistus Munbar und zwinkerte mit dem linken Auge. »Aber kommen Sie doch, meine verehrten Gäste, kommen Sie. Sie werden es nicht bereuen, mich als Führer gewählt zu haben.«

Einen derart einnehmenden Menschen konnte man unmöglich vor den Kopf stoßen; die vier Musiker verließen also das Hotel und schlenderten die Straße entlang. Aber vielleicht hatten sie dem Wein doch etwas zu ausgiebig zugesprochen, denn sie fühlten sich ein bißchen unsicher auf den Beinen. Es schien, als ob der Boden unter ihren Füßen leicht schwankte, obwohl sie keineswegs einen der rollenden Bürgersteige betreten hatten, die neben ihnen dahinglitten.

»Was ist denn das? Haltet euch fest«, rief Seine Hoheit taumelnd.

»Ich glaube, wir haben ein wenig zu tief ins Glas geschaut«, sagte Yvernès, der sich über die Stirn wischte.

»Aber, meine Herren«, bemerkte der Amerikaner, »einmal ist keinmal! Wir mußten ja schließlich Ihre Ankunft hier begießen.«

»Und jetzt ist die Gießkanne leer!« meinte Pinchinat, der

daran nicht ganz unschuldig war und sich noch nie so wohl gefühlt hatte.

Angeführt von Calistus Munbar folgten sie einer Straße, die sie in die andere Hälfte der Stadt führte. Hier waren die Straßen viel belebter, wirkte alles weit weniger puritanisch. Man glaubte sich plötzlich aus den Nord- in die Südstaaten versetzt, von Chicago nach New Orleans, von Illinois nach Louisiana. Die Läden boten eine reichere Auswahl, die Wohnungen waren eleganter, die Einfamilienhäuser komfortabler, und die Herrenhäuser, zwar ebenso prächtig wie im protestantischen Teil, sahen viel heiterer aus. Auch die Menschen zeigten eine ganz andere Art sich zu geben, zu bewegen und zu kleiden. Man fühlte sich versucht, die Stadt in Anlehnung an den astronomischen Begriff des Doppelsterns als »Doppelstadt« zu bezeichnen, bestehend aus zwei völlig verschiedenen Teilen, nur daß sich diese hier nicht umeinander drehten.

Nachdem sie schon so gut wie die Hälfte dieses Stadtteils besichtigt hatten, blieben sie in der Mitte der 15. Straße einen Moment stehen. Yvernès stieß einen Ruf der Bewunderung aus:

»Seht doch! Was für ein Palast!«

»Das Palais der Familie Coverley«, antwortete Calistus Munbar. »Nat Coverley ist für die katholische Seite, was Jem Tankerdon für die protestantische ist.«

»Ist er noch reicher?« fragte Pinchinat.

»Ungefähr genauso reich«, sagte der Amerikaner. »Ein Ex-Bankier aus New Orleans, der mehr 100 Millionen als Finger an beiden Händen hat.«

»Ein hübsches Paar Handschuhe, mein lieber Monsieur Munbar!«

»Wenn Sie es so nennen wollen.«

»Und diese beiden Nabobs sind natürlich miteinander verfeindet?«

»Ich würde sagen, sie sind zumindest Rivalen. Jeder will natürlich so viel Einfluß wie möglich haben – und sie achten sehr darauf, daß der des anderen nicht zu groß wird.«

»Werden sie sich schließlich gegenseitig verschlingen?« fragte Sébastien Zorn.

»Das kann schon sein, und wenn der eine den anderen auffrißt...«

»Wird er sich gründlich den Magen verderben!« fuhr Seine Hoheit fort.

Calistus Munbar wollte sich ausschütten vor Lachen, so sehr gefiel ihm diese Antwort.

Die katholische Kirche erhob sich mitten auf einem großen Platz, so daß man ihre ausgewogenen Proportionen von allen Seiten bewundern konnte. Sie war in gotischem Stil erbaut, einem Stil, den man eher aus der Nähe würdigen sollte, denn die vertikalen Linien, die seine Schönheit ausmachen, verlieren aus der Ferne betrachtet an Charakter. Saint-Mary Church zeichnete sich besonders durch die Schlankheit ihrer Fialen, die Feinheit ihrer Rosetten und die Eleganz ihrer spätgotischen Spitzbogen und Spitzbogenfenster aus.

»Ein schönes Beispiel angelsächsischer Gotik!« sagte Yvernès, der etwas von Architektur verstand. »Sie hatten recht, Monsieur Munbar, die beiden Hälften Ihrer Stadt haben genausowenig Ähnlichkeit miteinander wie die Kirche der einen mit der Kathedrale der anderen.«

»Und dennoch, Monsieur Yvernès, haben beide Hälften die gleiche Mutter.«

»Aber nicht denselben Vater?« mutmaßte Pinchinat.

»Doch, doch, auch denselben Vater, meine teuren Freunde, nur sind sie auf verschiedene Art aufgezogen worden. Man hat sie den Wünschen jener angepaßt, die hier ein ruhiges, glückliches und sorgenfreies Leben suchen würden, etwas, was ihnen keine einzige Stadt der Alten oder Neuen Welt bieten kann.«

»Bei Apoll, Monsieur Munbar«, entgegnete Yvernès, »machen Sie uns nicht zu neugierig! Es ist, als ob Sie eine dieser musikalischen Phrasen sängen, bei denen die Tonika ewig auf sich warten läßt...«

»Und die einem schließlich auf die Nerven gehen«, fuhr Sébastien Zorn fort. »Finden Sie nicht, es wäre jetzt an der

Zeit, uns den Namen dieser außergewöhnlichen Stadt zu verraten?«

»Noch nicht, meine lieben Gäste«, erwiderte der Amerikaner, indem er den goldenen Zwicker auf seinem Gesichtserker zurechtrückte. »Haben Sie bitte noch bis zum Ende unseres Rundgangs Geduld... Gehen wir weiter.«

»Bevor wir weitergehen, habe ich einen Vorschlag zu machen«, sagte Frascolin, in dessen Neugierde sich ein vages Gefühl der Unruhe mischte.

»Und der wäre?«

»Warum steigen wir nicht auf den Turm der Saint-Mary Church? Von dort hätten wir sicher eine wunderbare Aussicht!«

»Nein, das geht nicht«, entfuhr es Calistus Munbar, wobei er sein mächtiges, zerzaustes Haupt schüttelte, »nicht jetzt... später!«

»Und wann?« rief der Cellist, den all diese mysteriösen Ausflüchte zu ärgern begannen.

»Am Ende unseres Spaziergangs, Monsieur Zorn.«

»Dann kommen wir also zu dieser Kirche zurück?«

»Nein, meine Freunde, am Ende unseres Spaziergangs wird ein Besuch des Observatoriums stehen, dessen Turm noch ein Drittel höher ist als der Turm von Saint-Mary Church.«

»Und warum können wir nicht gleich hier hinaufsteigen?« beharrte Frascolin.

»Weil... Sie mir damit den Effekt verderben würden!«

Und weiter war aus diesem rätselhaften Menschen nichts herauszuholen.

Da man ihm offensichtlich am besten seinen Willen ließ, durchwanderten die vier gewissenhaft die verschiedenen Straßen der zweiten Stadthälfte, besichtigten die Geschäftsviertel, die Quartiere der Schneider, Schuster, Hutmacher, Metzger, Krämer, Bäcker und Obsthändler. Calistus Munbar wurde vom Großteil der Passanten gegrüßt und erwiderte diese Grüße recht selbstgefällig. Dabei hörte er nie auf, wortreich die Vorzüge seiner Stadt anzupreisen; seine Zunge kam genausowenig zur Ruhe wie ein Glockenklöppel an einem Feiertag.

Gegen zwei Uhr erreichte das Quartett die Stadtgrenze auf der katholischen Seite, markiert durch ein prächtiges, mit Blumen und Schlingpflanzen bewachsenes schmiedeeisernes Gitter. Jenseits des Gitters erstreckte sich offenes Land, das am Horizont mit dem Himmel verschmolz.

Hier machte Frascolin eine Beobachtung, die er für sich behielt: die Sonne stand nicht im Südwesten, wo sie um zwei Uhr nachmittags hingehört hätte, sondern im Südosten. Aber dafür würde sich wohl auf dem Turm des Observatoriums eine Erklärung finden lassen.

Dennoch versetzte ein solches Problem auch einen so kühlen Kopf wie Frascolin in Erstaunen, so daß dieser auf dem besten Wege war, sich das Gehirn zu zermartern, als Calistus Munbar seine Gedanken in eine andere Richtung lenkte:

»Meine Herren, die Straßenbahn fährt in wenigen Minuten. Auf zum Hafen.«

»Zum Hafen?« fragte Sébastien Zorn.

»Oh, er ist höchstens eine Meile von hier entfernt. Und auf der Fahrt dorthin werden Sie Gelegenheit haben, unseren Park zu bewundern.«

Wenn es einen Hafen gab, mußte er etwas oberhalb oder unterhalb der Stadt an der südkalifornischen Küste liegen. Wo sonst, wenn nicht irgendwo an dieser Küste?

Unsere leicht verwirrten Künstler nahmen auf den Bänken eines eleganten Trambahnwagens Platz, in dem schon mehrere andere Fahrgäste saßen. Jeder begrüßte Calistus Munbar mit Handschlag – dieser Teufelskerl kannte wohl alle Welt –, und die Dynamos ließen den Wagen losrollen.

Calistus Munbar hatte wirklich nicht zuviel gesagt, als er die Landschaft zwischen Stadt und Hafen als Park bezeichnete. Alleen, so weit das Auge reichte, durchzogen saftig grüne Rasenflächen; weiß gestrichene Zäune, gerade oder im Zickzack, umgaben Schonungen mit Eichen, Ahorn, Buchen, Kastanien, Zürgelbäumen, Ulmen und Zedern, auf denen es von Vögeln der verschiedensten Arten nur so wimmelte, der reinste englische Garten also, mit Springbrunnen und Blumenornamenten, frisch

Jenseits des Gitters erstreckte sich offenes Land

erblüht in der ganzen Pracht des Frühlings, zusammengestellt aus einer Vielfalt von Sträuchern und Blumen: Geranien, so groß wie die von Monte Carlo, Orangen-, Zitronen- und Olivenbäume, Lorbeerrosen, Mastix, Aloen, Kamelien, Dahlien, weiße Alexandriner-Rosen, Hortensien, weiße und rosa Lotosblumen, südamerikanische Passionsblumen, ein wahrer Regenbogen von Fuchsien, Salbei, Begonien, Hyazinthen, Tulpen, Krokussen, Narzissen, Anemonen, persischen Ranunkeln, Schwertlilien, Alpenveilchen, Orchideen, Pantoffelblumen, Baumfarn, und auch spezifisch tropische Arten wie Blumenrohr, Dattel-, Kokos- und Honigpalmen, Feigen- und Eukalyptusbäume, Mimosen, Bananenstauden, Guajaven- und Kalebassenbäume – mit einem Wort, alles, was man vom üppigsten Botanischen Garten erwarten konnte.

Mit seinem Hang, Erinnerungen an die Poesie vergangener Zeiten heraufzubeschwören, mußte sich Yvernès in die bukolische Landschaft eines Schäferromans versetzt glauben: über frische grüne Wiesen zogen Schafherden, auf umzäunten Weiden grasten rotbraune Kühe, und zwischen den Bäumen sprangen Damhirsche, Hirsche und andere anmutige Waldtiere herum – nichts fehlte, außer den Hirten aus D'Urfés *Astree* und seinen reizenden Hirtinnen, um die Illusion zu vervollkommnen. Sogar ein Fluß, der Serpentine River, schlängelte sich wie D'Urfés Lignon mit frischem klarem Wasser durch diese gepflegte Landschaft.

Nur daß alles irgendwie künstlich wirkte.

Pinchinat konnte sich eine ironische Bemerkung darüber nicht verkneifen:

»Das ist wohl alles, was Sie hier an Flüssen zu bieten haben?«

Worauf Calistus Munbar antwortete:

»Flüsse? Wozu sollen die denn gut sein?«

»Natürlich daß man Wasser hat!«

»Wasser, das heißt eine im allgemeinen ungesunde Flüssigkeit voller Mikroben, von der man Typhus bekommt!«

»Schon, aber man kann es doch klären!«

»Und warum sich all diese Mühe machen, wenn es ein leichtes

Der Serpentine River

ist, hygienisch einwandfreies Wasser herzustellen, das sogar je nach Wunsch mit Kohlensäure oder Eisen angereichert werden kann?«

»Sie stellen Ihr Wasser selbst her?«

»Selbstverständlich! Und wir verteilen es warm oder kalt in alle Haushaltungen, ebenso wie wir das Licht, den Schall, die genaue Uhrzeit, Wärme, Kühlung, Antriebskraft, antiseptische Mittel und elektrische Energie in sämtliche Gebäude leiten.«

»Und den Regen, um Ihre Rasen und Blumen zu begießen, machen Sie den nicht auch noch zufällig selbst...?« warf Yvernès ein.

»Sie nehmen mir das Wort aus dem Mund, Monsieur«, erwiderte der Amerikaner, indem er sich mit seinen juwelenglitzernden Fingern durch den schimmernden Bart strich.

»Regen auf Bestellung!« rief Sébastien Zorn.

»Ja, meine lieben Freunde, Regen, der mittels unterirdischer Leitungen auf gleichmäßige, vorschriftsmäßige und zweckmäßige Art verteilt werden kann. Ist das nicht viel besser, als auf den guten Willen der Natur warten und sich den Launen des Klimas unterwerfen zu müssen, als auf die Unbilden des Wetters zu schimpfen, ohne etwas gegen sie unternehmen zu können, gegen zu lange Regenzeiten, oder zu ausgedehnte Trockenperioden...?«

»Einen Moment, Monsieur Munbar«, erklärte Frascolin, »daß Sie nach Belieben Regen erzeugen können, mag schon sein, aber wie wollen Sie verhindern, daß er vom Himmel fällt?«

»Was hat denn der Himmel damit zu tun?«

»Der Himmel, oder wenn Sie das lieber hören, Wolken, die sich entladen, Luftströmungen, die Zyklone, Tornados, Stürme und Orkane bringen – zum Beispiel während der kalten Jahreszeit.«

»Die kalte Jahreszeit?« wiederholte Calistus Munbar.

»Ja, der Winter.«

»Winter?... Was ist denn das?«

»Was das ist! Eis, Schnee, Kälte!« schrie Sébastien Zorn, den die ironischen Antworten des Yankee in Wut versetzten.

»Kennen wir nicht«, antwortete Calistus Munbar ruhig.

Die vier Pariser sahen einander an. War dieser Mensch ein Verrückter oder ein Spaßvogel? Im ersten Fall gehörte er in eine Irrenanstalt, im zweiten verdiente er eine tüchtige Tracht Prügel.

Indessen rollte die Straßenbahn langsam weiter durch diesen Zaubergarten. In der Ferne, jenseits dieses gewaltigen Parks, glaubten Sébastien Zorn und seine Freunde Kulturland zu erkennen, sauber unterteilt in einzelne Felder, die verschiedene Farben zur Auswahl stellten, wie die Stoffmuster, die früher an der Tür jedes Schneiders hingen. Ohne Zweifel wurde dort Gemüse angebaut: Kartoffeln, Kohl, Karotten, weiße Rüben, Porree – kurz alles, was man für einen guten *pot au feu* brauchte.

Gerne wären die vier ganz aufs Land hinausgefahren, denn es interessierte sie auch, was diese einzigartige Region an Weizen, Hafer, Mais, Gerste, Roggen, Buchweizen und sonstigen Getreidesorten hervorbrachte.

Doch da tauchte plötzlich eine Fabrik auf, deren Blechschornsteine die niedrigen Dächer aus Mattglas überragten. Die von Eisenstreben gestützten Schlote sahen ähnlich aus wie die Schornsteine eines Ozeanriesen, dessen mächtige Schrauben von hunderttausend Pferdestärken angetrieben werden, außer daß ihnen anstatt dicker schwarzer Wolken nur dünne Rauchfäden entwichen, deren Ruß die Luft nicht verschmutzte.

Diese Fabrik beanspruchte eine Fläche von zehntausend Quadratmetern. Es war die erste Industrieanlage, die das Quartett zu Gesicht bekam, seit es unter der Führung des Amerikaners »herumpilgerte« (man verzeihe mir diesen Ausdruck).

»Was ist denn das für eine Anlage?« fragte Pinchinat.

»Das ist eine Fabrik mit Erdöl-Evaporatoren«, antwortete Calistus Munbar, dessen scharfer Blick die Gläser seines Zwikkers zu durchbohren drohte.

»Und was fabriziert sie, Ihre Fabrik?«

»Elektrische Energie, die überall in der Stadt, dem Park und auf dem Land Maschinen antreibt und Licht erzeugt. Gleichzeitig speist diese Anlage auch unsere Telegraphen, Schreibtelegraphen, Telefone, Spiegelkammern, unsere Türklingeln, Kochherde, Haushaltsapparate, unsere Bogenlampen, Glühlampen, Aluminium-Monde, unsere Unterwasserkabel...«

»Ihre Unterwasserkabel?« bemerkte Frascolin aufhorchend.

»Ja, durch sie ist die Stadt mit verschiedenen Orten an der amerikanischen Küste verbunden.«

»Und es war nötig, dafür eine Fabrik von solchen Ausmaßen zu bauen?«

»Das will ich meinen, denn was wir an elektrischer – und moralischer – Energie verbrauchen, ist nicht wenig«, erwiderte Calistus Munbar. »Glauben Sie mir, meine Herren, allein für die Gründung dieser auf der Welt einzigartigen Stadt wurden unermeßliche Mengen davon benötigt.«

Von der gigantischen Anlage her drang dumpfes Dröhnen, Rauch quoll ununterbrochen aus ihren Schornsteinen, und die Vibrationen ihrer Maschinen ließen den Boden noch in einiger Entfernung erzittern. Es mußte sich hier um mechanische Einrichtungen handeln, die alles übertrafen, was die moderne Industrie bislang entwickelt hatte. Kaum vorstellbar, daß so viel Kraft nötig war, um Dynamos in Bewegung zu setzen und Akkumulatoren aufzuladen.

Eine Viertelmeile später kam die Straßenbahn am Hafen zum Stehen.

Unsere vier Reisenden stiegen aus, und ihr Führer, immer noch überströmend von Lobeshymnen, geleitete sie zu den Kais, die sich an den Lagerhallen und Docks entlangzogen. In der Rundung des geschützten Hafenbeckens konnten kaum mehr als zehn Schiffe Schutz finden. Es wurde von zwei durch Eisenträger verstärkte Molen abgeschlossen, an deren Enden rechts und links von der Hafeneinfahrt Leuchttürme den Schiffen das Manövrieren erleichterten.

An diesem Tag lagen nur ungefähr ein halbes Dutzend Dampfer vor Anker, die einen zum Transport von Erdöl bestimmt, die anderen zum Heranschaffen lebensnotwendiger Konsumgüter, und einige mit elektrischen Instrumenten ausgestattete Fischerboote, die zur Hochseefischerei dienten.

Frascolin stellte fest, daß die Hafeneinfahrt nach Norden

Ihm fiel die starke West-Ost-Strömung auf

ausgerichtet war, woraus er schloß, daß der Hafen an der Nordseite einer der Landzungen liegen mußte, die die niederkalifornische Küste in den Pazifik hinausragen läßt. Außerdem fiel ihm die starke West-Ost-Strömung auf, die an den beiden Molenköpfen hochschwappte wie die breiten Wogen an den Seiten eines fahrenden Schiffs, – ein Effekt, der zweifellos durch die steigende Flut verursacht wurde, obwohl sich die Gezeiten an der Westküste Amerikas im allgemeinen nicht sehr intensiv bemerkbar machen.

»Wo ist denn der Fluß, den wir gestern abend mit der Fähre überquert haben?« fragte Frascolin.

»Wir drehen ihm den Rücken zu«, lautete die kurze Antwort des Yankees.

Doch allmählich wurde es nun Zeit, in die Stadt zurückzukehren, wenn sie den Zug nach San Diego nicht verpassen wollten.

Sébastien Zorn erinnerte Calistus Munbar an diesen Umstand, worauf dieser antwortete:

»Beunruhigen Sie sich nicht, meine lieben Freunde, wir haben noch genug Zeit. Wir werden mit der Straßenbahn der Küste entlang in die Stadt zurückfahren... und in weniger als einer Stunde werden Sie sich vom Turm des Observatoriums aus wie gewünscht einen Überblick über diese Gegend verschaffen können.«

»Sie geben uns Ihr Wort?« beharrte der Cellist.

»Ich gebe Ihnen mein Wort, daß Sie morgen bei Sonnenaufgang nicht mehr dort sein werden, wo Sie jetzt sind.«

Diese etwas zweideutige Antwort mußten sie wohl oder übel akzeptieren. Im übrigen vermochte Frascolin seine Neugier, die ihn noch stärker plagte als seine Freunde, kaum mehr zu bezähmen. Er wollte endlich auf der Spitze dieses Turmes stehen, von dem aus man das Land im Umkreis von mindestens hundert Meilen überblicken konnte, wie der Amerikaner behauptete. Wenn man dort nicht Klarheit über die geographische Lage dieser unglaublichen Stadt gewann, würde einem das wohl nie gelingen.

Auf der anderen Seite des Hafenbeckens begann eine zweite

Straßenbahnlinie, die der Küste entlangführte. Sechs Wagen, in denen schon zahlreiche Fahrgäste Platz genommen hatten, waren an eine elektrische Lokomotive gekoppelt, deren Akkumulatoren eine Kapazität von 200 Ampère besaßen, dank denen sie eine Geschwindigkeit zwischen fünfzehn und achtzehn Kilometern pro Stunde erreichte.

Calistus Munbar bat das Quartett, in die Straßenbahn einzusteigen, und als hätte sie nur auf die vier gewartet, setzte sie sich unmittelbar danach in Bewegung.

Die Landschaft, die sie jetzt durchquerten, unterschied sich kaum vom Park zwischen Stadt und Hafen: dasselbe flache, sorgfältig unterhaltene Gelände, nur daß man hier anstelle von Rasenflächen grüne Weiden und Felder angelegt hatte, und zwar Gemüsefelder, keine Getreidefelder. Während sie vorbeifuhren, schossen gerade dünne Fontänen aus den unterirdischen Leitungen, um als wohltuender künstlicher Regen auf die wie mit Lineal und Zeichenwinkel gezogenen langen Rechtecke zurückzufallen.

Gleichmäßiger und günstiger hätte auch der Himmel den Regen nicht dosieren und verteilen können.

Die Gleise folgten dem Küstenverlauf, mit dem Meer auf der einen und den Feldern auf der andern Seite. Nach ungefähr vier Meilen Fahrt durch diese gleichbleibende Kulisse hielten die Wagen vor einer Geschützbatterie aus zwölf großkalibrigen Kanonen an. Den Zugang zu dieser Stellung markierte ein Schild: »Rammsporn-Batterie«.

»Kanonen, die zwar von hinten geladen werden, aber nie nach hinten losgehen... wie das so häufig im alten Europa geschieht!« bemerkte Calistus Munbar.

An dieser Stelle war die Küste stark zerklüftet, formte eine Art sehr spitz zulaufendes Kap, wodurch es dem Bug eines Dampfers oder sogar dem Rammsporn eines Schlachtschiffes ähnelte, vor dem sich das Wasser hochaufspritzend teilte. Dieses Phänomen konnte nur eine Folge der Strömung sein, denn die Wogen der See glätteten sich zu sanften Wellen, die mit dem Sinken der Sonne immer schwächer wurden.

Von hier aus führte eine dritte Linie ins Zentrum zurück, während die zweite weiter kurvenreich dem Küstenverlauf folgte.

Calistus Munbar bat seine Gäste umzusteigen, da sie nun direkt in die Stadt zurückfahren würden.

Sie hatten genug gesehen. Calistus Munbar zog seine Uhr heraus, ein Meisterwerk Schweizer Uhrmacherkunst – eine sprechende, eine phonographische Uhr –, und drückte auf einen Knopf, worauf gut verständlich folgende Worte ertönten: vier Uhr dreizehn.

»Vergessen Sie nicht, daß wir noch das Observatorium besteigen wollten«, erinnerte Frascolin.

»Das vergessen? – Niemals, meine lieben und schon alten Freunde. Eher würde ich meinen Namen vergessen, der sich doch einer gewissen Berühmtheit erfreut! Noch vier Meilen, und wir befinden uns vor diesem großartigen Bauwerk, das am einen Ende der 1. Straße steht, also jener Allee, die die zwei Hälften unserer Stadt voneinander trennt.«

Inzwischen war die Straßenbahn losgefahren. Nach den Feldern, auf die noch immer ein »nachmittäglicher« – wie ihn der Amerikaner nannte – Regen niederfiel, durchquerte man noch einmal den eingezäunten Park mit seinen Rasenflächen, verschwenderischen Blumenornamenten und exotischen Baumgruppen.

Es schlug halb fünf. Auf einem gewaltigen Zifferblatt, nicht unähnlich dem des Big Ben in London, das die Fassade eines viereckigen Turms zierte, zeigten zwei Zeiger die genaue Uhrzeit an.

Um diesen Turm gruppierten sich die verschiedenen Observatoriumsgebäude, von denen einige mit Metallkuppeln versehen waren, deren verglaste Sehschlitze es den Astronomen erlaubten, den Lauf der Sterne zu verfolgen. Die Bauten waren so angeordnet, daß sie einen Hof bildeten, in dessen Mitte sich der hundertfünfzig Fuß hohe Turm erhob. Von seiner oberen Galerie aus bot sich rundherum ein ungehinderter Ausblick bis in die Weite von fünfundzwanzig Kilometern, da keine Erhebung, kein Hügel und kein Berg die Sicht verdeckte.

Calistus Munbar schritt seinen Gästen voraus auf eine Tür zu, die von einem Kastellan in prächtiger Livree geöffnet wurde. Am anderen Ende der Eingangshalle wartete ein elektrisch betriebener Aufzug auf das Quartett und seinen Führer. Sobald sie ihn betreten hatten, glitt der Fahrstuhl mit gleichmäßiger Geschwindigkeit in die Höhe, um fünfundvierzig Sekunden später auf der Aussichtsplattform des Turmes anzuhalten.

Auf dieser Plattform ragte die Stange einer riesigen Fahne empor, die im Nordwind flatterte.

Welches Land vertrat diese Flagge? Keiner unserer vier Pariser kannte sie. Sie trug zwar die roten und weißen Querstreifen des Sternenbanners, aber anstelle der siebenundsechzig Sterne, die zu dieser Zeit am Firmament der Konföderation leuchteten, zierte das dunkelblaue Rechteck links oben nur ein einziger Stern, oder vielmehr eine goldene Sonne, deren Glanz mit der wirklichen Sonne zu wetteifern schien.

»Unsere Flagge, meine Herren«, sagte Calistus Munbar, indem er seinen Hut abnahm.

Sébastien Zorn und seine Freunde mußten wohl oder übel seinem Beispiel folgen. Dann gingen sie weiter bis zur Brüstung, beugten sich darüber und – schrien vor Überraschung laut auf. Ihre Überraschung verwandelte sich allerdings schnell in ebenso lautstarke Empörung.

Unter ihrem Blick erstreckte sich das ganze Land ... das aus nichts weiter bestand als aus einem regelmäßigen Oval mitten im Meer: soweit das Auge reichte, war nichts vom Festland zu entdecken.

Aber nachdem sie in der Nacht vorher das Dorf Freschal im Wagen des Amerikaners verlassen hatten, waren Sébastien Zorn, Frascolin, Yvernès und Pinchinat doch gut zwei Meilen über Land gefahren ... Dann hatten sie sich mitsamt dem Kremser von der Fähre über den Fluß setzen lassen, worauf sie wieder festen Boden unter den Füßen spürten ... Wenn sie die kalifornische Küste irgendwie auf einem Schiff hinter sich gelassen hätten, wäre ihnen das doch bestimmt aufgefallen ... Frascolin drehte sich zu Calistus Munbar um:

»Wir sind also auf einer Insel?« fragte er.

»Wie Sie sehen!« antwortete der Yankee mit seinem liebenswürdigsten Lächeln.

»Und wie heißt diese Insel?«

»Standard Island.«

»Und diese Stadt?«

»Milliard City.«

FÜNFTES KAPITEL

STANDARD ISLAND UND MILLIARD CITY

Zu der Zeit, in der diese Geschichte spielt, hatte sich noch kein geographisch bewanderter Statistiker gefunden, der den Mut zu dem Versuch aufgebracht hätte, sämtliche Inseln unserer Erde zu zählen, aber man darf mit Sicherheit annehmen, daß er dabei einige tausend hätte erfassen müssen. Und unter all diesen Inseln ließ sich keine einzige finden, die den Wünschen der Gründer von Standard Island entsprochen und den Ansprüchen der zukünftigen Bewohner genügt hätte? Nein, nicht eine einzige. Daher rührte dieser typisch amerikanisch-praktische Einfall, aus Einzelteilen eine künstliche Insel zusammenzubauen, die Krönung moderner Metallindustrie.

Standard Island – was man etwa mit »Muster-Insel« übersetzen könnte – war eine stählerne Insel, Milliard City ihre Hauptstadt. Weshalb dieser Name? Natürlich weil sie eine Stadt der Milliardäre war, der Goulds, Vanderbilts und Rothschilds. Aber, mag der Leser einwenden, das Wort »Milliarde« gibt es im Englischen doch gar nicht, die Angelsachsen der Alten und Neuen Welt benutzen immer die Wendung »a thousand millions«, tausend Millionen; »Milliarde« ist ein deutsches Wort. Zugegeben, doch seit einigen Jahren hat es auch Eingang in die Umgangssprache Großbritanniens und der Vereinigten Staaten gefunden – und für die Hauptstadt von Standard Island könnte man sich wohl kaum eine passendere Bezeichnung denken.

Standard Island

Die Idee einer künstlichen Insel ist an sich gar nicht so abwegig. Falls genügend geeignetes Auffüll-Material zur Verfügung steht, ließe sie sich in einem Fluß, einem See, sogar in einem Meer, durchaus verwirklichen. Aber das allein hätte ja nicht genügt. Um die an sie gestellten Anforderungen zu erfüllen, müßte diese Insel ihren Standort wechseln können, dürfte also kein festes Fundament besitzen. Da lag die Schwierigkeit, die sich allerdings dank der praktisch unbegrenzten Leistungsfähigkeit der Stahlwerke und ihrer Maschinen als überwindbar herausstellte.

Schon gegen Ende des 19. Jahrhunderts hatten die Amerikaner mit ihrem Instinkt für alles Überdimensionale, ihrer Bewunderung für alles »Enorme«, das Projekt entwickelt, einige hundert Meilen vom Festland entfernt ein gewaltiges Floß im Meeresboden zu verankern. Geplant war zwar ursprünglich keine Stadt, sondern ein Ferienparadies mitten im Atlantik, mit Restaurants, Hotels, Theatern, Klubs usw., wo der Tourist alle Annehmlichkeiten eines exklusiven Badeortes genossen hätte. Dennoch setzte man diesen frühen Plan mit Standard Island in die Tat um, wenn auch schließlich anstatt eines festliegenden Floßes eine frei schwimmende Insel gebaut wurde.

Sechs Jahre vor Beginn dieses Abenteuers wurde also die Standard Island Company Ltd. gegründet, eine amerikanische Gesellschaft mit einem Grundkapital von fünfhundert Millionen Dollar, aufgeteilt in 500 Anteilscheine, und dem Zweck, eine künstliche Insel zu konstruieren, die den Reichsten der Reichen der Vereinigten Staaten all die Annehmlichkeiten bieten sollte, die sie in den ortsgebundenen Städten unseres Globus entbehren mußten. Diese Anteilscheine fanden reißenden Absatz, denn an riesigen Vermögen herrschte damals in Amerika kein Mangel, ob sie nun aus dem Betrieb von Eisenbahnlinien, aus Bankspekulationen, der Ausbeutung von Ölquellen oder aus dem Handel mit Pökelfleisch stammten.

Der Bau der Insel nahm vier Jahre in Anspruch. Befassen wir uns zuerst einmal mit den wichtigsten Abmessungen der Konstruktion und dem Antriebssystem, das es ihr gestattete, die

Die Insel setzte sich aus einzelnen Kammern zusammen

schönsten Gebiete des gewaltigen Pazifischen Ozeans zu durchkreuzen. Diese Abmessungen werden wir nicht in Meilen, sondern in Kilometern angeben, denn das Dezimalsystem hatte damals in der angelsächsischen Welt gerade nach langem Kampf den Sieg davongetragen.

Schwimmende Dörfer kennt man in China auf dem Yangtsekjang, in Brasilien auf dem Amazonas und in Europa auf der Donau, doch handelt es sich dabei um kurzlebige Konstruktionen, einige Hütten, die auf langen Baumflößen befestigt werden. Am Ziel der Reise angekommen, zerlegt man das Floß, reißt die Hütten ab, und das Dorf hört auf zu existieren.

Die Insel, von der wir sprechen, kann man damit überhaupt nicht vergleichen: Sie sollte dem Meer trotzen, sie sollte bestehen bleiben... solange ein Werk aus Menschenhand nur bestehen bleiben kann.

Und wer vermag im übrigen zu sagen, ob die Erde nicht eines Tages zu klein für ihre Bewohner wird, deren Zahl bis zum Jahr 2072 sechs Milliarden erreichen soll – will man den erstaunlich genauen Voraussagen der Wissenschaftler Glauben schenken. Wird man nicht dereinst aufs Meer ausweichen müssen, wenn die Kontinente überfüllt sind?

Standard Island bestand ganz aus Stahl; die Festigkeit ihres Rumpfes entsprach nach genauen Berechnungen dem ungeheuren Gewicht, das er zu tragen hatte. Er setzte sich aus 270000 einzelnen Kammern zusammen, jede davon 16,70 m hoch, 10 m lang und 10 m tief. Damit bildete ein solches Bauteil von oben gesehen ein Quadrat von 10 m Seitenlänge, besaß also eine Fläche von 100 m^2. Verbolzt und vernietet verliehen demnach alle Kammern zusammen der Insel eine Fläche von 27 km^2. Durch die ovale Form, die die Konstrukteure gewählt hatten, wies sie bei einer Länge von 7 km eine maximale Breite von 5 km auf, womit ihr Umfang rund 18 km betrug.

Die 16,70 m Höhe des Rumpfes lagen zu ⅝ unter Wasser, oder mit anderen Worten: die Insel hatte bei voller Auslastung einen Tiefgang von 10 m. Ihr Volumen betrug folglich

Eine der beiden Fabriken

432000000 m³, und ihre Wasserverdrängung, also drei Fünftel des Volumens, 259000000 m³.

Den Unterwasserteil der Außenwände hatte man mit einem langgesuchten, eben erfundenen Präparat behandelt – es machte seinen Erfinder zum Milliardär –, das verhinderte, daß sich Muscheln und andere Schalentiere an der Hülle festsetzten.

Dellen oder gar Risse brauchte der Unterbau der neuen Insel nicht zu fürchten, denn das Stahlblech seines Rumpfes wurde durch massive Querstreben verstärkt, in denen alle Bolzen und Nieten unverrückbar festsaßen.

Für den Bau dieses gigantischen Wasserfahrzeugs mußten spezielle Werften errichtet werden. Zu diesem Zweck hatte die Standard Island Company die ganze Madeleine Bay, die am Ende dieser langen niederkalifornischen Halbinsel fast am Wendekreis des Krebses liegt, aufgekauft. In dieser Bucht entstand die schwimmende Insel unter der Leitung der Ingenieure der Standard Island Company, deren Chef, der berühmte William Tersen, wenige Monate nach der Fertigstellung seines Werkes starb und damit fast dasselbe Schicksal erlitt wie Brunnel, der den erfolglosen Stapellauf seiner *Great Eastern* nicht überlebte. Schließlich: war Standard Island etwas anderes als eine modernisierte Version dieser *Great Eastern*, wenn auch in tausendfach größerem Maßstab?

Selbstverständlich konnte die Insel nicht als Ganzes vom Stapel laufen; sie wurde in Einzelteilen gebaut und erst in der Madeleine Bay auf dem Wasser zusammengesetzt. So wurde dieser Abschnitt der niederkalifornischen Küste zum Heimathafen der schwimmenden Insel, in dem sie anlegte, wenn irgendwelche Reparaturen notwendig waren.

Die Inseloberfläche hatte man überall, abgesehen vom zusätzlich verstärkten Teilstück unter der Stadt, mit einer dicken Schicht Muttererde überzogen. Dieser Humus genügte für die Bedürfnisse einer Pflanzendecke, die sich auf Rasenflächen, Blumenbeete, Ziersträucher, Baumgruppen, Wiesen und Gemüsefelder beschränkte. Es schien wenig sinnvoll, von diesem künstlichen Boden die nötigen Voraussetzungen für Getreideanbau oder den Unterhalt von Schlachtvieh zu erwarten, das deshalb regelmäßig vom Festland importiert wurde. Aber man sorgte mit gutem Grund dafür, daß man bei Eiern und Milchprodukten von Importationen unabhängig blieb.

Drei Viertel der Fläche von Standard Island, also etwa 21 km², waren von Pflanzenwuchs bedeckt: im Park immergrüne Rasenflächen; auf dem Land Gemüse- und Obstkulturen, die durch Intensivanbau reiche Erträge abwarfen, und künstliche Wiesen, die einigen Herden als Weide dienten. Im übrigen erfreute sich hier die Elektrokultur einer weiten Verbreitung, das heißt, man beeinflußte das Wachstum der Pflanzen durch Gleichstrom, was ihre Entwicklung nicht nur außerordentlich beschleunigte, sondern auch unglaublich steigerte: man erntete zum Beispiel häufig 45 cm lange Rettiche oder 3 kg schwere Karotten. Obst- und Gemüsegärten konnten durchaus mit den schönsten Anlagen in Virginia oder Louisiana wetteifern. Das war nicht besonders verwunderlich, denn auf dieser Insel wurden Kosten nicht gescheut: nicht ohne Grund nannte man sie »Juwel des Pazifik«.

Ihre Hauptstadt, Milliard City, nahm gut ein Fünftel der Gesamtoberfläche von 27 km² ein, d. h. ungefähr 5 km² oder 500 Hektar, womit sich ein Umfang von 9 km ergab. Wer unter unseren Lesern Sébastien Zorn und seine Freunde auf ihrem Rundgang begleitet hat, kennt die Stadt ja schon gut genug, um sich in ihr nicht zu verirren. Nebenbei gesagt kann man sich in amerikanischen Städten gar nicht verlaufen, wenn sie das Glück und zugleich das Pech haben, modern zu sein – Glück, weil sie verkehrstechnisch so einfach angelegt sind, Pech, weil ihnen alles Künstlerische und Originelle vollkommen abgeht. Wie wir schon wissen, besaß Milliard City eine ovale Form und wurde durch eine Hauptverkehrsader, die etwas mehr als 3 km lange 1. Straße, in zwei Hälften geteilt. Am einen Ende dieser Allee erhob sich das Observatorium, am anderen, als sein Pendant, das Rathaus. In diesem imposanten Bauwerk liefen die Fäden der Inselverwaltung zusammen, denn es beherbergte das Standesamt, die Ämter für Wasserversorgung und Landschaftsgestaltung, das Straßenbauamt, das Polizeipräsidium, das Zollbüro, die Gewerbeaufsicht sowie die zuständigen Stellen für Bestattungen, Krankenhäuser, Schulen, kirchliche Angelegenheiten und kulturelle Belange.

Jetzt interessiert natürlich die Frage, wie viele Menschen, wie viele Nationalitäten innerhalb dieses Umkreises von 18 km anzutreffen waren.

Zum Zeitpunkt unserer Geschichte gab es auf der Erde zwölf Städte – davon allein vier in China – mit mehr als einer Million Einwohnern. Die stählerne Insel zählte nur ungefähr zehntausend – alle Staatsbürger der USA. Man wollte internationale Streitigkeiten zwischen den Einwohnern vermeiden, die ja auf diese mit modernstem Komfort ausgestattete Insel gezogen waren, um Ruhe und Erholung zu finden. Daß nicht alle derselben Konfession angehörten, bot schon genug, wenn nicht sogar zuviel, Zündstoff. Doch es wäre schwierig gewesen, den Yankees, die jetzt die Backbordseite von Standard Island bewohnten, oder umgekehrt den Südstaatlern, die die Steuerbordseite dominierten, die Aufnahme zu verweigern. Übrigens hätte die Standard Island Company damit auch entschieden gegen ihre eigenen Interessen gehandelt.

Nachdem man den metallenen Grund und Boden fertiggestellt, den zukünftigen Standort der Stadt für die Bauarbeiten vorbereitet und das Straßennetz festgelegt hatte, begannen langsam die ersten Gebäude Gestalt anzunehmen, prächtige Paläste, einfachere Wohn- und Geschäftshäuser, öffentliche Bauten, Kirchen, aber keine dieser siebenundzwanzigstöckigen Hochhäuser, dieser *sky-scrapers*, also »Wolkenkratzer«, wie sie etwa in Chicago stehen. Die verwendeten Baustoffe waren zugleich leicht und widerstandsfähig; hauptsächlich kam das rostfreie Metall Aluminium zum Einsatz, das bei gleich großem Volumen siebenmal leichter ist als Eisen – das Metall der Zukunft, wie es Sainte-Claire Deville genannt hat. Die Aluminium-Armierungen stützten Wände aus Kunststein, das heißt Beton, einem Material, das sich sehr leicht verarbeiten läßt. Manchmal wurden sogar Glasbausteine eingesetzt, die, wie Flaschen geblasen und dann mit speziell feinem Mörtel zusammengefügt, auf Wunsch sogar das ideale Glashaus realisieren konnten. Aber alles in allem verwendete man wie gegenwärtig im Schiffsbau hauptsächlich Metall. Schließlich – was war Standard Island anderes als ein gewaltiges Schiff?

Alle Häuser der Insel gehörten der Standard Island Company, womit alle Einwohner, unabhängig von der Größe ihres Vermögens, nicht mehr waren als Mieter. Überdies hatte man sehr darauf geachtet, in Bezug auf Komfort und Ausstattung jeden Sonderwunsch vorauszusehen, den die unwahrscheinlich reichen Amerikaner äußern könnten, Finanzmagnaten, neben denen europäische Fürsten oder indische Nabobs nur mittelmäßig abschneiden würden.

Denn entspricht die Statistik der Wahrheit und beträgt der Goldvorrat der Erde 18 Milliarden und ihr Silbervorrat 20 Milliarden, kann man gefahrlos behaupten, daß die Bewohner des Juwels des Pazifik einen beträchtlichen Teil davon ihr eigen nennen.

Die finanzielle Seite des Projekts hatte sich auch von Anfang an sehr gut angelassen. Paläste und Herrenhäuser waren zu märchenhaften Preisen vermietet worden, manche für mehrere Millionen pro Jahr, und den entsprechenden Familien fiel es absolut nicht schwer, solche Beträge für ihre Miete aufzubringen. Allein schon dieser Posten bedeutete also für die Standard Island Company eine beträchtliche Einnahmequelle: Zweifelsohne trug die Hauptstadt der Insel ihren Namen völlig zu Recht.

Neben diesen schwerreichen Familien lebten hier auch einige hundert, deren Mieten sich zwischen hundert- und zweihunderttausend Francs bewegten und die sich mit bescheideneren Behausungen zufriedengaben. Der Restanteil der Bevölkerung fiel auf Lehrer, Lieferanten, Angestellte, Diener und Ausländer, wobei letztere nur einen geringen Prozentsatz ausmachten; es war ihnen auch nicht erlaubt, sich in Milliard City oder sonstwo auf der Insel niederzulassen. Advokaten gab es nur sehr wenige, was zur Folge hatte, daß kaum Prozesse geführt wurden; Ärzte traf man noch seltener an, weshalb die Sterblichkeitsrate bis auf eine lächerlich kleine Zahl gesunken war. Jeder Einwohner wußte übrigens genau über seinen Gesundheitszustand Bescheid: er konnte seine Muskelkraft mit einem Dynamometer messen, seine Lungenkapazität mit einem Spirometer, seinen Blutdruck mit einem Sphygmomanometer und seine Lebensenergie überhaupt mit einem Magnetometer. Außerdem existierten auf der Insel weder Bars noch Cafés, noch Kabaretts, also nichts, was zum Alkoholismus hätte verführen können. Die Geschichte von Standard Island kannte keinen einzigen Fall von Dipsomanie, oder sagen wir Trunksucht, falls jemand unter unseren Lesern des Griechischen nicht mächtig sein sollte. Dabei darf man ebenfalls nicht außer acht lassen, daß jeder Einwohner von der Stadt mit elektrischem Strom, Licht, Antriebs- und Heizenergie, Druckluft, dünner Luft, Kaltluft sowie warmem und kaltem Wasser versorgt wurde, nicht zu vergessen der Anschluß an ein ausgedehntes Rohrpost- und Telefonnetz. Auf dieser künstlichen Insel, die methodisch allen klimatischen Unbilden auswich, die jede Gefahr einer Infektion ausgeschaltet hatte, starb man nur, weil ein Mensch eben sterben muß, und auch das erst im hohen Alter, wenn alle Lebensreserven endgültig verbraucht waren.

Gab es auf Standard Island Soldaten? Ja, ein Corps von 500 Mann unter dem Befehl von Colonel Stewart, denn die Gewässer des Pazifik machten ihrem Namen nicht immer Ehre: in der Umgebung gewisser Inselgruppen war man besser gegen einen eventuellen Piratenüberfall gerüstet. Daß diese Miliz einen hohen Sold einstrich, daß jeder einfache Soldat hier mehr verdiente als ein General im alten Europa, dürfte niemand überraschen. Die Rekrutierung dieser Soldaten, die auf Kosten der Verwaltung untergebracht, verpflegt und eingekleidet wurden, erfolgte unter außergewöhnlich guten Voraussetzungen, mit Hilfe von höheren Dienstgraden, die man fürstlich entlohnte. Es blieb nur die Qual der Wahl.

Und Polizei? Ja, einige Korporalschaften, deren Anwesenheit vollkommen genügte, um die Sicherheit einer Stadt zu gewährleisten, in der es keinen Grund für Unruhen gab. Ohne eine Genehmigung der Stadtverwaltung durfte man sich in Milliard

City nicht niederlassen. Tag und Nacht bewachten Zollbeamte die Küsten der Insel. Schiffe konnten nur in den Häfen anlegen. Wie also sollten Unbefugte oder Verbrecher auf die Insel gelangen? Wenn sich aber ausnahmsweise jemand auf der Insel etwas zuschulden kommen ließ, wurde er ohne Verzögerung dingfest gemacht, verurteilt und an irgendeinem Ufer der Alten oder Neuen Welt abgesetzt, ohne die geringste Aussicht, Standard Island je wieder betreten zu dürfen.

Eben sprachen wir von den Häfen der Insel. Es existierten demnach mehrere? Zwei, um genau zu sein, und zwar einander genau gegenüber jeweils zuäußerst auf der Nebenachse der Insel, die ja die Form eines Ovals besaß. Daraus folgen auch ihre Namen: Backbord- und Steuerbordhafen.

Dank der beiden einander entgegengesetzten Häfen war die regelmäßige Einfuhr von lebensnotwendigen Gütern gesichert. Wenn der eine wegen Schlechtwetter nicht angelaufen werden konnte, stand der andere den Schiffen garantiert offen, womit diese ihre Aufgabe bei jedem Wind erfüllten. Über Backbord- und Steuerbordhafen erfolgte also die Versorgung der Insel mit Öl, Mehl, Getreide, Wein, Bier und anderen Getränken, mit Tee, Kaffee, Kakao, Gewürzen, Konserven usw. Dort kamen auch die Rinder, Schafe und Schweine von den besten Märkten Amerikas an, die den Genuß von Frischfleisch sicherstellten, kurzum – alles, was sich auch der anspruchsvollste Gourmet nur wünschen konnte. Natürlich führte man ebenso Modeartikel, Stoffe und Wäsche für die Bedürfnisse des verwöhntesten Dandy und der elegantesten Dame ein. All diese Artikel wurden in den Geschäften von Milliard City verkauft – zu welchen Preisen, würde uns kein Leser glauben.

Hier stellt sich nun aber die Frage, wie eine regelmäßige Schiffsverbindung zwischen der amerikanischen Küste und einer schwimmenden Insel gewährleistet werden konnte, deren Haupteigenschaft es schließlich war, ständig den Standort zu wechseln?

Die Antwort ist sehr simpel. Standard Island fuhr nicht einfach aufs Geratewohl umher. Ihre Route richtete sich nach einem vom Verwaltungsrat festgelegten Programm, das sich wiederum auf die Beobachtungen der Meteorologen des Observatoriums stützte. Daraus ergab sich eine Spazierfahrt durch jenen Teil des Pazifiks, der die herrlichsten Inselgruppen enthält, eine Spazierfahrt, auf der man, so weit es ging, jedem Wetterumsturz auswich, weil Wetterumschwünge bekanntlich sehr oft zu Erkrankungen der Atemwege führen. Aus diesem Grund konnte Calistus Munbar zum Thema Winter auch feststellen: »Kennen wir nicht!« Standard Island bewegte sich nur zwischen dem fünfunddreißigsten Grad nördlicher und dem fünfunddreißigsten Grad südlicher Breite hin und her, was ungefähr einer Distanz von 4200 Seemeilen entspricht – ein großartiges Navigationsfeld! Die Zulieferungsschiffe wußten also immer, wo das Juwel des Pazifiks zu finden war, denn es kreuzte nach einem von vornherein festgelegten Kurs zwischen diesen zauberhaften Inseln, die wie Oasen in der Wüste des unendlichen Ozeans liegen.

Selbst im Fall einer plötzlichen Änderung mußten die Dampfer ihr Ziel nicht aufs Geratewohl suchen, obwohl die Gesellschaft auf einen Anschluß an die 25 sechzehntausend Meilen langen Kabel der Eastern Extension Australasia and China Co. verzichtet hatte: die Insel der Milliardäre wollte von niemandem abhängig sein. Statt dessen hatte man mehrere hundert Bojen im Meer verteilt, die jeweils das Ende einer elektrischen Leitung bargen, deren Ausgangspunkt Madeleine Bay war. Man ging längsseits einer Boje, schloß das Kabel an die Apparate des Observatoriums an, schickte eine Depesche ab, und die Angestellten der Zentrale waren jederzeit über die genaue geographische Position der Insel informiert. Dadurch stand die Versorgung der Insel mit lebensnotwendigen Gütern einer Eisenbahnverbindung an Regelmäßigkeit in nichts nach.

Eine weitere wichtige Frage verdient es, geklärt zu werden: wie deckte die Insel ihren Süßwasserbedarf?

Wasser wurde durch Destillation in zwei nahe bei den Häfen gelegenen Fabriken hergestellt und über Rohrleitungen in die Stadt oder aufs Land geführt, wo es für private und öffentliche Zwecke verbraucht wurde, respektive als erquickender Regen auf Felder und Rasenflächen niederfiel, was sie von den Launen des Himmels unabhängig machte. Und dieses Wasser war nicht nur süß, sondern außerdem noch destilliert, elektrolysiert, kurz: hygienischer als die reinsten Quellen der Alten oder Neuen Welt, bei denen ein Tropfen von der Größe eines Stecknadelkopfes mehr als fünfzehn Milliarden Mikroben enthalten kann.

Nun bleibt uns nur noch zu erklären, auf welche Weise sich diese wunderbare Erfindung fortbewegte. Große Geschwindigkeiten mußte sie nicht erreichen, da sie innerhalb von sechs Monaten das Gebiet zwischen den beiden Wendekreisen einerseits und dem 130. und dem 180. Meridian andererseits nicht verlassen sollte; fünfzehn bis zwanzig Meilen pro vierundzwanzig Stunden genügten vollauf. Somit hätte man auf das System der Schleppschiffahrt zurückgreifen und die Insel an ein Tau aus Coir, also Kokosfasergarn, hängen können. Dieses Material hält einer solchen Belastung stand, ist gleichzeitig aber auch so leicht, daß es sozusagen im Wasser schwebt und sich nicht auf dem Meeresgrund durchscheuert. Ein solches Tau wäre an Bug und Heck der Insel auf zwei durch Dampfkraft angetriebene Trommeln aufgerollt worden, und Standard Island hätte sich hin und her tauen lassen, wie das mit Lastkähnen auf gewissen Flüssen geschieht. Doch dieses Schleppseil hätte für eine so enorme Masse ungeheuer dick sein müssen, ganz zu schweigen von seiner Pannenanfälligkeit. Außerdem hätte es eine Freiheit in Ketten bedeutet, es hätte bedeutet, immer dem unabänderlichen Verlauf des Taus folgen zu müssen, und wenn es um Freiheit geht, sind die Bürger des freien Amerika von einer wunderbaren Kompromißlosigkeit.

Glücklicherweise aber hatte zu dieser Zeit die Forschung schon solche Fortschritte erzielt, daß den Einsatzmöglichkeiten der Elektrizität, dieser Seele des Universums, keine Grenzen gesetzt waren. Also entschied man sich, die Insel mittels elektrischer Energie fortzubewegen. Zwei Fabriken reichten aus, um Dynamos von praktisch unbegrenzter Leistungsfähigkeit zu betreiben, die Gleichstrom unter der relativ niedrigen Spannung von 2000 Volt erzeugten und damit ein gewaltiges System von

Schiffsschrauben in der Nähe der beiden Häfen antrieben. Dank Hunderter von Heizkesseln – die mit Erdölbriketts anstatt Steinkohle beheizt wurden, weil diese einfacher zu handhaben sind, weniger stark rußen und einen größeren Heizwert besitzen – entwickelte jeder Dynamo eine Leistung von fünf Millionen PS. Die Fabriken unterstanden den beiden Diplomingenieuren Watson und Somwah, die einen großen Personalbestand aus Mechanikern und Heizern befehligten. Die Oberleitung jedoch lag in den Händen von Kommodore Ethel Simcoe, der von seinem Sitz im Observatorium aus in direkter telefonischer Verbindung mit den beiden Fabriken beim Backbord- und Steuerbordhafen stand: seinen Anweisungen gemäß wurden die Schrauben in Marsch gesetzt, um den vorberechneten Kurs einzuhalten. Von ihm hatte auch der Befehl zum Auslaufen der Insel gestammt, der in der Nacht vom 25. auf den 26. ergangen war und Standard Island von der kalifornischen Küste aus auf ihre jährliche Reise geschickt hatte.

Wer unter unseren Lesern, wenn auch nur in Gedanken, geneigt ist, sich zusammen mit unseren Helden einzuschiffen und die verschiedenen Abenteuer dieser Reise in den Gewässern des Pazifiks mitzuerleben, wird seinen Entschluß sicher nicht zu bereuen haben.

Die Höchstgeschwindigkeit der Insel betrug bei maximaler Leistung aller Maschinen, d. h. zehn Millionen PS, 8 Knoten pro Stunde. Selbst die gewaltigsten Brecher vermochten sie nicht zu packen. Wegen ihrer Größe spürte man auch keinen Wellengang; Seekrankheit war daher nicht zu befürchten. In den ersten Tagen »an Bord« spürte man höchstens ein durch die Rotation der Schiffsschrauben im Unterbau bedingtes leichtes Zittern unter den Füßen. Da die Insel an Bug und Heck in einer Art sechzig Meter langem Schiffsschnabel endete, der die Wogen mühelos durchschnitt, glitt sie auf ihrer Spazierfahrt völlig erschütterungsfrei dahin.

Selbstverständlich diente die Elektrizität aus den beiden Kraftwerken auch anderen Zwecken als dem Antrieb der Insel, so zum Beispiel der Beleuchtung der Felder, des Parks und der Stadt.

Kommodore Simcoe

Ebenfalls elektrisch wurde der intensive Lichtstrahl der Leuchttürme erzeugt, die die Anwesenheit der Insel nachts schon von weitem signalisierten und damit einen möglichen Zusammenstoß verhinderten. Elektrische Energie benötigte man auch zum Betrieb von Telegraphen, Spiegelkammern, Schreibtelegraphen, Telefonen, und für die Bedürfnisse von Haushaltungen und Geschäften. Und schließlich speiste sie auch jene künstlichen Monde mit einer Leuchtkraft von 5000 Kerzen, die eine Fläche von 500 m^2 erleuchten konnten.

Damals unternahm dieses erstaunliche Gefährt seine zweite Reise durch den Pazifischen Ozean. Vor einem Monat hatte es Madeleine Bay mit Kurs auf den 35. Breitengrad verlassen, um sein Programm mit den Sandwichinseln zu beginnen. Und gerade als sich Standard Island auf der Höhe Südkaliforniens befand, hatte Calistus Munbar durch einen Telefonanruf erfahren, daß das berühmte Pariser Quartett unterwegs von San Francisco nach San Diego war, worauf er den Vorschlag machte, die vier gefeierten Künstler zu engagieren. Es ist uns wohl bekannt, wie er das bewerkstelligte, auf welche Weise er sie auf die Insel lockte, die zu diesem Zeitpunkt nur einige Kabellängen von der Küste entfernt vor Anker lag. So sollte dank eines schändlichen Streiches bald exquisite Kammermusik die Musikliebhaber von Milliard City bezaubern.

So also sah dieses neunte Weltwunder aus, dieses Meisterwerk menschlichen Erfindungsgeistes, würdig des 20. Jahrhunderts, das nun zwei Geiger, einen Bratschenspieler und einen Cellisten in den westlichen Teil des Pazifischen Ozeans trug.

SECHSTES KAPITEL

GÄSTE WIDER WILLEN

Angenommen Sébastien Zorn, Frascolin, Yvernès und Pinchinat hätten zu jenem Menschenschlag gehört, den man so leicht durch nichts erschüttern kann, so wäre es ihnen in dieser Situation doch recht schwer gefallen, Calistus Munbar nicht in gerechtem Zorn an die Kehle zu springen. In gutem Glauben anzunehmen, man stehe mit seinen Füßen fest auf nordamerikanischem Boden, und dabei mitten auf den Ozean hinaus befördert zu werden! Sich nur etwa zwanzig Meilen von San Diego zu wähnen, wo man am nächsten Tag ein Konzert geben wollte, und dann auf brutale Art zu erfahren, daß man sich auf einer künstlichen Insel immer weiter davon entfernte! In einer solchen Lage war ein Wutausbruch wirklich verzeihlich.

Klugerweise hatte sich der Amerikaner jedoch vor dieser ersten impulsiven Gefühlsäußerung in Sicherheit gebracht. Geschickt hatte er die Überraschung, ja Benommenheit des Quartetts ausgenutzt, um die Plattform mit dem Aufzug unbemerkt zu verlassen, womit er sich für den Augenblick nicht in Reichweite der Vorwürfe und Temperamentsbeweise der vier Pariser befand.

»Dieser Schurke!« schrie der Cellist.

»Dieser Schuft!« schrie die Bratsche.

»He, he, immerhin haben wir doch dank ihm dieses Wunderding kennengelernt«, sagte schlicht die 1. Geige.

»Was, du entschuldigst ihn auch noch?« erwiderte die 2. Geige.

»Hier ist nichts zu entschuldigen«, antwortete Pinchinat, »und wenn es auf dieser Insel eine Gerechtigkeit gibt, werden wir diesen Spaßvogel von einem Yankee vor Gericht bringen!«

»Und wenn es einen Henker gibt«, brüllte Sébastian Zorn, »lassen wir ihn hängen!«

Doch um all diese Pläne ausführen zu können, hätte man erst wieder auf das Niveau der Bewohner von Milliard City hinuntergelangen müssen, da der Polizeiapparat in fünfzig Metern Höhe ja nicht funktionierte. Dieser Abstieg wäre in wenigen Augenblicken zu bewerkstelligen gewesen, wenn der Fahrstuhl nach Munbars Flucht wieder oben erschienen wäre, was er aber nicht getan hatte, und Treppen gab es keine. So fand sich das Quartett auf der Spitze dieses Turms völlig abgeschnitten vom Rest der Menschheit wieder.

Nachdem sie ihrem Zorn etwas Luft gemacht hatten, verfielen Sébastien Zorn, Pinchinat und Frascolin in Schweigen, blieben schließlich bewegungslos stehen und überließen Yvernès seiner andächtigen Bewunderung der Insel. Über ihnen flatterten die Farben von Standard Island im Wind, was in Sébastien Zorn das wilde Verlangen hochsteigen ließ, die Fahnenschnur durchzuschneiden wie bei einem Schiff, das die Flagge streichen muß. Aber das hätte sie alle in Schwierigkeiten bringen können, und seinen Freunden gelang es gerade noch, ihn zurückzuhalten, als seine Hand schon ein gut geschliffenes Bowie-Knife zückte.

»Wir sollten uns lieber nichts zuschulden kommen lassen«, warnte der besonnene Frascolin.

»Du akzeptierst also unsere Situation?« fragte Pinchinat.

»Nein. Aber wir sollten sie nicht noch unnötig komplizieren.«

»Und was ist mit unserem Gepäck, das auf dem Weg nach San Diego ist?« bemerkte Seine Hoheit, indem er die Arme verschränkte.

»Und unser Konzert von morgen!« brüllte Sébastien Zorn.

»Wir geben es per Telefon«, warf die 1. Geige ein, jedoch waren Späße solcher Art gar nicht dazu angetan, den vor Wut kochenden Cellisten zu besänftigen.

Wie wir schon sagten, stand das Observatorium inmitten eines großen Platzes am einen Ende der 1. Straße. Am anderen Ende dieser drei Kilometer langen Hauptverkehrsader, die die beiden Hälften von Milliard City voneinander trennte, sahen die Künstler ein imposantes, palastartiges Gebäude, gekrönt von einem leicht wirkenden, eleganten Glockenturm. Ihrer Ansicht nach mußte es sich dabei um den Sitz der Stadtverwaltung handeln, vorausgesetzt, Milliard City verfügte über einen Bürgermeister und die dazugehörigen Beamten. Sie täuschten sich nicht. Und genau in diesem Moment ertönte vom Turm her ein melodisches Glockenspiel, dessen Klänge die letzten Ausläufer der Brise bis zu ihnen herübertrugen.

»Oh, das ist ja D-Dur«, bemerkte Yvernès.

»Und im Zweivierteltakt«, fügte Pinchinat hinzu.

Vom Turm schlug es fünf.

Seinen Freunden gelang es, ihn zurückzuhalten

»Und wo sollen wir essen – und schlafen?« rief Sébastien Zorn. »Sollen wir vielleicht wegen dieses elenden Munbar auch noch die Nacht in fünfzig Metern Höhe auf dieser Plattform verbringen?«

Das stand zu befürchten, wenn der Fahrstuhl sie nicht aus ihrem Gefängnis befreite.

In der Tat dauert die Dämmerung in diesen niedrigen Breiten nicht sehr lange, und die Sonne fällt über dem Horizont wie ein Stein. So weit das Auge reichte, sahen unsere vier nur Meer, nicht einmal ein Segel oder eine Rauchfahne unterbrach die Monotonie. Unter ihnen rollten Straßenbahnen zum Rand der Insel und zu den beiden Häfen. Der Park war um diese Zeit noch sehr belebt. Von ihrer luftigen Höhe aus schien er ein einziges riesiges Blumenbeet aus Azaleen, Clematis, Jasmin, Glyzinien, Passionsblumen, Begonien, Salbei, Hyazinthen, Dahlien, Kamelien und wohl hundert verschiedenen Rosensorten. Es wimmelte von Spaziergängern – Männer im besten Alter, junge Leute, jedoch nicht solche »Halbstarken«, wie sie die europäischen Großstädte verunzieren, sondern kräftige und wohlproportionierte Erwachsene. Die Frauen und jungen Mädchen trugen zum Großteil Toiletten in Strohgelb, einer sehr zu empfehlenden Farbe in tropischen Zonen, und führten reinrassige Windhunde mit Seidenmäntelchen und goldenen Halsbändern spazieren. Überall sah man Menschen auf den verschlungenen, mit feinem Sand bestreuten Wegen zwischen den Blumenbeeten lustwandeln. Andere hatten sich auf den Kissen der elektrischen Wagen ausgestreckt, wieder andere ruhten auf Parkbänken im Schatten der Bäume. Etwas weiter entfernt spielte eine Gruppe junger Gentlemen Tennis, Crocket, Golf und Fußball, sogar Polo auf feurigen Ponys. Auf dem Rasen spielten Kinder, mit typisch amerikanischer Ausgelassenheit und jenem Individualismus, der besonders bei den Mädchen schon früh ausgeprägt ist. Einige Reiter galoppierten über speziell angelegte, sehr gepflegte Reitwege, andere kämpften sich durch turbulente Gartenparties.

Auch die Geschäftsviertel der Stadt zeichneten sich zu dieser Stunde noch durch lebhaftes Treiben aus.

Die rollenden Trottoirs glitten mit ihrer Last die Hauptgeschäftsstraßen entlang. Am Fuß des Turms, auf dem Platz des Observatoriums, herrschte ein reges Kommen und Gehen von Passanten, deren Aufmerksamkeit die vier Gefangenen nur zu gern erregt hätten. Wieder und wieder stießen Pinchinat und Frascolin laute Schreie aus, die durchaus gehört wurden, denn es streckten sich ihnen viele Arme entgegen, ja es drangen sogar einige Wortfetzen bis zu ihnen hinauf. Aber niemand schien überrascht zu sein, dort oben vier Männer zu sehen, die aufgeregt Zeichen machten; jedenfalls bestand ihre Reaktion aus nichts weiter als Good-bye, How do you do, Bonjour und anderen freundlich gemeinten Höflichkeitsfloskeln. Es schien fast so, als wäre die milliardenschwere Bevölkerung der Insel sehr wohl über die Ankunft der vier Pariser auf Standard Island unterrichtet.

»Also so etwas... sie pfeifen auf uns!« sagte Pinchinat.

»Es sieht ganz so aus!« erwiderte Yvernès.

Eine Stunde verging, während der alles Rufen und Schreien vergeblich war, Frascolins dringende Bitten ebenso wie Sébastien Zorns wütende Beschimpfungen. Und mit dem Näherrükken der Abendbrotzeit begannen sich Park und Straßen langsam zu leeren. Es war wirklich zum aus-der-Haut-fahren!

Yvernès setzte zu einem seiner romantischen Vergleiche an: »Sind wir nicht wie jene Ungläubigen, die ein Dämon an einen heiligen Ort gelockt hat, und die nun verdammt sind zu sterben, weil ihre Augen Dinge gesehen haben, die sie nicht erblicken sollten...«

»Und die Todesart ist langsames Verhungern«, entgegnete Pinchinat.

»Aber wir sterben nicht, bevor wir nicht alles versucht haben, um unser Leben zu verlängern!« rief Sébastien Zorn.

»Und wenn wir dann soweit sind, uns gegenseitig zu verspeisen, dann fangen wir mit Yvernès an«, sagte Pinchinat.

»Wann ihr wollt«, seufzte die erste Geige mit leidender Stimme und beugte den Kopf, um den tödlichen Schlag zu empfangen.

Im selben Moment hörten sie unten im Turm ein Geräusch: der Aufzug fuhr nach oben und hielt auf der Höhe der Plattform. Die vier Gefangenen, die Calistus Munbar erwarteten, machten sich bereit, ihn gebührend zu empfangen.

Aber der Fahrstuhl war leer.

Nun gut! Aufgeschoben war schließlich nicht aufgehoben, der Spaßvogel würde dem gerechten Zorn seiner Opfer nicht entgehen. Jetzt galt es zuerst einmal, auf seine Ebene hinunter zu gelangen, und zu diesem Zweck benutzte man am besten den Aufzug.

Gesagt, getan. Kaum hatte der letzte der vier Musiker den Fahrstuhl betreten, als er sich auch schon in Bewegung setzte, um sie in weniger als einer Minute ins Erdgeschoß des Turmes zu bringen.

»Kaum zu glauben«, meinte Pinchinat, indem er mit dem Fuß auf den harten Boden stampfte, »daß das kein reiner Ton sein soll!«

Die anderen fanden dieses alberne Wortspiel ziemlich deplaziert und würdigten ihn keiner Antwort. Die Tür zum Turm stand offen. Sie traten hinaus. Der Innenhof war völlig verlassen. Sie durchquerten ihn und begaben sich auf den großen Platz des Observatoriums.

Hier trafen sie noch auf einige Menschen, die ihnen aber nicht die geringste Beachtung zu schenken schienen. Frascolin empfahl Sébastien Zorn, der gerade anfangen wollte, sie heftig zu beschimpfen, lieber vorsichtig zu sein. Von offizieller Seite mußten sie Gerechtigkeit verlangen; schließlich war keine Gefahr im Verzug. Das Quartett entschloß sich, zum Hotel Excelsior zurückzukehren und dort bis zum Morgen zu warten, um dann seine Rechte als freie Bürger zu fordern, worauf es sich zu Fuß auf den Weg die 1. Straße hinauf machte.

Erregten die vier Franzosen wenigstens besondere Aufmerksamkeit? Ja und nein. Man betrachtete sie, aber ohne Aufdringlichkeit – vielleicht so wie die seltenen Touristen, die Milliard City besuchten. Die vier selbst jedoch, unter dem Eindruck ihrer doch recht ungewöhnlichen Situation, fühlten sich nicht besonders wohl in ihrer Haut und glaubten sich viel taktloser angestarrt als es in Wirklichkeit geschah. Andererseits – und das war ja auch nicht weiter verwunderlich – erschienen sie ihnen ausgesprochen bizarr, diese Inselbewohner, die sich freiwillig in eine solche Isolation begeben hatten und nun auf dem größten Ozean unseres Planeten herumreisten. Mit ein wenig Phantasie konnte man sie für Wesen von einem anderen Stern halten. Dieser Meinung war zumindest Yvernès, dessen überreiztes Gemüt ihn zu Ausflügen in imaginäre Welten hinriß. Pinchinat hingegen begnügte sich mit der Bemerkung:

»Die Leute sehen wirklich alle wie Millionäre aus, und es würde mich nicht wundern, wenn sie wie ihre Insel hinten eine kleine Schraube hätten.«

Allmählich wurde ihr Hunger bohrend. Das Mittagessen lag schon lange hinter ihnen, und der Magen verlangte gebieterisch sein Recht. Also nichts wie zurück zum Hotel Excelsior. Morgen würden sie die nötigen Schritte unternehmen, um sich mit einem der Dampfer von Standard Island nach San Diego bringen zu lassen, nachdem man ihnen auf Calistus Munbars Kosten eine angemessene Entschädigungssumme bezahlt hatte.

Plötzlich blieb Frascolin vor einem prächtigen Gebäude stehen, auf dessen Frontgiebel in goldenen Lettern das Wort »Casino« prangte. Rechts von der prunkvollen Arkade über dem Haupteingang sah man durch die mit Arabesken verzierten Fensterscheiben ein Restaurant, in dem bereits an mehreren Tischen Gäste saßen, umschwirrt von zahlreichen Obern.

»Hier kann man essen ...!« sagte die 2. Violine mit einem Blick auf seine ausgehungerten Freunde.

Worauf Pinchinat lakonisch erwiderte:

»Gehen wir hinein!«

Und sie betraten hintereinander das Restaurant. Niemand schien in diesem prunkvollen Lokal, wo oft Fremde verkehrten, besondere Notiz von ihnen zu nehmen. Schon fünf Minuten später stürzten sich alle vier mit gesundem Appetit auf den ersten Gang eines von Pinchinat zusammengestellten exzellenten Menus – vom Essen verstand er etwas. Glücklicherweise verfügte das Quartett über eine genügend dicke Brieftasche, und sollte sie sich hier auf Standard Island leeren, so würden einige Konzerte in San Diego sie schnell wieder füllen.

Die Küche war übrigens ganz vorzüglich, besser als in den Restaurants von New York oder San Francisco; gekocht wurde auf Elektroherden, die sich für schwache Hitze genauso eignen wie für starke. Nach den traditionellen Gerichten Austernsuppe, Maisfrikassee, rohen Selleriestangen und Rhabarberkuchen folgten fangfrische Fische, unvergleichlich zarte Rumpsteaks, Wild, das ohne Zweifel aus den kalifornischen Prärien und Wäldern stammte, und Gemüse aus den Intensivkulturen der Insel. Als Getränk gab es auch hier wieder nicht das übliche amerikanische Eiswasser, sondern verschiedene Biersorten und edle Weine aus Burgund, Bordeaux und vom Rhein, die zum entsprechenden Preis in die Kellereien von Standard Island gelangt waren.

Dieses Mahl hob die Stimmung unserer vier Pariser wieder an, was sich auf ihren Gedankengang auswirkte. Vielleicht erschien ihnen jetzt ihr Abenteuer in einem weniger düsteren Licht. Man weiß ja, daß Orchestermusiker einen guten Stiefel trinken, obwohl das bei den Bläsern, die ihren Atem zum Erzeugen von Schallwellen in den Windungen ihrer Instrumente verausgaben, leichter entschuldbar ist als bei Künstlern, die Saiteninstrumente spielen. Gleichviel! – Yvernès, Pinchinat und sogar Frascolin fingen an, das Leben durch eine rosarote – oder, in dieser Stadt der Milliardäre, goldene – Brille zu sehen. Allein Sébastien Zorn bot seinen Kameraden die Stirn, indem er sich weigerte, seine Wut in bestem französischem Wein zu ertränken.

Man kann also ruhig behaupten, daß das Quartett ganz schön angeheitert war, als es ans Bezahlen ging. Ein schwarz gekleideter Oberkellner überreichte dem Schatzmeister Frascolin mit einer eleganten Verbeugung die Rechnung.

Die 2. Violine warf einen Blick auf die zu bezahlende Summe, stand auf, setzte sich wieder hin, stand wieder auf, rieb sich die Augen, blickte zur Decke.

»Was ist denn mit dir los?« fragte Yvernès.

»Nur ein Anfall von Schüttelfrost«, antwortete Frascolin.

»Diese Halsabschneider . . .!«

»Ist es teuer?«

»Teuer ist gar kein Ausdruck... Es kostet mehr als 200 Francs!«

»Für alle vier?«

»Nein, für jeden von uns.«

Die Rechnung betrug tatsächlich 160 Dollar, nicht mehr und nicht weniger. Aufgeschlüsselt bedeutete das 15 Dollar für das Geflügel, 20 Dollar für den Fisch, 25 Dollar für die Rumpsteaks, 30 Dollar pro Flasche für Médoc und Burgunder, den Rest für Sonstiges.

»Donnerwetter!« entfuhr es Seiner Hoheit.

»Diese Halsabschneider!« wütete Sébastien Zorn.

Wenn auch der eindrucksvolle Oberkellner diese in französischer Sprache gemachten Äußerungen nicht verstand, er ahnte zweifellos, worum es ging. Das leichte Lächeln, das auf seinen Lippen erschien, drückte jedoch Überraschung aus, nicht Verachtung. Für ihn bedeutete es nichts Besonderes, wenn ein Essen für vier Personen 160 Dollar kostete. Das waren eben die Preise auf Standard Island.

»Nur keinen Skandal! Frankreich blickt auf uns! Bezahlen wir eben!« sagte Pinchinat.

»Und dann nichts wie weg von hier nach San Diego«, fügte Frascolin hinzu, »sonst haben wir übermorgen nicht einmal mehr das Geld, um ein Sandwich zu bezahlen!«

Damit brachte er seine Brieftasche zum Vorschein, zog ein respektables Bündel Dollarscheine heraus – die glücklicherweise auch in Milliard City gültig waren – und wollte das Geld gerade dem Ober überreichen, als sich hinter ihnen eine Stimme vernehmen ließ:

»Die Herren sind mir nichts schuldig.«

Es war die Stimme von Calistus Munbar.

Mit strahlendem Lächeln und wie immer gute Laune verströmend, hatte der Yankee soeben das Restaurant betreten.

»Sie!« schrie Sébastien Zorn, der nicht übel Lust verspürte, dem Amerikaner an die Kehle zu springen und dessen Hals genauso fest zu packen wie den seines Cellos bei einem Forte.

»Aber so beruhigen Sie sich doch, mein lieber Zorn«, sagte der Amerikaner. »Wollen Sie und Ihre Freunde bitte die Güte haben, mich in den Salon zu begleiten, wo der Kaffee schon auf uns wartet. Dort können wir uns gemütlicher unterhalten, und am Ende unserer kleinen Unterredung ...«

»Werde ich Sie erwürgen!« fuhr Sébastien Zorn fort.

»Ganz im Gegenteil, Sie werden mir die Hände küssen!«

»Nichts dergleichen werde ich tun!« schimpfte der Cellist, der vor Wut abwechselnd rot und bleich wurde.

Wenige Augenblicke später saßen die vier bequem in den weichen Sesseln des Salons, während Calistus Munbar in einem Schaukelstuhl schaukelte.

Mit folgenden Worten stellte er sich seinen Gästen vor:

»Wie Sie wissen, heiße ich Calistus Munbar. Ich komme aus New York, bin 50 Jahre alt, ein Urgroßneffe des berühmten Barnum, zur Zeit Oberintendant der schönen Künste auf Standard Island, verantwortlich für Malerei, Bildhauerei, Musik, und ganz allgemein für die Unterhaltung der Bürger von Milliard City. Und jetzt, da Sie mich kennen, meine Herren ...«

»Sind Sie nicht zufällig auch noch ein Polizist, der damit beauftragt ist, Leute in Fallen zu locken und sie dort gegen ihren Willen festzuhalten?« fragte Sébastien Zorn.

»Urteilen Sie nicht vorschnell, mein reizbarer Freund. Warten Sie lieber, bis ich meine Ausführungen beendet habe«, antwortete der Oberintendant.

»Das werden wir tun«, entgegnete Frascolin mit ernster Stimme. »Und wir hören Ihnen zu.«

»Meine Herren«, fuhr Calistus Munbar in seiner liebenswürdigen Art fort, »das einzige Thema, über das ich mich mit Ihnen unterhalten will, ist die Musik, und zwar die Musik, wie man sie hier auf der Insel kennt. Konzertsäle besitzt Milliard City noch keine, aber wenn wir wollen, werden sie sich wie durch Zauberhand aus dem Boden erheben. Bis jetzt haben unsere Bürger ihre musikalischen Bedürfnisse mit Hilfe perfektionierter Geräte befriedigt, die sie über musikalische Meisterwerke auf dem laufenden halten: klassische und moderne Komponisten, große

Sänger, berühmte Instrumentalisten – wir hören sie alle, wann es uns beliebt, durch den Phonographen...«

»Ein schöner Wimmerkasten, Ihr Phonograph!« unterbrach ihn Yvernès verächtlich.

»So übel ist er nun auch wieder nicht, verehrte 1. Geige«, antwortete der Oberintendant. »Mehr als einmal haben wir damit auch Ihrer Musik gelauscht, die wir indiskreterweise aufgenommen haben, als Sie in Boston und Philadelphia Konzerte gaben. Und wenn Sie wollen, können Sie sich selbst applaudieren!«

Damals hatte man die Erfindung des großen Edison bereits zur höchsten Perfektion entwickelt. Der Phonograph hatte nichts mehr mit jenem simplen Musikkasten gemein, der er zu Beginn nur zu deutlich gewesen war. Dank seinem genialen Erfinder konnte das vergängliche Talent von Musikinterpreten, ob nun Sänger oder Instrumentalisten, für künftige Generationen mit derselben Präzision erhalten werden, wie die Werke von Malern und Bildhauern. Ein Echo, wenn man so will, aber ein Echo, das dem Original ebenso gerecht wurde wie eine Photographie, weil es die feinsten Nuancen von Gesang oder Spiel mit unnachahmlicher Reinheit wiedergab.

Während Calistus Munbar über diese Errungenschaft der Technik sprach, redete er sich in eine solche Begeisterung, daß auch seine Zuhörer nicht unbeeindruckt blieben. Er erzählte von Saint-Saëns, Reyer, von Ambroise Thomas, Gounod, Massenet, Verdi, von den unvergänglichen Meisterwerken eines Berlioz, Meyerbeer, Halévy, Rossini, Beethoven, Haydn, Mozart, wie ein Mann, der sie genau kannte, der sie zu schätzen wußte, der seine schon lange Tätigkeit als Impresario der Verbreitung ihrer Musik geweiht hatte, und es war eine Freude, ihm zuzuhören. Indessen schien er nicht von dieser Epidemie der Wagnerverehrung erfaßt, die übrigens zu jener Zeit schon etwas abklang.

Als der Amerikaner einen Augenblick innehielt, um Atem zu schöpfen, nutzte Pinchinat die Pause zu einer Zwischenbemerkung:

»Das ist ja alles gut und schön, aber wie ich sehe, hat Ihre

Milliard City noch nie etwas anderes gehört als diese Büchsenmusik, diese Melodie-Konserven, die Sie hierher transportieren lassen wie Dosen voll Ölsardinen oder Corned Beef –«

»Verzeihen Sie, verehrte Bratsche.«

»Meine Hoheit verzeiht Ihnen, aber auf diesem Punkt muß ich bestehen: Ihre Phonographen können nur Vergangenes wiedergeben, und nie ist es Ihnen möglich, einen Künstler im selben Augenblick zu hören, in dem er seine Musik interpretiert –«

»Verzeihen Sie mir noch einmal.«

»Unser Freund Pinchinat wird Ihnen so oft verzeihen, wie Sie wollen, Monsieur Munbar«, sagte Frascolin. »Auf einmal mehr oder weniger soll es ihm nicht ankommen. Aber seine Beobachtung trifft zu. Selbst wenn Sie sich mit allen Konzertsälen Amerikas und Europas in Verbindung setzen könnten –«

»Und Sie glauben, das können wir nicht, mein lieber Frascolin?« unterbrach ihn der Oberintendant, indem er für einen Augenblick zu schaukeln aufhörte.

»Was sagen Sie da?«

»Daß alles nur eine Geldfrage ist, und unsere Stadt ist reich genug, um ihre kühnsten Träume auf dem Gebiet der Musik zu verwirklichen. Und genau das hat sie auch getan ...«

»Und wie?«

»Mit Hilfe von Theatrophonen, die hier im Casino im Konzertsaal installiert wurden. Schließlich besitzt die Gesellschaft nicht umsonst eine große Anzahl Unterwasserkabel, von denen das eine Ende in Madeleine Bay und das andere Ende irgendwo im Pazifik an eine widerstandsfähige Boje angeschlossen ist. Wenn also die Bewohner unserer Stadt das Bedürfnis haben, einen Künstler der Alten oder Neuen Welt zu hören, ziehen wir eines dieser Kabel aus dem Wasser und übermitteln unsere Wünsche telefonisch an unsere Angestellten in Madeleine Bay. Diese stellen dann die gewünschte Verbindung mit Amerika oder Europa her. Die Mikrophone im entsprechenden Opernhaus oder Konzertsaal werden eingeschaltet, und unsere Musikliebhaber applaudieren hier im Casino den entferntesten Aufführungen.«

»Und womöglich hören die Künstler auch noch ihr Klatschen!« rief Yvernès.

»Aber selbstverständlich, mein lieber Yvernès. Die Kommunikation ist natürlich beidseitig.«

Worauf sich Calistus Munbar in einem endlosen Monolog über den transzendentalen Aspekt der Musik verlor, die man ja nicht nur unter künstlerischen, sondern auch unter therapeutischen Gesichtspunkten betrachten sollte. Nach der Methode J. Harfords aus Westminster Abbey hatten die Milliardäre mit dem Einsatz dieser Kunstform als Heilmittel erstaunliche Erfolge erzielt: ihr Gesundheitszustand ließ absolut nichts zu wünschen übrig. Da Musik in den Nervenzentren einen Reflex auslöst, erweitern ihre Schwingungen die arteriellen Gefäße, beeinflussen den Kreislauf, stärken oder schwächen ihn, je nach Bedarf. Durch Klang und Intensität der einzelnen Töne bewirkt sie eine Beschleunigung der Herz- und Lungentätigkeit und unterstützt die Stoffwechselfunktionen. Aus diesem Grund gab es auch in allen Haushaltungen von Milliard City die Möglichkeit, per Telefon die Energie der Schallwellen zu empfangen.

Das Quartett hörte mit offenem Mund zu. Vom medizinischen Standpunkt aus hatte man seine Kunst noch nie analysiert, und wahrscheinlich reagierte es mit gemischten Gefühlen. Nur der enthusiastische Yvernès war sofort bereit, sich für diese Theorien zu begeistern, die übrigens auf die Zeit König Sauls zurückgehen, in Übereinstimmung mit den Verordnungen des berühmten Harfenspielers David.

»Sehr richtig!« rief er nach der letzten Tirade des Oberintendanten. »Das leuchtet mir ein. Je nach Diagnose des Arztes muß man dann nur noch den richtigen Komponisten wählen. Wagner und Berlioz gegen Anämie...«

»Und Mendelssohn oder Mozart für Sanguiniker, ein äußerst vorteilhafter Ersatz für Strontiumbromid«, fuhr Calistus Munbar fort.

Da fiel ihnen Sébastien Zorn ins Wort und unterbrach rücksichtslos ihren erhabenen Gedankenflug.

»Was geht uns das alles an?« sagte er. »Wollen Sie uns nicht endlich erklären, warum Sie uns hierher gebracht haben?«

»Weil Streichinstrumente die beste Wirkung haben.«

»Ach nein, Monsieur! Wir sollen hier also Ihre Neurotiker beruhigen! Deshalb haben Sie unsere Reise unterbrochen und uns daran gehindert, nach San Diego zu fahren, wo wir morgen ein Konzert geben sollten!«

»Ja, genau deshalb, meine hochverehrten Freunde!«

»Sie betrachten uns wohl als eine Art musikalischer Heilkünstler oder lyrischer Apotheker?« empörte sich Pinchinat.

»Aber nein, meine Herren«, antwortete Calistus Munbar und stand auf. »Ich sehe in Ihnen nichts anderes als hochbegabte Künstler von weltweitem Ruf. Der begeisterte Empfang, den man Ihnen in Amerika bereitet hat, ist auch auf unserer Insel nicht unbemerkt geblieben. Da hielt die Standard Island Company den Augenblick für gekommen, unsere Phonographen und Theatrophone durch Virtuosen aus Fleisch und Blut zu ersetzen, um unseren Milliardären den unnachahmlichen Genuß zu bieten, der nur durch das direkte Miterleben eines musikalischen Meisterwerks möglich ist. Sie wollte mit Kammermusik beginnen und erst später zur Oper übergehen. Dabei dachte sie natürlich an Sie, die Botschafter dieser Kunstform, und beauftragte mich mit der Mission, Sie um jeden Preis auf die Insel zu bringen, ja wenn nötig, Sie sogar zu entführen. Sie sind also die ersten Künstler, denen man gestattet, Standard Island zu betreten, und ich überlasse es Ihrer Phantasie, sich Ihren Empfang hier vorzustellen.«

Yvernès und Pinchinat fühlten sich nach diesem überschwenglichen Wortschwall des Oberintendanten ausgesprochen verwirrt. Auf den Gedanken, daß es sich bei der ganzen Geschichte vielleicht nur um einen Schwindel handeln könnte, kamen sie gar nicht. Hingegen fragte sich der besonnene Frascolin, ob es einen Grund gab, dieses Abenteuer ernst zu nehmen. Warum sollten schließlich auf einer so außergewöhnlichen Insel nicht alle Dinge in einem außergewöhnlichen Licht erscheinen? Sébastien Zorn für seinen Teil war finster entschlossen, nicht nachzugeben.

»Nein, mein Herr«, rief er, »man bemächtigt sich nicht einfach so der Leute, ohne daß sie ihre Zustimmung geben! Wir werden Sie verklagen!«

»Mich verklagen? Wo Sie mich mit Dankesbezeugungen überschütten sollten, Sie undankbarer Mensch!« erwiderte der Oberintendant.

»Und wir werden Schadenersatz verlangen!«

»Schadenersatz? Wo ich Ihnen doch hundertmal mehr anzubieten habe, als Sie je an Schadenersatz erwarten können.«

»Wieviel?« fragte der praktische Frascolin.

Calistus Munbar zückte seine Brieftasche und entnahm ihr ein Schriftstück mit dem Wappen von Standard Island. Das legte er den vier Künstlern vor.

»Ihre Unterschrift unter diesen Vertrag, und die Angelegenheit ist erledigt«, sagte er.

»Etwas unterschreiben, ohne es vorher zu lesen?« meinte die zweite Violine. »Das ist aber höchst unüblich!«

»Sie werden es dennoch nicht zu bereuen haben«, entgegnete Calistus Munbar und überließ sich einem plötzlichen Anfall von Heiterkeit, der seine ganze Person zum Wackeln brachte. »Aber befolgen wir die Regeln. Die Gesellschaft bietet Ihnen ein Engagement an, und zwar für die Dauer eines Jahres vom heutigen Tag an, wobei Sie sich verpflichten, Kammermusik-Konzerte zu geben, die Ihren Auftritten in den Vereinigten Staaten entsprechen. In zwölf Monaten wird Standard Island wieder in der Madeleine Bay vor Anker gehen, und Sie werden rechtzeitig –«

»Zu unserem Konzert nach San Diego kommen, nicht wahr«, schrie Sébastien Zorn, »wo man uns mit einem Pfeifkonzert empfangen wird!«

»Ganz im Gegenteil, meine Herren, mit stürmischem Beifall! Alle Musikliebhaber werden sich nur zu geehrt fühlen und überglücklich schätzen, Künstlern wie Ihnen lauschen zu dürfen – auch wenn es mit einem Jahr Verspätung geschieht.«

Wie konnte man einem solchen Mann böse sein!

Frascolin nahm den Vertrag und las ihn aufmerksam.

Er würde um keinen Preis unterschreiben

»Welche Garantie bieten Sie uns?« fragte er.

»Die Garantie der Standard Island Company, bestätigt durch die Unterschrift unseres Gouverneurs, Mr. Cyrus Bikerstaff.«

»Und unsere Gage stimmt überein mit der, die hier im Vertrag steht?«

»Genau, eine Million Francs.«

»Für alle vier zusammen?« entfuhr es Pinchinat.

»Nein, für jeden von Ihnen«, antwortete Calistus Munbar lächelnd. »Und damit ist Ihr Können eigentlich immer noch unterbezahlt, da es mit Geld überhaupt nicht aufzuwiegen ist!«

Er war wirklich von kaum zu überbietender Liebenswürdigkeit. Und trotzdem protestierte Sébastien Zorn. Er würde um keinen Preis unterschreiben. Er wollte unbedingt nach San Diego, und nur mit Mühe gelang es Frascolin, den Empörten zu beruhigen.

Indessen darf man es wohl niemandem übelnehmen, wenn er den Vorschlägen des Oberintendanten ein gewisses Mißtrauen entgegenbringt. Konnte ein Jahresengagement mit einer Million Francs Gage für jeden der Künstler wirklich ernst gemeint sein? Sehr ernst sogar, wie Frascolin erfuhr, als er folgende Frage stellte:

»Und wie wird diese Gage ausgezahlt?«

»Vierteljährlich«, erwiderte der Oberintendant, »und hier ist das erste Trimester.«

Damit teilte Calistus Munbar das Banknotenbündel, das seine Brieftasche fast zum Platzen gefüllt hatte, in vier Pakete zu je 50000 Dollar, also 250000 Francs, und überreichte jedem der vier eines davon.

Auch eine Art, Geschäfte abzuwickeln – à l'américaine.

Selbst Sébastien Zorn war bis zu einem gewissen Grad beeindruckt. Doch da bei ihm die schlechte Laune immer die Oberhand behielt, konnte er es sich nicht verkneifen, laut nachzudenken:

»Alles in allem, bei den Preisen hier auf der Insel – wenn

man schon für ein junges Rebhuhn 25 Francs bezahlt, kosten wohl ein Paar Handschuhe 100 Francs, und ein Paar Stiefel sicher 500!...«

»Aber, aber, Monsieur Zorn«, unterbrach ihn Calistus Munbar, »mit solchen Kleinigkeiten gibt sich doch unsere Gesellschaft nicht ab, und natürlich will sie auch nicht, daß die Künstler des Solisten-Quartetts damit behelligt werden. Selbstverständlich wird sie während Ihres Aufenthalts in ihrem Hoheitsgebiet sämtliche Kosten übernehmen.«

Wie konnte man auf ein so großzügiges Angebot anders reagieren als mit seiner Unterschrift unter den entsprechenden Vertrag?

Genau das taten Frascolin, Pinchinat und Yvernès. Sébastien Zorn murmelte noch vor sich hin, das sei ja alles absurd... sich auf einer schwimmenden Insel einzuschiffen wäre wider jede Vernunft... das könnte gar kein gutes Ende nehmen... Doch schließlich unterschrieb auch er.

Nachdem diese Formalität erledigt war, küßten Frascolin, Pinchinat und Yvernès Calistus Munbar zwar nicht die Hand, aber zumindest drückten sie sie ihm herzlich. Vier Handschläge à eine Million!

So also geschah es, daß vier Virtuosen in ein unglaubliches Abenteuer gestürzt und Gäste wider Willen von Standard Island wurden.

SIEBTES KAPITEL

KURS NACH WESTEN

Standard Island glitt ruhig durch die Gewässer des Stillen Ozeans, der seinem Namen in dieser Jahreszeit alle Ehre machte. Seit vierundzwanzig Stunden an diese geruhsame Art der Fortbewegung gewöhnt, hatten Sébastien Zorn und seine Freunde schon ganz vergessen, daß sie sich eigentlich auf einer Schiffsreise befanden. Trotz der gewaltigen Leistung, die die mehreren hundert Schiffsschrauben mit ihren zehn Millionen Pferdestärken entwickelten, ging kaum mehr als ein leichtes Zittern durch den metallenen Inselrumpf. Milliard City wurde nicht in seinen Grundfesten erschüttert. Übrigens war auch vom Seegang, dem doch die mächtigsten Panzerkreuzer unterworfen sind, nicht das geringste zu spüren. In keinem Zimmer auf Standard Island waren Tische oder Lampen festgeschraubt. Wozu auch? Die Häuser von Paris, London oder New York standen auch nicht fester auf ihren Fundamenten.

Nach einigen Wochen Aufenthalt in Madeleine Bay hatte der Notabeln-Rat von Standard Island unter dem Vorsitz des Präsidenten der Gesellschaft die diesjährige Reiseroute festgelegt. Die schwimmende Insel sollte die wichtigsten Archipele im östlichen Pazifik anlaufen, da sich die Luft dort durch ihren hohen Gehalt an Ozon auszeichnet, einer besonders energiereichen Form des Sauerstoffs, die gesundheitsfördernde, belebende Eigenschaften besitzt, die normalem Sauerstoff fehlen. Da dieses Fahrzeug über uneingeschränkte Bewegungsfreiheit verfügte, nutzte es sie auch, um, ganz nach Lust und Laune, Kurs nach Westen oder Osten zu nehmen, auf die amerikanische Küste oder auf den östlichen Teil Asiens. Standard Island segelte, wohin sie wollte, um die Vergnügungen einer abwechslungsreichen Reise zu genießen. Sogar wenn sie Lust verspüren sollte, den Pazifischen Ozean zu verlassen, um den Indischen oder Atlantischen Ozean zu bereisen, um Kap Horn oder das Kap der Guten Hoffnung zu umfahren, brauchte sie nur die gewünschte Richtung einzuschlagen, und weder Meeresströmungen noch Stürme würden sie daran hindern, das gewünschte Ziel zu erreichen.

Doch es bestand nicht der geringste Anlaß, sich auf diese fernen Meere zu wagen, wo das Juwel des Pazifiks nichts von alledem vorfinden würde, was ihm der Stille Ozean mit seiner fast endlosen Kette von Inselgruppen und seinen – demzufolge – immer neuen Reisevarianten bot. Die stählerne Insel konnte ihn von Archipel zu Archipel erkunden. Und wenn sie auch nicht mit jenem besonderen Instinkt der Tiere gesegnet war, diesem sechsten Sinn der Orientierung, der sie unfehlbar dorthin führt, wohin ihre Bedürfnisse sie rufen, so wurde sie doch von sicherer Hand gelenkt, nach einem ausführlich diskutierten und einmütig gebilligten Plan. Bis anhin hatte es über diesen Punkt zwischen Steuerbord- und Backbordbewohnern auch nie irgendwelche Unstimmigkeiten gegeben. Augenblicklich steuerte man auf allgemeinen Beschluß nach Westen, auf die Sandwichinseln zu. Die Strecke von ungefähr zwölfhundert Meilen, die diese Inselgruppe von der Stelle trennte, wo das Quartett »zugestiegen« war, würde Standard Island bei mittlerer Geschwindigkeit in einem Monat zurücklegen, um dann solange in dem Archipel zu verweilen, bis ihre Bewohner den Wunsch äußerten, einen anderen Teil der Südsee kennenzulernen.

Am Morgen nach diesem denkwürdigen Tag verließ das Quartett das Hotel Excelsior, um ein äußerst komfortables, reich ausgestattetes Apartment im Casino zu beziehen, das man ihm auf der Straßenseite des Gebäudes zur Verfügung gestellt hatte. Jeder der vier Musiker bewohnte sein eigenes Zimmer, das an einen gemeinsamen Salon anschloß. Im Innenhof des Casinos konnten sie sich im Schatten dicht belaubter Bäume beim Plätschern der Springbrunnen entspannen. Auf der einen Seite dieses Hofes befand sich das Museum von Milliard City, auf der anderen der Konzertsaal, wo die Pariser Künstler nun glücklicherweise bald das Echo der Phonographen und die Übertragungen der Theatrophone ersetzen würden. Zweimal, dreimal, so oft sie es nur wünschten, würde sie pro Tag im Restaurant ein gedeckter Tisch erwarten, jedoch ohne daß ihnen der Oberkellner am Schluß seine ungeheuerlichen Rechnungen präsentierte.

An diesem Morgen hatten sich die vier vor dem Frühstück im Salon versammelt.

»Nun, ihr Fiedler«, fragte Pinchinat, »was haltet ihr von alledem?«

»Ein Traum«, antwortete Yvernès, »ein Traum, in dem man uns für eine Million pro Jahr engagiert hat.«

»Das ist die rauhe Wirklichkeit«, entgegnete Frascolin. »Greif in deine Tasche, darin findest du das erste Viertel dieser Million.«

»Die Sache wird ganz gewiß ein böses Ende nehmen!« rief Sébastien Zorn dazwischen, der absolut ein Haar in der Suppe finden wollte, die man ihm gegen seinen Willen serviert hatte. »Und was ist übrigens mit unserem Gepäck?«

Ja natürlich, das Gepäck mußte inzwischen in San Diego eingetroffen sein, wo es auch bleiben würde, da seine Eigentümer es ja nicht abholen konnten. Wohlgemerkt, es handelte sich um kein sehr umfangreiches Gepäck: einige Koffer, Wäsche, Toilettenartikel, Kleider zum Wechseln, und die offiziellen Anzüge, die die Künstler bei ihren Konzertauftritten trugen.

Doch dieses Problem bot keinerlei Grund zu Beunruhigung. In achtundvierzig Stunden würde diese schon ein wenig abgetragene Garderobe durch eine neue Garnitur ersetzt werden, und zwar ohne daß die vier die fünfzehnhundert Francs pro Anzug oder die fünfhundert Francs pro Paar Stiefel auslegen mußten.

Außerdem sorgte Calistus Munbar – entzückt darüber, diese delikate Angelegenheit so geschickt abgewickelt zu haben – dafür, daß dem Quartett jeder Wunsch von den Lippen abgelesen wurde. Überhaupt konnte man sich einen unermüdlicheren, zuvorkommenderen Oberintendanten gar nicht vorstellen. Auch er bewohnte ein Apartment im Casino, dessen verschiedene Dienstleistungen seiner Oberhoheit unterstanden. Die Gesellschaft zahlte ihm ein Gehalt, das seinem Stil und seiner Freigebigkeit würdig war ... und über dessen Höhe wir lieber schweigen.

Das Casino beherbergte überdies Lese- und Spielsäle; aber Baccara, Trente-et-Quarante, Roulette, Poker und ähnliche Glücksspiele waren streng verboten. Es gab auch ein Raucherzimmer, von dem aus man nach der Idee einer erst kürzlich gegründeten Gesellschaft Tabakrauch direkt in die einzelnen Haushaltungen leitete. Der Tabak wurde in einem zentralen Brennofen verbrannt, der Rauch gereinigt, vom Nikotin befreit und danach über Rohrleitungen an die Kunden verteilt. Man brauchte also nur noch sein spezielles Bernsteinmundstück an die Lippen zu setzen, und ein Zähler registrierte den täglichen Verbrauch.

Es gab auch ein Raucherzimmer

In diesem Casino, wo sich die Musikliebhaber an Melodien aus weiter Ferne berauschen konnten, zu denen sich jetzt auch die Konzerte des Quartetts gesellen würden, hatte man auch die Kunstsammlungen von Milliard City untergebracht. Den Kunstfreunden bot das exquisit bestückte Museum zahlreiche klassische und moderne Meisterwerke der italienischen, holländischen, deutschen und französischen Schule, um die sie die Galerien in Paris, London, München, Rom und Florenz beneiden könnten, Gemälde von Raffael, da Vinci, Giorgione, Correggio, Dominiquin, Murillo, Ruysdael, Rembrandt, Rubens, Cuyp, Frans Hals, Hobbema, Van Dyck, Holbein, dann Fragonard, Ingres, Delacroix, Scheffer, Cabat, Delaroche, Regnaut, Couture, Meissonier, Millet, Rousseau, Jules Dupré, Brascassat, Makart, Turner, Troyon, Corot, Daubigny, Baudry, Bonnat, Carolus Duran, Jules Lefebvre, Vollon, Breton, Binet, Yon, Cabanel und andere mehr, die mit Gold aufgewogen worden waren. Um sie alle für die Ewigkeit zu erhalten, hatte man sie in Vitrinen gehängt, in denen absolutes Vakuum herrschte. Bemerkenswert war, daß in dieser Sammlung Impressionisten und Futuristen völlig fehlten; aber zweifellos war das nur eine Frage der Zeit, und auch Standard Island würde von der Infektion mit dieser dekadenten Pest nicht verschont bleiben. Darüber hinaus besaß das Museum auch einige Statuen von beträchtlichem Wert, antike und moderne Marmorskulpturen großer Meister, die den Hof des Casinos zierten. In diesem regen- und nebelfreien Klima durften Gruppen, Statuen und Büsten ungestraft der Witterung ausgesetzt werden.

Es wäre jedoch vermessen zu behaupten, diese Schätze würden oft besichtigt, die Nabobs von Milliard City zeichneten sich durch eine sehr ausgeprägte Vorliebe für diese Kunstwerke aus oder ihr Sinn für Kunst sei überdurchschnittlich stark entwickelt gewesen. Man könnte jedoch anmerken, daß die Steuerbordseite mehr Kunstliebhaber zählte als die Backbordseite. Trotzdem herrschte völlige Einigkeit, wenn es galt, irgendein neues Meisterwerk zu erwerben: in solchen Fällen zwangen ihre unwahrscheinlichen Gebote sämtliche Mäzene der Alten und Neuen Welt zur Aufgabe.

Am meisten besucht im Casino waren die Lesesäle, in denen europäische und amerikanische Zeitschriften und Zeitungen auflagen, regelmäßig angeliefert durch Dampfer aus Madeleine Bay. Nachdem jedermann sie durchgeblättert, gelesen und wieder gelesen hatte, wurden sie in die Bibliothek aufgenommen, in deren Regalen sich schon mehrere tausend Werke aneinanderreihten. Um dies alles zu klassieren, hatte man für 25000 Dollar Jahresgehalt einen Bibliothekar eingestellt, der vielleicht zu den am wenigsten beschäftigten Beamten der Insel gehörte. Diese Bibliothek enthielt auch eine Anzahl phonographischer Bücher, die einen der Mühe des Lesens enthoben: man drückte auf einen Knopf und hörte die Stimme eines exzellenten Sprechers, der die gewählte Lektüre vortrug – zum Beispiel Racines *Phaedra* gelesen von Legouvé.

Natürlich gab es auch Lokalzeitungen, und zwar zwei, die unter der Leitung von zwei Chefredakteuren in der Setzerei des Casinos redigiert, zusammengestellt und gedruckt wurden; die Zeitung der Steuerbordseite hieß *Starboard Chronicle*, die der Backbordseite *New Herald*. Beide bestanden zum größten Teil aus sogenannten »vermischten Nachrichten«, wie die Ankunft von Passagierdampfern, Wetterbericht, Begegnungen auf See, Marktnotierungen, die das Geschäftsviertel interessierten, die tägliche Positionsbestimmung mit Längen- und Breitengrad, die Entscheidungen des Notabeln-Rates, Erlasse des Gouverneurs, Eintragungen des Standesamtes: Geburten, Hochzeiten und Todesfälle – letztere äußerst selten. Nie gab es Schlagzeilen über Morde oder Diebstähle; die Gerichte hatten nur zivilrechtliche Angelegenheiten zu behandeln, Streitigkeiten zwischen Privatpersonen. Ebensowenig erfuhr jemand in den beiden Blättern eine besondere Ehrung zu seinem hundertsten Geburtstag, denn dieses hohe Alter zu erreichen, war hier nicht nur das Privileg einiger weniger.

Über außenpolitische Ereignisse hielt man sich durch telefonische Verbindungen mit Madeleine Bay auf dem laufenden, wo die Unterwasserkabel aus den Tiefen des Pazifiks auftauchten. Auf diese Weise wurden die Milliardäre über Geschehnisse auf der ganzen Welt informiert, soweit sie von Interesse waren. Es sei noch erwähnt, daß sich die beiden Zeitungen gegenseitig nicht allzu hart anfaßten. Bis anhin hatten sie in recht gutem Einvernehmen miteinander gelebt, aber wer konnte wissen, wie lange dieser Austausch unverbindlicher Höflichkeiten noch andauern würde. Sehr tolerant und kompromißbereit in Glaubensfragen lebten hier Protestanten und Katholiken in Eintracht miteinander. Ungewiß war, was geschehen würde, wenn die leidige Politik ins Spiel kommen sollte, wenn einige Bürger trotz ihres Ruhestands auf Standard Island wieder Sehnsucht nach dem Geschäftsleben verspürten, oder wenn gar persönliche Interessen und die Eigenliebe verletzt würden.

Außer *Starboard Chronicle* und *New Herald* gab es auch noch wöchentlich oder monatlich erscheinende Zeitungen, die Artikel ausländischer Publikationen abdruckten, Beiträge der Nachfolger von Sarcey, Lemaître, Charmes, Fournel, Deschamps, Fouquier, France und anderer bedeutender Kritiker. Dazu kamen die Illustrierten und ein gutes Dutzend Vereins- und Boulevardblätter, die sich mit dem gesellschaftlichen Leben beschäftigten. Sie dienten nur zur Zerstreuung, wandten sich an den Geist des Lesers ... und seinen Magen. Ja, auch den Magen, denn einige wurden mit Schokoladenfarbe auf Teig gedruckt. Hatte man sie gelesen, so aß man sie zum Frühstück auf. Die einen wirkten adstringierend, die anderen leicht abführend; zudem waren sie ausgesprochen gut verträglich. Das Quartett fand diese Erfindung ebenso angenehm wie praktisch.

»Wirklich einmal eine leichtverdauliche Lektüre«, bemerkte Yvernès scharfsinnig.

»Und nahrhaft noch dazu«, entgegnete Pinchinat. »Die Verbindung von Kuchen und Literatur paßt doch wunderbar zu gesundheitsfördernder Musik!«

Man fragt sich nun natürlich mit Recht, aus welchen finanziellen Quellen die schwimmende Insel schöpfen konnte, um ihrer Bevölkerung diesen in der ganzen Welt einmaligen Lebensstandard zu erhalten. Ihre Einnahmen mußten sich auf geradezu astronomische Summen belaufen, wenn man einmal bedachte, welche Beträge für die verschiedenen Dienstleistungen bezahlt wurden und was für ein Gehalt schon der kleinste Angestellte verdiente.

Auf eine diesbezügliche Frage antwortete der Oberintendant:

»Hier werden keine Geschäfte gemacht. Wir haben weder eine Handelskammer noch eine Börse, noch irgendwelche Industrien. Handel wird nur in dem Maße getrieben, in dem er für die Bedürfnisse der Insel erforderlich ist, und wir werden unsern Besuchern nie ein Äquivalent der Weltausstellung von 1893 in Chicago oder von 1900 in Paris bieten. Nein! Die mächtige Religion des Big Business gibt es hier nicht, und unser Wahlspruch lautet nicht »Go ahead«, außer, wir wollen damit das Juwel des Pazifik anfeuern. Nicht aus Geschäften stammen also die notwendigen Mittel zum Unterhalt der Insel, sondern aus dem Zoll. Ja, die Zollgebühren allein genügen, um das gesamte Budget von Standard Island zu decken.«

»Und dieses Budget?...« fragte Frascolin.

»Beläuft sich auf zwanzig Millionen Dollar, meine werten Freunde!«

»Hundert Millionen Francs!« rief die zweite Violine. »Und das bei einer Stadt von zehntausend Seelen!«

»So ist es, mein lieber Frascolin, und diese Summe kommt einzig und allein durch Zollgebühren zusammen. Städtische Steuern gibt es nicht, da unsere eigenen Erzeugnisse kaum ins Gewicht fallen. Nein, uns genügen die Zölle, die in den beiden Häfen erworben werden. Das erklärt den hohen Preis aller Konsumartikel – den relativ hohen Preis, meine ich selbstverständlich, denn so übertrieben sie Ihnen auch erscheinen mögen, sie reflektieren doch nur die Mittel, über die hier alle verfügen.«

Und damit war Calistus Munbar wieder bei seinem Lieblingsthema angelangt: er pries seine Stadt, er pries seine Insel – ein Teil eines edleren Planeten, der vom Himmel mitten in den Stillen Ozean gefallen war, ein schwimmendes Eden, auf dem alle guten Menschen Zuflucht gefunden hatten, und wenn sich das wahre Glück nicht hier fand, dann fand es sich nirgendwo. Er klang wie ein Schaubudenbesitzer, der sein Publikum beschwört:

»Treten Sie näher, meine Damen und Herren, treten Sie näher! Kaufen Sie eine Eintrittskarte! Es sind nur noch wenige Plätze frei! In wenigen Minuten beginnt die Vorstellung! Wer will noch mal...«

In der Tat, die Plätze waren rar und die Eintrittskarten teuer! Bah! Der Oberintendant jonglierte mit diesen Millionen, die in einer milliardenschweren Stadt nichts weiter darstellten als eben Zahlungseinheiten.

Doch während dieser Tiraden, bei denen sich die Sätze wie Wasserfälle aus seinem Mund ergossen, bei denen sich seine Gesten in eine geradezu semaphorische Hektik hineinsteigerten, erfuhr das Quartett vieles über die einzelnen Aufgaben der Inselverwaltung, nicht zuletzt auch über ihre Schulen. Auf Standard Island galt die allgemeine Schulpflicht, wobei der kostenlose Unterricht von Lehrern erteilt wurde, die das Gehalt eines Ministers erhielten. Gelehrt wurden tote und lebende Sprachen, Geschichte, Geographie, Physik, Mathematik und die geselligen Künste, und das besser als an irgendeiner Universität oder Akademie der Alten Welt – wollte man Calistus Munbar Glauben schenken. In Wahrheit aber bestand nicht gerade die Gefahr, daß sich die Schüler bei ihren Lektionen überanstrengten: auch wenn die gegenwärtige Generation noch Spuren einer Bildung zeigte, die sie sich an amerikanischen Colleges angeeignet hatte, so würde die folgende gewiß über mehr Geld verfügen als Wissen. Das war Standard Islands schwacher Punkt, und vielleicht können Menschen nur verlieren, indem sie sich so von der übrigen Menschheit isolieren.

Sie reisten also nie ins Ausland, die Bewohner dieser künstlichen Insel? Sie besuchten nie die Länder der Alten Welt, die großen Hauptstädte Europas? Sie lernten nie die Völker kennen, denen die Vergangenheit so viele Meisterwerke der verschiedensten Gebiete hinterlassen hat? Doch – einige trieb ein gewisses

Das Wüten des Ozeans vermochte ihr nichts anzuhaben

Gefühl von Neugier in diese fernen Regionen. Allein sie wurden ihrer schnell überdrüssig; sie langweilten sich dort meistens; sie fanden dort nichts vom gleichmäßigen Leben auf Standard Island wieder; sie litten unter der Hitze, schließlich erkälteten sie sich, und man erkältete sich nicht in Milliard City. Daher kehrten sie voller Ungeduld möglichst schnell wieder auf ihre Insel zurück, diese Unvorsichtigen, die die unglückselige Idee gehabt hatten, sie überhaupt zu verlassen. Und welchen Nutzen zogen sie aus diesen Reisen? Nicht den geringsten. »Wie Koffer sind sie gegangen, wie Koffer sind sie zurückgekehrt«, sagt ein altes, griechisches Sprichwort. In ihrem Fall kann man noch hinzufügen: Und sie werden auch immer so bleiben.

Zur Frage der Fremden, die die Berühmtheit von Standard Island eigentlich anziehen müßte, diesem neunten Weltwunder, seit der Eiffelturm – so sagt man zumindest – den achten Rang einnimmt, meinte Calistus Munbar, sie würden sich niemals sehr zahlreich einfinden. Man legte auch keinen Wert darauf, obwohl ihre Zollabgaben in den beiden Häfen eine weitere Einnahmequelle dargestellt hätten. Die meisten Touristen, die die Insel im letzten Jahr besucht hatten, waren Amerikaner gewesen, andere Nationen kamen selten oder gar nicht. Die Ausnahme bildeten einige Engländer, zu erkennen an ihren ausnahmslos hochgekrempelten Hosen, die sie mit Regenwetter in London begründeten. Das erstaunt um so mehr, als daß Großbritannien sich von vornherein gegen den Bau der Insel gestellt hatte, da sie seiner Ansicht nach den Schiffsverkehr behinderte, und es sich über ihr Verschwinden freuen würde. Deutsche waren nicht besonders gern gesehen, denn man verdächtigte sie, Milliard City in ein zweites Chicago verwandeln zu wollen, falls man ihnen erlaubte, hier Fuß zu fassen. Von allen Ausländern nahm die Gesellschaft die Franzosen mit der größten Sympathie und Zuvorkommenheit auf; sie zählen ja auch nicht zu einem aufdringlichen Menschenschlag Europas. Aber hatte bis anhin schon jemals ein Franzose Standard Island betreten?

»Wahrscheinlich nicht«, ließ sich Pinchinat vernehmen.

»Dazu sind wir nicht reich genug«, fügte Frascolin hinzu.

»Um hier den Lebensabend zu verbringen vielleicht«, entgegnete der Oberintendant, »aber nicht, um hier einen Posten anzunehmen ...«

»Also gibt es einen Landsmann von uns in Milliard City?« fragte Yvernès.

»Ja, es gibt einen.«

»Und wie heißt dieser Glückliche?«

»Monsieur Athanase Dorémus.«

»Und was macht er hier, dieser Athanase Dorémus?« rief Pinchinat.

»Er lehrt Tanz, Auftreten und gutes Benehmen, und erhält dafür von der Gesellschaft ein fürstliches Gehalt, ganz zu schweigen von den zusätzlichen Privatstunden ...«

»Das kann auch wirklich nur ein Franzose unterrichten«, bemerkte Seine Hoheit.

Nun wußte das Quartett also über die administrative Organisation von Standard Island Bescheid, womit es diese Reise in den Westen des Pazifiks in vollen Zügen genießen durfte. Wäre nicht die Sonne je nach der von Kommodore Simcoe gewählten Ausrichtung bald über diesem, bald über jenem Punkt der Landschaft aufgegangen, hätten sich Sébastien Zorn und seine Freunde wirklich auf festem Boden glauben können. Zweimal während der nächsten vierzehn Tage entluden sich über der Insel heftige Gewitterstürme, wie sie manchmal im Stillen Ozean vorkommen, auch wenn das gar nicht zu seinem Namen paßt. Die Brecher ließen am metallenen Inselrumpf ihre Gischt hochspritzen wie an einer natürlichen Steilküste, doch Standard Island erzitterte nicht einmal unter den Angriffen des entfesselten Meeres. Das Wüten des Ozeans vermochte ihr nichts anzuhaben: der menschliche Erfindergeist hatte die Natur besiegt.

Vierzehn Tage später, am 11. Juni, fand das erste Kammermusikkonzert statt, das überall entlang der breiten Alleen mit Leuchtschrift-Anzeigen angekündigt wurde. Es versteht sich von selbst, daß die Musiker zuvor dem Gouverneur und dem Magistrat vorgestellt worden waren. Cyrus Bikerstaff hatte sie mit größter Herzlichkeit empfangen. Die Zeitungen erinnerten an die großen Erfolge des Quartetts überall in Amerika und beglückwünschten den Oberintendanten wärmstens zur – zugegebenermaßen etwas eigenwilligen – Anwerbung des Quartetts. Welche Freude, solchen Virtuosen bei der Interpretation eines Meisterwerks nicht nur zuhören, sondern auch zusehen zu können! Was für ein Leckerbissen für Kenner!

Es wäre indessen ein Irrtum, aus den Fabelgagen, zu denen man die vier Musiker ans Casino von Milliard City geholt hatte, zu schließen, man ließe das Publikum kostenlos in den Genuß ihrer Konzerte kommen. Weit gefehlt. Die Verwaltung beabsichtigte, mit diesen Veranstaltungen beträchtliche Gewinne zu erzielen, genau wie jene amerikanischen Impresarios, die ihre Sängerinnen einen Dollar pro Takt oder sogar Note kosten. Normalerweise mußte man auch für die theatrophonischen und phonographischen Konzerte im Casino Eintritt bezahlen, der sich anläßlich dieses Ereignisses natürlich um ein Vielfaches erhöhte: alle Plätze kosteten gleichviel, nämlich 200 Dollar, also 1000 französische Francs, und Calistus Munbar schmeichelte sich, er würde den Saal bis auf den letzten Sessel gefüllt sehen.

Er hatte sich nicht getäuscht. Sämtliche verfügbaren Eintrittskarten wurden schon im Vorverkauf abgesetzt. Tatsächlich zählte der komfortable und elegante Saal nur etwa hundert Plätze, und hätte man sie versteigert, wer weiß, was für astronomisch hohen Geboten der Zuschlag erteilt worden wäre. Aber so etwas gab es auf Standard Island nicht. Bei allem, was einen Handelswert besaß, Luxusartikel ebenso wie lebensnotwendige Dinge, wurde der Preis im voraus festgelegt. Ohne diese Vorsichtsmaßnahme hätten die unwahrscheinlichen Vermögen einiger zu Hamsterkäufen führen können, die es besser zu vermeiden galt. Jedenfalls gingen die Steuerbordbewohner aus Kunstbegeisterung in das Konzert, während sich die reichen Backbordbewohner möglicherweise nur hinbemühten, weil es eben dazugehörte.

Wenn Sébastien Zorn, Pinchinat, Yvernès und Frascolin in New York, Chicago, Philadelphia und Baltimore aufgetreten waren, schätzten sie mit Fug und Recht: hier haben wir ein millionenschweres Publikum vor uns. An diesem Abend aber mußten sie schon in Milliarden rechnen, um nicht weit unter der Wahrheit zu bleiben. Man stelle sich nur vor! Jem Tankerdon und Nat Coverley mit ihren Familien glänzten in der ersten Reihe, und auf den übrigen Plätzen saß, *passim*, eine ganze Reihe von Kunstfreunden, die zwar unter der Milliardengrenze blieben, aber doch alle ganz schön »betucht« waren, wie Pinchinat es so treffend ausdrückte.

»Also los«, sagte der Chef des Quartetts, als es Zeit war, auf die Bühne zu gehen.

Und sie traten hinaus, nicht aufgeregter als sonst, ja sogar nicht einmal so aufgeregt, wie wenn sie vor einem Pariser Publikum hätten spielen müssen, das vielleicht weniger Geld in der Tasche hat, aber dafür mehr Kunstverstand im Kopf.

Erwähnen wir noch, daß die vier auch ohne Nachhilfestunden bei ihrem Landsmann Dorémus vom Scheitel bis zur Sohle äußerst korrekt gekleidet waren: weiße Krawatte à 25 Francs, perlgraue Handschuhe à 50 Francs, weißes Oberhemd à 70 Francs, Halbstiefel à 180 Francs, Weste à 200 Francs, schwarze Hose à 500 Francs, Frack à 1500 Francs, selbstverständlich alles auf Kosten der Gesellschaft. Ihr Auftritt wurde von den Steuerbordbewohnern begeistert beklatscht, von den Backbordbewohnern etwas diskreter – ohne Zweifel eine Frage des Temperaments.

Das Konzertprogramm umfaßte vier Nummern, die sie in der vom beflissenen Oberintendanten reich ausgestatteten Bibliothek des Casinos ausgesucht hatten:

Quartett No. 1 in es-moll op. 12 von Mendelssohn
Quartett No. 2 in F-Dur op. 16 von Haydn
Quartett No. 10 in es-moll op. 74 von Beethoven
Quartett No. 5 in A-Dur op. 10 von Mozart

Die Interpreten übertrafen sich selbst in diesem Milliardärssaal, an Bord dieser schwimmenden Insel, über einem Abgrund, dessen Tiefe in diesem Teil des Pazifiks mehr als fünftausend

Meter betrug. Sie erzielten einen beträchtlichen und gerechtfertigten Erfolg, besonders bei den Kunstfreunden der Steuerbordseite. Doch man mußte den Oberintendanten nach dieser denkwürdigen Aufführung gesehen haben: er triumphierte. Man hätte meinen können, er wäre es, der soeben gleichzeitig zwei Geigen, eine Bratsche und ein Cello gespielt hatte. Welch glücklicher Anfang für diese Meister der konzertanten Musik – und ihren Impresario!

Aber nicht nur im Konzertsaal drängten sich die Menschen, sondern auch draußen vor dem Casino. Wie viele hatten schließlich weder einen Klappstuhl noch einen Sessel ergattern können, ganz zu schweigen von denjenigen, die der hohe Eintrittspreis abgeschreckt hatte! Die Zuhörer im Freien fanden sich allerdings auf schmale Kost gesetzt, denn die Musik drang nur wie aus weiter Ferne zu ihnen, als entströme sie dem Gehäuse eines Phonographen oder dem Schalltrichter eines Telefons. Trotzdem klatschten sie lebhaft Beifall.

Und als sich dann Sébastien Zorn, Yvernès, Frascolin und Pinchinat nach dem Konzert auf der Terrasse des linken Pavillons zeigten, gerieten sie völlig außer sich vor Begeisterung. Die 1. Straße war ein wahres Lichtermeer; die Strahlen der elektrischen Monde stellten die bleiche Selene mühelos in den Schatten.

Gegenüber dem Casino, auf dem Bürgersteig, etwas abseits von den anderen, stand Arm in Arm ein Paar, das Yvernès' Aufmerksamkeit erregte. Der Mann, überdurchschnittlich groß, mit distinguiertem, strengem, ja sogar traurigem Gesichtsausdruck, mochte ungefähr fünfzig Jahre alt sein. Die Frau, etwas jünger, groß, mit stolzer Haltung, ließ unter ihrem Hut vom Alter ergrautes Haar sehen.

Yvernès, beeindruckt von ihrer reservierten Haltung, zeigte sie Calistus Munbar:

»Wer sind denn diese beiden?« fragte er.

»Diese beiden?« antwortete der Oberintendant, indem er ziemlich verächtlich die Lippen verzog. »Das sind wahnsinnige Musiknarren.«

»Und warum waren sie dann nicht im Casino?«

Die 1. Straße war ein Lichtermeer

»Zweifellos war es zu teuer für sie.«
»Sie haben also kein Vermögen?«
»Kaum zweihunderttausend Francs pro Jahr.«
»Ph!« machte Pinchinat. »Und wer sind diese armen Teufel?«
»Der König und die Königin von Malekarlien.«

ACHTES KAPITEL

EINE SEEREISE

Nachdem sie dieses außergewöhnliche Wasserfahrzeug hatte konstruieren lassen, mußte die Standard Island Company dafür sorgen, daß seemännische und administrative Belange der Insel gleichermaßen kompetent gehandhabt wurden.

Für erstere war Kommodore Ethel Simcoe zuständig, Marinekapitän der Vereinigten Staaten, ein erfahrener Seemann von fünfzig Jahren, der den Pazifik wie seine Westentasche kannte, mit all seinen Strömungen, Stürmen, Klippen und Korallenriffen. Er besaß also sämtliche Voraussetzungen, um die ihm anvertraute stählerne Insel und ihre reichen Bewohner, für die er sich vor Gott und den Aktionären der Gesellschaft zu verantworten hatte, mit sicherer Hand zu führen.

Die verschiedenen Verwaltungsangelegenheiten lagen in den Händen des Gouverneurs der Insel, Cyrus Bikerstaff. Er stammte aus Maine, einem jener Bundesstaaten, die sich kaum an den blutigen Bruderkämpfen des amerikanischen Sezessionskriegs beteiligt hatten, was ihn praktisch dazu prädestinierte, das Gleichgewicht zwischen den beiden Inselhälften zu bewahren.

Der fast sechzigjährige Gouverneur war Junggeselle, ein kühler Mann voller Selbstbeherrschung, dem es trotz seines phlegmatischen Äußeren keineswegs an Energie mangelte. Aufgrund seiner reservierten Haltung, seines gentlemanhaften Auftretens und der diplomatischen Diskretion, die seine Worte genauso kennzeichnete wie seine Taten, hätte man ihn für einen Engländer halten können. In jedem anderen Land als auf Stan-

Cyrus Bikerstaff

rd Island wäre er ein respektheischender und deshalb respek-
erter Mann gewesen. Doch hier stellte er eigentlich nichts weiter dar als einen höheren Angestellten der Gesellschaft. Und obwohl sein Jahresgehalt der Zivilliste des Souveräns eines kleinen europäischen Landes entsprach, war er nicht reich: Welchen Eindruck konnte er demnach in Gegenwart der Nabobs von Milliard City schon machen?

Neben dem Gouverneursposten hatte Cyrus Bikerstaff auch das Amt des Bürgermeisters inne. Als solcher residierte er im Rathaus, das am einen Ende der 1. Straße stand, gegenüber dem Observatorium, in dem Kommodore Ethel Simcoe arbeitete. Dort hatte man seine Amtsräume eingerichtet, dort wurden alle Personenstandsurkunden ausgestellt: bei Geburten, mit einem Durchschnitt, der die Zukunft der Insel sicherstellte, bei Todesfällen – die Toten wurden auf dem Friedhof von Madeleine Bay begraben –, und bei Eheschließungen, wobei nach der Verfassung von Standard Island vor der kirchlichen Trauung eine Ziviltrauung erfolgen mußte. Dort waren auch alle Dienstleistungen der Verwaltung zentralisiert, und noch nie hatte eine von ihnen einem Bürger Anlaß zur Klage gegeben, was sicher für den Bürgermeister und seine Beamten sprach. Als Sébastien Zorn, Pinchinat, Yvernès und Frascolin ihm vorgestellt wurden, erweckte seine Gegenwart in ihnen ein sehr angenehmes Gefühl, wie es die Persönlichkeit eines aufrichtigen und gerechten Mannes hervorruft, der gesunden Menschenverstand besitzt und sich weder durch Vorurteile noch durch Hirngespinste in die Irre führen läßt.

»Meine Herren«, begrüßte er sie, »es bedeutet für uns ein großes Glück, Sie in unserer Mitte zu sehen. Vielleicht war das Vorgehen unseres Oberintendanten nicht ganz korrekt. Aber sicherlich sind Sie ihm deshalb nicht mehr böse, nicht wahr? Außerdem werden Sie sich über unsere Stadt nicht beklagen können. Sie erwartet von Ihnen monatlich zwei Konzerte und stellt es Ihnen frei, eventuelle Angebote von Privatpersonen zu akzeptieren. Sie schätzt Sie als erstklassige Musiker und wird nie vergessen, daß Sie die ersten Künstler waren, die sie willkommenheißen durfte!«

Das Quartett war über diesen Empfang entzückt und ließ das Calistus Munbar auch wissen:

»Ja, Cyrus Bikerstaff ist schon ein liebenswürdiger Mensch«, antwortete der Oberintendant, indem er leicht die Schultern hochzog. »Schade, daß er nicht ein, zwei Milliarden besitzt.«

»Niemand ist vollkommen!« entgegnete Pinchinat.

Den Gouverneur-Bürgermeister von Milliard City unterstützten zwei Stellvertreter, die ihm bei den sehr einfachen Verwaltungsaufgaben der schwimmenden Insel halfen. Diesen wiederum unterstanden einige wenige Angestellte, die für ein angemessenes Gehalt in den verschiedenen Sektoren der Verwaltung tätig waren. Einen Stadtrat gab es nicht. Wozu auch? An seiner Stelle hatte man einen Notabeln-Rat geschaffen, dessen gut dreißig Mitglieder sich durch Intelligenz und Vermögen auszeichneten. Dieser Rat trat zusammen, wenn es irgendwelche wichtigen Beschlüsse zu fassen galt – unter anderem über den Verlauf der Reiseroute, die im Interesse der allgemeinen Gesundheit eingehalten werden mußte. Wie unsere Pariser bald bemerkten, entstanden auf diesem Gebiet manchmal Meinungsverschiedenheiten, die sich nur schwer bereinigen ließen. Aber dank seines großen Geschicks als Vermittler war es Cyrus Bikerstaff bisher immer gelungen, die unterschiedlichen Interessen auf einen Nenner zu bringen, ohne die Eitelkeit seiner Ratsherren zu verletzen.

Es versteht sich von selbst, daß einer seiner Stellvertreter Protestant, der andere Katholik war. Man hatte Barthelemy Ruge und Hubley Harcourt unter den höheren Angestellten der Standard Island Company ausgewählt, und sie standen Cyrus Bikerstaff nach Kräften bei.

So also funktionierte, seit achtzehn Monaten schon, in völliger Unabhängigkeit, sogar ohne jedwede diplomatische Beziehung, vollkommen frei auf der Weite des Stillen Ozeans, geschützt vor den leidigen Unbilden des Wetters, unter dem Himmel ihrer Wahl, die Insel, auf der das Quartett ein ganzes Jahr verbringen würde. Daß sie in Abenteuer verwickelt oder von der Zukunft mit unvorhergesehenen Ereignissen überrascht werden könnten, vermochten sich die vier im Augenblick trotz der düsteren Prognosen des Cellisten nicht vorzustellen. Was sollte man schließlich an einem Ort zu fürchten haben, wo alles in so perfekt geregelten Bahnen verlief? Und dennoch: hatte der menschliche Erfindungsgeist mit dieser künstlichen Insel zur Eroberung des unendlichen Ozeans die dem Menschen von seinem Schöpfer gesetzten Grenzen nicht überschritten?...

Die Fahrt ging weiter gen Westen. Jeden Tag, beim Meridiandurchgang der Sonne, bestimmten die Offiziere des Observatoriums, die unter dem Befehl von Kommodore Ethel Simcoe standen, die genaue Lage der Insel. Eine vierteilige Tafel an den Seiten des Rathausturmes zeigte ihre Position nach Längen- und Breitengraden an. Diese Angaben wurden telegraphisch an allen Straßenkreuzungen, in den öffentlichen Gebäuden, in jedem Palais und jedem anderen Privathaus ausgedruckt, und zwar zusammen mit einer Zeitdurchsage, da sich ja je nach Kurs täglich eine Zeitverschiebung ergab. Die Milliardäre waren demnach immer über den Standort ihrer Insel informiert.

Abgesehen von der unmerklichen Positionsverschiebung auf der Oberfläche eines Ozeans unterschied sich Milliard City in keiner Weise von den Hauptstädten der Alten und Neuen Welt. Das Leben gehorchte denselben Gesetzen wie überall. Unsere Musiker, im großen und ganzen nicht sehr beschäftigt, verbrachten ihre ersten Mußestunden damit, die Sehenswürdigkeiten auf dem Juwel des Pazifiks zu besichtigen, die sich mit der Straßenbahn alle mühelos erreichen ließen. Ihre uneingeschränkte Bewunderung erregten die beiden Kraftwerke durch die ausgesprochene Einfachheit ihrer technischen Einrichtungen, die Leistung ihrer Maschinen, die eine Doppelreihe riesiger Schiffsschrauben antrieben, und die auffallende Disziplin der Angestellten unter den Ingenieuren Watson und Somwah. Je nach Ausrichtung von Standard Island legten die regelmäßigen Dampfer der Gesellschaft im Steuerbord- oder Backbordhafen an.

Während Sébastien Zorn diesem Wunderwerk der Technik weiterhin beharrlich seine Bewunderung verweigerte, während Frascolins Gefühle sich mehr in Maßen hielten, befand sich der

Positionsbestimmung durch die Offiziere

enthusiastische Yvernès in einem permanenten Begeisterungstaumel. Nach seiner Meinung würde es noch vor Ende des 20. Jahrhunderts auf den Weltmeeren von solchen Inseln nur so wimmeln, die in Zukunft das Nonplusultra an Komfort und Fortschritt darstellen würden. Welch großartiges Schauspiel mußte diese schwimmende Insel beim Besuch ihrer ozeanischen Schwestern bieten! Pinchinat seinerseits wurde wie trunken von dieser steinreichen Gesellschaft, in der man von Millionen sprach wie anderswo von fünfundzwanzig Louisdor. Große Banknoten waren ein gängiges Zahlungsmittel; man hatte gewöhnlich zwei- oder dreitausend Dollar in der Tasche. Und mehr als einmal sagte Seine Hoheit zu Frascolin:

»Alter Freund, du hast nicht zufällig fünfzigtausend Francs Kleingeld bei dir?«

Inzwischen hatte das Quartett auch einige Bekanntschaften gemacht, mit der Gewißheit, überall außergewöhnlich liebenswürdig empfangen zu werden. Wer hätte sich schließlich nach der Empfehlung des überwältigenden Calistus Munbar nicht gezwungen gefühlt, sie gut zu behandeln?

Ihr erster Besuch galt ihrem Landsmann Athanase Dorémus, dem Lehrer für Tanz, Auftreten und gutes Benehmen. Dieser Mann bewohnte auf der Steuerbordseite ein bescheidenes Haus an der 25. Straße für dreitausend Dollar Miete. Eine alte Negerin führte ihm für hundert Dollar monatlich den Haushalt. Er war entzückt, die Bekanntschaft von Franzosen zu machen – noch dazu Franzosen, die Frankreich Ehre machten.

Mit seinen siebzig Jahren besaß der schmächtige kleine Mann noch einen wachen Blick; die Zähne waren noch seine eigenen, ebenso wie die üppige Lockenpracht, die schneeweiß leuchtete wie sein Bart. Er schritt gemessen dahin, mit einer gewissen rhythmischen Kadenz, die Brust nach vorn gestreckt, den Rücken etwas im Hohlkreuz, die Arme gerundet, die Füße ein wenig nach außen gerichtet und in untadelige Schuhe gehüllt. Unsere Künstler empfanden großes Vergnügen dabei, ihn plaudern zu hören, wozu er ihnen gerne die Gelegenheit gab, denn seine Redseligkeit war ebenso groß wie seine Grazie.

»Ich bin überglücklich, meine lieben Landsleute, überglücklich, ja wirklich überglücklich, Sie zu sehen!« wiederholte er bei ihrem ersten Besuch mindestens zwanzig Mal. »Was für eine ausgezeichnete Idee, daß Sie sich auf dieser Insel niedergelassen haben! Sie werden es bestimmt nicht bereuen, denn jetzt, da ich daran gewöhnt bin, könnte ich mir eine andere Art zu leben gar nicht mehr vorstellen!«

»Und wie lange sind Sie schon hier, Monsieur Dorémus?« fragte Yvernès.

»Seit achtzehn Monaten«, antwortete der Tanzlehrer, indem er seine Füße in die zweite Position brachte. »Ich bin von Anfang an hier gewesen. Dank exzellenter Referenzen aus New Orleans, wo ich mich niedergelassen hatte, widerfuhr mir das große Glück, daß unser hochverehrter Gouverneur Cyrus Bikerstaff meine Dienste akzeptierte. Seit diesem gesegnetem Tag erlaubt es mir die großzügige Bezahlung, die man mir für die Leitung des Konservatoriums für Tanz, Auftreten und gutes Benehmen zukommen läßt, hier zu leben...«

»Wie ein Millionär!« fuhr Pinchinat fort.

»Ach! Was ist hier schon ein Millionär...«

»Ich weiß, ich weiß, mein lieber Landsmann. Aber nach dem, was uns der Oberintendant zu verstehen gab, sind Ihre Unterrichtsstunden nicht sehr stark besucht...«

»Ich habe nur Schüler aus der Stadt, das leugne ich nicht, und ausschließlich junge Leute. Die jungen Amerikaner sind der Meinung, schon mit dem notwendigen Schliff geboren zu werden. Daher ziehen sie es auch vor, heimlich Privatstunden zu nehmen, und heimlich schärfe ich ihnen dann die guten französischen Sitten ein.«

Dabei lächelte er beim Sprechen, benahm sich affektiert wie eine alte Jungfer und wechselte ständig von einer Pose zur anderen.

Athanase Dorémus, aus Santerre in der Picardie, hatte Frankreich schon in frühester Jugend verlassen, um sich in den Vereinigten Staaten niederzulassen, genauer gesagt in New Orleans. Dort, bei den französischstämmigen Einwohnern des ehemals französischen Louisiana, hatte es ihm nicht an Gelegenheit gefehlt, seine Talente zur Anwendung zu bringen. Er verkehrte bei den ersten Familien der Stadt, hatte Erfolg und konnte sich deshalb ein bescheidenes Vermögen ersparen, das ihm eines schönen Tages ein typisch amerikanischer Schwindler wieder abnahm. Das geschah genau zu dem Zeitpunkt, als die Standard Island Company ihr Projekt lancierte, indem sie in großem Stil Werbeschriften versandte und Anzeigen erscheinen ließ, um all jene Superreichen anzusprechen, denen Eisenbahnlinien, Ölquellen, gepökeltes oder nicht gepökeltes Schweinefleisch unermeßliche Vermögen beschert hatten. Dadurch kam Athanase Dorémus die Idee, sich beim Gouverneur der neuen Insel um eine Anstellung zu bewerben, denn er vermutete mit Recht, daß er dort auf seinem Gebiet kaum Konkurrenten finden würde. Da er glücklicherweise die Coverleys aus New Orleans kannte und deren Familienoberhaupt, das einer der angesehensten Honoratioren der Steuerbordseite werden sollte, ihn empfahl, wurde er engagiert, und so kam es, daß ein Franzose, noch dazu ein Picarde, zu den Angestellten von Standard Island gehörte. Zugegeben, der Unterricht fand ausschließlich bei ihm zuhause statt, und die Spiegel des Tanzsaales im Casino reflektierten nie jemand anderen als die Person des Tanzlehrers, aber so lange man deshalb seine Bezüge nicht kürzte, war das ja von geringer Bedeutung.

Alles in allem ein harmloser Zeitgenosse, etwas lächerlich und exzentrisch vielleicht, ziemlich von sich selbst eingenommen und überzeugt davon, mit dem Erbe eines Vestris oder Saint-Léon in der Tradition von Brummel und Lord Seymour zu stehen. Doch in den Augen des Quartetts war er in erster Linie ein Landsmann – eine Eigenschaft, die ein Franzose einige tausend Meilen von Frankreich entfernt immer zu schätzen weiß.

Sie erzählten ihm ihre letzten Erlebnisse, unter welchen Bedingungen sie die schwimmende Insel betraten, auf welche Weise Calistus Munbar sie an Bord lockte, und wie das »Schiff« eine Stunde nach ihrer Ankunft die Anker lichtete.

»Das wundert mich bei unserem Oberintendanten überhaupt nicht«, erwiderte der alte Lehrer. »Solche Tricks gebraucht er sehr gerne, das war nicht das erste und wird bestimmt nicht das letzte Mal sein. Ein würdiger Sohn von Barnum – am Ende wird er noch die Gesellschaft in Verruf bringen... Wirklich ein unverfrorener Patron, dem ein paar Stunden Anstandsunterricht bestimmt nicht schaden würden... gehört zu jenen Yankees, die sich in einen Sessel flegeln und die Füße auf die Fensterbank legen. Sie meinen das übrigens nicht böse; sie glauben einfach, sie könnten sich alles erlauben!... Seien Sie ihm aber trotz allem nicht böse, meine lieben Landsleute, denn abgesehen von der Unannehmlichkeit, daß Sie das Konzert in San Diego verpaßt haben, können Sie sich zu Ihrem Aufenthalt in Milliard City nur gratulieren. Man wird Ihnen hier Aufmerksamkeiten erweisen, denen gegenüber Sie nicht gleichgültig bleiben werden...«

»Besonders am Ende jedes Vierteljahres!« warf Frascolin ein, dessen Funktionen als Kassierer der Truppe langsam eine außergewöhnliche Bedeutung erlangten.

Auf die Frage zum Thema der Rivalität zwischen den beiden Hälften der Insel bestätigte Athanase Dorémus Calistus Munbars Worte. Seiner Meinung nach hing da eine dunkle Wolke am Horizont, die sich bald in einem heftigen Gewitter zu entladen drohte. Zwischen Steuerbord- und Backbordbewohnern standen Eifersüchteleien, ja sogar Interessenskonflikte zu befürchten. Besonders die beiden reichsten Familien der Insel, Tankerdon und Coverley, überwachten sich gegenseitig mit wachsender Mißgunst, was vielleicht zu einem endgültigen Bruch führen würde, wenn niemand irgendein Mittel fand, um sie wieder zu versöhnen. Ja wirklich, zum endgültigen Bruch!...

»Solange dabei die Insel nicht auseinanderbricht, haben wir ja kaum etwas zu befürchten«, bemerkte Pinchinat.

»Hoffentlich hält sie wenigstens so lange, wie wir uns darauf befinden«, fuhr der Cellist fort.

»Machen Sie sich darüber nur keine Sorgen, meine lieben Landsleute!« entgegnete Athanase Dorémus. »Seit achtzehn Monaten durchkreuzt sie nun die Meere, und während dieser ganzen Zeit hat es nie irgendwelche Unfälle gegeben. Nur einige unbedeutende Reparaturen, deretwegen man nicht einmal nach Madeleine Bay zurück mußte. Bedenken Sie doch, sie besteht ganz aus Stahlplatten!«

Das sagte alles. Denn wenn nicht auf Stahl, auf welches Metall sollte man sich in dieser Welt sonst verlassen können? Stahl wird aus Eisen gewonnen. Und was ist schließlich unsere Erde fast in ihrer Gänze anderes als eine gewaltige Karbidkugel? Nun, Standard Island war die Erde en miniature.

Das brachte Pinchinat dazu, den Tanzlehrer nach seiner Meinung über den Gouverneur Cyrus Bikerstaff zu fragen:

»Ist er auch aus Stahl?«

»Ja, Monsieur Pinchinat«, antwortete ihm Athanase Dorémus. »Mit seiner unerschöpflichen Tatkraft ist er ein geschickter Administrator. Aber unglücklicherweise genügt es in Milliard City nicht, aus Stahl zu sein...«

»Man ist hier besser aus Gold!« vollendete Yvernès.

»Sie haben recht, sonst zählt man nicht!«

Damit traf er den Nagel auf den Kopf. Trotz seiner gehobenen Stellung war Cyrus Bikerstaff lediglich ein Angestellter der Gesellschaft. Er überwachte sämtliche standesamtlichen Vorgänge, er hatte den Auftrag, die Zölle zu erheben, er war verantwortlich für die öffentliche Gesundheitspflege, die Straßenreinigung, den Unterhalt der Pflanzungen; er hatte die Beschwerden der Bürger entgegenzunehmen – kurz, er durfte sich überall Feinde machen – aber mehr nicht. Auf Standard Island mußte man zählen, und wie der alte Mann ganz richtig bemerkt hatte: Cyrus Bikerstaff zählte nicht.

Außerdem verlangte es sein Amt, völlig unparteiisch zwischen den beiden Parteien zu stehen und immer eine Vermittlerrolle zu spielen, das heißt, alles zu vermeiden, was zwar die Zustimmung der einen, aber dafür das Mißfallen der anderen hervorrufen könnte. Keine sehr leichte Aufgabe.

Tatsächlich zeichneten sich schon Ideen ab, die leicht zu einem Konflikt zwischen den beiden Hälften führen konnten. Während sich die Steuerbordbewohner mit dem einzigen Zweck

Pinchinat dankte ihm

dieser Insel, nämlich ungestört den Reichtum zu genießen, zufriedengaben, bedauerten die Backbordbewohner ihren Entschluß, sich aus dem Geschäftsleben zurückzuziehen, bereits wieder. Ganz unverhohlen stellten sie zur Diskussion, warum man die Insel nicht wie ein gewaltiges Handelsschiff einsetze, um Fracht für die verschiedenen Niederlassungen Ozeaniens zu transportieren, warum jede Form von Industrie von Standard Island verbannt sei ... Kurz, obwohl diese Yankees, mit Tankerdon an der Spitze, erst seit weniger als zwei Jahren hier lebten, verspürten sie Heimweh nach ihren Geschäften. Und wenn sie sich auch einstweilen mit Worten begnügten, so war Cyrus Bikerstaff doch beunruhigt. Er hoffte gleichwohl, daß sich die Atmosphäre in Zukunft nicht noch mehr vergiften würde, daß keine internen Zwistigkeiten dieses Gefährt in Unruhe versetzen würden, das ausschließlich zu dem Zweck gebaut worden war, seinen Bewohnern ein ruhiges Leben zu garantieren.

Beim Abschied von Athanase Dorémus versprach das Quartett, ihn bald wieder zu besuchen. Gewöhnlich begab sich der Tanzlehrer nachmittags ins Casino, wo ihn allerdings nie ein Schüler erwartete. Aber da er sich keiner Unkorrektheit beschuldigen lassen wollte, blieb er dort und bereitete sich vor den ungenutzten Spiegeln das Saales auf seinen Unterricht vor.

Währenddessen stieß die schwimmende Insel täglich weiter nach Westen vor, mit einer leichten Abweichung in südwestlicher Richtung, auf die Sandwichinseln zu. In diesen subtropischen Breitengraden waren die Temperaturen schon ziemlich hoch. Ohne die erfrischende Wirkung der Meeresbrise hätten die Milliardäre bereits unter Hitze zu leiden gehabt. Glücklicherweise kühlte es sich nachts wieder ab, und Bäume und Rasenflächen behielten auch in der schlimmsten Gluthitze dank des künstlichen Regens ihr erfrischendes Grün. Weiterhin erschien jeden Tag um Punkt 12.00 Uhr die geographische Position der Insel auf der Anzeigetafel am Rathausturm, um dann telegraphisch in die verschiedenen Quartiere von Milliard City verbreitet zu werden. Am 17. Juni befand sich Standard Island bei 155°

Ich verabschiede mich von ihnen

westlicher Länge und 27° nördlicher Breite und näherte sich dem nördlichen Wendekreis.

»Man könnte fast meinen, die Sonne hätte die Insel ins Schlepptau genommen«, deklamierte Yvernès, »oder, wenn ihr eine elegantere Formulierung bevorzugt, sie hätte die Pferde des göttlichen Apoll angespannt!«

Eine ebenso zutreffende wie poetische Bemerkung, für die Sébastien Zorn indessen nur ein Achselzucken übrig hatte. Es behagte ihm nicht, sich im Schlepptau eines anderen zu wissen – noch dazu gegen seinen Willen.

Unaufhörlich wiederholte er seine düstere Prognose: »Wir werden ja sehen, was dieses Abenteuer für ein Ende nimmt!«

Fast jeden Tag fand sich das Quartett zu der Stunde im Park ein, da es dort von Spaziergängern wimmelte. Alles, was in Milliard City Rang und Namen hatte, gab sich inmitten der Grünanlagen zu Pferd, zu Fuß oder im Wagen ein Stelldichein. Die vornehmen Damen führten zum dritten Mal am Tag eine andere Toilette vor, diese hier Ton in Ton, vom Hut bis zu den Stiefelchen, und vorzugsweise aus indischer Seide, wie es in diesem Jahr die Mode verlangte. Häufig sah man auch diese aus Zellulose hergestellte Kunstseide, die auffallend intensiv schillert, oder sogar künstliche Baumwolle, die aus zerfasertem und aufgelöstem Tannen- oder Lärchenholz gewonnen wird.

Zu diesem Thema konnte sich Pinchinat eine Bemerkung nicht verkneifen:

»Ihr werdet sehen, eines Tages macht man sicher Stoffe aus Efeuholz für treue Freunde und aus Trauerweide für untröstliche Witwen!«

In jedem Fall würden die reichen Damen von Milliard City solche Stoffe nur akzeptieren, wenn sie aus Paris stammten, und entsprechende Toiletten nur dann, wenn sie die unverkennbare Handschrift des Königs der Pariser Modeschöpfer trugen – desjenigen, der vor kurzer Zeit den Satz geprägt hatte: »Die Frau ist nur eine Frage des Schnitts.«

Manchmal begegnete man in dieser munteren Menge auch dem König und der Königin von Malekarlien. Das seiner

Herrschergewalt beraubte königliche Paar war unseren Künstlern äußerst sympathisch. Was für Gedanken gingen ihnen wohl beim Anblick dieses erlauchten Paares durch den Kopf, das da Arm in Arm spazierenging? Verglichen mit diesen Timokraten waren sie relativ arm, aber durch ihre stolze, würdevolle Haltung gemahnten sie an Philosophen, die über den Dingen dieser Welt standen. Außerdem fühlten sich die Amerikaner von Standard Island im Grunde sehr geschmeichelt, einen echten König in ihrer Mitte zu haben, und brachten ihm den seiner früheren Stellung angemessenen Respekt entgegen. Das Quartett seinerseits grüßte Ihre königlichen Hoheiten ehrerbietig, wenn es ihnen in der Stadt oder im Park begegnete, und der König und die Königin zeigten sich empfänglich für diese Äußerungen typisch französischer Höflichkeit. Doch im großen ganzen zählten Ihre Majestäten nicht mehr als Cyrus Bikerstaff – vielleicht sogar noch weniger.

Wie auch immer, wen der Gedanke an eine Seereise mit Furcht erfüllt, sollte eine Überfahrt auf einer stählernen Insel in Betracht ziehen, da sie sämtliche Gefahren des Meeres ausschaltete. Mit zehn Millionen PS auf ihrer Seite vermochte keine Flaute, kein widriger Wind sie aufzuhalten. Nicht einmal ein Orkan brachte sie in Verlegenheit, denn gegenüber ihrer Größe blieb das Wüten der Elemente machtlos. Auch Kollisionen fürchtete Standard Island nicht: wehe dem Schiff, das sich mit Volldampf oder vollen Segeln gegen ihre eisernen Seiten warf! Zudem bestand kaum ein Risiko für derart unerfreuliche Begegnungen; schließlich signalisierten Leuchttürme die beiden Häfen, den Bug und das Heck, ganz zu schweigen von den elektrischen Monden, deren strahlender Glanz die Nacht über der Stadt zum Tage machte.

Doch jedesmal, wenn Pinchinat und Frascolin auf einem ihrer Spaziergänge bis zum vorderen oder hinteren Ende des Juwels des Pazifiks, bis zur Rammsporn- oder bis zur Heck-Batterie, vorstießen, stimmten beide überein, daß hier Kaps, Vorgebirge, Landzungen, Buchten und Sandstrände fehlten. Diese Küste stellte nichts weiter dar als eine stählerne Böschung, die Millionen von Schrauben und Nieten zusammenhielten. Wie sehr hätte wohl ein Maler die verwitterten Felsen vermißt, zerfurcht wie die Haut eines Elefanten, mit Tang und Algen bewachsen, die die Brandung bei Flut sanft streichelte? Wahrhaftig, die Schönheit der Natur ließ sich durch ein technisches Wunderwerk nicht ersetzen; das mußte Yvernès trotz seiner unerschütterlichen Bewunderung eingestehen. Der Hauch des Schöpfers, das war es, was dieser künstlichen Insel fehlte.

Am Abend des 25. Juni überquerte Standard Island den Wendekreis des Krebses und erreichte damit die tropische Zone des Pazifiks. Zu dieser Stunde gab das Quartett sein zweites Konzert im Casino, wobei zu vermerken ist, daß man nach dem überwältigenden Erfolg des ersten die Eintrittspreise um ein Drittel erhöht hatte.

Dennoch blieb der Saal zu klein. Die Musikfreunde stritten sich um die Plätze. Offenbar mußte diese Kammermusik ganz außergewöhnlich gesund sein, und niemand hätte es gewagt, ihre therapeutische Wirkung in Frage zu stellen. Getreu der Harford-Methode ließ man also Mozart, Haydn und Beethoven auf sich einwirken.

Wieder wurde die Aufführung zu einem Riesenerfolg für die vier Musiker, denen der Beifall eines Pariser Publikums gewiß mehr bedeutet hätte. Aber in seiner Abwesenheit wußten sich Yvernès, Frascolin und Pinchinat mit den Bravos der Milliardäre zu bescheiden, für die Sébastien Zorn weiterhin unverhüllte Verachtung empfand.

»Was kann man denn noch mehr verlangen, wenn man den Wendekreis überquert?...« sagte Yvernès zu ihm.

»Genau, den Wendekreis des ›Krebses‹!« rief Pinchinat dazwischen, der nach diesem fürchterlichen Wortspiel die Flucht ergriff.

Und wen sahen sie beim Verlassen des Casinos inmitten all der armen Teufel, die keine dreihundertsechzig Dollar aufbringen konnten, um eine Eintrittskarte zu bezahlen? Den König und die Königin von Malekarlien, die sich bescheiden im Hintergrund hielten.

NEUNTES KAPITEL

DIE SANDWICHINSELN

Diesen Teil des Pazifischen Ozeans durchzieht eine unterseeische Gebirgskette, deren Verlauf – von Westnordwest nach Ostsüdost – erkennbar würde, wenn man die viertausend Meter tiefen Abgründe trockenlegen könnte, die sie von den übrigen ozeanischen Ländern trennen. Von dieser Kette sind nur acht Gipfel sichtbar: Niihau, Kauai, Oahu, Molokai, Lanai, Maui, Kahulaui und Hawaii. Diese acht verschieden großen Inseln bilden den Hawaii-Archipel, mit anderen Worten die Gruppe der Sandwichinseln, die nur mit einigen weit auseinandergezogenen Korallenriffen im Westen über die Tropenzone hinausragt.

Pinchinat, Yvernès und Frascolin ließen Sébastien Zorn in seiner Ecke schmollen, wo er sich in vollkommener Gleichgültigkeit gegenüber dieser exotischen Welt einschloß wie ein Cello in seinem Kasten, und bewiesen mit ihren Worten eine vernünftigere Einstellung:

»Meine Güte«, meinte der eine, »ich habe wirklich nichts dagegen, die Inseln von Hawaii kennenzulernen! Wenn wir schon den Stillen Ozean durchkreuzen müssen, sollten wir wenigstens einige Erinnerungen nach Hause mitnehmen!«

»Und ich rechne damit«, ließ sich der zweite vernehmen, »daß uns die Eingeborenen der Sandwichinseln für die viel zu zivilisierten Pawnees, Sioux und anderen Indianer des sogenannten Wilden Westens entschädigen. Mir würde es gar nicht mißfallen, richtige Wilde zu treffen, vielleicht sogar Kannibalen …«

»Sind die Hawaiianer denn noch Menschenfresser?« wollte der dritte wissen.

»Hoffentlich«, antwortete Pinchinat ernsthaft. »Ihre Großväter haben schließlich Captain Cook verspeist, und wenn die Großväter von diesem berühmten Seefahrer gekostet haben, ist kaum anzunehmen, daß ihre Enkel den Geschmack an Menschenfleisch schon verloren haben.«

Zugegeben sprach Seine Hoheit zu respektlos von dem berühmten englischen Seefahrer, der diesen Archipel im Jahre 1778 entdeckt hatte.

Aus dieser Unterhaltung geht deutlich hervor, daß unsere Künstler während dieser Seereise noch wahre Wilde kennenzulernen hofften, die zumindest authentischer waren als die Exemplare im Botanischen Garten von Paris; auf jeden Fall würde man sie in ihrer natürlichen Umgebung sehen, am Ort ihrer Geburt. Daher warteten sie mit einer gewissen Ungeduld darauf, die Nachricht zu vernehmen, die Ausguckposten des Observatoriums hätten die ersten Inseln des Hawaii-Archipels gesichtet.

Am Morgen des 6. Juli war es dann soweit. Die Neuigkeit verbreitete sich wie ein Lauffeuer, und am Anschlagbrett des Casinos hing folgende schreibtelegraphische Mitteilung:

»Standard Island in Sichtweite der Sandwichinseln.«

Tatsächlich hatte man noch immer fünfzig Meilen zurückzulegen, doch die höchsten Gipfel der Gruppe, die beiden über viertausendzweihundert Meter hohen Vulkane auf Hawaii, waren bei schönem Wetter schon aus dieser Entfernung zu sehen.

Von Nordosten kommend, steuerte Kommodore Ethel Simcoe auf Oahu zu, dessen Hauptstadt Honolulu gleichzeitig auch die Hauptstadt des gesamten Archipels ist. Nach Niihau, das eine einzige große Viehweide darstellt, und Kauai liegt Oahu von der ganzen Kette am weitesten nördlich. Seine Fläche beträgt 1 680 km^2, was es allerdings nicht zur größten der Inseln macht, denn Hawaii erstreckt sich auf fast 17000 km^2. Alle übrigen zusammen erreichen nur eine Fläche von 3 812 km^2.

Es versteht sich von selbst, daß unsere Pariser Künstler seit Beginn ihrer Reise freundschaftliche Beziehungen zu den höchsten Beamten von Standard Island unterhielten. Alle, der Gouverneur ebenso wie der Kommodore, Oberst Steward und die Chefingenieure Watson und Somwah, hatten sich bemüht, ihnen einen ausgesprochen warmen Empfang zu bereiten. Die vier blieben oft stundenlang, ohne sich zu langweilen, auf dem Turm des Observatoriums. Es war also kaum verwunderlich, daß sich die beiden unternehmungslustigsten Mitglieder der Truppe, Yvernès und Pinchinat, an diesem Tag schon um zehn Uhr morgens dorthin begaben, um sich vom Fahrstuhl »in den Mastkorb hinaufbefördern« zu lassen, wie sich Seine Hoheit auszudrücken beliebte.

Kommodore Ethel Simcoe erwartete sie bereits und lieh den beiden Freunden sein Fernrohr mit der Bemerkung, am dunstigen Horizont einen Punkt im Südwesten anzuvisieren.

»Das ist der Mauna Loa auf Hawaii«, sagte er, »oder auch der Mauna Kea, zwei mächtige Vulkane, die in den Jahren 1852 und 1855 die Insel auf einer Fläche von siebenhundert Quadratkilometern mit Lava zudeckten, und deren Krater 1880 siebenhundert Millionen Kubikmeter Eruptionsmasse auswarfen!«

»Großartig!« rief Yvernès. »Halten Sie es für möglich, Kommodore, daß es uns vergönnt sein wird, ein solches Schauspiel mitzuerleben?«

»Das kann ich Ihnen nicht versprechen, Monsieur Yvernès«, antwortete Ethel Simcoe, »Vulkane brechen nicht auf Befehl aus.«

»Aber dieses eine Mal vielleicht doch, mit ein wenig Protektion?...« fuhr Pinchinat fort. »Wissen Sie, wenn ich so reich wäre wie die Herren Tankerdon und Coverley, würde ich mir meine eigenen Vulkanausbrüche leisten.«

»Wir können ja mit ihnen darüber sprechen«, erwiderte der Kommodore lächelnd, »und ich bezweifle nicht, daß sie das Unmögliche möglich machen werden, um Ihnen gefällig zu sein.«

Dann erkundigte sich Pinchinat nach der Bevölkerung der Sandwichinseln. Der Kommodore erzählte ihm, ihre Einwohnerzahl sei von ungefähr zweihunderttausend zu Beginn des Jahrhunderts gegenwärtig auf die Hälfte gesunken.

»Nun, Monsieur Simcoe, hunderttausend Wilde sind noch mehr als genug. Sofern sie wirklich anständige Menschenfresser geblieben sind und nichts von ihrem Appetit verloren haben, werden die Milliardäre von Standard Island für sie nicht mehr als einen leckeren Appetithappen abgeben.«

Die stählerne Insel lief das Hawaii-Archipel nicht zum ersten Mal an; schon im letzten Jahr hatte sie sein gesundes Klima dorthin gezogen. Übrigens reisten viele Kranke aus Amerika hierher, und bald werden wohl europäische Ärzte ihre Patienten ebenfalls zur Kur in den Pazifik schicken. Warum auch nicht? Honolulu ist jetzt nur noch 25 Tagesreisen von Paris entfernt, eine Kleinigkeit, wenn es darum geht, sich die Lungen mit einem Sauerstoff zu füllen, den man sonst nirgends auf der Welt findet...

Standard Island erreichte die Inselgruppe am Morgen des 9. Juli. Oahu zeichnete sich fünf Meilen entfernt im Südwesten ab. Im Osten der Insel ragt ein erloschener Vulkan auf, der Diamond-Head, der die Bucht auf der Rückseite dominiert. Neben ihm liegt ein zweiter Krater, den die Engländer »Punschglas« getauft haben. Und – so meinte der Kommodore – wäre diese riesige Schüssel mit Brandy oder Gin gefüllt, würde John Bull sicher keinen Augenblick zögern, sie bis auf den letzten Tropfen zu leeren.

Man schwenkte in die Meerenge zwischen Oahu und Molokai ein. Wie ein Schiff durch die Wirkung seines Ruders manövrierte Standard Island durch den abwechslungsweisen Einsatz ihrer beiden Schraubanlagen an Backbord und Steuerbord. Nachdem die Insel der Milliardäre Oahus Südostkap umschifft hatte, stoppte sie wegen ihres beträchtlichen Tiefgangs zehn Kabellängen vom Ufer entfernt. Da man die Insel, um ihre Manövrierfähigkeit zu bewahren, in genügend großem Abstand zur Küste halten mußte, ging sie nicht im engeren Sinn des Wortes »vor Anker«, das heißt, man warf keine Anker aus, denn das war bei einer Meerestiefe von hundert Metern und mehr nicht möglich. Trotzdem behielt sie dank der ausgleichenden Tätigkeit ihrer Maschinen für die Dauer des Aufenthalts ihren Standort ebenso unbeweglich bei wie die Inseln des Archipels.

Das Quartett betrachtete die Höhenzüge, die vor seinen Augen auftauchten. Von weitem erkannte man nur Wälder, aus Orangenbäumen und anderen attraktiven Arten gemäßigter Zonen. Im Westen wurde durch eine Lücke im Korallenriff eine kleine Lagune sichtbar, der »See der Perlen«, eine Art Wasser-Ebene, übersät mit uralten Kratern.

Oahu machte einen recht heiteren Eindruck: Pinchinats heißersehnte Anthropophagen konnten sich über die Kulisse zu ihren Schreckenstaten wirklich nicht beklagen. Vorausgesetzt, sie frönten noch immer ihren kannibalischen Gelüsten, war Seine Hoheit ganz gewiß wunschlos glücklich...

Doch da rief er plötzlich aus:

»Mein Gott, was sehe ich dort?«

»Was denn?« fragte Frascolin.

»Dort drüben... Kirchtürme!«

»Ja, Kirchtürme und Herrenhäuser«, bestätigte Yvernès.

»Und hier soll Captain Cook aufgefressen worden sein? – Unmöglich!«

»Sicher hat sich der Kommodore geirrt, und wir sind gar nicht auf den Sandwichinseln«, sagte Sébastien Zorn schulterzuckend.

»Sehr wahrscheinlich«, meinte Pinchinat.

Nein, Kommodore Simcoe hatte sich keineswegs verirrt. Vor ihnen lag wirklich Oahu, und die Stadt, die mehrere Quadratkilometer beanspruchte, war tatsächlich Honolulu.

Es blieb ihnen nichts anderes übrig, als ihre Erwartungen etwas zurückzuschrauben. Seit der Expedition des großen englischen Seefahrers hatten sich diese Inseln gewaltig verändert. Missionare hatten sich gegenseitig an Missionierungseifer überboten; Methodisten, Anglikaner und Katholiken erfüllten in stetigem Streit um die Stärke ihres Einflusses ihre zivilisatorische Aufgabe, womit sie sich schließlich gegen das Heidentum der Kanaken durchsetzten. Außerdem wurde nicht nur die Sprache der Ureinwohner langsam durch das Englische verdrängt, sondern die Eingeborenen selbst mußten vor Fremden zurückweichen, vor den Amerikanern, den Chinesen – die zum größten Teil im Dienste von Großgrundbesitzern standen und deren Anwesenheit zu einer Mischlingsrasse, den Hapa-Pake, geführt hatte – und schließlich vor den Portugiesen, die der regelmäßige Schiffsverkehr zwischen Hawaii und Europa hierher gebracht hatte. Trotz alledem gab es noch genug Eingeborene, um unsere vier Künstler zufriedenzustellen, obwohl diese Ureinwohner zusätzlich auch noch durch die von den Chinesen eingeschleppte Lepra stark dezimiert worden waren. Allerdings stellten sie kaum mehr typische Vertreter der Spezies Menschenfresser dar.

»O Lokalfarbe«, rief die erste Violine, »wessen Hand hat dich auf der modernen Palette weggekratzt!«

Ja – die Zeit, die Zivilisation und das Naturgesetz des Fortschritts hatten sie schon beinah ganz verwischt, diese Farbe, was Sébastien Zorn und seine Freunde nicht ohne ein gewisses Bedauern feststellen mußten, als sie eine der elektrischen Schaluppen von Standard Island nach Überwindung der Korallen-Barriere an Land absetzte.

Zwischen zwei Pfahlwehren, die im spitzen Winkel zusammenliefen, öffnete sich ein Hafen, der durch ein Amphitheater aus Bergen gegen Stürme abgeschirmt war. Seit 1794 hatten sich die Riffe, die ihn vor dem hohen Wellengang des offenen Meeres schützten, um einen Meter gehoben. Dennoch blieb immer noch soviel Wasser im Hafen, daß Schiffe mit achtzehn bis zwanzig Fuß Tiefgang am Kai anlegen konnten.

»Enttäuschungen, nichts als Enttäuschungen...«, murmelte Pinchinat vor sich hin. »Es ist wirklich ein Jammer, daß man auf Reisen so viele Illusionen verliert.«

»Man bleibt sowieso am besten zu Hause!« äußerte sich der Cellist achselzuckend.

»Nein!« rief Yvernès, dem seine Begeisterung nicht so schnell zu nehmen war. »Welches Schauspiel ließe sich mit dem vergleichen, eine künstliche Insel die Archipele Ozeaniens besuchen zu sehen?...«

Die Sitten der Sandwichinseln hatten sich vielleicht zum lebhaften Bedauern unseres Quartetts sehr zu ihrem Nachteil gewandelt, aber ihr Klima war dasselbe geblieben. In diesem Teil des Pazifischen Ozeans gehört es zu den gesündesten, obwohl die Inselgruppe im sogenannten »Meer der Hitze« liegt. Wenn das Thermometer bei Ausbleiben des gewohnten Nordostpassats auch rasch in die Höhe klettert, wenn der Antipassat aus dem Süden auch heftige, hier »Kuas« genannte Gewitter mit sich bringt, so beträgt doch die Durchschnittstemperatur in Honolulu nicht mehr als einundzwanzig Grad Celsius. Darüber kann man sich an der Grenze der Tropen wohl kaum beklagen, was die Bewohner der Inseln ebenso wenig taten, wie die schon erwähnten zahlreichen Patienten aus Amerika, die hier Linderung für ihre Leiden suchten.

Wie auch immer, je tiefer die vier Musiker in die Geheimnisse der Insel eindrangen, desto mehr Illusionen verloren sie; ihre Phantasievorstellungen zerstoben wie Blätter in einem Herbststurm. Sie behaupteten, getäuscht worden zu sein, obwohl sie diese Täuschung nur sich selbst zuzuschreiben hatten.

»Da hat uns dieser Calistus Munbar wieder einmal ganz schön hereingelegt!« stellte Pinchinat fest und erinnerte daran, daß der Oberintendant die Sandwichinseln als letzte Zufluchtstätte wilder Eingeborener im Pazifik bezeichnet hatte.

Und was hatte dieser auf ihre bitteren Vorwürfe zu erwidern?

»Was wollen Sie, meine lieben Freunde?« meinte er augenzwinkernd. »Seit meiner letzten Reise hat sich hier alles so verändert, daß ich es selbst kaum mehr wiedererkenne!«

»Witzbold!« sagte Pinchinat, indem er dem Oberintendanten einen gut gezielten Knuff in den Magen versetzte.

Eines war sicher: die Veränderungen auf diesem Archipel hatten sich wirklich mit erstaunlicher Schnelligkeit vollzogen. Noch vor kurzem herrschte auf den Sandwichinseln eine 1837 begründete konstitutionelle Monarchie mit zwei Kammern, einem Ober- und einem Unterhaus. Ersteres wurde nur von den Großgrundbesitzern beschickt, die Mitglieder des letzteren rekrutierten sich aus allen Bewohnern der Insel, die lesen und schreiben konnten. Die Oberhausmitglieder wurden auf sechs, die Abgeordneten des Unterhauses auf zwei Jahre gewählt. In jeder Kammer saßen 24 Parlamentarier, die gemeinsam vor dem aus vier Ministern bestehenden Königlichen Rat berieten.

»Also gab es hier keinen federgeschmückten Affen«, sagte Yvernès, »sondern einen König, einen konstitutionellen Monarchen, dem Fremde demütig ihre Referenz zu erweisen hatten.«

»Und ich möchte fast beschwören, daß Seine Majestät nicht einmal einen Ring durch die Nase hatte und sich sein künstliches Gebiß bei den besten Zahnärzten der Welt anfertigen ließ«, meinte Pinchinat.

»Oh, Zivilisation... Zivilisation!« wiederholte die erste Violine. »Als die Kanaken ihre Kriegsgefangenen noch auffraßen, brauchten sie wenigstens keine falschen Zähne!«

Man möge diesen Phantasten ihre Art, die Dinge zu betrachten, verzeihen. Ja, Honolulu war einst von einem König regiert worden, oder vielmehr von einer Königin, Liliuokalani, heute abgesetzt, die für die Rechte ihres Sohnes, Prinz Adey, gegen die Ansprüche einer gewissen Prinzessin Kaiulani auf den Thron von Hawaii gekämpft hatte. Kurzum, der Archipel wurde über einen langen Zeitraum hinweg von politischen Unruhen zerrissen, genau wie all die schönen amerikanischen oder europäischen Staaten, denen es sogar in dieser Beziehung ähnelt. Konnten solche Wirren zu einer erfolgreichen Intervention der hawaiischen Armee führen und die verhängnisvolle Ära der Aufstandserklärungen einleiten? Ganz gewiß nicht, denn besagte Armee bestand nur aus 250 Wehrpflichtigen und 250 freiwilligen Soldaten. Man stürzt kein Regime mit 500 Mann – zumindest nicht mitten im Stillen Ozean.

Außerdem hielten die Engländer, deren Sympathien Prinzessin Kaiulani zu gehören schienen, ihre schützende Hand über Hawaii. Andererseits war aber auch die japanische Regierung bereit, das Protektorat über dieses Archipel zu übernehmen, wobei sie unter den Kulis, die in großer Zahl auf den Plantagen arbeiteten, auf Unterstützung rechnen konnte.

Ja, und die Amerikaner, wird man sich fragen? Auch Frascolin wollte von Calistus Munbar wissen, ob die Amerikaner die auf der Hand liegende Intervention nie in Betracht gezogen hätten.

»Die Amerikaner?« erwiderte der Oberintendant, »sie legen keinen Wert auf dieses Protektorat. Vorausgesetzt, man garantiert den Dampfern ihrer Pazifiklinien den Zugang zu den Häfen

Die Bewunderung der Hawaiianer kannte keine Grenzen

der Sandwichinseln, werden sie keine weiteren Ansprüche stellen.«

Dennoch hatte König Kamehameha anläßlich eines Besuches bei Präsident Grant in Washington den Archipel 1875 unter den Schutz der Vereinigten Staaten gestellt. Als aber siebzehn Jahre später Präsident Cleveland den Entschluß faßte, Königin Liliuokalani wieder in ihre Ämter einzusetzen, obwohl die Sandwichinseln zu dieser Zeit bereits eine Republik waren und einen demokratisch gewählten Präsidenten, Mr. Sanford Dole, hatten, kam es in beiden Ländern zu heftigsten Protesten.

Indessen kann nichts das Schicksal an seiner Erfüllung hindern, das zweifellos jedem Volk, ob antiken oder modernen Ursprungs, vorbestimmt ist: am 4. Juli 1894 wurde der Hawaii-Archipel zu einer Republik, unter Präsident Sanford Dole.

Der Aufenthalt von Standard Island sollte ungefähr zehn Tage dauern. Viele ihrer Bürger nutzten die Gelegenheit, um Honolulu und seine Umgebung kennenzulernen; die ersten Familien der Stadt, die Rivalen Tankerdon und Coverley, ließen sich täglich zum Hafen bringen. Und obwohl die Insel der Milliardäre Hawaii nicht zum ersten Mal einen Besuch abstattete, kannte die Bewunderung der Hawaiianer keine Grenzen, was sie in Scharen herbeiströmen ließ, um dieses Wunderwerk der Technik zu besichtigen. Selbstverständlich überwachte die Polizeitruppe von Cyrus Bikerstaff diese Gäste genau und achtete darauf, daß abends jeder Fremde die Insel zur vorgeschriebenen Stunde wieder verließ. Dank dieser Sicherheitsvorkehrungen würde es jedem Eindringling schwerfallen, ohne Sondergenehmigung, die nebenbei kaum je ausgestellt wurde, auf dem Juwel des Pazifiks zu bleiben. Alles in allem herrschten zwischen den beiden Inseln gute gegenseitige Beziehungen, wenn man auch auf offizielle Empfänge verzichtete.

Das Quartett machte einige sehr interessante Spaziergänge. Die Eingeborenen gefielen unseren Parisern: ihr Typ ist ausgeprägt, ihre Hautfarbe braun, ihr Gesichtsausdruck gleichzeitig

Lianen winden sich wie Schlangen durchs Astwerk

sanft und stolz. Vielleicht hatten sie sich noch nicht an das zivilisierte Leben in einer Republik gewöhnt, vielleicht sehnten sie sich nach der wilden Unabhängigkeit früherer Zeiten zurück.

»Die Luft in unserem Land ist frei«, lautet eines ihrer Sprichwörter – aber sie selbst sind es nicht mehr.

Tatsächlich wurde schon nach der Eroberung des Archipels durch Kamehameha, schon 1837 nach Einführung der repräsentativen Monarchie jede Insel von einem eigenen Gouverneur regiert. Als die republikanische Verfassung in Kraft trat, unterteilte man sie noch weiter in Bezirke und Unter-Bezirke.

»Also jetzt«, erklärte Pinchinat, »fehlen hier nur noch Präfekte, Unterpräfekte, Präfektsberater, mit der Verfassung des Revolutionsjahres VIII...«

»Ich will weg von hier!« verlangte Sébastien Zorn.

Allerdings wäre es schade gewesen, Oahu zu verlassen, ohne seinen landschaftlichen Schönheiten den Tribut zu zollen, den sie unzweifelhaft verdienen, im Gegensatz zur nicht sehr reizvollen Flora. In der Küstenzone gedeihen Kokospalme und andere Palmenarten, Brot- und Ölbaum, Rizinus, Stechapfel und Indigostrauch. In den Tälern, die von den Gebirgsbächen bewässert und von dieser alles überwuchernden Grassorte, Menervia, bedeckt werden, entwickeln viele Sträucher baumartiges Wachstum, zum Beispiel einige Gänsefuß- und Asparagusgewächse. Die Baumgrenze verläuft erst in einer Höhe von 2000 Metern. Darunter erstreckt sich ein richtiger Urwald aus verschiedensten Baumarten, hohen Myrtengewächsen, Riesenampfer und Lianen, die sich wie Schlangen durchs Astwerk winden. Angebaut und exportiert wurden Reis, Kokosnüsse und Zuckerrohr. Zwischen den Inseln herrschte reger Schiffsverkehr, um all jene Produkte nach Honolulu zu bringen, die nach Amerika ausgeführt werden sollten.

Die Fauna der Insel ist nicht sehr vielfältig. Anders als die Kanaken, die sich zielbewußt zu einer sehr intelligenten Rasse entwickeln, zeigt Hawaiis Tierwelt keine Tendenz, sich zu verändern. Als Haustiere werden nur Schweine, Hühner und Ziegen gehalten. Abgesehen von einigen Wildschweinen gibt es

Die Leute beobachteten die Insel ununterbrochen

auch keine wilden Tiere, dafür ausgesprochen hartnäckige Moskitos, zahlreiche Skorpione, verschiedene harmlose Echsen und exotische Vogelarten, die niemals singen, unter anderem der fast ganz schwarz gefiederte Mamo *(drepanis pacifica)*, aus dessen gelben Rückenfedern neun Generationen von Eingeborenen den berühmten Federmantel des Kamehameha angefertigt hatten.

In diesem Archipel bestand der – beträchtliche – Beitrag des Menschen darin, es nach dem Vorbild Amerikas zivilisiert zu haben, mit seinen wissenschaftlichen Gesellschaften, seinen Schulen, für die die allgemeine Schulpflicht galt und die anläßlich der Weltausstellung von 1878 in Paris prämiert wurden, mit seinen reich ausgestatteten Bibliotheken und seinen in Englisch und der Sprache der Kanaken erscheinenden Zeitungen. Unsere Künstler fanden das keineswegs überraschend, denn die oberen Zehntausend des Archipels waren praktisch ausschließlich Amerikaner; ihre Sprache gehörte ebenso zum täglichen Leben wie ihr Geld. Hier nahmen diese hohen Herren allerdings nur zu gerne die Dienste von Arbeitern aus dem Reich der Mitte in Anspruch, wohingegen man im Westen der Vereinigten Staaten alles tat, um die Chinesen, denen man bezeichnenderweise den Namen »gelbe Pest« gegeben hatte, vom Land fernzuhalten.

Es versteht sich von selbst, daß Standard Island seit ihrer Ankunft vor Honolulu oft von kleinen Booten, vollgepackt mit Neugierigen, umkreist wurde. Bei so herrlichem Wetter, bei so ruhiger See konnte man sich auch kaum etwas Angenehmeres vorstellen, als einen kurzen Ausflug von vielleicht zwanzig Kilometern bis eine Kabellänge vor diese von Zöllnern streng bewachte stählerne Küste zu unternehmen.

Inmitten all dieser Ausflügler hätte einem ein leicht gebautes Boot auffallen können, das die schwimmende Insel jeden Tag umkreiste. Es handelte sich um eine Art malaiische Ketsch, ein Zweimaster mit viereckigem Heck, dessen zehn Mann starke Besatzung unter dem Befehl eines energisch aussehenden Kapitäns stand. Der Gouverneur schöpfte indessen keinen Verdacht, obwohl soviel Beharrlichkeit ihm dazu Anlaß hätte geben können. Ununterbrochen beobachteten diese Leute die Insel auf ihrer ganzen Länge, belauerten die beiden Häfen, studierten die Beschaffenheit der Küste. Aber selbst wenn die Besatzung dieses Bootes irgendwelche üblen Absichten gehegt hätte, was hätte sie schon gegen die zehntausend Bewohner der Insel unternehmen wollen? Das seltsame Verhalten der Ketsch beunruhigte deshalb niemanden, ob sie nun bei Tag manövrierte oder die Nacht auf dem Meer verbrachte; auch die Küstenwache von Honolulu wurde davon nicht informiert.

Am Morgen des 10. Juli sagte das Quartett der Insel Oahu Lebewohl. Standard Island stach schon im Morgengrauen in See, angetrieben vom Schub ihrer mächtigen Schiffsschrauben. Nachdem sie sich auf der Stelle gedreht hatte, nahm die stählerne Insel Kurs auf die anderen Hawaii-Inseln im Südwesten. Dabei kreuzte sie unweigerlich den von Osten nach Westen verlaufenden Äquatorialstrom, dessen Gegenstück sich in Richtung Norden am Archipel entlangzieht.

Zum Vergnügen aller, die sich auf die Backbordseite begeben hatten, steuerte Standard Island bald darauf kühn zwischen Molokai und Lanai hindurch. Auf dieser letzteren Insel, einer der kleinsten des Archipels, erhebt sich der Nirhau, ein tausendachthundert Meter hoher Vulkan, aus dessen Krater gerade einige rußige Rauchwölkchen gen Himmel stiegen. Am Fuß des Nirhau wellten sich Dünen, vor denen Korallenriffe mit metallischem Klang widerhallten, wenn die Brandung sie mit voller Wucht traf. Als es Nacht wurde, befand sich die schwimmende Insel noch immer in diesem engen Kanal, aber unter dem Kommando von Kommodore Simcoe hatte sie nichts zu befürchten. Bevor die Sonne hinter den Gipfeln von Lanai verschwand, wäre es dem Ausguck gerade noch möglich gewesen, die Ketsch auszumachen, die den Hafen im Gefolge von Standard Island verlassen hatte und nun versuchte, sich in ihrem Kielwasser zu halten. Doch wie schon gesagt: Warum hätte man sich durch die Gegenwart des malaiischen Zweimasters beunruhigen lassen sollen?

Am folgenden Morgen bei Tagesanbruch war die Ketsch nur noch ein weißer Punkt am nördlichen Horizont.

Im Verlauf dieses Tages führte sie ihr Kurs zwischen Kahulani und Maui hindurch. Maui, mit seiner Hauptstadt Lahaina, deren Hafen nur von Walfischfängern angelaufen wird, ist die zweitgrößte der Sandwichinseln. Der Haleahala, das »Haus der Sonne«, begrüßt dort mit seinen dreitausend Metern Höhe die Sonne als erster.

Während der beiden folgenden Tage glitt die Insel der Milliardäre die Küste Hawaiis entlang, dessen Berge, wie erwähnt, die höchsten Erhebungen des Archipels bilden. Hier, in der Bucht von Kealakeacua, wurde Captain Cook von den Eingeborenen, die ihn zu Beginn wie einen Gott empfangen hatten, 1779 erschlagen, ein Jahr nachdem er diese Inselgruppe entdeckt und ihr zu Ehren des berühmten britischen Ministers den Namen »Sandwich« gegeben hatte. Hilo, die Hauptstadt der Insel, liegt auf der Ostseite, weshalb sie von Standard Island aus nicht zu sehen war. Dafür konnte man auf der Westseite Kailua erkennen. Hawaii besaß ein Eisenbahnnetz von 57 Kilometern Ausdehnung, das hauptsächlich dem Gütertransport diente, und das Quartett entdeckte auch wirklich in der Ferne die weißen Rauchfahnen der Lokomotiven...

»Das hat uns gerade noch gefehlt!« rief Yvernès.

Am folgenden Morgen hatte das Juwel des Pazifiks diese Gewässer bereits verlassen, als die Ketsch erst die Südspitze Hawaiis umsegelte, im Schatten des Mauna Loa, des »Großen Bergs«, dessen Gipfel sich mit viertausend Metern zwischen den Wolken verliert.

»Betrogen sind wir worden!« erklärte da Pinchinat.

»Ganz recht«, entgegnete Yvernès. »Wir hätten wirklich hundert Jahre früher kommen sollen. Aber dann hätten wir nicht auf dieser großartigen schwimmenden Insel reisen können!«

»Wen kümmert das, nachdem er Eingeborene im Anzug mit steifem Kragen vorgefunden hat, anstatt wilde Krieger mit Federschmuck, wie sie uns dieser Gauner von Calistus – zum Teufel mit ihm – versprochen hatte! Es lebe die Zeit des Captain Cook!«

»Und wenn die Kannibalen Deine Hoheit gefressen hätten?« gab Frascolin zu bedenken.

»Dann... wäre ich wenigstens einmal im Leben um meiner selbst Willen geliebt worden!«

ZEHNTES KAPITEL

ÄQUATORTAUFE

Seit dem 23. Juni bewegte sich die Sonne auf die südliche Halbkugel zu. Es war also ratsam, so bald wie möglich jene Breitengrade zu verlassen, in denen die kalte Jahreszeit bald ihre Stürme wüten lassen würde, und der Sonne auf ihrem scheinbaren Lauf Richtung Äquinoktiallinie zu folgen. Südlich des Äquators nämlich wurde man von einem angenehmen Klima erwartet, wo die Monate Oktober, November, Dezember, Januar, Februar ganz ungewohnt für uns die warme Jahreszeit vertreten. Die Entfernung zwischen den Sandwichinseln und den Marquesasinseln beträgt ungefähr dreitausend Kilometer. Da Standard Island sie schnell hinter sich bringen wollte, fuhr man mit Höchstgeschwindigkeit.

Innerhalb jenes ausgedehnten Teilbereichs des Stillen Ozeans, der im Norden vom Äquator, im Süden vom Wendekreis des Steinbocks begrenzt wird, liegt das eigentliche Polynesien. Auf einer Fläche von fünf Millionen Quadratkilometern verteilt, umfaßt es elf Archipele bestehend aus zweihundertzwanzig Inseln, die zusammen eine Oberfläche von zehntausend Quadratkilometern besitzen, und Tausende von winzigen Inselchen. Es sind die Gipfel einer unterseeischen Gebirgskette, die sich mit beinah parallelen Seitenarmen von Nordwesten nach Südosten bis zu den Marquesas und der Insel Pitcairn hinzieht.

Stellen wir uns einmal vor, dieses riesige Becken wäre plötzlich leer, der von Cléophas befreite Teufel brächte diese gewaltige Menge Flüssigkeit zum Verschwinden, so wie er die Dächer von Madrid wegzauberte – welch einmalige Landschaft läge dann vor unseren Augen! Nichts könnte sich an Großartigkeit mit ihr messen, nicht die Schweiz, nicht Norwegen, nicht Tibet. Die meisten dieser unterseeischen Berge sind vulkanischen Ursprungs; einige bestehen aber aus kalkigem oder hornartigem Material, das in konzentrischen Schichten von Polypen abgesondert wurde, von diesen strahlenförmigen Kleinstlebewesen also, die mit ihrer ausgesprochen einfachen Struktur eine enorme Produktionsleistung erbringen. Bei den jüngsten der polynesischen Inseln bedeckt die Pflanzendecke erst den Gipfel, während sie bei den ältesten, unter denen sich übrigens auch solche korallinen Ursprungs befinden, bis zum Strand hinunterreicht. Unter den Wogen des Pazifik liegt demnach eine ganze Gebirgsregion begraben, über der Standard Island dahinglitt wie ein Luftballon zwischen den Gipfeln der Alpen oder des Himalaya, nur mit dem Unterschied, daß sie von Wasser, nicht von Luft getragen wurde.

Doch genauso wie sich die verschiedenen Schichten der Atmosphäre ständig gegeneinander verschieben, bleiben auch die Wassermassen dieses Meeres ununterbrochen in Bewegung. Die Hauptströmung fließt von Osten nach Westen; in größerer Tiefe verlaufen indessen von Juni bis Oktober, wenn sich die Sonne auf den Wendekreis des Krebses zubewegt, zwei Gegenströmungen. Außerdem lassen sich vor Tahiti vier verschiedene Flutarten beobachten, die ihren Höchststand nicht gleichzeitig erreichen, weshalb sie die Gezeiten so stark ausgleichen, daß sie beinahe nicht mehr spürbar sind. Das Klima Polynesiens entspricht der Topographie der jeweiligen Insel: halten Bergketten die ziehenden Wolken auf, fällt es eher feucht aus, wird jeder Dunst von der Meeresbrise über flaches Land hinweggetrieben, eher trocken.

Der Leser wäre wohl mehr als erstaunt zu erfahren, die Bibliothek des Casino besäße keine Karten des Pazifischen Ozeans. Natürlich verfügte sie über alle existierenden Karten dieses Gebiets, und Frascolin, der seriöseste der Gruppe, studierte sie oft. Yvernès zog es vor, sich überraschen zu lassen und sich ganz seiner Bewunderung für die künstliche Insel hinzugeben; er war nicht daran interessiert, sein Gehirn mit geographischen Einzelheiten zu belasten. Pinchinat legte nur Wert auf die vergnügliche oder komödiantische Seite der Dinge, und für Sébastien Zorn spielte die Route keine Rolle, da man in jedem Fall irgendwohin fuhr, wohin er niemals hatte reisen wollen.

Frascolin war also der einzige, der seine Hausaufgaben machte... Er befaßte sich mit den wichtigsten Archipelen Polynesiens, Marquesasinseln, Paumotuinseln, Gesellschaftsinseln, Cook-Inseln, Tongainseln, Samoainseln, Australinseln, Wallisinseln, Fanninginseln, nicht zu vergessen die vielen einzelnen Inseln: Niue, Tokelau, Phoenix, Manihiki, Osterinsel, Sala-y-Gómez usw. Dabei erfuhr er, daß die meisten dieser Archipele, auch wenn sie unter einem Protektorat standen, von mächtigen Häuptlingen regiert wurden, deren Macht niemals in Frage gestellt worden war, und daß die Armen dort in jeder Beziehung von den Reichen abhingen. Er lernte, daß die Eingeborenen sich zum brahmanischen, islamischen, protestantischen oder katholischen Glauben bekannten, die Katholiken jedoch auf den von Frankreich abhängigen Inseln die Mehrheit ausmachten – was auf das Gepränge dieser Religion zurückzuführen ist. Außerdem fand er heraus, daß die Sprache der Eingeborenen, deren Alphabet wenig Schwierigkeiten bietet, weil es nur aus dreizehn bis siebzehn Buchstaben besteht, schon viele Anglizismen aufwies und im Laufe der Zeit ganz vom Englischen geschluckt werden würde. Schließlich entdeckte er auch, daß die polynesische Bevölkerung rein vom ethnischen Standpunkt aus betrachtet ständig abnahm, eine bedauerliche Tatsache, denn der Kanake – dieses Wort bedeutet »Mensch« –, der hier unterhalb des Äquators hellhäutiger war als auf den weiter von der Äquinoktiallinie entfernten Archipelen, stellte einen herrlichen Menschentyp dar, dessen Verfälschung durch fremde Rassen für Polynesien einen großen Verlust bedeuten würde. Ja, das alles wußte Frascolin, ganz zu schweigen von den Dingen, die er aus Gesprächen mit Kommodore Ethel Simcoe erfuhr. Und immer wenn seine Freunde etwas von ihm wissen wollten, konnte er ihnen mühelos Auskunft geben.

Pinchinat nannte ihn daher nur noch den »Larousse der Tropen«.

Zwischen diesen Inseln würde Standard Island also seine unfaßbar reichen Bewohner spazierenfahren. Die schwimmende Insel verdiente die Bezeichnung »glückliche Insel«, denn alles, was der Mensch zu seinem materiellen und, in gewissem Sinne, auch zu seinem moralischen Glück brauchte, war hier durch präzise Verordnungen geregelt. Warum mußte dieser Idealzustand in Gefahr geraten, durch Rivalitäten, Eifersüchteleien und Meinungsverschiedenheiten gestört zu werden, durch die Frage des größeren Einflusses oder der angeseheneren Stellung, die Milliard City in zwei seinen beiden Hälften entsprechende Lager teilte, nämlich das Lager Tankerdon und das Lager Coverley? Für unsere Künstler, die diese Querelen ja nichts angingen, versprach der Kampf jedenfalls recht interessant zu werden.

Jem Tankerdon war ein Yankee vom Scheitel bis zur Sohle, ungeheuer von sich eingenommen, mit breitem Gesicht, rötlichem Kinnbart, kurzgeschorenem Haar, wachem Blick – trotz seiner sechzig Jahre – aus seinen leuchtenden Augen, deren Iris gelblich schimmerte, ähnlich der eines Hundes. Der hochgewachsene Mann besaß einen mächtigen Oberkörper und kräftige Gliedmaßen, hatte damit etwas von einem Trapper an sich, obwohl er nie andere Schlingen gelegt hatte als jene, denen in seinen Schlachthäusern in Chicago Millionen von Schweinen zum Opfer fielen. Tankerdon war ein heftiger, aufbrausender Mensch, dem seine Stellung eigentlich mehr Schliff hätte verleihen müssen, dem es aber an Kinderstube mangelte. Er protzte gern mit seinem Vermögen, hatte, wie man so sagt, »Geld wie Heu«, was ihm jedoch offensichtlich nicht genügte, denn er und einige Mitläufer spielten mit dem Gedanken, ihre Geschäfte wieder aufzunehmen.

Mrs. Tankerdon war eine Durchschnittsamerikanerin, eine gutmütige Frau, ihrem Mann sehr ergeben, ihren Kindern eine liebende Mutter, geschaffen dazu, eine zahlreiche Nachkommenschaft großzuziehen, die ihre Pflichten niemals vernachlässigte. Wenn man zwei Milliarden unter seinen direkten Erben zu verteilen hatte, warum sich da nicht ein Dutzend anschaffen, und genau so viele hatte sie auch eingesetzt.

Von dieser ganzen Sippe interessierte sich das Quartett nur für den ältesten Sohn, der dazu ausersehen war, in dieser Geschichte eine gewisse Rolle zu spielen. Walter Tankerdon, eine sehr elegante Erscheinung von mittelmäßiger Intelligenz, aber mit sympathischem Gesicht und Auftreten, schlug mehr nach seiner Mutter als nach dem Familienoberhaupt. Er hatte eine ziemlich gute Schulbildung genossen, Amerika und Europa bereist, reiste auch jetzt noch manchmal, aber seine Gewohnheiten und Vorlieben zogen ihn immer wieder nach Standard Island zurück. Mit seiner Meisterschaft in den verschiedensten Sportarten führte er die milliardenschwere Jugend der Insel bei sämtlichen Tennis-, Polo-, Golf- oder Crocketturnieren an. Auf das Vermögen, das er eines Tages erben würde, bildete er sich absolut nichts ein, und er hatte ein gutes Herz. Da es auf der Insel kein Elend gab, bot sich ihm natürlich keine Gelegenheit, seine Nächstenliebe zu beweisen. Aber alles in allem war zu wünschen, seine Brüder und Schwestern möchten ihm gleichen. Diese hatten das heiratsfähige Alter allerdings noch nicht erreicht, während er, der schon auf die Dreißig zuging, langsam ans Heiraten denken mußte. Dachte er daran? Wir werden sehen ...

Zwischen der bedeutendsten Familie der Backbordseite, der Familie Tankerdon, und der Familie Coverley, der mächtigsten der Steuerbordseite, bestand ein gewaltiger Unterschied. Nat Coverley war von feinerer Art als seine Rivale; die französische Abstammung seiner Ahnen ließ sich nicht verleugnen. Sein Vermögen entstammte weder in Form von Öl dem Innern der Erde noch den dampfenden Innereien von Schweinen. Nein, industrielle Transaktionen, Eisenbahnlinien und Bankgeschäfte hatten ihn zu dem gemacht, was er war. Er wollte nichts anderes, als seinen Reichtum in Ruhe genießen, und machte kein Hehl daraus, daß er sich gegen jede Bestrebung zur Wehr setzen würde, das Juwel des Pazifiks in eine riesige Fabrik oder ein gewaltiges Handelshaus zu verwandeln. Der stattliche, korrekte Mann hatte einen Charakterkopf, den ein ergrauender Haarschopf und ein leicht graumelierter Vollbart zierte. Mit seinem eher kühlen Wesen, seinem distinguierten Benehmen, bekleidete er den ersten Rang unter den vornehmen Familien, die in Milliard City die Traditionen des gehobenen amerikanischen Südens hochhielten. Er liebte die Künste, verstand etwas von Malerei und Musik, sprach fließend Französisch – eine Sprache, die bei den Steuerbordbewohnern sehr gepflegt wurde –, kannte sich in der amerikanischen und europäischen Literatur aus und verstärkte, wenn Grund dazu bestand, seinen Applaus durch ein »bravo« oder »brava«, während die gröberen Naturen aus dem Wilden Westen oder Neuengland in wildes Hurrageschrei ausbrachen.

Mrs. Coverley, zehn Jahre jünger als ihr Mann, hatte soeben leichten Fußes die vierzig überschritten. Sie stammte aus einer der halb-kreolischen Familien des alten Louisiana; eine elegante, vornehme Erscheinung, eine gute Musikerin und talentierte Pianistin. Da kein Reyer des 20. Jahrhunderts für die Verpönung des Klaviers in Milliard City gesorgt hatte, ergab sich für das Quartett häufig die Gelegenheit, in ihrem Palais an der 15. Straße mit ihr zu musizieren, und es konnte ihr zu ihrer künstlerischen Begabung nur gratulieren.

Der Himmel hatte das Ehepaar Coverley nicht mit solch reichem Kindersegen beglückt wie das Ehepaar Tankerdon: drei Töchter waren die einzigen Erbinnen eines Riesenvermögens, dessen sich Nat Coverley, ganz im Gegensatz zu seinem Rivalen Tankerdon, niemals brüstete. Auf die Hand jedes dieser drei hübschen Mädchen würden sich unter den vornehmen und vermögenden Familien der Alten und Neuen Welt ganz gewiß genug Anwärter finden, wenn der Zeitpunkt kam, sie zu verheiraten. Übrigens bilden unvorstellbar reiche Erbinnen in Amerika gar keine so große Seltenheit. Man denke nur einmal an die kleine Miß Terry, die vor einigen Jahren schon im Alter von zwei Jahren wegen ihrer siebenhundertfünfzig Millionen Dollar Mitgift eine begehrte Partie war. Hoffen wir, daß dieses Kind den Mann ihrer Wahl heiraten konnte und somit den Vorteil besitzt, nicht nur eine der reichsten Frauen der Vereinigten Staaten zu sein, sondern auch eine der glücklichsten.

Die älteste Tochter von Mr. und Mrs. Coverley, Diana oder Dy, wie sie von Familie und Freunden gerufen wurde, war gerade 20 Jahre alt geworden, eine ausgesprochene Schönheit, die die moralischen und physischen Qualitäten ihrer Eltern in sich vereinte. Strahlend blaue Augen, prachtvolles, rotblondes Haar, ein Teint so frisch wie die Blätter einer eben erblühten Rose und eine tadellose anmutige Figur erklärten die Aufmerksamkeit, die die jungen Männer der Insel Miss Coverley schenkten. Sie würden es zweifelsohne keinem Fremden erlauben, diesen – um eine Definition von geradezu mathematischer Genauigkeit zu benützen – »unermeßlichen Schatz« heimzuführen. Außerdem bestand berechtigter Anlaß zu glauben, daß Mr. Coverley in der Religion kein Hindernis sehen würde, wenn es um das Glück seiner Tochter ging.

Es war tatsächlich bedauerlich, daß Rivalitäten gesellschaftlicher Art die beiden mächtigsten Familien von Standard Island entzweiten, denn Walter Tankerdon schien wie geschaffen zum Gatten von Dy Coverley.

Aber an eine solche Verbindung durfte man überhaupt nicht denken. Eher Standard Island in zwei Teile schneiden und eigene Wege gehen, die Backbordbewohner auf der einen, die Steuerbordbewohner auf der anderen Hälfte, als jemals diese Heiratsurkunde unterzeichnen!

»Wenn nicht die Liebe ins Spiel kommt!« sagte der Oberintendant manchmal, indem er hinter seinem goldenen Zwicker mit einem Auge zwinkerte.

Doch es schien nicht so, als empfinde Walter Tankerdon etwas für Dy Coverley, und umgekehrt – im gegenteiligen Fall begegneten sich die beiden mit einer Zurückhaltung, die der Hautevolee von Milliard City keinen Raum für Spekulationen ließ.

Unterdessen steuerte die Insel der Milliardäre weiterhin auf den Äquator zu, wobei sie ungefähr dem 160. Längengrad folgte. Vor ihr erstreckte sich jener Teil des Stillen Ozeans, der am wenigsten Inseln und Inselchen aufweist und eine Tiefe von bis zu zwei Meilen erreicht. Im Laufe des 25. Juni überquerte man einen sechstausend Meter tiefen Abgrund, den Belknap-

Graben, aus dem man mit Hilfe einer Sonde eigenartige Weichtiere oder Zoophyten hatte heraufholen können, deren Körperstruktur es ihnen erlaubt, den dort unten herrschenden, auf sechshundert Atmosphären geschätzten Druck unbeschadet zu ertragen.

Fünf Tage später passierte Standard Island eine unter britischem Protektorat stehende Inselgruppe, die trotzdem manchmal »Amerikanische Inseln« genannt wurde. Nachdem sie Palmyra und Suncarung steuerbord hatte liegen lassen, näherte sie sich bis auf fünf Meilen der Guano-Insel Fanning, der größten Insel dieses Archipels. Darüber hinaus bestand es allerdings nur noch aus eher kahlen Felsen, die dem Vereinten Königreich bisher kaum Profit gebracht hatten. Doch damit stand England wenigstens mit einem Fuß in diesem Teil der Welt, und wie man weiß, hinterläßt der große Fuß dieses Landes gewöhnlich unauslöschliche Spuren.

Immer wenn seine Freunde den Park oder dessen Umgebung durchstreiften, begab sich Frascolin, den die Details dieser seltsamen Seereise ausgesprochen interessierten, zur Rammsporn-Batterie. Dort traf er sich oft mit dem Kommodore. Ethel Simcoe informierte ihn gern über die Eigenheiten dieser Gewässer, und die zweite Geige gab dann alles Wissenswerte an seine Freunde weiter.

So konnten sie zum Beispiel jenes großartige Schauspiel bewundern, das die Natur in der Nacht vom 30. auf den 31. Juli völlig kostenlos für sie inszenierte.

Am Nachmittag des 30. Juli wurde ein riesiger, mehrere Quadratkilometer bedeckender Quallenschwarm gesichtet. Niemals zuvor hatten die Bewohner der Insel eine solche Menge dieser Medusen gesehen, denen einige Naturforscher den Namen »Ozeanien« verliehen haben. Diese primitiven Lebewesen mit ihrer halbkugelförmigen Gestalt gehören zum Grenzbereich zwischen Tier- und Pflanzenwelt. Auch die gefräßigsten Fische stufen sie wohl eher als Blumen ein, denn kein einziger, so scheint es, will sich von ihnen ernähren. Die für den tropischen Teil des Pazifiks typischen Quallenarten besitzen schillernde,

Frascolin traf sich dort oft mit dem Kommodore

durchsichtige, von Fangfäden umrandete Schirme, deren Durchmesser zwei bis drei Zentimeter nicht überschreitet. Kaum vorzustellen, wie viele Milliarden nötig waren, um einen Schwarm von dieser Ausdehnung zu bilden.

Als man indes diese Hochrechnung vor Pinchinat erwähnte, meinte Seine Hoheit nur:

»Solche Zahlen können die unvorstellbar Reichen von Standard Island wohl kaum beeindrucken; für sie ist eine Milliarde schließlich etwas ganz Alltägliches.«

Bei Einbruch der Nacht hatte sich ein Teil der Inselbewohner auf das sogenannte »Vorderdeck« begeben, d. h. auf eine Terrasse, die über der Rammsporn-Batterie lag. Die Straßenbahnen wurden gestürmt, die Elektroautos barsten fast vor Neugierigen, während elegante Kutschen die Reichsten der Reichen an ihr Ziel brachten. Die Familien Coverley und Tankerdon hielten Distanz zueinander. Mr. Tankerdon grüßte Mr. Coverley nicht, der Mr. Tankerdon nicht grüßte. Die beiden Familien waren übrigens vollständig versammelt. Yvernès und Pinchinat hatten das Vergnügen, mit Mrs. Coverley und ihrer Tochter zu plaudern, denen sie immer herzlich willkommen waren. Wer weiß, vielleicht verstimmte es Walter Tankerdon doch etwas, an ihrem Gespräch nicht teilnehmen zu dürfen, und vielleicht hätte auch Miss Dy dem jungen Mann gern gestattet, das Wort an sie zu richten. Um Himmels willen! Was für ein Skandal, was für mehr oder weniger indiskrete Anspielungen in den Klatschspalten des *Starboard Chronicle* oder des *New Herald!*

Als es dann völlig dunkel war, das heißt, so dunkel wie die sternenklaren tropischen Nächte eben sein können, schien der Pazifik bis in seine tiefsten Tiefen aufzuleuchten. Die riesige Fläche war übersät mit phosphoreszierenden Lichtern, bedeckt mit rosafarbenen oder blauen Reflexen, nicht scharf abgegrenzt in der Art eines Lichtstreifens auf jedem Wellenkamm, sondern ähnlich dem diffusen Schimmer, den unzählige Legionen von Glühwürmchen erzeugen würden. Das Leuchten wurde so intensiv, daß man dabei hätte lesen können, wie beim Schein eines weit entfernten Nordlichts. Es sah aus, als ob der Ozean bei Nacht die bei Tag aufgenommenen Sonnenstrahlen reflektiere.

Wenig später durchteilte Standard Islands Bug den Quallenschwarm, der sich daraufhin zu beiden Seiten der metallenen Küste verteilte. Nach einigen Stunden war die Insel von einem Gürtel aus diesen Leuchttieren umgeben, deren Phosphoreszenz nicht nachgelassen hatte. Sie schienen einen Nimbus zu bilden, einen jener wie Mondlicht schimmernden Heiligenscheine, die die Köpfe von Heiligen- oder Christus-Bildern einrahmen. Das Phänomen dauerte bis zum Anbruch der Morgendämmerung, deren erster Schein es zum Erlöschen brachte.

Sechs Tage später berührte das Juwel des Pazifiks jenen großen, imaginären Kreis um unseren Globus, der, zöge man ihn wirklich, den Horizont in zwei gleiche Hälften teilen würde. Von dort aus kann man gleichzeitig die beiden Pole der Himmelskugel sehen, den einen im Norden, gekennzeichnet durch das Funkeln des Polarsterns, den anderen im Süden, dekoriert wie die Brust eines Soldaten, mit dem Kreuz des Südens. Außerdem scheinen von einem Punkt auf dem Äquator aus betrachtet, die Gestirne täglich senkrecht zum Horizont stehende Kreise zu beschreiben. Und falls sich der werte Leser Tage und Nächte genau gleich lang wünschen sollte, läßt er sich am besten dort häuslich nieder, wo der Äquator eine Insel oder einen Kontinent durchquert.

Seit der Abfahrt vom Hawaii-Archipel hatte Standard Island ungefähr sechshundert Kilometer zurückgelegt. Zum zweiten Mal seit ihrer Fertigstellung wechselte die Insel der Milliardäre von einer Hemisphäre in die andere über und überquerte dabei die Äquinoktiallinie, zuerst Richtung Süden, und dann, bei der Rückfahrt, Richtung Norden. Anläßlich dieses Ereignisses würde man natürlich ein Fest feiern. Es würden Wettkämpfe im Park stattfinden, Gottesdienste in den beiden Kirchen und Rennen rund um die Insel mit Elektroautos. Auf der Plattform des Observatoriums würde man ein großartiges Feuerwerk abbrennen, dessen Raketen, Schwärmer und bunt schillernde Feuerbälle mit dem Glanz der Sterne am Firmament wetteifern würden.

Und natürlich würde man die Gelegenheit auch zu einer Äquatortaufe nutzen, jenem scherzhaften Brauch, dem sich auf Schiffen jeder Neuling unterziehen muß. Tatsächlich wurden auf der schwimmenden Insel an diesem Tag alle Kinder getauft, die seit dem Verlassen von Madeleine Bay geboren worden waren. Dieselbe Zeremonie erwartete allerdings auch jeden Fremden, der noch nie in die südliche Halbkugel vorgedrungen war.

»Dann sind ja wohl wir an der Reihe«, sagte Frascolin zu seinen Freunden. »Wir werden also getauft.«

»Das fehlte gerade noch!« protestierte Sébastien Zorn, indem er empört gestikulierte.

»Aber ja doch, mein alter Baßkratzer!« antwortete Pinchinat. »Man wird uns eimerweise Wasser über den Kopf schütten, uns auf Bretter setzen, die sofort kippen, uns in Fässer stecken, und bestimmt taucht auch der Klabautermann mit seinem Gefolge auf und schmiert uns das Gesicht mit Kalmen-Salbe ein!«

»Wenn sie glauben, daß ich so einen Unfug mitmache, dann haben sie sich gewaltig geirrt!« gab Sébastien Zorn zur Antwort.

»Da wirst du wohl kaum darum herumkommen«, meinte Yvernès. »Fremde Länder, fremde Sitten, und höfliche Gäste passen sich ihren Gastgebern an ...«

»Aber nicht, wenn man sie gegen ihren Willen festhält!« rief der unnachgiebige Chef des Quartetts.

Dabei brauchte er die Scherze, die sich einige Schiffe beim Überqueren des Äquators erlauben, gar nicht zu fürchten. Auf das Erscheinen des Klabautermanns würde er vergeblich warten. Auch würde man seine Freunde und ihn nicht mit Meerwasser bespritzen, sondern mit bestem Champagner. Und niemand würde ihnen den Streich spielen, ihnen den Äquator zu zeigen, den man vorher auf die Linse eines Fernglases gemalt hatte. Das paßte vielleicht zu simplen Matrosen, aber nicht zu den respektablen Bürgern von Standard Island.

Das Fest fand am Nachmittag des 5. August statt. Außer den Zöllnern, die ihren Posten nie verlassen durften, hatten alle Angestellten der Gesellschaft Urlaub erhalten. In Stadt und Hafen ruhte die Arbeit. Die Schrauben drehten sich nicht mehr.

Man trieb begeistert Sport

Die Akkumulatoren hatten genügend Energie gespeichert, um die elektrische Beleuchtung und Nachrichtenübermittlung sicherzustellen. Auch ohne Antrieb blieb Standard Island übrigens nicht an derselben Stelle, denn eine Strömung trug sie direkt auf den Äquator zu. Aus der protestantischen Kirche und Saint-Mary Church erklangen Gebete und Gesänge; die Orgeln spielten, was die Register hergaben. Ausgelassene Stimmung herrschte im Park, wo man sich mit großer Begeisterung bei Wettkämpfen sportlich betätigte, an denen alle Gesellschaftsschichten teilnahmen. Die reichsten der jungen Gentlemen, mit Walter Tankerdon an der Spitze, trieben sich bei Golfpartien und Tennismatches gegenseitig zu Höchstleistungen an. Sobald die Sonne, der eine Dämmerung von nur fünfundvierzig Minuten Dauer folgte, senkrecht hinter dem Horizont verschwunden war, würden die Feuerwerkskörper an einem mondlosen Himmel ihre Pracht entfalten.

Im großen Saal des Casinos wurde das Quartett von Cyrus Bikerstaff in der erwähnten Weise eigenhändig getauft. Der Gouverneur reichte den vier Freunden die schäumenden Schalen, worauf der Champagner in Strömen floß. Die Künstler sprachen Cliquot und Roederer reichlich zu. Sébastien Zorn hätte sich wirklich schämen müssen, sich über eine Taufe zu beklagen, die ihn in nichts an das salzige Wasser erinnerte, mit dem man seine Lippen wenige Tage nach seiner Geburt benetzt hatte.

Die vier bedankten sich dann für diese Sympathiekundgebungen mit den schönsten Werken ihres Repertoires: Quartett No. 7 in F-Dur op. 59 von Beethoven, Quartett No. 4 in es-moll op. 10 von Mozart, Quartett No. 4 in d-moll op. 17 von Haydn, Quartett No. 7 *andante, scherzo, capriccioso* und Fuge op. 81 von Mendelssohn. Und die Aufführung dieser Meisterwerke konzertanter Musik war dazu noch kostenlos. Man quetschte sich durch die Türen, man erstickte fast im Saal. Jedes Stück mußte einmal, ja zweimal wiederholt werden, und zum Schluß überreichte der Gouverneur den Künstlern eine goldene, mit mehrkarätigen Diamanten eingefaßte Medaille. Auf der einen

Seite befand sich das Wappen von Milliard City, auf der anderen folgende Widmung in französischer Sprache:

Dem Solisten-Quartett überreicht
durch die Gesellschaft, den Magistrat und die Bevölkerung
von Standard Island.

Wenn alle diese Ehrungen den unversöhnlichen Cellisten nicht im Grunde seiner Seele rührten, lag das einzig an seinem wirklich erbärmlichen Charakter, wie ihm seine Freunde wiederholt versicherten.

»Ihr werdet schon sehen, wie das endet!« lautete seine lakonische Antwort, während er mit zittriger Hand seinen Bart zwirbelte.

Den Berechnungen ihrer Astronomen zufolge mußte Standard Island den Äquator um 22 Uhr 35 überqueren. Genau in diesem Augenblick würde man eine Kanone der Rammsporn-Batterie abfeuern, die durch eine Leitung mit einem elektrischen Zündungsmechanismus auf der Mitte des Platzes vor dem Observatorium verbunden war. Natürlich wurde der Eigenliebe jenes Prominenten außerordentlich geschmeichelt, dem man die Ehre übertrug, den Stromstoß zu erzeugen, der die gewaltige Detonation auslösen sollte. Auf diesen Knopfdruck machten allerdings zwei gewichtige Persönlichkeiten ihre Ansprüche geltend. Wie wir leicht erraten, handelte es sich um Jem Tankerdon und Mat Coverley, was Cyrus Bikerstaff in höchste Verlegenheit brachte. Bereits hatten schwierige Vorverhandlungen zwischen dem Rathaus und den beiden Stadthälften stattgefunden, aber man gelangte zu keiner Einigung. Auf Bitten des Gouverneurs hin hatte sich sogar Calistus Munbar eingeschaltet. Doch trotz seines nur zu bekannten Geschicks, trotz aller Einfälle seines diplomatisch so gewandten Geistes scheiterte der Oberintendant völlig. Jem Tankerdon war nicht bereit, Nat Coverley den Vortritt zu überlassen, der es seinerseits ablehnte, von Jem Tankerdon in den Hintergrund gedrängt zu werden. Ein Skandal schien unvermeidlich.

Und er wurde von den beiden Kontrahenten auch rücksichtslos heraufbeschworen, als sie sich schließlich Auge in Auge auf dem Platz gegenübertraten. Fünf Schritte von ihnen entfernt stand der Mechanismus ... Man brauchte nur auf den Knopf zu drücken, und ...

Die Bevölkerung, die sich über dieser Frage des größeren Ansehens sehr erregt hatte, war auf den Platz geströmt.

Nach dem Konzert hatten sich auch Sébastien Zorn, Yvernès, Frascolin und Pinchinat zum Observatorium begeben, um keine Phase des Zwistes zu verpassen. Wie die Dinge zwischen Backbord- und Steuerbordbewohnern standen, verhieß er nichts Gutes für die Zukunft der Insel.

Die zwei Männer traten vor, ohne sich auch nur mit dem leisesten Kopfnicken zu grüßen.

»Ich nehme an, mein Herr«, begann Jem Tankerdon, »daß Sie mir nicht die Ehre streitig machen wollen ...«

»Genau das erwarte ich auch von Ihnen, mein Herr«, unterbrach ihn Nat Coverley.

»Ich werde nicht dulden, daß man meine Person hier öffentlich beleidigt ...«

»Genausowenig wie ich ...«

»Wir werden ja sehen!« schrie Jem Tankerdon und machte einen Schritt auf den Mechanismus zu.

Fast gleichzeitig tat es ihm Nat Coverley gleich. Die Anhänger der beiden Kontrahenten fingen an sich einzumischen. Provozierende Rufe wurden auf beiden Seiten laut. Ohne Zweifel war Walter Tankerdon bereit, für die Rechte seines Vaters einzutreten, doch als er Miss Coverley bemerkte, die sich ein wenig abseits hielt, wurde er sichtlich verlegen.

Indessen geriet der Gouverneur, obwohl der Oberintendant an seiner Seite sich erboten hatte, die Rolle eines Puffers zu übernehmen, in helle Verzweiflung, weil es ihm nicht gelingen wollte, die weiße Rose Yorks und die rote Rose Lancasters in einem Strauß zu vereinigen. Denn wer weiß – vielleicht würde dieser bedauerliche Konkurrenzkampf für die Insel der Milliardäre ähnlich verhängnisvolle Folgen haben wie die Rosenkriege für die englische Aristokratie des 15. Jahrhunderts?

Eine der elektrischen Barkassen verließ den Hafen

Die Spitze von Standard Island näherte sich inzwischen unaufhaltsam der Äquatorlinie. Mit einem Fehlerquotienten von nur einer Viertelsekunde würde die Berechnung höchstens um acht Meter abweichen. Das Signal zum Abschuß mußte demnach jeden Augenblick erfolgen.

»Ich habe eine Idee!« murmelte Pinchinat.

»Und die wäre?« fragte Yvernès.

»Ich schlage einfach mit der Faust auf den Knopf, und das Problem ist gelöst.«

»Du bist wohl nicht gescheit!« sagte Frascolin und hielt Seine Hoheit mit festem Griff zurück.

Kurz, niemand weiß, welches Ende dieser Streit genommen hätte, wenn er nicht plötzlich von einer Detonation unterbrochen worden wäre...

Dieser deutlich erkennbare Kanonenschuß war allerdings nicht von der Rammsporn-Batterie abgefeuert worden, sondern irgendwo auf hoher See.

Die Menge verharrte ratlos.

Was mochte dieser Knall bedeuten, der nicht der Artillerie von Standard Island zuzuschreiben war?

Ein Telegramm vom Steuerbordhafen löste alsbald das Rätsel.

In zwei oder drei Meilen Entfernung war ein Schiff in Seenot geraten und hatte den Schuß abgegeben, um auf sich aufmerksam zu machen und Hilfe zu erbitten.

Eine willkommene, wenn auch unerwartete Ablenkung! Keiner dachte mehr daran, sich um den elektrischen Knopf zu streiten oder die Überquerung des Äquators mit einem Salut zu feiern. Außerdem war es dazu ohnehin zu spät. Man hatte die Linie passiert, und der vorschriftsmäßige Schuß war in der Seele des Geschützes geblieben, womit alles in allem der Ehre der Familien Tankerdon und Coverley besser gedient war.

Die Zuschauer verließen den Platz und eilten, da keine Straßenbahnen mehr verkehrten, zu Fuß zum Steuerbordhafen.

Dort hatte der Hafenkommandant sofort nach dem Notsignal die nötigen Schritte zur Rettung der Schiffbrüchigen unternommen: er schickte ihnen eine der elektrischen Barkassen zu Hilfe, die immer am Pier vertäut lagen. Als die Menge am Hafen ankam, brachte das Boot gerade die Unglücklichen an Land, die es im letzten Moment, kurz bevor ihr Schiff von den Wogen des Pazifiks verschlungen wurde, gerettet hatte.

Und dieses Schiff war die malaiische Ketsch, die Standard Island seit Verlassen der Sandwichinseln gefolgt war.

ELFTES KAPITEL

DIE MARQUESASINSELN

Am Morgen des 29. August erreichte das Juwel des Pazifiks die Marquesasinseln, einen Archipel, der zwischen 7°55’ und 10°30’ südlicher Breite und 141° und 143°6’ westlicher Länge vom Meridian von Paris liegt, dreitausendfünfhundert Kilometer von den Sandwichinseln entfernt.

Diese Inselgruppe ist auch unter dem Namen Mendana bekannt, weil ihre südlichen Ausläufer 1595 von einem Spanier dieses Namens entdeckt wurden. Man nennt sie außerdem noch »Insel der Revolution«, weil Kapitän Marchand 1791 ihren nordwestlichen Teil besuchte, und Nuka-Hiva-Archipel nach ihrer größten Insel. Von Rechts wegen hätte sie überdies den Namen Cook tragen müssen, denn der berühmte Seefahrer hatte sie im Jahre 1774 genauer erforscht.

Diese letzte Bemerkung Kommodore Simcoes schien Frascolin ausgesprochen logisch, und er fügte hinzu:

»Eigentlich könnte man diese Inseln auch ›Französischer Archipel‹ nennen; auf den Marquesas sind wir ja ein wenig in Frankreich.«

In der Tat mochte ein Franzose diese aus elf Inseln und Inselchen bestehende Gruppe als Geschwader seines Vaterlandes ansehen, verankert inmitten des Pazifischen Ozeans: die beiden größten Inseln als Fregatten Erster Klasse *Nuka-Hiva* und *Hiva-Oa;* die mittleren als Kreuzer *Hiau, Uapu* und *Uauka;* die drei kleinsten als Avisos *Motane, Fatu-Hiva* und *Tau-Ata,* während die vielen kleinen Inseln und Atolle die sie begleitenden Schnellboote vorstellten. Nur daß diese imaginäre Flotte ihren Standort anders als Standard Island nicht verlagern konnte...

Am 1. Mai 1842 hatte der Kommandant der Pazifischen Seestreitkräfte, Konteradmiral Dupetit-Thouars den Archipel im Namen Frankreichs in Besitz genommen. Tausend bis zweitausend Meilen trennen es von der amerikanischen Küste, Neuseeland, Australien, China, den Molukken oder den Philippinen. War unter diesen Umständen die Tat des Konteradmirals zu tadeln oder zu loben? Die Opposition tadelte, die Regierungspartei lobte. Wie dem auch sei, damit verfügte Frankreich über einen weiteren Hafen, in dem seine Hochseefischereiboote anlegen und sich verproviantieren konnten und der durch den Panamakanal – sollte er jemals eröffnet werden – eine nicht zu unterschätzende Bedeutung als Handelsstützpunkt erlangen würde. Diese Kolonie sollte eigentlich durch die Besitznahme oder das Protektorat der Paumotu- und der Gesellschaftsinseln abgerundet werden, die eine natürliche Verlängerung der Marquesas darstellen. Da der Einflußbereich Großbritanniens den Nordwesten dieses immensen Ozeans umfaßt, wäre es zu begrüßen, wenn französische Präsenz im Südosten ein Gegengewicht bilden würde.

»Aber haben wir denn hier eigentlich irgendwelche bedeutenderen Streitkräfte liegen?« erkundigte sich Frascolin bei seinem liebenswürdigen Führer.

»Bis 1859«, antwortete Kommodore Simcoe, »war auf Nuka-Hiva eine Abteilung Marinesoldaten stationiert. Mit ihrem Abzug wurde die Verteidigung der Fahne französischen Missionaren übertragen, und die werden sie nicht kampflos übergeben.«

»Und heute?«

»Heute werden Sie auf Taio-Hae nur noch einen Residenten antreffen, dazu einige eingeborene Gendarmen und Soldaten unter dem Befehl eines Offiziers, der gleichzeitig die Funktion eines Friedensrichters erfüllt.«

»Für die Prozesse der Eingeborenen?«

»Der Eingeborenen und der Kolonisten.«
»Auf Nuka-Hiva gibt es also auch Kolonisten?«
»Ja, ungefähr zwei Dutzend.«
»Nicht einmal genug für ein Symphonieorchester – aber es reicht knapp für eine Blaskapelle!«

Tatsächlich lebten auf den Marquesasinseln, obwohl sie sich auf ein Gebiet von 195 mal 48 Meilen verteilen und eine Gesamtfläche von 13 000 km² besitzen, nur knapp 24 000 Eingeborene; das heißt, ein Kolonist auf 1 000 Eingeborene.

Steigt die Zahl der Inselbewohner nach Fertigstellung der neuen Wasserstraße zwischen den beiden Amerika an? Die Zukunft wird es beweisen. Dagegen hatte sich die Bevölkerung von Standard Island seit dem 5. August um die gerettete Besatzung der malaiischen Ketsch vergrößert.

Sie bestand aus zehn Matrosen plus ihrem Kapitän, einem Mann, der, wie schon erwähnt, sehr energisch aussah. Er hieß Sarol und war ungefähr vierzig Jahre alt. Seine Matrosen, kräftige Burschen, stammten aus dem äußersten Westen des Malaiischen Archipels. Vor drei Monaten waren sie unter Sarols Kommando mit einer Ladung Kopra nach Honolulu gesegelt. Als Standard Island dort für zehn Tage Station machte, faszinierte sie diese künstliche Insel ebenso wie alle anderen Eingeborenen Ozeaniens. Wenn sie der stählernen Insel auch keinen Besuch abgestattet hatten, da die Erlaubnis dazu nur äußerst selten erteilt wurde, erinnern wir uns doch gut, daß ihre Ketsch die Insel häufig umkreiste, um sie aus einer Distanz von einer halben Kabellänge genau zu studieren. Die Hartnäckigkeit dieses kleinen Schiffes erschien niemandem verdächtig, auch dann noch nicht, als es Honolulu nur wenige Stunden nach Standard Island verließ. Sollte man sich schließlich über ein Schiff von hundert Registertonnen mit einer zehnköpfigen Besatzung den Kopf zerbrechen? Gewiß nicht, und vielleicht war das ein Fehler …

Als der Kanonenschuß die Aufmerksamkeit des diensthabenden Offiziers am Steuerbordhafen erregt hatte, befand sich die Ketsch nur noch ungefähr zwei oder drei Meilen vor Standard

Islands Küste. Das Rettungsboot hatte sie gerade noch rechtzeitig erreicht, um den Kapitän und seine Mannschaft an Bord zu nehmen.

Diese Malaien sprachen fließend englisch, was bei Eingeborenen aus dem West-Pazifik, wo die britische Vorherrschaft, wie bereits gesagt, unangetastet war, niemanden verwundern wird. Man erfuhr also von ihnen, was sie in Seenot gebracht hatte, ja sogar, daß alle elf Malaien in den Tiefen des Ozeans umgekommen wären, wenn Hilfe auch nur einige Augenblicke hätte auf sich warten lassen.

Nach Angaben der Männer war die Ketsch vierundzwanzig Stunden vorher, in der Nacht vom 4. auf den 5. August, von einem Frachter mit Volldampf gerammt worden. Obwohl die Positionslichter der Ketsch brannten, hatte man sie übersehen. Der Dampfer schien die Kollision nicht bemerkt zu haben, denn er setzte seinen Weg fort, oder aber, man hatte – was leider gar nicht so selten vorkommt – vorgegeben, nichts bemerkt zu haben, um »kostspielige und lästige Ansprüche zu vermeiden«.

Aber dieser Zusammenstoß, unbedeutend für einen Frachter mit großer Tonnage, dessen eiserner Rumpf mit beträchtlicher Geschwindigkeit aufprallt, hatte für das kleine malaiische Schiff schreckliche Folgen. Vor dem Fockmast weit aufgerissen, war es eigentlich ein Wunder, daß die Ketsch nicht sofort sank. Sie hielt sich indessen an der Wasseroberfläche, während sich die Männer am Schanzkleid festklammerten. Bei hohem Seegang hätten die Wogen wohl alle bis auf den letzten Mann von diesem Wrack gespült. Glücklicherweise trieb sie die Strömung nach Osten auf Standard Island zu.

Dennoch wunderte sich der Kommodore im Laufe der Befragung darüber, daß die schon halb untergegangene Ketsch bis in Sichtweite des Steuerbordhafens getrieben war.

»Das verstehe ich auch nicht«, antwortete Kapitän Sarol. »Ihre Insel muß seit vierundzwanzig Stunden nur wenig Fahrt gemacht haben?...«

»Das ist die einzig mögliche Erklärung«, erwiderte Kommo-

Der Kommodore befragte Sarol

dore Simcoe. »Aber im Grunde ist das auch völlig gleichgültig. Wir haben Sie gerettet, das ist die Hauptsache.«

Übrigens eine Rettung in letzter Minute. Noch bevor die Barkasse eine Viertelmeile zurückgelegt hatte, war die Ketsch wie ein Stein gesunken.

So schilderte Kapitän Sarol, nachdem man ihn und seine Mannschaft mit dem Nötigsten versorgt hatte, den Hergang des Unglücks, zuerst dem Offizier, der die Rettungsaktion geleitet hatte, dann Kommodore Simcoe und schließlich auch noch Gouverneur Cyrus Bikerstaff.

Nun stellte sich die Frage, wie man die Schiffbrüchigen repatriieren sollte. Als sie von dem unbekannten Dampfer gerammt worden waren, befanden sie sich gerade auf dem Weg zu den Neuen Hebriden. Standard Island, unterwegs in Richtung Südost, konnte unmöglich ihren Kurs ändern und nach Westen steuern. Cyrus Bikerstaff bot den Malaien deshalb an, sie bis nach Nuka-Hiva mitzunehmen, wo für sie die Möglichkeit bestand, ein Handelsschiff zu finden, das sie zu den Neuen Hebriden bringen würde.

Der Kapitän und seine Männer schauten sich an; sie schienen völlig niedergeschlagen. Bikerstaffs Vorschlag bedrückte diese armen Teufel, die ja mit der Ketsch und ihrer Ladung all ihr Hab und Gut verloren hatten. Das Warten auf eine Schiffspassage konnte sich endlos ausdehnen, und wovon sollten sie auf den Marquesas leben?

»Herr Gouverneur«, sagte der Kapitän in flehendem Ton, »Sie haben uns gerettet, und wir wissen nicht, wie wir Ihnen je dafür danken sollen ... und dennoch wagen wir es, Sie zu bitten, uns unsere Heimkehr ein wenig zu erleichtern.«

»Und wie stellen Sie sich das vor?« fragte Cyrus Bikerstaff.

»In Honolulu sagte man uns, daß sich Standard Island nach einem Besuch der Marquesas-, Paumotu- und Gesellschaftsinseln in den westlichen Teil des Pazifik begeben würde.«

»Das stimmt«, entgegnete der Gouverneur, »sehr wahrscheinlich werden wir bis zu den Fidschiinseln vordringen, bevor wir nach Madeleine Bay zurückkehren.«

»Die Fidschiinseln«, begann der Kapitän, »sind ein englischer Archipel, und dort würde es uns leichter fallen, eine Passage nach den Neuen Hebriden zu finden, die ja ganz in ihrer Nähe liegen ... und wenn Sie die große Güte haben würden, uns bis dorthin mitzunehmen ...«

»Das kann ich Ihnen nicht versprechen«, antwortete der Gouverneur. »Es ist uns ausdrücklich verboten, Fremde an Bord zu nehmen. Vor unserer Ankunft in Nuka-Hiva kann ich nichts entscheiden. Dort werde ich eine Verbindung mit der Verwaltung in Madeleine Bay herstellen lassen, und wenn sie zustimmt, werden wir Sie bis zu den Fidschiinseln mitnehmen, von wo Sie tatsächlich leichter in Ihre Heimat zurückkehren könnten.«

Aus diesem Grund hielten sich die Malaien an Bord von Standard Island auf, als am 29. August die Marquesasinseln in Sicht kamen.

Dieser Archipel liegt ebenso wie die Paumotu- und die Gesellschaftsinseln auf der Bahn des Passats, der den Inseln gemäßigte Temperaturen und ein gesundes Klima garantiert.

In den frühen Morgenstunden hatte man seine nordwestlichen Ausläufer erreicht. Als erstes tauchte ein sandiges kleines Atoll auf, das auf Seekarten die Bezeichnung »Koralleninsel« trägt und an dem die Brandung aufgrund der starken Strömung besonders heftig tobt.

Nachdem man dieses Atoll backbord hinter sich gelassen hatte, signalisierten die Ausguckposten schon bald eine erste Insel, Fetuu, umgeben von einer vierhundert Meter hohen, senkrecht abfallenden Steilküste. Dahinter folgte das sechshundert Meter hohe Hiau, kahl und ungastlich auf dieser Seite, grün und einladend auf der anderen, mit zwei seichten Buchten, in denen kleinere Schiffe anlegen konnten.

Frascolin, Yvernès und Pinchinat überließen Sébastien Zorn seiner gewohnt schlechten Laune und begaben sich in Begleitung von Kommodore Ethel Simcoe und einigen seiner Offiziere auf den Turm des Observatoriums. Es dürfte keinen unserer Leser überraschen, daß der Name Hiau Seine Hoheit zu einigen bizarren Lautmalereien anregte.

»Ganz sicher«, sagte er, »wird diese Insel von einer Katzenkolonie bewohnt, mit einem Kater als Häuptling...«

Auch Hiau blieb backbord hinter ihnen zurück. Man beabsichtigte nicht, dort anzulegen, sondern nahm Kurs auf die Hauptinsel der Gruppe, die dem Archipel seinen Namen gegeben hatte, und zu deren Nachbarinsel Standard Island für kurze Zeit werden sollte.

Schon im Morgengrauen des 30. August kehrten unsere Pariser auf ihren Ausguckposten zurück. Die ersten Höhenzüge von Nuka-Hiva hatte man bereits am Vorabend gesichtet. Bei schönem Wetter sind diese Berge aus einer Entfernung von achtzehn bis zwanzig Meilen zu erkennen, denn manche ihrer Gipfel erreichen eine Höhe von mehr als zwölfhundert Metern und zeichnen sich wie ein gigantischer Rücken über die ganze Insellänge am Himmel ab.

»Sie werden bemerken«, sagte der Kommodore zu seinen Gästen, »daß dieses Archipel eines gemeinsam hat. Die Gipfel sämtlicher Berge sind von einer für diese Breiten überraschenden Nacktheit. Die Vegetation setzt erst vom zweiten Drittel an ein, dringt dafür aber bis tief in sämtliche Täler und Schluchten und bedeckt das Land bis hinunter zum Sand des Strandes mit üppigem Wachstum.«

»Auf Nuka-Hiva scheint das aber nicht zuzutreffen, zumindest soweit es die mittleren Zonen angeht. Sie sieht ausgesprochen unfruchtbar aus«, bemerkte Frascolin.

»Weil wir uns ihr von Nordwesten her nähern«, erklärte Kommodore Simcoe. »Aber wenn Sie den Süden der Insel sehen, werden Sie vom Kontrast überrascht sein. Grüne Ebenen, dichte Urwälder, dreihundert Meter hohe Wasserfälle...«

»Oh!« rief Pinchinat. »Ein Wasserfall von der Spitze des Eiffelturms verdient eine gewisse Beachtung! Das stellt ja sogar die Niagarafälle in den Schatten...«

»Das wohl kaum«, bremste ihn Frascolin. »Die Niagarafälle sind vielleicht nicht so hoch, aber an Breite machen sie das mehr als wett, denn vom amerikanischen bis zum kanadischen

Ufer bedecken sie neunhundert Meter. Das weißt du auch ganz genau; wir haben die Niagarafälle schließlich besichtigt.«

»Richtig«, erwiderte Seine Hoheit. »Ich bitte die Niagarafälle tausendmal um Verzeihung.«

Standard Island glitt an diesem Tag in einer Meile Entfernung an der Küste der Insel entlang: nichts als kahle Hänge bis hinauf zum Zentralplateau von Tovii, felsige Kuppen, in denen sich keine Lücke zu öffnen schien. Doch wenn man dem Seefahrer Brown glauben durfte, mußte es auch hier gute Ankerplätze geben, die in der Folge tatsächlich entdeckt wurden.

Bis anhin also machte Nuka-Hiva, bei deren Namen man unwillkürlich an liebliche Landschaften denkt, einen recht trostlosen Eindruck. Aber wie die Herren V. Dumoulin und Desgraz, zwei Begleiter von Dumont d' Urville auf seiner Reise zum Südpol und nach Ozeanien, so zutreffend berichten: »Ihre Schönheit verbirgt sich im Innern der Buchten, in den Tälern, die zwischen den Ausläufern der Bergkette im Zentrum der Insel liegen.«

Nachdem man dieser öden Küste bis zu jener spitzen, nach Westen zeigenden Landzunge gefolgt war, änderte man leicht den Kurs, indem man die Geschwindigkeit der Steuerbordschrauben drosselte, und umschiffte auf diese Weise Kap Tschitschagoff, so benannt vom russischen Seefahrer Krusenstern. Der Strand bildet nun einen weiten, konkaven Bogen, in dessen Mitte eine enge Durchfahrt zum Hafen Taioa oder Akani führt, dessen eine Bucht sicheren Schutz vor den schlimmsten Unwettern des Stillen Ozeans bietet.

Aber Kommodore Simcoe ging nicht hier vor Anker. Im Süden gibt es noch zwei weitere Häfen, Anna-Maria oder Taio-Hae ungefähr in der Mitte, und Comptroller oder Taiipis auf der anderen Seite von Kap Martin im äußersten Südosten der Insel. Vor Taio-Hae wollte man ungefähr zwölf Tage Station machen.

Sogar in geringer Entfernung von Nuka-Hiva zeigt die Sonde große Tiefen an, selbst ganz in der Nähe der Buchten noch vierzig bis fünfzig Faden. Man konnte deshalb problemlos in unmittelbarer Nachbarschaft der Bucht von Taio-Hae anlegen, was am Nachmittag des 31. August auch geschah.

Als man in Sichtweite des Hafens gelangte, ertönten plötzlich zur rechten Hand mehrere Detonationen, und über den Klippen im Osten stiegen wirbelnde Rauchschwaden auf.

»Nicht schlecht«, sagte Pinchinat, »Kanonenschüsse, um unsere Ankunft zu feiern...«

»Keineswegs«, antwortete ihm Kommodore Simcoe. »Weder die Taii noch die Happa, die beiden größten Stämme der Insel, verfügen über eine Artillerie, die fähig wäre, auch nur einen Salutschuß abzugeben. Was Sie hören, ist das Meer, das auf halber Distanz zwischen hier und Kap Martin in die Tiefen einer Höhle einbricht, und der vermeintliche Rauch ist nichts anderes als die Gischt der herausspritzenden Wellen.«

»Schade«, erwiderte Seine Hoheit darauf. »Wer Salut schießt für einen Gast, zieht den Hut vor ihm.«

Die Insel Nuka-Hiva hat mehrere Namen – man könnte sagen mehrere Taufnamen – aufgrund der verschiedenen Paten, die sie nacheinander getauft haben: Ingraham nannte sie »Federal Island«, Marchand »île Beaux«, Hergert »Sir Henry Martin Island«, Roberts »Adam Island« und Porter »Madison Island«. Von Osten nach Westen mißt sie siebzehn Meilen, von Norden nach Süden zehn, was einen Umfang von ungefähr vierundfünfzig Meilen ergibt. Sie verfügt über ein gesundes Klima mit den zwischen den Wendekreisen üblichen Temperaturen, die allerdings durch den Passat gemildert werden.

An diesem Ankerplatz hatte Standard Island nichts zu befürchten, weder orkanartige Winde noch sintflutähnliche Wolkenbrüche, denn sie legte ausschließlich zwischen April und Oktober hier an, in einer Zeit also, da in dieser Gegend jene trockenen Ost- bis Südostwinde vorherrschen, die die Eingeborenen Tuatuka nennen. Unter der größten Hitze leidet man im Oktober, unter der größten Trockenheit in den Monaten November und Dezember, wonach bis April Bisen aus Ost/Nordost wehen.

Was die Zahl der Bewohner der Marquesasinseln anbelangt, so

mußte man die Übertreibungen ihrer ersten Entdecker korrigieren, die sie mit hunderttausend angegeben hatten. Gestützt auf zuverlässige Unterlagen schätzte Elisée Reclus die Bevölkerung der gesamten Inselgruppe auf kaum sechstausend Seelen, von denen die meisten auf Nuka-Hiva lebten. Wenn diese Zahl seit der Zeit von Dumont d'Urville auch bis auf achttausend Eingeborene angestiegen war, die sich auf die verschiedenen Stämme der Taii, Happa, Taiona und Taiipi verteilten, so nimmt sie bis heute ständig ab. Worauf ist diese Entvölkerung zurückzuführen? – Einzelne Dörfer wurden durch Kriege ausgerottet, viele Männer verschleppte man als Sklaven auf peruanische Plantagen, der Alkoholmißbrauch tat ein übriges, und schließlich, warum es verschweigen, trugen auch all die Schrecken ihren Teil dazu bei, die eine Eroberung mit sich bringt, auch wenn die Eroberer zivilisierten Völkern angehören.

Im Laufe der Woche, in der man nun hier ankerte, machten die Milliardäre zahlreiche Besuche auf Nuka-Hiva, die von den einflußreichsten Europäern dank einer Sondergenehmigung des Gouverneurs, gleichbedeutend mit freiem Zutritt zu Standard Island, erwidert wurden.

Sébastien Zorn und seine Freunde ihrerseits unternahmen lange Spaziergänge, deren Reiz sie reich für ihre Anstrengungen entschädigte.

Die Bucht von Taio-Hae beschreibt einen Kreis, unterbrochen von der engen Einfahrt, die zu benutzen Standard Island unmöglich wäre, insbesondere da diese Bucht außerdem durch zwei Sandstrände unterteilt wird. Diese Strände werden durch einen kleinen Hügel mit schroffen Hängen voneinander getrennt, auf dem noch die Überreste eines im Jahre 1812 von Porter erbauten Forts stehen. Damals hatte dieser Seefahrer die Insel erobert, indem er den östlichen Strand besetzte, eine Inbesitznahme, die die amerikanische Regierung jedoch nicht ratifizierte.

Anstelle einer Stadt fanden unsere vier Musiker auf dem gegenüberliegenden Strand nur ein bescheidenes Dorf, weil die Behausungen der Ureinwohner verstreut unter den Bäumen lagen. Dafür mündeten zauberhafte Täler in diese Bucht, unter anderen das Tal von Taio-Hae, in dem die meisten Nuka-Hivianer ihre Häuser gebaut hatten. Es war eine wahre Freude, zwischen Kokospalmen, Bananenstauden, Keulen-, Guajaven- und Brotbäumen, zwischen Hibiskus und vielen anderen Baumsorten hindurchzuspazieren, die in vollem Saft standen. Die Touristen wurden in den Hütten gastfreundlich empfangen. Dort, wo man sie vor einem Jahrhundert vielleicht noch verspeist hätte, bot man ihnen nun so exotische Genüsse wie Bananenkuchen an, der mit einem Teig aus »Mei«, der Frucht des Brotbaums, zubereitet wurde, Brot aus gelblichem Taro-Mehl, das im frischen Zustand süß, im altbackenen säuerlich schmeckte, und die eßbaren Wurzeln der Tacca. Bei Delikatessen wie Haua, einer großen Rochenart, die roh verzehrt wurde, und Haifischfilets, die angeblich erst leicht verfault ihr wahres Aroma entwickelten, weigerte sich das Quartett jedoch standhaft zu kosten.

Manchmal begleitete sie Athanase Dorémus auf ihren Ausflügen. Er hatte das Archipel schon im Vorjahr besucht und diente ihnen nun als Führer. Vielleicht war er nicht sehr beschlagen in Naturgeschichte und Botanik, vielleicht verwechselte er ja den prächtigen *spondias cytherca*, dessen Früchte Äpfeln gleichen, mit dem *pandanus odoratissimus*, der diesen Namen wirklich verdient, oder mit dem Keulenbaum, dessen Holz so hart ist wie Eisen, oder mit dem Hibiskus, aus dessen Rinde die Eingeborenen ihre Kleider anfertigten, oder mit dem Papayabaum, oder mit der *gardenia florida?* Wie auch immer, das Quartett brauchte seine etwas zweifelhaften wissenschaftlichen Kenntnisse nicht in Anspruch zu nehmen, um sich in der Flora der Marquesas zurechtzufinden: üppige Farne, prächtiges Edelsüß, chinesische Rosenstöcke mit roten und weißen Blüten, unzählige Gräser, Nachtschattengewächse, darunter auch Tabak, Lippenblütler mit violetten Trauben, die die jungen Mädchen auf Nuka-Hiva gern zu Schmuck verarbeiteten, mehr als zehn Fuß hohe Rizinusbäume, Zuckerrohr, sowie Orangen- und Zitronenbäume, die – erst vor kurzem hierher importiert – bei diesem sommerli-

Es war ein großes Vergnügen, durch diese Wälder zu streifen

chen Klima und der reichlichen Bewässerung durch Bergbäche wunderbar gediehen.

Und als die vier eines Morgens am Dorf der Taii vorbei einen wilden Gebirgsbach entlang bis zum höchsten Punkt der Kette hinaufgestiegen waren und sich zu ihren Füßen die Täler der Taii, Taiipi und Happa ausbreiteten, entfuhr ihnen ein Ausruf der Bewunderung. Hätten sie ihre Instrumente bei sich gehabt, sie wären nicht imstande gewesen, der Versuchung zu widerstehen, auf dieses Meisterwerk der Natur mit einem Meisterwerk der Musik zu antworten, obwohl ohne Zweifel nur ein paar Vögel ihren künstlerischen Vortrag gehört hätten. Doch sie ist hübsch, die Kurukuru-Taube, die in diesen Höhen nistet, ebenso wie die reizende kleine Salangane, und der Tropikvogel, ein häufiger Gast der Schluchten von Nuka-Hiva, der so anmutig durch die Lüfte schwebt.

Übrigens gibt es auch in den dichtesten Urwäldern der Insel keine Giftschlangen, nur die kaum zwei Fuß lange Boa, die ebenso harmlos ist wie eine Natter, und Linnés Zwergschlange, deren tiefblauer Schwanz wie eine tropische Blume leuchtet.

Die Eingeborenen zeichnen sich durch einen asiatischen Einschlag aus, was auf einen ganz anderen Ursprung hinweist als den der übrigen Volksstämme Ozeaniens. Sie sind mittelgroß, wohlproportioniert, sehr muskulös und ausdauernd, haben feine Gliedmaßen, ovale Gesichter mit hoher Stirn, schwarze Augen unter langen Wimpern, schmale Adlernasen, weiße und regelmäßige Zähne, und ihre Hautfarbe ist weder rot noch schwarz, sondern dunkelbraun wie die der Araber. Ihr Gesichtsausdruck läßt auf ein sanftes, heiteres Wesen schließen.

Fast ganz verschwunden waren die Tätowierungen, die man hier nicht in die Haut zu ritzen, sondern zu stechen pflegte, wonach die Zeichnung mit Kohle aus Tungölbaum-Holz gefärbt wurde. Jetzt trug man die Baumwollgewänder der Missionare.

»Sehr schöne Menschen«, sagte Yvernès, »wenn auch vielleicht weniger schön als früher, da sie nur mit einem Lendenschurz bekleidet, Pfeil und Bogen in der Hand, mit wehendem Haar die Gegend durchstreiften.«

Diese Bemerkung fiel während eines Ausflugs zur Comptroller Bay, den sie in Begleitung des Gouverneurs unternahmen. Cyrus Bikerstaff hatte den Wunsch geäußert, seinen Gästen diese Bucht zu zeigen, die ähnlich wie La Valette in mehrere Häfen aufgeteilt ist; zweifelsohne wäre Nuka-Hiva in den Händen der Engländer das Malta des Stillen Ozeans geworden. In dieser Gegend lebte der Stamm der Happa, zwischen den Schluchten eines fruchtbaren Landes, bewässert durch einen kleinen Fluß, der als geräuschvoller Wasserfall den Berg hinabstürzte. Hier befand sich der hauptsächliche Schauplatz des Kampfes zwischen dem Amerikaner Porter und den Eingeborenen.

Yvernès' Bemerkung verlangte nach einer Antwort, und der Gouverneur gab sie ihm:

»Sie mögen recht haben, Monsieur Yvernès. Die Eingeborenen der Marquesas sahen eindrucksvoller aus mit Lendenschurz, Maro und Pareo, deren Farben bunt leuchteten, dem Ahu Bun, einer Art loser Schärpe, und der Tiputa, einer Art mexikanischem Poncho. Gewiß steht ihnen diese moderne Kleidung nicht besonders gut. Aber was wollen Sie? Die Schicklichkeit ist eine Folge der Zivilisation. Während unsere Missionare sich bemühen, die Eingeborenen zu guten Christen zu machen, ermutigen sie sie dazu, sich weniger unvollständig zu kleiden.«

»Haben sie damit nicht recht, Kommodore?«

»Was die Schicklichkeit anbetrifft, ja! Vom gesundheitlichen Standpunkt aus, nein! Seit sie sich züchtiger kleiden, haben die Nuka-Hivianer und andere Inselbewohner ihre natürliche Widerstandskraft verloren, zusammen mit ihrer natürlichen Fröhlichkeit. Sie langweilen sich, und darunter leidet ihre Gesundheit. Früher waren hier Krankheiten wie Bronchitis, Lungenentzündung und Schwindsucht völlig unbekannt...«

»Und seit sie nicht mehr nackt herumlaufen, haben sie Schnupfen!« rief Pinchinat dazwischen.

»Ganz recht! Das ist einer der Gründe für den Niedergang dieser Rasse.«

»Woraus ich schließe«, fuhr Seine Hoheit fort, »daß Adam

und Eva erst an dem Tag angefangen haben zu niesen, als sie zum erstenmal Kleid und Hose trugen, nachdem sie aus dem Paradies vertrieben worden waren – was uns, ihren degenerierten und schuldbeladenen Nachfahren, Lungenentzündungen eingebracht hat!«

»Herr Gouverneur«, erkundigte sich Yvernès, »wir hatten den Eindruck, daß die Frauen auf diesem Archipel nicht so schön sind wie die Männer...«

»Nicht nur hier, sondern auch auf allen anderen«, antwortete Cyrus Bikerstaff. »Dabei sehen Sie hier noch den vollkommensten Typus Ozeaniens. Ich glaube, wir haben es mit einem Naturgesetz zu tun, das für alle Rassen zutrifft, die erst auf einer primitiven Entwicklungsstufe stehen. Gilt nicht das gleiche Gesetz im Tierreich, wo das männliche Geschlecht das weibliche fast immer an körperlicher Schönheit übertrifft?«

»Ha!« rief Pinchinat. »Man muß wirklich auf die andere Halbkugel der Erde reisen, um solche Beobachtungen zu machen, aber das würden wohl unsere hübschen Pariserinnen niemals zugeben!«

Die Bevölkerung von Nuka-Hiva bestand nur aus zwei Klassen, die dem Gesetz des Tabu unterworfen waren. Dieses Gesetz war von den Starken gegen die Schwachen, von den Reichen gegen die Armen geschaffen worden, um ihre Privilegien und Reichtümer behalten zu können. Die Farbe des Tabus war das Weiß, und die kleinen Leute hatten nicht das Recht, tabuisierte Gegenstände, heilige Orte, Grabstätten und Häuptlingshütten zu berühren. Zur tabuisierten Klasse gehörten Priester, Medizinmänner oder Tuas und Häuptlinge oder Akarkis, in die nichttabuisierte Klasse waren die meisten Frauen und das niedere Volk verbannt. Außerdem war es nicht nur verboten, einen mit dem Tabu belegten Gegenstand zu berühren, man durfte nicht einmal seine Blicke auf ihn richten.

»Und dieses Gesetz«, fügte Cyrus Bikerstaff hinzu, »ist auf den Marquesas-, den Paumotu- und den Gesellschaftsinseln so streng, daß ich Ihnen nicht raten würde, meine Herren, es jemals zu übertreten.«

»Hast du gehört, mein guter Zorn?« sagte Frascolin. »Gib ja gut auf deine Hände und Blicke acht!«

Der Cellist begnügte sich mit einem Schulterzucken als Antwort; er spielte den Mann, den solche Dinge absolut nicht berührten.

Am 5. September verließ Standard Island ihren Ankerplatz vor Taio-Hae. Sie hielt sich westlich von Hua-Huna (Kahuga), der östlichsten Insel der ersten Gruppe, von der man nur in weiter Ferne ihre grünen Gebirgszüge wahrnehmen konnte. Hua-Hunas Küste besteht übrigens nur aus senkrecht abfallenden Felsen; Strände fehlen gänzlich. Selbstverständlich bewegte sich Standard Island nur mit mäßiger Geschwindigkeit an diesen Inseln entlang, denn ihre gewaltige Masse hätte bei voller Kraft eine Art Flutwelle verursacht, die die kleinen Boote der Eingeborenen auf die Klippen werfen und die Küstenregion überschwemmen würde. Man passierte in einer Entfernung von wenigen Kabellängen die Insel Uapu, die durch unzählige spitze Basalttürme auffällt. Zwei seichte Buchten, die eine »Baie Possession«, die andere »Baie de Bon-Accueil« genannt, lassen sogleich erkennen, daß sie einen Paten französischer Herkunft hatten. In der Tat pflanzte einst auf dieser Insel Kapitän Marchand die Trikolore in den Sand.

Nach Uapu nahm Ethel Simcoe Kurs auf Hiva-Oa, deren spanischer Name »Dominica« lautet, die größte Insel der zweiten Gruppe innerhalb der Marquesas. Hiva-Oa ist vulkanischen Ursprungs und weist einen Umfang von sechsundfünfzig Meilen auf. Ganz deutlich erkannte man ihre wie aus schwärzlichem Fels gehauenen Klippen und die Wasserfälle, die über die mit verschwenderischem Pflanzenwuchs bedeckten Hänge des Zentralgebirges herabstürzen.

Eine drei Meilen breite Meerenge trennt Hiva-Oa von Tau-Ata. Da Standard Island diese Durchfahrt aufgrund ihrer Dimensionen nicht benutzen konnte, mußte sie Tau-Ata auf seiner Westseite umschiffen, wo in der Madre-de-Dios-Bucht – Cooks Resolution Bay – die ersten europäischen Schiffe gelandet waren. Eine größere Distanz zwischen Tau-Ata und Hira-Oa brächte beiden Inseln Vorteile, da sie die Kontaktnahme ihrer Bewohner erschweren würde, wodurch sich beide Stämme nicht mehr so leicht zu bekämpfen und mit solcher Begeisterung gegenseitig auszurotten vermöchten wie bis jetzt.

Nachdem er im Osten Motane angepeilt hatte, eine unfruchtbare, keinen Schutz bietende und unbewohnte Insel, steuerte Kommodore Simcoe Fatu-Hiva an, die ehemalige Cook-Insel. Diese Insel ist eigentlich nichts weiter als ein riesiger Felsen, auf dem Millionen tropischer Vögel nisten, eine Art Zuckerhut mit einem Umfang von drei Meilen!

Dieses letzte südöstliche Inselchen entschwand den Blicken der Milliardäre am Nachmittag des 9. September. Gemäß ihrer Reiseroute schwenkte Standard Island Richtung Südwesten auf den Paumotu-Archipel zu, dessen mittleren Teil man besuchen wollte.

Das Wetter war immer angenehm, weil der September hier dem März der nördlichen Halbkugel entspricht.

Am Morgen des 11. September fischte eine Schaluppe vom Backbordhafen eine der schwimmenden Bojen auf, von denen aus Kabel zur Madeleine Bay liefen. Das Ende dieses Kupferdrahtes, den man mit einer Schicht Guttapercha zuverlässig isoliert hatte, wurde an die Apparate des Observatoriums angeschlossen, womit die telefonische Verbindung mit der amerikanischen Küste hergestellt war.

Die Verwaltung der Standard Island Company mußte über die an Bord genommenen Schiffbrüchigen der malaiischen Ketsch entscheiden. Würde sie den Gouverneur autorisieren, diese bis zu den Fidschiinseln mitzunehmen, von wo aus sie schneller und billiger heimkehren könnten?

Die Antwort fiel positiv aus. Standard Island erhielt sogar die Erlaubnis, bis zu den Neuen Hebriden weiterzufahren und die Malaien dort abzusetzen, falls die prominenten Bürger von Milliard City damit einverstanden waren.

Cyrus Bikerstaff teilte diese Entscheidung Kapitän Sarol mit, der den Gouverneur bat, den Direktoren in Madeleine Bay seinen Dank zu übermitteln.

Die telefonische Verbindung zur amerikanischen Küste wurde hergestellt

ZWÖLFTES KAPITEL

DREI WOCHEN AUF DEN PAUMOTUINSELN

Das Quartett hätte wirklich geradezu empörende Verstocktheit bewiesen, wenn es Calistus Munbar nicht doch dankbar gewesen wäre, daß er sie – wenn auch mit einer gewissen Hinterlist – auf die Insel der Milliardäre geholt hatte. Wen interessierten die Mittel, deren sich der Oberintendant bedient hatte, um aus den Pariser Künstlern die gefeierten, umworbenen und hochbezahlten Gäste von Milliard City zu machen! Sébastien Zorn hörte nicht auf zu schmollen, weil man eben einen Igel mit spitzen Stacheln nicht in eine Katze mit weichem Fell verwandeln kann. Aber Yvernès, Pinchinat und sogar Frascolin hätten sich wirklich kein paradiesischeres Leben träumen lassen können. Eine Reise, frei von Gefahren und Anstrengungen, kreuz und quer durch den traumhaften Pazifischen Ozean! Ein Klima, das dank ständigen Ortswechseln immer gesund und fast immer gleich blieb! Und außerdem: da sie für keines der beiden Lager Partei ergreifen mußten, waren sie als musikalische Seele der schwimmenden Insel überall gern gesehene Gäste, wurden von den Tankerdons und den ersten Familien der Backbordseite ebenso empfangen wie von den Coverleys und den angesehensten Familien der Steuerbordseite; der Gouverneur und seine Stellvertreter im Rathaus behandelten sie mit aller Ehrerbietung, genau wie Kommodore Simcoe und seine Offiziere im Observatorium und Oberst Steward und seine Miliz; sie durften ihr Talent den Gottesdiensten beider Kirchen zur Verfügung stellen, machten überall nur die besten Erfahrungen, in den beiden Häfen, in den Fabriken, bei Beamten und Angestellten. Warum also hätten unsere Landsleute sich nach den Zeiten sehnen sollen, da sie in den Vereinigten Staaten von Stadt zu Stadt hetzten? Und wer von uns ist so unaufrichtig gegen sich selbst, daß er sich nicht eingesteht, wie sehr er sie um dieses Erlebnis beneidet?

»Sie werden mir die Hände küssen!« hatte der Oberintendant schon bei ihrer ersten Unterredung gesagt.

Und wenn sie das nicht getan hatten, es auch nicht tun würden, dann nur, weil man nie die Hand eines Mannes küßt.

Eines Tages sagte Athanase Dorémus, der glücklichste Mann unter der Sonne, zu ihnen:

»Jetzt lebe ich schon fast zwei Jahre auf Standard Island, und es täte mir leid, daß es nicht sechzig waren, wenn man mir nicht versicherte, ich würde in sechzig Jahren noch hier sein...«

»Sie scheinen ja absolut überzeugt zu sein, hier hundert Jahre alt zu werden!« meinte Pinchinat.

»Oh, Monsieur Pinchinat, seien Sie sicher, daß ich hier hundert Jahre alt werde. Warum sollte man auf Standard Island sterben?«

»Weil man überall stirbt...«

»Nicht hier, genausowenig wie man im Paradies stirbt!«

Was sollte man darauf antworten? Dennoch gab es sogar auf dieser Zauberinsel von Zeit zu Zeit unbedachte Menschen, die den Weg allen Fleisches gingen. Dann brachten die Dampfer ihre sterbliche Hülle zu den fernen Friedhöfen in Madeleine Bay. Nicht umsonst steht geschrieben, daß niemand auf dieser Welt vollkommen glücklich sein könnte...

Indessen schwebten immer noch einige dunkle Wolken am Horizont, die sich langsam aber sicher zu dicken Gewitterwolken entwickelten, zu Vorboten heftiger Stürme. Beunruhigend, diese bedauerliche Rivalität zwischen den Familien Tankerdon und Coverley, eine Rivalität, die sich immer mehr zuspitzte. Beide Seiten hatten ihre Anhänger. Würde es zwischen ihnen zum Kampf kommen? War Milliard City von Unruhen, Krawallen, Revolutionen bedroht? Besaß die Verwaltung genügend Einfluß, besaß Cyrus Bikerstaff genügend Autorität, um den Frieden zwischen den Capulets und Montagues der Insel der Milliardäre zu erhalten?... Man konnte sich nicht sicher sein. Den beiden Rivalen war alles zuzutrauen, denn ihre Eigenliebe schien keine Grenzen zu kennen.

Seit der Szene um den Salutschuß am Äquator jedenfalls waren die beiden Milliardäre erklärte Feinde. Ihre Freunde unterstützten sie nach Kräften. Die verfeindeten Lager hatten den Kontakt zueinander abgebrochen; man ging sich schon von weitem aus dem Weg. Begegnete man sich trotzdem einmal, versuchte man sich gegenseitig mit bedrohlichen Gesten und wilden Blicken einzuschüchtern. Es ging sogar das Gerücht, der ehemalige Schweinehändler aus Chicago und einige andere Backbordbewohner würden ein Handelshaus gründen, sie verlangten von der Gesellschaft die Erlaubnis, auf Standard Island eine große Fabrik zu bauen, sie würden hunderttausend Schweine importieren, schlachten, pökeln und auf den verschiedenen Inseln des Pazifik verkaufen.

Danach wird man gern glauben, daß die Häuser Tankerdon und Coverley einem Pulverfaß glichen. Ein Funke würde genügen, um sie in die Luft zu sprengen samt Standard Island, die ja, das wollen wir nicht vergessen, über einem tiefen Abgrund schwebte. Selbstverständlich würde diese Explosion nur im übertragenen Sinne stattfinden, doch sie könnte zur Folge haben, daß prominente Bürger den Entschluß faßten, die Insel zu verlassen. Und eine solche Entscheidung würde die Zukunft und, höchstwahrscheinlich, auch die finanzielle Lage der Standard Island Company in Frage stellen.

Man befand sich somit in einer ausgesprochen unheilschwangeren Situation, die sogar zu materiellen Katastrophen führen konnte. Und wer weiß, selbst wenn von dieser Seite keine Gefahr drohte?...

Tatsächlich hätten die Behörden, die sich in trügerischer Sicherheit wiegten, vielleicht ein wachsameres Auge auf Kapitän Sarol und seine Malaien haben sollen, die man nach ihrem Schiffbruch so gastfreundlich aufgenommen hatte. Nicht daß diese Leute durch verdächtige Äußerungen aufgefallen wären; sie sprachen kaum, hielten sich abseits und knüpften keinerlei Beziehungen an, wobei sie allerdings von einem Komfort profitierten, den sie auf ihren wilden Neuen Hebriden vermissen würden. Gab es also Anlaß, sie zu verdächtigen? Ja und nein. Einem etwas aufmerksameren Beobachter wäre jedenfalls nicht

Man sah sie die Geschützbatterien besichtigen

entgangen, daß sie Standard Island ununterbrochen durchstreiften, Milliard City genau studierten, den Verlauf seiner Straßen, die Lage seiner Paläste und Herrschaftshäuser, als ob sie sich den genauen Stadtplan einprägen wollten. Man traf sie überall im Park und auf den Feldern. Sie begaben sich oft zum Backbord- und Steuerbordhafen, wo sie Ankunft und Abfahrt der Schiffe verfolgten. Man sah sie auf langen Spaziergängen die Küste erkunden, an der die Zöllner Tag und Nacht Dienst taten, und die Geschützbatterien an Bug und Heck der Insel besichtigen. Aber war das alles nicht ganz selbstverständlich? Was konnten diese beschäftigungslosen Malaien denn Besseres tun, als sich die Zeit mit kleinen Ausflügen vertreiben? Was sollte man daran schon Verdächtiges finden?

Unterdessen bewegte man sich gemächlich weiter Richtung Südwesten. Yvernès, dessen Wesen durch dieses inselgebundene Wanderleben ganz verändert schien, genoß die Reize der Seereise in vollen Zügen. Auch Pinchinat und Frascolin waren davon sehr angetan. Die Mußestunden zwischen ihren vierzehntäglichen Vertragskonzerten und den Soirees, für die man sie aus lauter Begeisterung buchstäblich in Gold aufwog, verbrachten sie höchst angenehm im Casino. Jeden Morgen erfuhren sie durch die Zeitungen von Milliard City, die mit Schlagzeilen telegraphisch, mit gewöhnlichen Meldungen mit einigen Tagen Verspätung per Schiff versorgt wurden, alles Wissenswerte aus zwei Kontinenten, ob das nun gesellschaftliche, wissenschaftliche, künstlerische oder politische Ereignisse betraf. Auf letzterem Gebiet mußten sie feststellen, daß englische Zeitungen jeder Schattierung ohne Unterlaß gegen die Existenz dieser schwimmenden Insel zu Felde zogen. Aber solchen Hetzkampagnen schenkte man weder auf Standard Island noch in Madeleine Bay die geringste Beachtung.

Vergessen wir nicht zu erwähnen, daß Sébastien Zorn und seine Freunde schon seit einigen Wochen der Rubrik »Auslandmeldungen« entnehmen konnten, wie ausführlich die amerikanischen Zeitungen über ihr Verschwinden berichtet hatten. Das berühmte Solisten-Quartett, an sämtlichen bisherigen Stationen seiner Amerikatournee stürmisch gefeiert, von vielen noch sehnsüchtig erwartet, konnte nicht so einfach verschwinden, ohne dadurch großes Aufsehen zu erregen. In San Diego waren sie am vereinbarten Tag nicht eingetroffen, worauf man sie dort als vermißt meldete. Die in der Folge angestellten Nachforschungen ergaben, daß die französischen Künstler eine Seereise an Bord der Insel der Milliardäre mitmachten, nachdem man sie von der niederkalifornischen Küste entführt hatte. Da sie aber gegen diese Entführung nicht protestiert hatten, unterblieb jeglicher Austausch diplomatischer Noten zwischen der Gesellschaft und der Regierung der Vereinigten Staaten. Sobald es also dem Quartett gefallen sollte, an den Schauplatz seines Erfolges zurückzukehren, würde man es mit offenen Armen empfangen.

Begreiflicherweise hatten die beiden Geigen und die Bratsche dem Cello absolutes Stillschweigen auferlegt. Sébastien Zorn wäre nämlich liebend gern die Ursache einer Kriegserklärung zwischen der Neuen Welt und dem Juwel des Pazifiks gewesen.

Seit ihrer Zwangseinschiffung hatten unsere Instrumentalisten übrigens schon mehrmals nach Frankreich geschrieben. Sie beruhigten ihre Familien, und zwischen Paris und Standard Island entwickelte sich ein reger Briefwechsel, der ebenso problemlos ablief, wie wenn er über den regulären Postdienst zwischen Paris und New York stattgefunden hätte.

Eines Morgens – es war am 17. September – wollte Frascolin in der Bibliothek des Casinos die Karten der Paumotuinseln studieren, auf die sie nun zuhielten. Sobald er jedoch den Atlas aufgeschlagen hatte, sobald sein Blick auf diesen Teil des Pazifiks gefallen war, rief er entsetzt aus:

»Ach du liebe Zeit, wie soll sich Ethel Simcoe denn bloß in diesem Chaos zurechtfinden? Nie im Leben wird er eine Passage durch diese Unmenge von Inseln und Inselchen finden! Das sind ja Hunderte! Es sieht genauso aus wie eine Pfütze, in die man einen Haufen Kieselsteine geworfen hat... An diesem Kap wird er anstoßen oder an diesem hängenbleiben, oder er läuft dort auf Grund... Irgendwo bleiben wir bestimmt stekken. Das sind ja mehr Inseln als im Departement Morbihan vor der bretonischen Küste!«

Er hatte recht, der vernünftige Frascolin. Vor der bretonischen Küste, im Departement Morbihan, liegen nur 365 Inseln – genausoviele wie Tage im Jahr –, der Paumotu-Archipel zählt leicht doppelt so viele. Zudem ist die Gruppe als Ganzes von einem Gürtel aus Korallenriffen umgeben, dessen Umfang nach Elisée Reclus mindestens sechshundertfünfzig Meilen beträgt.

Nur zu verständlich also, daß sich jemand beim Anblick der Karte des Gebiets wundert, wie ein Schiff, und *a fortiori* ein Gefährt wie Standard Island sich in diesen Archipel hineinwagen kann. Zwischen 17° und 28° südlicher Breite und zwischen 134° und 147° westlicher Länge finden sich mehr als tausend Inseln und Inselchen – grob geschätzt sagten wir vorhin siebenhundert – von Mata-Hiva bis Pitcairn.

Die vielen verschiedenen Bezeichnungen der Gruppe werden deshalb wohl kaum jemanden überraschen, zum Beispiel »Gefährlicher Archipel« oder »Schlimmes Meer«. Dank der dem Stillen Ozean eigenen geographischen Reichhaltigkeit nennt sie sich auch »Niedrige Inseln«, »Tuamotuinseln«, was »weit entfernte Inseln« bedeutet, »Südliche Inseln«, »Inseln der Nacht« und »Geheimnisvolles Land«. Gegen den Namen »Paumotu« oder »Pamautu«, was soviel heißt wie »Unterworfene Inseln«, hatte im Jahre 1850 eine Abordnung aller Inseln des Archipels in Papeete, der Hauptstadt von Tahiti, protestiert. Aber obwohl die französische Regierung 1852 diesem Protest nachgab und die Gruppe offiziell in »Tuamotuinseln« umbenannte, wollen wir hier doch den bekannteren Namen »Paumotu« beibehalten.

So gefahrvoll das Navigieren in diesen Gewässern auch sein mochte, Kommodore Simcoe schreckte das nicht, denn er kannte sie wie seine Westentasche; man durfte sich ihm getrost anvertrauen. Er manövrierte seine Insel, als ob sie ein kleiner Fischerkahn wäre, ließ sie auf der Stelle wenden – man hätte meinen können, er wrigge sie. Frascolin brauchte sich um Standard Island wirklich keine Sorgen zu machen, keines der vielen Kaps würde ihren stählernen Rumpf auch nur streifen.

Am Nachmittag des 19. meldete der Ausguck des Observatoriums die ersten Ausläufer in einer Entfernung von ungefähr zwölf Meilen. Diese Inseln sind auffallend flach. Einige überragen zwar die Wasseroberfläche um gut vierzig Meter, aber vierundsiebzig tauchen nur ein halbes Klafter aus dem Meer auf und würden zweimal pro Tag überschwemmt, wenn die Gezeiten hier nicht praktisch gleich Null wären. Bei den übrigen handelt es sich um simple Atolle, umgeben von kahlen Korallenriffen, die unfehlbar gleich ausgerichtet sind wie der Archipel.

Standard Island näherte sich den Paumotuinseln von Osten her, um vor Anaa vor Anker zu gehen, der einstigen Hauptstadt des Archipels. Nachdem Anaa 1878 von einem verheerenden Wirbelsturm, der noch auf Kaukura große Schäden anrichtete, teilweise zerstört und viele seiner Einwohner getötet worden waren, verlegte man die Hauptstadt der Gruppe auf die Insel Fakarava.

Als erste Insel ließ man Vahitahi hinter sich. Dieser Teil des Archipels gilt aufgrund seiner Strömungen und nach Osten auslaufenden Unterwasserriffe als der gefährlichste, weshalb minutiöse Vorsichtsmaßnahmen getroffen wurden. Vahitahi ist nichts weiter als ein von drei bewaldeten Inselchen flankierter Korallenaufbau, wobei auf der nördlichsten Insel ein größeres Dorf liegt.

Am folgenden Morgen kam Akiti in Sicht, deren Riffe ganz mit Portulak überzogen sind, einer Kriechpflanze von gelblicher Farbe, eine Art behaartes Gurkenkraut. Sie unterscheidet sich von den anderen Inseln durch das Fehlen einer Lagune. Man kann sie schon aus größerer Entfernung erkennen, weil sie den Durchschnitt an Höhe übertrifft.

Der nächste Tag brachte die Begegnung mit einer etwas wichtigeren Insel, nämlich Amanu, deren Lagune im Nordwesten an zwei Stellen einen Durchgang zum Meer aufweist.

Während die Milliardäre nicht mehr verlangten, als gemütlich diesen Archipel zu durchkreuzen, den sie ja schon im Vorjahr besucht hatten, und sich völlig damit zufrieden gaben, seine Schönheiten im Vorbeifahren zu bewundern, hätten Pinchinat,

Frascolin und Yvernès gerne einige Zwischenaufenthalte eingelegt, um diese Inseln ein wenig zu erforschen, die ihre Entstehung der Tätigkeit von Polypen verdankten, also künstlichen Ursprungs waren ... wie Standard Island ...

»Mit dem einen Unterschied, daß unsere Insel den Standort wechseln kann«, bemerkte Kommodore Simcoe.

»Für meinen Geschmack kann sie das zu gut«, meinte Pinchinat darauf. »Sie hält ja überhaupt nie mehr an!«

»Sie legt bei den Inseln Hao, Anaa und Fakarava an, und Sie werden genügend Zeit und Muße haben, meine Herren, diese Inseln kennenzulernen.«

Auf die Frage nach der Entstehung dieser Inseln schloß sich Ethel Simcoe der verbreitetsten Theorie an, nach der sich in diesem Teil des Pazifiks der Meeresgrund allmählich um ungefähr dreißig Meter gesenkt haben muß. Auf den nun unter dem Wasserspiegel liegenden Gipfeln fanden die Zoophyten, die Polypen also, eine ausreichend solide Basis, um ihre Korallenbauten zu errichten. Dank der Tätigkeit dieser Aufgußtierchen, die in größeren Tiefen nicht existieren können, stiegen die Konstruktionen allmählich stufenförmig an. Schließlich tauchten sie aus dem Meer auf und bildeten diesen Archipel, dessen Inseln sich in Wallriffe, Saumriffe und Atolle einteilen lassen – das indische Wort »Atoll« setzt das Vorhandensein einer Lagune voraus. Als nächste Stufe verwandelte sich vom Meer angeschwemmter Abfall in Humus, der Wind trug Samen herbei, und auf diesen Korallenringen erschien eine Vegetation. Mit Hilfe des tropischen Klimas überzog sich der Kalksaum mit Gräsern und Pflanzen, denen bald Büsche und Bäume folgten.

»Und wer weiß«, prophezeite Yvernès voller Begeisterung, »wer weiß, ob dieser Kontinent, der einst vom Pazifik verschlungen wurde, nicht eines Tages wieder an der Oberfläche erscheint, neu geschaffen von diesen Myriaden mikroskopisch kleiner Tierchen? Dann werden, wo jetzt Windjammer und Dampfer die Wogen durchpflügen, Schnellzüge mit Volldampf dahinrasen und die Alte und Neue Welt miteinander verbinden ...«

Unter einem Vorhang aus Kokospalmen

»Nun bleibe aber auf dem Teppich, mein Lieber«, unterbrach ihn der respektlose Pinchinat.

Wie Kommodore Simcoe versprochen hatte, hielt Standard Island am 23. September vor der Insel Hao an, der sie sich dank der großen Wassertiefe bis auf relativ kurze Distanz nähern konnte. Ihre Schaluppen brachten einige Besucher unter einem Vorhang aus Kokospalmen hindurch an Land, der die Passage fast verdeckte. Erst nach fünf Meilen Fahrt erreichte man das auf einem Hügel gelegene größte Dorf der Insel. Hier wohnten kaum mehr als zweihundert bis dreihundert Menschen, meist Perlentaucher, die als solche für tahitische Handelshäuser arbeiteten. Hier wuchs die Schraubenpalme und die Mikimikis-Myrte, die ersten Bäume, die in einem Boden Wurzeln schlagen konnten, der heute Zuckerrohr, Ananas, Taro, Portulak, Tabak und vor allem Kokospalmen hervorbrachte, von denen auf dem ganzen Archipel in gewaltigen Hainen mehr als vierzigtausend standen.

Dieser »gesegnete« Baum gedeiht sozusagen fast ohne Pflege. Seine Nuß gehört zu den Hauptnahrungsmitteln der Eingeborenen und ist weit nahrhafter als die Früchte der Schraubenpalme. Mit Kokosnüssen wurden auch ihre Schweine, Hühner und Hunde gemästet, deren Koteletts und Filets bei den Eingeborenen als Leckerbissen galten. Außerdem gewannen sie aus der Kokosnuß ein wertvolles Öl, indem sie ihr Fruchtfleisch raspelten, in der Sonne trockneten und mit einer ziemlich primitiven Kelter auspreßten. Ganze Schiffsladungen dieser Kopra wurden zum Kontinent gebracht, wo man sie in Fabriken gewinnbringender verarbeitete.

Man sollte die paumotische Bevölkerung jedoch nicht nach einem Besuch auf Hao beurteilen, dazu zählte die Insel zuwenig Einwohner. Besser konnte das Quartett diesen Menschentypus auf Anaa studieren, vor der Standard Island am Morgen des 27. September ankam.

Erst aus nächster Nähe zeigte Anaa seine eindrucksvollen bewaldeten Berge. Als eine der größten Inseln des Archipels mißt sie an ihrer korallogenen Basis achtzehn auf neun Meilen.

Wie bereits erwähnt, wurde diese Insel 1878 von einem Zyklon verwüstet, worauf man die Hauptstadt des Archipels nach Fakarava verlegte. Diese Maßnahme wurde ergriffen, obwohl man annehmen mußte, daß die Schäden unter dem Einfluß des überaus fruchtbaren tropischen Klimas innerhalb weniger Jahre verschwinden würden. Tatsächlich war Anaa inzwischen wieder zu einer blühenden Oase geworden, auf der fünfzehnhundert Menschen lebten. Trotz allem besaß sie weniger Bedeutung als ihre Rivalin Fakarava, weil ihre Lagune vom Meer aus nur über eine schmale, von Strudeln aufgewühlte Fahrrinne zu erreichen ist. Die Lagune in Fakarava dagegen verbinden zwei breite Passagen im Norden und Süden mit dem Ozean. Doch obgleich sich der Kokosölhandel nun zum Großteil auf letzterer Insel abwickelte, zog das pittoreskere Anaa mehr Besucher an.

Sobald Standard Island einen günstigen Ankerplatz gefunden hatte, ließen sich zahlreiche Bewohner von Milliard City an Land bringen. Sébastien Zorn, der ausnahmsweise eingewilligt hatte, an einem Ausflug teilzunehmen, und seine Freunde gehörten zu den ersten.

Zuerst begaben sie sich zu dem Dorf Tuahora, nachdem sie sich mit der Entstehungsgeschichte der Insel befaßt hatten – die jener des restlichen Archipels entspricht. Die Mächtigkeit von Anaas Kalkring beträgt vier bis fünf Meter. Zum Meer hin fällt er steil ab, zur Lagune hin bildet er einen sanften Abhang; wobei die Lagune wie auf Rairoa und Fakarava einen Umfang von ungefähr hundert Meilen besitzt. Dieser Ring war dicht mit Tausenden von Kokospalmen bestanden, dem Hauptreichtum, wenn nicht gar dem einzigen Reichtum der Insel, deren Wedel den Hütten der Eingeborenen Schatten spendeten.

Durch Tuahora führte eine Straße aus makellos weißem Sand. Der französische Resident hatte Anaa verlassen, nachdem es seine Rolle als Hauptstadt des Archipels hatte abgeben müssen. Sein Domizil existierte allerdings immer noch, umgeben von einem bescheidenen Mäuerchen. Auf der Kaserne der kleinen Garnison, in der nur noch ein Marine-Unteroffizier Dienst tat, flatterte die Trikolore.

In diesem Zusammenhang muß man einige lobende Worte über die Häuser von Tuahora äußern. Sie waren keine Hütten mehr, sondern saubere und geräumige Häuser, ausreichend möbliert und meist auf einem Korallensockel erbaut. Die Dächer hatte man mit den Wedeln der Schraubenpalme gedeckt, Türen und Fenster aus dem Holz dieses wertvollen Baumes gezimmert. Hier und da waren auch Gemüsegärten angelegt worden, in die die Eingeborenen die Muttererde hineingetragen hatten und die den Häusern unbestreitbar einen gewissen Reiz verliehen.

Übrigens gehören die Ureinwohner Paumotus mit ihrer dunkleren Hautfarbe, ihren plumperen Zügen und ihrem aggressiveren Wesen einem weniger eindrucksvollen Typus an als die Eingeborenen der Marquesas, obwohl auch sie noch schöne Vertreter der ozeanischen Bevölkerung darstellen. Darüber hinaus würden die intelligenten und fleißigen Arbeiter der physischen Degeneration, von der alle Ureinwohner der pazifischen Archipele bedroht sind, vielleicht mehr Widerstand entgegenzusetzen haben.

Wie Frascolin feststellen konnte, beschäftigten sie sich hauptsächlich mit der Herstellung von Kokosöl, was die ausgedehnten Palmenhaine erklärte. Kokospalmen vermehren sich ebenso leicht wie die korallogenen Ablagerungen auf der Oberflöche der Atolle. Aber sie haben einen Feind, mit dem die Pariser Besucher Bekanntschaft machten, als sie sich eines Tages am Strand der Lagune sonnten, deren grüne Fluten mit dem Blau des Meeres kontrastierten.

Plötzlich wurde ihre Aufmerksamkeit, dann ihr Schrecken durch ein kriechendes Geräusch zwischen den Gräsern erregt.

Und was sahen sie da: Ein Krustentier von monströsen Ausmaßen.

Ihre erste Reaktion war aufzuspringen, ihre zweite, das Tier anzuschauen.

»Was für ein scheußliches Vieh!« rief Yvernès.

»Das ist eine Krabbe«, erklärte Frascolin.

In der Tat, eine Krabbe, und zwar jene auf diesen Inseln häufig vorkommende, von den Eingeborenen »Birgo« genannte Krab-

Ein Krustentier von monströsen Ausmaßen

be. Ihre vorderen Extremitäten bilden zwei kräftige Zangen oder Scheren, mit deren Hilfe es ihr gelingt, ihre Leibspeise – Kokosnüsse – zu knacken. Birgos leben in tiefen Erdbauten, die sie zwischen den Wurzeln von Kokospalmen graben und mit Kokosfasern auspolstern. Vor allem nachts verlassen sie ihr Versteck, um auf die Suche nach heruntergefallenen Nüssen zu gehen oder sogar den Stamm hinauf in die Krone zu klettern, wo sie die Früchte herunterschlagen. Das fragliche Exemplar mußte geradezu einen Wolfshunger haben, wie sich Pinchinat ausdrückte, wenn es sich am hellichten Tag aus seinem dunklen Loch wagte.

Man ließ das Tier in Ruhe, denn die Ereignisse versprachen äußerst interessant zu werden. Es hatte im Gestrüpp eine dicke Kokosnuß entdeckt und riß nun mit seinen Zangen langsam ihre Fasern auf. Nachdem es die eigentliche Nuß freigelegt hatte, machte es sich an die harte Schale, indem es ununterbrochen auf dieselbe Stelle klopfte und hämmerte. So gelang es ihm schließlich, die Schale zu durchbrechen, worauf es mit seinen hinteren, ungemein feinen Scheren das weiße Fruchtfleisch herauslöste.

»Eins ist sicher«, bemerkte Yvernès, »die Natur hat den Birgo gemacht, um Kokosnüsse zu öffnen ...«

»Und Kokosnüsse, um den Birgo zu ernähren«, fuhr Frascolin fort.

»Und wenn wir nun den Absichten der Natur zuwiderhandeln würden, indem wir diese Krabbe daran hindern, diese Nuß zu fressen, und diese Nuß davor bewahren, von der Krabbe gefressen zu werden?« schlug Pinchinat vor.

»Ich bin der Meinung, wir sollten sie in Ruhe lassen«, sagte Yvernès. »Nicht einmal ein Birgo soll von französischen Touristen einen schlechten Eindruck erhalten!«

Man stimmte ihm zu, und die Krabbe, die Seiner Hoheit ohne Zweifel einen zornigen Blick zugeworfen hatte, sah nun die erste Violine des Solisten-Quartetts dankbar an.

Nach einem Aufenthalt von sechzig Stunden vor Anaa fuhr Standard Island in nördlicher Richtung weiter. Sie drang immer tiefer in dieses Durcheinander von Inseln und Inselchen ein, mit sicherer Hand geführt von Kommodore Simcoe. Es versteht sich von selbst, daß Milliard City von seinen Bewohnern unter diesen Bedingungen etwas zugunsten der Küste vernachlässigt wurde, genauer gesagt, zugunsten der Gegend um die Rammsporn-Batterie. Immer neue Inseln kamen in Sicht, oder vielmehr blühende Buketts, die auf dem Wasser zu treiben schienen. Es sah aus wie ein Blumenmarkt auf einem der holländischen Kanäle. Zahlreiche Pirogen kreuzten in der Nähe der zwei Häfen, erhielten jedoch nicht die Erlaubnis, dort anzulegen, denn die Beamten hatten strikte Order, das nicht zuzulassen. Zahlreiche Eingeborenenfrauen schwammen zu Standard Island hinüber, wenn die stählerne Insel nahe genug an die Korallenriffe herankam. Sie begleiteten ihre Männer deshalb nicht in den Booten, weil diese für das schöne Geschlecht der Paumotuinseln tabuisiert waren, es ihnen also verboten war, sie zu besteigen.

Am 4. Oktober stoppte Standard Island vor der Südpassage von Fakarava. Bevor die Boote ablegten, um die Besucher zu dieser Insel zu bringen, hatte der französische Resident im Steuerbordhafen vorgesprochen, von wo er auf Befehl des Gouverneurs zum Rathaus geleitet wurde.

Die Unterredung verlief herzlich. Cyrus Bikerstaff war sehr förmlich, wie immer bei solchen Gelegenheiten. Der Resident, ein alter Marineinfanterie-Offizier, stand ihm darin in nichts nach. Man konnte sich kaum etwas Ernsteres, Würdigeres, Formvollendeteres, ja geradezu »Hölzerneres« vorstellen, als diese beiden Männer.

Nach dem Empfang erlaubte man dem Residenten, Milliard City zu besichtigen, und beauftragte Calistus Munbar, ihn herumzuführen. In ihrer Eigenschaft als Franzosen hatten sich die vier Pariser und Athanase Dorémus dem Oberintendanten angeschlossen. Und der brave Mann freute sich außerordentlich, so unerwartet Landsleute zu treffen.

Am anderen Morgen begab sich Cyrus Bikerstaff nach Fakarava, um dem alten Offizier einen Gegenbesuch abzustatten, wobei beide wieder die offizielle Miene des Vortages aufsetzten. Auch das Quartett war an Land gegangen und stattete der

Residenz einen Besuch ab. Es handelte sich um ein sehr einfaches Haus mit einer Garnison von zwölf ehemaligen Seeleuten, aber an seinem Mast flatterte die Fahne Frankreichs.

Obwohl Fakarava die Hauptstadt des Archipels geworden war, kann sich diese Insel, wie schon gesagt, an Schönheit mit ihrer Rivalin Anaa nicht messen. Ihr Hauptort stand nicht so malerisch im Schatten von Bäumen; auch waren ihre Bewohner weniger seßhaft. Außer Kokosöl, von dem auf Fakarava der Hauptanteil des Archipels hergestellt wurde, exportierten sie auch Perlmutt und Perlen. Der Handel mit Perlmutt zwang sie dazu, engen Kontakt mit der Nachbarinsel Toau zu halten, die sich auf die Verarbeitung dieses Materials spezialisiert hatte. Die Eingeborenen waren kühne Taucher, die nicht zögerten, sich bis in Tiefen von zwanzig oder dreißig Meter hinabzuwagen, daran gewöhnt, den dort herrschenden Druck zu ertragen und die Luft mehr als eine Minute lang anzuhalten.

Einige dieser Taucher erhielten die Erlaubnis, die Früchte ihrer Arbeit, Perlmutt oder Perlen, den Nabobs von Milliard City anzubieten. Natürlich fehlte es den begüterten Damen der Stadt nicht an Schmuck, aber solche Naturprodukte im Rohzustand fanden sich selten im Angebot der Juweliere, und da sich nun gerade die Gelegenheit bot, wurden sämtliche Waren der Taucher zu unwahrscheinlichen Preisen aufgekauft. Wenn Mrs. Tankerdon eine sehr wertvolle Perle erstand, mußte Mrs. Coverley natürlich ihrem Beispiel folgen. Glücklicherweise bestand keine Veranlassung, sich wegen eines bestimmten Stücks zu überbieten, denn wir wissen ja, wohin das geführt hätte. Andere Familien wollten hinter ihren Freunden nicht zurückstehen, und so machten die Taucher von Fakarava an diesem Tag – wie man in der Seemannssprache sagt – »einen guten Fang«.

Schon am frühen Morgen des 13. Oktober, nach einem ungefähr vierzehntägigen Aufenthalt, lichtete das Juwel des Pazifiks die Anker. Indem die Insel der Milliardäre die Hauptstadt der Paumotuinseln verließ, erreichte sie die westliche

Grenze des Archipels. Nun brauchte sich Kommodore Simcoe nicht länger um unzählige, eng aneinandergedrängte Inseln und Inselchen, Riffe und Atolle Sorgen zu machen. Die Fahrt durch das »Schlimme Meer« war absolut reibungslos verlaufen: vor ihnen lag der Teil des Pazifischen Ozeans, der mit einer Distanz von vier Grad die Paumotuinseln von den Gesellschaftsinseln trennt. Angetrieben von den zehn Millionen Pferdestärken seiner Maschinen, steuerte Standard Island jetzt nach Südwesten, auf die von Bougainville so poetisch verherrlichte Insel zu, Tahiti, die Betörende.

DREIZEHNTES KAPITEL

STATION AUF TAHITI

Die Gesellschaftsinseln, auch Archipel von Tahiti genannt, liegen zwischen 15 Grad (15°52') und 17 Grad (17°49') südlicher Breite und zwischen 150 Grad (150°8') und 156 Grad (156°30') westlicher Länge von Paris. Sie umfassen eine Fläche von zweitausendzweihundert Quadratkilometern.

Man unterscheidet zwei Inselgruppen: 1. die »Inseln über dem Winde«, mit Tahiti oder Tahiti-Tahaa, Tapamanoa, Eimeo oder Morea, Tetiaroa, Meetia, die unter französischem Protektorat stehen; 2. die »Inseln unter dem Winde«, mit Tubuai, Manu, Huahine, Raiatea-Thao, Bora-Bora, Moffy-Ity, Maupiti, Mapetia, Bellingshausen, Scilly, die von Eingeborenen-Häuptlingen regiert werden. Die Engländer nennen diese Inseln Georgian Islands, obwohl Cook, ihr Entdecker, ihnen den Namen Gesellschaftsinseln gab, zu Ehren der Royal Society of London. Siebenhundertfünfzig Seemeilen von den Marquesasinseln entfernt zählte dieses Archipel nach verschiedenen neueren Erhebungen insgesamt nur vierzigtausend Eingeborene und Ausländer.

Wenn sich ein Seefahrer der Gruppe von Nordosten her nähert, taucht als erste der Inseln über dem Winde Tahiti vor seinen Augen auf. Und diese Insel signalisierte der Ausguck des

Observatoriums auch wegen des Mont Maiao, des »Diadem-Berges«, der 1239 Meter hoch aufragt, schon aus großer Entfernung.

Die Überfahrt war ohne Zwischenfälle verlaufen. Mit den Passatwinden im Rücken hatte Standard Island dieses traumhafte Meer durchpflügt, über dem sich die Sonne langsam auf den Wendekreis des Steinbocks zubewegte. In zwei Monaten und einigen Tagen würde sie ihn erreicht haben, wonach sie wieder zum Äquator zurückkehren und der Insel der Milliardäre damit einige Wochen glühender Hitze bescheren würde. Bald würde die Sonne sie aber hinter sich gelassen haben, und sie würde ihr, wie ein Hund seinem Meister, in gebührender Entfernung folgen.

Die Bewohner von Milliard City sahen Tahiti zum ersten Mal. Im Vorjahr hatten sie ihre Reise zu spät begonnen. Damals drangen sie nach Verlassen der Paumotuinseln nicht mehr weiter nach Westen vor, sondern nahmen gleich Kurs auf den Äquator. Dabei sind die Gesellschaftsinseln der schönste Archipel im ganzen Pazifik. Die Gelegenheit, dieses Paradies kennenzulernen, gab unseren Parisern einmal mehr Grund dazu, die Vorzüge einer schwimmenden Insel zu loben, die Standort und Klima nach Lust und Laune bestimmen konnte.

»Ja, ja! Aber ihr werdet schon sehen, welches Ende dieses absurde Abenteuer nehmen wird«, unkte unweigerlich Sébastien Zorn.

»Ach, wenn es nur nie ein Ende nehmen würde, das ist mein einziger Wunsch!« rief Yvernès.

Standard Island kam in der Morgendämmerung des 17. Oktober vor der Nordküste von Tahiti an. Schon in der Nacht davor hatte man den Leuchtturm des Venus-Kaps gesichtet. Ein Tag hätte genügt, um die Hauptstadt Papeete im Nordwesten auf der anderen Seite des Kaps zu erreichen. Aber der Notabeln-Rat von Milliard City, der dreißig Mitglieder zählte, war unter der Leitung des Gouverneurs zusammengetreten und hatte sich wie jedes ausgewogene Kollegium alsbald in zwei Lager gespalten: die einen, mit Jem Tankerdon an der Spitze, wollten einen

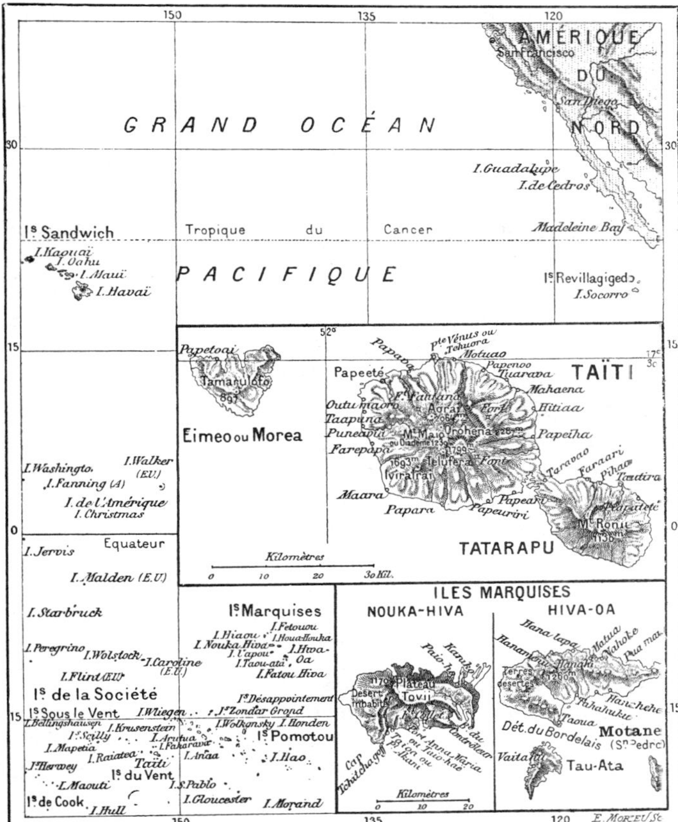
GRAND OCÉAN
PACIFIQUE
AMÉRIQUE DU NORD
San Francisco
San Diego
I. Guadalupe
I. de Cedros
Madeleine Bay
Tropique du Cancer
Is Sandwich
I. Kaouaï
I. Oahu
I. Maui
I. Havaï
Is Revillagigedo
I. Socorro
I. Washington
I. Walker (E.U.)
I. Fanning (A)
I. de l'Amérique
I. Christmas
Equateur
I. Jervis
I. Malden (E.U.)
I. Starbruck
I. Peregrino
I. Wolstock
I. Caroline (E.U.)
I. Flint (E.U.)
Is de la Société
Is Sous le Vent
I. Bellingshausen
I. Krusenstein
Is Scilly
I. Mapetia
I. Raiatea
Is Hervey
Taïti
Is du Vent
I. Maouti
Is de Cook
I. Hull
I. Wliegen
I. Arutua
I. Fakarava
I. Anaa
I. S. Pablo
I. Gloucester
Is Marquises
I. Fetouou
I. Hiaou
I. Houa-Houka
I. Nouka-Hiva
I. Hiva-Oa
I. Uapou
I. Taou-ata
I. Fatou Hiva
Is Désappointement
Is Zondar Grond
I. Wolkonsky
I. Honden
Is Pomotou
I. Hao
I. Morand
Papetoai
Tamarulofo
897
Eimeo ou Morea
Papara
Pte Vénus ou Tehuora
Motuao
Papenoo
Tiarava
TAÏTI
Papeeté
Mahaena
Hitiaa
Outumaoro
Taapuna
Puneavia
Agrar
Fort
Mt Maio ou Diadème
Orohena
2228
Papeiha
Farepapa
1799m
1693m
Telufera
Fort
Ivirairai
Taravao
Faaari
Pihaa
Tautira
Maara
Papara
Papeari
Papeuriri
Mt Roniu
1136m
TATARAPU
Kilomètres
0
10
20
30 Kil.
ILES MARQUISES
NOUKA-HIVA
Paio-ha
Plateau Tovii
Désert inhabité
1170
Port Anna-Maria ou Taio-hae
Cap Tchitchagoff
B. du Contrôleur
Kilomètres
0
10
20
HIVA-OA
Hana tapa
Hanamenu
Matua
Vahoke
Pua ma
Terres désertes
1260m
Hanaiapa
Hanchehe
Taoua
Dét. du Bordelais
Motane (St Pedro)
Vaitahu
Tau-Ata
150
135
120
30
15
0
E. Morieu Sc.

westlichen Kurs steuern, die anderen, alles Anhänger Nat Coverleys, einen östlichen. Cyrus Bikerstaff, dessen Stimme im Rat den Ausschlag gab, traf schließlich den Entscheid, die Insel von Süden her zu umschiffen, bevor man bei Papeete vor Anker ging. Das war dem Quartett nur recht, denn so hatte es Muße, diese Perle des Pazifiks, Bouguainvilles Neu-Kythera, in ihrer ganzen Schönheit zu bewundern.

Tahiti besitzt eine Oberfläche von 104215 Hektar, ist also ungefähr neun Mal so groß wie Paris. Seine Bevölkerung, die noch im Jahre 1875 siebentausendsechshundert Eingeborene, dreihundert Franzosen und elfhundert Ausländer zählte, war auf siebentausend Einwohner zusammengeschrumpft. Die geometrische Form der Insel entspricht ziemlich genau der einer auf dem Kopf stehenden Feldflasche, deren Bauch, die Hauptinsel, durch den Isthmus von Taravao mit dem Flaschenhals, der Halbinsel Tatarapu, verbunden ist.

Es war Frascolin, dem diese Ähnlichkeit auffiel, als er eine Detailkarte des Archipels studierte, und seine Freunde fanden den Vergleich so treffend, daß sie Tahiti einen neuen Beinamen verliehen: »Feldflasche der Tropen«.

Seit Errichtung des Protektorats am 9. September 1842 ist Tahiti in sechs Verwaltungsbezirke bzw. einundzwanzig Distrikte aufgeteilt. Man wird sich in diesem Zusammenhang vielleicht noch an die Zwistigkeiten erinnern, die zwischen Admiral Dupetit-Thouars, Königin Pomare und Großbritannien ausbrachen, angestiftet von diesem abscheulichen Bibel- und Baumwollhändler namens Pritchard, den Alphonse Karr in *Die Wespen* so geistreich karikierte.

Doch all dies gehört der Vergangenheit an, ist nicht weniger in Vergessenheit geraten als das Tun und Treiben des berühmten angelsächsischen Apothekers.

Standard Island konnte sich völlig gefahrlos bis auf eine Meile an die »Feldflasche der Tropen« heranwagen, denn diese Flasche ruht auf einem Untergrund aus Korallen, dessen Basis fast senkrecht in die Tiefen des Ozeans abfällt. Aber bevor man sich der Insel so weit genähert hatte, konnten die Bewohner von

Milliard City Tahitis imposanten Gesamteindruck auf sich wirken lassen, seine Berge, die von der Natur großzügiger bedacht wurden als jene der Sandwichinseln, seine grünen Gipfel, seine bewaldeten Schluchten, seine Bergspitzen, die sich wie die Fialen einer gigantischen Kathedrale in den Himmel recken, und seinen Kokospalmengürtel, umspült vom weißen Schaum der Wogen, die sich an seinen Riffen brechen.

Während des Tages, an dem man die Westküste entlangfuhr, hatten die Neugierigen – und darunter befand sich natürlich unser Quartett –, die sich, jeder mit einem Fernglas ausgerüstet, in der Nähe des Steuerbordhafens zusammengefunden hatten, ausreichend Gelegenheit, viele Einzelheiten der Küste genauer zu studieren: den Distrikt Papenoo, in dessen breitem Tal man einen Fluß vom Fuß der Berge bis zu seiner Mündung in den Ozean verfolgen konnte, wo das Korallenriff auf einer Länge von mehreren Meilen unterbrochen ist; Hitiaa, einen sehr sicheren Hafen, von dem aus Millionen und Abermillionen von Orangen nach San Francisco verschifft wurden; Mahaena, wo die Eroberung der Insel erst 1845 mit einer erbitterten Schlacht gegen die Eingeborenen endete.

Am Nachmittag hatte man den engen Isthmus von Taravao erreicht. Beim Umschiffen der Halbinsel manövrierte Kommodore Simcoe Standard Island so nahe an deren Küste heran, daß seine Passagiere die fruchtbaren Felder von Tautira und die zahlreichen Wasserläufe, die diesen Distrikt zu einem der reichsten des Archipels machen, in ihrer ganzen Pracht bewundern konnten. Auf seinem Korallenbett ruhend, reckte Tatarapu majestätisch die verwitterten Kronen seiner erloschenen Krater gen Himmel.

Mit dem Sinken der Sonne färbten sich die Gipfel ein letztes Mal purpurrot, die Schattierungen wurden weicher, die Farben verschwammen in einem warmen, durchsichtigen Nebel. Bald war die Insel nur noch eine dunkle Masse, von der die abendliche Brise den Duft der Orangen- und Zitronenbäume herüberwehte. Nach einer sehr kurzen Dämmerung brach die Nacht herein.

Standard Island umrundete die Südostspitze der Halbinsel

und befand sich am anderen Morgen bei Sonnenaufgang bereits auf der westlichen Seite des Isthmus.

Im Distrikt Taravao, landwirtschaftlich intensiv genutzt, dicht bevölkert, ließen sich zwischen Orangenhainen schöne Straßen erkennen, die bis hinein in den Distrikt Papeari führten. Auf dem höchsten Punkt der Landenge erhob sich ein Fort, das beide Seiten des Isthmus beherrschte und dessen wenige Kanonen wie bronzene Wasserspeier aus den Schießscharten herausragten. Unter ihm lag etwas versteckt ein Hafen, Phaeton.

»Warum erstrahlt wohl der Name des anmaßenden Kutschers des Sonnenwagens über diesem Isthmus?« fragte sich Yvernès.

Den ganzen Tag über folgte man mit mäßiger Geschwindigkeit den vom korallogenen Unterbau abwechslungsreicher gestalteten Umrissen der Westküste Tahitis. Neue Distrikte breiteten ihre verschiedenen Reize aus – Papeiri, mit seinen von Sümpfen durchsetzten Ebenen; Mataiea, Papeuriris ausgezeichneter Hafen; das breite Flußtal des Vaihiria; und im Hintergrund jener fünfhundert Meter hohe Berg, der an den Fuß eines Waschbeckens erinnert und eine Schüssel von einem halben Kilometer Umfang trägt. Dieser erloschene Krater, zweifellos mit Süßwasser gefüllt, scheint keinerlei Verbindung mit dem Meer aufzuweisen.

Nach dem Ahauraono-Distrikt, wo in großem Stil Baumwollplantagen betrieben wurden, und dem Papara-Distrikt, in dem man vor allem von der Landwirtschaft lebte, umschiffte Standard Island Kap Mara, um dann Paruvias weitem Tal entlangzugleiten, das im Schatten des Mont Maio liegt und vom Punarun bewässert wird. Die stählerne Insel ließ Tapuna, die Landzunge von Tatao und die Mündung des Faa hinter sich, worauf Kommodore Simcoe den Kurs leicht in nordöstliche Richtung abänderte, geschickt dem Inselchen Motu-Uta auswich und um sechs Uhr abends vor der Passage anhielt, die den Zugang zur Bucht von Papeete bildet.

Diese Fahrrinne, die bis auf die Höhe von Kap Farente von ausgedienten Kanonen flankiert war, windet sich in scheinbar unentwirrlichen Krümmungen durch das Korallenriff. Es ver-

Tahiti – der »Diadem-Berg«

steht sich von selbst, daß Ethel Simcoe dank seiner Karten nicht die Dienste der Lotsen in Anspruch nehmen mußte, die mit ihren Walfangbooten vor dem Eingang der Passage kreuzten. Dennoch näherte sich ihnen ein Boot mit einer gelben Flagge am Heck, die Gesundheitspolizei, die auf den Steuerbordhafen zuhielt. Man war in diesem Punkt sehr streng auf Tahiti: niemand erhielt die Erlaubnis, einen Fuß auf die Insel zu setzen, ohne daß der Hafenarzt, in Begleitung des diensthabenden Offiziers, seine Zustimmung erteilt hatte.

Vom Steuerbordhafen aus setzte sich der Arzt mit der Stadtverwaltung in Verbindung. Es handelte sich nur um eine Formalität, denn auf ganz Standard Island fand sich kein einziger Kranker. Auf jeden Fall waren epidemisch auftretende Krankheiten wie Cholera, Influenza oder Gelbfieber auf der Insel der Milliardäre völlig unbekannt, weshalb der Hafenarzt ohne weiteren Verzug einen allgemeinen Gesundheitspaß ausstellte. Aber da der Einbruch der Nacht, angekündigt von der Andeutung einer Dämmerung, kurz bevorstand, verschob man die Landung auf den folgenden Morgen.

Schon im Morgengrauen hörte man Kanonendonner: die Rammsporn-Batterie grüßte mit einundzwanzig Salutschüssen die Inseln über dem Wind und Tahiti, die Hauptstadt des französischen Protektorats. Gleichzeitig hob und senkte sich auf dem Turm des Observatoriums dreimal die rote Fahne mit der goldenen Sonne.

Tahitis Kanonen am Eingang der Hauptpassage erwiderten den Salut Schuß für Schuß.

Schon in den frühen Morgenstunden wimmelte es am Steuerbordhafen von Menschen; die Straßenbahnen entluden unentwegt Touristen, die die Hauptstadt des Archipels besuchen wollten. Sébastien Zorn und seine Freunde gehörten, wie nicht anders zu erwarten, zu den Ungeduldigsten. Da die kleinen Boote von Standard Island nicht ausreichen würden, um diese Schar Neugieriger zu transportieren, boten die Eingeborenen diensteifrig an, die Besucher die sechs Kabellängen bis zum Hafen von Tahiti auf ihren Booten zu befördern.

Die Besucher verließen ihr Boot am Fuße eines Springbrunnens

Es gehörte jedoch zum guten Ton, den Gouverneur als ersten an Land gehen zu lassen, damit er das übliche Treffen mit den zivilen und militärischen Behörden von Tahiti und den nicht weniger offiziellen Besuch bei der Königin absolvieren konnte.

Gegen neun Uhr also nahmen Cyrus Bikerstaff und seine zwei Stellvertreter Barthelemy Ruge und Hubert Harcourt, alle drei im Frack, die Honoratioren beider Hälften, unter anderem Nat Coverley und Jem Tankerdon, Kommodore Simcoe und seine Offiziere in ihren Paradeuniformen sowie Oberst Steward und seine Eskorte in Galaschaluppen Platz und steuerten auf den Hafen von Papeete zu.

Sébastien Zorn, Frascolin, Yvernès, Pinchinat, Athanase Dorémus, Calistus Munbar und einige Beamte bestiegen ein weiteres Boot.

Fischerkähne und Eingeborenenpirogen gaben der offiziellen Abordnung von Milliard City das Geleit, nicht ahnend, daß zwei dieser würdigen Repräsentanten reich genug waren, um ganz Tahiti zu kaufen, wenn nicht gar die Gesellschaftsinseln überhaupt, mitsamt ihrer Königin.

Papeete verfügt über einen ausgezeichneten Hafen, dessen Tiefe es auch Schiffen mit großer Tonnage erlaubt, dort vor Anker zu gehen. Er läßt sich vom Meer aus über drei Fahrrinnen erreichen: die große Passage im Norden, siebzig Meter breit, achtzig Meter lang, und an einer Stelle durch eine gut markierte kleine Sandbank verengt; die Passage von Tanoa im Osten und die Passage von Tapuna im Westen.

Majestätisch glitten die elektrischen Schaluppen den Strand entlang, an dem sich Villen und Wochenendhäuser mit Bootsstegen und kleinen Booten drängten. Die Besucher verließen ihr Boot am Fuß eines eleganten Springbrunnens, der als Wasserreservoir diente und von mehreren klaren Bergbächen gespeist wurde. Auf dem Ursprungsort einer dieser Quellen hatte man übrigens den Semaphor plaziert.

Cyrus Bikerstaff und sein Gefolge wurden von einer großen Menschenmenge begrüßt. Franzosen, Eingeborene und andere

Nationalitäten beklatschten das Juwel des Pazifiks als das außergewöhnlichste Produkt menschlichen Erfindungsgeistes.

Nachdem sich der erste Begeisterungstaumel gelegt hatte, begab sich die Delegation zum Palast des Gouverneurs von Tahiti.

Calistus Munbar, prächtig anzusehen in seiner Prunkgarderobe, die er nur zu feierlichen Anlässen anlegte, lud das Quartett ein, ihm zu folgen, und man zögerte nicht, dieser Einladung Folge zu leisten.

Das französische Protektorat umfaßte nicht nur Tahiti und Moorea, sondern auch die umliegenden Inseln. Kommissar war ein Offizier im Rang eines Kommandanten, dessen Adjutant den verschiedenen Abteilungen der Infanterie, der Marine, der kolonialen und lokalen Finanzverwaltung und der Gerichtsbarkeit vorstand, während der Generalsekretär des Kommissars die standesamtlichen Angelegenheiten des Archipels erledigte. Auf mehreren Inseln wurde Frankreich zusätzlich vertreten: durch Residenten auf Moorea, Fakarava (Paumotuinseln) und Taio-Hae (Nuka-Hiva), durch einen Friedensrichter auf den Marquesas. Seit 1861 tagte einmal pro Jahr das Beratungskomitee für Landwirtschaft und Handel in Papeete, wo auch der Befehlshaber der Artillerie und der der Pioniertruppen stationiert waren. In der Garnison lagen Truppen der kolonialen Gendarmerie, der Artillerie und der Marineinfanterie. Außerdem sorgten ein von der Regierung besoldeter Pfarrer und sein Vikar sowie neun auf die einzelnen Gruppen verteilte Missionare für die Ausübung des katholischen Glaubens. Unsere vier Musiker hätten wirklich glauben können, in Frankreich, in einem französischen Hafen gelandet zu sein, was ihnen absolut nicht mißfiel.

Die Dörfer auf den verschiedenen Inseln wurden von einer Art Eingeborenen-Rat verwaltet, dem ein Vorsitzender, ein sogenannter Tavana, ein Richter, ein Mutoi-Häuptling und zwei von den Einwohnern gewählte Mitglieder angehörten.

Unter dem Blätterdach mächtiger Bäume schritt die Abordnung zum Regierungssitz. Überall vollendet gewachsene Kokospalmen, rostrote Steineiben mit ihrem rötlichen Blattwerk, Orangen-, Guajaven- und Gummibäume, und inmitten dieser grünen Pracht, die kaum sein breites, durch Mansardenfenster aufgelockertes Dach überragte, erhob sich der Gouverneurspalast, dessen Fassade recht elegant wirkte. Die wichtigsten französischen Beamten hatten sich hier versammelt, und die koloniale Gendarmerie stellte die Ehrenwache.

Der Kommissar empfing Cyrus Bikerstaff mit einer Liebenswürdigkeit, wie er ihr in den britischen Archipelen sicherlich nie begegnet wäre. Er bedankte sich bei ihm, daß er Standard Island in diese Gewässer geführt hatte, gab der Hoffnung Ausdruck, dieser Besuch möge sich jedes Jahr wiederholen, und bedauerte lebhaft, daß Tahiti Standard Island leider keinen Gegenbesuch abstatten könne. Die Begegnung dauerte eine halbe Stunde, und man vereinbarte, Cyrus Bikerstaff werde die Vertreter der Kolonialregierung am nächsten Morgen im Rathaus empfangen.

»Gedenken Sie, einen längeren Zwischenaufenthalt in Papeete einzuschalten?«, fragte der Kommissar.

»Etwa vierzehn Tage«, antwortete Cyrus Bikerstaff.

»Dann werden Sie das Vergnügen haben, die französische Flottendivision zu sehen, die Ende der Woche hier ankommt.«

»Es wird uns eine Freude sein, Monsieur, ihr unsere Insel zu zeigen.«

Danach stellte Cyrus Bikerstaff die Herren seines Gefolges vor, seine Stellvertreter, Kommodore Ethel Simcoe, den Kommandanten der Miliz, die verschiedenen Beamten, den Oberintendanten der schönen Künste und die Mitglieder des Solisten-Quartetts, die so begrüßt wurden, wie es sich für Landsleute gehörte.

Als die Reihe an die Delegierten der beiden Hälften von Milliard City kam, entstand eine peinliche Pause. Wie sich aus der Affäre ziehen, ohne die Eigenliebe von Jem Tankerdon und Nat Coverley, dieser beiden reizbaren Kampfhähne, zu verletzen?

Das Problem wurde vom französischen Kommissar selbst gelöst. Da ihm die Rivalität zwischen den beiden berühmten

Milliardären bekannt war, benahm er sich wie die personifizierte Korrektheit, behandelte sie mit so viel Takt und diplomatischer Geschicklichkeit, daß keine der beiden Parteien Grund hatte, sich zurückgesetzt zu fühlen. In einer ähnlichen Situation hätte der Gouverneur eines englischen Protektorats ganz gewiß die Lunte ans Pulverfaß gehalten, um der Politik des Vereinten Königreichs zu ihrem Ziel zu verhelfen. Doch nichts dergleichen geschah im Palast des Kommissars von Tahiti, und Cyrus Bikerstaff zog sich, entzückt über den Empfang, den man ihm bereitet hatte, mit seinem Gefolge zurück.

Sébastien Zorn, Yvernès, Pinchinat und Frascolin hatten eigentlich die Absicht gehabt, den schon kurzatmigen Athanase Dorémus in sein Haus in der 25. Straße zurückkehren zu lassen. Sie planten, soviel Zeit wie nur irgend möglich in Papeete zu verbringen, Ausflüge in seine Umgebung und die verschiedenen Distrikte der Insel zu unternehmen, die Halbinsel Tatarapu zu erkunden, kurz die »Feldflasche der Tropen« bis auf den letzten Tropfen zu leeren.

Das war beschlossene Sache, und als sie den Plan Calistus Munbar vortrugen, konnte ihnen der Oberintendant zu ihrem Entschluß nur gratulieren.

»Aber«, sagte er zu ihnen, »Sie täten gut daran, sich noch achtundvierzig Stunden zu gedulden, bevor Sie sich auf die Reise machen.«

»Warum nicht schon heute?« fragte Yvernès, ungeduldig, den Wanderstab in die Hand zu nehmen.

»Weil die Behörden von Standard Island erst noch der Königin ihre Aufwartung machen wollen, und es gehört sich, daß Sie Ihrer Majestät und ihrem Hof vorgestellt werden.«

»Und morgen?« meinte Frascolin.

»Morgen stattet der Kommissar des Archipels Standard Island einen Gegenbesuch ab, und es gehört sich ...«

»Daß wir anwesend sind«, fuhr Pinchinat fort. »Nun, wir werden da sein, Herr Oberintendant. Wir werden da sein.«

Als Cyrus Bikerstaff und sein Gefolge den Regierungssitz verlassen hatten, suchten sie den Palast Ihrer Majestät der

Königin auf, wo sie nach einem knapp viertelstündigen Spaziergang unter einem Blätterdach ankamen.

Der königliche Wohnsitz war von einer hübschen Grünanlage umgeben, ein zweistöckiges Gebäude im Chaletstil, das heißt, sein Dach überragte zwei Reihen übereinanderliegender Balkone. Von den oberen Fenstern aus konnte man die ausgedehnten Plantagen überblicken, die sich bis zur Stadt hinzogen, und dahinter einen großen Teil des Meeres. Alles in allem ein reizendes Haus, nicht besonders luxuriös, aber komfortabel.

Die Königin hatte also nichts von ihrem Ansehen verloren, indem sie sich dem französischen Protektorat unterstellte. Wenn auch die Trikolore an den Masten aller Schiffe im Hafen von Papeete flatterte, ebenso wie auf allen zivilen und militärischen Gebäuden der Stadt, so war doch wenigstens noch der Palast der Königin mit den ehemaligen Farben des Archipels beflaggt, einer rot-weiß quergestreiften Fahne mit einem blau-weiß-roten Schiff in einer Ecke. Im Jahre 1706 hatte Quiros die Insel Tahiti entdeckt und ihr den Namen Sagittaria gegeben. Nach ihm schlossen Wallis 1767 und Bougainville 1768 die Erforschung des Archipels ab. Zu Beginn dieser Periode regierte noch die Königin Oberea, nach deren Tod dann die berühmte Dynastie der Pomare erstmals in der Geschichte Ozeaniens auftauchte.

Pomare I. (1762–1780), der anfänglich unter dem Namen Otoo, der Schwarze Reiher, geherrscht hatte, nahm den Namen Pomare an.

Sein Sohn, Pomare II. (1780–1819) empfing 1797 die ersten englischen Missionare sehr freundlich und trat zehn Jahre später zum christlichen Glauben über. Seine Regentschaft zeichnete sich durch Zwistigkeiten und bewaffnete Auseinandersetzungen aus, wodurch die Bevölkerungszahl des Archipels allmählich von hunderttausend auf sechzehntausend sank.

Pomare III., der Sohn seines Vorgängers, regierte von 1819 bis 1827, wonach seine Schwester Aimata, die berühmteste aller Pomares, das Protégé des schrecklichen Pritchard, Königin von Tahiti und seinen Nachbarinseln wurde. Da sie von ihrem ersten Ehemann Tapoa keine Kinder bekam, verstieß sie ihn, um

Ariifaaite zu heiraten. Aus dieser Verbindung ging im Jahre 1840 Arione, der mutmaßliche Erbe hervor, der allerdings schon mit 35 Jahren starb. Vom folgenden Jahr an schenkte die Königin ihrem Gatten, der der schönste Mann des ganzen Archipels gewesen sein soll, weitere vier Kinder, eine Tochter, Teriimaevarna, seit 1860 Prinzessin von Bora-Bora; Prinz Tamatoa, geboren 1842, König von Raiatea, den seine Untertanen wegen seiner Brutalität stürzten; Prinz Teriitapunui, geboren 1846, der von einem unschönen Hinken gezeichnet war; und schließlich Prinz Tuavira, geboren 1848, der in Frankreich erzogen wurde.

Auch die Regierungszeit von Königin Pomare verlief nicht völlig ruhig. 1835 begannen sich katholische und protestantische Missionare gegenseitig zu bekriegen. Sie wurden zuerst der Insel verwiesen, dann aber von einer französischen Expedition im Jahre 1838 wieder dorthin zurückgebracht. Vier Jahre später anerkannten fünf Häuptlinge das Protektorat Frankreichs über den Archipel. Pomare protestierte, die Engländer protestierten. Admiral Dupetit-Thouars verkündete 1843 die Absetzung der Königin und wies Pritchard aus, was die mörderischen Schlachten bei Mahaena und Rapepa zu Folge hatte. Aber wie man weiß, wurde der Admiral nach und nach desavouiert, Pritchard erhielt eine Entschädigung von 25000 Francs, und Admiral Bruat übernahm die Mission, die Angelegenheit zu einem guten Ende zu bringen.

Tahiti unterwarf sich im Jahre 1846, Pomare unterzeichnete den Protektoratsvertrag mit Frankreich am 19. Juni 1847, behielt indessen die Regierungsgewalt über die Inseln Raiatea, Huahine und Bora-Bora. Später gab es immer wieder Unruhen. 1852 wurde die Königin in einem Aufstand gestürzt, ja man rief sogar die Republik aus. Schließlich setzte die französische Regierung die Königin wieder in ihre Ämter ein, die daraufhin auf drei ihrer Kronen verzichtete: zugunsten ihres ältesten Sohnes auf die von Raiatea und Tahaa, zugunsten des zweiten Sohnes auf die von Huahine, und zugunsten ihrer Tochter auf die von Bora-Bora.

Gegenwärtig regierte eine ihrer Nachkommen, die Königin Pomare VI. das Archipel.

Der gefällige Frascolin stellte ununterbrochen seine Qualifikation als »Larousse des Pazifiks« unter Beweis, ein Titel, mit dem ihn Pinchinat bedacht hatte. All diese historischen und biographischen Details gab er an seine Freunde weiter, indem er ihnen versicherte, es wäre immer besser, die Leute zu kennen, zu denen man ging und mit denen man sprach. Yvernès und Pinchinat bedankten sich bei ihm für diese Informationen über den Stammbaum der Pomare, während Sébastien Zorn nur erklärte, ihm sei das alles »vollkommen gleichgültig«.

Yvernès, der phantasievollste von den vieren, war ganz gefangen vom poetischen Zauber Tahitis, der in seiner Erinnerung die fesselnden Reiseberichte Bougainvilles und Dumont d'Urvilles beschwor, und sichtlich bewegt bei dem Gedanken, bald der Herrscherin dieses neuen Kythera, einer wahrhaftigen Königin Pomare, vorgestellt zu werden, deren Name allein schon ...

»›Nacht des Hustens‹ bedeutet«, fuhr Frascolin fort.

»Gut!« rief Pinchinat. »Wie würde doch die Gattin des Schnupfens, Kaiserin des Koryza, sagen? Hol dir was, Yvernès, und vergiß dein Taschentuch nicht!«

Yvernès regte sich zuerst über die unpassende Bemerkung dieses etwas boshaften Spaßvogels auf, doch die anderen lachten darüber so herzlich, daß sich schließlich auch die erste Violine von der allgemeinen Heiterkeit anstecken ließ.

Der Empfang für den Gouverneur von Standard Island, seine Beamten und die Abordnung der beiden Stadthälften wurde in sehr feierlichem Rahmen abgehalten, mit einer Ehrenwache bestehend aus dem Mutoi, dem Chef der Gendarmerie, und seinen einheimischen Gehilfen.

Königin Pomare VI. war um die vierzig Jahre alt. Sie und ihr Hofstaat trugen alle Festtags-Gewänder in Blaßrosa, der Lieblingsfarbe der tahitischen Bevölkerung. Die Königin nahm die Komplimente von Cyrus Bikerstaff mit einer anmutigen Würde entgegen – wenn man das so ausdrücken darf –, die auch einer europäischen Majestät wohl angestanden wäre. Sie antwortete mit huldvollen Worten in korrektem Französisch, denn diese Sprache ist auf den Gesellschaftsinseln weit verbreitet. Dann betonte sie, auch sie würde sehr gerne diese Insel der Milliardäre kennenlernen, die im gesamten Stillen Ozean für soviel Gesprächsstoff sorgte, und gab der Hoffnung Ausdruck, daß dieser Aufenthalt nicht ihr letzter sein möge. Jem Tankerdon wurde von ihr besonders begrüßt, was natürlich Nat Coverley in seinem Stolz empfindlich kränkte. Der Grund für diese bevorzugte Behandlung lag im protestantischen Glauben der königlichen Familie: Jem Tankerdon stellte ja die wichtigste Persönlichkeit der protestantischen Hälfte von Milliard City dar.

Natürlich vergaß man auch nicht, das Solisten-Quartett vorzustellen. Die Königin geruhte, den vier Musikern zu versichern, daß auch sie entzückt wäre, ihrer Musik lauschen und applaudieren zu dürfen. Sie verbeugten sich respektvoll und versicherten, der Wunsch Ihrer Majestät sei ihnen Befehl, und der Oberintendant werde sofort die notwendigen Schritte unternehmen.

Nach der Audienz, die eine halbe Stunde gedauert hatte, erwies die Wache Cyrus Bikerstaffs Gefolge wieder dieselben Ehrenbezeigungen wie bei dessen Eintritt in den Königspalast.

Dann kehrte man nach Papeete zurück, wo man sich ins Offizierscasino begab, da die Offiziere zu Ehren des Gouverneurs und der Elite von Milliard City einen Lunch vorbereitet hatten. Der Champagner floß in Strömen, ein Toast folgte dem anderen, und erst um sechs Uhr abends bestieg die Abordnung wieder ihr Boot im Hafen von Papeete, um zum Steuerbordhafen zurückzukehren.

Als sich die Pariser Künstler später im Saal des Casinos trafen, sagte Frascolin: »Da haben wir also ein Konzert vor uns. Was sollen wir denn Ihrer königlichen Hoheit vorspielen? Wird sie Mozart oder Beethoven verstehen?...«

»Wir werden Offenbach, Varney, Lecoq oder Audran für sie spielen«, antwortete Sébastien Zorn.

»Aber nein! Es kommt nur eine Bambule in Frage!« gab ihm Pinchinat zur Antwort und fing an die charakteristischen Hüftschwünge dieses Negertanzes zu vollführen.

VIERZEHNTES KAPITEL

FESTLICHKEITEN

Tahiti war geradezu dazu bestimmt, regelmäßig von Standard Island angelaufen zu werden. Von nun an würde man jedes Jahr auf der Reise zum Wendekreis des Steinbocks bei Papeete Station machen. Da man von den französischen Behörden wie von den Eingeborenen mit so viel Liebenswürdigkeit empfangen worden war, revanchierte man sich, indem man ihnen alle Türen, bzw. Häfen weit öffnete. Militärs und Zivilisten aus Papeete nutzten die Gelegenheit in großer Zahl, spazierten durch die Felder, den Park, die Straßen der Stadt – zweifellos würde nie auch nur ein einziger Zwischenfall die guten gegenseitigen Beziehungen trüben. Selbstverständlich mußte sich die Polizei des Gouverneurs zu Beginn versichern, ob sich nicht doch einige Tahitianer in ihr Hoheitsgebiet eingeschlichen hatten, um die Bevölkerung der schwimmenden Insel auf betrügerische Weise zu vergrößern.

Es versteht sich von selbst, daß umgekehrt auch den Milliardären völlige Freiheit gelassen wurde, die verschiedenen Inseln des Archipels zu besuchen, wenn Kommodore Simcoe an der einen oder anderen anzulegen wünschte.

Im Hinblick auf diesen Aufenthalt hatten einige reiche Familien den Einfall gehabt, in der Umgebung von Papeete eine Villa zu mieten, die sie sich schon im voraus per Depesche reservieren ließen. Sie gedachten, sich dort mit ihrer gewohnten Dienerschaft, ja sogar ihren eigenen Gespannen häuslich einzurichten, um das Leben eines Großgrundbesitzers zu führen, eines Touristen, Forschers, selbst das eines Jägers, sofern sie Gefallen an der Jagd fanden. Kurz, man würde die Vorzüge einer Sommerfrische genießen, ohne Angst vor einem Wetterumschwung in diesem gesunden Klima, dessen Temperaturen von April bis Dezember zwischen vierzehn und dreißig Grad schwanken.

Zu den Familien, die ihr Stadthaus zugunsten eines der geräumigen Landhäuser auf Tahiti verließen, gehörten selbstredend die Familien Tankerdon und Coverley. Mr. und Mrs.

Tankerdon zogen mit ihren Söhnen und Töchtern schon am nächsten Morgen in einen malerischen Sitz hoch über der Landzunge von Tatao. Mr. und Mrs. Coverley, Miss Diana und ihre Schwestern vertauschten gleichermaßen ihr Palais an der 15. Straße mit einer herrlichen, unter hohen Bäumen gelegenen Villa am Venus-Kap. Die beiden Gebäude trennte eine Distanz von mehreren Meilen, was Walter Tankerdon vielleicht etwas weit vorkam. Aber es lag nicht in seiner Macht, diese beiden Punkte der tahitischen Küste näher aneinanderzurücken. Beide Häuser standen übrigens über befahrbare, recht gut erhaltene Straßen direkt mit Papeete in Verbindung.

Frascolin machte Calistus Munbar darauf aufmerksam, daß die beiden Familien jetzt, da sie abgereist waren, dem Gegenbesuch des französischen Geschäftsträgers nicht beiwohnen konnten.

»Um so besser«, erwiderte der Oberintendant, in dessen Augen diplomatische Gewitztheit aufblitzte, »dann gibt es wenigstens keine Scherereien. Wenn der Vertreter Frankreichs zuerst den Tankerdons einen Besuch abgestattet hätte, was hätten dann die Coverleys gesagt, und umgekehrt?« Cyrus Bikerstaff konnte sich zu dieser zweifachen Abreise nur beglückwünschen.

»Besteht denn überhaupt keine Aussicht, daß die Rivalität zwischen den beiden Familien einmal ein Ende nehmen wird?« erkundigte sich Frascolin.

»Wer weiß?« antwortete Calistus Munbar. »Es liegt vielleicht nur am liebenswerten Walter und der charmanten Diana...«

»Bisher sieht es aber nicht so aus, als ob dieser Erbe und diese Erbin...« ließ sich Yvernès vernehmen.

»Gut, gut...!« unterbrach ihn der Oberintendant. »Aber es fehlt ihnen nur eine Gelegenheit, und wenn der Zufall sie nicht herbeiführt, werden wir ihm ein wenig nachhelfen... natürlich nur zum Nutzen unserer geliebten Insel!«

Und Calistus Munbar drehte auf seinen Absätzen eine Pirouette, die selbst den Beifall eines Athanase Dorémus gefunden hätte, denn auch ein Marquis vom Hof des Sonnenkönigs hätte sich ihrer nicht schämen müssen.

Am Nachmittag des 20. Oktober trafen der Kommissar, sein Adjutant, sein Generalsekretär und die höchsten Beamten des Protektorats am Kai des Steuerbordhafens ein. Sie wurden dort von Cyrus Bikerstaff mit allen ihnen gebührenden Ehren willkommen geheißen. Salutschüsse krachten von der Rammsporn- und der Heck-Batterie her. Anschließend begab sich der Zug in Wagen, die mit den Fahnen Frankreichs und Standard Islands beflaggt waren, nach Milliard City, wo sie der festlich geschmückte Empfangssaal des Rathauses erwartete. Während der Fahrt dorthin bereitete die Bevölkerung den Gästen einen warmen Empfang. Vor dem Rathaus angekommen, wurden auf dessen Freitreppe von beiden Seiten einige offizielle Reden gehalten, deren Dauer sich in annehmbaren Grenzen bewegte.

Es folgten ein Besuch der protestantischen Kirche, der Kathedrale, des Observatoriums, der beiden Kraftwerke, der Häfen, des Parks und schließlich eine Rundfahrt um die Insel mit der Straßenbahn. Nach der Rückkehr in die Stadt wurde im großen Saal des Casinos ein Essen gegeben. Um sechs Uhr abends bestiegen der Kommissar und sein Gefolge unter erneutem Kanonendonner die Boote nach Papeete mit einer ausgesprochen angenehmen Erinnerung an ihren Empfang auf Standard Island.

Am folgenden Morgen, am 21. Oktober, ließen sich die vier Pariser nach Papeete übersetzen. Sie hatten niemanden gebeten, sie zu begleiten, nicht einmal den Lehrer für Tanz und gutes Benehmen, dessen Beine derart ausgedehnte Ausflüge nicht mehr zu bewältigen vermochten, waren also frei wie ein Vogel in der Luft, fühlten sich wie Schüler in den Ferien, glücklich, endlich wieder einmal natürlich gewachsenen Boden aus Feld und Erde unter den Füßen zu spüren.

Zuerst stand Papeete auf ihrem Programm, die unleugbar schöne Hauptstadt des Archipels. Vergnügt schlenderte das Quartett unter den mächtigen Bäumen dahin, die den Strandhäusern Schatten spendeten, den Marinedepots, Lagerhallen und den Handelsniederlassungen am Ende des Hafens. Dann bogen

Auf der Freiteppe vor dem Rathaus wurden einige Reden gehalten.

sie in eine der Straßen ein, die vom Kai ausgingen, wo eine Eisenbahn nach amerikanischem Muster verkehrte, und machten sich auf den Weg in die Innenstadt.

Die Straßen der Stadt, breit und scheinbar ebenso mit Lineal und Winkelmaß gezogen wie die Avenuen in Milliard City, verliefen zwischen gepflegten, blühenden Gärten. Bereits zu dieser frühen Morgenstunde herrschte ein lebhaftes Kommen und Gehen von Europäern und Eingeborenen, das sich allerdings nach acht Uhr abends noch verstärken und die ganze Nacht über anhalten würde. Man muß verstehen, daß die tropischen Nächte, und besonders die tahitischen Nächte, nicht dazu da sind, im Bett verbracht zu werden, wiewohl die Betten in Papeete aus einem Traggitter aus Kokosfaserseilen, einer Unterlagsmatte aus Bananenblättern und einer mit Kapok gefüllten Matratze bestanden, ganz zu schweigen von den Moskitonetzen, die den Schläfer vor diesen lästigen Stechmücken schützten.

Bei den Häusern ließen sich jene der Europäer leicht von denen der Eingeborenen unterscheiden. Erstere, fast durchwegs Holzkonstruktionen, mehrere Fuß hoch auf Mauerblöcken aufgestockt, boten jeden gewünschten Komfort. Letztere, im Zentrum recht selten anzutreffen, phantasievoll im Schatten der Bäume verstreut, hatte man aus Bambusrohren zusammengefügt und mit Matten ausgelegt, wodurch sie sauber, luftig und freundlich aussahen.

Aber die Eingeborenen?

»Die Eingeborenen?« sagte Frascolin zu seinen Kameraden. »Wilde gibt es hier genausowenig wie auf den Sandwichinseln. Wir werden vergeblich nach jenen braven Kriegern suchen, die sich vor ihrer Eroberung gern ein Kotelett aus Menschenfleisch zu Gemüte führten und ihrem König die Augen eines besiegten Gegners servierten, gebraten, nach einem guten alten tahitischen Rezept!«

»Ach! Dann werden wir wohl in ganz Ozeanien keine Kannibalen mehr finden!« rief Pinchinat. »Wir haben also tausende von Meilen zurückgelegt, ohne einen einzigen Menschenfresser zu Gesicht zu bekommen!«

»Nur Geduld!« entgegnete der Cellist, indem er mit der rechten Hand in der Luft herumfuchtelte wie Rodin in *Die Geheimnisse von Paris.* »Wir werden vielleicht noch mehr Wilde treffen, als nötig sind, um deine blöde Neugier zu befriedigen!«

Er wußte nicht, wie recht er noch haben sollte.

Die Bevölkerung Tahitis ist sehr wahrscheinlich malaiischen Ursprungs und wird der Rasse der Maoris zugeordnet. Es heißt, Raiatea, die Heilige Insel, sei die Wiege ihrer Könige gewesen – eine entzückende Wiege, umspült von den klaren Fluten des Pazifiks bei den Inseln unter dem Winde.

Vor der Ankunft der Missionare gab es auf Tahiti drei Klassen: privilegierte Adelige, denen man Zauberkräfte nachsagte, Häuptlinge oder Grundbesitzer, die relativ wenig Ansehen genossen und von den Adeligen unterdrückt wurden; und schließlich das niedrige Volk, das nie mehr besaß als den Nießbrauch seiner Felder.

Seit der Eroberung, ja sogar schon vorher, unter dem Einfluß anglikanischer und katholischer Missionare, hatte sich das alles geändert. Gleichgeblieben war hingegen die Intelligenz dieser Eingeborenen, ihre lebhafte Sprache, ihr heiteres Gemüt, ihr unerschütterlicher Mut – und ihre Schönheit, die unsere vier Musiker überall in der Stadt und auf dem Land bewundern konnten.

»Donnerwetter, das sind schöne Männer!« sagte der eine.

»Und was für schöne Frauen!« sagte der andere.

Ja, die Maoris sind wirklich auffallend attraktive Menschen: großgewachsen, mit rötlichbrauner Haut, wie vom Feuer des Blutes getönt, jenem ebenmäßigen Körperbau, den wir an antiken Statuen bewundern, und sanften, einnehmenden Zügen. Ihre Gesichter zeigen große, ausdrucksvolle Augen und volle, aber trotzdem fein gezeichnete Lippen. Zu dieser Zeit gehörten mit der Gelegenheit zu Kriegszügen bereits langsam auch Kriegs-Tätowierungen der Vergangenheit an.

Gewiß trugen die vermögenden Bewohner der Insel europäische Kleidung und machten dabei in Hemden mit halsfernem Kragen, blaßrosa Jacketts und bis auf die Stiefel fallenden Hosen gute Figur. Doch nicht sie zogen die Aufmerksamkeit des Quartetts auf sich, nein, anstelle von Hosen modernsten Zuschnitts bevorzugten unsere Touristen den Pareo, ein farbenfrohes Baumwolltuch, das lose drapiert von der Taille bis zu den Knöcheln reicht, und anstelle von Zylinder oder sogar Panamahut bei Frauen wie Männern den Hei, ein Kopfputz aus Blüten und Blättern.

Die Frauen entsprachen noch immer dem poetischen, anmutigen Bild, das Bougainville in seinen Berichten zeichnet, ob sie nun weiße Blütenblätter in ihre in weichen Schlingen über die Schultern fallenden Zöpfe flochten oder ihren Kopf mit jenem leichten, aus der Knospenhülle einer Kokospalme gefertigten Hut bedeckten, dessen »schmeichelnder Name ›Revarera‹ einem Traum zu entspringen scheint«, wie Yvernès deklamierte. Man denke sich zum Charme dieser Tracht, deren Farben sich wie die eines Kaleidoskops bei der geringsten Bewegung veränderten, die Grazie ihres Ganges, die Unbekümmertheit ihres Wesens, die Sanftheit ihres Lächelns, die Tiefe ihres Blickes und den harmonischen Klang ihrer Stimme dazu, und man wird verstehen, warum jedesmal, wenn einer der vier wiederholte: »Donnerwetter, das sind schöne Männer!«, die anderen im Chor erwiderten: »Und was für schöne Frauen!«

Wie hätte der Schöpfer, da er diese wundervollen Menschen formte, sich nicht bemühen können, ihnen einen würdigen Rahmen zu geben? Und was hätte besser zu ihnen passen können als die Landschaft Tahitis mit ihrer verschwenderischen Vegetation, die von klaren Flüssen und dem üppigen Tau der Nächte erhalten wird?

Während ihrer Ausflüge durch die Insel und die Nachbardistrikte Papeetes bewunderten die vier Pariser diese pflanzliche Wunderwelt täglich aufs neue. Sie interessierten sich nicht so sehr für die schon weitgehend kultivierten Küstenzonen, wo man Zitronen, Orangen, Pfeilwurz, Zuckerrohr, Kaffee, Baumwolle, Maniok, Indigo, Mohrenhirse und Tabak anbaute, sondern durchstreiften lieber die dichten Wälder im Innern der Insel am Fuß der Berge, deren Gipfel über das Blätterdach hinausragen, ein Urwald aus eleganten, wundervoll gewachsenen Kokospalmen, Miros oder Falschem Rosenholz, Casuarinas oder Keulenbäumen, Tiairis oder Tungölbäumen, Takamahakbäumen, Purausträuchern, Ahis oder Sandelholzbäumen, Guajaven- und Mangobäumen, Taccas, deren Wurzeln eßbar sind, nicht zu vergessen Taros, die wertvollen Brotbäume, deren hoher, glatter Stamm eine Krone aus tiefgrünen, großen Blättern trägt. Im Laubwerk des Taros hängen in Trauben schwere Früchte mit wie ziseliert wirkender Schale, deren weißes Fruchtfleisch die Hauptnahrung der Eingeborenen bildete.

Neben der Kokospalme kommt der Guajavenbaum, in tahitischer Sprache »Tuava« genannt, am häufigsten vor, der praktisch bis hinauf zu den Gipfeln der Berge gedeiht. Guajavenbäume bilden eng stehende Wälder, während sich Purausträucher zu einem düsteren Dickicht verwachsen, aus dem man sich nur mit Mühe wieder befreien kann, wenn man die Unvorsichtigkeit besessen hat, sich in dieses unentwirrbare Durcheinander hineinzuwagen.

Wilde Tiere gibt es auf Tahiti übrigens nicht zu fürchten. Der einzige einheimische Vierfüßler ist eine Art Schwein, ein Mittelding zwischen unserem Haus- und Wildschwein. Pferde und Rinder, von den Europäern hier angesiedelt, vermehren sich ebenso problemlos wie Schafe und Ziegen. Auch auf dieser tropischen Insel ist also die Fauna weit weniger artenreich als die Flora, selbst im bezug auf die Vogelwelt, die entsprechend den Sandwichinseln nur durch Tauben und Salangane vertreten wird. Reptilien fehlen ganz, Insekten findet man in Form von Tausendfüßlern, Skorpionen, Wespen und Moskitos.

Tahitis Exportprodukte beschränken sich auf Baumwolle, Zuckerrohr, das zum Nachteil von Tabak und Kaffee intensiv angebaut wurde, weiter Kokosöl, Pfeilwurz, Orangen und Perlmutt und Perlen.

Dennoch genügten diese Erzeugnisse, um regen Handel mit Amerika, Australien, Neuseeland, China, Frankreich und England zu betreiben, mit Exporten im Wert von 4,5 Millionen Francs, denen nur 3,2 Millionen für Importe gegenüberstanden.

Die Ausflüge des Quartetts dehnten sich bis zur Halbinsel Tabaratu aus. Bei einem Besuch in Fort Phaéton machten sie die Bekanntschaft einer Abteilung französischer Marinesoldaten, die sehr erfreut waren, Landsleute begrüßen zu dürfen.

Frascolin nahm die Gelegenheit wahr, sich von seiner besten Seite zu zeigen. In einer Schenke am Hafen, die von einem Siedler geführt wurde, lud er den Mutoi des Distrikts und einige Eingeborene aus der Umgebung zu französischem Wein ein, den ihnen der werte Herr Wirt zu einem guten Preis überließ. Die Eingeborenen revanchierten sich, indem sie ihren Gastgebern typische Spezialitäten ihrer Heimat anboten: ein paar Bund Bananen von jener wunderschön gelben Sorte mit Namen Feii; schmackhaft zubereitete Jamswurzel; Maiiore, in einem mit heißen Kieselsteinen gefüllten Erdloch gedämpfte Brotfrucht; und schließlich Taiiero, eine säuerliche Konfitüre aus geraspelten Kokosnüssen, die in Bambusrohren aufbewahrt wurde.

Es wurde eine fröhliche Mahlzeit. Die Tischgäste rauchten Hunderte von jenen Zigaretten, die aus einem am Feuer getrockneten, mit einem Schraubenpalmblatt umwickelten Tabakblatt bestanden. Die vier Franzosen hielten dabei kräftig mit, nur daß sie nicht wie die Eingeborenen ihre Zigarette reihum von Mund zu Mund gehen ließen, sondern sie auf die gute französische Art rauchten. Und als der Mutoi Pinchinat die seine anbot, dankte ihm dieser mit einem so drollig ausgesprochenen »mea maitai«, das heißt, »sehr gut«, daß die ganze Gesellschaft in herzliches Gelächter ausbrach.

Selbstverständlich konnten die vier nach ihren Ausflügen in die weitere Umgebung nicht jeden Abend nach Papeete oder Standard Island zurückkehren. So blieben sie, wo sie gerade waren, und wurden überall, in den Dörfern der Eingeborenen wie auf den verstreut liegenden Höfen der Siedler, sehr gastfreundlich empfangen.

Am 7. November hatten sie einen Tagesausflug zum Venus-Kap vor, die jeder dieser Bezeichnung würdige Tourist gesehen haben mußte.

Schon im Morgengrauen marschierten sie munter los, um bald

darauf den hübschen Fluß Fantahua mittels einer Brücke zu überqueren, worauf sie talaufwärts bis zu jenem weithin hörbaren Wasserfall wanderten, der aus einer Höhe von fünfundsiebzig Metern mit Donnergetöse zu Tal stürzte, also zweimal so hoch ist wie die Niagarafälle, wenn auch viel schmaler. Danach folgte man einer Straße dem Hügel Taharahi entlang bis zum Meer, genauer gesagt zu dem Hügel, dem Cook den Namen »Kap des Baumes« gegeben hatte – ein Name, der damals durch die Anwesenheit eines einsamen Baums gerechtfertigt wurde, der heute allerdings altershalber abgestorben war. Vom Dorf Taharahi aus führte eine von prachtvollen Pflanzen verschiedenster Art gesäumte Straße zum Leuchtturm am äußersten Ende der Insel.

Hier lag mitten am Hang eines grünen Hügels der Sitz der Familie Coverley. Es existierte demnach kein vernünftiger Grund, warum Walter Tankerdon, dessen Villa weit entfernt auf der anderen Seite von Papeete stand, seine Spaziergänge bis zum Venus-Kap ausdehnen sollte. Dennoch begegnete ihm das Quartett hier zu Pferde in der Nähe des Coverley-Anwesens. Man begrüßte sich, worauf der junge Mann die französischen Touristen fragte, ob sie noch am selben Abend nach Papeete zurückzukehren gedächten.

»Nein, Monsieur Tankerdon«, antwortete Frascolin, »wir haben eine Einladung von Mistress Coverley erhalten und werden sehr wahrscheinlich die Nacht in der Villa verbringen.«

»Dann verabschiede ich mich also von Ihnen«, erwiderte Walter Tankerdon.

Und es schien, als sei über das Gesicht des jungen Mannes ein Schatten gefallen, obwohl in diesem Augenblick keine Wolke die Sonne verdunkelte.

Dann gab er seinem Pferd die Sporen und trabte langsam davon, nicht ohne noch einen letzten Blick auf die schneeweiße Villa unter den Bäumen geworfen zu haben. Warum mußte auch im schwerreichen Jem Tankerdon der Geschäftsmann wieder erwachen und Zwietracht auf der Insel der Milliardäre säen, die doch nur zum Zweck der Muße geschaffen worden war!

»Mir scheint, dieser charmante Reiter hätte uns am liebsten begleitet«, bemerkte Pinchinat.

»Ja«, fügte Frascolin hinzu, »es scheint ganz so, als habe unser alter Freund Munbar doch recht! Er sah ganz unglücklich aus, weil er Miss Coverley nicht getroffen hat...«

»Was wieder einmal beweist, daß Geld allein nicht glücklich macht!« ließ sich der große Philosoph Yvernès vernehmen.

Nachmittag und Abend verbrachten die vier auf sehr angenehme Weise in der Villa der Coverleys, wo sie ebenso herzlich empfangen wurden wie sonst im Palais an der 15. Straße. Man plauderte und musizierte zusammen. Mrs. Coverley interpretierte neue Partituren am Klavier, Miss Dy, eine ausgesprochene Begabung, sang einige Lieder, und Yvernès, der eine schöne Stimme besaß, begleitete mit seinem Tenor den Sopran des jungen Mädchens.

Ohne ersichtlichen Grund – aber vielleicht tat er es ja mit voller Absicht – flocht Pinchinat in die Unterhaltung ein, er und seine Freunde hätten am Nachmittag Walter Tankerdon getroffen, der in der Nähe der Villa spazierenritt. War das sehr geschickt von ihm, hätte er nicht besser geschwiegen?...

Natürlich nicht, und wenn der Oberintendant zugegen gewesen wäre, hätte er Seiner Hoheit nur beipflichten können. Ein leichtes, fast unmerkliches Lächeln umspielte Miss Dys Lippen, ihre hübschen Augen blitzten auf, und als sie wieder zu singen begann, schien ihre Stimme eindringlicher geworden zu sein.

Mr. Coverley runzelte die Stirn, während Mrs. Coverley ihre Tochter einen Augenblick nachdenklich betrachtete und dann fragte:

»Bist du nicht müde, mein Kind?«

»Nein, Mutter.«

»Und Sie, Monsieur Yvernès?«

»Nicht im geringsten, Madame. Vor meiner Geburt muß ich Chorknabe in einem der himmlischen Chöre gewesen sein!«

Man verabschiedete sich erst gegen Mitternacht, da es Mr. Coverley an der Zeit fand, sich zur Ruhe zu begeben.

Am anderen Morgen machte sich das Quartett, entzückt über

diesen herzlichen und ungezwungenen Empfang, wieder auf den Weg nach Papeete.

Der Aufenthalt hier sollte nur noch eine Woche dauern; gemäß der vorher festgelegten Reiseroute würde Standard Island danach Richtung Südwesten aufbrechen. Und zweifellos wäre diese letzte Woche auf Tahiti, während der unsere vier Touristen ihre Erkundung der Insel vervollständigten, völlig ereignislos verlaufen, hätte nicht am 11. November etwas sehr Erfreuliches stattgefunden:

Der Semaphor auf dem Hügel über Papeete signalisierte in den Morgenstunden die angekündigte Division des französischen Pazifikgeschwaders.

Um elf Uhr machte die *Paris*, ein Kreuzer erster Klasse, der von zwei Kreuzern zweiter Klasse und einem Avisoboot eskortiert wurde, im Hafen fest.

Beide Seiten tauschten die vorschriftsmäßigen Ehrenbezeigungen aus, worauf der Konteradmiral, dessen Stander über der *Paris* flatterte, in Begleitung seiner Offiziere an Land ging.

Nach den offiziellen Salutschüssen, in die als Sympathiekundgebung auch die Kanonen an Bug und Heck von Standard Island mit eingestimmt hatten, beeilten sich der Konteradmiral und der Kommissar der Gesellschaftsinseln, die obligaten gegenseitigen Besuche zu absolvieren.

Es war ein glücklicher Zufall, daß sich der Aufenthalt der Division in Tahiti und der Standard Islands überschnitten, denn daraus ergab sich erneut eine Gelegenheit für Empfänge und Festlichkeiten. Das Juwel des Pazifiks stand den französischen Seeleuten offen, und diese strömten in Scharen herbei, um seine Wunder zu bestaunen. Während achtundvierzig Stunden mischten sich so Marineuniformen unter die gepflegten Anzüge der Milliardäre.

Cyrus Bikerstaff zeigte den Gästen das Observatorium, Calistus Munbar führte sie durch das Casino und die übrigen ihm unterstehenden Einrichtungen.

Dabei kam diesem erstaunlichen Oberintendanten eine Idee, eine geradezu geniale Idee, die bei allen Beteiligten einen unauslöschlichen Eindruck hinterlassen sollte. Er eilte sogleich, um sie dem Gouverneur mitzuteilen, der nach vorheriger Beratung mit dem Notablen-Rat seine Zustimmung zu dem Vorhaben erteilte.

Und so wurde auf den 15. November ein großes Fest angesetzt, dessen Programm ein Galadiner und einen Ball in den Salons des Rathauses umfaßte. Zu diesem Zeitpunkt würden alle Milliardäre aus der Sommerfrische auf Tahiti nach Standard Island zurückgekehrt sein, denn zwei Tage später würde man weiterreisen.

Keiner der wichtigsten Vertreter beider Inselhälften würde demnach die Festivität zu Ehren von Königin Pomare VI., allen Einwohnern Tahitis und dem französischen Geschwader versäumen.

Calistus Munbar erhielt den Auftrag, das Fest zu organisieren, und er machte sich mit gewohntem Elan und Einfallsreichtum sogleich ans Werk. Das Quartett bot ihm seine Dienste an, worauf man übereinkam, daß ein Konzert eine der Hauptattraktionen des Programms bilden sollte.

Die Aufgabe, die Einladungen zu überbringen, übernahm der Gouverneur selbst.

Als erstes begab er sich persönlich zur Königin Pomare, um sie und die Prinzen und Prinzessinnen ihres Hofes zu diesem Fest zu bitten, und die Königin geruhte diese Einladung anzunehmen. Ebenso erfreut reagierten der Kommissar und die hohen französischen Beamten sowie der Konteradmiral und seine Offiziere, die sich für diese liebenswürdige Geste sehr empfänglich zeigten.

Alles in allem wurden tausend Einladungen ausgesprochen. Selbstredend sollten nicht alle tausend Geladenen an der Tafel im Rathaus Platz nehmen, nein – dort würden nur ungefähr hundert Personen zusammen dinieren: die königliche Familie, die Offiziere der Division, die Würdenträger des Protektorats, die höchsten Beamten, der Notablen-Rat und der Klerus von Standard Island. Für die übrige Bevölkerung hatte man im Park ein Bankett, Spiele und ein Feuerwerk vorgesehen.

Den König und die Königin von Malekarlien hatte man natürlich keineswegs vergessen. Aber Ihre Majestäten, die völlig zurückgezogen in ihrem bescheidenen Haus an der 32. Straße lebten und jeglichen Pomp ablehnten, dankten dem Gouverneur höflich für seine Einladung, die sie bedauerlicherweise nicht annehmen könnten.

»Armes Herrscherpaar!« sagte Yvernès.

Mit Anbruch des großen Tages wehten überall auf Standard Island die Fahnen von Frankreich, Tahiti und Milliard City.

Königin Pomare und ihr Hofstaat, alle in Festtagstracht, wurden unter dem Kanonendonner von Rammsporn- und Heck-Batterie am Steuerbordhafen feierlich empfangen, ein Salut, den die Geschütze von Papeete und der Marinedivision wiederholten.

Nach einem Spaziergang durch den Park begab sich die vornehme Gesellschaft schließlich gegen sechs Uhr zum festlich geschmückten Rathaus.

Welch großartigen Anblick bot die gewaltige Freitreppe, von der jede einzelne Stufe nicht weniger als zehntausend Francs gekostet hatte, wie die des Hotel Vanderbilt in New York! Und im prächtigen Festsaal erwartete die Gäste ein ausgesuchtes Festmahl.

Die Sitzordnung war von Cyrus Bikerstaff mit so viel Takt aufgestellt worden, daß sie keiner der beiden rivalisierenden Familien Zündstoff verschaffte. Jederman war glücklich über den ihm zugewiesenen Platz – unter anderem auch Miss Coverley, als deren Tischherr sich Walter Tankerdon entpuppte. Das genügte den beiden jungen Leuten, und man hatte gut daran getan, sie nicht noch näher zusammenzusetzen.

Wie nicht anders zu erwarten, fanden auch die französischen Künstler keinen Grund zur Klage. Daß man ihnen Plätze zwischen all den Ehrengästen zugewiesen hatte, stellte einen erneuten Beweis dar, wie viel Respekt und Sympathie man für ihr Talent und ihre Personen empfand.

Das Menu dieses denkwürdigen Banketts, erdacht, erarbeitet, komponiert von Calistus Munbar, bewies eindrücklich, daß

Milliard City auch im kulinarischen Bereich der Alten Welt in nichts nachstand.

Damit der Leser sich selbst ein Urteil bilden kann, sei hier die Speisefolge abgedruckt, die der Oberintendant mit goldenen Lettern auf feines Pergamentpapier hatte drucken lassen.

Le potage à la d'Orléans
La crème comtesse
Le turbot à la Mornay
Le filet de bœuf à la Napolitaine
Les quenelles de volaille à la Viennoise
Les mousses de foie gras à la Trévise
Sorbets
Les cailles rôties sur canapé
La salade provençale
Les petits pois à l'anglaise
Bombe macédoine, fruits
Gâteaux variés
Grissins au parmesan

vins:
Château D'Yquem – Château-Margaux
Chambertin – Champagne

Liqueurs variées

Hatte es je am Hof der Königin von England, des Kaisers von Rußland, des Kaisers von Deutschland oder bei einem offiziellen Empfang des französischen Staatspräsidenten ein perfekter zusammengestelltes Menu gegeben? Hätten die besten Chefs de cuisine der Alten oder Neuen Welt es vollendeter zubereiten können?

Um neun Uhr wechselten die Gäste zum Konzert in die Salons des Casinos über. Auf dem Programm standen vier ausgewählte Musikstücke – vier, nicht mehr:

Quartett No. 5 in A-Dur op. 18 von Beethoven
Quartett No. 2 in d-moll op. 10 von Mozart
Quartett No. 2 in D-Dur op. 64 (2. Teil) von Haydn
Quartett No. 12 in es-moll von Onslow

Auch dieses Konzert endete als triumphaler Erfolg für die Pariser Künstler, so glücklich unterwegs – was auch immer der bockige Cellist dazu sagen mochte – an Bord von Standard Island!

Inzwischen vergnügten sich Europäer und Eingeborene mit allerlei Spielen im Park. Überall verwandelte sich Rasen in improvisierte Tanzflächen, auf denen man sich, warum es nicht eingestehen, zu den Klängen des Akkordeons drehte, einem Instrument, das sich bei den Ureinwohnern der Gesellschaftsinseln größter Beliebtheit erfreute. Allerdings hatten auch die französischen Seeleute eine Schwäche für dieses pneumatische Instrument, und da die Mannschaft der französischen Schiffe fast vollständig erschienen war, herrschte an Akkordeonvirtuosen kein Mangel, die bald außer Rand und Band gerieten. Stimmen fielen in die Musik ein. Seemannslieder wechselten sich mit »Himerres« ab, beliebten tahitischen Volksweisen.

Nebenbei besitzen Tahitis Eingeborene, Männer wie Frauen, eine ausgesprochene Vorliebe für Gesang und Tanz, eine Kunst, die sie hervorragend beherrschen. An diesem Abend führten sie mehrere Male die Figuren der Repauipa vor, die man als ihren Nationaltanz betrachten kann und bei der der Takt von Trommeln geschlagen wird. Danach versuchten Tänzer aller Nationalitäten, angeregt durch die von der Stadt kostenlos offerierten Erfrischungen, nach Herzenslust ihre diesbezüglichen Talente.

Zur gleichen Zeit versammelte ein Ball von erlesener Ordnung und Zusammensetzung die hundert ausgewählten Gäste unter der Leitung von Athanase Dorémus in den Salons des Rathauses. Die Damen von Milliard City und Tahiti suchten sich gegenseitig mit ihren Toiletten zu überbieten, wobei es niemanden überraschen wird, daß erstere, die ihre Toiletten nur bei Pariser Couturiers anfertigen ließen, selbst die elegantesten Europäerinnen der Kolonie mühelos in den Schatten stellten. Diamanten funkelten auf ihren Köpfen, Schultern und Dekolletés, und nur unter ihnen wäre ein Konkurrenzkampf von gewissem Interesse gewesen. Aber wer hätte es gewagt, Mrs. Coverley oder Mrs. Tankerdon den Vorzug zu geben, die beide an diesem Abend blendend aussahen? Ganz gewiß nicht Cyrus Bikerstaff, der immer so sehr darauf bedacht war, das Gleichgewicht zwischen den beiden Inselhälften nicht zu stören.

Die Ehrenquadrille wurde von der Königin von Tahiti und ihrem erlauchten Gemahl, Cyrus Bikerstaff und Mrs. Coverley, dem Konteradmiral und Mrs. Tankerdon und Kommodore Simcoe und der ersten Hofdame der Königin eröffnet. Die anderen Gäste folgten ihrem Beispiel, brauchten jedoch bei der Wahl ihrer Tanzpartner keine besonderen Rücksichten zu nehmen. Alle waren bester Stimmung, bis auf Sébastien Zorn, der sich mit einer Haltung abseits hielt, die zwar nicht gerade Protest, aber doch Verachtung ausdrückte, wie die beiden mürrischen Römer auf dem berühmten Gemälde der *Dekadenz*. Yvernès, Pinchinat und Frascolin dagegen tanzten Walzer, Polka und Mazurka mit den hübschesten Mädchen von Tahiti und Standard Island. Und wer weiß, ob sich nicht am Ende des Balls so manches Paar fürs Leben gefunden hatte, wodurch den Standesbeamten zusätzliche Arbeit entstehen würde?...

Allgemeines Aufsehen erregte übrigens die Tatsache, daß der Zufall bei einer Quadrille Walter Tankerdon zum Partner von Miss Coverley bestimmte. Indessen – war es wirklich der Zufall, oder hatte der listenreiche Oberintendant dabei diplomatisch etwas nachgeholfen? Wie dem auch sei, Milliard City hatte seine Sensation, denn dieser Tanz stellte vielleicht den ersten Schritt zu einer Versöhnung der beiden mächtigen Familien dar.

Nach dem Feuerwerk, das auf dem großen Rasen abgebrannt wurde, tanzte man im Park und im Ballsaal weiter bis zum Morgengrauen.

So verlief also dieses denkwürdige Fest, das in der Erinnerung all die langen und glücklichen Jahre weiterleben würde, die die Zukunft – hoffentlich – für Standard Island bereithielt.

Zwei Tage später, am Ende des Aufenthalts vor Papeete, gab Kommodore Simcoe bei Tagesanbruch den Befehl zum Auslaufen. Salutschüsse verabschiedeten die Insel der Milliardäre, genauso wie sie sie begrüßt hatten, und Standard Island erwiderte diesen Gruß Tahitis und der Marinedivision Schuß für Schuß.

Die Reise ging nach Nordwesten, um nach den Inseln über dem Winde auch noch die Inseln unter dem Winde kennenzulernen.

Man umschiffte zuerst die malerische Insel Morea, deren höchster von vielen Gipfeln von einem natürlichen Tunnel durchbohrt ist, dann Raiatea, die Heilige Insel, die Wiege des Königshauses von Tahiti, Bora-Bora, das von einem tausend Meter hohen Berg dominiert wird, sowie die Inselchen Motu-Iti, Mapeta, Tubuai und Manu, die eigentlich zur tahitischen Kette gehören.

Am 19. November bei Sonnenuntergang verschwanden die letzten Höhenzüge des Archipels am Horizont.

Jetzt schlug Standard Island einen südwestlichen Kurs ein, was auf den Karten in den Schaukästen des Casinos sofort telegraphisch eingezeichnet wurde.

Und wer in diesem Augenblick Kapitän Sarol beobachtet hätte, wäre betroffen gewesen über die düstere Intensität seines Blicks, den wilden Ausdruck seines Gesichts, als er mit drohender Gebärde seinen Malaien die Route nach den Neuen Hebriden zeigte, tausendzweihundert Meilen entfernt im Westen gelegen.

ZWEITER TEIL

ERSTES KAPITEL

AUF DEN COOK-INSELN

Sechs Monate waren nun schon vergangen, seit Standard Island Madeleine Bay verlassen hatte, um den Stillen Ozean und seine Inseln zu bereisen. Während dieser ganzen wundervollen Fahrt hatte sich kein einziger Unfall ereignet. In dieser Jahreszeit ist die See in der Äquatorialzone ruhig, zwischen den Wendekreisen wehen nur die Passatwinde. Sollte jedoch trotzdem eine Sturmbö oder ein Orkan das Meer aufwühlen, durchlief den soliden Rumpf unter Milliard City, den beiden Häfen, dem Park und den Feldern nicht einmal ein Zittern. Die Sturmbö ließ nach, der Orkan legte sich, kaum daß man auf dem Juwel des Pazifiks etwas davon bemerkt hatte.

Unter diesen Umständen läge die einzige Gefahr in der Monotonie einer zu gleichförmigen Existenz, doch unsere Pariser würden als erste bestätigen, wie wenig Anlaß zu solchen Befürchtungen bestand. In der gewaltigen Wüste dieses Ozeans folgte eine Oase der anderen – darunter jene Archipele, die sie schon besucht hatten, die Sandwich-, die Marquesas-, die Paumotu-, die Gesellschaftsinseln, und jene, die man zu erkunden plante, bevor man wieder den Weg nach Norden einschlug, die Cook-Inseln, die Samoa-, die Tonga-, die Fidschiinseln, die Neuen Hebriden, und vielleicht noch andere. Das bedeutete ebenso viele abwechslungsreiche Aufenthalte, ebenso viele ersehnte Gelegenheiten, fremde Länder zu durchstreifen, die von großem ethnographischem Interesse waren.

Wie hätte sich das Quartett, selbst wenn es dazu Zeit gefunden hätte, beklagen sollen? Konnte es sich etwa vom Rest der Welt abgeschnitten fühlen? Funktionierte die Postverbindung mit dem Festland nicht reibungslos? Nicht nur lieferten die Öltanker den Brennstoff für die beiden Kraftwerke zuverlässig zur festgesetzten Zeit, sondern es vergingen auch keine zwei Wochen, ohne daß die Dampfer im Steuerbord- oder Backbordhafen ihre mannigfaltige Fracht löschten, darunter auch Zeitungen und

Zeitschriften, um die Mußestunden der milliardenschweren Bevölkerung zu füllen.

Selbstverständlich wurde die Gage der Künstler mit einer Pünktlichkeit ausbezahlt, die von unerschöpflichem Reichtum der Gesellschaft zeugte. Tausende von Dollars flossen in ihre Taschen, häuften sich dort, und nach Ablauf dieses Engegements würden sie reich sein, sehr reich. Noch nie hatten Künstler etwas derartiges erlebt; bestimmt wünschte keiner der vier das »relativ mittelmäßige« Einkommen ihrer Tournee durch die Vereinigten Staaten zurück.

»Na wie steht's«, fragte Frascolin eines Tages den Cellisten. »Hast du immer noch Vorurteile gegen Standard Island?«

»Ja«, antwortete Sébastien Zorn.

»Aber bedenke doch«, fügte Pinchinat hinzu, »am Ende der Reise werden wir einen ganz schönen Sack voll Geld haben.«

»Einen Sack haben ist nicht alles, man muß auch sicher sein, daß man ihn mitnehmen kann!«

»Und du bist nicht sicher?«

»Nein.«

Was sollte man darauf erwidern? Dabei brauchte man sich um den besagten »Sack« nicht zu sorgen, denn die Einnahmen jedes Trimesters wurden in Form von Wechseln nach Amerika gesandt und auf ein Konto der Bank von New York eingezahlt. Am besten ließ man also den starrköpfigen Cellisten sich weiter in sein unbegründetes Mißtrauen verbohren.

Tatsächlich sah die Zukunft wolkenloser denn je aus. Die Rivalität zwischen den beiden Hälften schien in ein Stadium der Beruhigung eingetreten zu sein, worüber sich Cyrus Bikerstaff und seine Stellvertreter höchst befriedigt zeigten. Der Oberintendant entwickelte eine fieberhafte Tätigkeit seit »der Sensation beim Ball im Rathaus!« Walter Tankerdon hatte mit Miss Dy Coverley getanzt. Durfte man daraus schließen, daß die Beziehungen zwischen den beiden Familien weniger gespannt waren? Jedenfalls sprachen Jem Tankerdon und seine Freunde nicht mehr davon, aus Standard Island ein Industrie- und Handelszentrum zu machen. In der ersten Gesellschaft sprach man häufig über das besagte Ballereignis. Manche glaubten darin den Beginn einer Annäherung oder vielleicht mehr noch, einer Einigung zwischen den beiden Familien zu sehen, die den öffentlichen und privaten Unstimmigkeiten ein Ende setzen würde.

Und wenn diese Voraussagen eintreffen sollten, so glauben wir versichern zu dürfen, daß damit für zwei einander fraglos würdige junge Menschen der sehnlichste Wunsch in Erfüllung gehen würde.

Ohne Zweifel war Walter Tankerdon Miss Coverleys Charme erlegen, mußte indessen seine Gefühle, die er sich seit einem Jahr schon eingestand, wegen der gespannten Situation vor aller Welt verbergen. Miss Dy hatte ihn durchschaut, ihn verstanden, war gerührt von dieser Diskretion. Vielleicht hatte sie sogar ihr eigenes Herz erforscht und fand es bereit, Walters Herz zu antworten?... Nach außen hin ließ sie sich allerdings nichts anmerken. Sie wahrte die Zurückhaltung, die ihre Würde und die Kluft zwischen den beiden Familien von ihr verlangten.

Einem aufmerksamen Beobachter hätte jedoch auffallen können, daß sich weder Walter Tankerdon noch Miss Dy an den Diskussionen beteiligten, die manchmal im Palais an der 15. oder 19. Straße aufflammten. Immer wenn der unnachgiebige Jem Tankerdon in einem heftigen Wutanfall die Coverleys beschimpfte, verließ sein Sohn schweigend, mit gesenktem Haupt, das Zimmer. Und wenn Nat Coverley gegen die Tankerdons wetterte, schlug seine Tochter die Augen nieder, ihr hübsches Gesicht wurde blaß, und sie versuchte das Thema zu wechseln, wenn auch leider ohne Erfolg. Daß beide Väter nichts bemerkt hatten, liegt daran, daß alle Väter in diesem Punkte von Natur aus blind sind. Wohingegen Mrs. Coverley und Mrs. Tankerdon – wenigstens behauptete das Calistus Munbar – nicht mehr mit soviel Blindheit geschlagen waren. Mütter haben ihre Augen nicht, um nichts zu sehen, und die seelische Not ihrer Kinder bereitete ihnen unaufhörlich Sorgen, da das einzig mögliche Heilmittel nicht angewendet werden konnte. Im Grunde fühlten sie, daß bei der Feindschaft der beiden Rivalen, bei deren unverminderter Empfindlichkeit in Fragen des größeren Einflusses eine Versöhnung, eine Vereinigung beider Familien sich unmöglich bewerkstelligen ließ. Und dennoch, Walter und Miss Dy liebten sich... Diese Entdeckung mußten ihre Mütter nicht mehr machen...

Mehr als einmal schon war der junge Mann – von seiner Mutter etwas weniger energisch als von seinem Vater – gedrängt worden, unter den heiratsfähigen jungen Damen der Backbordseite seine Wahl zu treffen. Es fehlte nicht an charmanten, gut erzogenen und ihm an Vermögen beinahe ebenbürtigen Kandidatinnen, deren Eltern sich glücklich geschätzt hätten, ihn als Schwiegersohn zu bekommen. Walter hatte sich immer geweigert, mit der Ausrede, er verspüre keinerlei Neigung, sich zu verheiraten. Aber auf diesem Ohr war der ehemalige Schweinehändler aus Chicago taub. Es ging nicht an, Junggeselle zu bleiben, wenn man mehrere hundert Millionen mit in die Ehe zu bringen hatte. Und wenn sein Sohn auf Standard Island kein Mädchen nach seinem Geschmack fand – aus seinen Kreisen, versteht sich –, so sollte er eben reisen, nach Amerika, nach Europa! Mit seinem Namen, seinem Vermögen, ganz zu schweigen von den Vorzügen seiner Person, würde er nur die Qual der Wahl haben, selbst falls ihm der Sinn nach einer Prinzessin königlichen oder kaiserlichen Geblüts stünde. Das war jedenfalls Jem Tankerdons Meinung. Doch jedesmal, wenn sein Vater ihn ins Ausland schicken wollte, damit er sich dort eine Frau suchte, hatte sich Walter geweigert, die Insel zu verlassen. So hatte ihn seine Mutter einmal beiseite genommen:

»Mein lieber Junge, dann gibt es also hier ein Mädchen, das dir gefällt?«

»Ja, Mutter«, hatte er geantwortet.

Und da seine Mutter nicht so weit ging, ihn nach dem Namen dieses Mädchens zu fragen, hielt er es nicht für angebracht, ihn zu nennen.

Unzweifelhaft herrschte eine ähnliche Situation in der Familie Coverley, wünschte der ehemalige Bankier aus New Orleans seine Tochter mit einem der jungen Männer zu verheiraten, die regelmäßig bei den außerordentlich beliebten Empfängen in seinem Haus erschienen. Und wenn sie an keinem von ihnen Gefallen fand, würden ihr Vater und ihre Mutter sie eben mit ins Ausland nehmen ... nach Frankreich, England, Italien ... Auf solche Angebote antwortete Miss Dy immer, sie fühle sich auf Standard Island sehr wohl und ziehe es vor, Milliard City nicht zu verlassen; sie verlange nichts anderes, als hierbleiben zu dürfen. Eine solche Antwort mußte Mr. Coverley beunruhigen, da ihm der wahre Grund für das Verhalten seiner Tochter entging.

Mrs. Coverley hatte übrigens ihrer Tochter selbstverständlich nie eine derart direkte Frage gestellt wie Mrs. Tankerdon ihrem Sohn, und vermutlich hätte es Miss Dy auch nie gewagt, mit derselben Offenheit zu antworten wie Walter Tankerdon – nicht einmal ihrer Mutter.

Das war also der Stand der Dinge. Seit sich die beiden über die Natur ihrer Gefühle nicht mehr täuschen konnten, hatten sie zwar einige Blicke, aber nie ein einziges Wort gewechselt. Sie trafen sich nur bei offiziellen Anlässen, bei den Empfängen von Cyrus Bikerstaff, anläßlich irgendeiner Zeremonie, die zu verfolgen die ersten Familien ihrem Ansehen schuldig zu sein glaubten. Bei diesen Gelegenheiten hatten Walter Tankerdon und Dy Coverley indessen immer größte Zurückhaltung geübt. Sie bewegten sich schließlich auf einem Terrain, auf dem jede Unvorsichtigkeit fatale Folgen nach sich ziehen konnte ...

Man stelle sich also die Wirkung des außergewöhnlichen Ereignisses auf dem Ball des Gouverneurs vor, in dem einige zu Übertreibungen neigende Gemüter bereits einen Skandal sehen wollten, und von dem am anderen Morgen die ganze Stadt sprach. Dabei hatte sich das Ganze aus einem ganz harmlosen Anlaß heraus entwickelt: der Oberintendant forderte Miss Coverley zum Tanz auf, war aber zu Beginn der Quadrille nicht aufzufinden – oh, dieser durchtriebene Munbar! ... Walter Tankerdon anerbot sich einzuspringen, und das junge Mädchen hatte ihn als Tanzpartner akzeptiert.

Daß dieser gesellschaftlich so bedeutende Vorfall für beide Beteiligten ein innerfamiliäres Nachspiel zeitigte, ist nicht nur wahrscheinlich, sondern sogar sicher. Zweifelsohne nahm Mr. Tankerdon seinen Sohn und Mr. Coverley seine Tochter streng ins Gebet. Doch was entgegnete Miss Dy?... Was Walter? Hatten Mrs. Tankerdon und Mrs. Coverley eingegriffen, und zu welchem Ergebnis führte diese Intervention? Das zu erfahren, war Calistus Munbar mit all seinem durchtriebenen Scharfsinn und diplomatischen Geschick nicht gelungen. Als ihn zum Beispiel Frascolin darauf ansprach, begnügte er sich anstelle einer Antwort mit einem Augenzwinkern, was jedoch gar nichts heißen wollte, weil er absolut nichts wußte. Dessenungeachtet war es interessant festzustellen, daß sich Walter Tankerdon seit diesem denkwürdigen Tag bei jeder Begegnung respektvoll vor Mrs. Coverley und Miss Dy verbeugte, und daß Mutter und Tochter den Gruß erwiderten.

Wollte man dem Oberintendanten glauben, handelte es sich dabei um einen gewaltigen Fortschritt, um einen »Sprung in die Zukunft«!

Am Morgen des 25. November ereignete sich ein Zwischenfall, der nichts mit den beiden mächtigsten Familien der Insel der Milliardäre zu tun hatte.

Bei Tagesanbruch meldeten die Ausguckposten das Observatoriums mehrere größere Schiffe mit Kurs nach Südwesten, die ihre exakt ausgerichteten Positionen so beflissen beibehielten, daß sie nur zu einem Flottenverband eines der pazifischen Geschwader gehören konnten.

Kommodore Simcoe verständigte telegraphisch den Gouverneur, worauf dieser den Befehl gab, Salutschüsse mit diesen Kriegsschiffen auszutauschen.

Frascolin, Yvernès und Pinchinat eilten zum Turm des Observatoriums, um diesen internationalen Höflichkeitsaustausch mitzuerleben.

Fernrohre richteten sich auf die vier ungefähr fünf bis sechs Meilen entfernten Schiffe. An ihrer Gaffel wehte keine Fahne, weshalb ihre Nationalität im Unklaren blieb.

Walter verbeugte sich respektvoll

»Gibt es nichts, woran man erkennen könnte, welcher Marine sie angehören?« fragte Frascolin einen Offizier.

»Nichts«, antwortete er, »aber ihrer Bauweise nach würde ich sie für englische Schiffe halten. Im übrigen trifft man in diesen Gewässern kaum je andere als englische, französische oder amerikanische Kriegsschiffe. Auf jeden Fall werden wir ihre Nationalität erfahren, wenn sie noch zwei oder drei Meilen nähergekommen sind.«

Der Verband näherte sich mit sehr mäßiger Geschwindigkeit, und wenn er seinen Kurs nicht änderte, würde er Standard Island in wenigen Kabellängen Entfernung passieren.

Eine Gruppe Neugieriger hatte sich an der Rammsporn-Batterie zusammengefunden und verfolgte voller Interesse die Bewegungen der Schiffe.

Eine Stunde später waren sie auf weniger als zwei Meilen herangekommen. Vier Kreuzer alter Bauweise, auf drei Masten getakelt, an optischer Wirkung den modernen Schlachtschiffen weit überlegen, deren Bemastung auf ein Mindestmaß reduziert wurde. Aus ihren riesigen Kaminen quollen dicke Rauchwolken, die der frische Westwind bis weit hin zum Horizont trieb.

Als nur noch eineinhalb Meilen zwischen ihnen und Standard Island lagen, sah sich der Offizier befähigt zu bestätigen, daß sie die britische Division im Westpazifik bildeten, wo gewisse Archipele, die Tonga-, die Samoa- und die Cook-Inseln, zu Großbritannien gehörten oder unter seinem Protektorat standen.

Der Offizier hielt sich also bereit, die Flagge von Standard Island hissen zu lassen, deren goldene Sonne sich in der Brise eindrucksvoll entfalten würde. Man wartete nur auf den Salutschuß vom Admiralsschiff der Division.

Ungefähr 10 Minuten verstrichen.

»Wenn das wirklich Engländer sind, beeilen sie sich aber nicht mit ihren Höflichkeitsbezeugungen«, bemerkte Frascolin.

»Was willst du?« meinte Pinchinat darauf. »John Bull hat doch fast immer seinen Hut am Kopf festgeschraubt, und das Losschrauben nimmt halt einige Zeit in Anspruch.«

Der Offizier hielt sich bereit, die Flagge hissen zu lassen

Der Offizier zuckte die Schultern.

»Das sind Engländer, kein Zweifel«, sagte er. »Ich kenne sie, die grüßen nicht.«

Tatsächlich ging am Besan des vordersten Dreimasters keine Fahne hoch. Der Verband zog vorüber, als ob Standard Island überhaupt nicht vorhanden wäre. Mit welchem Recht existierte diese stählerne Insel schließlich? Mit welchem Recht behinderte sie die Schiffahrt auf dem Stillen Ozean? Warum sollte England ihr auch nur die geringste Beachtung schenken, da es doch unaufhörlich gegen den Bau dieser enormen Maschine protestiert hatte, die die Kollisionsgefahr in diesen Gewässern beträchtlich erhöhte, indem sie in ihnen kreuzte und ihre Schifffahrtsrouten blockierte...

Die Kriegsschiffe entfernten sich wie ein schlecht erzogener Gent, der auf der Regent Street betont an seinen Bekannten vorbeischaut, und die Flagge von Standard Island blieb am Fuß ihres Mastes.

Es ist leicht zu erraten, wie Standard Island in Zukunft dieses hochmütige England, dieses perfide Albion, dieses Karthago der Moderne behandeln wollte. Es wurde ein Beschluß gefaßt, nie wieder einen britischen Salut zu erwidern, sollte einer geschossen werden – was jenseits aller Wahrscheinlichkeit lag.

»Welch ein Unterschied zu unserem Geschwader bei seinem Eintreffen vor Tahiti!« rief Yvernès.

»Franzosen«, entgegnete Frascolin, »zeigen sich eben immer von einer Höflichkeit...«

»Sostenuto con expressione!« fügte Seine Hoheit hinzu, indem er mit leichter Hand den Takt klopfte.

Am Morgen des 29. November sichtete der Ausguck die ersten Höhenzüge der Cook-Inseln, die unter 20° südlicher Breite und 160° westlicher Länge liegen. Nachdem sie zuerst die Namen Mangia- und Harvey-Inseln getragen hatten, benannte man sie schließlich nach Cook, der im Jahre 1770 hier gelandet war. Die Gruppe besteht aus den Inseln Mangia, Rarotonga, Watim, Mittio, Hervey, Palmerston, Hagemeister und anderen. Ihre Bevölkerung, maorischen Ursprungs, von zwanzigtausend

In ihr saß der englische Abgesandte

auf zwölftausend Einwohner zurückgegangen, besteht aus polynesischen Malaien, die von europäischen Missionaren zum Christentum bekehrt wurden. Diese sehr freiheitsliebenden Insulaner hatten sich immer gegen jede Einmischung von außen gewehrt. Sie glaubten auch jetzt noch ihr eigener Herr zu sein, obwohl sie langsam, aber sicher unter den Schutz und Schirm – man weiß ja, was das bedeutet – der britischen Krone in Australien gerieten.

Die Insel, auf die man als erste zuhielt, hieß Mangia, die wichtigste und am dichtesten bevölkerte Insel des Archipels – eigentlich sein Zentrum. Hier war ein vierzehntägiger Aufenthalt geplant.

Würde Pinchinat nun endlich die Bekanntschaft echter Wilder machen – Wilder à la Robinson Crusoe, wie er sie auf den Marquesas, den Gesellschaftsinseln und auf Nuka-Hiva vergeblich gesucht hatte? Würde seine typisch pariserische Neugier befriedigt werden? Würde er auf absolut authentische Kannibalen treffen, die sich bereits als solche bewährt hatten?...

»Mein lieber Zorn«, sagte er an diesem Tag zu seinem Freund, »wenn es hier keine Anthropophagen gibt, gibt es nirgends welche!«

»Ich könnte dir ja antworten: ›Was kümmert's mich?‹« brummte der kratzbürstige Cellist. »Aber wenn ich mir die Frage erlauben darf: Warum gerade hier und sonst nirgends?«

»Weil auf einer Insel, die ›Mangia‹ heißt, nur Kannibalen wohnen können!«

Und Pinchinat konnte gerade noch knapp dem Faustschlag ausweichen, den sein fürchterliches Wortspiel verdient hätte.

Im übrigen, ob nun auf Mangia Menschenfresser hausten oder nicht, seine Hoheit würde keine Gelegenheit haben, mit ihnen in Verbindung zu treten.

Als nämlich Standard Island nur noch eine Meile von Mangia entfernt war, legte eine Piroge im Steuerbordhafen an. In ihr saß der englische Abgesandte, ein einfacher protestantischer Pfarrer, der den Archipel, viel gewissenloser als die Eingeborenenhäuptlinge, mit seiner Tyrannei unterdrückte. Auf dieser Insel, die einen Umfang von dreißig Meilen und viertausend Einwohner hatte, die sorgfältig bebaut und reich an Taro-, Pfeilwurz- und Jams-Plantagen war, gehörten die fruchtbarsten Ländereien dem ehrwürdigen Herrn Pfarrer. Er besaß auch das komfortabelste Haus von Uchora, der Inselhauptstadt, am Fuß eines mit Kokospalmen, Brot-, Mango- und Pimentbäumen dicht bestandenen Hügels, ganz zu schweigen von einem Blumengarten, in dem die schönsten Orchideen, Gardenien und Pfingstrosen blühten. Seine Macht stützte sich auf die Mutois, jene Eingeborenenpolizisten, die eine schlagkräftige Truppe bildeten, vor der sich selbst die mangischen Majestäten beugten. Diese Polizei verbot es, auf Bäume zu klettern, an Sonn- und Feiertagen zu jagen oder zu fischen, nach neun Uhr abends auszugehen und Bedarfsartikel zu einem anderen als dem ausgesprochen willkürlich festgesetzten Preis zu kaufen. Bei Zuwiderhandlung wurde eine in Piastern zahlbare Buße erhoben – ein Piaster entspricht fünf Francs – von der der Löwenanteil in die Taschen des skrupellosen Pfarrers wanderte.

Nachdem der dicke, kleine Mann aus seinem Boot gestiegen war, trat ihm der Hafenoffizier entgegen und begrüßte ihn.

»Im Namen des Königs und der Königin von Mangia«, sagte der Engländer, »überbringe ich dem Gouverneur von Standard Island die Empfehlung Ihrer Majestäten.«

»Ich bin beauftragt, sie dankend entgegenzunehmen, Herr Abgesandter«, erwiderte der Offizier. »Unser Gouverneur wird jedoch Ihren Majestäten noch höchstpersönlich seine Ehrerbietung ausdrücken.«

»Seine Exzellenz ist uns willkommen«, entgegnete der Abgesandte, dessen verschlagenes Gesicht förmlich glühte vor Gerissenheit und Habsucht.

Dann fuhr er mit süßlicher Stimme fort:

»Ich nehme an, der Gesundheitszustand auf Standard Island läßt nichts zu wünschen übrig?«

»Er ist besser denn je.«

»Keine epidemischen Krankheiten wie Grippe, Typhus oder Pocken an Bord?«

»Nicht einmal Schnupfen, Herr Abgesandter. Würden Sie uns also bitte einen allgemeinen Gesundheitspaß ausstellen, damit unsere Beziehungen mit Mangia ordnungsgemäß geregelt sind, wenn wir unseren Ankerplatz erreicht haben.«

»Gerne, aber...« antwortete der Pfarrer, nicht ohne ein gewisses Zögern, »wenn nun doch Krankheiten...«

»Ich versichere Ihnen, es gibt keine.«

»Die Einwohner von Standard Island wollen also an Land gehen?«

»Ja, genauso wie sie es kürzlich in den anderen Inselgruppen des Ostpazifiks getan haben.«

»Sehr schön, sehr schön«, erwiderte der dicke kleine Mann. »Seien Sie gewiß, daß man Sie hier angemessen willkommen heißen wird, wenn wirklich keine Epidemie...«

»Keine, wie ich Ihnen schon sagte.«

»Dann sollen sie an Land kommen... in großer Zahl... die Einwohner von Mangia werden sie wärmstens empfangen, sie sind ein gastfreundliches Volk, nur...«

»Nur was?«

»Ihre Majestäten haben in Übereinstimmung mit dem Häuptlingsrat beschlossen, daß jeder Fremde, der den Fuß auf Mangia oder eine der anderen Inseln des Archipels setzt, eine Eintrittsabgabe entrichten muß.«

»Eine Abgabe?«

»Ja, zwei Piaster. Eine sehr geringe Summe, sehen Sie, nur zwei Piaster pro Person.«

Offensichtlich stammte er vom Pfarrer selbst, der Vorschlag zu diesem Beschluß, den Königspaar und Häuptlingsrat so prompt gefaßt hatten und von dessen Ertrag Seine Exzellenz einen beträchtlichen Prozentsatz einstreichen würde. Da auf keiner der Inselgruppen im östlichen Pazifik jemals von derartigen Abgaben die Rede gewesen war, konnte der Offizier seine Überraschung darüber nicht verbergen:

»Ist das Ihr Ernst?«

»Mein voller Ernst«, bestätigte der Abgesandte. »Und ohne Bezahlung dieser zwei Piaster können wir leider niemanden...«

»Schon gut«, unterbrach ihn der Offizier.

Dann grüßte er Seine Exzellenz und begab sich in sein Büro, um dem Kommodore telephonisch über die britischen Forderungen Mitteilung zu machen.

Ethel Simcoe setzte sich mit dem Gouverneur in Verbindung. Sollte Standard Island bei Mangia vor Anker gehen, obwohl dessen Behörden ebenso nachdrücklich wie ungerechtfertigte Forderungen stellten?

Die Antwort ließ nicht lange auf sich warten. Nachdem sich Cyrus Bikerstaff kurz mit seinen Stellvertretern beraten hatte, weigerte er sich, diese schikanösen Abgaben zu entrichten. Standard Island würde weder vor Mangia noch vor irgendeiner anderen Insel des Archipels Station machen. Der geldgierige Pfarrer hatte seinen Vorschlag umsonst vorgebracht, und die Milliardäre würden andere Inseln besuchen, auf denen weniger habsüchtige Eingeborene lebten.

Die Maschinisten erhielten also den Befehl, ihren Millionen Pferden die Zügel schießen zu lassen, womit Pinchinat um das Vergnügen betrogen wurde, einem ehrenwerten Anthropophagen die Hand zu drücken – falls er einem begegnet wäre. Aber er mochte sich trösten, auf den Cook-Inseln verspeiste man sich nicht mehr gegenseitig – wenn auch vielleicht zum allgemeinen Bedauern!

Standard Island durchquerte jetzt den breiten Meeresarm, der Mangia von jener nach Norden ausgerichteten, aus vier Inseln bestehenden Kette trennt. Dabei traf man auf zahlreiche Pirogen, die einen recht kompliziert gebaute und getakelte Konstruktionen, die anderen nicht mehr als ausgehöhlte Baumstämme, aber bemannt mit kühnen Fischern, die die in diesen Gewässern häufigen Wale jagten.

Diese Inseln sind sehr fruchtbar, und man versteht, warum England ihnen sein Protektorat aufzwang, natürlich mit der Absicht, sie bald ganz dem Vereinten Königreich einzuverleiben. Von Mangia aus konnte man ihre felsigen, von einem Korallenband gesäumten Küsten erkennen, ihre strahlend weißen, mit ungelöschtem, aus Korallen gewonnenem Kalk verputzten Häuser und ihre vom satten Grün tropischer Pflanzen überzogenen Hügel, die eine Höhe von zweihundert Metern nicht übersteigen.

Am nächsten Morgen erreichte man Rarotonga, erkennbar an seinen bis zu den Gipfeln bewaldeten Bergen. Fast im Zentrum der Insel erhebt sich ein fünfzehnhundert Meter hoher Vulkan, dessen Kraterrand aus dem dichten Blattwerk herausragt. Von diesem tiefgrünen Hintergrund hob sich ein schneeweißes Gebäude mit gotischen Fenstern ab: die protestantische Kirche, inmitten des ausgedehnten Urwaldes erbaut, der sich bis zum Strand hin erstreckte. Die hohen Bäume, mit mächtigen Kronen und knorrigen Stämmen, waren krumm und verwachsen wie die uralten Apfelbäume in der Normandie oder die vorgeschichtlichen Olivenbäume in der Provence.

Vielleicht hatte der ehrwürdige Vater, der die rarotongischen Seelen hütete und zur Hälfte am Gewinn der Deutschen Ozeanischen Gesellschaft beteiligt war, über die der gesamte Handel der Insel ablief, nicht wie sein Kollege auf Mangia eine Eintrittsabgabe für Ausländer eingeführt? Vielleicht hätten die Milliardäre, ohne einen Cent zu bezahlen, den zwei Königinnen ihre Aufwartung machen können, die beide Rarotongas Krone für sich beanspruchten, die eine im Dorf Arognani, die andere in Arua? Cyrus Bikerstaff erachtete es jedoch nicht für angebracht, dort an Land zu gehen, worin der Notabeln-Rat mit ihm übereinstimmte, daran gewöhnt, überall wie Könige empfangen zu werden. Damit hatten die von ungeschickten Anglikanern beherrschten Eingeborenen das Nachsehen, denn die Nabobs von Standard Island pflegten die Piaster mit vollen Händen – und aus vollen Taschen – auszugeben.

Gegen Ende des Tages sah man nur noch die Spitze des Vulkans am Horizont, der wie ein Zeiger in den Himmel ragte. Myriaden von Vögeln hatten sich ohne die Erlaubnis des Gouverneurs eingeschifft und kreisten über Standard Island. Doch bei Einbruch der Nacht flogen sie pfeilgeschwind zu ihren meerumtosten Nistplätzen im Norden des Archipels zurück.

Alsdann hielt man unter dem Vorsitz des Gouverneurs eine

Versammlung ab, in der eine Änderung der Reiseroute diskutiert werden sollte. Standard Island kreuzte ja im Augenblick in von Großbritannien dominierten Gewässern. Blieb man auf dem vorgesehenen westlichen Kurs entlang dem zwanzigsten Breitengrad, endete man unweigerlich bei den Tonga- und den Fidschiinseln, eine Aussicht, die nach den Ereignissen vor den Cook-Inseln nichts Ermutigendes an sich hatte. Wäre es deshalb nicht ratsamer, die Loyalitätsinseln und Neukaledonien anzusteuern, wo man mit der gewohnten französischen Höflichkeit empfangen werden würde? Nach der Wintersonnenwende würde man sodann geradewegs in die Äquatorialzone zurückkehren. Zugegeben, das hieße, sich von den Neuen Hebriden entfernen, wohin man ja die Schiffbrüchigen und ihren Kapitän repatriieren wollte.

Während dieser Beratung über einen eventuellen neuen Kurs zeigten sich die Malaien verständlicherweise beunruhigt, denn bei Annahme der Änderung würde sich ihre Heimkehr beträchtlich erschweren. Kapitän Sarol konnte seine Enttäuschung, ja seinen Zorn nicht verbergen, und wer gehört hätte, in welcher Weise er darüber zu seinen Leuten sprach, dem wäre seine Erregung zweifelsohne mehr als verdächtig erschienen.

»Könnt ihr euch vorstellen, daß sie uns auf den Loyalitätsinseln oder in Neukaledonien absetzen«, wiederholte er ständig, »wo uns doch unsere Freunde auf Eromanga erwarten!... Dabei haben wir den Plan auf den Neuen Hebriden so gut vorbereitet!... Sollte uns dieser Goldfisch nun doch noch entschlüpfen?...«

Zum Glück für die Malaien – zum Unglück von Standard Island – wurde der Vorschlag seiner Kursänderung abgelehnt. Die Honoratioren von Milliard City ließen sich nicht gern aus den gewohnten Bahnen werfen. Man würde die Reiseroute beibehalten, die man in Madeleine Bay ausgearbeitet hatte. Einzig um den geplanten vierzehntägigen Aufenthalt auf den Cook-Inseln zu ersetzen, würde man einen Abstecher Richtung Nordwesten nach Samoa unternehmen, bevor man bei den Tonga-Inseln anlegte.

Als dieser Beschluß bekannt wurde, konnten die Malaien ihre Befriedigung darüber nicht verheimlichen.

Was gab es schließlich Natürlicheres für sie, als sich darüber zu freuen, daß der Notablen-Rat sein Versprechen hielt, sie in ihre Heimat zurückzubringen

ZWEITES KAPITEL

VON INSEL ZU INSEL

Wenn sich auch der Himmel über Standard Island in einer Hinsicht aufgeheitert hatte, seit die Beziehungen zwischen Backbord- und Steuerbordbewohnern weniger gespannt waren, möglicherweise dank der Zuneigung, die Walter Tankerdon und Miss Dy Coverley füreinander empfanden, wenn auch Gouverneur und Oberintendant Grund zu der Annahme hatten, die Zukunft würde nicht mehr durch interne Unstimmigkeiten gefährdet, so war doch das Juwel des Pazifiks nicht weniger in seiner Existenz bedroht, bedroht durch eine von langer Hand vorbereitete Katastrophe, der es nur schwer würde entgehen können. Je weiter es sich nach Westen bewegte, desto mehr näherte es sich dem Ort seiner sicheren Zerstörung, und der Urheber dieses verbrecherischen Plans war kein anderer als Kapitän Sarol.

Es hatte nämlich keineswegs der Zufall die Malaien zu den Sandwichinseln geführt. Die Ketsch war einzig und allein zu dem Zwecke nach Honolulu gesegelt, Standard Islands Ankunft abzuwarten. Kapitän Sarol beabsichtigte, der Insel der Milliardäre nach Beendigung ihres alljährlichen Aufenthalts zu folgen, in ihrem Kielwasser zu bleiben, ohne Verdacht zu erregen, sich und seine Männer, die ja niemals als Passagiere aufgenommen worden wären, von ihr als Schiffbrüchige retten zu lassen und sie unter dem Vorwand einer Rückführung zu den Neuen Hebriden zu locken.

Wie wir wissen, verlief der erste Teil seines Vorhabens nach

Plan. Natürlich hatte kein Zusammenstoß stattgefunden, kein unbekanntes Schiff hatte die Ketsch in der Nähe des Äquators gerammt. Die Malaien selbst hatten ihren Zweimaster versenkt, aber so geschickt, daß er sich so lange über Wasser hielt, bis die durch das Notsignal herbeigerufene Hilfe eintraf, und unterging, sobald das Rettungsboot aus dem Steuerbordhafen seine Besatzung an Bord genommen hatte. Auf diese Weise verhinderten sie eine Nachprüfung ihrer Geschichte; außerdem würde niemand einem Matrosen den Status des Schiffbrüchigen absprechen, dessen Schiff soeben gesunken war, weshalb man ihnen zwangsläufig auf Standard Island Asyl gewähren mußte.

Gut, vielleicht würde der Gouverneur ihnen ja nicht erlauben, auf der Insel zu bleiben? Vielleicht war Fremden ein längerer Aufenthalt auf Standard Island gesetzlich untersagt? Vielleicht würde man die Entscheidung treffen, sie im nächsten Archipel von Bord zu schicken? Dieses Risiko mußte man eingehen, und Kapitän Sarol ging es ein. Doch nach dem günstigen Bescheid der Gesellschaft hatte man ja dann die Entscheidung gefällt, die Schiffbrüchigen der Ketsch an Bord zu behalten und sie bis zu den Neuen Hebriden mitzunehmen.

So also hatte sich das Ganze abgespielt. Seit vier Monaten hielten sich Kapitän Sarol und seine zehn Malaien nun schon in völliger Freiheit auf der stählernen Insel auf. Niemand hinderte sie daran, sie bis in den letzten Winkel zu erkunden und all ihre Geheimnisse zu ergründen, eine Gelegenheit, die sie sich nicht entgehen ließen. Alles verlief wunschgemäß. Für kurze Zeit mußten sie eine Kursänderung durch den Notabeln-Rat befürchten, was sie auch in gehörige Aufregung versetzte, bis zu einem Grad, der sie hätte verdächtig machen können. Aber ohne es zu wissen, hatte man ihnen in die Hände gearbeitet und den ursprünglichen Kurs beibehalten. In drei Monaten mußte Standard Island die Neuen Hebriden erreichen, wo sich eine Katastrophe ereignen würde, die in den Annalen der Schiffahrt ihresgleichen suchte.

Die Neuen Hebriden stellten für jeden Seefahrer eine Gefahr dar, nicht nur aufgrund ihrer klippenreichen Küsten, nicht nur aufgrund der reißenden Strömungen zwischen den einzelnen Inseln, sondern auch auf Grund der angeborenen Wildheit eines Teils ihrer Bewohner. Seit Quiros den Archipel im Jahre 1706 entdeckt hatte, seit Bougainville und Cook es 1768 respektive 1773 erforscht hatten, war es immer wieder Schauplatz mörderischer Massaker gewesen; allenfalls sein schlechter Ruf gab Sébastien Zorns düsteren Prognosen über den Ausgang dieser Seereise eine gewisse Berechtigung. Kanaken, Papuas, Malaien und Aborigines verschmolzen dort zu einer hinterlistigen, feigen und nicht zu zivilisierenden Mischung. Manche Inseln bildeten richtige Piratennester; ihre Einwohner lebten ausschließlich von der Seeräuberei.

Kapitän Sarol, malaiischen Ursprungs, gehörte zu diesem Typ von Freibeutern, Walfängern, Sklavenhändlern, die nach den Beobachtungen des Marinearztes Hagon anläßlich seiner Reise zu den Neuen Hebriden diese Gewässer unsicher machten. Wagemutig, einfallsreich, daran gewohnt, in gefährlichen Archipelen zu segeln, sehr erfahren in seinem Geschäft, da er schon mehrere blutige Raubzüge angezettelt und angeführt hatte – der Anschlag auf Standard Island stellte wahrlich nicht seinen ersten Versuch dar, denn seine diesbezüglichen Heldentaten hatten ihn in diesem Teil des westlichen Pazifiks berühmt gemacht.

Nun, vor einigen Monaten hatten Kapitän Sarol und seine Spießgesellen zusammen mit der blutrünstigen Bevölkerung der Insel Eromanga, einer der Neuen Hebriden, einen Coup geplant, der ihnen im Falle seines Gelingens erlauben würde, überall, wo es ihnen gefiel, als ehrbare Leute zu leben. Sie wußten von dieser Insel der Milliardäre, die seit dem Vorjahr zwischen den Wendekreisen kreuzte, wußten, welch unermeßliche Reichtümer Milliard City barg. Da sie allerdings nie so weit nach Westen vordrang, mußte ein Weg gefunden werden, sie vor das barbarische Eromanga zu locken, wo alles für ihre völlige Zerstörung vorbereitet war.

Andererseits, obwohl verstärkt durch die Eingeborenen der Nachbarinseln, mußten die Angreifer bei Standard Islands Bevölkerung mit ihrer zahlenmäßigen Unterlegenheit rechnen, ganz zu schweigen von den ihr zur Verfügung stehenden Verteidigungsmöglichkeiten. Daher kam es nicht in Frage, sie wie ein simples Handelsschiff mit einer Flotille von Pirogen auf offener See zu umzingeln und zu entern. Doch dank der Nächstenliebe der Inselbewohner, die sich die Malaien so unauffällig zunutze gemacht hatten, würde Standard Island Eromanga ahnungslos anlaufen ... sie würde einige Kabellängen vom Ufer entfernt vor Anker gehen ... Tausende von Eingeborenen würden sie überrumpeln, sie an den Klippen zerschellen lassen ... ihr Rumpf würde auseinanderbrechen ... die Piraten könnten ungehindert die Stadt plündern, unter ihren Bewohnern ein Blutbad anrichten ... Und dieser gräßliche Plan hatte wirklich Aussicht auf Erfolg. Als Dank für die Gastfreundschaft, die die Milliardäre Kapitän Sarol und seinen Komplizen gewährt hatten, wurden sie von ihnen in eine tödliche Falle gelockt.

Am 9. Dezember erreichte Kommodore Simcoe den 171. Meridian an seinem Schnittpunkt mit dem 15. Breitengrad. Zwischen diesem und dem 175. Meridian erstreckt sich die Samoa-Gruppe, der Bougainville 1768, Lapérouse 1787 und Edwards 1791 einen Besuch abgestattet hatten.

Zuerst tauchte im Nordwesten Rose auf, eine unbewohnte Insel, auf der es absolut nichts zu sehen gab.

Zwei Tage später kam Manua mit seinen Schwesterinselchen Olosaga und Ofu in Sicht. Manuas höchster Punkt liegt auf siebenhundertsechzig Metern über Meer. Obwohl die Insel ungefähr zweitausend Einwohner zählte, handelte es sich bei ihr nicht um die interessanteste des Archipels, weshalb der Gouverneur keinen Befehl zum Anlegen erteilte. Viel lohnender würde ein zweiwöchiger Aufenthalt auf Tetuila, Upolu, Savaii, den schönsten Inseln dieser ausgesprochen reizvollen Gruppe sein. Dennoch erfreut sich Manua in den Annalen der Seefahrt einer traurigen Berühmtheit, denn an seiner Küste, bei Ma-Oma, kamen damals mehrere Begleiter Cooks in einer Bucht ums Leben, die bis auf den heutigen Tag den nur zu berechtigten Namen »Massaker-Bucht« trägt.

Ungefähr zwanzig Meilen trennen Manua von seiner Nachbarinsel Tetuila, die auf Standard Island in der Nacht vom 14. auf den 15. Dezember signalisiert wurde. Das Quartett, das an diesem Abend in der Nähe der Rammsporn-Batterie flanierte, konnte die Insel »riechen«, obgleich sie noch mehrere Meilen entfernt war. Betörende Düfte erfüllten die Luft.

»Das ist keine Insel«, rief Pinchinat, »das ist eine Parfumfabrik!«

»Wenn Deine Hoheit nichts dagegen hat«, bemerkte Yvernès, »würde ich sie lieber mit einem Riechfläschchen vergleichen.«

»Ganz wie du willst«, erwiderte Pinchinat, der die poetischen Höhenflüge seines Freundes nicht stören wollte.

Tatsächlich schien über diesen traumhaften tropischen Gewässern eine parfümierte Brise zu wehen, verströmt von jener so durchdringend duftenden Essenz, der die Samoaner den Namen »Mussooi« gegeben hatten.

Bei Sonnenaufgang glitt Standard Island bereits in sechs Kabellängen Entfernung an Tetuilas Nordküste entlang. Die Insel läßt sich mit einem blühenden Blumenbeet vergleichen, oder eher noch mit einem Park, dessen Wälder stufenartig bis zu den Berggipfeln hinaufreichen, mit anderen Worten bis auf siebzehnhundert Meter. Vor ihrer Küste liegen einige Inselchen, unter anderem Anuu. Hunderte schnittiger Pirogen, bemannt von kräftigen, halbnackten Eingeborenen, die ihre Ruder im Zweivierteltakt eines samoanischen Liedes bewegten, bemühten sich, eine Eskorte zu bilden. Ohne Übertreibung saßen fünfzig bis sechzig Ruderer in einem dieser langen Boote, deren solide Konstruktion es ihnen erlaubte, auf hoher See zu verkehren. Unsere Pariser verstanden nun auch, warum die ersten Europäer diesem Archipel den Namen »Seefahrer-Inseln« verliehen hatten. Seine korrekte geographische Bezeichnung lautet allerdings Hamoa- oder besser Samoa-Inseln.

Savaii, Upolu und Tetuila, die sich von Nordwesten nach Südosten hinziehen, sowie Olosaga, Ofu und Manua, verteilt im Südosten, sind die wichtigsten Inseln dieser Gruppe vulkanischen Ursprungs. Ihre Gesamtoberfläche beträgt 2800 km², mit einer Bevölkerung von 35600 Einwohnern. Auch hier erwiesen sich demnach die Schätzungen der ersten Entdecker als um die Hälfte zu hoch.

Keine dieser Inseln verfügt über dieselben günstigen klimatischen Bedingungen wie Standard Island. Die hiesigen Durchschnittstemperaturen schwanken zwischen sechsundzwanzig und vierunddreißig Grad; in den Monaten Juli/August ist die Kälte, im Februar die Hitze am größten. Außerdem werden die Samoaner von Dezember bis April von heftigen Regenfällen und Stürmen heimgesucht, die oft zu Flutkatastrophen führen.

Der Handel befand sich in erster Linie in den Händen der Engländer, gefolgt von den Amerikanern und den Deutschen, wobei sich die Importe auf 1,8 Millionen Francs, die Exporte auf 900000 Francs beliefen. Ausgeführt wurden gewisse landwirtschaftliche Produkte, eine Jahr für Jahr zunehmende Menge Baumwolle und Kopra, also getrocknete und zerkleinerte Kokosnußkerne.

Außer den Ureinwohnern, die malaiisch-polynesischen Ursprungs sind, lebten gut dreihundert Weiße und einige Tausend auf verschiedenen melanesischen Inseln angeworbene Arbeiter hier. Seit 1830 bemühten sich Missionare, die Samoaner zum Christentum zu bekehren, aber diese praktizierten immer noch einige ihrer heidnischen Riten. Aufgrund des deutschen und britischen Einflusses waren die meisten Eingeborenen protestantisch. Nichtsdestotrotz hatte auch der Katholizismus mehrere tausend Bekehrte zu verzeichnen, eine Zahl, die die Maristen-Patres ständig zu vergrößern suchten, um dem angelsächsischen Bekehrungseifer entgegenzuwirken.

Standard Island ging schließlich im Süden Tetuilas vor Anker, am Eingang des Hafens von Pago-Pago. Die Hauptstadt der Insel, Leone, liegt weiter im Innern der Insel. Diesmal gab es keinerlei Schwierigkeiten zwischen Cyrus Bikerstaff und den lokalen Behörden, welche den Verkehr mit dem Lande ohne Umstände freigaben. Samoas Herrscher residierte allerdings nicht auf Tetuila, sondern auf Upolu, wo sich auch die englischen, amerikanischen und deutschen Residenten niedergelassen hatten, weshalb hier auf offizielle Empfänge verzichtet wurde.

Wenige Samoaner nutzten die ihnen anerbotene Gelegenheit und besichtigten Milliard City und »Umgebung«; ebenso durften die Milliardäre eines herzlichen Empfangs auf dem Samoa-Archipel gewiß sein.

Der Hafen von Pago-Pago liegt ganz hinten in einer Bucht, ist daher ausgezeichnet geschützt, aber trotzdem leicht zu erreichen. Er wurde häufig von Kriegsschiffen angelaufen.

Es wird uns kaum verwundern, unter den ersten, die an Land gingen, Sébastien Zorn und seine drei Freunde zu sehen, begleitet vom Oberintendanten, der ihre Gesellschaft suchte. Calistus Munbar versprühte wie gewohnt Charme und gute Laune. Er hatte erfahren, daß drei oder vier der besten Familien eine Kutschfahrt mit neuseeländischen Gespannen nach Leone unternahmen. Zweifellos beteiligten sich auch die Coverleys und Tankerdons daran, und vielleicht würden sich Walter und Miss Dy dabei noch näherkommen, was ihm durchaus nicht mißfallen hätte.

Während des ganzen Spaziergangs mit dem Quartett beschäftigte ihn dieses Thema, über das er sich ganz seinem Charakter entsprechend ungeheuer ereiferte.

»Meine Freunde«, wiederholte er, »wir sind mitten in einer komischen Oper! Jetzt brauchen wir nur noch einen glücklichen Zufall für den Ausgang des Stücks... ein durchgehendes Pferd... ein Wagen, der umkippt...«

»Ein Überfall von Straßenräubern«, meinte Yvernès.

»Bei dem alle Ausflügler niedergemacht werden«, fuhr Pinchinat fort.

»Gar nicht so abwegig«, brummte der Cellist mit Grabesstimme, als zupfe er die düsteren Töne seiner vierten Saite.

»Aber, aber, meine Freunde!« rief Calistus Munbar. »So weit wollen wir doch nicht gehen! Nur ein kleiner Unfall, bei dem Walter Tankerdon das Leben von Miss Dy retten könnte...«

»Und im Hintergrund Musik von Boieldieu oder Auber«, sagte Pinchinat, indem er mit der einen Hand eine imaginäre Drehorgelkurbel bediente.

Sie tranken auf das Wohl der zukünftigen Eheleute

»Ihnen liegt also noch immer etwas an dieser Heirat?« erkundigte sich Frascolin.

»Ob mir etwas an ihr liegt, mein lieber Frascolin: Ich träume Tag und Nacht von nichts anderem! Meine gute Laune ist dahin! (Es schien aber gar nicht so.) Ich magere ab! (Davon war nicht viel mehr zu bemerken.) Ich sterbe noch, wenn sie nicht stattfindet...«

»Sie findet statt, verehrter Oberintendant«, erwiderte Yvernès, wobei er seiner Stimme einen prophetischen Klang gab. »Schließlich will Gott nicht den Tod Eurer Exzellenz...«

»Der wäre auch ein Verlust für ihn!« entgegnete Calistus Munbar.

Daraufhin begaben sich alle fünf zu einem kleinen Verkaufsstand, wo sie mit einigen Gläsern Kokosmilch auf das Wohl der zukünftigen Eheleute anstießen und dazu köstliche Bananen aßen.

Ein Augenschmaus für unsere Pariser, die samoanischen Eingeborenen, denen sie im Hafen und in den Straßen begegneten. Die hochgewachsenen Männer besaßen einen mächtigen Brustkorb, muskulöse Gliedmaßen, gelblich-braune Haut, einen rundlichen Kopf und sanfte, freundliche Züge. Vielleicht zeigten sie zuviel Tätowierungen auf Armen, Oberkörper, selbst auf ihren Oberschenkeln, die eine Art Rock aus Gras oder Blättern nur unvollständig bedeckte. Ihre Haare waren schwarz, sagte man, glatt oder lockig, je nach Geschmack des Trägers. Da sie diese Haarpracht jedoch mit einer weißen Kalkschicht bestrichen, sahen sie aus, als trügen sie Perücken.

»Wilde im Louis-xv-Stil!« bemerkte Pinchinat. »Es fehlen ihnen nur noch Jackett, Degen, Kniehosen, Strümpfe, hochhakkige rote Schuhe, Federhut und Tabaksdosen, und sie könnten beim kleinen Lever in Versailles erscheinen!«

Die Samoanerinnen, genauso dürftig bekleidet wie die Männer, an Händen und Brust tätowiert, den Kopf mit Gardenienkränzen geschmückt, Ketten aus rotem Hibiskus um den Hals geschlungen, erklärten zur Genüge – zumindest im Falle der jungen Mädchen – die schwärmerische Begeisterung der ersten

Seefahrer. Sie erwiesen sich übrigens als sehr zurückhaltend, von einer etwas gezierten Schamhaftigkeit, doch ihre Grazie, ihr Lächeln, die Art, wie sie dem Quartett mit sanfter, melodischer Stimme »Kalofa«, das heißt einen guten Tag wünschten, bezauberte die vier gleichwohl.

Am nächsten Tag durchquerten unsere Touristen auf einem Ausflug oder eher einer Pilgerfahrt die Insel von einer Küste zur anderen. Sie mieteten einen Wagen, der sie auf die gegenüberliegende Seite Tetuilas zur Franca Bay brachte, deren Name die Erinnerung an Frankreich wachruft. Hier gedenkt man mittels eines 1884 erbauten Denkmals aus weißer Koralle mit einer Bronzetafel der unvergeßlichen Namen des Kommandanten de Langle, des Naturforschers Lamanon und der neun Matrosen – der Begleiter von Lapérouse –, die am 11. Dezember 1787 an dieser Stelle erschlagen wurden.

Sébastien Zorn und seine Kameraden kehrten durch das Innere der Insel nach Pago-Pago zurück. Was für prachtvolle Wälder – Kokospalmen, wilde Bananenstauden, zahlreiche einheimische Edelhölzer, alle von Lianen umrankt! Daneben erstreckten sich Taro-, Zuckerrohr-, Kaffee-, Baumwoll- und Zimtplantagen. Überall wuchsen Orangen-, Guajaven-, Mango- und Avocadobäume, auch Kletterpflanzen, Orchideen und Baumfarne. Eine erstaunlich reiche Flora gedeiht auf diesem fruchtbaren Boden, unterstützt vom feuchtwarmen Klima. Samoas Fauna beschränkt sich auf einige Vögel, wenige recht harmlose Schlangen und als einziges einheimisches Säugetier einen Vertreter der Familie der Nager, genauer gesagt eine kleine Rattenart.

Vier Tage später, am 18. Dezember, verließ Standard Island Tetuila, ohne daß sich der von Calistus Munbar herbeigewünschte »Akt der Vorsehung« ereignet hätte. Aber die Atmosphäre zwischen den beiden Familien entspannte sich sichtlich weiter.

Kaum zwölf Meilen trennen Tetuila von Upolu. Am folgenden Morgen manövrierte Kommodore Simcoe geschickt zwischen den drei auf einer Viertelmeile verteilten Inselchen Nuntua, Samusu und Salafuta hindurch, die Upolu wie vorgelagerte Forts verteidigen. Am Nachmittag hatte man dann den Ankerplatz vor Apia erreicht.

Mit sechzehntausend Einwohnern war Upolu die wichtigste Insel des Archipels. Hier hatten sich auch die Residenten von Deutschland, Amerika und England zu einer Art Rat zusammengeschlossen, um gemeinsam ihre nationalen Interessen wahrzunehmen. Der König der Inselgruppe »regierte« inmitten seines Hofstaats in Malinuu, am äußersten östlichen Ende von Kap Apia.

Upolu sieht Tehuila zum Verwechseln ähnlich: terrassenförmig übereinander aufsteigende Felsen, überragt vom Gipfel des Missionsberges, der sozusagen auf ihrer ganzen Länge das Rückgrat der Insel bildet. Diese erloschenen Vulkane sind heute bis zum Kraterrand mit dichten Wäldern bedeckt. Vom Fuß der Berge ziehen sich Ebenen und Felder bis zum Schwemmland der Küste hin, wo die Vegetation in ihrer ganzen tropischen Üppigkeit wuchert.

Am nächsten Morgen ließen sich Cyrus Bikerstaff, seine beiden Stellvertreter und einige bedeutende Persönlichkeiten der Stadt zum Hafen von Apia übersetzen, um einen offiziellen Besuch bei den Vertretern Deutschlands, Englands und Amerikas abzustatten, diesem internationalen Magistrat, in dessen Händen die administrativen Fäden des Archipels zusammenliefen.

Während die Delegation von Standard Island ihren Verpflichtungen nachging, nutzten Sébastien Zorn, Yvernès, Pinchinat und Frascolin, die mit ihr an Land gegangen waren, die Zeit zu einem Bummel durch die Stadt.

Gleich zu Beginn fiel ihnen der große Unterschied zwischen den europäischen Gebäuden, in denen die Händler ihre Geschäfte errichtet hatten, und den Hütten des ursprünglichen Eingeborenendorfes auf, aus denen sich die Eingeborenen nicht hatten umsiedeln lassen: Sie waren geräumig, sauber – mit einem Wort schmuck. Den Ufern des Flusses Apia entlang verstreut fanden ihre niedrigen Dächer Schatten unter dem eleganten Sonnendach der Palmen.

Welche Freude, mit dem Superior zu plaudern

Im Hafen herrschte lebhaftes Treiben. Er wurde vom ganzen Archipel am meisten angelaufen und die Hamburgische Handelsgesellschaft unterhielt hier eine kleine Flotte, die zur Küstenschiffahrt zwischen Samoa und den umliegenden Inselgruppen diente.

Obwohl jener englisch-amerikanisch-deutschen Allianz auf dem Samoa-Archipel zweifelsohne eine Vormachtstellung zukam, wurde Frankreich durch katholische Missionare wirkungsvoll vertreten, da diese dank ihrer Ehrbarkeit, ihrer selbstlosen Nächstenliebe und ihres Eifers bei den Eingeborenen einen sehr guten Ruf genossen. Wahrhafte Befriedigung, ja ein tiefempfundenes Gefühl ergriff unsere Künstler, als sie die kleine Kirche der Missionare erblickten, die nichts von der puritanischen Strenge protestantischer Kapellen an sich hatte, und ein wenig dahinter, auf dem Hügel, ein Schulhaus, über dem die Trikolore wehte.

Sie wandten sich in diese Richtung und erreichten innerhalb weniger Minuten die französische Niederlassung. Die Maristen bereiteten den »Falanis«, wie Fremde auf Samoa genannt werden, den gebührenden patriotischen Empfang. In dieser Missionsstation arbeiteten drei Patres, weitere zwei wirkten auf Savaii, nicht zu vergessen eine geringe Anzahl Nonnen auf den verschiedenen Inseln.

Welche Freude, mit dem bereits betagten Superior zu plaudern, der schon viele Jahre auf Samoa lebte. Er war so glücklich, endlich wieder einmal Landsleute zu sehen, noch dazu Künstler aus seiner Heimat. Während der Unterhaltung trank man erfrischende Getränke, die die Mönche selbst herstellten.

»Und vor allem, meine Söhne«, sagte der Greis, »denken Sie nicht, daß unsere Inseln noch unzivilisiert wären. Hier werden Sie keinen einzigen Menschenfresser finden.«

»Wir sind bisher auch noch keinem begegnet«, bemerkte Frascolin.

»Zu unserem großen Bedauern«, fügte Pinchinat hinzu.

»Wie meinen Sie ... zu Ihrem Bedauern ...«

»Ehrwürdiger Vater, bitte verzeihen Sie einem neugierigen

Pariser dieses Geständnis. Es geht mir nur um das Lokalkolorit!«

»Wir sind noch lange nicht am Ende unserer Reise«, mischte sich Sébastien Zorn ein, »und vielleicht treffen wir noch mehr von deinen ersehnten Kannibalen, als uns lieb ist.«

»Schon möglich«, entgegnete der Superior. »Weiter im Westen, auf den Neuen Hebriden und den Salomonen, sollten Seefahrer mit äußerster Vorsicht vorgehen. Aber auf Tahiti, den Marquesas, den Gesellschaftsinseln und auf Samoa hat die Zivilisation bemerkenswerte Fortschritte gemacht. Ich weiß sehr wohl, daß die Ermordung der Begleiter von Lapérouse den Samoanern den Ruf eingebracht hat, wilde, menschenfressende Bestien zu sein. Aber sie haben sich unter dem Einfluß des Christentums sehr geändert. Die Eingeborenen von heute sind zivilisierte Menschen mit einer Regierung nach europäischem Muster und Revolutionen...«

»Nach europäischem Muster?« fragte Yvernès.

»Leider ja, mein Sohn. Auch den Samoanern bleiben politische Meinungsverschiedenheiten nicht erspart.«

»Das weiß man auf Standard Island«, sagte Pinchinat. »Denn was weiß man nicht, ehrwürdiger Vater, auf dieser gottgesegneten Insel! Wir nahmen sogar an, wir würden mitten in einen Dynastie-Krieg zwischen zwei königlichen Familien hineinplatzen.«

»So ist es, meine Freunde. Es gab einen Kampf zwischen König Tupua, der aus dem alten Herrschergeschlecht des Archipels stammt, und den wir nach Kräften unterstützen, und König Malietoa, dem Mann der Engländer und der Deutschen. Es wurde sehr viel Blut vergossen, besonders in der großen Schlacht vom Dezember 1887. Beide Könige waren nacheinander gekrönt und wieder gestürzt worden, aber schließlich erklärten die drei Kolonialmächte Malietoa zum Herrscher, in Übereinstimmung mit den Verfügungen, die der Hof von Berlin festgesetzt hatte... Berlin!« Und der alte Missionar konnte ein Schaudern nicht unterdrücken, als er dieses Wort aussprach.

»Sehen Sie«, fuhr er fort, »bisher hatten die Deutschen den

größten Einfluß auf Samoa. Neun Zehntel des Agrarlandes sind in ihren Händen. In der Umgebung von Apia, in Suluafata, hat ihnen die Regierung eine sehr wichtige Genehmigung erteilt, in der Nähe eines Hafens, der dem Nachschub für ihre Kriegsschiffe dienen könnte. *Sie* haben hier Schnellfeuerwaffen eingeführt... Doch all das wird vielleicht eines Tages ein Ende haben...«

»Zum Vorteil Frankreichs?« wollte Frascolin wissen.

»Nein, zum Vorteil des Vereinten Königreichs!«

»Na, ob England oder Deutschland...« meinte Yvernès.

»Doch, doch, mein Sohn«, bemerkte der Superior, »da gibt es einen erheblichen Unterschied.«

»Aber König Malietoa?« fragte Yvernès.

»Er ist erst vor kurzem wieder gestürzt worden. Und wissen Sie, wer die größten Chancen hat, sein Nachfolger zu werden?... Ein Engländer, eine der bekanntesten Persönlichkeiten des Archipels, ein einfacher Schriftsteller.«

»Ein Schriftsteller?«

»Ja, Robert Lewis Stevenson, der Autor von *Arabische Nächte* und *Die Schatzinsel.*«

»Was einem die Literatur nicht alles einbringen kann!« rief Yvernès.

»Unsere französischen Schriftsteller sollten sich an ihm ein Beispiel nehmen!« spann Pinchinat den Faden weiter. »Zola I. als König von Samoa, auf dem Thron der Könige Tupua und Malietoa, von der britischen Regierung anerkannt, Stammvater einer langen Dynastie... Welch ein Traum!«

Nachdem der Superior noch einige interessante Einzelheiten über die Sitten der Samoaner erzählt hatte, verabschiedete man sich. An der Tür fügte er überdies hinzu, der größte Teil der Bevölkerung Samoas gehöre zwar dem wesleyanischen Protestantismus an, aber auch der Katholizismus gewinne täglich neue Gläubige. Die Kirche fasse bereits nicht mehr alle Besucher der Messe, und auch die Schule müsse demnächst vergrößert werden. Er zeigte sich sehr glücklich darüber, und seine Gäste freuten sich mit ihm.

Standard Islands Aufenthalt auf Upolu dauerte noch weitere drei Tage.

Die Missionare kamen nach Milliard City, um den Künstlern einen Gegenbesuch abzustatten. Man zeigte ihnen die Stadt, die sie in größtes Erstaunen versetzte. Und warum es verheimlichen, daß das Solisten-Quartett den Patres im Saal des Casinos einige Stücke aus seinem Repertoire vorspielte? Der gute Alte weinte vor Rührung, denn er liebte klassische Musik über alles, und zu seinem großen Bedauern bildete diese nicht gerade einen konstanten Bestandteil samoanischer Festivitäten.

Am Vorabend der Abfahrt verabschiedeten sich Sébastien Zorn, Frascolin, Pinchinat und Yvernès, diesmal begleitet vom Lehrer für Tanz und gutes Benehmen, von den Missionaren auf Upolu. Beide Seiten rührte dieses Lebewohl außerordentlich, wie so oft bei Menschen, die sich nur wenige Tage gekannt haben und wissen, daß sie sich nie wiedersehen werden. Der Greis umarmte und segnete sie, worauf sie tief bewegt nach Milliard City zurückkehrten.

Am nächsten Morgen, am 23. Dezember, stach Standard Island schon früh in See, umgeben von einem Begleitzug von Pirogen, der sie bis zur Nachbarinsel Savaii zu eskortieren wünschte.

Diese Insel wird von Upolu nur durch eine sieben bis acht Meilen breite Meeresenge getrennt. Da aber der Hafen Apia auf der Nordseite der Insel liegt, mußte man Upolu zuerst in seiner ganzen Länge passieren, bevor man zu dieser Meerenge gelangte.

Gemäß der vom Gouverneur festgelegten Reiseroute würde man Savaii nicht umkreisen, sondern zwischen ihr und Upolu hindurchfahren, um Richtung Südwesten Kurs auf die Tongainseln zu nehmen. Standard Island bewegte sich also nur mit sehr mäßiger Geschwindigkeit fort, weil man sich nicht bei Nacht in diese heikle, von den Inselchen Apolinia und Manono flankierte Passage hineinwagen wollte.

Am folgenden Tag manövrierte Kommodore Simcoe die stählerne Insel im Morgengrauen zwischen diesen beiden kleinen Inseln hindurch, von denen die eine, Apolinia, knapp zweihundertfünfzig Einwohner zählte und die andere, Manono, ungefähr tausend. Diese Eingeborenen standen zu Recht in dem Ruf, die tüchtigsten und ehrbarsten Leute des Archipels zu sein.

Von der Meerenge aus hatten unsere Reisenden Gelegenheit, Savaii in seiner ganzen Schönheit zu bewundern. Eine unbezwingbare Steilküste aus Granit schützt die Insel vor dem Ansturm der Wogen, die die Orkane, Tornados, Zyklone der kalten Jahreszeit zu gewaltigen Brechern anwachsen lassen. Das dicht bewaldete Savaii wird von einem erloschenen, zwölfhundert Meter hohen Vulkan beherrscht, über dessen Hänge rauschende Wasserfälle herabstürzen. Eingeborenendörfer blitzten unter dem Blätterdach gigantischer Palmen hervor, und das Meer erzeugte donnernde Echos, wenn es in die tiefen Höhlen an der Küste einbrach.

Und wenn man den Legenden Glauben schenken kann, war diese Insel die alleinige Wiege der polynesischen Rassen; ihre elftausend Einwohner zeigten jedenfalls den reinsten Typus. Damals hieß sie Savaiiki, das berühmte Eden der maorischen Götter.

Standard Island entfernte sich langsam, und am Abend des 24. Dezember verschwand Savaii endgültig am Horizont.

DRITTES KAPITEL

KONZERT BEI HOFE

Seit dem 21. Dezember begann die Sonne, nachdem sie auf ihrem scheinbaren Lauf beim Wendekreis des Steinbocks angehalten hatte, wieder nach Norden aufzusteigen, womit sie jene Breiten den Unbilden des Winters überließ und den Sommer in die nördliche Hemisphäre zurückbrachte.

Standard Island war jetzt nur noch ungefähr zehn Grad von diesem Wendekreis entfernt. Mit dem Besuch der Tongainseln würde sie den südlichsten Punkt ihrer Reise erreicht haben, wonach sie wieder Richtung Norden steuern würde, um die bestmöglichen klimatischen Bedingungen beizubehalten. Während die Sonne in ihrem Zenit stand, würde man zwar eine Periode extremer Hitze nicht vermeiden können, aber diese würde von der Meeresbrise gemäßigt und sich mit der zunehmenden Distanz zu ihrem Ursprung ständig vermindern.

Zwischen dem Samoa-Archipel und der größten Insel von Tonga-Tabu liegen acht Grad, das heißt ungefähr neunhundert Kilometer. Man hatte keine Eile. Die Insel der Milliardäre würde gemächlich über dieses unverändert schöne Meer dahingleiten, das wie der Himmel über ihm nur selten von kurzen Gewittern ein wenig in Aufruhr versetzt wurde. Es genügte völlig, in den ersten Januartagen bei Tonga-Tabu einzutreffen, wo man eine Woche haltmachen würde, um danach zu den Fidschiinseln zu reisen. Von dort würde Standard Island noch zu den Neuen Hebriden fahren, um die malaiische Mannschaft abzusetzen. Alsdann würde sie mit nordöstlichem Kurs nach Madeleine Bay zurückkehren und damit ihre zweite Jahresreise beenden.

Das Leben in Milliard City nahm seinen gewohnten Gang, verlief in genauso unabänderlichen Bahnen wie in einer amerikanischen oder europäischen Großstadt: dauernde Verbindung mit der Neuen Welt über Dampfer oder Telegraphenkabel, gegenseitige Besuche der Familien, offensichtliche Annäherung der beiden rivalisierenden Stadthälften, Spaziergänge, Spiele – und die Konzerte des Quartetts, die sich bei den Musikliebhabern stets gleichbleibender Beliebtheit erfreuten.

Weihnachten wurde von beiden Konfessionen mit großem Pomp gefeiert, in der protestantischen Kirche ebenso wie in der Saint-Mary Church, in den hochherrschaftlichen ebenso wie in den einfachen Häusern des Geschäftsviertels. Die Festlichkeiten, die mit Heiligabend begannen, sollten auf der ganzen Insel bis zum 1. Januar dauern.

Starboard Chronicle und *New Herald* hielten ihre Leser auch während der Feiertage über die letzten Neuigkeiten aus dem Ausland und der Stadt auf dem laufenden. Eine dieser Neuigkeiten, die beide Zeitungen gleichzeitig brachten, gab sogar zu diversen Kommentaren Anlaß.

In der Ausgabe vom 26. Dezember stand nämlich zu lesen, daß sich der König von Malekarlien ins Rathaus begeben habe, wo er vom Gouverneur empfangen worden sei. Welchen Zweck verfolgte wohl Seine Majestät mit diesem Besuch? ... Was hatte ihn dazu veranlaßt? ... Zahlreiche Gerüchte gingen um in der Stadt und hätten unzweifelhaft die wildesten Blüten getrieben, wenn die Zeitungen nicht schon am anderen Morgen Näheres berichtet hätten.

Der König von Malekarlien hatte sich um eine Stelle am Observatorium beworben, welche er mit Zustimmung der obersten Verwaltung sofort antreten konnte.

»Was es nicht alles gibt!« rief Pinchinat. »So etwas erlebt man auch nur in Milliard City! Ein König, sein Fernrohr am Auge, beobachtet die Sterne am Horizont!«

»Ein Stern dieser Erde, der mit seinen Brüdern am Firmament Kontakt aufnimmt«, kommentierte Yvernès.

Die Meldung entsprach der Wahrheit. Hier nun die Gründe, die Seine Majestät dazu veranlaßten, sich um diesen Posten zu bemühen.

Der König und die Königin von Malekarlien waren gute Herrscher gewesen. Als aufgeklärte, liberale Menschen setzten sie sich voll und ganz für das Wohl ihres kleinen europäischen Staates ein, ohne je den Anspruch zu erheben, ihre Dynastie, obgleich eine der ältesten der Alten Welt, sei bis zu einem göttlichen Ahnherrn zurückzuverfolgen. Der König verfügte über fundierte wissenschaftliche Kenntnisse und verstand sehr viel von Kunst, vor allem Musik liebte er über alles. Ein Gelehrter und Philosoph wie er konnte sich über die Zukunft der Monarchien in Europa keine Illusionen machen, weshalb er auch stets bereit war abzudanken, sobald sein Volk das von ihm verlangen sollte. Da er keine direkten Erben hatte, würde er keine Familieninteressen verletzen, wenn er den Augenblick für gekommen halten würde, auf seine Krone zu verzichten.

Der Augenblick kam vor drei Jahren, ohne Revolution, zumindest ohne blutige Revolution. In gemeinsamem Einverständnis wurde der Vertrag zwischen Seiner Majestät und seinem

»Ein König, sein Fernrohr am Auge . . .«

Volk gelöst. Der König wurde wieder ein Mensch, seine Untertanen wurden Bürger; er ging mit nicht mehr Aufhebens als ein Reisender, der seine Eisenbahnfahrkarte gelöst hat, und ließ eine Regierungsform an die Stelle einer anderen treten.

Mit seinen sechzig Jahren erfreute sich der rüstige König einer Verfassung, die vielleicht besser war als jene, die sich sein ehemaliges Königreich zu geben versuchte. Doch die zarte Gesundheit der Königin verlangte nach einem Klima ohne ständige Temperaturstürze. Allerdings fand man diese fast vollkommene Gleichförmigkeit der klimatischen Bedingungen praktisch nur auf Standard Island, falls man die Strapazen nicht auf sich nehmen konnte, der warmen Jahreszeit über den ganzen Erdball hinweg immer wieder nachzureisen. Anscheinend bot das Wasserfahrzeug der Standard Island Company diese verschiedenen Vorteile, denn die angesehensten Finanzmagnate der Vereinigten Staaten hatten es zu ihrer Wahlheimat gemacht.

Sobald die Konstruktion der stählernen Insel abgeschlossen war, beschlossen deshalb der König und die Königin von Malekarlien, sich in Milliard City niederzulassen. Das Recht dazu wurde ihnen unter der Bedingung erteilt, daß sie als einfache Bürger ohne besondere Privilegien dort leben würden, was zweifellos dem Wunsch Ihrer Majestäten entsprach. Man vermietete ihnen ein kleines Haus an der 39. Straße der Steuerbordseite, umgeben von einem Garten, der in den Park überging. Hier lebte das königliche Paar bescheiden und zurückgezogen, ohne sich je irgendwie in die Streitigkeiten zwischen den beiden rivalisierenden Stadthälften einzumischen. Der König beschäftigte sich mit astronomischen Studien, für die er schon immer eine große Vorliebe besessen hatte. Die Königin, eine gläubige Katholikin, führte ein halb klösterliches Leben, da sich ihr nicht einmal die Gelegenheit bot, sich wohltätigen Werken zu widmen; auf dem Juwel des Pazifiks kannte man ja das Elend nicht.

So lautet die Geschichte der ehemaligen Herrscher über das Königreich von Malekarlien – eine Geschichte, die der Oberintendant unseren Künstlern erzählte, wobei er hinzufügte, der König und die Königin seien die besten Menschen, die man sich vorstellen könne, obwohl ihr Vermögen relativ stark beschränkt sei.

Das Quartett, äußerst bewegt durch die philosophische Ergebenheit, mit der das königliche Paar seine Absetzung ertrug, empfand eine respektvolle Sympathie für die beiden. Anstatt sich in Frankreich, der Zuflucht entthronter Könige, niederzulassen, hatten sie als Wohnort Standard Island gewählt, so wie begüterte Europäer, ebenfalls aus gesundheitlichen Gründen, Nizza oder Korfu wählten. Natürlich hatte man sie nicht verbannt, nicht aus ihrem Königreich vertrieben, sie hätten dort bleiben können, könnten jederzeit dorthin zurückkehren, solange sie nicht mehr verlangten als ihre Rechte als Bürger. Diese Absicht hegten sie indessen keineswegs; sie zogen das friedliche Leben auf der Insel der Milliardäre vor, deren Gesetzen und Bestimmungen sie gehorchten.

Gemessen an den Lebenskosten in Milliard City, erst recht verglichen mit der Mehrheit seiner Bewohner, war das Königspaar wahrhaftig nicht reich zu nennen. Wie sollte man mit einem Einkommen von 200000 Francs auskommen, wenn schon allein die Miete eines bescheidenen Hauses 50000 Francs betrug? Allerdings reichte das Vermögen der abgedankten Herrscher schon bei weitem nicht an das der Kaiser und Könige Europas heran, die wiederum neben den Goulds, Vanderbilts, Rothschilds, Astors, Makays und anderen Göttern der Hochfinanz selbst eine recht klägliche Figur machten. Daher gerieten die beiden, obwohl ihre Lebensweise keineswegs aufwendig war, obwohl sie sich auf das Notwendigste beschränkten, bald in Schwierigkeiten. Da sich aber der Gesundheitszustand der Königin auf Standard Island entschieden gebessert hatte, konnte der König gar nicht daran denken wegzuziehen. Er wollte versuchen, seine Einkünfte durch Arbeit zu vergrößern, und als dann eine hochdotierte Stelle am Observatorium frei wurde, bewarb er sich um sie beim Gouverneur. Nachdem sich Cyrus Bikerstaff telegraphisch mit der obersten Verwaltung in Madeleine Bay beraten hatte, besetzte er den Posten mit dem König. So kam es, daß die Zeitungen berichten konnten, der König von Malekarlien sei auf Standard Island zum Astronomen ernannt worden.

Welch eine Sensation in jedem anderen Land! Hier sprach man zwei Tage lang darüber, dann war das Thema vergessen. Es schien jedermann ganz natürlich, daß sich ein König durch Arbeit seine friedliche Existenz in Milliard City zu erhalten suchte. Außerdem verfügte der Mann über ein ungeheures Wissen, von dem man nur profitieren würde. Daran war wirklich nichts Ehrenrühriges. Entdeckte er irgendein neues Gestirn, Planet, Komet oder Stern, so würde man ihm seinen Namen geben, der unter den mythologischen Namen, von denen die astronomischen Jahrbücher wimmelten, angenehm auffallen würde.

Während eines Spaziergangs im Park unterhielten sich Sébastien Zorn, Frascolin, Pinchinat und Yvernès über das Ereignis. Am Morgen hatten sie den König in sein Büro gehen sehen, und sie waren noch nicht amerikanisiert genug, um diese zumindest wenig alltägliche Situation einfach so zu akzeptieren.

»Mir scheint, wenn Seine Majestät nicht befähigt gewesen wäre, die Aufgaben eines Astronomen zu erfüllen, hätte er auch als Musikprofessor Unterricht erteilen können«, meinte Frascolin.

»Ein König, der sich mit Privatstunden über Wasser hält!« rief Pinchinat dazwischen.

»Gewiß, und bei dem Preis, den seine reichen Schüler ihm für seine Stunden bezahlt hätten ...«

»Er hat ja den Ruf, ein sehr guter Musiker zu sein«, bemerkte Yvernès.

»Ich glaube, er ist wirklich versessen auf Musik«, fügte Sébastien Zorn hinzu. »Während unserer Konzerte steht er jedesmal an der Tür zum Casino, weil er sich den Eintrittspreis für sich und die Königin nicht leisten kann!«

»Meine lieben Fiedler, ich habe eine Idee«, sagte Pinchinat plötzlich.

»Eine Idee von Seiner Hoheit?« entgegnete der Cellist. »Die muß ja kurios sein!«

Ein sehr einfaches Haus

»Kurios oder nicht, mein alter Sébastien«, erwiderte Pinchinat, »ich bin ganz sicher, sie wird dir gefallen.«

»Hören wir uns Pinchinats Idee an«, sagte Frascolin.

»Wie wäre es, wenn wir für Ihre Majestäten ein Konzert geben würden, nur für sie allein, in ihrem Salon, mit den besten Stücken unseres Repertoires?«

»He!« entfuhr es Sébastien Zorn. »Weißt du, deine Idee ist wirklich gar nicht so schlecht.«

»Zum Donnerwetter! Von dieser Art habe ich noch viel mehr im Kopf, und wenn ich ihn schüttle...«

»Dann klingelst du wie ein ganzes Pferdegeschirr«, beendete Yvernès den Satz.

»Mein guter Pinchinat«, meinte Frascolin, »einer deiner Vorschläge genügt uns für heute völlig. Ich bin sicher, daß wir dem König und der Königin damit eine große Freude machen würden.«

»Morgen erbitten wir schriftlich eine Audienz«, sagte Sébastien Zorn.

»Ich weiß etwas viel Besseres!« ließ sich Pinchinat wieder vernehmen. »Wir gehen schon heute abend mit unseren Instrumenten zu ihrem Haus, wie fahrende Musikanten, die ihnen ein Ständchen bringen wollen.«

»Du meinst eine Serenade«, verbesserte ihn Yvernès, »schließlich wird es ja Nacht sein...«

»Schon gut. Sie hat zwar recht, unsere gestrenge erste Geige, aber wir wollen doch keine Haare spalten!... Abgemacht?«

»Abgemacht.«

Das war wirklich ein ausgezeichneter Einfall. Zweifellos würde der musikbegeisterte König diese zarte Aufmerksamkeit der französischen Künstler sehr zu schätzen wissen und sich freuen, ihnen zuhören zu dürfen.

Bei Einbruch der Nacht verließ das Quartett also mit drei Geigen- und einem Cellokasten beladen das Casino und wandte sich in Richtung der 39. Straße, die an der Peripherie der Steuerbordhälfte verlief.

Vor dem sehr einfachen königlichen Haus befand sich ein

kleiner Hof mit einer sattgrünen Rasenfläche. Auf dessen einer Seite lagen die Wohnungen der Diener, auf der anderen die Stallungen, die jedoch nicht benutzt wurden. Das Gebäude selbst bestand aus dem Erdgeschoß, das man über eine Freitreppe betrat, und dem ersten Stock, über dem sich ein Zwischengeschoßfenster und ein ausgebautes Dach erhoben. Zwei prachtvolle Zürgelbäume flankierten den Weg, der in den knapp zweihundert Quadratmeter großen Garten führte, unter dessen Bäumen sich ein weicher Rasenteppich erstreckte. Man durfte dieses Häuschen selbstverständlich nicht mit dem Palais der Coverleys, Tankerdons oder sonst einer schwerreichen Familie von Milliard City vergleichen. Es stellte den Zufluchtsort eines Weisen, Gelehrten und Philosophen dar, der zurückgezogen leben wollte, ein Haus, mit dem sich auch Abdolonym zufriedengegeben hätte, nachdem er von Sidons Thron herabgestiegen war.

Als einzigen Kämmerling hatte der König von Malekarlien seinen Kammerdiener, die Königin als einzige Ehrendame ihre Zofe. Zusammen mit einer amerikanischen Köchin bildeten diese das gesamte Personal eines ehemaligen Königspaares, das einst auf einer Ebene mit den Kaisern des alten Kontinents zu verkehren pflegte.

Frascolin drückte auf einen elektrischen Klingelknopf. Der Kammerdiener öffnete das Gittertor.

Frascolin erläuterte ihm, er und seine Freunde, französische Künstler, würden gern dem König ihre Aufwartung machen und bäten um die Gunst, empfangen zu werden.

Der Diener forderte sie auf einzutreten, und sie warteten vor der Freitreppe.

Nach einem kurzen Augenblick erschien der Kammerdiener wieder, um ihnen mitzuteilen, der König würde sich freuen, sie zu empfangen. Er führte sie ins Vestibül, wo sie ihre Instrumente deponierten, dann in den Salon, den fast gleichzeitig auch Ihre Majestäten betraten.

Ein größeres Empfangszeremoniell fand nicht statt.

Die Künstler verbeugten sich respektvoll vor dem König und der Königin. Die Königin, sehr schlicht in dunkle Farben gekleidet, trug als einzigen Kopfputz ihr schönes, volles Haar, dessen graue Locken ihrem etwas blassen Gesicht, ihrem leicht verschleierten Blick einen ungeheuren Reiz verliehen. Sie nahm in einem Sessel in der Nähe des Fensters Platz, das auf den Garten hinausging, in dessen Hintergrund sich die Baumgruppen des Parks abzeichneten.

Der König erwiderte stehend die Grüße seiner Besucher, worauf er sich erkundigte, was sie in dieses abgelegene Haus am Rande von Milliard City führe.

Alle vier fühlten sich ergriffen beim Anblick dieses Herrschers, dessen Person eine unaussprechliche Würde ausstrahlte. Unter fast schwarzen Augenbrauen begegnete man seinem wachen Blick, dem forschenden Blick des Gelehrten. Ein langer weißer Vollbart fiel seidig bis auf seine Brust. Seine Züge, deren etwas ernsten Ausdruck ein charmantes Lächeln milderte, mußten ihm unweigerlich die Zuneigung der Menschen gewinnen, die sich ihm näherten.

Frascolin ergriff das Wort, nicht ohne ein fast unmerkliches Zittern in der Stimme:

»Wir danken Eurer Majestät, daß Sie die große Güte hatten, Künstler zu empfangen, die Ihnen ihre Aufwartung zu machen wünschten.«

»Die Königin und ich danken Ihnen, meine Herren«, antwortete der König, »und wir sind gerührt über Ihr Vorgehen. Sie scheinen auf diese Insel, auf der wir unser bis anhin so bewegtes Leben zu beschließen hoffen, ein wenig französische Lebensart gebracht zu haben. Meine Herren, Sie sind mir keineswegs unbekannt, denn obwohl ich mich mit den Wissenschaften beschäftige, liebe ich Musik leidenschaftlich, jene Kunst, der Sie in der Welt der Kunst einen so ausgezeichneten Ruf verdanken. Wir wissen um die Erfolge, die Sie in Europa und Amerika feierten. Dem Applaus, der das Solisten-Quartett auf Standard Island empfing, haben wir uns angeschlossen – wenn auch aus einiger Entfernung, wie ich gestehen muß. Und wir empfinden großes Bedauern, daß wir Sie noch nie so gehört haben, wie man Sie hören müßte.«

Der König erwiderte stehend ihren Gruß

Der König bat seine Gäste Platz zu nehmen; er selbst stellte sich vor den Kamin, dessen marmornen Sims eine wunderschöne Büste der jungen Königin zierte, geschaffen von Franquetti.

Um das gewünschte Thema anzuschneiden, brauchte Frascolin nur auf die letzten Worte des Königs einzugehen.

»Eure Majestät haben recht«, sagte er, »und das Bedauern, das Sie empfinden, ist nur zu gerechtfertigt, soweit es die Art Musik betrifft, die wir interpretieren. Kammermusik, diese Quartette der Meister klassischer Musik, verlangen nach größerer Intimität, als sie ein zahlreiches Publikum bieten kann. Sie brauchen ein wenig von der Andacht eines Sanktuariums ...«

»Ja, meine Herren«, stimmte ihm die Königin zu, »dieser Musik muß man zuhören, wie man den Klängen einer himmlischen Harmonie zuhören würde. Wirklich, ein Sanktuarium wäre der geeignete Ort ...«

»Würden der König und die Königin uns also erlauben, diesen Salon für eine Stunde in ein Sanktuarium zu verwandeln und hier für sie allein zu spielen?« fragte Yvernès daraufhin.

Kaum hatte Yvernès diese Worte ausgesprochen, als sich die Gesichter des Königspaares belebten.

»Meine Herren«, antwortete der König, »Sie wollen ... Sie sind auf diesen Gedanken gekommen ...«

»Das ist der Zweck unseres Besuchs.«

»Ah!« sagte der König, indem er ihnen die Hand entgegenstreckte. »Darin erkenne ich die französischen Musiker, die ihr Herz ebenso für sich sprechen lassen wie ihr Talent! ... Ich danke Ihnen auch im Namen der Königin. Es gibt nichts, wirklich nichts, was uns mehr Freude machen könnte!«

Und während der Kammerdiener den Befehl erhielt, die Instrumente hereinzubringen und den Salon für dieses improvisierte Konzert vorzubereiten, luden der König und die Königin ihre Gäste ein, ihnen in den Garten zu folgen. Dort plauderte man, sprach über Musik, wie Künstler es tun würden, wären sie völlig unter sich.

Der König ließ sich vollkommen von seiner Begeisterung für diese Kunstform hinreißen, ein Mann, der all ihren Zauber spürte, all ihre Schönheiten verstand. Er zeigte – zum nicht geringen Erstaunen seiner Zuhörer –, wieviel er von den Meistern wußte, deren Werken er in wenigen Augenblicken würde lauschen dürfen. Dabei rühmte er das naive und gleichzeitig einfallsreiche Genie Haydns ... er zitierte, was ein Kritiker über Mendelssohn gesagt hatte, diesen außergewöhnlichen Kammermusik-Komponisten, der seine Ideen in der Sprache Beethovens ausdrückte ... Weber, welche exquisite Feinfühligkeit, welch ritterlicher Geist, zwei Eigenschaften, durch die er sich mit niemandem vergleichen ließ ... Beethoven, der Prinz der Instrumentalmusik, der in seinen Symphonien seine Seele offenbarte. Die Produkte seines Genies standen an Größe und Wert den Meisterwerken der Poesie, der Malerei, der Bildhauerei oder der Architektur in nichts nach – ein erhabener Stern, der bei seinem letzten Untergang, in der *Ode an die Freude*, erlosch, in der die Stimmen der Instrumente so innig mit den menschlichen Stimmen verschmolzen!

»Und trotzdem gelang es ihm nie, beim Tanzen im Takt zu bleiben!«

Man kann es sich unschwer vorstellen, daß diese völlig unangebrachte Bemerkung von Pinchinat stammte.

»Ja«, antwortete der König lächelnd, »was wieder einmal beweist, daß das Ohr nicht das wichtigste Organ eines Künstlers ist. Mit dem Herzen, und nur mit ihm, hört er. Hat Beethoven das nicht mit jener unvergleichlichen Symphonie bewiesen, von der ich gerade sprach und die er komponierte, als er schon völlig taub war?«

Nach Haydn, Weber, Mendelssohn und Beethoven wandte sich Seine Majestät mit hinreißender Beredsamkeit Mozart zu.

»Ah! Meine Herren, erlauben Sie mir, meinem Entzücken freien Lauf zu lassen, es hat sich schon seit so langer Zeit in mir aufgestaut! Sie sind ja die ersten Künstler, denen ich mich seit meiner Ankunft auf Standard Island mitteilen kann. Mozart! ... Mozart! ... Einer Ihrer dramatischen Komponisten, in meinen Augen der größte des ausgehenden 19. Jahrhunderts, hat ihn auf bewundernswerte Weise beschrieben. Ich habe seine Worte gelesen, und nichts wird sie je aus meinem Gedächtnis streichen können. Er sagte, wieviel Leichtigkeit Mozart entstehen ließe, indem er jedem Ton seine eigene Reinheit und Intonation einräume, ohne Tempo und Wesensart der musikalischen Phrase zu beeinträchtigen... Er sagte, er ergänze die Wahrheit der Leidenschaft durch die Vollkommenheit der plastischen Schönheit... Ist Mozart nicht der einzige, der mit derart gleichbleibender, absoluter Sicherheit die musikalische Form aller menschlichen Gefühle erfaßt hat, all ihrer Schattierungen an Intensität und Charakter, das heißt, all dessen, was das menschliche Drama ausmacht?... Mozart ist kein König – was ist heutzutage schon ein König?« fügte Seine Majestät kopfschüttelnd hinzu, »– ich würde sagen, er ist ein Gott, denn die Existenz Gottes gibt man ja noch zu!... Er ist der Gott der Musik!«

Was sich nicht wiedergeben, nicht ausdrücken läßt, ist der Enthusiasmus, mit der der ehemalige Herrscher seine Bewunderung kundtat. Und sobald er und die Königin, gefolgt von unseren vier Künstlern, in den Salon zurückgekehrt waren, nahm er ein Büchlein vom Tisch, das er schon oftmals gelesen und wiedergelesen haben mußte: *Mozarts Don Giovanni.* Er öffnete es, las einige Zeilen aus der Feder des Meisters, der Mozart am besten verstanden und am meisten geliebt hatte, des illustren Gounod: »O Mozart, göttlicher Mozart, wie wenig muß man dich verstehen, um dich anzubeten! Du, die ewige Wahrheit! Du, die vollkommene Schönheit! Du, der unerschöpfliche Charme! Du, der du immer tiefgründig bist und immer rein! Du, der du in dir die ganze Menschheit und die Einfachheit des Kindes trägst! Du, der du alles erfühlt, alles ausgedrückt hast in einer musikalischen Phrase, die nie übertroffen wurde und nie übertroffen werden wird!«

Daraufhin ergriffen Sébastien Zorn und seine Freunde ihre Instrumente, um beim Schein einer Glühlampe, die den Raum in weiches Licht tauchte, das erste Stück dieses privaten Konzerts zu spielen.

Es handelte sich um das Quartett No. 2 in a-moll op. 13 von

Beim Schein einer Glühlampe spielten sie . . .

Mendelssohn, dem ihr königliches Publikum mit unendlicher Freude zuhörte.

Es folgte das Quartett No. 3 in C-Dur op. 75 von Haydn, also *Die österreichische Kaiserhymne*, interpretiert mit unvergleichlicher Meisterschaft. Noch nie waren Musiker der Perfektion so nahe wie in der Intimität dieses Sanktuariums, wo unsere Künstler nur von einem gestürzten Königspaar gewürdigt wurden!

Nachdem sie diese durch das Genie ihres Komponisten erhöhte Hymne beendet hatten, spielten sie das Quartett Nr. 6 in b-moll op. 18 von Beethoven, die *Malinconia*, deren traurige Intensität das lauschende Königspaar so bewegte, daß ihm Tränen in die Augen traten.

Dann folgte die zauberhafte Fuge in c-moll von Mozart, die so vollkommen ist, so bar jeder scholastischen Affektiertheit, so natürlich, daß sie wie ein klarer Gebirgsbach dahinzufließen, wie eine Brise durch dünnes Blattwerk zu streifen scheint. Schließlich beschloß eines der schönsten Quartette des göttlichen Komponisten, das Quartett No. 10 in D-Dur op. 35 diesen unvergeßlichen Abend, wie ihn die Nabobs von Milliard City wohl nie erleben würden.

Und unsere Franzosen wären es noch lange nicht müde geworden, solche unnachahmlichen Werke vorzutragen, denn der König und die Königin wurden es nicht müde, ihnen zuzuhören.

Aber es schlug elf Uhr, und Seine Majestät erklärte:

»Wir danken Ihnen von ganzem Herzen, meine Herren, für dieses wunderbare Konzert. Dank Ihrer meisterlichen Interpretation wurde uns ein Kunstgenuß geboten, den wir nie mehr werden vergessen können. Es hat uns so unendlich gutgetan...«

»Wenn Eure Majestät es wünschen, könnten wir noch...«

»Danke, meine Herren, ein letztes Mal Danke! Wir möchten Ihre Freundlichkeit keineswegs ausnützen. Es ist schon spät... und außerdem... habe ich heute nacht Dienst...«

Dieser Satz aus dem Munde des Königs brachte unsere vier Künstler wieder in die Wirklichkeit zurück. Vor dem Herrscher, der so zu ihnen sprach, fühlten sie sich beinah verwirrt. Sie senkten den Blick...

»Ja, ja, meine Herren«, fuhr der König mit heiterer Stimme fort, »schließlich bin ich Astronom am Observatorium von Standard Island und«, fügte er nicht ohne eine gewisse Bewegung hinzu, »Inspekteur der Sterne, der Sternschnuppen...«

VIERTES KAPITEL

EIN BRITISCHES ULTIMATUM

Während der Feiertage waren zahllose Einladungen zu Diners, Soirees und offiziellen Empfängen verschickt worden. Ein vom Gouverneur für die Honoratioren von Milliard City gegebenes Bankett, an dem die ersten Familien der Steuerbord- und Backbordseiten teilnahmen, zeugte von einem gewissen Zusammenschluß beider Stadthälften. Die Tankerdons und Coverleys saßen am selben Tisch. Am ersten Januar würden Glückwunschkarten zwischen dem Palais an der 19. und dem an der 15. Straße ausgetauscht werden. Walter Tankerdon erhielt sogar eine Einladung zu einem der Konzerte von Mrs. Coverley, su dem ihn die Herrin des Hauses mit verheißungsvoller Liebenswürdigkeit willkommen hieß. Doch bis zu engeren Beziehungen war es noch ein weiter Weg, obwohl Calistus Munbar mit seiner chronisch vorschnellen Begeisterung jedem, der es hören wollte, versicherte:

»Das hätten wir, meine Freunde, das hätten wir!«

Währenddessen setzte die Insel der Milliardäre ihre friedvolle Reise zum Archipel von Tonga-Tabu fort. Nichts schien diese Ruhe stören zu können, als sich in der Nacht vom 30. auf den 31. Dezember ein unerwartetes meteorologisches Phänomen ankündigte.

Zwischen zwei und drei Uhr morgens hörte man plötzlich in der Ferne mehrere Detonationen, denen jedoch die Ausguckposten keine besondere Bedeutung beimaßen. Es war ziemlich unwahrscheinlich, daß es sich um eine Seeschlacht handelte, es sei denn zwischen Schiffen jener südamerikanischen Republiken, die einander des öfteren den Krieg erklärten. Warum sollte sich schließlich Standard Island deswegen beunruhigen, eine unabhängige Insel, die mit den Mächten beider Welten Frieden hielt?

Übrigens dauerten diese Detonationen, die vom westlichen Teil des Stillen Ozeans ausgingen, bis Tagesanbruch und konnten unmöglich mit dem volltönenden, regelmäßigen Grollen von Artilleriefeuer verwechselt werden.

Kommodore Simcoe, der von einem seiner Offiziere benachrichtigt worden war, war zum Observatorium geeilt und beobachtete nun den Horizont von dessen Turm aus. Nirgendwo an der Oberfläche des weiten Meeresabschnitts vor seinen Augen blitzte Mündungsfeuer auf. Gleichwohl bot der Himmel nicht den gewohnten Anblick: der Widerschein von Flammen verfärbte ihn bis zum Zenit. Trotz Schönwetter schien die Luft dunstig, und der unveränderte Barometerstand schloß atmosphärische Störungen aus.

In den ersten Morgenstunden erlebten die Frühaufsteher von Milliard City eine seltsame Überraschung. Nicht nur krachten weiterhin diese Detonationen, sondern der Himmel verdüsterte sich durch einen rot-schwarzen Nebel, eine Art nicht faßbaren Staub, der anfing, als Regen auf die Stadt niederzufallen. Man hätte es einen Schauer aus Rußpartikeln nennen können. In kürzester Zeit waren Straßen und Dächer mit einer Substanz bedeckt, in der sich Karmesin-, Krapp-, Hell- und Purpurrot mit schwärzlichen Schlacketeilchen vermischten.

Alle Einwohner der Stadt waren auf den Beinen – außer Athanase Dorémus, der niemals vor elf Uhr aufstand, nachdem er sich am Abend vorher um acht Uhr zur Ruhe begeben hatte. Selbstredend war das Quartett sofort aus dem Bett gesprungen, um zum Observatorium zu eilen, wo Kommodore Simcoe, seine Offiziere und seine Astronomen, nicht zu vergessen der neue königliche Beamte, versuchten, das Rätsel dieser Naturerscheinung zu lösen.

»Schade«, bemerkte Pinchinat, »daß dieses rote Zeug nicht flüssig ist und die Flüssigkeit kein Pomard- oder Château-Lafitte-Regen!«

»Trunkenbold!« antwortete ihm Sébastien Zorn.

Doch was verursachte denn nun dieses Phänomen? Die Geschichte kennt zahlreiche Beispiele, bei denen es roten Staub aus Silizium-, Aluminium-, Chrom- und Eisenoxyd regnete. Zu Beginn dieses Jahrhunderts wurden Kalabrien und die Abruzzen von solchen Niederschlägen betroffen, in denen abergläubische Bewohner Blutstropfen sehen wollten, wo es sich doch nur, wie in Blankenberge im Jahre 1819, um Kobaldchlorid handelte. Es war allerdings auch schon vorgekommen, daß Ruß- oder Aschepartikel einer Feuersbrunst erst weit entfernt vom eigentlichen Brandherd niedergingen, wie etwa 1820 in Fernambouc. Außerdem fiel 1829 gelber Regen auf Orléans und 1836 in den Pyrenäen, bestehend aus den Pollen blühender Tannen.

Welchem Ursprung sollte man diesen Niederschlag aus Staub und Schlacke zuschreiben, der die gesamte Atmosphäre zu erfüllen schien und sich in einer dicken rötlichen Schicht auf Standard Island und dem umliegenden Meer absetzte?

Der König von Malekarlien äußerte die Meinung, diese Substanz müsse von einem Vulkan der westlichen Inseln stammen, worin seine Kollegen vom Observatorium mit ihm übereinstimmten. Man sammelte einige Handvoll der Masse ein und stellte fest, daß sie wärmer war als die sie umgebende Luft, der Fall durch die Atmosphäre sie also nicht ganz abzukühlen vermocht hatte. Ein heftiger Vulkanausbruch würde auch die unregelmäßigen Detonationen erklären, die immer noch zu hören waren. Tatsächlich waren diese Gewässer von Kratern übersät, die einen aktiv, die anderen zwar im Moment erloschen, aber durchaus imstande, durch die Wirkung eines Erdstoßes erneut tätig zu werden, ganz zu schweigen von denjenigen, die durch Verschiebungen in der Erdkruste vom Meeresgrund an die Oberfläche gehoben wurden und oft ungeheure Mengen Material auswarfen.

Und schließlich war genau im Tonga-Archipel, das Standard

Island jetzt ansteuerte, vor einigen Jahren der Tufua ausgebrochen und hatte eine Fläche von hundert Quadratkilometern mit Eruptivmasse bedeckt, ein Ausbruch, der während vieler Stunden noch in zweihundert Kilometern Entfernung zu hören gewesen war.

Vergessen wir auch nicht den August 1883, als die Eruptionen des Krakatau Java und Sumatra auf der Seite des Sundagrabens verwüsteten: ganze Dörfer wurden zerstört, die Erde bebte, gewaltige Lavamassen wälzten sich über den Boden, es entstand eine riesige Flutwelle, die Atmosphäre war von schwefelhaltigen Dämpfen geschwängert, zu Wasser und zu Land kamen unzählige Menschen ums Leben.

Man konnte sich wirklich die Frage stellen, ob die Insel der Milliardäre nicht in einer ähnlichen Gefahr schwebte.

Kommodore Simcoe war etwas beunruhigt, denn das Navigieren drohte sehr heikel zu werden. Er gab Order, die Geschwindigkeit zu drosseln, worauf Standard Island kaum noch Fahrt machte.

Eine gewisse Furcht bemächtigte sich der Bevölkerung von Milliard City. Würden Sébastien Zorns finstere Prognosen über das Ende dieser Seefahrt sich nun doch bald bewahrheiten?

Gegen Mittag hatte sich der Himmel völlig verdunkelt. Alle Bewohner hatten ihre Häuser verlassen, denn kein Gebäude würde standhalten, falls sich der metallene Inselrumpf durch die Einwirkung plutonischer Kräfte aufbäumen oder eine Flutwelle Standard Island überschwemmen sollte.

Gouverneur Cyrus Bikerstaff und Kommodore Simcoe begaben sich zur Rammsporn-Batterie, gefolgt von einem Teil der Bevölkerung. Offiziere wurden zu den beiden Häfen geschickt mit dem Befehl, unter allen Umständen dort zu bleiben. Die Maschinisten hielten sich bereit, die Insel augenblicklich zu wenden, falls es nötig werden sollte, in die entgegengesetzte Richtung zu fliehen. Unglücklicherweise wurde es bei zunehmend schlechter Sicht immer schwieriger zu navigieren.

Gegen drei Uhr nachmittags sah man keine zehn Schritt weit mehr. Die Sonnenstrahlen wurden in einem Maße von dem dichten Aschenregen absorbiert, daß sie nicht einmal diffuses Licht erzeugten. Vor allem stand zu befürchten, daß es Standard Island, überladen durch das Gewicht der herabgeregneten Schlacke, nicht gelingen würde, seine Wasserlinie über der Meeresoberfläche zu halten.

Man konnte ja bei ihr nicht wie bei einem Schiff einfach Ballast über Bord werfen! Es blieb also nichts anderes übrig, als zu warten und auf die Belastbarkeit des Gefährts zu vertrauen.

Es wurde Abend, oder eher Nacht, und auch das ließ sich nur anhand der Uhrzeit feststellen. Es herrschte absolute Dunkelheit. Bei der Stärke des Aschenregens war es unmöglich, die elektrischen Monde in Schwebe zu halten; man mußte sie einholen. Selbstverständlich würde die künstliche Beleuchtung von Häusern und Straßen, die den ganzen Tag über funktioniert hatte, so lange wie nötig fortgesetzt werden.

Auch nach Einbruch der Nacht blieb die Lage unverändert. Es schien jedoch, als wären die Detonationen weniger häufig und schwächer. Die Heftigkeit des Ausbruchs ließ langsam nach, womit sich die Dichte des Aschenregens, der zudem noch von einer recht starken Brise nach Süden abgetrieben wurde, allmählich verringerte.

Einigermaßen beruhigt entschlossen sich die Milliardäre, in ihre Häuser zurückzukehren, in der Hoffnung, Standard Island am anderen Morgen wieder unter normalen Bedingungen vorzufinden. Dann würde man die stählerne Insel nur noch einer langen und gründlichen Reinigung unterziehen müssen.

Gleichviel! Was für ein trauriger erster Tag im neuen Jahr für Milliard City, das nur knapp dem Schicksal von Pompeji oder Herculaneum entronnen war. Natürlich lag es nicht am Fuße eines Vesuv, doch es näherte sich auf seiner Reise einer nicht geringen Zahl jener Vulkane, mit denen die unterseeischen Regionen des Pazifiks durchsetzt sind.

Der Gouverneur, seine Stellvertreter und der Notabeln-Rat hielten sich allerdings im Rathaus in Bereitschaft; die Ausguckposten auf dem Turm hätten ihnen jede Veränderung am Horizont oder am Zenit sofort gemeldet. Um ihren Kurs Richtung

Südwesten halten zu können, hatte Standard Island die Maschinen zwar nicht gestoppt, bewegte sich aber nur mit einer Geschwindigkeit von zwei bis drei Meilen pro Stunde vorwärts. Bei Tagesanbruch – oder zumindest sobald der Himmel aufgeklart hatte – würde man wieder direkt die Tongainseln ansteuern. Dort würde man dann ohne Zweifel erfahren, auf welcher Insel ein Vulkan mit solcher Gewalt ausgebrochen war.

Auf jeden Fall ließ diese seltsame Naturerscheinung im Laufe der Nacht deutlich nach.

Doch gegen drei Uhr morgens wurden die Bewohner von Milliard City erneut aus dem Schlaf geschreckt.

Standard Island war ein Stoß versetzt worden, dessen Nachwirkung sich durch sämtliche Kammern des Stahlrumpfes fortgepflanzt hatte. Wenn auch seine Wucht nicht ausreichte, um die Häuser ins Wanken oder die Maschinen aus dem Takt zu bringen – die riesigen Schiffsschrauben drehten sich weiter, als ob nichts geschehen wäre – so stand doch außer Zweifel, daß der Bug der Insel mit etwas kollidiert war.

Was war geschehen? War Standard Island in einer Untiefe auf Grund gelaufen? Nein, sie bewegte sich ja immer noch fort. Hatte man ein Riff übersehen? Oder hatte man in dieser undurchdringlichen Dunkelheit ein Schiff gerammt, das die Positionslichter der Insel nicht ausmachen konnte? Und welche Schäden waren durch die Kollision an der schwimmenden Insel entstanden, war ihre Sicherheit gefährdet, oder würden zumindest beim nächsten Zwischenaufenthalt größere Reparaturen notwendig werden?

Cyrus Bikerstaff und Kommodore Simcoe kämpften sich durch die dicke Schicht aus Ruß und Asche zur Rammsporn-Batterie durch.

Dort berichteten ihnen die Zöllner, der Stoß wäre tatsächlich auf einen Zusammenstoß zurückzuführen. Ein von Westen nach Osten fahrender großer Dampfer sei von Standard Islands Rammsporn erfaßt worden. Wenn auch der Zusammenstoß ohne ernstliche Folgen für die Insel der Milliardäre geblieben war, mußte für den Dampfer nicht unbedingt dasselbe gelten.

Die Zöllner berichteten ihnen . . .

Man hatte nur seine Umrisse für einen Moment im Augenblick der Kollision gesehen, hatte Schreie gehört, die aber schnell wieder verstummten. Der Batteriekommandant und seine Männer, die sofort zur Bugspitze gelaufen waren, hatten nichts mehr gehört oder gesehen. War das Schiff auf der Stelle gesunken? Diese Hypothese klang leider nur zu annehmbar.

Standard Island ihrerseits hatte keine nennenswerten Schäden davongetragen. Sie besaß eine derart gewaltige Masse, daß sie auch bei geringer Geschwindigkeit ein Schiff, gleichgültig welcher Tonnage, ja selbst einen Panzerkreuzer, nur streifen mußte, um es mit Mann und Maus zu versenken. Und mit größter Wahrscheinlichkeit handelte es sich hier um einen solchen Fall.

Nach der Nationalität dieses Schiffes befragt, glaubte der Batteriekommandant, grobe Befehle gehört zu haben, erteilt in diesem für die britische Marine typischen Gebrüll. Beschwören konnte er es aber nicht.

Wenn das wirklich zutraf, handelte es sich um eine sehr ernste Sache, die nicht weniger ernste Folgen haben konnte. Was würde das Vereinte Königreich dazu sagen? Ein englisches Schiff bildete einen Teil Englands, und man weiß, daß sich Großbritannien nicht ungestraft amputieren läßt. Was würde da alles an Beschwerden und Forderungen auf Standard Island zukommen?...

So fing das neue Jahr an. Bis zehn Uhr morgens sah sich Kommodore Simcoe außerstande, das umliegende Meer absuchen zu lassen. Die unverändert schlechte Sicht erlaubte es nicht, obwohl ein auffrischender Wind die Aschenwolken zu vertreiben begann. Endlich durchbrach ein Sonnenstrahl den Nebel am Horizont.

Welchen Anblick boten da Milliard City, der Park, die Felder, die Kraftwerke und die Häfen! Ihre Reinigung würde einen gewaltigen Arbeitsaufwand erfordern, aber schließlich war das Sache des Straßenbauamts. Eine einfache Frage von Zeit und Geld, und beides war reichlich vorhanden.

Man nahm die Angelegenheit eiligst in Angriff. Zuerst begaben sich die Ingenieure zur Rammsporn-Batterie, um die Stelle, an der sich der Zusammenstoß ereignet hatte, genau zu untersuchen, wobei sie nur unbedeutende Schäden entdeckten. Der solide Stahlrumpf hatte nicht mehr gelitten als eine Münze, die in ein Stück Holz hineingedrückt wird – in diesem Fall der gerammte Dampfer.

Auf dem Ozean schwammen weder Trümmer noch ein Wrack. Auch vom Turm des Observatoriums aus suchte man das Meer bis zum Horizont mit den leistungsfähigsten Fernrohren vergeblich ab, obwohl Standard Island seit der Kollision kaum zwei Meilen zurückgelegt hatte.

Dennoch setzte man im Namen der Menschlichkeit die Suche fort.

Der Gouverneur beriet sich mit Kommodore Simcoe. Daraufhin wurde der Befehl ausgegeben, die Maschinen zu stoppen und sämtliche elektrischen Schaluppen beider Häfen auslaufen zu lassen.

Die Suchaktion in einem Umkreis von fünf bis sechs Meilen blieb ergebnislos. Aller Wahrscheinlichkeit nach hatte der Rammsporn das Unterwasserschiff des Dampfers aufgerissen, worauf dieser spurlos in den Fluten verschwunden war.

Da gab Kommodore Simcoe Order, die übliche Reisegeschwindigkeit aufzunehmen. Um zwölf Uhr mittags ergab die Peilung, daß sich Standard Island hundertfünfzig Meilen südwestlich von Samoa befand.

Der Ausguck wurde weiterhin angehalten, die geringste Beobachtung sofort zu melden.

Gegen fünf Uhr abends sichtete er dicke Rauchwolken, die nach Südosten abtrieben. Waren diese Schwaden den letzten Schüben des Vulkans zuzuschreiben, dessen Ausbruch die Menschen noch vor kurzem in Angst und Schrecken versetzt hatte? – Kaum, denn die Seekarten verzeichneten in der näheren Umgebung keine Insel, nicht einmal ein Inselchen. Hatte sich gar aus dem Meeresgrund heraus ein neuer Krater gebildet?

Nein, denn es stellte sich heraus, daß sich die Rauchwolken Standard Island näherten.

Eine Stunde später konnte man schon deutlich drei in Formation heranpflügende Dampfer erkennen, die aus ihren Kesseln alles herausholten.

Nach einer weiteren halben Stunde wurde deutlich, daß es sich um Kriegsschiffe handelte, und noch eine Stunde später herrschten auch über ihre Nationalität keine Zweifel mehr. Es war die britische Flottendivision, die Standard Island vor fünf Wochen den Gruß verweigert hatte.

Bei Einbruch der Nacht waren die Schiffe nur noch vier Meilen von der Rammsporn-Batterie entfernt. Würden sie Standard Island passieren? Vermutlich nicht, denn ihre Positionslichter zeigten, daß sie relativ zur stählernen Insel stationär blieben.

»Sie haben ohne Zweifel die Absicht, mit uns in Verbindung zu treten«, bemerkte Kommodore Simcoe zum Gouverneur.

»Warten wir es ab«, antwortete dieser.

Aber was sollte der Gouverneur dem Kommandanten der Division antworten, falls dieser Ansprüche wegen des kürzlich erfolgten Zusammenstoßes stellte? Diese Möglichkeit bestand durchaus, vielleicht hatte sich ja die Mannschaft des gerammten Dampfers in ihre Boote retten können und war von den Kriegsschiffen aufgenommen worden? Andererseits konnte man erst Stellung zu einer Angelegenheit nehmen, wenn man wußte, worum es sich handelte.

Das erfuhr man am anderen Morgen, zu früher Stunde.

Schon bei Sonnenaufgang wehte die Flagge des Konteradmirals am Besanmast des führenden Kreuzers, der sich bei geringer Fahrt zwei Meilen vom Backbordhafen hielt. Man sah, wie ein Boot zu Wasser gelassen wurde, das Kurs auf den Hafen von Standard Island nahm.

Eine Viertelstunde später erhielt Kommodore Simcoe folgende Depesche:

«Kapitän Turner, vom Kreuzer *Herald*, Stabschef von Admiral Sir Edward Collinson, verlangt, unverzüglich zum Gouverneur von Standard Island geführt zu werden.«

Cyrus Bikerstaff wurde unterrichtet, worauf er den Hafenoffizier anwies, dem Boot Landeerlaubnis zu erteilen und Kapitän Turner zu informieren, er werde im Rathaus erwartet.

Zehn Minuten später setzte ein Wagen, den man dem Stabschef und seinem Adjutanten zur Verfügung gestellt hatte, diese beiden Herren vor dem Rathaus ab.

Der Gouverneur empfing sie sogleich im Salon, der an sein Büro angrenzte.

Die üblichen Begrüßungsworte wurden ausgetauscht – ausgesprochen steif von beiden Seiten.

Dann begann Kapitän Turner würdevoll, jedes einzelne Wort betonend, als rezitiere er ein Stück Gegenwartsliteratur, mit einer Rede, die aus einem einzigen, endlos langen Satz bestand:

»Ich habe die Ehre, Seine Exzellenz den Gouverneur von Standard Island, augenblicklich bei 117° 13′ östlicher Länge ausgehend vom Meridian von Greenwich, und 16° 54′ südlicher Breite, darüber in Kenntnis zu setzen, daß in der Nacht vom 31. Dezember auf den 1. Januar der Dampfer *Glen* – 3500 Registertonnen, Heimathafen Glasgow –, unterwegs mit einer wertvollen Ladung Getreide, Indigo, Reis und Wein, von Standard Island, Eigentum der Standard Island Company Ltd. mit Sitz in Madeleine Bay, Niederkalifornien, Vereinigte Staaten von Amerika, gerammt wurde, obwohl alle Positionslichter dieses Dampfers vorschriftsmäßig gebrannt haben, nämlich weißes Signal am Fockmast, grün an Steuerbord und rot an Backbord, und daß dieser, nachdem er nach der Kollision wieder losgekommen war, am folgenden Morgen 35 Meilen vom Schauplatz der Katastrophe entfernt mit einem großen Loch in der Backbordwand nahe dem Untergang angetroffen worden war und dann auch wirklich sank, nachdem sich Kapitän, Offiziere und Mannschaft glücklicherweise an Bord der *Herald* hatten retten können, eines Kreuzers erster Klasse Ihrer Britischen Majestät unter der Flagge des Konteradmirals Sir Edward Collinson, der dieses Ereignis Seiner Exzellenz dem Gouverneur Cyrus Bikerstaff zur Kenntnis bringt und von ihm verlangt, die Haftung der Standard Island Company Ltd. unter der Garantie der Einwohner der obgenannten Standard Island gegenüber den Reedern besagter *Glen* anzuerkennen, deren Wert an Rumpf, Maschinen und Ladung hundertzwanzigtausend Pfund Sterling oder sechs Millionen Dollar beträgt, welche Summe obgenanntem Admiral Sir Edward Collinson zu treuen Händen zu übergeben ist, widrigenfalls man mit Gewalt gegen besagte Standard Island vorgehen würde.«

Ein einziger Satz aus 234 Wörtern, durch Kommas unterteilt, ohne einen einzigen Punkt! Doch wie präzise er alles sagte und keinen Platz für Ausflüchte ließ! Würde der Gouverneur sich dazu entschließen, die Forderung von Sir Edward Collinson anzuerkennen, und seine rührende Aussage zu akzeptieren, daß 1. die Gesellschaft die Haftung übernehmen mußte und 2. der Dampfer *Glen* aus Glasgow einen Wert von hundertzwanzigtausend Pfund Sterling besaß?

Cyrus Bikerstaff nahm mit den bei Kollisionen üblichen Argumenten Stellung:

Die Sicht sei aufgrund eines Vulkanausbruches irgendwo im westlichen Pazifik sehr schlecht gewesen. Wenn auf der *Glen* alle Positionslichter ordnungsgemäß gebrannt hätten, so könne Standard Island dasselbe von sich sagen, doch sei es beiden Parteien nicht möglich gewesen, die der anderen auszumachen. Man habe es hier also mit einem Fall von höherer Gewalt zu tun. Nach den Regeln der Seefahrt müsse also jeder für seine Schäden selbst aufkommen, weshalb keinerlei Anlaß für Forderungen oder die Übernahme von Haftungen bestehe.

Kapitän Turners Antwort:

Seine Exzellenz der Gouverneur hätte ohne Zweifel recht, wenn es sich um zwei Schiffe handeln würde, die unter normalen Bedingungen navigierten. Wenn auch die *Glen* diese Bedingungen erfüllte, so sei es doch nicht zu leugnen, daß dies bei Standard Island nicht der Fall sei, daß man sie unmöglich mit einem Schiff vergleichen könne, daß sie mit ihrer riesigen Masse eine permanente Gefahr für alle Schiffahrtsrouten darstelle, daß sie einer Insel, einem Inselchen, einer Klippe entspreche, die ihren Standort verändere, sodaß ihre Position auf keiner Seekarte definitiv verzeichnet werden könne, daß England ja schon immer gegen dieses unmögliche, durch Seevermessung nicht erfaßbare Hindernis protestiert habe, daß Standard Island für

Kapitän Turner kehrte zum Backbordhafen zurück

sämtliche durch ihren besonderen Status verursachten Unfälle die Haftung übernehmen müsse usw. usw.

Wie Cyrus Bikerstaff sich im Grunde eingestehen mußte, entbehrten die Argumente Kapitän Turners nicht einer gewissen Logik. Indessen vermochte er allein keine Entscheidungen zu fällen. Der Fall mußte bei der zuständigen Stelle vorgetragen werden; er selbst konnte Sir Edward Collinson nur übermitteln lassen, er habe dessen Forderungen zur Kenntnis genommen. Glücklicherweise wären ja keine Toten zu beklagen.

»Glücklicherweise«, erwiderte Kapitän Turner. »Aber der Verlust eines Schiffes ist zu beklagen, und durch die Schuld von Standard Island liegen nun Millionenwerte auf dem Grund des Meeres.« Stimmte der Gouverneur jetzt und sofort zu, die dem Wert der *Glen* und ihrer Ladung entsprechende Summe zuhanden von Admiral Sir Edward Collinson auszuzahlen? Wie hätte der Gouverneur einer solchen Auszahlung zustimmen können? Schließlich bot Standard Island genügend Garantien. Wenn die Gerichte nach einer genauen Untersuchung des Falles – sowohl im Bezug auf die Gründe der Kollision als auch auf die Höhe des so verursachten Verlustes – entscheiden sollten, die Insel der Milliardäre trage die Verantwortung, würde sie den erlittenen Schaden in voller Höhe vergüten.

»Das ist das letzte Wort Eurer Exzellenz?« fragte Kapitän Turner.

»Mein letztes«, antwortete Cyrus Bikerstaff, »denn ich bin nicht berechtigt, im Namen der Gesellschaft die Haftung für einen Schadenfall zu übernehmen.«

Daraufhin verabschiedete man sich noch steifer, als man sich begrüßt hatte. Der englische Kapitän bestieg wieder seinen Wagen, der ihn zum Backbordhafen brachte, und kehrte mit einer Dampf-Schaluppe zur *Herald* zurück.

Als der Notabeln-Rat von Cyrus Bikerstaffs Entscheidung erfuhr, billigte er sie einstimmig und ohne Einschränkungen, was auch die gesamte Bevölkerung der Insel guthieß. Man konnte sich der frechen, herrischen Forderung der Vertreter Ihrer Britischen Majestät wirklich nicht einfach so beugen.

Der Hauptgeschützturm feuerte einen ersten Warnschuß ab

Nachdem soweit alles geregelt war, erteilte Kommodore Simcoe den Maschinisten den Befehl, Standard Island wieder auf Höchstgeschwindigkeit zu beschleunigen.

Wenn nun aber Admiral Collinsons Division auf ihren Ansprüchen bestand, würde man sich ihrer Verfolgung entziehen können? Vermochten die englischen Schiffe nicht eine viel höhere Geschwindigkeit zu entwickeln? Und wenn sie ihrer Forderung wirklich mit Hilfe von Granaten Nachdruck verliehen, wäre es dann möglich, ihnen Widerstand zu leisten? Zweifellos konnten die Kanonen von Standard Island den Armstrongs der britischen Kreuzer Paroli bieten, aber die stählerne Insel bildete ein unendlich viel größeres Ziel als die drei Dampfer. Was würde aus Frauen und Kindern, da sie nirgends Schutz suchen könnten? Jeder englische Schuß wäre ein Treffer, während die Rammsporn- und Heck-Batterien beim Feuer auf ein beschränktes, bewegliches Ziel mindestens fünfzig Prozent ihrer Geschosse verlieren würden!...

Es hieß also abwarten, wie sich Sir Edward Collinson entscheiden würde.

Man brauchte nicht lange zu warten.

Um neun Uhr fünfundvierzig feuerte der Hauptgeschützturm der *Herald* einen ersten Warnschuß ab, wobei gleichzeitig die Flagge des Vereinten Königreichs zur Mastspitze hochging.

Unter dem Vorsitz des Gouverneurs und seiner Stellvertreter trat der Notabeln-Rat im Sitzungssaal des Rathauses zusammen. Für einmal waren Jem Tankerdon und Nat Coverley einer Meinung. Diese Amerikaner mit ihrem Sinn fürs Praktische dachten keinen Moment an einen Widerstand, der den Verlust von Leben und Eigentum nach sich ziehen könnte.

Da krachte ein zweiter Kanonenschuß. Diesmal pfiff eine Granate durch die Luft, um wie beabsichtigt eine halbe Kabellänge vor der Insel ins Meer zu stürzen, wo sie mit unglaublichem Getöse explodierte und enorme Wassermassen aufspritzen ließ.

Auf Befehl des Gouverneurs ließ Kommodore Simcoe die

Fahne einholen, die man als Antwort auf den Union Jack der *Herold* gehißt hatte. Kapitän Turner kehrte zum Backbordhafen zurück. Dort erhielt er einen von Cyrus Bikerstaff unterzeichneten Scheck über hundertzwanzigtausend Pfund zu Lasten der ersten Familien der Stadt.

Drei Stunden später verwischten die letzten Rauchfahnen der Division im Osten, und Standard Island setzte ihre Reise zu den Tongainseln fort.

FÜNFTES KAPITEL

DAS TABU VON TONGA-TABU

»Wir legen also bei den wichtigsten Inseln von Tonga-Tabu an?« sagte Yvernès.

»Ganz recht, mein Bester«, antwortete der Oberintendant. »Sie werden genug Zeit haben, diesen Archipel kennenzulernen, den man auch Hapaii-Archipel nennt und dem Cook wegen des herzlichen Empfangs, den man ihm dort bereitete, den Namen ›Freundschaftsinseln‹ gab.«

»Und sicherlich wird man uns dort besser behandeln, als man es auf den Cook-Inseln getan hat«, meinte Pinchinat.

»Sehr wahrscheinlich.«

»Besuchen wir alle Inseln des Archipels?« wollte Frascolin wissen.

»Bestimmt nicht, schließlich sind es mehr als hundertfünfzig ...«

»Und danach?« informierte sich Yvernès.

»Danach geht es noch zu den Fidschiinseln, und dann zu den Neuen Hebriden, und wenn wir dort die Malaien abgesetzt haben, kehren wir nach Madeleine Bay zurück, wo unsere Reise endet.«

»Werden wir vor verschiedenen Inseln des Tonga-Archipels Station machen?« fragte Frascolin.

»Nur vor Vavao und Tonga-Tabu«, erwiderte der Oberintendant, »aber auch dort werden sie die wahren Wilden Ihrer Träume nicht finden, mein lieber Pinchinat!«

»Demnach gibt es wirklich keine mehr, nicht einmal im westlichen Pazifik!« entgegnete Seine Hoheit.

»Entschuldigen Sie, aber auf den Neuen Hebriden und den Salomonen lebt noch eine ganz respektable Anzahl davon. Doch auf Tonga sind die Untertanen König Georg I. praktisch zivilisiert, und lassen Sie mich Ihnen sagen, seine Untertaninnen sind äußerst reizvoll. Ich würde Ihnen allerdings trotzdem davon abraten, eines dieser entzückenden Mädchen zu heiraten.«

»Und warum?«

»Weil Ehen zwischen Weißen und Eingeborenen selten glücklich sind. Meistens sind die Temperamentsunterschiede zu groß.«

»Aber nein!« rief Pinchinat. »Wo sich doch unser guter alter Zorn auf Tonga-Tabu eine Frau suchen wollte!«

»Ich? Niemals!« wehrte der Cellist schulterzuckend ab. »Laß deine dummen Späße, hörst du? Ich heirate weder auf Tonga-Tabu noch anderswo!«

»Unser Chef ist wirklich ein weiser Mann«, fuhr Pinchinat fort. »Sehen Sie, mein lieber Calistus – oder würden Sie es mir gestatten, weil Sie mir so ungeheuer sympathisch sind, Sie Eucalistus zu nennen?...«

»Ich gestatte es Ihnen, Pinchinat!«

»Nun ja, mein lieber Eucalistus, man kratzt nicht vierzig Jahre lang auf einem Cello herum, ohne ein Philosoph zu werden, und die Philosophie lehrt, daß das einzige Mittel, in der Ehe glücklich zu sein, das ist, überhaupt nicht verheiratet zu sein.«

Am Morgen des 6. Januar tauchten am Horizont die Berge von Vavao auf, der größten Insel der nördlichen Gruppe. Diese Inselgruppe unterscheidet sich durch ihre vulkanische Entstehung von den beiden anderen, Hapaii und Tonga-Tabu. Alle drei liegen zwischen dem 17. und dem 22. Grad südlicher Breite und dem 176. und dem 178. Grad westlicher Länge – ein Gebiet von zweitausendfünfhundert Quadratkilometern, auf dem sich hundertfünfzig Inseln mit insgesamt sechzigtausend Einwohnern verteilen.

Dort kreuzten im Jahre 1643 die Schiffe von Tasman und 1773 die von Cook während seiner zweiten Entdeckungsreise durch den Pazifik. Nach dem Sturz der Finare-Finare-Dynastie und der Gründung eines föderativen Bundesstaates im Jahre 1797 dezimierte ein Bürgerkrieg die Bevölkerung des Archipels. In dieser Epoche landeten auch die methodistischen Missionare auf Tonga, die dieser ehrgeizigen Sekte der anglikanischen Religion zum Sieg verhalfen. Augenblicklich war Georg I. unangefochtener Herrscher über das unter englischem Protektorat stehende Königreich, bis... Diese drei Pünktchen sollen Platz für die Zukunft lassen, wie sie den Schützlingen Großbritanniens in Übersee nur zu oft bevorstand.

Es ist recht schwierig, in diesem Labyrinth aus Inseln und Inselchen zu manövrieren, das man durchqueren mußte, um Nu-Ofa, die Hauptstadt der Vavao-Gruppe, zu erreichen.

Aufgrund seines vulkanischen Ursprungs wird Vavao häufig von Erdbeben heimgesucht. Dieser Tatsache trugen die Eingeborenen beim Bau ihrer Häuser Rechnung, der ohne einen einzigen Nagel vonstatten ging. Die Wände bestanden aus Binsengeflecht und Latten aus Kokospalmenholz, das ovale Dach ruhte auf Pfeilern oder Baumstämmen, und das Gesamtergebnis wirkte ausgesprochen luftig und sauber. Diese Hütten zogen die besondere Aufmerksamkeit unserer Künstler auf sich, die von der Rammsporn-Batterie aus die Dörfer der Eingeborenen betrachteten, während Standard Island durch die Kanäle zwischen den Inseln hindurchglitt. Ab und zu sahen sie auch einige europäische Häuser, über denen die Fahnen Englands oder Deutschlands wehten.

Doch obwohl die Vavao-Gruppe ihre Entstehung vulkanischer Aktivität verdankt, hatte keiner ihrer Krater die unvorstellbare Menge Asche und Schlacke ausgespien, die auf Standard Island und ihre Umgebung herabgeregnet war. Die Tongainseln waren nicht einmal in dieselbe achtundvierzigstündige Finsternis gestürzt worden, weil Westwinde die Eruptionswolken in die entgegengesetzte Richtung getrieben hatten. Höchstwahrscheinlich gehörte der Schuldige zu irgendeiner einsamen Insel weiter östlich, außer es handelte sich um einen neuen Vulkan, der erst kürzlich zwischen Tonga und Samoa aus dem Meer aufgestiegen war.

Der Aufenthalt vor Vavao dauerte nur acht Tage. Diese Insel lohnte einen Besuch, obwohl sie vor einigen Jahren von einem schrecklichen Zyklon verwüstet worden war, der die kleine Kirche der französischen Maristen umriß und unzählige Eingeborenenhütten zerstörte. Nichtsdestotrotz hatte die Landschaft kaum von ihrem Reiz eingebüßt, mit ihren zahlreichen von Orangenhainen umschlossenen Dörfern, ihren fruchtbaren Feldern, ihren Zuckerrohr-, Jamswurzeln- und Bananenplantagen, ihren Maulbeer-, Brotbaum- und Sandelholzwäldern. An Haustieren hielt man nur Schweine und Geflügel. Die Vogelwelt wird auf Vavao durch Tausende von Tauben und farbenfrohe, laut lärmende Papageien vertreten. Reptilien trifft man in Form einiger harmloser Schlangen sowie einer hübschen grünen Eidechsenart an, die im Laubwerk kaum zu sehen ist.

Der Oberintendant hatte keineswegs übertrieben, als er die Schönheit dieses Eingeborenentyps pries, der übrigens der gesamten malaiischen Rasse im Zentralpazifik gemein ist. Imposante, hochgewachsene Männer, vielleicht ein wenig dicklich, aber von ebenmäßiger Gestalt und edler Haltung, mit stolzem Blick und einer Hautfarbe, die von einem tiefen Rotbraun bis zu Oliv variieren konnte. Graziöse, wohlproportionierte Frauen mit derart zierlichen Händen und Füßen, daß die Deutschen und Engländerinnen der europäischen Kolonie ihretwegen wohl mehr als einmal die Sünde der Mißgunst begingen. Nebenbei gesagt beschäftigten sich die Insulanerinnen nur mit dem Flechten von Matten und Körben und dem Weben von an Tahiti gemahnenden Stoffen, was ihre zarten Finger nicht deformierte. Zudem ließ sich die Vollendung der tongischen Schönheit ohne Schwierigkeiten *de visu* beurteilen, denn weder die scheußliche Hose noch das lächerliche Kleid mit Schleppe hatte Eingang in die hiesige Mode gefunden. Ein einfacher Lendenschurz oder ein Gürtel für die Männer, der Caraco und ein kurzer, mit feinen getrockneten Rinderstückchen verzierter Rock für die Frauen, die gleichzeitig reserviert und kokett waren. Beide Geschlechter pflegten ihre Haarpracht sorgfältig, wobei die jungen Mädchen die ihre adrett mit einem Gitterwerk aus Kokosfasern als Kamm über der Stirn hochsteckten.

Dennoch gelang es all diesen Vorzügen nicht, den heiratsunwilligen Sébastien Zorn von seinen Vorurteilen abzubringen. Er würde sich auf Vavao oder Tonga-Tabu auch nicht eher verheiraten als irgendwo sonst auf dieser weiten Welt.

Die vier Musiker empfanden immer eine lebhafte Befriedigung, wenn sie in einem dieser Archipele an Land gingen. Zugegeben, Standard Island gefiel ihnen, aber den Fuß auf festen Boden setzen zu können mißfiel ihnen auch nicht gerade. Echte Berge, echte Felder boten eine erholsame Abwechslung zu nachgemachten Flüssen und künstlichen Küsten. Man mußte schon Calistus Munbar heißen, um dem Juwel des Pazifiks vor der Natur den Vorzug zu geben.

Obwohl Vavao nicht der Sitz König Georg I. war, besaß er in Nu-Ofa einen Palast, oder vielmehr ein hübsches Landhäuschen, in dem er recht häufig wohnte. Der königliche Palast und die englischen Verwaltungsgebäude standen allerdings auf Tonga-Tabu.

Dort würde Standard Island, fast schon unter dem Wendekreis des Steinbocks, dem südlichsten Punkt ihrer Reise, zum letzten Mal einen Zwischenaufenthalt einschalten.

Nachdem sie Vavao verlassen hatten, erlebten die Milliardäre während zweier Tage eine sehr abwechslungsreiche Fahrt. Kaum verlor man eine Insel aus den Augen, entdeckte man schon die nächste. Alle zeigten denselben vulkanischen Charakter, waren durch die plutonischen Kräfte des Erdinnern entstanden, was im übrigen nicht nur für die nördliche, sondern auch die zentrale Gruppe der Hapaii-Inseln gilt. Die mit äußerster Sorgfalt erstellten Seekarten des Gebiets erlaubten es Kommodore Simcoe, sich gefahrlos in die Wege dieses Irrgartens zwischen Hapaii und

Tonga-Tabu hineinzuwagen. Überdies hätte es ihm an Lotsen nicht gefehlt, falls er ihrer Dienste bedurft hätte. In den Meerengen verkehrten zahllose Schiffe – zum Großteil unter deutscher Flagge segelnde Schoner, die für die Küstenschiffahrt eingesetzt wurden, während Dampfer die Hauptexportgüter des Archipels, nämlich Baumwolle, Kopra, Kaffee und Mais, transportierten. Und nicht allein die Lotsen wären nur zu gerne bereit gewesen, Ethel Simcoe zu Hilfe zu eilen, sondern auch die Mannschaften der doppelten, durch eine Plattform vereinten Ausleger-Pirogen, die bis zu zweihundert Mann Platz boten. Ja! Hunderte von Eingeborenen hätten die stählerne Insel auf das erste Zeichen hin gestürmt, denn dieser Lotsendienst hätte für einige wenige einen großen Glücksfall bedeutet: sein Preis wurde nach Tonnage berechnet, und Standard Island besaß 259 Millionen Registertonnen! Doch Kommodore Simcoe, der diese Gewässer genau kannte, mußte ihre Hilfe nicht in Anspruch nehmen. Er vertraute nur auf sich selbst und zählte auf die Verläßlichkeit seiner Offiziere, die seine Befehle mit absoluter Präzision ausführten.

Tonga-Tabu kam am Morgen des 9. Januar in Sicht, als Standard Island nur noch ungefähr drei bis vier Meilen entfernt war. Diese Insel ist sehr flach, weil nicht geologische Kräfte sie vom Meeresgrund an die Wasseroberfläche hoben; sie wurde nach und nach von Infusorien geschaffen, die Schicht um Schicht korallogenes Material aufeinandersetzten.

Eine ungeheure Leistung: hundert Kilometer Umfang und eine Fläche von sieben- bis achthundert Quadratkilometern, auf der zwanzigtausend Menschen wohnten!

Kommodore Simcoe hielt vor dem Hafen von Maofuga an. Sofort stellten sich Beziehungen zwischen der ortsgebundenen und der ortsunabhängigen Insel her, einer Schwester jener Latona aus dem Reich der Mythologie! Welch ein Unterschied zu den Marquesas, den Paumotu- oder den Gesellschaftsinseln! Der englische Einfluß dominierte deutlich, und der dieser Domination unterworfene König Georg I. würde sich kaum beeilen, die amerikanischen Milliardäre willkommen zu heißen.

Allerdings entdeckte das Quartett in Maofuga ein kleines französisches Missionszentrum. Dort residierte der Bischof von Ozeanien, der sich aber gerade auf einer seelsorgerischen Rundreise zu den verschiedenen Inselgruppen befand. Das Zentrum setzte sich aus der katholischen Mission, dem Schwesternhaus und einer Schule für Jungen und Mädchen zusammen. Unnötig zu erwähnen, daß die vier Pariser von ihren Landsleuten mit größter Herzlichkeit empfangen wurden. Der Superior lud sie ein, in der Mission zu übernachten, wodurch sie Maofugas »Fremdenheim« vermeiden konnten. Als weitere Ausflugsziele anerboten sich nur Nakualofa, die Hauptstadt von König Georgs Reich, und das Dorf Mua, dessen vierhundert Einwohner sich alle zum katholischen Glauben bekannten.

Als Tasman Tonga-Tabu entdeckte, nannte er es Amsterdam – ein Name, den seine Hütten aus Schraubenpalmwedeln und Kokosfasern kaum rechtfertigten. Auch wenn inzwischen Häuser in europäischer Bauweise dazugekommen waren, paßte der Eingeborenen-Name besser zu der Insel.

Der Hafen Moafuga liegt auf der Nordseite der Insel. Wäre Standard Island wenige Meilen weiter westlich vor Anker gegangen, so hätte man vom Meer aus Nakualofa, den königlichen Palast und die königlichen Gärten bewundern können. Wäre Kommodore Simcoe Tonga-Tabu jedoch weiter östlich angelaufen, hätte er eine Bucht vorgefunden, die ziemlich tief in die Küste einschneidet und an deren Ende das Dorf Mua liegt. Er hatte es nicht getan, da er nicht das Risiko eingehen wollte, in einer der Passagen zwischen diesen vielen Inselchen zu stranden, die nur für Schiffe mittlerer Tonnage befahrbar waren. Die Insel der Milliardäre würde also während des ganzen Aufenthaltes vor Maofuga liegen bleiben.

Wenn sich auch eine gewisse Anzahl Milliardäre in diesem Hafen an Land bringen ließ, gedachten doch nur wenige, das Innere der Insel zu erforschen. Dabei war sie zauberhaft und verdiente die Lobeshymnen, mit denen Elisée Reclus sie überschüttet hatte. Allerdings herrschte eine drückende, gewittrige Hitze; einige äußerst heftige Regengüsse trugen dazu bei, eventuell vorhandene Abenteuerlust zu dämpfen, und man mußte wirklich vom Tourismus-Wahn befallen sein, um einen größeren Ausflug zu unternehmen. Allein genau das taten Frascolin, Yvernès und Pinchinat, denn es war unmöglich, Sébastien Zorn dazu zu bewegen, sein bequemes Zimmer im Casino vor den Abendstunden zu verlassen, wenn die Meeresbrise Maofugas Strand abkühlte. Auch der Oberintendant entschuldigte sich, die drei Erkundungswütigen nicht begleiten zu können.

»Ich würde unterwegs zerfließen«, sagte er.

»Nicht so schlimm, dann bringen wir Sie in einer Flasche zurück«, gab ihm Seine Hoheit zur Antwort.

Diese verlockende Aussicht vermochte Calistus Munbar nicht umzustimmen; er zog es vor, in festem Zustand zu verbleiben.

Zum Glück für die Milliardäre wanderte die Sonne bereits seit drei Wochen wieder zur nördlichen Halbkugel hinauf, und Standard Island würde eine gebührende Distanz zu diesem Glutofen zu wahren wissen, um eine erträgliche Temperatur zu halten.

Schon im Morgengrauen des nächsten Tages verließen die drei Freunde also Maofuga in Richtung Nakualofa. Gewiß, es war sehr heiß, doch ließ sich die Hitze ertragen, solange man im Schatten der Kokospalmen, Leki-Lekis, der Tui-Tuis oder Kerzenbäume und der Kokabäume blieb, deren rote und schwarze Beeren sich zu Trauben zusammenschließen, die wie Edelsteine leuchten.

Gegen Mittag hatten sie die Hauptstadt erreicht, die sich ihnen in ihrer ganzen herrlichen Blüte zeigte – eine Wendung, die zu dieser Jahreszeit der Berechtigung nicht entbehrte. Der Königspalast schien aus einem gigantischen Blumenstrauß herauszuragen. Es bestand ein frappanter Unterschied zwischen den mit Blumen geschmückten Eingeborenenhütten und den äußerst britisch anmutenden Häusern, allen voran dasjenige der protestantischen Missionare. Nebenbei gesagt übten diese wesleyanischen Geistlichen einen beträchtlichen Einfluß auf die Eingeborenen aus, die sich, nachdem sie zu Beginn einige Missionare niedergemacht hatten, schließlich fast alle zu deren Glauben

Auf dem Marktplatz von Nakualofa erblickten sie den »Tui«

bekehren ließen. Ihre heidnischen Bräuche hatten sie aber trotzdem noch nicht ganz aufgegeben. Für sie stand der Hohepriester über dem König. In den bizarren Lehren ihres Schöpfungsmythos spielten gute und böse Geister eine wichtige Rolle. Auch war es dem Christentum bis anhin nicht gelungen, das Tabu auszurotten, dessen Verletzung mit Sühnezeremonien geahndet werden mußte, denen manchmal sogar Menschenleben zum Opfer fielen...

Man mußte den Berichten der Entdecker, insbesondere denen des Seefahrers Aylie Marin nach einer Reise im Jahre 1882 recht geben, die Nakualofa als eine erst halb zivilisierte Stadt bezeichneten.

Frascolin, Pinchinat und Yvernès verspürten nicht die geringste Lust, König Georg ihre Verehrung zu Füßen zu legen. Das ist keinesfalls im bildlichen Sinn zu verstehen, denn es war Brauch, dem König die Füße zu küssen. Und unsere Pariser beglückwünschten sich zu diesem fehlenden Verlangen, als sie auf dem Marktplatz von Nakualofa den »Tui«, wie man Seine Majestät hier nannte, erblickten, mit einer Art weißem Hemd und einem kurzen handgewobenen Rock, der um seine Hüften geschlungen war. Dieses Fußeküssen hätte mit Bestimmtheit zu den unangenehmsten Erlebnissen ihrer Reise gehört.

»Wie man sieht«, bemerkte Pinchinat, »sind Flüsse in diesem Land schwer zu finden.«

In der Tat gab es auf Tonga-Tabu und Vavao, genau wie auf den anderen Inseln des Archipels, weder einen Fluß noch eine Lagune. In Zisternen aufgefangenes Regenwasser war alles, was die Natur den Eingeborenen zur Verfügung stellte, und die Untertanen König Georgs I. gingen damit genauso sparsam um wie ihr Herrscher.

Am selben Abend begaben sich die drei Touristen sehr müde wieder zum Hafen von Maofuga, ausgesprochen froh darüber, in ihr Apartment im Casino zurückkehren zu können. Vor dem ungläubigen Zorn beteuerten sie, wie äußerst interessant dieser Ausflug gewesen sei. Doch auch Yvernès' poetische Beschwörungen vermochten den Cellisten nicht dazu zu bringen, sie am folgenden Tag nach Mua zu begleiten.

Dieser Ausflug würde ziemlich lange und sehr ermüdend werden. Man hätte sich diese Anstrengung leicht ersparen können, wenn man eine der elektrischen Schaluppen in Anspruch genommen hätte, die Cyrus Bikerstaff den Entdeckungshungrigen sicherlich gerne zur Verfügung gestellt hätte. Aber das Landesinnere dieser seltsamen Insel zu erforschen, reizte unsere Touristen viel mehr, und so brachen sie zu Fuß nach der Bucht von Mua auf, indem sie an der Korallenküste entlangwanderten, vor der Inselchen lagen, wo sich sämtliche Kokospalmen Ozeaniens ein Stelldichein zu geben schienen.

Erst am Nachmittag kamen sie in Mua an. Man mußte also daran denken, dort die Nacht zu verbringen. Dafür kam eigentlich nur ein Ort in Frage, nämlich die katholische Mission. Und wirklich bereitete ihnen der Superior einen ähnlich rührend-freudigen Empfang, wie sie ihn schon bei den Maristen auf Samoa erlebt hatten. Man verbrachte einen angenehmen Abend mit angeregten Gesprächen, in denen aber mehr von Frankreich die Rede war als von der tongischen Kolonie. Diese Mönche dachten nicht ohne ein gewisses Bedauern an ihr fernes Vaterland. Und doch – wurde dieses Bedauern nicht durch all das Gute, das sie auf diesen Inseln taten, wettgemacht? War es nicht ein Trost, sich von dieser kleinen Welt geachtet zu sehen, die sie dem anglikanischen Einfluß entzogen und dem katholischen Glauben zugeführt hatten? Schließlich war ihr Erfolg so groß, daß die Methodisten in Mua eine Art Filialkirche gründen mußten, um die Interessen des wesleyanischen Bekehrungseifers zu wahren.

Nicht ohne Stolz führte der Superior seinen Gästen die Einrichtungen der Mission vor, das Haus, das die Eingeborenen von Mua kostenlos errichtet hatten, und die hübsche Kirche, von tongischen Architekten entworfen, die sich mit ihren französischen Berufskollegen durchaus messen konnten.

Im Laufe des Abends spazierte man auch in der weiteren Umgebung des Dorfes bis zu den vorzeitlichen Gräbern von

Tui-Tonga, wo sich Schiefer und Koralle zu primitiven, aber reizvollen Skulpturen verbanden. Man besichtigte sogar diese uralte Plantage von riesenhaften Meas beziehungsweise Banyanbäumen, deren Wurzeln wie Schlangen ineinander verschlungen waren und deren Stämme nicht selten mehr als sechzig Meter Umfang erreichten. Frascolin bestand darauf, sie nachzumessen; dann trug er die Zahl in sein Notizbuch ein und ließ sie sich vom Superior bestätigen. Jetzt sollte es noch jemand wagen, die Existenz eines solchen pflanzlichen Phänomens zu bezweifeln!

Nach einem guten Abendessen verbrachte man eine ebenso gute Nacht in den besten Zimmern der Missionsstation. Am Morgen verabschiedete man sich nach einem herzhaften Frühstück herzlich von den Missionaren und traf wieder in Milliard City ein, als es vom Glockenturm des Rathauses gerade fünf Uhr schlug. Dieses Mal mußten sich die drei Ausflügler nicht mit metaphorischen Schwärmereien behelfen, um Sébastien Zorn zu versichern, daß dieser Ausflug bei ihnen einen bleibenden Eindruck hinterlassen hatte.

Am folgenden Morgen erhielt Cyrus Bikerstaff Besuch von Kapitän Sarol, der in folgender Angelegenheit vorsprach: Etwa hundert Malaien waren auf den Neuen Hebriden angeworben und nach Tonga-Tabu gebracht worden, um Land zu roden, eine Maßnahme, zu der sich die Kolonisten aufgrund der angeborenen Gleichgültigkeit, oder sagen wir Faulheit, der tongischen Eingeborenen, die einfach in den Tag hinein lebten, entschließen mußten. Diese Rodungsarbeiten hatten die Malaien vor kurzem beendet und warteten nun auf eine Gelegenheit heimzukehren. Würde der Gouverneur es ihnen erlauben, auf Standard Island mitzureisen? Um diesen Gefallen also bat Kapitän Sarol. In fünf oder sechs Wochen würde man ja Eromanga anlaufen, weshalb der Transport dieser Eingeborenen das Insel-Budget nicht allzu sehr belasten würde. Es wäre nicht sehr großzügig gewesen, den guten Leuten einen Dienst zu verweigern, den man ihnen so mühelos erweisen konnte. Der Gouverneur erteilte die gewünschte Genehmigung auch, wofür ihm Kapitän Sarols Dank und der der Maristen gebührte, für die man die Malaien rekrutiert hatte.

Wer hätte denn ahnen sollen, daß sich Kapitän Sarol auf diese Weise Komplizen verschaffte, die ihm im entscheidenden Augenblick zu Hilfe eilen würden? Er hatte wirklich allen Grund, sich zu beglückwünschen, diese Landsleute auf Tonga-Tabu getroffen und auf Standard Island untergebracht zu haben.

Es war der letzte Tag, den die Milliardäre im Tonga-Archipel verbringen würden, denn am nächsten Morgen sollten programmgemäß die Anker gelichtet werden.

Am Nachmittag würde man Gelegenheit haben, an einem dieser halb-religiösen, halb-weltlichen Feste teilzunehmen, bei denen sich die Eingeborenen so ungeheuer verausgabten.

Auf dem Programm derartiger Festivitäten, für die diese Insulaner eine ebensolche Schwäche hatten wie ihre entfernten Verwandten auf Samoa oder den Marquesas, standen regelmäßig verschiedene Tänze. Da ein Schauspiel dieser Art unsere Pariser immer interessierte, begaben sie sich um drei Uhr an Land.

Der Oberintendant begleitete sie, und diesmal hatte sich ihnen sogar Athanase Dorémus angeschlossen. War nicht die Anwesenheit eines Lehrers für Tanz und gutes Benehmen bei solch einer Veranstaltung unbedingt angebracht? Auch Sébastien Zorn hatte sich entschieden, seinen Freunden zu folgen, zweifellos eher gespannt auf die Musik der Eingeborenen als auf ihre tänzerischen Großtaten.

Als sie auf dem Marktplatz ankamen, war das Fest schon in vollem Gange. Der Kava, ein Schnaps, der aus den getrockneten Wurzeln des Pfefferstrauches gewonnen wurde, zirkulierte in dickbauchigen Flaschen, um durch die Kehlen von gut hundert Tänzern zu rinnen, Männer und Frauen, Halbwüchsige und junge Mädchen, letztere geschmückt mit ihrer langen Haarpracht, die sie bis zu ihrer Hochzeit nicht abschneiden durften.

Das Orchester war ausgesprochen einfach: eine Fanghu-Fanghu, eine Flöte mit näselndem Klang, begleitet von einem Dutzend Nafas, Trommeln, die in schnellen Wirbeln geschlagen wurden – und sogar im Takt, wie Pinchinat sogleich bemerkte.

Natürlich konnte der auf äußere Formen so bedachte Athanase Dorémus für Tänze, die nicht in die Kategorie Quadrille, Polka, Mazurka oder Walzer der französischen Schule fielen, nur absolute Verachtung empfinden. Im Gegensatz zu Yvernès, dem diese Tänze von echter Originalität geprägt schienen, hatte er deshalb nicht mehr für sie übrig als ein Schulterzucken.

Zuerst wurden sitzende Tänze gezeigt, die nur aus verschiedenen Haltungen, pantomimischen Gesten und dem Wiegen des Körpers zum Rhythmus einer langsamen, traurigen Melodie bestanden, die einen ganz eigenartigen Effekt erzielte.

Auf dieses Wiegen folgten die aufrechten Tänze, denen sich sämtliche Eingeborenen mit dem ganzen Feuer ihres Temperaments hingaben, wobei sie bald graziöse Schritte ausführten, bald in ihren Posen die Wildheit des Kriegers auf dem Kriegspfad darstellten.

Das Quartett, das dieses Schauspiel mit den Augen des Künstlers betrachtete, fragte sich, welchen Grad der Ekstase diese Menschen wohl dank dem mitreißenden Schwung von Pariser Ballmusik erreichen würden.

Da machte Pinchinat – wer sonst? – seinen Kameraden den Vorschlag, doch im Casino ihre Instrumente holen zu lassen und diesen Tanzvirtuosen die temperamentvollsten Sechsachtel, die tollsten Zweiviertel aus dem Repertoire von Lecoq, Audran und Offenbach vorzusetzen.

Alle waren einverstanden, und Calistus Munbar gab der Überzeugung Ausdruck, man würde Erstaunliches zu sehen bekommen.

Eine halbe Stunde später hatte man die Instrumente herbeigeschafft, womit der Ball beginnen konnte.

Außerordentlich überrascht, aber auch außerordentlich erfreut reagierten die Eingeborenen auf die Klänge eines Cellos, einer Bratsche und zweier Geigen, denen schwungvoll geführte Bögen eine so ultra-französische Musik entlockten.

Die Melodien blieben denn auch nicht ohne die entsprechende Wirkung auf die Insulaner: sie erbrachten den unwiderlegbaren Beweis, daß man diese zündenden, volkstümlichen Tänze in-

Das Fest war auf seinem Höhepunkt

stinktiv erfaßte, ohne Lehrer – obgleich Athanase Dorémus dem wohl nie zustimmen könnte. Männer und Frauen wetteiferten miteinander, schwangen die Hüften, hüpften und wirbelten über den Platz, einer einfallsreicher als der andere, als Sébastien Zorn, Yvernès, Frascolin und Pinchinat die leidenschaftlichen Rhythmen aus *Orpheus in der Unterwelt* in Angriff nahmen. Selbst der Oberintendant geriet außer Rand und Band, vergaß sich in einer hemmungslosen Quadrille, deren Regeln allein seiner Phantasie entsprangen, während sich der Lehrer für Auftreten und gutes Benehmen vor solchen Greueln das Gesicht verhüllte. Mit dem Fortissimo dieser Kakophonie, in die die näselnde Flöte und die dumpfen Trommeln eingestimmt hatten, erreichte auch das Ungestüm der Tänzer seinen Höhepunkt, und wer weiß, wo das noch hingeführt hätte, wenn nicht ein Zwischenfall dieser infernalischen Choreographie ein Ende gesetzt hätte.

Ein Eingeborener – ein großer, kräftiger Kerl –, fasziniert von den Tönen, die der Cellist auf seinem Instrument erzeugte, stürzte sich auf das Cello, packte es und entfloh mit dem Schrei:

»Tabu ... Tabu!«

Das Cello war tabuisiert! Niemand durfte es mehr berühren, ohne ein Sakrileg zu begehen! Die Hohepriester, König Georg, alle Würdenträger seines Hofes, ja die gesamte Bevölkerung der Insel würde sich wie ein Mann erheben, falls man es wagen sollte, den heiligen Brauch zu verletzen ...

Sébastien Zorn konnte sich dieser Auffassung allerdings nicht anschließen. Er hing an dem Meisterwerk von Gand et Benardel. Augenblicklich stürmte er hinter dem Dieb her, dicht gefolgt von seinen Freunden. Andere Eingeborene mischten sich ein, kurz, es kam zu einer wilden Massenverfolgungsjagd.

Doch der Mann raste mit solcher Geschwindigkeit davon, daß man die Hoffnung aufgeben mußte, ihn einholen zu können. Schon nach wenigen Minuten war er weit, weit weg!

Erschöpft kehrten Sébastien Zorn und die anderen zu Calistus Munbar zurück, der das Rennen schon vorher völlig außer Atem aufgegeben hatte. Nun zu behaupten, der Cellist hätte

Der Eingeborene raste mit solcher Geschwindigkeit davon . . .

vor Wut gerast, wäre noch stark untertrieben. Er schäumte, er erstickte fast. Tabuisiert oder nicht, er wollte sein Instrument wiederhaben! Und wenn Standard Island Tonga-Tabu den Krieg erklären müßte – wurden Kriege nicht schon aus viel geringfügigerem Anlaß heraus geführt? –, das Cello mußte seinem Besitzer zurückerstattet werden.

Glücklicherweise schalteten sich die Behörden der Insel ein. Eine Stunde später konnte man den Mann aufgreifen und zwang ihn, das Instrument zurückzubringen. Diese Herausgabe ließ sich allerdings nicht ohne gewisse Schwierigkeiten bewerkstelligen: es fehlte nicht viel und das Ultimatum von Gouverneur Cyrus Bikerstaff zu einer Frage des Tabus hätte die religiösen Leidenschaften des gesamten Archipels entfacht.

Im übrigen mußte die Lästerung des Tabus gemäß den Regeln der unter solchen Umständen üblichen kultischen Fata-Zeremonien gesühnt werden. Nach altem Brauch schlachtete man eine beträchtliche Anzahl Schweine, schmorte sie in einem mit glühenden Steinen, Süßkartoffeln, Taros und Früchten des Makoré-Baumes gefüllten Loch und befriedigte damit die grollenden tongischen Mägen.

Und wenn sich die Saiten des Cellos im Handgemenge auch ein wenig gelockert hatten, so brauchte Sébastien Zorn sein Instrument nur wieder zu stimmen, nachdem er feststellen konnte, daß es durch die heidnischen Beschwörungen keine seiner Qualitäten eingebüßt hatte.

SECHSTES KAPITEL

RAUBTIERE AN BORD

Von Tonga-Tabu aus steuerte Standard Island einen nordwestlichen Kurs, auf die Fidschiinseln zu, womit die Insel der Milliardäre dem Lauf der Sonne weg vom Wendekreis hinauf zum Äquator folgte. Sie tat das ohne Hast, denn nur zweihundert Meilen trennten sie vom Fidschi-Archipel, sodaß Kommodore Simcoe den Maschinen nicht mehr als halbe Kraft abverlangen mußte.

Der Wind schlug häufig um, doch was konnten Winde diesem mächtigen Gefährt schon anhaben? Niemand beunruhigte sich, wenn hier am 29. Breitengrad manchmal heftige Gewitter auf das Juwel des Pazifik niedergingen: die Elektrizität, von der die Atmosphäre gesättigt war, wurde von den Blitzableitern angezogen, mit denen man sämtliche Gebäude ausgerüstet hatte, und die Regenfälle aus solchen Gewitterwolken, selbst sintflutartige, waren willkommen, da Park und Felder unter diesen übrigens seltenen Duschen ergrünten. Die Milliardäre führten also ein ausgesprochen sorgloses Dasein, erfüllt von Empfängen und Konzerten. Gegenwärtig herrschte zwischen den beiden Stadthälften reger gesellschaftlicher Verkehr, und nichts schien die Sicherheit der Zukunft gefährden zu können.

Cyrus Bikerstaff brauchte es nicht zu bereuen, auf Bitten von Kapitän Sarol die neuhebridischen Eingeborenen an Bord genommen zu haben. Diese Menschen suchten sich überall nützlich zu machen. Sie arbeiteten auf den Feldern, wie sie es auf den Tongainseln getan hatten. Sarol und seine Malaien ließen sie den ganzen Tag über kaum aus den Augen, und abends begaben sie sich zusammen zu den beiden Häfen, wo man sie untergebracht hatte. Niemand beklagte sich über sie. Vielleicht ergab sich hier sogar eine Gelegenheit, diese braven Leute zu bekehren. Bis anhin bekannten sie sich noch nicht zum christlichen Glauben, demgegenüber sich ein großer Teil der neuhebridischen Bevölkerung trotz der Bemühungen von anglikanischen und katholischen Missionaren unzugänglich zeigte. Standard Islands Geistlichkeit spielte wohl mit diesem Gedanken, aber der Gouverneur lehnte jede Bestrebung solcher Art ab.

Die Eingeborenen der Neuen Hebriden, deren Alter in diesem Fall zwischen zwanzig und vierzig Jahren schwankte, waren mittelgroß und von dunklerer Hautfarbe als die Malaien. Zwar konnten sie sich an körperlicher Schönheit mit den Ureinwohnern von Tonga oder Samoa nicht messen, aber dafür schienen sie eine außergewöhnliche Ausdauer zu besitzen. Das wenige

Geld, das sie im Dienst der Maristen auf Tonga-Tabu verdient hatten, sparten sie sorgsam und dachten keineswegs daran, es für alkoholische Getränke auszugeben, die man ihnen übrigens auch nur in sehr geringen Mengen verkauft hätte. Da zudem Standard Island für Unterkunft und Verpflegung aufkam, waren sie auf dieser Reise zweifellos glücklicher als je zuvor auf ihrem wilden Archipel.

Allein unter Kapitän Sarols unheilvollem Einfluß würden diese Eingeborenen gemeinsam mit ihren Landsleuten von den Neuen Hebriden das zerstörerische Werk vollbringen, dessen Stunde immer näher rückte. Dann würde ihre angeborene Grausamkeit wieder zum Vorschein kommen. Schließlich stammten sie nicht umsonst von jenen blutrünstigen Wilden ab, die den Völkern in diesem Teil des Pazifiks einen derart grauenerregenden Ruf eingebracht hatten.

Unterdessen wiegten sich die Milliardäre in dem Glauben, nichts könne eine Existenz beeinträchtigen, bei der alles so logisch vorausgeplant und so klug organisiert war. Das Quartett feierte noch immer dieselben rauschenden Erfolge. Man wurde nicht müde, ihm zuzuhören und zu applaudieren: es würde wohl das gesamte Werk von Mozart, Beethoven, Haydn und Mendelssohn zum Vortrag gelangen. Neben den regelmäßigen Konzerten im Casino gab auch Mrs. Coverley musikalische Soireen, die sehr gut besucht waren; der König und die Königin von Malekarlien hatten sie mehrmals mit ihrer Anwesenheit beehrt. Wenn auch die Tankerdons dem Palais an der 15. Straße noch keinen Besuch abgestattet hatten, so erschien doch ihr Sohn Walter mit schöner Regelmäßigkeit bei jedem Konzert. Seine Heirat mit Miss Dy war nur noch eine Frage der Zeit... In den Salons der Backbord- und Steuerbordseite wurde bereits offen darüber gesprochen... Sogar die Trauzeugen des zukünftigen Brautpaares standen schon fest... Lediglich die Einwilligung der Familienoberhäupter fehlte... Würden denn Jem Tankerdon und Nat Coverley nie in eine Situation geraten, die sie zwang, sich zu erklären?...

Diese so ungeduldig herbeigewünschte Situation ließ nicht

allzu lange auf sich warten, aber zu welchem Preis, und wie sehr war die Sicherheit von Standard Island bedroht!

Am Nachmittag des 16. Januar – man befand sich ungefähr in der Mitte zwischen den Tonga- und den Fidschiinseln – wurde im Südosten ein Schiff gemeldet, dessen Kurs es zum Steuerbordhafen zu führen schien. Es mußte sich um einen Dampfer von sieben- bis achthundert Registertonnen handeln. Seine Flaggengaffel war leer, was sie auch blieb, als ihn nur noch eine Meile von der Insel trennte.

Welche Nationalität besaß dieser Dampfer wohl? Die Ausguckposten des Observatoriums konnten ihn anhand seiner Bauweise nicht identifizieren. Da er die verhaßte Standard Island keines Grußes gewürdigt hatte, war nicht auszuschließen, daß er der britischen Marine angehörte.

Im übrigen versuchte besagtes Schiff keineswegs, in einem der Häfen anzulegen. Es schien die stählerne Insel passieren zu wollen, die es zweifelsohne bald aus den Augen verlieren würde.

Eine stockfinstere, mondlose Nacht brach herein. Der Himmel war mit hohen Wolken bedeckt, die jenen samtartigen, absolut lichtundurchlässigen Stoffen ähneln. Es herrschte Windstille, das Meer lag spiegelglatt da. Inmitten dieser tiefen Finsternis war kein Laut zu hören.

Gegen elf Uhr schlug das Wetter um. Ein Gewitter zog auf. Bis nach Mitternacht durchzuckten Blitze den Himmel, begleitet von Donnergrollen, aber es fiel kein Tropfen Regen.

Vielleicht hinderte dieses Grollen eines weit entfernten Gewitters die wachhabenden Zöllner an der Heck-Batterie daran, das eigenartige Zischen, das seltsame Brüllen zu hören, die diesen Teil der Küste in Unruhe versetzten, ein Zischen, das nicht der Blitz, ein Brüllen, das nicht der Donner verursachte. Das Phänomen, was auch immer ihm zugrunde lag, dauerte nur von zwei bis drei Uhr morgens.

Am Morgen verbreitete sich in den Außenquartieren der Stadt eine beunruhigende Neuigkeit. Die Hirten, die ihre Herden auf freiem Feld geweidet hatten, waren von plötzlicher

Panik ergriffen in alle Himmelsrichtungen geflohen, die einen zu den Häfen, die anderen nach Milliard City.

Noch schwerer wog die Nachricht, während der Nacht seien mehr als fünfzig Schafe gerissen worden, deren blutige Überreste man in der Nähe der Heck-Batterie entdeckt habe. Ein Dutzend Kühe, Rehe und Damwild in den Gehegen auf der Weide und im Park und ungefähr zwanzig Pferde hätten dasselbe Schicksal erlitten.

Sie waren unbestreitbar alle von Raubtieren angefallen worden, aber was denn für Raubtiere?... Löwen, Tiger, Leoparden, Hyänen?... War das überhaupt denkbar?... Hatte man je einen dieser gefährlichen Fleischfresser auf Standard Island gesehen?... Könnten solche Bestien die Insel schwimmend erreicht haben?... War das Juwel des Pazifik etwa in die Nähe von Indien, Afrika oder Malaysia geraten, wo diese Art wilder Tiere vorkam?...

Natürlich nicht! Es trieb auch nicht vor der Mündung des Amazonas oder des Nil, und dennoch waren zwei Frauen, die man eben auf dem Rathausplatz aufgegriffen hatte, morgens um sieben von einem enormen Alligator verfolgt worden, der schließlich im Wasser des Serpentine River untertauchte und verschwand. Zudem wies das schwankende hohe Gras am Ufer des Flüßchens darauf hin, daß sich dort noch mehr dieser Riesenechsen verbargen.

Man stelle sich die Wirkung solcher unglaublicher Neuigkeiten vor! Eine Stunde später meldete der Ausguck, es streiften mehrere Tiger, Löwen und Leoparden paarweise durch die Felder. Einige Schafe, die in Richtung der Rammsporn-Batterie flüchteten, waren von zwei riesigen Tigern getötet worden. Aus allen Richtungen liefen die vom Gebrüll der Raubkatzen erschreckten Haustiere zusammen, genau wie die Feldarbeiter, die ihre Tätigkeit schon am frühen Morgen hatten aufnehmen müssen. Die erste Straßenbahn zum Backbordhafen konnte sich gerade noch in ihr Depot zurück retten. Drei Löwen hatten ihr nachgesetzt und waren bis auf hundert Schritt herangekommen.

Nun gab es keinen Zweifel mehr: seit der vergangenen Nacht

Drei Löwen hatten ihr nachgesetzt

wütete ein Rudel wilder Tiere auf Standard Island, und wenn man nicht sofortige Gegenmaßnahmen ergriff, würde es auch in Milliard City eindringen.

Athanase Dorémus setzte unsere Künstler über die Situation ins Bild. Der Lehrer für Auftreten und gutes Benehmen, der früher als gewohnt ausgegangen war, hatte sich nicht mehr auf den Heimweg gewagt und im Casino Zuflucht gesucht, aus dem ihn keine Macht der Welt mehr würde vertreiben können.

»Sie wollen uns wohl im Januar schon in den April schicken?« rief Pinchinat. »Oder sind Ihre Löwen und Tiger etwa bloß Zeitungsenten?«

Doch er mußte sich bald den Tatsachen beugen. Die Behörden ließen die Stadttore schließen und die Zugänge zu beiden Häfen und den Zollstationen an der Küste verbarrikadieren. Gleichzeitig stellte man den Straßenbahnverkehr ein und verbot das Betreten des Parks und der Felder, bis die Gefahr durch diese rätselhaften Eindringlinge gebannt war.

Allein genau in dem Moment, da die Beamten das Tor am einen Ende der 1. Straße vor dem Observatorium verriegelten, sprangen keine fünfzig Schritt von ihnen entfernt zwei Tiger mit glühenden Augen und blutigen Mäulern aus dem Gebüsch. Einige Sekunden später, und diese Bestien wären in die Stadt eingedrungen.

Auf der Rathaus-Seite der 1. Straße fielen die Gitter ebenfalls rechtzeitig zu, so daß Milliard City keine Überfälle zu fürchten brauchte.

Was für eine Schlagzeile, wieviel Stoff für Meldungen, Artikel und Kommentare boten sich da dem *Starboard Chronicle*, dem *New Herald* und den anderen Zeitungen von Standard Island!

In Wahrheit herrschten Angst und Schrecken. Alle schlossen sich in ihre Häuser ein. Im Geschäftsviertel waren die Schaufenster verrammelt. Keine einzige Tür stand mehr offen. An den Fenstern der oberen Etagen erschienen verstörte Gesichter. In den Straßen patrouillierten nur noch die Korporalschaften der Miliz unter dem Befehl von Oberst Steward und einige Abteilungen der Polizei.

Cyrus Bikerstaff und seine Stellvertreter Barthélemy Ruge und Hubert Harcourt waren bei Bekanntwerden der ersten Schreckensbotschaften ins Rathaus geeilt. Von beiden Häfen, den Batterien und den Stationen an der Küste trafen telefonisch immer beunruhigendere Meldungen ein. Überall hatte man Raubtiere gesehen, mindestens mehrere hundert, laut den Telegrammen, in die aus Angst vielleicht eine Null zuviel hineingerutscht war... Sicher wußte man nur, daß eine gewisse Anzahl Löwen, Tiger, Leoparden und Kaimane die Insel durchstreifte.

Was war also geschehen?... Hatte sich ein Zirkus mit beschädigten Käfigen auf die stählerne Insel geflüchtet?... Aber woher sollte dieser Zirkus gekommen sein?... Was für ein Schiff beförderte ihn?... War es der Dampfer, den man am Vorabend gesichtet hatte?... Wenn ja, was war aus diesem Dampfer geworden?... Hatte er während der Nacht angelegt?... Hatten die Tiere, nachdem sie schwimmend entflohen waren, an der heruntergezogenen Stelle der Küste Fuß fassen können, die dem Abfluß des Serpentine River diente?... Und war der Frachter danach gesunken?... Doch soweit die Sicht des Ausgucks, soweit Kommodore Simcoes Fernrohr reichte, trieben nirgends Trümmer auf dem Meer, dabei hatte sich Standard Island seit dem gestrigen Abend kaum fortbewegt!... Außerdem, falls das Schiff tatsächlich untergegangen war, warum hatten sich dann nur die Raubtiere und nicht auch seine Besatzung auf Standard Island gerettet?...

Man befragte die verschiedenen Außenposten an der Küste zu dieser Möglichkeit, und die verschiedenen Außenposten antworteten, es habe weder eine Kollision noch ein Schiffbruch stattgefunden. Das wäre ihrer Aufmerksamkeit trotz der tiefen Finsternis gewiß nicht entgangen. Diese Hypothese kam also von allen entschieden am wenigsten in Frage.

»Rätsel über Rätsel!...« wiederholte Yvernès immer wieder.

Seine Freunde und er saßen zusammen im Casino, wo Athanase Dorémus ihr Frühstück und, falls notwendig, auch ihr Mittag- und Abendessen mit ihnen teilen würde.

»Von mir aus«, meinte Pinchinat, indem er an seiner Schokoladenzeitung herumknabberte, die er in seine dampfende Tasse getunkt hatte. »Ich verzichte darauf, die Rätsel zu lösen... Was auch passiert sein mag, Monsieur Dorémus, essen wir erst einmal etwas. Vielleicht werden wir bald selbst gefressen...«

»Wer weiß?« entgegnete Sébastien Zorn »Ob von Löwen, Tigern oder von Kannibalen...«

»Ich würde da die Kannibalen vorziehen«, erwiderte Seine Hoheit darauf. »Jedem das Seine, nicht wahr?«

Er lachte, dieser unermüdliche Spaßvogel, aber dem Lehrer für Auftreten und Benehmen war das Lachen vergangen, und auch Milliard City, in den Klauen des Entsetzens, verspürte wenig Lust, sich zu amüsieren.

Bereits um acht Uhr morgens war der Notabeln-Rat auf Bitten des Gouverneurs hin im Rathaus zusammengetreten. Die Straßen der Stadt waren menschenleer bis auf Soldaten und Beamte, die sich zu den ihnen zugeteilten Posten begaben.

Unter dem Vorsitz von Cyrus Bikerstaff begann der Rat sogleich mit seinen Beratungen.

»Meine Herren«, begann der Gouverneur, »Sie kennen den Grund für die sehr berechtigte Panik, die die Bevölkerung von Standard Island ergriffen hat. In dieser Nacht ist unsere Insel von einem Rudel Raubtiere und Riesenechsen überfallen worden. Das dringendste Problem ist nun die Eliminierung dieser Bestien, und wir werden sie eliminieren, glauben Sie mir. Aber die Bevölkerung muß sich den Maßnahmen fügen, die wir zu ihrem Schutz ergriffen haben. Wenn sie sich in Milliard City, dessen Tore geschlossen sind, auch noch frei bewegen darf, so ist es ihr doch strengstens untersagt, den Park oder die Felder zu betreten. Bis also eine anderslautende Verordnung ergeht, ist jeder Verkehr zwischen der Stadt, den beiden Häfen und der Heck- und Rammsporn-Batterie untersagt.«

Nachdem er diese Maßnahmen gebilligt hatte, ging der Rat zur Diskussion der Mittel über, die es erlauben würden, die gefährlichen Raubtiere auszumerzen, die Standard Island heimsuchten.

»Unsere Soldaten und Seeleute werden an verschiedenen Punkten der Insel Treibjagden veranstalten«, erklärte der Gouverneur. »Und diejenigen von uns, die als Jäger Erfahrung haben, möchten sich ihnen bitte anschließen und das Unternehmen leiten, damit eine Katastrophe soweit als möglich verhindert werden kann ...«

»Früher«, sagte Jem Tankerdon, »habe ich in Indien und Amerika gejagt und bin kein Grünschnabel mehr. Ich bin bereit, und mein ältester Sohn wird mich begleiten.«

»Wir danken dem ehrenwerten Mr. Jem Tankerdon«, antwortete Cyrus Bikerstaff, »und ich für meine Person werde seinem Beispiel folgen. Außer den Milizsoldaten von Oberst Steward wird sich auch eine Abteilung Matrosen unter dem Befehl von Kommodore Simcoe an dem Unternehmen beteiligen, und ihre Reihen stehen Ihnen offen, meine Herren!«

Nat Coverley machte einen Vorschlag analog zu dem Jem Tankerdons, und schließlich beeilten sich all jene Ratsmitglieder, deren Alter es ihnen noch erlaubte, ihre Teilnahme anzubieten. Es fehlte nicht an Schnellfeuergewehren mit großer Reichweite in Milliard City. Ohne Zweifel würde man diesen Bestien bei dem Mut und der Einsatzbereitschaft, die jedermann mitbrachte, bald den Garaus gemacht haben. Aber das Entscheidende sei, wie Cyrus Bikerstaff immer wieder betonte, daß man keine Menschenleben zu beklagen haben würde.

»Wir kennen die genaue Anzahl Raubtiere nicht«, fuhr er fort. »Wichtig ist in jedem Fall, daß wir sie innert kürzester Frist ausrotten. Wenn wir ihnen erlauben, sich zu akklimatisieren und zu vermehren, gefährden wir die Sicherheit unserer Insel in hohem Maße.«

»Sehr wahrscheinlich sind es ja gar nicht so viele«, meinte einer der Honoratioren.

»Richtig, denn sie können ja nur von einem Frachter stammen, der eine Ladung wilder Tiere aus Indien, den Philippinen oder den Sundainseln für eine Gesellschaft in Hamburg an Bord hatte, wo man auf den Handel mit Raubtieren spezialisiert ist«, erwiderte der Gouverneur.

Hamburg stellte nämlich den Hauptumschlagplatz für wilde Tiere dar, deren Verkaufspreise die Höhe von 12000 Francs für einen Elefanten, 27000 Francs für eine Giraffe, 25000 Francs für ein Nilpferd, 5000 Francs für einen Löwen, 4000 Francs für einen Tiger und 2000 Francs für einen Jaguar erreichten. Wie man sieht, besaßen sie einen ganz hübschen Marktwert, der dazu noch steigende Tendenzen zeigte, während Schlangen weniger gefragt waren.

Zu diesem Thema antwortete der Gouverneur einem Ratsmitglied, das die Zugehörigkeit einiger Vertreter der Ordnung der Schuppenkriechtiere zu dieser Ladung befürchtete, man habe ihm bisher noch kein einziges solches Reptil gemeldet. Im übrigen vermochten sich zwar Löwen, Tiger und Alligatoren schwimmend über die Mündung des Serpentine River auf Standard Island einzuschleichen, aber nicht Schlangen.

Daran erinnerte Cyrus Bikerstaff die Ratsherren.

»Ich denke deshalb«, sagte er, »daß wir nicht mit Boas, Korallenottern, Klapperschlangen, Kobras, Vipern oder ähnlichen Exemplaren der Gattung zu rechnen haben. Nichtsdestotrotz werden wir das Notwendige unternehmen, um die Bevölkerung in diesem Punkt zu beruhigen. Doch verlieren wir keine Zeit, meine Herren, im Augenblick ist es wichtiger, diese Bestien zu erlegen, als zu erkunden, wie sie wohl auf die Insel gekommen sind. Sie sind nun einmal hier, aber bleiben sollen sie nicht.«

Vernünftig gedacht und gut gesagt, wie der Leser zustimmen wird. Man wollte gerade die Versammlung auflösen, um an den Treibjagden unter der Leitung der erfahrensten Jäger von Standard Island teilzunehmen, als Hubley Harcourt ums Wort bat, um eine Beobachtung anzufügen.

Man erteilte ihm das Wort, worauf der ehrenwerte Stellvertreter des Gouverneurs dem Rat folgendes eröffnete:

»Meine Herren Ratsmitglieder, es ist keineswegs meine Absicht, die Ausführung unserer Beschlüsse zu verzögern. Nichts ist dringender, als sofort mit der Jagd zu beginnen. Lassen Sie mich Ihnen dennoch einen Gedanken mitteilen, der vielleicht eine plausible Erklärung für die Anwesenheit dieser wilden Tiere auf Standard Island liefern könnte.«

Hubley Harcourt, der aus einer alten französischen Familie

von den Antillen stammte und während eines Aufenthaltes in Louisiana die amerikanische Staatsbürgerschaft angenommen hatte, genoß in Milliard City ungeheures Ansehen. Er war ein sehr ernsthafter, reservierter Mann, der sich niemals zu leichtfertigen Äußerungen hinreißen ließ und sich stets so kurz wie möglich faßte, weshalb man großen Wert auf seine Meinung legte. Der Gouverneur bat ihn denn auch, sich zu erklären, was er in einigen Sätzen von strengster Logik tat.

»Meine Herren Ratsmitglieder, gestern nachmittag wurde in nächster Nähe unserer Insel ein Schiff gesichtet, das seine Nationalität nicht zu erkennen gab, weil ihm zweifelsohne daran lag, unerkannt zu bleiben. Allerdings kann meiner Meinung nach nur dieses Schiff die Ladung Raubtiere an Bord gehabt haben.«

»Das liegt auf der Hand«, stimmte Nat Coverley zu.

»Nun, meine Herren«, fuhr Hubley Harcourt fort, »wenn einige von Ihnen glauben, der Überfall dieser Bestien sei auf ein Schiffsunglück zurückzuführen, ... ich selbst ... glaube das nicht!«

»Aber dann«, rief Jem Tankerdon, der durch die Worte Hubley Harcourts hindurch Licht schimmern zu sehen glaubte, »wäre es ja willentlich ... absichtlich ... vorsätzlich? ...«

»Oh!« machte der Rat.

»Ich bin davon überzeugt«, bestätigte der Stellvertreter mit fester Stimme. »Und dieser Anschlag kann nur das Werk unseres Erzfeindes John Bull sein, dem gegen Standard Island alle Mittel recht sind ...«

»Oh!« machte der Rat noch einmal.

»Da er nicht das Recht hatte, die Zerstörung unserer Insel zu fordern, wollte er sie unbewohnbar machen. Diesem Umstand verdanken wir die Kollektion Löwen, Tiger, Jaguare, Leoparden und Alligatoren, die der Dampfer nachts auf unserem Hoheitsgebiet freigelassen hat!«

»Oh!« machte der Rat ein drittes Mal.

Doch der zweifelnde Klang, den dieses »Oh« zuerst noch besessen hatte, war einem entschiedenen Tonfall gewichen.

Natürlich! Es mußte sich um einen Racheakt der erbitterten Engländer handeln, die vor nichts zurückschreckten, wenn es darum ging, ihre Vorherrschaft auf den Weltmeeren zu behaupten! Natürlich! Man hatte den Frachter für dieses Attentat gechartert; dann, nach vollbrachter Tat, war er verschwunden! Natürlich! Die Regierung des Vereinten Königreichs hatte die Ausgabe von einigen tausend Pfund nicht gescheut, um den Milliardären ein weiteres Verbleiben auf Standard Island zu verunmöglichen!

Und Hubley Harcourt fügte hinzu:

»Wenn ich mich dazu entschloß, diesen Gedanken zu äußern, wenn sich mein bloßer Verdacht in Gewißheit verwandelt hat, so liegt das daran, meine Herren, daß ich mich an ein ähnliches Vorkommnis erinnert habe, einen Anschlag, der unter praktisch analogen Umständen verübt wurde und von dem sich die Engländer nie ganz reinwaschen konnten ...«

»Dabei hätten sie Wasser genug!« bemerkte einer der Ratsherren.

»Salzwasser reinigt nicht!« meinte ein anderer darauf.

»Genausowenig wie das Meer die blutbefleckten Hände von Lady Macbeth reinwaschen konnte!« rief ein dritter.

Auffälligerweise fielen diese Bemerkungen der ehrwürdigen Ratsherren, noch ehe Hubley Harcourt ihnen den Fall genannt hatte, auf den er anspielte.

»Meine Herren Ratsmitglieder«, nahm er seine Rede wieder auf, »als England die französischen Antillen an Frankreich abtreten mußte, wollte es der Insel ein Andenken hinterlassen, aber was für ein Andenken! Bis zu diesem Zeitpunkt hatte es weder auf Guadaloupe noch auf Martinique eine einzige Schlange gegeben, doch nachdem die Angelsachsen die Insel verlassen hatten, wimmelte es auf Martinique von Schlangen. Das war die Rache von John Bull! Bevor er sich aus dem Staube machte, setzte er Hunderte von Reptilien auf der Kolonie aus, die ihm durch die Finger geschlüpft war, und seit dieser Zeit haben sich diese giftigen Tiere zum großen Schaden der französischen Siedler ins Unendliche vermehrt.«

»An die Gewehre, meine Herren!«

In der Tat verlieh diese Anklage gegen die Engländer, die nie dementiert worden war, Hubley Harcourts Erklärung eine gewisse Plausibilität. Indessen durfte man wirklich glauben, daß John Bull die Insel der Milliardäre unbewohnbar hatte machen wollen, ja selbst daß er es bei einer der französischen Antillen versucht hatte? Weder der eine noch der andere Verdacht hatte je bewiesen werden können. Doch soweit es Standard Island betraf, gab es für die milliardenschwere Bevölkerung keinen Zweifel an der Wahrheit dieser Behauptung.

»Nun gut!« rief Jem Tankerdon. »Wenn es auch den Franzosen nicht gelungen ist, Martinique von den Vipern zu säubern, die die Engländer an ihrer Statt zurückließen ...«

Stürmisches Beifallsgeschrei würdigte diesen Vergleich des hitzigen Amerikaners.

»Wir Milliardäre werden es mit Bestimmtheit schaffen, Standard Island von dem Raubzeug zu befreien, das die Engländer auf sie losgelassen haben!«

Wieder donnernder Applaus, der nur abflaute, um mit doppelter Lautstärke wieder einzusetzen, nachdem Jem Tankerdon hinzugefügt hatte:

»An die Gewehre, meine Herren, und vergessen wir nicht, daß wir zwar auf Löwen, Tiger, Jaguare und Krokodile Jagd machen, aber in Wirklichkeit die Engländer meinen!«

Damit beendete der Notabeln-Rat seine Sitzung.

Eine Stunde später, als die wichtigsten Zeitungen das stenographische Protokoll dieser Sitzung veröffentlichten, als man erfuhr, wessen Hände die Käfige dieses schwimmenden Zoos geöffnet hatten, wem man den Überfall durch ein Rudel blutrünstiger Bestien zu verdanken hatte, ging ein Schrei der Empörung durch ganz Milliard City, und England wurde bis zu seinen Kindern und Kindeskindern verflucht, auf daß der verhaßte Name aus dem Gedächtnis der Menschheit verschwände!

TREIBJAGDEN

Man mußte diese mordenden Eindringlinge unbedingt bis auf das letzte Exemplar ausrotten. Falls auch nur ein einziges Paar dieser furchterregenden Tiere entkam, ob Raubkatzen oder Riesenechsen, war es in Zukunft um die Sicherheit der Insel geschehen. Das Paar würde sich vermehren, und dann konnte man genauso gut im afrikanischen oder indischen Urwald leben. Da hatte man nun ein Gefährt aus Stahlblech konstruiert, hatte es auf den Weiten des Stillen Ozeans kreuzen lassen, ohne daß es je in Kontakt mit problematischen Ländern oder Archipelen kam, hatte sich strenge Sicherheitsmaßnahmen auferlegt, um sich gegen Epidemien und Überfälle zu schützen, und dann plötzlich, innerhalb einer Nacht... Eigentlich hätte die Standard Island Company das Vereinte Königreich, ohne zu zögern, vor einem internationalen Gericht auf Schadenersatz in astronomischer Höhe verklagen sollen! Waren schließlich nicht die Menschenrechte in eklatanter Weise verletzt worden? Selbstverständlich! – Und wenn sich der Beweis je erbringen lassen würde...

Aber wie der Notabeln-Rat beschlossen hatte, mußte man zuerst das Nächstliegende erledigen.

Und entgegen dem im ersten Schrecken gestellten Antrag einiger Familien kam es nicht in Frage, daß die Bevölkerung auf den Dampfern beider Häfen von der Insel evakuiert wurde. Übrigens hätten die vorhandenen Schiffe gar nicht allen Platz geboten.

Nein! Man würde diese von England importierten Bestien ausmerzen, und das Juwel des Pazifiks würde alsbald seine frühere Sicherheit zurückgewinnen.

Ohne Zeit zu verlieren machten sich die Milliardäre ans Werk. Einige schlugen etwas extreme Vernichtungsmaßnahmen vor – unter anderem die Insel zu überfluten oder Park, Felder und Weiden in Brand zu stecken, um die ganze Brut zu ertränken oder zu verbrennen. Doch in jedem Fall würde dieses Mittel bei den Amphibien seine Wirkung verfehlen; man hielt sich besser an gut organisierte Treibjagden.

Vergessen wir nicht zu erwähnen, daß Kapitän Sarol, seine Malaien und die neuhebridischen Eingeborenen ihre Hilfe angeboten hatten, die der Gouverneur nur zu gerne annahm. Diese braven Männer wollten sich ihren Gastgebern erkenntlich erweisen. In Wahrheit fürchtete Kapitän Sarol natürlich, dieser Zwischenfall könnte die Reise unterbrechen, die Milliardäre könnten Standard Island verlassen wollen und die Verwaltung dazu zwingen, direkt nach Madeleine Bay zurückzukehren, was all seine Pläne zunichte gemacht hätte.

Das Quartett zeigte sich der Lage gewachsen und seines Vaterlandes würdig. Keiner würde vier Franzosen nachsagen können, sie hätten sich nicht voll und ganz eingesetzt, als es drohende Gefahren zu bekämpfen galt. Sie schlossen sich Calistus Munbar an, der nach seinen eigenen Worten schon Schlimmeres erlebt und für diese Löwen, Tiger, Leoparden und anderen harmlosen Tierchen nur ein müdes Lächeln übrig hatte! Vielleicht war er früher Dompteur, dieser Enkel des berühmten Barnum, oder zumindest Zirkusdirektor?...

Die Treibjagden begannen noch am selben Morgen und waren von Anfang an von Erfolg gekrönt.

Während dieses ersten Tages hatten zwei Krokodile die Unvorsichtigkeit besessen, sich aus dem Serpentine River herauszuwagen, und wie man weiß sind diese Echsen, vor denen man sich im Wasser sehr in acht nehmen muß, auf dem Land eher unbeholfen, da sie sich nur schlecht umdrehen können. Kapitän Sarol und seine Malaien griffen sie mutig an und erlegten sie, wobei einer der Männer eine Verletzung davontrug.

Inzwischen hatte man ungefähr zehn weitere dieser Tiere gemeldet, höchstwahrscheinlich den Rest des Rudels, ausnahmslos große, vier bis fünf Meter lange und infolgedessen äußerst gefährliche Exemplare. Da sie sich unter Wasser geflüchtet hatten, hielten sich die Matrosen am Flußufer bereit,

Kapitän Sarol und seine Malaien griffen sie mutig an

um mit jenen Sprenggeschossen, die selbst den dicksten Panzer durchdringen, das Feuer auf sie zu eröffnen.

Daneben streiften Jäger in kleinen Gruppen über die Felder. Einer der Löwen wurde von Jem Tankerdon erlegt, der wirklich mit Recht behauptet hatte, kein Grünschnabel mehr zu sein, und der die Kaltblütigkeit und das Geschick des ehemaligen Großwildjägers wiedergefunden hatte. Das Tier war prächtig – auf dem Markt hätte es gut und gerne fünf- bis sechstausend Francs eingebracht. Die Kugel traf es ins Herz, als es sich gerade auf das Quartett stürzen wollte, und Pinchinat behauptete, es sei so nahe herangekommen, daß er »den Luftzug von seinem Schwanz gespürt habe!«

Am Nachmittag streckte der Gouverneur eine wunderschöne Löwin nieder, die einem der Milizsoldaten eine Bißwunde in die Schulter beigebracht hatte. So hinderte man diese mächtigen Tiere daran, die Nachkommenschaft in die Welt zu setzen, mit der John Bull vermutlich gerechnet hatte.

Noch vor Einbruch der Nacht schoß Kommodore Simcoe, der mit einer Truppe Matrosen unterwegs war, zwei Tiger. Einer seiner Männer wurde dabei von einem Prankenschlag schwer verletzt und mußte zum Steuerbordhafen transportiert werden. Gemäß den erhaltenen Informationen schienen diese schrecklichen Großkatzen den größten Teil der auf Standard Island ausgesetzten Raubtiere auszumachen.

Als es dunkel wurde, zogen sich die gehetzten Tiere in ein Gehölz in der Nähe der Rammsporn-Batterie zurück, aus dem man sie im Morgengrauen herauszuscheuchen plante.

Während der ganzen Nacht versetzte fürchterliches Gebrüll die Frauen und Kinder von Milliard City in Angst und Schrekken. Doch würde man überhaupt jemals wieder ruhig schlafen können? Wer konnte garantieren, daß Standard Island mit dieser Vorhut der britischen Armee schon alles ausgestanden hatte? Es ging denn auch in allen Familien ein unablässiger Hagel von Verdächtigungen auf das perfide Albion nieder.

Bei Tagesanbruch begannen die Treibjagden erneut. Auf Befehl des Gouverneurs, in Absprache mit Kommodore Simcoe, schickte sich Oberst Steward an, mit Artillerie gegen das Hauptrudel vorzugehen, um die Tiere aus ihren Verstecken zu treiben. Zwei Geschütze, die wie Hotchkiss-Kanonen Kartätschgeschosse abfeuerten, wurden vom Steuerbordhafen neben die Rammsporn-Batterie gebracht.

Dort führte die Straßenbahnlinie zum Observatorium durch ein dichtes Wäldchen aus Zürgelbäumen, in deren Schutz eine Anzahl der Raubkatzen die Nacht verbracht hatte. Die Köpfe einiger Löwen und Tiger tauchten mit funkelnden Augen im Geäst auf. Matrosen, Milizsoldaten und Freiwillige nahmen unter der Leitung von Jem und Walter Tankerdon, Nat Coverley und Hubley Harcourt links von diesem Gehölz Aufstellung, um auf das Herauspreschen der Bestien zu warten, die den Kartätschenbeschuß überleben würden.

Auf ein Zeichen von Kommodore Simcoe feuerten beide Kanonen gleichzeitig. Grauenhaftes Gebrüll antwortete ihnen. Ohne Zweifel waren einige Tiere getroffen worden. Der Rest – ungefähr zwanzig Stück – stürmte aus dem Gebüsch heraus und wurde von einem Kugelhagel begrüßt, der zwei niederstreckte. Da griff ein riesiger Tiger das Quartett an und schleuderte Frascolin so heftig zu Boden, daß er zehn Meter weit weg rollte.

Seine Freunde stürzten ihm zu Hilfe. Man hob ihn halb bewußtlos auf, doch er kam schnell wieder zu sich. Er hatte nur einen Schock erlitten... aber was für einen Schock!

Im Park ging unterdessen die Jagd auf die Krokodile weiter. Würde man bei diesen gefräßigen Ungeheuern, die sich unter Wasser verbargen, jemals sicher sein können, sich ihrer vollständig entledigt zu haben? Glücklicherweise kam Hubley Harcourt auf die Idee, die Schleusen des Serpentine River zu öffnen, so daß man es unter besseren Bedingungen mit den Riesenechsen aufzunehmen vermochte – nicht ohne Erfolg.

Als einziges Opfer war ein prachtvoller Hund von Nat Coverley zu beklagen: ein Alligator hatte das arme Tier mit einem einzigen Zuschnappen in zwei Hälften zerbissen. Dagegen fiel ein Dutzend der Reptilien den Kugeln der Miliz zum

Opfer, womit man Standard Island wahrscheinlich endgültig von diesen fürchterlichen Echsen befreit hatte.

Alles in allem war die Jagdausbeute an diesem Tag gut. Sechs Löwen, acht Tiger, fünf Jaguare und neun Leoparden, Männchen und Weibchen, befanden sich unter den erlegten Tieren.

Am Abend saß das Quartett – Frascolin hatte sich von seinem Schock erholt – zusammen beim Abendessen im Restaurant des Casinos.

»Ich denke, daß wir das Schlimmste hinter uns haben«, sagte Yvernès.

»Außer der Frachter, diese zweite Arche Noah, hätte sämtliche Tiere der Schöpfung enthalten...« entgegnete Pinchinat.

Das war allerdings unwahrscheinlich, und Athanase Dorémus fühlte sich sicher genug, um in seine Wohnung an der 25. Straße zurückzukehren. Dort, in seinem verbarrikadierten Haus, traf er seine alte Dienerin in heller Verzweiflung darüber an, von ihrem Herrn könnten nur noch unkenntliche Fetzen übrig sein!

Die folgende Nacht verlief recht ruhig. Dann und wann hörte man aus der Richtung des Backbordhafens entferntes Gebrüll, aber vermutlich würde man am nächsten Tag bei einer allgemeinen Treibjagd über die Felder die restlichen Raubkatzen erlegen können.

Im Morgengrauen schon trafen die Jäger wieder zusammen. Selbstverständlich hatte sich Standard Island seit vierundzwanzig Stunden nicht vorwärtsbewegt, da sämtliche Maschinisten an der Jagd teilnahmen.

Die Jäger, eingeteilt in Gruppen zu je zwanzig Mann, alle mit Schnellfeuergewehren bewaffnet, erhielten den Befehl, die ganze Insel zu durchkämmen. Oberst Steward erachtete es nicht mehr für nötig, noch einmal die Kanonen einzusetzen, da sich die Tiere inzwischen zerstreut hatten. Man trieb dreizehn der Raubkatzen in der Nähe der Heck-Batterie zusammen und tötete sie mit wohlgezielten Schüssen. Indessen mußte man nicht ohne Mühe zwei Zöllner aus der benachbarten Station befreien, die von einem Tiger und einem Leoparden angefallen worden waren, wodurch sie beide schwere Verletzungen erlitten hatten.

Nach dieser letzten Jagd zählte man 53 erlegte Tiere seit Beginn der Treibjagden am Vortag.

Gegen vier Uhr morgens begaben sich Cyrus Bikerstaff, Kommodore Simcoe, Jem Tankerdon und sein Sohn, Nat Coverley, die beiden Stellvertreter und einige Honoratioren, eskortiert von einer Abteilung Milizsoldaten, zum Rathaus, wo der Notabeln-Rat die Berichte von beiden Häfen sowie der Rammsporn- und der Heck-Batterie erwartete.

Als sie nur noch ungefähr hundert Schritte vom Rathaus entfernt waren, ertönte mit einem Mal lautes Geschrei. Eine Gruppe Frauen und Kinder flüchtete von Panik ergriffen die 1. Straße hinunter.

Der Gouverneur, Kommodore Simcoe und ihre Begleiter stürzten sogleich zu dem Platz, dessen Tor eigentlich hätte geschlossen sein müssen ... Doch aus unerklärlicher Nachlässigkeit stand dieses Tor offen, so daß eine der Bestien – vielleicht die letzte – in die Stadt hatte eindringen können.

Nat Coverley und Walter Tankerdon, die als erste ankamen, liefen auf den Platz hinaus.

Plötzlich, nur drei Schritte von Nat Coverley, wurde Walter Tankerdon von einem riesigen Tiger zu Boden geworfen.

Nat Coverley, der keine Zeit mehr hatte, sein Gewehr durchzuladen, zog das Jagdmesser aus seinem Gürtel und warf sich auf das Tier, gerade als dessen Krallen in die Schulter des jungen Mannes schlugen.

Der Tiger ließ von Walter ab und wandte sich Nat Coverley zu.

Dieser stach mit dem Messer auf das Tier ein, konnte jedoch das Herz nicht treffen und fiel rückwärts zu Boden.

Der Tiger setzte zum Sprung an, mit aufgerissenem Maul, blutigen Lefzen ...

Da krachte ein Schuß.

Jem Tankerdon hatte ihn abgefeuert.

Ein zweiter Schuß fiel.

Und von dieser Kugel niedergestreckt, brach das Tier zusammen.

Man hob Walter Tankerdon auf, die Schulter halb zerfetzt.

Nat Coverley war zwar unverletzt, doch noch nie hatte er dem Tod so nah ins Auge gesehen.

Er stand auf, ging auf Jem Tankerdon zu und sagte mit ernster Stimme:

»Sie haben mir das Leben gerettet, ich danke Ihnen!«

»Sie haben meinem Sohn das Leben gerettet. Auch ich danke Ihnen«, antwortete Jem Tankerdon.

Und beide reichten sich die Hand zum Zeichen einer Dankbarkeit, die sehr wohl in aufrichtiger Freundschaft enden könnte ...

Walter wurde sofort zum Palais an der 19. Straße transportiert, wohin sich seine Familie geflüchtet hatte, während Nat Coverley am Arm von Cyrus Bikerstaff nach Hause zurückkehrte.

Was den Tiger anging, so wollte der Oberintendant sein prächtiges Fell ausstopfen und im Naturwissenschaftlichen Museum von Milliard City ausstellen lassen, versehen mit folgender Inschrift:

Geschenk
des Vereinigten Königreichs
von Großbritannien und Irland
an das unendlich dankbare
Standard Island.

Falls dieses Attentat wirklich auf das Konto der Engländer ging, konnte man sich auf keine geistreichere Art rächen. So wenigstens lautete die Meinung von Seiner Hoheit Pinchinat, der von solchen Dingen einiges verstand.

Es wird kaum erstaunen, daß Mrs. Tankerdon am nächsten Morgen Mrs. Coverley einen Besuch abstattete, um ihr für die Rettung ihres Sohnes zu danken, und daß Mrs. Coverley einen Gegenbesuch machte, um sich für die Rettung ihres Mannes zu bedanken. Miss Dy hatte den Wunsch geäußert, ihre Mutter zu begleiten, und war es nicht nur natürlich, daß sich beide nach dem Ergehen des lieben Verletzten erkundigten?

Schließlich hatte sich doch noch alles zum Guten gewendet,

Man hob Walter auf

und von ihren furchterregenden Gästen befreit, konnte die Insel der Milliardäre ihre Fahrt zu den Fidschiinseln vollkommen sicher fortsetzen.

ACHTES KAPITEL

FIDSCHI UND FIDSCHIANER

»Wie viele, hast du gesagt?« fragte Pinchinat.

»255, meine Freunde«, antwortete Frascolin. »Ja, der Fidschi-Archipel besteht aus 255 Inseln und Inselchen.«

»Was geht uns das an«, meinte Pinchinat darauf, »Standard Island wird bestimmt nicht 255mal anlegen.«

»Deine Geographiekenntnisse werden nie besonders groß sein!« erklärte Frascolin.

»Und deine... deine sind zu groß!« gab Seine Hoheit zurück.

Solche Bemerkungen mußte sich die zweite Violine immer gefallen lassen, wenn sie ihre widerspenstigen Kameraden belehren wollte.

Indessen ließ sich Sébastien Zorn, der ihm bereitwilliger zuhörte als die anderen, vor die Karte im Casino führen, auf der täglich der genaue Standort der schwimmenden Insel eingetragen wurde, weshalb der Weg, den Standard Island seit der Abfahrt in Madeleine Bay zurückgelegt hatte, leicht verfolgt werden konnte. Dieser Weg bildete eine Art großes S, dessen unterer Bogen bis zu den Fidschiinseln reichte.

Frascolin zeigte dem Cellisten also diese Anhäufung von Inseln, die Tasman im Jahre 1643 entdeckt hatte, ein Archipel, der zwischen 16 und 20 Grad südlicher Breite einerseits und zwischen 174 Grad westlicher Länge und 179 Grad östlicher Länge andererseits liegt.

Sébastien Zorn kamen einige Bedenken: »Durch diesen Haufen Kieselsteine wollen wir unser sperriges Gefährt hindurchschleusen?«

»Aber gewiß doch, mein alter Streichkumpan«, antwortete Frascolin, »und wenn du aufmerksam hinschaust ...«

»Und dabei den Mund zumachst ...« fügte Pinchinat hinzu.

»Wieso das denn?«

»Damit dir keine Mücke hineinfliegen kann.«

»Und was für eine Mücke meinst du dabei?«

»Die dich immer sticht, wenn du über Standard Island herziehst!«

Sébastien Zorn zuckte verächtlich die Schultern und wandte sich wieder Frascolin zu:

»Du wolltest gerade sagen? ...«

»Ich wollte gerade sagen, daß man die beiden großen Inseln Viti-Levu und Vanua-Levu über drei Passagen quer durch die östliche Inselgruppe erreichen kann, nämlich die Passagen von Nanuku, Lakemba und Oneata ...«

»Ohne die Passage mit einzurechnen, in der dieses Ding in tausend Teile zerbricht!« rief Sébastien Zorn. »Das muß ja passieren. Man kann doch nicht mit einer ganzen Stadt und ihrer Bevölkerung in solchen Gewässern kreuzen – das widerspricht sämtlichen Naturgesetzen!«

»Die Mücke ...« kommentierte Pinchinat. »Da haben wir sie, die Zorn'sche Mücke!«

Zugegeben, dieser Teil des Pazifiks ähnelt einer Sperre, die die erste Gruppe der Fidschiinseln jedem aus Osten kommenden Schiff entgegenzusetzen scheint. Doch der Leser möge sich beruhigen: die Durchfahrten boten Kommodore Simcoes schwerfälligem Gefährt genug Platz, und zwar nicht nur jene, die Frascolin erwähnt hatte. Zu den wichtigsten Inseln gehören außer den zwei im Westen gelegenen Levus noch Ono Ngaloa und Kandabu.

Das von diesen aus den Tiefen des Ozeans aufgestiegenen Gipfeln eingeschlossene Meer trägt den Namen Koro. Die ungemein genaue Kenntnis des Archipels, den Cook nur streifte, Bligh 1789 und Wilson 1792 besuchten, verdanken wir den bemerkenswerten Reisen des Franzosen Dumont d'Urville 1828 und 1833, des Amerikaners Wilkes 1839, des Engländers

Erskine 1853 und der Expedition der *Herald* unter dem britischen Marinekapitän Durham, die es ermöglichten, Karten von einer Zuverlässigkeit zu erstellen, die allen Meereskartographen zur Ehre gereichen.

Daher zögerte Kommodore Simcoe keinen Augenblick, aus südöstlicher Richtung in die Vulanga-Passage einzulaufen, wobei er die Insel desselben Namens backbord hinter sich ließ – eine Art angebissenes Törtchen, serviert auf einem Korallen-Tablett. Am nächsten Morgen schwenkte Standard Island in das Binnenmeer ein, das durch mächtige unterseeische Gebirgsketten vor dem hohen Wellengang der offenen See geschützt wird.

Naturgemäß hatten die Milliardäre ihre Furcht vor den wilden Tieren, die unter dem Deckmantel der britischen Flagge aufgetaucht waren, noch nicht ganz überwunden; sie blieben auf der Hut. Ohne Unterlaß wurden Treibjagden durch Park, Wälder und Felder veranstaltet, die jedoch keine einzige Raubkatze oder Echse mehr aufscheuchten. Auch Gebrüll war nie mehr zu hören, weder tagsüber noch nachts. In der ersten Zeit weigerten sich einige Überängstliche, die Stadt zu verlassen und sich in den Park oder aufs freie Feld zu wagen. Mußte man nicht befürchten, der Dampfer habe – wie auf Martinique! – eine Ladung Schlangen abgeladen, die jetzt im Dickicht lauerten? Man setzte sogar eine Prämie für den Fang eines solchen Reptils aus, die sich nach Gewicht oder Länge des betreffenden Exemplars richten sollte, was bei einer Boa einem ganz hübschen Sümmchen entsprochen hätte. Da die Suche jedoch zu keinem Ergebnis führte, durfte man sich sicher fühlen. Auf Standard Island kehrte wieder Ruhe und Frieden ein. Die Urheber dieser verbrecherischen Machenschaft, wer auch immer sie waren, hatten ihre Bestien umsonst losgelassen.

Als erfreulichstes Ergebnis vollzog sich eine vollständige Versöhnung zwischen den beiden Stadthälften. Seit der doppelten Lebensrettung Walter-Coverley/Coverley-Tankerdon besuchte man sich, lud sich ein, empfing sich, steuerbord wie backbord. Empfang folgte auf Empfang. Festlichkeit auf Festlichkeit. Jeden Abend Ball und Konzert bei einem der Honoratioren, besonders im Palais an der 19. und dem an der 15. Straße. Das Quartett vermochte der Nachfrage kaum zu genügen. Im übrigen war die Begeisterung für seine Kunst nicht abgeflaut, im Gegenteil.

Endlich eines Morgens, während Standard Island mit seinen mächtigen Schiffsschrauben die glatte Fläche des Koro-Binnenmeers aufwühlte, wurde die große Neuigkeit bekannt. Jem Tankerdon hatte sich offiziell zum Palais von Nat Coverley begeben, um für seinen Sohn um die Hand von dessen Tochter Miss Dy Coverley anzuhalten. Und Mr. Nat Coverley verweigerte dem Sohn von Jem Tankerdon die Hand seiner Tochter nicht. Die Frage der Mitgift stellte keinerlei Probleme: jeder der beiden jungen Eheleute würde zweihundert Millionen erhalten.

»Da werden sie ja immer das Nötigste zum Leben haben ... sogar in Europa«, meinte Pinchinat scharfsinnig.

Die beiden Familien wurden von allen Seiten beglückwünscht. Gouverneur Cyrus Bikerstaff versuchte nicht im geringsten, seine tiefe Befriedigung zu verbergen. Mit dieser Heirat mußte die ewige Rivalität erlöschen, die Standard Islands Zukunft so gefährdet hatte. Der König und die Königin von Malekarlien waren unter den ersten, die dem jungen Paar ihre Glück- und Segenswünsche schickten. Auf Gold oder Aluminium gedruckte Visitenkarten regneten in die Briefkästen beider Häuser. Die Zeitungen berichteten seitenweise über die Hochzeitsvorbereitungen, denn man gedachte das Ereignis mit einer Pracht zu feiern, wie man sie weder in Milliard City noch irgendwo sonst auf der Welt je gesehen hatte. Man sandte Telegramme nach Frankreich, wo das Brautgeschenk angefertigt werden sollte. Putzmacherinnen, Modeschöpfer, Juweliere und Kunsthändler erhielten Aufträge über schwindelnde Summen. Ein außerfahrplanmäßiger Dampfer würde diese Wunder französischer Qualitätsarbeit von Marseille über den Suezkanal und den Indischen Ozean zur schwimmenden Insel schaffen. Die Hochzeit sollte in fünf Wochen, am 27. Februar, stattfinden. Natürlich würden die Geschäftsleute von Standard Island ebenfalls von dem Anlaß profitieren, denn auch sie hatten ihren Anteil zu diesem Brautgeschenk beizutragen, und allein mit den Einkünften aus dieser Hochzeit konnte man ein Vermögen verdienen.

Für die Organisation der Festivitäten kam selbstredend niemand anders in Frage als Calistus Munbar. Sein Seelenzustand bei Bekanntgabe der bevorstehenden Heirat von Walter Tankerdon und Miss Dy Coverley spottet jeder Beschreibung. Wir wissen ja, wie sehr er dieses Ereignis herbeigewünscht, was er alles dafür getan hatte! Ein Traum ging für ihn in Erfüllung, und da ihm die Verwaltung völlig freie Hand ließ, würde er mit Bestimmtheit sein Bestes geben, um diese Hochzeit zu einem Fest der Superlative zu machen.

Kommodore Simcoe teilte den Zeitungen in einer Notiz mit, die Insel der Milliardäre werde sich zum Hochzeitstermin zwischen den Fidschiinseln und den Neuen Hebriden befinden. Vorher würde man noch ungefähr zehn Tage vor Viti-Levu Station machen, der einzigen Insel, bei der man in diesem weitläufigen Archipel anzulegen plante.

Eine herrliche Fahrt! An der Wasseroberfläche tummelten sich zahlreiche Wale. Bei den hohen Fontänen, die unaufhörlich aus ihren Spritzlöchern hochschossen, hätte man sich in einem gewaltigen Neptun-Brunnen glauben können, im Vergleich zu dem derjenige in Versailles nicht mehr war als ein Kinderspielzeug, wie Yvernès bemerkte. Allerdings erschienen auch Hunderte riesiger Haie, die Standard Island begleiteten wie ein vorbeiziehendes Schiff.

Dieser Teil des Pazifiks bildet die Grenzregion zwischen Polynesien und Melanesien, zu dem die Neuen Hebriden gehören. Er wird vom 180. Längengrad durchschnitten, der gemäß der Konvention, die den Nullmeridian durch Paris verlaufen läßt, diesen unendlichen Ozean in zwei Hälften teilt. Erreicht man den 180. Längengrad von Osten her, streicht man einen Tag aus dem Kalender, überschreitet man ihn von Westen her, fügt man einen Tag hinzu. Ohne diese Vorsichtsmaßnahme würden die Daten nicht mehr übereinstimmen. Im Vorjahr mußte Standard Island die Änderung nicht vornehmen, denn sie drang nicht über besagten Längengrad hinaus nach Westen vor. Diesmal jedoch war es nötig, diese Regel zu befolgen, und da man von Osten her kam, verwandelte sich der 22. Januar in den 23. Januar.

Von den 255 Inseln des Fidschi-Archipels waren knapp hundert bewohnt, und die Gesamteinwohnerzahl betrug nur 128 000, eine recht geringe Bevölkerungsdichte bei einer Fläche von 21 000 km².

Keines dieser Inselchen, die entweder vollständig korallogenen Ursprungs oder von Saumriffen umgebene Gipfel unterseeischer Berge sind, besitzt mehr als hundertfünfzig Quadratkilometer Fläche. Das Inselreich bildete in Wahrheit nur ein politisches Teilgebiet Australiens, seit 1874 von der Krone abhängig – was bedeutet, daß England es schlicht und einfach seinem Kolonialreich einverleibt hatte. Die Fidschianer beschlossen, sich dem britischen Protektorat zu unterstellen, weil das Vereinte Königreich 1859 eine tongische Invasion auf den Fidschiinseln vereitelte, und zwar dank Intervention seines nur zu bekannten Pritchard, des Pritchard von Tahiti. Augenblicklich war das Archipel in siebzehn Verwaltungsdistrikte unterteilt, die stellvertretend von Eingeborenenhäuptlingen regiert wurden, alle mehr oder weniger eng verwandt mit der Familie des letzten Königs Thakumbau.

»Ob es wohl am englischen System liegt«, fragte Kommodore Simcoe während einer Unterhaltung mit Frascolin, »daß die Eingeborenen langsam verschwinden? Die Tasmanier sind bereits ausgestorben, und wer weiß, vielleicht wird es den Fidschianern ebenso gehen. Die Kolonie zeigt jedenfalls keinerlei Tendenz zu einem Aufschwung und die Bevölkerung keinerlei Tendenz zur Zunahme, was die Tatsache beweist, daß es weniger Frauen gibt als Männer.«

»Das ist in der Tat eines der ersten Anzeichen für das bevorstehende Aussterben einer Rasse«, stimmte ihm Frascolin zu. »Auch in Europa werden bereits einige Staaten von dieser zahlenmäßigen Unterlegenheit der Frauen bedroht.«

»Hier und auf den Nachbarinseln sind die Eingeborenen übrigens noch richtige Leibeigene«, fuhr Kommodore Simcoe fort, »die für die Pflanzer den Urwald roden müssen. Zudem werden sie von Krankheiten dahingerafft: 1875 sind allein an Pocken mehr als dreißigtausend gestorben. Dabei sind die Fidschiinseln ein wundervolles Stück Erde, wie Sie selbst sehen werden. Im Innern der Inseln steigen die Temperaturen zwar etwas hoch, bleiben dafür aber an der Küste stets gemäßigt. Die Küstengebiete sind äußerst fruchtbar; es wachsen dort alle Arten von Früchten, Gemüsen, Bäumen, Kokospalmen, Bananenstauden und andere mehr. Nur ernten muß man sie noch, die Jamswurzeln, Taros und das nahrhafte Palmmark, aus dem man Sago herstellt ...«

»Sago!« entfuhr es Frascolin. »Das erinnert mich an die ›Schweizer Familie Robinson‹!«

»Schweine und Hühner«, erzählte der Kommodore weiter, »haben sich seit ihrer Einführung geradezu explosionsartig vermehrt. Hier ließe sich also ein leichtes, angenehmes Leben führen. Unglücklicherweise neigen diese Eingeborenen zur Trägheit, zum ›Dolce farniente‹, obwohl sie eigentlich sehr intelligent und geistreich sind.«

»Und wenn Kinder zu gescheit sind ...« sagte Frascolin.

»... leben sie nicht lange!« beendete Kommodore Simcoe den Satz.

Und wirklich, wenn wir es uns recht überlegen, unterscheiden sich die Ureinwohner Polynesiens, Melanesiens und anderer Gebiete so sehr von Kindern?

Auf dem Weg nach Viti-Levu passierte Standard Island unter anderem Vanua-Vatu, Moala und Ngan.

Beim Erscheinen der stählernen Insel schossen von überallher jene langen Pirogen mit Bambusauslegern heran, die dazu dienten, das Gleichgewicht zu halten und Fracht aufzunehmen. Sie umkreisten Standard Island, flogen mühelos über das Wasser dahin, versuchten aber weder im Backbord- noch im Steuerbordhafen anzulegen. Aufgrund des schlechten Rufes der Fidschianer hätte man ihnen dies wohl auch kaum erlaubt. Seit europäische Missionare 1835 in Lecumba eine Missionsstation aufgebaut hatten, bekannten sie sich zwar zum christlichen

Glauben, die Mehrheit zum wesleyanischen Protestantismus, und einige tausend zum Katholizismus, aber vor ihrer Bekehrung frönten sie derart ausgeprägt dem Kannibalismus, daß sie möglicherweise den Geschmack an Menschenfleisch doch noch nicht ganz verloren hatten. Außerdem war Kannibalismus bei ihnen eine religiöse Angelegenheit. Ihre Götter liebten Blut. Mitgefühl galt bei diesen Völkern als Schwäche, ja sogar als Sünde. Einen Feind auffressen, hieß ihn ehren. Menschen, die man verachtete, kochte man, aber man aß sie nicht. Kinder wurden bei einem Festmahl als Hauptgang serviert, und vor noch nicht allzu langer Zeit pflegte König Thakumbau liebend gern unter einem Baum zu sitzen, bei dem an jedem Zweig ein Arm oder ein Bein hing, das für die königliche Tafel bestimmt war. Es kam sogar vor, daß ein ganzer Stamm, wie z. B. die Nulocas in der Nähe von Namosi auf Viti-Levu, aufgefressen wurde, mit Ausnahme einiger Frauen, von denen in diesem Fall eine erst 1880 starb.

Wenn Pinchinat also nicht hier auf Enkel von Anthropophagen traf, die die Sitten ihrer Großväter in Ehren hielten, so mußte er wirklich endgültig jede Hoffnung aufgeben, in den Archipelen des Pazifischen Ozeans noch ein wenig Lokalkolorit zu finden.

Die westliche Gruppe der Fidschis umfaßt zwei große Inseln, Viti-Levu und Vanua-Levu, sowie zwei mittlere, Kandavu und Taviuni. Weiter nordwestlich liegen die Wassava-Inseln und die Ronde-Passage, durch die Kommodore Simcoe den Archipel verlassen mußte, um die Neuen Hebriden anzulaufen.

Am Nachmittag des 25. Januar zeichneten sich die ersten Höhenzüge von Viti-Levu am Horizont ab. Diese gebirgige Insel, die größte des Archipels, weist mit 10645 km² ungefähr ein Drittel mehr Fläche auf als Korsika.

Ihre Gipfel ragen zwölf- bis fünfzehnhundert Meter hoch auf, ausschließlich Vulkane, die endgültig oder zumindest vorübergehend erloschen sind, wobei letztere, wenn sie wieder ausbrechen, gewöhnlich gewaltige Verheerungen anrichten.

Viti-Levu ist mit ihrer Nachbarinsel im Norden, Vanua-Levu, durch ein unterseeisches Wallriff verbunden, das zur Zeit der tellurischen Formation zweifelsohne aus dem Wasser herausragte. Jetzt konnte Standard Island diesen Wall gefahrlos überqueren. Die Meerestiefe im Norden von Viti-Levu beträgt nebenbei gesagt vier- bis fünfhundert Meter, im Süden fünfhundert bis zweitausend.

Früher war Levuka auf Ovalau im Osten von Viti-Levu die Hauptstadt des Archipels, wodurch die dort ansässigen englischen Handelsniederlassungen vielleicht immer noch größere Bedeutung besaßen als jene von Suva, der jetzigen Hauptstadt auf Viti-Levu. Indessen bietet Suva vom Standpunkt der Schifffahrt aus entschiedene Vorteile, weil sein Hafen im äußersten Südosten der Insel zwischen zwei Deltas liegt, die den Großteil der Küste bewässern. Der Heimathafen der Ozeandampfer hingegen befindet sich in der Ngalao-Bucht im Süden der Insel Kandavu, dem nächsten Punkt zu Neuseeland, Australien, Neukaledonien und den Loyalitätsinseln.

Standard Island ging am Hafeneingang von Suva vor Anker. Alle Formalitäten wurden noch am selben Tag erledigt und der Verkehr mit dem Lande freigegeben. Da diese Besuche für Kolonisten wie Eingeborene eine Einnahmequelle darstellten, durften die Milliardäre getrost einen freundlichen Empfang erwarten, auch wenn ihm vielleicht eher Geschäftstüchtigkeit als Sympathie zugrundelag. Dabei sollte man allerdings nicht vergessen, daß die Fidschiinseln der Krone unterstanden und daß die Beziehungen zwischen der Standard Island Company und dem Foreign Office, das ihr ihre Unabhängigkeit so mißgönnte, noch äußerst gespannt waren.

Am nächsten Morgen, dem 26. Januar, ließen sich die Geschäftsleute von Standard Island, die An- oder Verkäufe zu tätigen hatten, schon früh auf die Insel übersetzen, alsbald gefolgt von den Touristen, darunter natürlich auch unsere Musiker. Obwohl Pinchinat und Yvernès Frascolin – den Musterschüler von Kommodore Simcoe – gerne wegen seiner »ethnorasanto-geographischen« Studien, wie Seine Hoheit das nannte, neckten, profitierten sie nicht weniger von seinem Wissen. Auf alle Fragen ihrer Freunde über die Einwohner von Viti-Levu, ihre Sitten und Gebräuche, wußte die zweite Geige immer eine lehrreiche Antwort. Sébastien Zorn hielt es nicht für unter seiner Würde, ihn zu diesem Thema auszufragen, und als Pinchinat erfuhr, daß diese Inseln vor noch nicht allzu langer Zeit die Hochburg des Kannibalismus darstellten, konnte er einen Seufzer nicht unterdrücken:

»Ja... aber wir kommen ja wieder zu spät, und ihr werdet es erleben, daß die Fidschianer, von der Zivilisation zermürbt, auf das Niveau von Hühnerfrikassee und Schweinsfuß à la Sainte-Menehould herabgesunken sind.«

»Kannibale!« rief Frascolin, »du hättest es wahrhaftig verdient, auf dem Tisch von König Thakumbau zu landen!«

»Ha, ha, als Entrecôte Pinchinat à la Bordelaise!«

»Also hört doch«, mischte sich Sébastien Zorn ein, »wenn wir unsere Zeit mit unnützem Gerede verschwenden...«

»... kommen wir geistig und körperlich nicht vom Fleck!« vollendete Pinchinat. »Das ist doch ein Satz nach deinem Geschmack, nicht wahr, mein alter Celluloidist! Also dann, vorwärts, marsch!«

Suva, rechts von einer kleinen Bucht erbaut, verstreute seine Häuser am Rücken eines sattgrünen Hügels. Es verfügte über Landestege zum Vertäuen der Boote und aus Brettern gezimmerte Bürgersteige, ganz wie ein europäischer Badeort. Die meist einstöckigen Holzhäuser wirkten heiter und frisch. Außerhalb der Stadt zeigten Eingeborenenhütten ihre spitzen, mit Muscheln verzierten Giebel. Die solide gebauten Dächer hielten auch den sintflutartigen Winterregen von Mai bis Oktober stand. Tatsächlich waren im März 1871, wie der in Statistik sehr beschlagene Frascolin erzählte, an einem einzigen Tag 38 cm Regen auf Mbua im Osten der Insel niedergegangen.

Ebenso wie die anderen Inseln des Archipels besitzt Viti-Levu kein einheitliches Klima, weshalb die Vegetation von einer Küste zur anderen variiert. Auf der dem Südostpassat ausgesetzten Seite ist die Luft feucht; dort stehen prachtvolle, dichte Urwälder. Auf der anderen Seite erstrecken sich weite Savannen, gut zur Kultivierung geeignet. Es läßt sich indes beobachten, daß einige Baumarten langsam eingehen, unter anderem der schon beinah ganz verschwundene Sandelbaum und der Dakura, eine nur auf Fidschi vorkommende Kiefer.

Dennoch stellte das Quartett bei seinen Spaziergängen eine Flora von tropischer Üppigkeit fest: überall Kokos- und Honigpalmen, deren Stämme parasitäre Orchideen überzogen, Keulenbäume, Schraubenpalmen, Akazien, Baumfarn und in den Sumpfgebieten zahlreiche jener Mangrovenbäume, deren Wurzeln sich aus der Erde herausschlängeln. Doch die Baumwoll- und Teeplantagen hatten keineswegs die Erträge erbracht, die das äußerst günstige Klima erhoffen ließ. In Wahrheit besteht der gelbliche Lehmboden dieser Inselgruppe nur aus Vulkanasche, der Zersetzung die Fähigkeit verliehen hat, pflanzliches Leben hervorzubringen.

Die Fauna auf den Fidschis ist nicht reicher als im übrigen pazifischen Raum: ungefähr vierzig Vogelarten, Sittiche und akklimatisierte Kanarienvögel, Fledermäuse, ganze Legionen von Ratten, ungiftige Schlangen, von den Eingeborenen als Leckerbissen geschätzt, Eidechsen, wohin das Auge blickt, und widerliche Kakerlaken von geradezu kannibalischer Gefräßigkeit. Raubtiere gibt es auch hier keine, was Pinchinat zu folgender Bemerkung veranlaßte:

»Unser Gouverneur hätte einige Löwen-, Tiger-, Leoparden- und Krokodilpärchen aufheben und diese blutrünstige Menagerie auf den Fidschiinseln aussetzen sollen ... schließlich müßte man England sein Eigentum zurückerstatten!«

Die Fidschianer, halb polynesischen, halb melanesischen Ursprungs, stellen immer noch einen schönen Typus vor, auch wenn sie sich mit den Ureinwohnern Samoas und der Marquesas nicht messen können. Die Männer – unter denen man häufig Mischlinge findet –, von kupfer- bis dunkelbrauner Hautfarbe, den Kopf von einem dichten Haarschopf gekrönt, sind großgewachsen und kräftig. Ihre recht rudimentäre Kleidung bestand in einem einfachen Lendenschurz oder einer Decke aus jenem handgewebten, »Masi« genannten, Stoff, gewonnen aus den Fasern einer Maulbeerbaumart, die auch das Ausgangsmaterial für

Zahlreiche Mangroven

Papier lieferte. Ursprünglich war dieser Stoff makellos weiß, aber die Eingeborenen verstanden ihn zu färben, ihn bunt zu bemalen, was ihn zu einem begehrten Artikel auf allen Inseln des östlichen Pazifiks machte. Hin und wieder scheuten sich die Männer auch nicht, abgelegte alte Kleider aus den Trödlerläden Englands oder Deutschlands zu tragen. Natürlich belustigte es unsere Pariser, die Fidschianer in ausgebeulte lange Hosen, einen ausgedienten Paletot, ja selbst einen Frack eingezwängt zu sehen, der nach mancher Stufe des Niedergangs schließlich auf dem Rücken eines Eingeborenen von Viti-Levu gelandet war.

»Wenn dieser Frack sprechen könnte, könnte er bestimmt einen ganzen Roman erzählen«, sagte Yvernès.

»Der vielleicht als Altpapier enden würde!« meinte Pinchinat.

Die Frauen trugen Rock und Karako aus Masi, die sie mehr oder weniger züchtig verhüllten, trotz aller wesleyanischen Predigten. Sie waren gut gebaut, und dank dem Vorteil der Jugend konnte man einige sogar hübsch nennen. Allerdings hatten sie, genau wie die Männer, die häßliche Angewohnheit, ihr schwarzes Haar mit einer Kalkschicht zu bestreichen, die sich in eine Art Helm verwandelte und gegen Sonnenstich schützen sollte. Außerdem rauchten sie ebenso wie ihre Männer und Brüder Zigaretten aus einheimischem Tabak, die nach verbranntem Heu rochen, und wenn die Zigarette nicht zwischen ihren Lippen hing, so steckte sie im Ohrläppchen, dort, wo europäische Frauen gemeinhin Diamanten oder Perlen tragen.

Im allgemeinen waren diese Frauen zu einem Sklavendasein verdammt. Sie verrichteten die schwersten Arbeiten, und noch in jüngster Vergangenheit wurden sie als Dank dafür, daß sie sich ihr Leben lang wegen der Faulheit ihrer Männer abgemüht hatten, auf deren Grab erwürgt.

Mehrmals während der drei Tage, die unsere Touristen der Erkundung Suvas und seiner Umgebung widmeten, versuchten sie eine Eingeborenenhütte zu betreten. Sie wurden davon abgehalten – nicht durch die Ungastlichkeit der Besitzer, sondern durch den unbeschreiblichen Gestank, der ihnen entgegenschlug. All diese mit Kokosöl eingeriebenen Eingeborenen, die zusammengepfercht mit Schweinen, Hühnern, Hunden und Katzen hausten und ihre Behausungen beleuchteten, indem sie das Gummiharz des Dammana verbrannten ... Nein! Das konnte eine europäische Nase nicht verkraften! Im übrigen hätte man es als Gast eines Fidschianers kaum vermeiden können, einen Schluck Kava-Schnaps, des Nationalgetränks dieser Inseln, zu sich zu nehmen, ohne die Gesetze der Gastfreundschaft zu verletzen. Nicht nur wurde Kava aus den getrockneten Wurzeln des Pfefferbaums gewonnen, was diesen scharfen Schnaps für europäische Gaumen ungenießbar machte, sondern die Art der Zubereitung mußte unüberwindbaren Ekel erregen. Man mahlte den Pfeffer nicht, man zerkaute ihn, zermalmte ihn zwischen den Zähnen, spuckte ihn in ein mit Wasser gefülltes Gefäß und bot ihn dem Gast mit so wilder Beharrlichkeit an, daß der ihn kaum abzulehnen wagen konnte. Es blieb nichts anderes übrig, als dankend anzunehmen, indem man die im Archipel bei dieser Gelegenheit übliche Formel murmelte: *»E mana ndina«*, mit anderen Worten: »Amen«.

Nur der Vollständigkeit halber erwähnen wir die Kakerlaken, von denen es in den Strohhütten nur so wimmelte, die Termiten, die sie verwüsteten, und die Moskitos – Milliarden von Moskitos –, die an Wänden, am Boden und an den Kleidern der Eingeborenen klebten.

Als Seine Hoheit die Heerscharen lästiger Insekten herumwuseln sah, rief er unwillkürlich mit dem übertrieben britischen Akzent englischer Clowns:

»Mouskitous! ... Mouskitous!«

So brachten schließlich weder er noch seine Kameraden den Mut auf, die Hütte eines Fidschianers von innen zu betrachten, weshalb ihre ethnologischen Studien unvollständig blieben. Sogar der wißbegierige Frascolin konnte diese Tat nicht über sich bringen und mußte sich mit einer Lücke in seinen Reiseerinnerungen abfinden.

NEUNTES KAPITEL

EIN CASUS BELLI

Während sich unsere Künstler einen Überblick über die Gebräuche der Insulaner verschafften, setzten sich einige Honoratioren mit den einheimischen Behörden des Archipels in Verbindung. Die »Papalangis« – so nannte man Fremde auf diesen Inseln – brauchten keinen schlechten Empfang zu fürchten.

Die europäischen Behörden wurden durch einen Generalgouverneur vertreten, der gleichzeitig Generalkonsul von England für die westlichen Inselgruppen war, die das britische Protektorat mehr oder minder erfolgreich ertrugen. Cyrus Bikerstaff hielt es nicht für nötig, ihm einen offiziellen Besuch abzustatten. Zwei- oder dreimal waren sich die beiden Würdenträger begegnet, aber über feindselige Blicke hinaus hatte sich ihre Kontaktaufnahme nicht entwickelt.

Mit dem deutschen Konsul, gleichzeitig einer der wichtigsten Großhändler des Archipels, beschränkten sich die Beziehungen auf einen Austausch von Visitenkarten.

Während des Aufenthaltes hatten die Familien Tankerdon und Coverley Ausflüge in die Umgebung von Suva und in die Wälder unternommen, die seine Berge bis zu den höchsten Gipfeln bedeckten.

Zu diesem Thema ließ der Oberintendant seinen französischen Freunden gegenüber eine sehr richtige Bemerkung fallen:

»Mir scheint, unsere Milliardäre sind nur deshalb so versessen auf Spaziergänge in den Bergen, weil Standard Island nicht genügend Höhenunterschiede aufweist... Unsere Insel ist zu flach, zu einförmig... Aber ich hoffe, daß man eines Tages für sie einen künstlichen Berg konstruieren wird, der es mit den höchsten Gipfeln des Pazifiks aufnehmen kann. Bis dahin nutzen unsere Bürger natürlich jede Gelegenheit, die sich bietet, die reine und belebende Gebirgsluft zu atmen. Das entspricht einem ganz normalen menschlichen Bedürfnis.«

»Sehr schön«, sagte Pinchinat. »Aber darf ich Ihnen einen Rat

Der Tempel der Geister in Viti-Levu

geben, mein lieber Eucalistus? Wenn Sie Ihren Berg aus Stahlblech oder Aluminium hochziehen, vergessen Sie nicht, ihm einen hübschen kleinen Vulkan einzubauen ... einen Vulkan aus Rauchbomben und Feuerwerksraketen ...«

»Und warum eigentlich nicht, Sie alter Spötter?« gab Calistus Munbar zurück.

»Genau das dachte ich mir: Warum eigentlich nicht?« erwiderte Seine Hoheit.

Selbstverständlich nahmen auch Walter Tankerdon und Miss Dy Coverley an diesen Ausflügen teil, und ebenso selbstverständlich taten sie es Arm in Arm.

Man versäumte es keineswegs, die Sehenswürdigkeiten der Hauptstadt von Viti-Levu zu besichtigen, nämlich diese sogenannten »Mbure-Kalu«, die Tempel der Geister, in denen auch politische Versammlungen stattfanden. Diese Gebäulichkeiten ruhten auf einem Fundament aus trocken zusammengefügten Steinen und bestanden aus Bambusgeflecht, mit Posamenten verzierten Balken und Dachlatten, die man geschickt angeordnet hatte, um das Strohdach zu stützen. Außerdem besuchten die Touristen das Krankenhaus, an dessen hygienischen Bedingungen es nichts auszusetzen gab, und den botanischen Garten, den man in Form eines Amphitheaters hinter der Stadt angelegt hatte. Oft zogen sich diese Spaziergänge bis zum Abend hin, worauf man wie in der guten alten Zeit mit der Laterne in der Hand heimging. Auf den Fidschiinseln kannte man bis anhin weder Gasometer, Auerlicht, Bogenlampe noch Karbidlampe, doch das war unter dem »erleuchteten Protektorat Großbritanniens« bestimmt nur eine Frage der Zeit, wie Calistus Munbar boshaft bemerkte.

Und was taten Kapitän Sarol, seine Malaien und die neuhebridischen Passagiere während dieses Aufenthaltes? Nichts, was ihren gewohnten Lebensrhythmus auf Standard Island unterbrochen hätte. Sie gingen nicht an Land, denn sie kannten Viti-Levu und seine Nachbarinseln, entweder weil sie an Bord eines Küstenschiffes dort angelegt, oder weil sie schon auf den hiesigen Plantagen gearbeitet hatten. Sie zogen es bei weitem vor, auf der stählernen Insel zu bleiben, und wurden es nie müde, Stadt, Häfen, Park, Felder und die beiden Batterien zu erkunden. In einigen Wochen würden diese braven Leute dann dank der Großzügigkeit der Gesellschaft, dank Gouverneur Cyrus Bikerstaff in ihre Heimat zurückkehren, nach fünf Monaten auf der Insel der Milliardäre...

Manchmal plauderten unsere Künstler mit diesem Sarol, der sehr intelligent war und fließend englisch sprach. Sarol schwärmte ihnen von den Neuen Hebriden vor, von den Eingeborenen dieses Archipels, ihrer Art, sich zu ernähren, von ihrer Küche – was besonders Seine Hoheit interessierte, denn es war sein heimlicher Ehrgeiz, dort ein neues Gericht zu entdecken, dessen Rezept er an die gastronomischen Gesellschaften des alten Europa zu senden gedachte.

Am 30. Januar brachen Sébastien Zorn und seine Freunde in einer vom Gouverneur zur Verfügung gestellten elektrischen Schaluppe auf, um den Lauf der Rewa, eines der größten Flüsse der Insel, hinaufzufahren. Die Besatzung des Bootes setzte sich aus einem Steuermann, einem Maschinisten, zwei Matrosen und einem einheimischen Lotsen zusammen. Vergeblich hatte man Athanase Dorémus angeboten, sich den Ausflüglern anzuschließen. Das Gefühl der Neugier war bei diesem Lehrer für Auftreten und gutes Benehmen gänzlich erloschen... Und zudem hätte ja während seiner Abwesenheit ein Schüler erscheinen können, weshalb er lieber im Tanzsaal des Casinos blieb.

Um sechs Uhr morgens, wohlversorgt mit Lebensmitteln, da man erst gegen Abend wieder zum Steuerbordhafen zurückkehren wollte, verließ die Schaluppe die Bucht von Suva, um bis zur Mündung der Rewa der Küste zu folgen.

In diesem Abschnitt tauchten nicht nur Klippen, sondern auch Haie in großer Zahl auf, und vor den einen wie den anderen nahm man sich besser in acht.

»Ph!« machte Pinchinat. »Eure Haie, das sind ja nicht einmal mehr Salzwasserkannibalen! Sicher haben die englischen Missionare sie wie die Fidschianer zum Christentum bekehrt...

Wetten, daß sie den Geschmack an Menschenfleisch verloren haben?«

»Seien Sie da nicht so sicher«, gab darauf der Lotse zu Antwort. »Und genausowenig sollten Sie den Eingeborenen im Innern der Insel trauen.«

Pinchinat zuckte lediglich mit den Schultern. Ihm würde keiner etwas über diese angeblichen Anthropophagen weismachen, die nicht einmal mehr an Feiertagen »anthropophagierten«!

Der Lotse kannte die Bucht und den Lauf der Rewa wie seine Westentasche. Auf diesem wichtigen Fluß, auch Waii-Levu genannt, macht sich die Flut bis fünfundvierzig Kilometer landeinwärts bemerkbar. Schiffbar ist er auf einer Länge von achtzig Kilometern.

Die Breite der Rewa überschreitet an ihrer Mündung hundert Klafter. Sie fließt zwischen sandigen Ufern dahin, niedrig auf der linken, steil auf der rechten Seite, auf denen sich Bananenstauden und Kokospalmen deutlich von ihrem grünen Hintergrund abheben. Ihr vollständiger Name lautet Rewa-Rewa, in Übereinstimmung mit dieser Tendenz zur Wortverdoppelung, die fast allen pazifischen Völkern eigen ist. Wie Yvernès bemerkte, fand sich hier eine Nachahmung der kindlichen Sprechweise mit ihrem *Mama, Papa, Wauwau, Dada, Gutiguti* und so weiter. Und schließlich waren ja diese Eingeborenen entwicklungsgeschichtlich gesehen kaum dem Kindesalter entwachsen!

Die eigentliche Rewa bildet sich durch den Zusammenfluß des Waii-Levu (großes Wasser) und des Waii-Manu, und ihre Hauptmündung trägt die Bezeichnung Waii-Ni-ki.

Nachdem sie die Biegung des Deltas hinter sich gelassen hatte, passierte die Schaluppe das halb von einem Blumenmeer verdeckte Dorf Kamba. Doch um die Flut auszunützen, machte man weder hier noch im nächsten Dorf, Naitasiri, halt. Ganz abgesehen davon hatte man dieses Dorf damals gerade mitsamt seinen Häusern, Bäumen, Einwohnern bis zum Wasser der Rewa, das seinen Strand bespülte, für tabu erklärt. Die Eingeborenen hätten es niemandem erlaubt, dort den Fuß an Land zu setzen. Das Tabu war ein, wenn auch nicht sehr achtbarer, dann doch geachteter Brauch – Sébastien Zorn konnte ein Lied davon singen – und man achtete ihn.

Während unsere Ausflügler also an Naitasiri vorüberfuhren, machte sie der Lotse auf einen hohen Baum, einen Tavala, aufmerksam, der in einer Flußbiegung aufragte.

»Und was soll besonderes sein an diesem Baum?« fragte Frascolin.

»Nichts, außer daß die Rinde dieses Baumes von den Wurzeln bis zur Krone mit Einschnitten übersät ist, und jeder dieser Einschnitte steht für einen Menschen, der an dieser Stelle gekocht und anschließend verzehrt wurde.«

»Man muß ja schließlich Buch führen, nicht wahr!...« erwiderte Pinchinat, dessen Schulterzucken seinen Unglauben demonstrierte.

Doch damit hatte er unrecht. Nirgends war dem Kannibalismus so begeistert gefrönt worden wie auf den Fidschiinseln, und man muß betonen, daß dieser Brauch bis anhin noch nicht ganz ausgestorben war. Bei den Stämmen im Landesinnern würde er sich aus kulinarischen Gründen auch noch lange halten. Ganz recht, aus kulinarischen Gründen, denn wenn man den Fidschianern glauben durfte, ließ sich Menschenfleisch im bezug auf Geschmack und Zartheit mit nichts vergleichen, nicht einmal mit dem delikatesten Rindsfilet. Nach einer weiteren Geschichte des Lotsen gab es einmal einen gewissen Häuptling Ra-Undrenudu, der Steine vor seiner Hütte aufschichten ließ, und als er starb, belief sich ihre Zahl auf 822.

»Und wissen Sie, was diese Steine anzeigten?«

»Wie sollten wir das erraten können?« antwortete Yvernès. »Wir mit unserem armseligen Musikerverstand!«

»Sie zeigten die Anzahl Menschen an, die dieser Häuptling verschlungen hatte.«

»Er ganz alleine?«

»Er ganz allein!«

»Das war aber ein großer Esser«, entgegnete Pinchinat trokken, dessen Meinung über diese »Eingeborenen-Scherzchen« feststand.

Gegen elf Uhr hörte man plötzlich am rechten Ufer eine Glocke läuten. Durch das Blattwerk hindurch schimmerte das Dorf Nailili, das nur aus einigen Strohhütten im Schatten von Kokospalmen und Bananenstauden bestand. In diesem Dorf gab es eine katholische Missionsstation. Die Touristen erkundigten sich beim Lotsen, ob sie hier nicht für eine Stunde haltmachen könnten, um dem Missionar, einem Landsmann, die Hand zu schütteln. Dieser hatte nichts dagegen, und so vertäute man das Boot an einem Baumstrunk.

Sébastien Zorn und seine Freunde gingen also an Land, wo sie schon nach kaum zwei Minuten dem Superior der Mission begegneten.

Der etwa fünfzigjährige Pater war ein sympathischer Mann mit energischem Gesicht. Überglücklich, Franzosen begrüßen zu dürfen, führte er sie zu seinem Haus in der Dorfmitte, wo er unter ungefähr hundert Eingeborenen lebte. Er bestand darauf, seinen Gästen eine landesübliche Erfrischung zu reichen. Selbstverständlich bot er ihnen nicht den ekelhaften Kava an, sondern eine recht wohlschmeckende Bouillon aus Muscheln, die am Ufer der Rewa in großen Mengen zu finden sind.

Dieser Missionar hatte sich mit Leib und Seele der Verbreitung des Katholizismus verschrieben, was auf gewisse Schwierigkeiten stieß, weil er dabei mit einem wesleyanischen Pfarrer zu kämpfen hatte, der ihm in der Nachbarschaft ernsthafte Konkurrenz machte. Alles in allem war er über den Erfolg seiner Bemühungen nicht unzufrieden, gestand aber, daß es ihn noch große Mühe kosten werde, seine Schützlinge von ihrer Vorliebe für »Bukalo«, d. h. Menschenfleisch abzubringen.

»Und da Sie ja noch weiter ins Landesinnere vordringen wollen, meine lieben Gäste«, fügte er hinzu, »so rate ich Ihnen, seien Sie auf der Hut.«

»Hast du das gehört, Pinchinat?« sagte Sébastien Zorn.

Man verabschiedete sich, kurz bevor das Angelusläuten vom Turm der kleinen Kirche erklang. Weiter flußaufwärts kreuzte

Weiter flußaufwärts kreuzte man den Weg einiger Auslegerpirogen

die Schaluppe den Weg einiger Auslegerpirogen, die auf ihren Plattformen Bananen geladen hatten: Steuereinnehmer, die mit den in dieser gültigen Währung bezahlten Beiträgen in die Hauptstadt zurückkehrten. Weiterhin waren beide Ufer dicht bewachsen mit Lorbeerbäumen, Akazien, Zitronenbäumen und blutrot blühenden Kakteen. Über ihnen breiteten Kokospalmen und Bananenstauden ihre mit Früchten schwerbeladenen Äste aus, und dieser verschwenderische Pflanzenteppich zog sich bis hinauf zu den Bergen im Hintergrund hin, die alle vom Gipfel des Mbugge-Levu überragt wurden.

Vom Grün des Urwalds hoben sich allerdings zwei oder drei europäische Fabrikgebäude ab, die gar nicht zur wilden Natur ihrer Umgebung passen wollten. Es handelte sich um Zuckerfabriken, ausgestattet mit den modernsten Maschinen, deren Erzeugnisse, wie ein Reisender namens Verschnur meinte, »im Vergleich mit dem Zucker der Antillen und der anderen Kolonien sehr vorteilhaft abschnitten«.

Gegen ein Uhr erreichte das Boot das Ende seiner Reise auf der Rewa. In zwei Stunden würde man bei Einsetzen der Ebbe wieder den Fluß hinunterfahren. Diese Rückfahrt würde nicht viel Zeit in Anspruch nehmen, denn die Ebbe verursachte eine kräftige Strömung. Noch vor zehn Uhr abends würden die Ausflügler wieder im Steuerbordhafen anlegen.

Man verfügte also über etwas Zeit, und wie hätte sich diese wohl besser verwenden lassen als mit einem Besuch des Dorfes Tampoo, dessen erste Hütten man in einer halben Meile Entfernung erkennen konnte? Man kam überein, den Maschinisten und die zwei Matrosen als Wachen auf der Schaluppe zurückzulassen, während der Lotse seine Passagiere zu dem Dorf »lotsen« würde, wo sich die alten Sitten Fidschis noch unverfälscht erhalten hatten. Bis hierher reichte der Einfluß der Missionare nicht, hier herrschten noch uneingeschränkt die Medizinmänner, hier wurde noch Zauberei praktiziert, vor allem jene mit den komplizierten Namen »Vaka-Ndran-ni-Kan-Tacka«, was soviel heißt wie »Beschwörung gesprochen über Blätter«. Man verehrte die Katoavus, Götter, deren Existenz nie begonnen hatte und nie enden würde, und die gewissen besonderen Opfern nicht abgeneigt waren. Der Generalgouverneur verfügte nicht über die Macht, diese Riten zu verhindern oder auch nur zu bestrafen.

Vielleicht wäre es klüger gewesen, sich nicht unter diese suspekten Stämme zu wagen. Doch unsere Künstler, neugierig wie Pariser nun einmal sind, bestanden darauf, worauf der Lotse einwilligte, sie zu führen, ihnen aber empfahl, zusammenzubleiben.

Am Eingang von Tampoo, das etwa hundert Strohhütten zählte, begegneten ihnen zuerst einige Frauen – wirkliche Wilde. Nur mit einem einfachen, an der Hüfte geknoteten Lendenschurz bekleidet, zeigten sie nicht das geringste Erstaunen beim Anblick von Fremden, die sie bei der Arbeit störten. Seit der Archipel unter englischem Protektorat stand, erregten Besuche von Weißen kein Aufsehen mehr.

Diese Frauen waren mit der Zubereitung von Kurkuma beschäftigt, einer Wurzelart, die als erstes in Gruben gelagert wurde, in die man vorher Kräuter und Bananenblätter eingeschichtet hatte. Nach einiger Zeit holte man die Wurzeln wieder heraus, röstete sie, schabte sie ab, preßte sie in mit Farnkraut ausgelegten Körben aus und fing den dabei entstehenden Saft in Bambusrohren auf. Dieser Saft diente gleichzeitig als Nahrungsmittel und als Pomade und erfreute sich in beiden Verwendungszwecken großer Beliebtheit.

Die kleine Touristengruppe betrat das Dorf. Keiner der Eingeborenen kümmerte sich um die Besucher, begrüßte sie oder bot ihnen seine Gastfreundschaft an. Da ihnen aus den nicht sehr einladend wirkenden Hütten ein penetranter Gestank, vor allem von ranzigem Kokosöl, entgegenschlug, bedauerten es die vier Musiker nicht allzusehr, daß man hier die Gesetze der Gastfreundschaft nicht besonders respektierte.

Als sie jedoch vor der Hütte des Häuptlings angekommen waren, trat ihnen dieser – ein hochgewachsener Mann mit wildem, brutalen Gesichtsausdruck –, begleitet von seinem Gefolge, entgegen. Sein krauses Haar war weiß vor Kalk. Er trug sein Prunkgewand: ein gestreiftes Hemd mit einem Gürtel um die Taille, am linken Fuß einen alten bestickten Pantoffel und – wie konnte sich Pinchinat nur das Lachen verbeißen? – ein uraltes blaues Frackjackett mit Goldknöpfen, unzähligen geflickten Stellen, dessen ungleich lange Schöße gegen seine Waden klatschten.

Allein während er auf die Gruppe der Papalangis zuschritt, stolperte der Häuptling über eine Wurzel, verlor das Gleichgewicht und schlug der Länge nach hin.

Der Etikette des »Bale Muri« gehorchend, strauchelte augenblicklich auch sein gesamtes Gefolge und ließ sich respektvoll hinfallen, »um die Lächerlichkeit dieses Sturzes zu teilen«.

So erklärte es der Lotse, und Pinchinat billigte dieses Zeremoniell, das zumindest seiner Meinung nach auch nicht lächerlicher war als das an manchen europäischen Höfen.

Inzwischen hatte man sich wieder erhoben, worauf der Häuptling und der Lotse einige Sätze in der Landessprache wechselten, von denen das Quartett kein Wort verstand. Wie ihnen der Lotse übersetzte, wollte der Häuptling wissen, warum die Fremden in sein Dorf gekommen seien. Aufgrund der Antwort, man beabsichtige lediglich, das Dorf zu besichtigen und einen Spaziergang in die Umgebung zu machen, erteile ihnen der Häuptling seine Erlaubnis dazu.

Der Häuptling schien im übrigen weder erfreut noch verärgert über die Anwesenheit von Touristen in seinem Dorf, und auf ein Zeichen von ihm kehrten die Eingeborenen in ihre Strohhütten zurück.

»So gefährlich sehen die aber gar nicht aus«, meinte Pinchinat.

»Das ist noch lange kein Grund, leichtsinnig zu werden«, ermahnte ihn Frascolin.

Eine Stunde lang spazierten die Musiker durch das Dorf, ohne von den Eingeborenen belästigt zu werden. Der Häuptling im blauen Frack war in seiner Hütte verschwunden; die Eingeborenen zeigten sich den Fremden gegenüber ausgesprochen gleichgültig.

Nachdem sie in Tampoos Straßen herumgeschlendert waren,

Der Medizinmann hockte im Eingang

ohne daß sich ihnen eine einzige Hütte geöffnet hätte, wandten sich Sébastien Zorn, Yvernès, Pinchinat, Frascolin und der Lotse zu einer Tempelruine hinüber, in deren Nähe die Hütte eines Medizinmannes stand.

Im Eingang hockend, warf ihnen dieser Medizinmann einen wenig ermutigenden Blick zu, wobei er seine Hände bewegte, als wünsche er einen Fluch auf sie herab.

Frascolin versuchte mit Hilfe des Lotsen ein Gespräch mit ihm anzufangen, doch da setzte der Medizinmann eine so abweisende Miene auf, nahm eine so drohende Haltung an, daß man jede Hoffnung aufgeben mußte, diesem kratzbürstigen Fidschianer ein Wort zu entlocken.

Unterdessen hatte sich Pinchinat trotz aller Ermahnungen von seinen Freunden entfernt, um durch ein dichtes Bananenstaudengestrüpp am Abhang eines Hügels zu streifen.

Als Sébastien Zorn, Yvernès und Frascolin, abgestoßen vom Benehmen des Medizinmannes, Tampoo verlassen wollten, bemerkten sie das Fehlen ihres Freundes.

Es war jedoch Zeit, zum Boot zurückzukehren. Bald würde die Ebbe einsetzen, die nur wenige Stunden dauerte, und während dieser Zeit mußte man die Rückfahrt hinter sich bringen.

Frascolin, beunruhigt über das Verschwinden Pinchinats, rief laut dessen Namen.

Keine Antwort.

»Wo kann er denn nur sein?« fragte Sébastien Zorn.

»Keine Ahnung«, antwortete Yvernès.

»Hat ihn denn jemand von Ihnen weggehen sehen?« erkundigte sich der Lotse.

Niemand hatte ihn gesehen!

»Sicher ist er durchs Dorf zum Boot zurückgegangen«, sagte Frascolin.

»Das hätte er nicht tun sollen«, entgegnete der Lotse. »Aber wir wollen keine Zeit verlieren, versuchen wir ihn einzuholen.«

Mit einem intensiven Gefühl der Beklemmung brach man auf. Indem der unverbesserliche Pinchinat die Greueltaten dieser

Vergeblich schrien alle Pinchinats Namen

Eingeborenen, die jeder Zivilisation so beharrlich widerstanden, als Märchen abtat, konnte er sich sehr realen Gefahren aussetzen.

Auf dem Weg durchs Dorf bemerkte der Lotse mit einer gewissen Besorgnis, daß kein einziger Fidschianer mehr zu sehen war. Die Türen sämtlicher Hütten waren geschlossen. Vor der Hütte des Häuptlings fehlte der übliche Menschenauflauf. Die Frauen, die mit der Zubereitung von Kurkuma beschäftigt gewesen waren, waren verschwunden. Das Dorf schien seit einer Stunde völlig verlassen zu sein.

Daraufhin beschleunigte man den Schritt. Immer wieder rief man nach dem Abwesenden, doch der Abwesende antwortete nicht. War er etwa nicht zu dem Ufer zurückgekehrt, wo das Boot vertäut lag? Oder waren gar das Boot und seine Wächter nicht mehr an der Stelle, wo man sie verlassen hatte?

Den Rest der Strecke legten die vier im Laufschritt zurück, und sobald sie den Waldrand erreicht hatten, sahen sie die Schaluppe und die drei Männer, zuverlässig auf ihrem Posten.

»Unser Freund?...« rief Frascolin.

»Ist er denn nicht mehr bei Ihnen?« erwiderte der Maschinist.

»Nein... seit einer halben Stunde...«

»Ist er nicht hier?« fragte Yvernès.

»Nein.«

Was war nur aus dem Unvorsichtigen geworden? Der Lotse verhehlte nicht, daß er schlimme Befürchtungen hegte.

»Wir müssen ins Dorf zurück«, sagte Sébastien Zorn, »wir dürfen Pinchinat nicht im Stich lassen.«

Man ließ die Schaluppe unter der Bewachung nur eines Matrosen zurück, obwohl diese Handlungsweise gewisse Gefahren barg. Doch diesmal betrat man Tampoo besser mit Verstärkung und wohlbewaffnet. Und wenn man sämtliche Strohhütten durchsuchen müßte, man würde das Dorf nicht eher verlassen, als bis man Pinchinat gefunden hatte.

Erneut machte man sich also auf den Weg nach Tampoo, das man samt seiner Umgebung noch ebenso menschenleer vorfand wie zuvor. Wohin waren all diese Menschen verschwunden? Man hörte keinen Laut, alle Hütten waren leer...

Jetzt gab es unglücklicherweise keinen Zweifel mehr... Pinchinat hatte sich in das Bananenwäldchen hineingewagt... er war überfallen und verschleppt worden... aber wohin?... Das Schicksal, das ihn in den Händen der von ihm verlachten Kannibalen erwartete, konnte man sich allerdings nur zu leicht vorstellen! Die Umgebung von Tampoo abzusuchen war völlig sinnlos. Wie sollte man in diesem undurchdringlichen Urwald, in dem sich höchstens die Eingeborenen zurechtfanden, eine Spur verfolgen können? Außerdem fürchtete man, sie könnten sich auch des nur von einem Matrosen bewachten Bootes bemächtigen wollen. Und wenn dieses Unglück eintrat, wäre alle Hoffnung dahin, Pinchinat zu befreien, denn man befände sich selbst in höchster Gefahr...

Frascolin, Yvernès und Sébastien Zorn waren völlig verzweifelt. Was tun?... Lotse und Maschinist wußten keinen Ausweg mehr.

Da sagte Frascolin, der einen kühlen Kopf bewahrt hatte:

»Wir müssen nach Standard Island zurück.«

»Ohne unseren Freund?« rief Yvernès.

»Wie kannst du nur daran denken!« fügte Sébastien Zorn hinzu.

»Ich sehe keine andere Möglichkeit«, antwortete Frascolin. »Wir müssen den Gouverneur informieren, die Behörden von Viti-Levu verständigen, damit sie etwas unternehmen können.«

»Ja, fahren wir«, riet auch der Lotse, »und wenn wir die Ebbe noch ausnutzen wollen, dürfen wir keine Minute mehr verlieren!«

»Das ist die einzige Möglichkeit, Pinchinat zu retten«, rief Frascolin, »wenn es nicht schon zu spät ist!«

Die einzige Möglichkeit, in der Tat.

Man verließ Tampoo, von der Besorgnis ergriffen, die Schaluppe nicht mehr an ihrem Ankerplatz anzutreffen. Vergeblich schrien alle Pinchinats Namen. Wären sie weniger verstört gewesen, hätten sie vielleicht im Gebüsch einige der wilden Fidschianer bemerkt, die sie belauerten.

Das Boot war nicht angegriffen worden, und der Matrose hatte niemanden an den Ufern der Rewa herumschleichen gesehen.

Von unaussprechlicher Beklemmung erfaßt, nahmen Sébastien Zorn, Yvernès und Frascolin im Boot Platz, ... zögerten ... riefen noch einmal nach dem Freund ..., aber schließlich sagte Frascolin doch, man müsse losfahren, und sie taten gut daran, seinem Rat zu folgen.

Der Maschinist setzte die Dynamos in Gang, worauf die Schaluppe mit Unterstützung der Strömung in rasantem Tempo die Rewa hinunterschoß.

Um sechs Uhr hatte man die westliche Spitze des Flußdeltas umschifft. Eine halbe Stunde später legte man im Steuerbordhafen an.

Innerhalb einer Viertelstunde brachte die Straßenbahn Frascolin und seine beiden Kameraden nach Milliard City, wo sie sich zum Rathaus begaben.

Sobald Cyrus Bikerstaff unterrichtet war, ließ er sich nach Suva übersetzen, um den Generalgouverneur des Archipels um eine Unterredung zu bitten, die ihm auch gewährt wurde.

Als der Vertreter der Königin erfuhr, was sich in Tampoo ereignet hatte, versuchte er keineswegs, den Ernst der Situation zu verharmlosen. Dieser Franzose in den Händen eines der Stämme im Landesinnern, über die er absolut keine Macht hatte ...

»Leider können wir vor morgen früh nichts unternehmen«, fuhr er fort. »Gegen die Strömung der Ebbe können unsere Boote die Rewa nicht hinauffahren. Zudem ist es unbedingt notwendig, in großer Zahl nach Tampoo zu marschieren, und der sicherste Weg führt quer durch den Busch.«

»Gut«, gab Cyrus Bikerstaff zurück, »aber nicht erst morgen, heute, sofort, muß etwas unternommen werden.«

»Ich habe nicht genügend Leute zur Verfügung«, erwiderte der Gouverneur darauf.

»Wir haben sie, mein Herr«, sagte Cyrus Bikerstaff. »Sie brauchen nur zu veranlassen, daß Ihre Milizsoldaten unter der Führung eines landeskundigen Offiziers zu ihnen stoßen.«

»Verzeihen Sie, mein Herr«, entgegnete Seine Exzellenz trocken, »ich bin es nicht gewohnt...«

»Verzeihen auch Sie«, unterbrach ihn Cyrus Bikerstaff, »aber ich warne Sie, wenn Sie nicht sofort handeln, wenn unser Freund, unser Gast nicht zu uns zurückkehrt, tragen Sie dafür die volle Verantwortung und...«

»Und?...« fragte der Gouverneur hochmütig.

»Dann werden unsere Kanonen Ihre Hauptstadt dem Erdboden gleichmachen, ganz Suva, jedes ausländische Besitztum, sei es britisch oder deutsch!«

Damit hatte er ein formelles Ultimatum ausgesprochen, dem sich der Engländer unterwerfen mußte. Gegen die Artillerie von Standard Island konnten die wenigen Kanonen der Insel nichts ausrichten. Der Gouverneur unterwarf sich also, doch man muß zugeben, es hätte ihm sicher besser angestanden, seine Hilfe nicht unter Druck, sondern im Namen der Menschlichkeit zu gewähren.

Eine halbe Stunde später landeten hundert Mann in Suva, Seeleute und Miliz, unter dem Oberbefehl von Kommodore Simcoe, der die Unternehmung selbst leiten wollte. Der Oberintendant, Sébastien Zorn, Yvernès und Frascolin waren an seiner Seite. Auf Viti-Levu schloß sich ihnen eine Abteilung Polizei an.

Von Beginn weg schlug sich die Expedition durch den Busch und umging die Mündung der Rewa, angeführt von dem Lotsen, der sich in diesem schwierigen Gelände auskannte. Man wählte den kürzesten Weg, schlug ein scharfes Marschtempo an, um Tampoo so rasch als möglich zu erreichen.

Doch so weit brauchte man gar nicht zu gehen. Gegen ein Uhr morgens wurde plötzlich der Befehl zum Anhalten gegeben.

Tief im Innern eines fast undurchdringlichen Dickichts hatte man den Schein eines Feuers gesehen. Ohne Zweifel lagerten dort die Einwohner von Tampoo, denn ihr Dorf lag nur knapp eine halbe Marsch-Stunde entfernt im Osten.

Kommodore Simcoe, der Lotse, Calistus Munbar und die drei Pariser schlichen sich nach vorn.

Sie hatten noch keine hundert Schritte gemacht, als sie wie angewurzelt stehenblieben.

Neben einem riesigen Feuer, umgeben von schreienden Frauen und Männern, stand Pinchinat halbnackt an einen Baum gefesselt... und der Häuptling rannte mit hocherhobener Axt auf ihn zu...

»Vorwärts... vorwärts!« brüllte Kommodore Simcoe seinen Soldaten und Seeleuten zu.

Die Überraschung war vollkommen. Entsetzt wichen die Eingeborenen vor den Schüssen und Kolbenhieben der Gewehre zurück. Im Handumdrehen hatte die Rettungsexpedition den Platz leergefegt und die ganze Bande in den Urwald getrieben...

Pinchinat, von seinem Baum losgebunden, sank in die Arme seines Freundes Frascolin.

Wie soll man die Freude dieser Künstler, dieser Brüder beschreiben – in die sich auch einige Tränen und sehr berechtigte Vorwürfe mischten.

»Du Unglücksrabe«, sagte der Cellist, »was ist denn in dich gefahren, allein loszuziehen?...«

»Nenn mich Unglücksrabe, sooft du willst, mein alter Sébastien«, antwortete Pinchinat, »aber ich flehe dich an, verschone eine Bratsche, die so unvollständig bekleidet ist, wie ich es im Augenblick bin... Gebt mir bitte meine Kleider, damit ich den Behörden in etwas passenderer Art gegenübertreten kann.«

Man fand seine Kleider unter einem Baum, worauf er sich mit der vollkommensten Gelassenheit der Welt anzog. Erst dann, als er sich wieder »sehen lassen konnte«, ging er auf den Kommodore und den Oberintendanten zu, um ihnen die Hand zu drücken.

»Nun, mein Lieber, glauben Sie jetzt, daß es auf den Fidschiinseln noch Menschenfresser gibt?« fragte Calistus Munbar.

»So wild auf Menschen waren sie ja auch wieder nicht, diese Hundesöhne«, erwiderte Seine Hoheit, »schließlich habe ich ja noch alle meine Glieder beisammen!«

»Immer noch derselbe unmögliche Kerl!« rief Frascolin aus.

Pinchinat stand halbnackt an einen Baum gefesselt

»Und wißt ihr, was mich am meisten geärgert hat, als ich da wie ein menschliches Hähnchen an den Bratspieß gesteckt werden sollte?« fragte Pinchinat.

»Hängen will ich, wenn ich das errate!« antwortete Yvernès.

»Nicht daß mich die Eingeborenen wie einen Appetithappen verspeisen wollten! Nein, daß mich ein Wilder im Frack verschlingen wollte... in einem blauen Frack mit Goldknöpfen... mit einem Schirm unter dem Arm... einem gräßlichen britischen Regenschirm!«

ZEHNTES KAPITEL

STANDARD ISLAND WECHSELT DEN BESITZER

Standard Islands Abfahrt war auf den 2. Februar festgesetzt. Am Abend zuvor kehrten alle Touristen nach Beendigung ihrer Ausflüge nach Milliard City zurück, wo die Affäre Pinchinat ungeheures Aufsehen erregte. Das ganze Juwel des Pazifiks hätte sich für Seine Hoheit eingesetzt, so sehr erfreute sich das Solisten-Quartett allgemeiner Beliebtheit. Nachträglich billigte der Notabeln-Rat das energische Auftreten von Gouverneur Cyrus Bikerstaff voll und ganz, zu dem ihn auch die Zeitungen beglückwünschten. Aber der Held des Tages war Pinchinat. Man stelle sich vor, eine Bratsche, die ihre künstlerische Karriere im Bauch eines Südseeinsulaners beendete!... Er gab nun auch gerne zu, daß die Eingeborenen von Viti-Levu ihren anthropophagischen Gelüsten noch nicht vollständig abgeschworen hatten. Schließlich schmeckte Menschenfleisch, so behaupteten die Fidschianer wenigstens, ausgesprochen köstlich, und dieser Teufelskerl von Pinchinat sah zum Anbeißen gut aus.

Schon bei Sonnenaufgang stach Standard Island mit Kurs auf die Neuen Hebriden in See. Dieser Umweg würde die schwimmende Insel zehn Grad oder ungefähr 200 Meilen weiter nach Westen führen. Im übrigen bedauerte niemand, ihn machen zu müssen, da man ja damit wie versprochen Kapitän Sarol und seine Begleiter auf den Neuen Hebriden absetzen wollte, denen man mit Freuden einen Dienst erwies – nicht zuletzt, weil diese braven Leute im Kampf gegen die wilden Tiere soviel Mut bewiesen hatten. Auch schienen sie wirklich äußerst zufrieden, nach so langer Abwesenheit unter solchen Bedingungen heimkehren zu können! Überdies würden die Milliardäre bei dieser Gelegenheit eine neue Inselgruppe kennenlernen.

Standard Island bewegte sich mit genau berechneter Langsamkeit fort, denn eben im Gebiet zwischen den Fidschiinseln und den Neuen Hebriden, genauer gesagt bei 170° 35′ östlicher Länge und 19° 13′ südlicher Breite, sollte der auf Kosten der Familien Tankerdon und Coverley aus Marseille kommende Dampfer auf seinen Bestimmungsort treffen.

Es versteht sich von selbst, daß die bevorstehende Hochzeit von Walter und Miss Dy noch immer sämtliche Geister beschäftigte. Wie könnte man auch an etwas anderes denken? Calistus Munbar hatte keine freie Minute mehr. Er entwarf und kombinierte die verschiedenen Bestandteile eines Festes, das in die Annalen der Insel der Milliardäre eingehen würde. Sollte er bei dieser Aufgabe tatsächlich an Gewicht verlieren, würde das niemanden überraschen.

Im Durchschnitt legte Standard Island jetzt nur zwanzig bis fünfundzwanzig Kilometer in vierundzwanzig Stunden zurück. Sie glitt bis auf Sichtweite an Viti heran, dessen traumhafte Strände von üppigen, tiefgrünen Wäldern eingerahmt werden. Man verwandte drei Tage darauf, in diesen ruhigen Gewässern die Strecke von Wanara bis Ronde hinter sich zu bringen. Die Passage gleichen Namens bot dem Juwel des Pazifiks einen breiten Durchgang, in den es vorsichtig einschwenkte. Zahlreiche Wale rammten aufgeschreckt und verstört ihre Köpfe gegen seinen Stahlrumpf, der bei jedem dieser Schläge erzitterte. Doch es bestand keinerlei Grund zu Beunruhigung, das Eisenblech der einzelnen Kammern würde diesem Ansturm problemlos standhalten.

Erst am Nachmittag des 6. Februar verschwanden die letzten

Gipfel der Fidschiinseln hinter dem Horizont, womit Kommodore Simcoe gleichzeitig Polynesien zugunsten Melanesiens verließ.

Nachdem man den 19. Breitengrad erreicht hatte, folgte man ihm drei Tage lang nach Westen. Am 10. Februar hatte man die Gegend erreicht, in der man mit dem erwarteten Dampfer aus Europa zusammentreffen wollte. Der Treffpunkt, an allen Anschlagbrettern von Milliard City ausgehängt, war jedermann bekannt. Die Ausguckposten des Observatoriums, unterstützt von Hunderten von Fernrohren, suchten den Horizont ab, und sobald das Schiff gesichtet würde... Die gesamte Bevölkerung verharrte voller Spannung, denn war dies nicht der Prolog zu jenem vom Publikum so lang erwarteten Theaterstück, das mit der Hochzeit von Walter Tankerdon und Miss Dy Coverley glücklich enden sollte?...

Standard Island hatte nun also lediglich noch seine Position zu halten, sich gegen die Strömung des zwischen den Archipelen eingezwängten Meeres zu behaupten. Kommodore Simcoe erteilte die nötigen Befehle, deren Ausführung von seinen Offizieren überwacht wurde.

»Eine wirklich äußerst interessante Situation!« meinte Yvernès an diesem Tag.

Die Bemerkung fiel während der zwei Stunden Dolcefarniente, die sich seine Kameraden und er jeden Tag nach dem Mittagessen zugestanden.

»Ganz deiner Meinung«, antwortete Frascolin, »und wir werden diese Seefahrt an Bord von Standard Island nicht zu bereuen haben, ... was auch immer unser Freund Zorn darüber denkt...«

»Ja, er und sein ewiges Ge... Ge-Dur mit einem Kreuz!« fügte der unverbesserliche Pinchinat hinzu.

»Ja... vor allem, sobald sie vorbei ist, diese Fahrt«, entgegnete der Cellist, »und wir das vierte Trimester unserer wohlverdienten Gage in der Tasche haben.«

»He!« machte Yvernès. »Die ersten drei hat uns die Gesellschaft schließlich pünktlich ausbezahlt, und ich finde es sehr

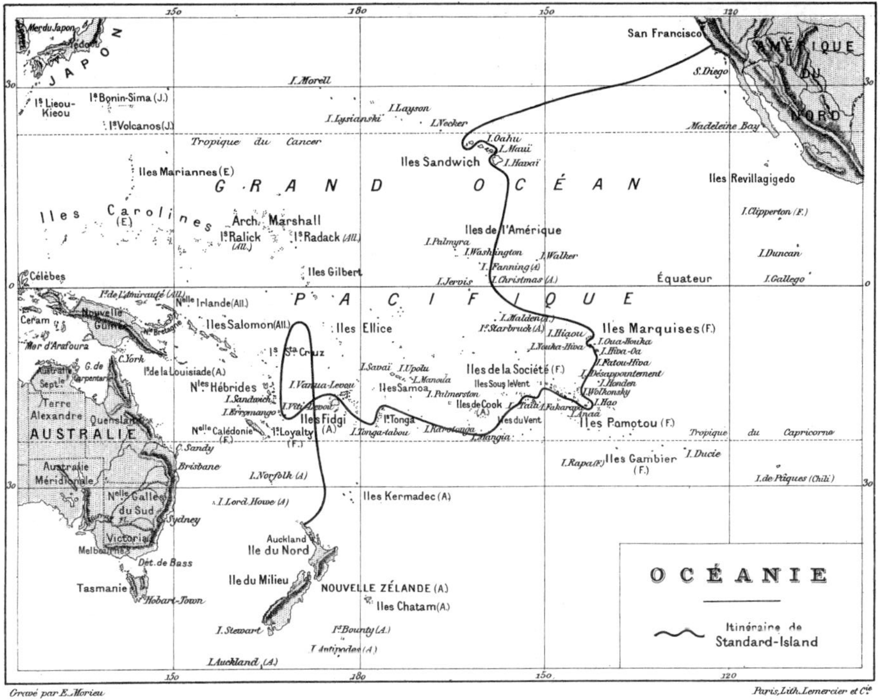
OCÉANIE
Itinéraire de Standard-Island
GRAND OCÉAN PACIFIQUE
San Francisco
S. Diego
AMÉRIQUE DU NORD
Madeleine Bay
Iles Revillagigedo
I. Clipperton (F.)
I. Duncan
I. Gallego
Équateur
JAPON
Mer du Japon
Iˢ Lieou-Kieou
Iˢ Bonin-Sima (J.)
Iˢ Volcanos (J.)
I. Morell
I. Lysianski
I. Layson
I. Necker
Tropique du Cancer
Iles Sandwich
I. Oahu
I. Maui
I. Havaï
Iles Mariannes (E)
Iles Carolines (E)
Arch. Marshall
Iˢ Ralick (All.)
Iˢ Radack (All.)
Iles de l'Amérique
I. Palmyra
I. Washington
I. Walker
I. Fanning (A)
I. Jervis
I. Christmas (A.)
Célèbes
Iles Gilbert
Iˢ de l'Amirauté (All.)
Nˡˡᵉ Irlande (All.)
Ceram
Nouvelle Guinée
Nˡᵉ Bretagne
Mer d'Arafoura
Iles Salomon (All.)
Iles Ellice
Iˢ Sta Cruz
C. York
G. de Carpentarie
Iˢ de la Louisiade (A.)
Nˡᵉˢ Hébrides
I. Sandwich
I. Erromango
I. Vanua-Levou
I. Viti-Levou
Iles Fidgi (A)
I. Savaï
I. Upolu
I. Manoua
Iles Samoa
I. Palmerston
Iles de Cook (A)
Iˢ Tonga
I. Tonga-tabou
I. Rarotonga
I. Mangia
I. Malden (A.)
Iˢ Starbruck (A)
I. Hiaou
Iles Marquises (F.)
I. Oua-Houka
I. Nouka-Hiva
I. Hiva-Oa
I. Fatou-Hiva
Iles de la Société (F.)
Iles Sous le Vent
Iles du Vent
I. Taïti
I. Désappointement
I. Honden
I. Wolkonsky
I. Hao
I. Fakarava
I. Anaa
Iles Pomotou (F.)
Tropique du Capricorne
I. Rapa (F.)
Iles Gambier (F.)
I. Ducie
I. de Pâques (Chili)
Australie Septˡᵉ
Terre Alexandre
Queensland
AUSTRALIE
Nˡˡᵉ Calédonie (F.)
Iˢ Loyalty (F.)
C. Sandy
Brisbane
Australie Méridionale
I. Norfolk (A)
Nˡˡᵉ Galles du Sud
I. Lord Howe (A)
Iles Kermadec (A)
Sydney
Victoria
Melbourne
Dét. de Bass
Auckland
Ile du Nord
Ile du Milieu
NOUVELLE ZÉLANDE (A)
Iles Chatam (A.)
Tasmanie
Hobart-Town
I. Stewart
Iˢ Bounty (A.)
I. Antipodes (A.)
I. Auckland (A.)
Gravé par E. Morieu
Paris, Lith. Lemercier et Cⁱᵉ

lobenswert, daß unser hochverehrter Buchhalter Frascolin diese doch nicht unbeträchtliche Summe immer sofort auf die Bank von New York überwiesen hat.«

Tatsächlich hatte es der hochverehrte Buchhalter für richtig gehalten, den gesamten Betrag auf eine ihm durch die Bankiers von Milliard City empfohlene Bank in den Vereinigten Staaten zu überweisen. Nicht aus Mißtrauen, sondern weil eine Bank mit festem Standort mehr Sicherheit zu bieten schien als eine bewegliche, die über einem Abgrund von fünf- bis sechstausend Metern schwebte.

Während dieser Unterhaltung, während sich Rauchspiralen aus Pfeifen und Zigarren zur Decke ringelten, hatte Yvernès folgenden Gedanken:

»Die Hochzeitsfeierlichkeiten versprechen glanzvoll zu werden, meine Freunde. Unser Oberintendant spart natürlich weder an Einfällen noch an Mühen. Ganz gewiß wird es Dollars regnen, und aus den Brunnen von Milliard City werden edle Weine fließen, aber wißt ihr, was bei dieser Feier fehlen wird?«

»Ein Wasserfall aus flüssigem Gold über Felsen aus Diamanten!« rief Pinchinat dazwischen.

»Nein«, erwiderte Yvernès, »eine Kantate...«

»Eine Kantate?« fragte Frascolin.

»Ganz recht«, erklärte Yvernès. »Selbstverständlich wird es Musik geben, wir werden unsere beliebtesten Stücke spielen, dem Anlaß entsprechend, aber ohne Kantate, ohne Hochzeitsgesang, ohne Epithalamium zu Ehren des Brautpaares...«

»Warum nicht, Yvernès?« meinte Frascolin. »Wenn du es auf dich nehmen willst, ›Liebe‹ und ›Triebe‹ und ›Seligkeit‹ und ›Ewigkeit‹ zum Reimen zu bringen, und das während einem guten Dutzend Verse von unterschiedlicher Länge, so wird es Sébastien Zorn, der ja sein Talent als Komponist schon bewiesen hat, eine Freude sein, dein Gedicht zu vertonen.«

»Ausgezeichnete Idee!« begeisterte sich Pinchinat. »Bist du damit einverstanden, alter Griesgram?... Etwas schön Hochzeitliches mit vielen Spiccatos, Allegros, Molto Agitatos und einer jauchzenden Koda... zu fünf Dollar die Note...«

»Nein, umsonst... dieses eine Mal«, unterbrach ihn Frascolin. »Das wird der Obolus des Solisten-Quartetts an die Milliardäre von Standard Island.«

Die Sache war beschlossen, und der Cellist erklärte sich bereit, den Gott der Musik um Inspiration anzuflehen, falls der Gott der Dichtkunst Yvernès Bitten erhörte.

Und aus dieser edlen Zusammenarbeit sollte das Hohelied aller Kantaten entstehen, zu Ehren der Vereinigung der Tankerdons mit den Coverleys.

Am Nachmittag des 10. Februar verbreitete sich das Gerücht, ein großer, aus nordöstlicher Richtung kommender Dampfer sei gesichtet worden. Seine Nationalität hatte man nicht erkennen können, denn er war ungefähr noch zehn Meilen entfernt, als die Dunstschwaden der Dämmerung auf das Meer herabsanken.

Das Schiff schien mit Volldampf voraus heranzupflügen. Sein Ziel konnte nur Standard Island sein, doch sehr wahrscheinlich würde es erst am nächsten Morgen bei Sonnenaufgang anlegen.

Die Nachricht erzielte eine unbeschreibliche Wirkung. Sämtliche weiblichen Gemüter gerieten in Aufruhr beim Gedanken an all die Herrlichkeiten an Schmuck, Kleider, Accessoires und Kunstgegenstände, die dieses Schiff, dieses gewaltige schwimmende Brautgeschenk, mit fünf- bis sechshundert Pferdestärken herantrug!

Man hatte sich nicht getäuscht, der Dampfer hielt wirklich auf Standard Island zu. Am nächsten Morgen lief er im Steuerbordhafen ein, an seiner Gaffel die Fahne der Standard Island Company.

Plötzlich meldete man telefonisch eine andere Neuigkeit nach Milliard City: die Flagge des Schiffes stand auf Halbmast.

Was war geschehen?... Ein Unglück?... Ein Todesfall an Bord?... Das wäre ein schlechtes Omen für die Hochzeit, die die Zukunft von Standard Island garantieren sollte.

Doch dazu kam noch etwas anderes. Beim fraglichen Dampfer handelte es sich gar nicht um den erwarteten aus Europa; er kam direkt aus Madeleine Bay. Im übrigen hatte der Frachter aus Europa keineswegs Verspätung. Man schrieb ja den 11. Februar, und die Hochzeit sollte erst am 27. gefeiert werden, so daß Aussteuer und Geschenke immer noch rechtzeitig ankommen würden.

Aber was führte dieses Schiff hierher? Welche Neuigkeiten brachte es? Warum die Flagge auf Halbmast? Warum schickte die Gesellschaft einen Dampfer hierher in die Nähe der Neuen Hebriden, um mit Standard Island zusammenzutreffen?

Hatte sie den Milliardären eine dringende Mitteilung von außergewöhnlicher Tragweite zu machen? Ja, und man würde ihren Inhalt alsbald erfahren.

Kaum hatte der Dampfer angelegt, ging ein Passagier von Bord.

Es war einer der höchsten Angestellten der Gesellschaft, der sich weigerte, auf die ungeduldigen Fragen der zahlreichen Neugierigen zu antworten, die zum Pier des Steuerbordhafens geeilt waren.

Eine Strassenbahn stand zur Abfahrt bereit, und ohne einen Augenblick zu verschwenden, sprang der Angestellte in einen ihrer Wagen.

Zehn Minuten später, am Rathaus angekommen, bat er den Gouverneur um eine Audienz in einer »äußerst dringenden Angelegenheit«, die ihm sogleich gewährt wurde.

Cyrus Bikerstaff empfing ihn in seinem Kabinett zu einer Unterredung unter vier Augen.

Nach knapp einer Viertelstunde wurden alle dreißig Mitglieder des Notablen-Rats telephonisch aufgefordert, sich so schnell als möglich im Sitzungssaal des Rathauses einzufinden.

Unterdessen ließ man in der Stadt wie in den Häfen seiner Phantasie freien Lauf, und die allgemeine Besorgnis, die an die Stelle der Neugier getreten war, erreichte ihren Höhepunkt.

Um sieben Uhr vierzig hatte sich der Rat unter dem Vorsitz des Gouverneurs und seiner beiden Stellvertreter versammelt, worauf der Angestellte folgende Erklärung abgab:

»Am 23. Januar meldete die Standard Island Company Ltd. Konkurs an, und Mr. William T. Pommering wurde zum Liquidator ernannt, mit der Vollmacht, die Interessen der obgenannten Gesellschaft nach bestem Wissen und Gewissen zu vertreten.

Mr. William T. Pommering, dem man diese Aufgabe übertragen hatte, war niemand anderer als der Angestellte selbst.

Die Neuigkeit verbreitete sich schnell, löste indes nicht die Reaktion aus, die sie wohl in Europa verursacht hätte. Wen wundert das? Schließlich bildete Standard Island einen »abgetrennten Teil des großen amerikanischen Ganzen«, wie Pinchinat meinte, und ein Konkurs konnte einen Amerikaner nicht aus der Fassung bringen, noch viel weniger ihn unvorbereitet treffen ... Gehörte das nicht zu den natürlichen Phasen des Geschäftslebens, ein akzeptabler – und akzeptierter – Zwischenfall – ? ... Die Milliardäre betrachteten die Situation daher mit ihrer gewohnten Gelassenheit ... Die Gesellschaft hatte Schiffbruch erlitten – nun gut. Das konnte den achtbarsten Finanzgesellschaften passieren ... War die Schuldenmasse erheblich? ... Das war sie ohne Zweifel, wie sich aus der vom Liquidator aufgestellten Bilanz erkennen ließ: Fünfhundert Millionen Dollar ... Und was hatte diesen Konkurs verschuldet? ... Spekulationen – wahnwitzige Spekulationen, wenn man so will, da sie gescheitert waren –, die aber hätten gelingen können ... ein gigantisches Projekt für den Bau einer Stadt auf einem Gelände in Arkansas, dessen Untergrund plötzlich wegsackte, was kein geologisches Gutachten hatte voraussehen lassen ... Die Gesellschaft traf keine Schuld, und wenn schon das Gelände den Boden unter den Füßen verlor, durfte man sich alles in allem nicht wundern, wenn den Aktionären gleichzeitig dasselbe zustieß ... Gleichgültig, wie solide Europa schien, könnte es doch eines Tages das gleiche Schicksal erleiden ... Standard Island hingegen brauchte nichts derartiges zu fürchten, eine eindrückliche Demonstration ihrer Überlegenheit, verglichen mit den Kontinenten und Inseln dieser Erde, oder nicht? ...

Allerdings mußte sofort etwas unternommen werden. Die Aktiva der Gesellschaft bestanden *hic et nunc* einzig im Wert der stählernen Insel, ihres Rumpfs, ihrer Kraftwerke, Palais, Häuser, Felder, ihrer Flotte – mit einem Wort, in allem, was zum schwimmenden Gefährt von Ingenieur William Tersen gehörte, nebst den Einrichtungen in Madeleine Bay. War es ratsam, eine neue Gesellschaft zu gründen, die diese Aktiva als Ganzes erwerben würde, auf gütlichem Wege oder in einer Versteigerung?... Ja, zweifellos, und der Erlös dieses Verkaufs würde zur Tilgung der Gesellschaftsschulden beitragen... Doch würde man gezwungen sein, zur Gründung dieser neuen Gesellschaft Fremdkapital in Anspruch zu nehmen?... Waren die Milliardäre nicht reich genug, um sich Standard Island allein mit ihrem Privatvermögen »leisten« zu können?... Wäre es nicht überhaupt besser, sich von einfachen Mietern zu den Eigentümern des Juwels des Pazifiks aufzuschwingen?... Würden sie es nicht ebenso gut verwalten können wie die zusammengebrochene Standard Island Company?...

Wie viele Milliarden in den Brieftaschen der Ratsmitglieder steckten, wissen wir ja genau. Sie vertraten auch einhellig die Meinung, man sollte Standard Island kaufen, und zwar unverzüglich. War der Liquidator ermächtigt, Verträge abzuschließen?... Ja, er war es. Außerdem: falls die Gesellschaft überhaupt Aussicht hatte, innert nützlicher Frist irgendwo die für ihre Liquidation notwendige Summe zu finden, dann in den Taschen der Honoratioren von Milliard City, von denen einige ohnehin bereits zu ihren wichtigsten Aktionären zählten. Jetzt, da die Rivalität zwischen den beiden wichtigsten Familien und den beiden Stadthälften erloschen war, würde sich die Angelegenheit ganz von alleine regeln. Bei den Angelsachsen der Vereinigten Staaten schob man Geschäfte nicht auf die lange Bank: das nötige Kapital wurde noch in derselben Sitzung bereitgestellt. Nach Meinung der Ratsherren konnte man auf eine öffentliche Subskription verzichten. Jem Tankerdon, Nat Coverley und einige andere Ratsmitglieder machten ein Angebot über vierhundert Millionen Dollar. Über diesen Preis wurde übrigens nicht diskutiert... entweder – oder... doch der Liquidator nahm ohne zu zögern an.

Der Rat hatte sich um acht Uhr dreizehn im großen Saal des Rathauses versammelt. Als er die Sitzung um neun Uhr siebenundvierzig aufhob, war Standard Island in den Besitz der beiden »Superreichen« und einiger ihrer Freunde unter dem Firmennamen »Jem Tankerdon, Nat Coverley and Company« übergegangen.

Ebenso wie die Nachricht über den Konkurs der Gesellschaft die Bevölkerung der Insel der Milliardäre nicht sehr erschüttert hatte, so rief auch die Nachricht vom Erwerb der Insel durch die ersten Familien keinerlei Emotionen hervor. Man fand diese Lösung völlig natürlich, und wäre eine höhere Summe nötig gewesen, hätte sie im Handumdrehen zur Verfügung gestanden. Die Milliardäre empfanden tiefe Befriedigung bei dem Gedanken, ihre eigenen Herren oder zumindest nicht mehr von einer fremden Gesellschaft abhängig zu sein.

Aus demselben Grund wollten sich auch alle Angestellten, Beamten, Offiziere, Milizsoldaten und Seeleute bei den beiden Familienoberhäupten bedanken, die so entschlossen im Sinne des Gemeinwohls gehandelt hatten.

Noch am selben Tag, anläßlich einer Versammlung im Park, wurde ein dahingehender Antrag gestellt und unter tosendem Beifall angenommen, worauf sich eine Abordnung aller Gesellschaftsschichten auf den Weg zu den Häusern Tankerdon und Coverley machte.

Dort empfing man sie freundlich und versicherte ihr, es würde alles beim alten bleiben, an der Verwaltung sollte sich nichts ändern. Kein Beamter würde sein Amt, kein Angestellter seine Stellung verlieren.

Wie hätte es auch anders sein können?

Daraus ergab sich, daß Kommodore Simcoe für alle die Seefahrt betreffenden Angelegenheiten verantwortlich blieb, also in erster Linie für die Einhaltung der vom Notabeln-Rat bestimmten Reiseroute. Den Oberbefehl über die Miliz behielt Oberst Steward. Auch an der Organisation des Observatoriums veränderte sich nichts, womit der König von Malekarlien nicht um seine Tätigkeit als Astronom bangen mußte. Kurz gesagt: niemand mußte seinen angestammten Posten verlassen, weder in den beiden Häfen noch in den Kraftwerken, noch in der

Stadtverwaltung. Nicht einmal Athanase Dorémus wurde entlassen, obwohl sich seine potientiellen Schüler weiterhin hartnäckig weigerten, von seinen Kenntnissen über Tanz, Auftreten und gutes Benehmen zu profitieren.

Selbstverständlich verlor auch der mit dem Quartett abgeschlossene Vertrag nichts von seiner Gültigkeit, weshalb es bis zum Ende der Reise die ihm zu deren Beginn zugesagte unwahrscheinliche Gage erhalten würde.

»Diese Leute sind wirklich erstaunlich« sagte Frascolin, als er erfuhr, daß man die Angelegenheit zur allgemeinen Zufriedenheit geregelt hatte.

»Das kommt davon, daß sie einige Milliarden flüssig haben!« entgegnete Pinchinat.

»Vielleicht hätten wir die Möglichkeit nutzen und bei dem Wechsel unseren Vertrag kündigen sollen«, bemerkte Sébastien Zorn, der noch immer nicht von seinen absurden Vorurteilen gegen Standard Island ablassen wollte.

»Kündigen!« entfuhr es Seiner Hoheit. »Versuch's nur, dann kriegst du es mit mir zu tun!«

Dabei drohte Pinchinat dem Cellisten, ihm mit seiner linken Hand, deren Finger sich öffneten und schlossen, als greife er auf seinem Instrument die vierte Saite, einen jener Faustschläge zu verpassen, die eine Geschwindigkeit von acht Metern fünfzig in der Sekunde erreichen!

Nur für den Gouverneur würde sich eine Änderung ergeben. Da Cyrus Bikerstaff der direkte Vertreter der Standard Island Company auf der Insel gewesen war, glaubte er, von seiner Stellung zurücktreten zu müssen. Im großen ganzen schien diese Entschlossenheit beim gegenwärtigen Stand der Dinge eine logische Konsequenz. Sein Demissionsgesuch wurde deshalb akzeptiert, aber unter für den Gouverneur sehr ehrenhaften Umständen. Seine beiden Stellvertreter, Barthelemy Rudge und Hubley Harcourt, nahezu ruiniert durch den Konkurs der Gesellschaft, zu deren Hauptaktionären sie gehört hatten, beabsichtigten ihrerseits, die Insel der Milliardäre mit einem der nächsten Dampfer zu verlassen.

Cyrus Bikerstaff erklärte sich allerdings bereit, die Stadtverwaltung bis zum Ende der Reise zu leiten.

So also, ohne Aufsehen, ohne Diskussionen, ohne Schwierigkeiten, ohne Rivalitäten, wurde diese bedeutende finanzielle Transaktion abgewickelt. Man regelte die Angelegenheit so klug und reibungslos, daß sich der Liquidator noch am selben Tag wieder einschiffen konnte, die Unterschriften der wichtigsten Käufer mit der Garantie des Notabeln-Rats in der Tasche.

Was die ungemein gewichtige Persönlichkeit des Calistus Munbar anging, Oberintendant der schönen Künste, Organisator sämtlicher Lustbarkeiten auf dem unvergleichlichen Juwel des Pazifiks: er wurde einfach in all seinen Kompetenzen und Bezügen bestätigt, denn wo hätte man je einen Nachfolger für diesen unersetzlichen Mann finden sollen?

»Damit wäre ja alles in bester Ordnung«, bemerkte Frascolin. »Die Zukunft von Standard Island ist gesichert, sie hat nichts mehr zu befürchten...«

»Warten wir's ab«, murmelte der starrköpfige Cellist.

Vor solchem Hintergrund würde also die Hochzeit von Walter Tankerdon und Dy Coverley stattfinden. Die beiden Familien waren nun durch gemeinschaftliche finanzielle Interessen verbunden, was in Amerika wie überall sonst auf der Welt die solidesten gesellschaftlichen Bande knüpft. Die Bewohner von Standard Island sahen einer glücklichen Zeit entgegen. Seit die Insel den beiden bedeutendsten Milliardären gehörte, schien sie noch unabhängiger, noch mehr ihr eigener Herr zu sein als zuvor! Vorher verband sie ein Tau mit Madeleine Bay, mit den Vereinigten Staaten, und dieses Tau hatte man gerade durchschnitten.

Jetzt konnte das große Fest beginnen!

Ist es nötig, die freudige Erwartung der beiden Hauptpersonen zu erwähnen, das Unbeschreibliche zu beschreiben, das Glück zu schildern, das sie umgab?

Die beiden Verlobten waren unzertrennlich. Was eine Vernunftheirat hatte scheinen mögen, war in Wahrheit eine Liebesheirat. Walter Tankerdon und Dy Coverley empfanden eine

Liebe füreinander, in der irgendwelche Interessen absolut keinen Platz hatten. Der junge Mann und das junge Mädchen besaßen jene Eigenschaften, die ein glückliches Leben garantieren. Er hatte ein goldenes Herz, dieser Walter, und der Leser möge versichert sein, daß Miss Dys Herz aus demselben Metall bestand – im übertragenen Sinn natürlich, nicht im wörtlichen, dem ihre Millionen eine gewisse Berechtigung hätten verleihen können. Sie waren füreinander geschaffen, und niemals hat dieser etwas banale Satz mehr der Wahrheit entsprochen. Sie zählten die Tage, ja die Stunden bis zum 27. Februar, und wenn sie etwas bedauerten, dann daß Standard Island sich nicht auf den 180. Längengrad zubewegte, denn von Westen her kommend, hätte man bei dessen Überquerung einen Tag aus dem Kalender streichen dürfen und wäre so dem Glück einen Tag näher gewesen. Aber nein! Vor den Neuen Hebriden sollte die Trauung stattfinden, und damit mußten sie sich abfinden.

Das aus Europa erwartete »Hochzeitsschiff« war übrigens immer noch nicht angekommen. Dabei hätten die beiden Verlobten gut und gerne auf all diesen Luxus verzichtet. Was sollten sie mit diesen fast königlichen Herrlichkeiten? Sie gaben sich ihre Liebe, und was brauchten sie mehr?

Doch ihre Familien, ihre Freunde, die gesamte Bevölkerung von Standard Island wünschten diese Zeremonie von außerordentlichem Glanz umgeben zu sehen, weshalb die Fernrohre immer noch beharrlich den östlichen Horizont absuchten. Jem Tankerdon und Nat Coverley hatten sogar eine Prämie für denjenigen ausgesetzt, der jenen Dampfer zuerst melden würde, den seine Maschinen bei der allgemeinen Ungeduld niemals schnell genug vorantreiben könnten.

Inzwischen war das Festprogramm mit größter Sorgfalt erstellt worden. Es umfaßte Wettspiele, Empfänge, eine zweimalige Trauung, einmal in der protestantischen Kirche und einmal in der katholischen Kathedrale, einen Galaabend im Rathaus und verschiedene Attraktionen im Park. Calistus Munbar überwachte alles selbst, war überall gleichzeitig, er schonte sich nicht, verausgabte sich völlig, ruinierte fast seine Gesundheit.

Die gesamte Bevölkerung von Milliard City defilierte an ihnen vorbei

Doch was konnte man tun? Sein Temperament riß ihn mit sich fort, man hätte ihn genausowenig bremsen können wie einen Zug in voller Fahrt.

Auch die Kantate war fertig. Yvernès, der Dichter, und Sébastien Zorn, der Musiker, hatten sich einander würdig erwiesen. Die Kantate würde vom imposanten Chor einer extra zu diesem Zweck gegründeten musikalischen Gesellschaft gesungen werden. Zweifellos würde es seine Wirkung nicht verfehlen, wenn sie bei Einbruch der Nacht auf dem elektrisch erleuchteten Platz vor dem Observatorium erklang. Danach würde die standesamtliche Trauung stattfinden, der um Mitternacht die kirchliche Zeremonie folgen sollte, inmitten der märchenhaften Festbeleuchtung von Milliard City.

Endlich wurde der erwartete Dampfer in der Ferne gesichtet. Ein Ausguck des Steuerbordhafens gewann die Prämie, die sich auf eine respektable Menge Dollars bezifferte.

Am 19. Februar um neun Uhr morgens legte der Dampfer im Hafen an, worauf man augenblicklich begann, ihn zu entladen.

Unnötig, im Detail zu beschreiben, aus welcher Art Schmuck, Roben, Accessoires und Kunstgegenständen sich diese hochzeitliche Fracht zusammensetzte. Es reicht wohl zu erwähnen, daß die Ausstellung dieser Kostbarkeiten in den geräumigen Salons des Palais Coverley einen noch nie dagewesenen Erfolg erlebte. Die gesamte Bevölkerung von Milliard City defilierte an ihnen vorbei. Zugegeben, wer über so sagenhafte Reichtümer verfügte, konnte es sich leisten, nur das Beste vom Besten zu erstehen. Doch man mußte diesen Finanzmagnaten auch zugestehen, mit wieviel Geschmack und Kunstsinn sie ihre Wahl getroffen hatten, was neidlos Bewunderung verdiente. Wem das aber nicht genügt, dem empfehlen wir, sich die Ausgaben des *Starboard Chronicle* und des *New Herald* vom 21. und 22. Februar zu besorgen, in denen ein Gesamtverzeichnis der ausgestellten Stücke erschien. Wer danach noch nicht zufriedengestellt ist, mag sich damit trösten, daß es auf dieser Welt die vollkommene Zufriedenheit nicht gibt.

»Donnerwetter!« war alles, was Yvernes sagte, nachdem er in

Die Wettkämpfe wurden mit letztem Einsatz bestritten

Begleitung seiner Freunde die Salons des Palais an der 15. Straße verlassen hatte.

»Sehr schön gesagt«, bemerkte Pinchinat. »Dabei könnte man richtig Lust bekommen, Miss Dy Coverley auch ohne Mitgift zu heiraten – nur um ihrer selbst willen!«

Das Brautpaar kümmerte sich, um die Wahrheit zu sagen, sehr wenig um diese Ansammlungen von Meisterwerken der Kunst und der Mode.

Seit der Ankunft des Dampfers hatte Standard Island wieder Fahrt aufgenommen, um im Westen die Neuen Hebriden anzulaufen. Erreichte man die Inselgruppe noch vor dem 27., würde man Kapitän Sarol und seine Begleiter nur absetzen und sofort die Rückreise antreten.

Daß sich der malaiische Kapitän im West-Pazifik so gut auskannte, würde die Navigation in diesen Gewässern erleichtern. Auf Wunsch von Kommodore Simcoe hatte Kapitän Sarol Stellung auf dem Turm des Observatoriums bezogen. Sobald die ersten Höhenzüge am Horizont auftauchten, würde man mit Leichtigkeit auf Eromanga, eine der östlichsten Inseln des Archipels, zuhalten können und so die zahlreichen Klippen der Neuen Hebriden umgehen.

War es Zufall, oder hatte Kapitän Sarol seine Hand dabei im Spiel gehabt, weil er an den Hochzeitsfeierlichkeiten noch teilnehmen wollte und Kommodore Simcoe deshalb mit einer gewissen Langsamkeit manövrieren ließ, daß die ersten Inseln erst am Morgen des 27. Februar, also genau am Hochzeitstag, in Sicht kamen?

Wie dem auch sei: die Ehe von Walter Tankerdon und Dy Coverley würde nicht weniger glücklich sein, nur weil sie vor den Neuen Hebriden geschlossen wurde, und da die guten Leute ihre Freude nicht verhehlten, noch bei den Feierlichkeiten dabei sein zu dürfen, so sollten sie das Vergnügen haben.

Zuerst passierte Standard Island einige verstreute Inselchen, dann nahm man nach den äußerst genauen Anweisungen von Kapitän Sarol Kurs auf Eromanga, indem man die Höhenzüge der Insel Tanna im Süden liegen ließ.

In diesen Breitengraden befanden sich Sébastien Zorn, Frascolin, Pinchinat und Yvernès nicht mehr weit – höchstens dreihundert Meilen – von den französischen Besitzungen in diesem Teil des Pazifiks, nämlich den Loyalitätsinseln und Neukaledonien, der Strafkolonie Frankreichs auf der anderen Seite der Erdkugel.

Eromanga ist eine im Innern sehr waldreiche, hügelige Insel mit weiten, fruchtbaren Ebenen an der Küste. Kommodore Simcoe hielt eine Meile vor der Cook-Bucht im Osten der Insel an. Es wäre unklug gewesen, sich ihr noch weiter zu nähern, denn ihre Korallenbänke ziehen sich dicht unter dem Wasserspiegel bis eine halbe Meile ins Meer hinaus. Zudem hatte Gouverneur Cyrus Bikerstaff nicht vor, hier oder auf einer anderen Insel des Archipels einen längeren Aufenthalt einzuschalten. Nach den Feierlichkeiten würden die Malaien von Bord gehen, und Standard Island würde Kurs auf den Äquator nehmen, um nach Madeleine Bay zurückzukehren.

Von ein Uhr mittags an blieb Standard Island stationär.

Auf Anordnung der Stadtverwaltung erhielt jedermann Urlaub, Beamte und Angestellte, Matrosen und Milizsoldaten, mit Ausnahme der wachhabenden Zöllner an den Außenposten der Küste, die nichts von ihrer Aufgabe ablenken durfte.

Das Wetter war herrlich, angenehm kühl durch eine frische Meeresbrise. Die Sonne blickte gnädig auf das junge Paar herab, wie man so sagt. »Die eingebildete Scheibe da oben scheint wirklich jeden Wunsch dieser Privatiers zu erfüllen!« rief Pinchinat. »Wenn sie ihr wie einst Josua befehlen würden, den Tag zu verlängern, ich glaube, sie täte es!... Oh, die Macht des Geldes...«

Die verschiedenen Punkte des vom Oberintendanten erdachten sensationellen Programms lassen sich gar nicht einzeln aufzählen. Ab drei Uhr strömten alle Bewohner von Standard Island, aus der Stadt, den Häfen und vom Land, im Park an den Ufern des Serpentine River zusammen. Die Honoratioren mischten sich leutselig unters Volk. Die Wettkämpfe wurden mit letztem Einsatz bestritten, woran die zu gewinnenden Preise vielleicht nicht ganz unschuldig waren. Überall im Park wurde getanzt, doch der glänzendste Ball fand in einem der großen Säle des Casinos statt, wo sich die jungen Leute gegenseitig an Eleganz und Lebhaftigkeit zu übertreffen suchten. Yvernés und Pinchinat ließen keinen Tanz aus, genausowenig wie sie es sich nehmen ließen, die hübschesten Milliardärstöchter aufzufordern. Noch nie zuvor war Seine Hoheit liebenswürdiger oder geistreicher gewesen, noch nie zuvor hatte er einen größeren Erfolg. Es wird also niemanden verwundern, daß er, als ihm eine seiner Partnerinnen nach einem turbulenten Walzer sagte: »Ah! Monsieur, ich bin wie aus dem Wasser gezogen!«, zu antworten wagte: »Aus Walzerwasser, Miss, aus Walzerwasser!«

Frascolin, der dieses schreckliche Wortspiel hörte, errötete bis über beide Ohren, und Yvernès, der es ebenfalls aufschnappte, fragte sich, ob den Freund für diese Art, Konversation zu machen, nicht doch noch eines Tages der Blitz treffen würde...

Die Familien Tankerdon und Coverley waren vollständig versammelt, und die reizenden Schwestern der Braut machten aus ihrer Freude über deren Glück kein Hehl. Miss Dy ging Arm in Arm mit Walter spazieren, was im freien Amerika nicht gegen die guten Sitten verstieß. Man klatschte und jubelte, wo diese sympathische Gruppe vorbeikam, beglückwünschte sie, schenkte ihr Blumen, wofür diese sich mit größter Liebenswürdigkeit bedankte.

Erfrischende Getränke flossen in Strömen, und die gute Laune der Feiernden wuchs von Stunde zu Stunde.

Bei Einbruch der Nacht erstrahlte der Park im elektrischen Licht, das die Aluminium-Monde auf ihn niederströmen ließen. Die Sonne hatte gut daran getan, hinter dem Horizont zu verschwinden, denn sie wäre beschämt worden von diesem künstlichen Glanz, der die Nacht zum Tage machte.

Zwischen neun und zehn Uhr wurde die Kantate aufgeführt. Beide, Dichter und Komponist, erlebten einen so triumphalen Erfolg, daß möglicherweise sogar der Cellist für einige Augenblicke seine ungerechtfertigten Vorurteile gegen das Juwel des Pazifiks vergaß.

Es schlug genau elf, als der lange Hochzeitszug zum Rathaus

aufbrach. Walter Tankerdon und Miss Dy gingen zwischen ihren Angehörigen. Die ganze Bevölkerung begleitete sie die 1. Straße hinauf.

Gouverneur Cyrus Bikerstaff erwartete sie im großen Salon des Rathauses. Am Ende seiner administrativen Karriere würde also diese schönste aller Trauungen stehen.

Plötzlich hörte man Schreie aus den Außenquartieren der Backbordhälfte.

Der Hochzeitszug hielt auf halbem Wege an.

Die Schreie wurden lauter, und in der Ferne knallten Gewehrschüsse.

Kurz darauf kamen einige Zöllner – mehrere davon verwundet – über den Rathausplatz auf sie zugestürzt.

In der Menge breitete sich jenes sinnlose Entsetzen aus, das man angesichts einer unbekannten Bedrohung verspürt.

Da erschien Cyrus Bikerstaff auf der Freitreppe des Rathauses, gefolgt von Kommodore Simcoe, Oberst Steward und einigen Ratsherren.

Auf ihre Fragen antworteten die Zöllner, Standard Island sei von drei- bis viertausend neuhebridischen Eingeborenen unter der Führung von Kapitän Sarol überfallen worden.

ELFTES KAPITEL

ANGRIFF UND VERTEIDIGUNG

So also begann das heimtückische Komplott, das Kapitän Sarol geschmiedet hatte und das er nun mit Hilfe seiner Matrosen, den Leuten, die man von Samoa mitgenommen hatte, und den Eingeborenen von Eromanga und dessen Nachbarinseln in die Tat umsetzte. Doch wie würde es enden? Das ließ sich bei den Bedingungen, unter denen sich dieser brutale Überraschungsangriff vollzog, keineswegs voraussehen.

Die Gruppe der Neuen Hebriden besteht aus nicht weniger als hundertfünfzig Inseln, die, geographisch zu Australien gehörend, unter englischem Protektorat standen. Indessen stellte die Frage des Protektorats hier wie auch im Fall der weiter nordwestlich liegenden Salomoninseln einen ständigen Zankapfel zwischen Frankreich und dem Vereinten Königreich dar. Überdies sahen die Vereinigten Staaten die Einrichtung europäischer Kolonien in einem Ozean, bei dem sie sich schon lange bemühten, ihn als ihr alleiniges Einflußgebiet zu beanspruchen, nicht gerade gern. Indem es auf all diesen Gruppen sein Banner pflanzte, versuchte Großbritannien Nachschub-Stationen zu schaffen, die es bitter nötig haben würden, falls sich die australischen Kolonien seiner Schirmherrschaft entzogen.

Die Bevölkerung der Neuen Hebriden setzt sich aus Negern und Malaien kanakischen Ursprungs zusammen. Charakter, Temperament und Instinkt dieser Eingeborenen variieren allerdings, je nachdem ob sie von den nördlichen oder südlichen Inseln stammen – was es gestattet, den Archipel in zwei Hälften zu teilen.

Auf der nördlichen Gruppe, der Insel Santo, der Saint-Philipps-Bucht, trifft man einen größeren Menschenschlag an, hellhäutiger, mit weniger krausem Haar. Diese untersetzten, kräftigen Männer von sanfter, friedfertiger Veranlagung hatten nie europäische Schiffe oder Handelshäuser angegriffen. Das gleiche kann man auch von der Insel Sandwich oder Vate sagen, die mehrere blühende Dörfer zählte, unter anderem Port-Vila, Hauptort des Archipels, der auch den Namen Franceville trug, wo die französischen Kolonisten vom Reichtum eines ungemein fruchtbaren Bodens profitieren, von den üppigen Weiden, den Feldern, die sich hervorragend für Kaffee-, Bananen- und Kokosplantagen eigneten, und der ertragreichen Industrie der Kopra-Herstellung. In dieser Gruppe hatten sich die Gewohnheiten der Eingeborenen seit der Ankunft der Europäer vollkommen verändert. Ihr moralisches und geistiges Niveau war gestiegen. Dank der Anstrengungen der Missionare waren die früher so häufigen Szenen von Kannibalismus völlig vom Angesicht dieser Inseln verschwunden. Unglücklicherweise starb die kanakische Rasse langsam aus, sehr zum Nachteil dieser nördli-

Sie stürmten über die knapp unter dem Wasserspiegel liegenden Korallenbänke

chen Gruppe, wo sie sich durch den Kontakt mit der europäischen Zivilisation weiterentwickelt hatte.

Allerdings wäre dieses Bedauern in bezug auf die südliche Gruppe ausgesprochen fehl am Platze. Nicht umsonst hatte Kapitän Sarol seine Komplizen für das verbrecherische Unternehmen gegen Standard Island unter den Bewohnern der südlichen Hälfte gesucht. Auf diesen Inseln waren die Eingeborenen noch richtige Papuas, die auf der untersten Stufenleiter menschlicher Entwicklung standen, was für Tanna ebenso galt wie für Eromanga. Von letzterer wird schließlich gesagt, »wenn diese Insel sprechen könnte, würde sie Dinge erzählen, daß einem die Haare zu Berge stehen«.

Tatsächlich war die Rasse dieser Kanaken niedrigeren Ursprungs nicht wie auf den nördlichen Inseln durch polynesisches Blut aufgefrischt worden. Auf Eromanga war es den anglikanischen Missionaren, von denen seit 1839 fünf ermordet worden waren, nicht gelungen, auch nur die Hälfte der zweitausendfünfhundert Eingeborenen zum christlichen Glauben zu bekehren. Jedoch konvertiert oder nicht, stellten sie immer noch dieselben aggressiven Wilden dar, die ihren traurigen Ruf zweifellos verdienten, obwohl sie schmächtiger waren und körperlich weniger robust als die Eingeborenen der nördlichen Inseln. Daher setzten sich Touristen, die es wagten, die südliche Gruppe zu besuchen, ernsthaften Gefahren aus.

Dazu lassen sich verschiedene Beispiele anführen:

So enterten vor ungefähr fünfzig Jahren Piraten die Brigg *Aurore*, was zu strengen französischen Vergeltungsmaßnahmen führte. 1869 wurde der Missionar Gordon mit Knüppeln zu Tode geprügelt. 1875 lockten Kannibalen die Besatzung eines englischen Schiffes heimtückisch in eine Falle, machten sie nieder und fraßen sie anschließend auf. 1894 fielen auf der Insel Rossel ein französischer Kaufmann und seine Arbeiter sowie der Kapitän eines chinesischen Frachters und dessen Mannschaft diesen Anthropophagen zum Opfer. Schließlich mußte der englische Kreuzer *Royalist* zu einer Strafaktion gegen diese wilden Stämme ausgeschickt werden, die so viele Europäer auf dem

Gewissen hatten. Und als Pinchinat, der ja gerade erst den Zähnen der Fidschianer entgangen war, jetzt diese Geschichten hörte, hütete er sich, sie mit einem Schulterzucken abzutun.

Unter solchen Menschen also hatte Kapitän Sarol seine Komplizen rekrutiert. Als Lohn für ihre Hilfe hatte er ihnen die Plünderung dieser schwimmenden Schatzkiste versprochen, von deren Bewohnern keiner verschont werden sollte. Die Horde, die Standard Islands Ankunft erwartete, setzte sich aus den Eingeborenen von Eromangas Nachbarinseln zusammen, die von ihm nur durch schmale Meeresarme getrennt sind. Die meisten stammten vom fünfunddreißig Meilen weiter südlich liegenden Tanna, das die zähen Insulaner des Wanissi-Distrikts ausgesandt hatte, fanatische Anhänger des Gottes Teapolo, praktisch nackte Ureinwohner vom sogenannten »Schwarzen Strand« Sangalli, die gefürchtetsten Krieger im ganzen Archipel. Doch aus der Tatsache, daß die nördliche Gruppe vergleichsweise zivilisiert war, zu schließen, sie habe Kapitän Sarol in keiner Weise unterstützt, wäre ein Irrtum.

Im Norden von Sandwich lag Api mit seinen achtzehntausend Einwohnern, wo man seine Gefangenen auffraß, und zwar bekamen die jungen Leute den Rumpf, die erwachsenen Männer Arme und Beine, und Hunde und Schweine die Innereien. Da gab es Paama, deren Bewohner an Wildheit denen von Api in nichts nachstanden. Es gab Mallicolo mit seinen anthropophagischen Kanaken. Und schließlich gab es Aurora, eine der schlimmsten Inseln des ganzen Archipels, wo kein einziger Weißer lebte, wo vor wenigen Jahren die gesamte Besatzung eines französischen Kutters abgeschlachtet worden war. Von all diesen Inseln hatte Kapitän Sarol Verstärkung erhalten.

Sobald Standard Island Eromanga erreicht hatte, sobald sie nur noch wenige Kabellängen von dessen Küste entfernt war, hatte Kapitän Sarol das mit den Eingeborenen verabredete Signal gegeben.

In wenigen Minuten hatten drei- bis viertausend Wilde über die knapp unter dem Wasserspiegel liegenden Korallenbänke Standard Island erstürmt.

Die Milliardäre schwebten in höchster Gefahr, denn die neuhebridischen Angreifer würden vor keiner Gewalttätigkeit, vor keiner Brutalität zurückschrecken. Sie hatten außerdem den Vorteil der Überraschung auf ihrer Seite und waren bis auf die Zähne bewaffnet, nicht nur mit langen Speeren, deren Knochenspitzen gefährliche Wunden beibringen konnten, und mit Giftpfeilen, sondern auch mit jenen auf den Inseln weit verbreiteten Snydergewehren.

Auf Standard Island galt es nun, unverzüglich alle wehrfähigen Männer, die Miliz, Seeleute und Beamten zusammenzurufen, um dieses von langer Hand vorbereitete Attentat des Kapitäns Sarol abzuwehren.

Cyrus Bikerstaff, Kommodore Simcoe und Oberst Steward bewahrten die gewohnte Kaltblütigkeit. Der König von Malekarlien bot seine Dienste an, und wenn er auch nicht mehr die Kraft der Jugend besaß, so hatte er doch noch immer deren Mut. Die Eingeborenen näherten sich von der Seite des Backbordhafens her, wo der Hafenoffizier den Widerstand zu organisieren versuchte. Aber zweifelsohne würden die Horden in Kürze über die Stadt herfallen.

Es wurde Befehl gegeben, unverzüglich alle Tore von Milliard City zu schließen, da sich ja fast die gesamte Bevölkerung zu den Hochzeitsfeierlichkeiten in der Stadt versammelt hatte. Daß die Felder und der Park verwüstet würden, mußte man hinnehmen. Daß die beiden Kraftwerke und die Häfen zerstört würden, stand zu befürchten. Daß die Rammsporn- und die Heckbatterie in die Hände der Malaien fiel, konnte nicht verhindert werden. Welch ein Unglück, wenn die Wilden auf die Idee kommen sollten, die Artillerie von Standard Island gegen die Stadt zu richten, denn es war ja nicht ausgeschlossen, daß die Malaien sie zu bedienen wußten ...

Als erstes brachte man auf Vorschlag des Königs von Malekarlien die meisten Frauen und Kinder ins Rathaus.

Das große Gebäude, wie auch die ganze Insel, lag in völliger Finsternis, da die Arbeiter des Elektrizitätswerkes vor den Angreifern hatten fliehen müssen.

Unterdessen hatte Kommodore Simcoe die im Rathaus eingelagerten Waffen an Milizsoldaten und Seeleute verteilt; an Munition würde es ihnen nicht fehlen. Nachdem er Miss Dy in der Obhut von Mrs. Tankerdon und Mrs. Coverley zurückgelassen hatte, schloß sich Walter Tankerdon der Gruppe von Jem Tankerdon, Nat Coverley, Calistus Munbar, Pinchinat, Yvernès, Frascolin und Sébastien Zorn an.

»Na, dann los«, murmelte der Cellist. »Wenn es denn schon auf diese Weise enden muß...«

»Was reden Sie da von Ende?« rief der Oberintendant. »Wir werden doch nicht unser geliebtes Standard Island von einer Handvoll Kanaken zerstören lassen!«

Gut gesprochen, Calistus Munbar! Und wir begreifen, daß dich die Wut fast zerreißt beim Gedanken an diese neuhebridischen Schurken, die ein so gut organisiertes Fest unterbrochen haben. Blieb nur zu hoffen, daß man den Feind würde zurückwerfen können, obwohl er – wenn auch bei zahlenmäßiger Unterlegenheit – den Vorteil der Offensive besaß.

Aus der Richtung der zwei Häfen krachten ununterbrochen Schüsse. Kapitän Sarol hatte begonnen, die Maschinen zu stoppen, so daß sich Standard Island nicht von Eromanga, seinem Operationsgebiet, entfernen konnte.

Der Gouverneur, der König von Malekarlien, Kommodore Simcoe und Oberst Steward, die die Verteidigung leiteten, hatten zuerst daran gedacht, einen Ausfall zu wagen, aber dabei hätte man sicher zu viele dringend benötigte Männer verloren. Man hatte von diesen Wilden genausowenig Gnade zu erwarten wie von den Raubtieren, die Standard Island vor vierzehn Tagen überfallen hatten. Außerdem mußte man befürchten, sie würden die schwimmende Insel auf die Riffe von Eromanga auflaufen lassen, um sie hinterher besser plündern zu können.

Eine Stunde später standen die Angreifer vor den eisernen Toren von Milliard City. Sie versuchten, sie niederzureißen, doch sie hielten stand. Sie versuchten hinüberzuklettern, doch da empfing sie ein Kugelhagel.

Da ihm der Überraschungsangriff auf Milliard City nicht

ganz gelungen war und es schwierig wurde, bei völliger Finsternis die Stadt einzunehmen, befahl Kapitän Sarol den Rückzug in den Park und die Felder, um den Morgen abzuwarten.

Zwischen vier und fünf Uhr morgens erschien am östlichen Horizont der erste Lichtschein. Ungefähr die Hälfte der Milizsoldaten und Seeleute unter dem Kommando von Kommodore Simcoe und Oberst Steward nahmen auf dem Platz vor dem Observatorium Aufstellung, da man annahm, daß Kapitän Sarol versuchen würde, das Tor auf dieser Seite aufzubrechen. Die andere Hälfte der Verteidiger blieb im Rathaus. Da von außen keinerlei Hilfe zu erwarten war, hing alles davon ab, die Eingeborenen daran zu hindern, in die Stadt einzudringen.

Das Quartett hatte sich jener Gruppe angeschlossen, die ihren Offizieren zum anderen Ende der 1. Straße folgten.

»Da ist man nun glücklich den Menschenfressern der Fidschiinseln entronnen, und dann muß man seine Koteletts gegen die Menschenfresser der Neuen Hebriden verteidigen!« rief Pinchinat.

»Sie werden uns nicht so einfach auffressen, zum Teufel!« entgegnete Yvernès.

»Die sollen mich kennenlernen, ich werde mich bis zu meinem letzten Glied verteidigen, wie die Helden von Labiche«, fügte Yvernès hinzu.

Sébastien Zorn enthielt sich jeden Kommentars. Man wußte ja, was er über dieses Abenteuer dachte, was ihn aber nicht hinderte, seine Pflicht zu erfüllen.

Schon im ersten Morgengrauen krachten Schüsse durch das Gitter des Platzes. Mutige Verteidigung innerhalb der Stadttore. Auf beiden Seiten gab es Verluste. Jem Tankerdon wurde leicht an der Schulter verletzt, wollte jedoch seinen Posten nicht verlassen. Nat Coverley und Walter kämpften in der ersten Linie. Der König von Malekarlien nahm ohne Furcht vor den Kugeln der Snyder Kapitän Sarol aufs Korn, der inmitten seiner Rotte kämpfte.

Aber es waren einfach zu viele Angreifer! Alles, was Eromanga, Tanna und ihre Nachbarinseln an Kriegern hatten aufbringen können, warf sich auf Milliard City. Wie Kommodore Simcoe allerdings feststellte, wurde Standard Island glücklicherweise nicht auf Eromanga zugetrieben, sondern von einer leichten Strömung in Richtung der nördlichen Inseln getragen, wenn auch leider nicht hinaus aufs offene Meer.

Nichtsdestotrotz verstrich die Zeit, die Insulaner verdoppelten ihre Anstrengungen, und trotz heftiger Gegenwehr würden die Verteidiger sie nicht mehr lange zurückhalten können. Vor der brüllenden Horde, die auf den Platz stürmte, war Kommodore Simcoe gezwungen, sich zum Rathaus zurückzuziehen, das man wie eine Festung verteidigen würde.

Milizsoldaten und Seeleute wichen Schritt für Schritt zurück. Man hoffte, die neuhebridischen Angreifer würden sich jetzt, da sie die eiserne Umzäunung niedergerissen hatten, von ihrem Instinkt zur Plünderung übermannt, in die verschiedenen Stadtviertel zerstreuen, was den Milliardären einen gewissen Vorteil verschaffen würde...

Allein vergeblich! Kapitän Sarol hielt seine Schar in der 1. Straße zusammen. Auf diesem Weg würden sie zum Rathaus vorstoßen, wo sie den letzten Widerstand der Belagerten brechen würden. Die Einnahme des Rathauses bedeutete den Sieg, dann würde die Stunde der Plünderungen und Massaker schlagen.

»Es sind einfach zu viele!« wiederholte Frascolin, dem gerade ein Speer den Arm geritzt hatte.

Während des ganzen Rückzugs ging ein wahrer Pfeil- und Kugelregen auf die Verteidiger nieder.

Gegen zwei Uhr hatte man sie bereits bis zum Rathausplatz zurückgedrängt. Auf beiden Seiten zählte man schon gut fünfzig Tote und etwa zwei- bis dreimal so viele Verletzte. Noch bevor die Wilden das Rathaus erstürmen konnten, stürzte man hinein, verschanzte sich dort und befahl Frauen und Kindern in den inneren Räumen Schutz zu suchen, außer Reichweite der Projektile. Dann nahmen Cyrus Bikerstaff, der König von Malekarlien, Kommodore Simcoe, Oberst Steward, Jem Tankerdon und Nat Coverley, ihre Freunde, die Milizsoldaten und Seeleute an den Fenstern Aufstellung, worauf der Feuerwechsel mit unverminderter Heftigkeit weiterging.

»Wir müssen die Stellung halten, das ist unsere letzte Chance«, sagte der Gouverneur. »Aber ich glaube, uns kann nur noch ein Wunder retten.«

Kapitän Sarol hatte siegesgewiß den Befehl zum Sturm des Rathauses erteilt, obgleich er sich damit eine harte Aufgabe vornahm. Es würde schwer sein, die massiven Türen ohne den Einsatz von Artillerie aufzubrechen. Die Eingeborenen stürmten mit Äxten gegen sie an, wobei ihnen indessen die Salven aus den Fenstern große Verluste zufügten. Das vermochte zwar ihren Anführer nicht aufzuhalten, aber was wäre, wenn er fiele? Vielleicht würde sein Tod das Blatt wenden?...

Zwei Stunden vergingen. Das Rathaus hielt immer noch stand. Sosehr sich die Reihen der Angreifer auch lichteten, sie füllten sich immer wieder auf. Vergeblich versuchten die besten Schützen, Jem Tankerdon und Oberst Steward, Kapitän Sarol außer Gefecht zu setzen. Während seine Leute um ihn herum fielen wie die Fliegen, schien er selbst unverwundbar.

Und nicht er wurde bei einem besonders heftigen Schußwechsel niedergestreckt, sondern Cyrus Bikerstaff, den die Kugel einer Snyders auf dem Balkon mitten ins Herz traf. Er stürzte, röchelte noch einige Worte, ein Blutschwall ergoß sich aus seinem Mund. Man trug ihn in einen der hinteren Salons, wo er alsbald den letzten Atemzug tat. So fiel der erste Gouverneur von Standard Island, ein geschickter Administrator, ein großherziger und ehrenhafter Mensch.

Der Ansturm setzte sich mit verdoppelter Verbissenheit fort. Es war nur noch eine Frage der Zeit, bis die Türen unter den Axthieben der Eingeborenen nachgaben. Wie sollte man dann die Angreifer daran hindern, in diese letzte Festung von Standard Island einzudringen? Wie Frauen und Kinder, alle, die sich darin verschanzt hatten, davor bewahren, bis auf den letzten Mann niedergemacht zu werden?

Der König von Malekarlien, Ethel Simcoe und Oberst Steward diskutierten die Möglichkeit, durch die Hintertüren des

Auf beiden Seiten wurde geschossen

Rathauses zu fliehen. Aber wo sollte man dann Schutz suchen? ... Bei der Heck-Batterie?...Würde man überhaupt bis dorthin kommen?...In einem der Häfen?...Aber hatten die Eingeborenen diese nicht schon besetzt?...Und die zahlreichen Verwundeten, sollte man sie einfach ihrem Schicksal überlassen?...

In diesem Augenblick geschah etwas, was die Situation grundlegend änderte.

Der König von Malekarlien war auf den Balkon hinausgetreten, ohne sich um den Pfeil- und Kugelhagel zu kümmern, der rings um ihn niederging. Er brachte sein Gewehr in Anschlag, zielte auf Kapitän Sarol, genau in dem Moment, da eine der Türen nachzugeben drohte, und –

Kapitän Sarol fiel tot zu Boden.

Entsetzt über den Tod ihres Anführers wichen die Malaien mit Sarols Leiche zurück und flohen in Massen durch die Stadttore.

Fast gleichzeitig ertönten Schreie und Schüsse vom anderen Ende der 1. Straße.

Was ging dort vor?...Waren die Verteidiger der Häfen und Batterien im Vormarsch? Wollten sie der Stadt zu Hilfe eilen? ...Versuchten sie trotz ihrer geringen Zahl, den Eingeborenen in den Rücken zu fallen?...

»Eine heftige Schießerei auf der Seite des Observatoriums?...« wunderte sich Oberst Steward.

»Bestimmt ist Verstärkung für diese Schurken eingetroffen!« entgegnete Kommodore Simcoe.

»Das glaube ich nicht, denn das würde die Gewehrschüsse dort unten nicht erklären«, meinte der König von Malekarlien.

»Ja!... es gibt etwas Neues«, rief Pinchinat, »und zwar etwas Neues zu unseren Gunsten!«

»Da seht nur, wie sie alle Reißaus nehmen!« triumphierte Calistus Munbar.

»Auf, meine Freunde«, sagte der König von Malekarlien, »jagen wir diese Mordbuben aus unserer Stadt!«

Offiziere, Miliz, Seeleute und alle übrigen Verteidiger stiegen ins Erdgeschoß hinunter, um aus der großen Tür zu stürzen.

Es war nur noch eine Frage der Zeit . . .

Der Rathausplatz lag schon völlig verlassen da, leergefegt von den Wilden, die in panischer Flucht davonrannten, die einen die 1. Straße hinunter, die andern durch deren Querstraßen.

Was aber war der Grund für diese schnelle, unerwartete Wendung der Dinge?... Durfte man sie allein dem Verschwinden von Kapitän Sarol zuschreiben, der daraus folgenden Führerlosigkeit der Eingeborenen?... Konnte man es wirklich ausschließen, daß sich die zahlenmäßig so überlegenen Angreifer, noch dazu in dem Augenblick, da sie das Rathaus schon erobert hatten, durch den Tod ihres Anführers derart entmutigen ließen?

Angeführt von Kommodore Simcoe und Oberst Steward stürmten ungefähr zweihundert Mann von Miliz und Marine zusammen mit Jem Tankerdon und seinem Sohn Walter, Nat Coverley, Frascolin und seinen Kameraden die 1. Straße hinunter, wobei sie die Fliehenden vor sich hertrieben, die nicht einmal mehr zurückschossen, sondern ihre Snyders, Bogen und Speere einfach wegwarfen.

»Ihnen nach... ihnen nach!« brüllte Kommodore Simcoe mit weithin hallender Stimme.

Währenddessen erklang vom Observatorium noch lauterer Schlachtenlärm... kein Zweifel, dort wurde mit fürchterlicher Verbissenheit gekämpft...

Dann war also doch jemand Standard Island zu Hilfe geeilt?...Aber wer, und woher?...

Wie dem auch sei, die Angreifer flohen von unerklärlicher Panik ergriffen nach allen Seiten. Wurden sie demnach doch von einer Verstärkung bedrängt, die vom Backbordhafen herkam?...

Ja... von tausend neuhebridischen Eingeborenen, unter der Führung der französischen Siedler von Sandwich!

Und so war es zu dieser unerwarteten, geradezu wundersamen Rettung gekommen:

Seit der vorangegangenen Nacht war Standard Island immer näher an Sandwich herangedriftet, wo sich, wir haben es nicht vergessen, eine blühende französische Kolonie befand. Als die Siedler vom Angriff Kapitän Sarols auf Standard Island erfuhren, beschlossen sie, mit Unterstützung der tausend ihnen ergebenen

Eingeborenen der Insel der Milliardäre zu Hilfe zu kommen. Allein man verfügte nicht über genügend Schiffe, um so viele Menschen überzusetzen....

Zur großen Freude dieser rechtschaffenen Männer trieb die Strömung Standard Island jedoch im Laufe des Morgens auf die Höhe von Sandwich. Sogleich sprang man in sämtliche vorhandenen Fischerboote und ging im Backbordhafen an Land, gefolgt von den Eingeborenen, die die kurze Strecke fast alle schwimmend zurücklegten.

Augenblicklich stießen die Männer, die bei den Batterien und in den Häfen geblieben waren, zu ihnen, worauf man gemeinsam durch die Felder und den Park nach Milliard City vorrückte. Dank dieser Ablenkung fiel das Rathaus nicht in die Hände der durch den Tod ihres Anführers schon etwas kopflos gewordenen Angreifer.

Zwei Stunden später sahen die von allen Seiten her bedrängten Wilden keine andere Möglichkeit mehr, als sich ins Meer zu stürzen, um auf die Insel Sandwich zu entkommen, aber die meisten fielen noch im Wasser unter den Kugeln der Miliz.

Standard Island war gerettet! Plünderungen, Massaker oder gar vollständige Zerstörung der schwimmenden Insel brauchte man nicht mehr zu befürchten.

Man könnte wohl annehmen, der glückliche Ausgang eines so fürchterlichen Kampfes würde die Sieger in einen Freudentaumel verfallen oder in inbrünstige Dankgebete versinken lassen, aber weit gefehlt! Diese Amerikaner! Nach ihren Reaktionen zu urteilen, schienen sie über den Ausgang der Schlacht nicht im geringsten erstaunt, ja schienen ihn vorausgeahnt zu haben. Und dennoch, wie wenig hatte gefehlt, und der Anschlag von Kapitän Sarol hätte zu einer Katastrophe geführt!

Auf jeden Fall darf man annehmen, daß sich die Besitzer von Standard Island dazu gratulierten, sich einen Besitz von zwei Milliarden erhalten zu haben, und das in einem Augenblick, da die Heirat von Walter Tankerdon und Dy Coverley die Zukunft der Insel ein für alle Mal sichern sollte.

Als sich die beiden Verlobten wiedersahen, fielen sie sich in die

Arme, was übrigens niemand für unschicklich hielt. Sollten sie schließlich nicht schon seit vierundzwanzig Stunden verheiratet sein?...

Kein Beispiel ultra-amerikanischer Zurückhaltung fand sich dagegen in dem Empfang, den unsere Pariser Künstler den französischen Kolonisten von Sandwich bereiteten. Innige Händedrücke wurden ausgetauscht, und das Quartett wurde von seinen Landsleuten stürmisch beglückwünscht! Wenn sie auch selbst von allen Kugeln verschont geblieben waren, so hatten die vier doch ihre Pflicht deswegen nicht weniger schneidig erfüllt! Der hochverehrte Athanase Dorémus hingegen war ruhig in seinem Tanzsaal im Casino geblieben, wo er den Schüler erwartete, der sich so hartnäckig weigerte zu kommen... und wer hätte es ihm verübeln können?...

Eine Ausnahme von dem allgemeinen amerikanischen Gleichmut bildete nur Calistus Munbar. Wie konnte ein Nachfahre des berühmten Barnum auch anders reagieren? So ultra-Yankee er war, seine Freude über den Sieg kannte keine Grenzen.

Nach dem glücklichen Ausgang des Kampfes war der König von Malekarlien in Begleitung der Königin in sein Haus in der 37. Straße zurückgekehrt. Der Notabeln-Rat beschloß hernach, ihm öffentlich für seinen Mut und Einsatz im Dienste des Gemeinwohls zu danken.

Standard Island war zwar gerettet, aber was für einen Preis hatte man dafür bezahlen müssen! Cyrus Bikerstaff gefallen, mehr als sechzig Milizsoldaten und Seeleute von den Kugeln und Pfeilen der Gegner niedergestreckt, und beinahe ebenso viele Opfer gab es unter den Beamten, Angestellten und Geschäftsleuten zu beklagen, die sich alle sehr tapfer geschlagen hatten. Ganz Standard Island trauerte um diese Helden, die man niemals vergessen würde.

Im übrigen brachten die Milliardäre mit der ihnen eigenen Schnelligkeit ihre Stadt wieder in Ordnung. Nach einem Aufenthalt von wenigen Tagen vor Sandwich waren alle Spuren des blutigen Kampfes verschwunden.

Über die Frage der militärischen Gewalt gab es in dieser Zeit keinerlei Diskussionen. Weder Jem Tankerdon noch Nat Coverley machten irgendwelche Ansprüche geltend. Man war sich völlig einig, daß der militärische Oberbefehl in die Hände von Kommodore Simcoe gehörte. Später würde eine Wahl über die wichtige Frage des neuen Gouverneurs von Standard Island entscheiden.

Am nächsten Morgen rief eine eindrückliche Zeremonie die Bevölkerung der Insel am Quai des Steuerbordhafens zusammen. Die Leichen der Malaien und Eingeborenen wurden ins Meer geworfen, während die Leichen der im Kampf um die schwimmende Insel getöteten Mitbürger in der protestantischen Kirche oder in der Kathedrale feierlich aufgebahrt wurden. Um Gouverneur Cyrus Bikerstaff, aber auch um den einfachsten aller Bürger trauerte man in innigem Gebet.

Schließlich vertraute man alle Toten einem der schnellsten Dampfer von Standard Island an, der die sterblichen Hüllen all dieser Helden nach Madeleine Bay bringen sollte, wo sie in geweihter Erde beigesetzt würden.

ZWÖLFTES KAPITEL

DIE GEISTER SCHEIDEN SICH

Standard Island verließ die Gewässer von Sandwich am 3. März. Vor der Abfahrt hatten die Milliardäre den französischen Siedlern und den ihnen untergebenen Eingeborenen noch einmal ihren tiefempfundenen Dank ausgesprochen. Man ließ hier wahre Freunde zurück, weshalb man beschloß, diese Insel der Neuen Hebriden von nun an jedes Jahr anzulaufen.

Unter der Leitung von Kommodore Simcoe waren die nötigen Reparaturen rasch beendet. Erstaunlicherweise hatte es allerdings relativ wenig ernsthafte Schäden gegeben. Alle Maschinen der Kraftwerke waren intakt; der Ölvorrat reichte noch für mehrere Wochen. Die Insel der Milliardäre würde nun so schnell wie möglich in jenen Teil des Pazifiks zurückkehren, in dem sie mit Hilfe der unterseeischen Kabel wieder Kontakt mit Madeleine Bay aufnehmen konnte, weshalb man die Gewißheit besaß, daß die Seereise ohne weitere Enttäuschungen enden würde. In weniger als vier Monaten würde Standard Island an der amerikanischen Küste anlegen.

»Hoffen wir das Beste«, meinte Sébastien Zorn, während der Oberintendant wie gewöhnlich von der glänzenden Zukunft seines einmaligen Wasserfahrzeugs schwärmte.

»Aber«, bemerkte Calistus Munbar, »welche Lektion hat man uns erteilt! Diese so dienstfertigen Malaien und dieser Sarol, kein Mensch wäre auf die Idee gekommen, sie zu verdächtigen! Das war aber nun wirklich das allerletzte Mal, daß Standard Island Fremde an Bord genommen hat!« »Und was ist mit Schiffbrüchigen?«

»Mein Guter, ich kann wirklich an keinen Schiffbruch und keine Schiffbrüchigen mehr glauben!«

Nach dem Tod von Cyrus Bikerstaff hatte Milliard City keinen Bürgermeister mehr, und wie wir wissen, hatten auch seine ehemaligen Stellvertreter ihre Ämter niedergelegt. Damit wurde es dringend erforderlich, einen neuen Gouverneur zu wählen.

Da für den Augenblick kein geeigneter Kandidat zur Verfügung stand, konnte aufgrund des Fehlens eines Standesbeamten auch die Hochzeit von Walter Tankerdon und Dy Coverley nicht stattfinden, eine Schwierigkeit, die ohne die Machenschaften des elenden Sarol nie eingetreten wäre. Nicht nur die beiden Verlobten, sondern alle Honoratioren von Milliard City, ja die gesamte Bevölkerung wollte diese Trauung möglichst schnell vollzogen wissen, denn sie bildete die sicherste Garantie für eine glückliche Zukunft. Man durfte nicht länger warten, da Walter Tankerdon schon die Absicht äußerte, sich auf einem Dampfer mit den beiden Familien zum nächstliegenden Archipel bringen zu lassen, wo ein Bürgermeister die Trauung vornehmen konnte. Zum Teufel! Schließlich gab es Bürgermeister auf Samoa, Tonga oder den Marquesas, und bei Volldampf könnte man schon in weniger als einer Woche...

Aber Gott sei Dank war der ungeduldige Bräutigam Vernunftgründen noch zugänglich, denn in einigen Tagen würde ja der neue Gouverneur gewählt sein ... und als seine erste Amtshandlung würde er mit großem Pomp die so sehnlichst erwartete Trauung vollziehen, ... man würde das gesamte Festprogramm noch einmal ablaufen lassen ... »Ein Bürgermeister muß her!« Nur dieser Satz war in aller Munde! ...

»Hoffentlich gehen bei dieser Wahl die alten Rivalitäten nicht wieder von vorne los! Wer weiß, vielleicht schwelen sie noch im Untergrund«, bemerkte Frascolin.

Das durfte auf keinen Fall passieren, Calistus Munbar würde sich lieber in Stücke reißen lassen, als die Dinge nicht zu einem guten Ende zu bringen.

»Und außerdem«, rief er, »ist da ja noch unser Liebespaar, und Sie werden mit mir einer Meinung sein, daß Eigenliebe gegenüber Liebe kein leichtes Spiel hat!«

Standard Island bewegte sich weiter nach Nordosten auf jenen Punkt zu, wo sich der 12. Grad südlicher Breite und der 175. Grad westlicher Länge schneiden. Dort wollte man, wie in einem letzten Kabeltelegramm vor dem Aufenthalt bei den Neuen Hebriden vereinbart, mit dem Versorgungsdampfer aus Madeleine Bay zusammentreffen. Die Lebensmittelfrage machte dem Kommodore, nebenbei gesagt, keine Sorge, man besaß noch genug Reserven für mehr als einen Monat. Dagegen mangelte es an Informationen über politische Ereignisse in Europa und Amerika. *Starbord Chronicle* und *New Herald* beklagten sich bitter. Doch wen kümmerte das! War nicht Standard Island eine kleine Welt für sich, und was hatte man mit dem zu schaffen, was auf der übrigen Welt passierte? Was ging die Inselbewohner die Politik anderer Staaten an, schließlich standen der Insel selbst bald wichtige Ereignisse dieser Art bevor.

Tatsächlich hatte der Wahlkampf begonnen. Jeder versuchte, die dreißig Mitglieder des Rats, in dem Backbord- und Steuerbordbewohner über die gleiche Stimmenzahl verfügten, zu beeinflussen. Eines war von Anfang an klar, daß die Wahl des neuen Gouverneurs nicht ohne Diskussionen ablaufen würde, denn Jem Tankerdon und Nat Coverley kandidierten beide für diesen Posten.

Einige Tage vergingen mit vorbereitenden Versammlungen. Schon jetzt zeigte sich, daß es schwierig werden würde, sich auf einen Kandidaten zu einigen, ohne die Eigenliebe des anderen zu verletzen. Überall in der Stadt kam es zu heimlichen Aktivitäten; die Angestellten beider Stadthälften bemühten sich, ein Votum der Bevölkerung zu provozieren, um damit auf die Ratsmitglieder Druck auszuüben. Die Zeit verstrich, und es schien nicht so, als ob es zu einer Einigung kommen würde. Die Steuerbordbewohner fürchteten, Jem Tankerdon könnte als Gouverneur vielleicht wieder sein altes Projekt, aus Standard Island ein schwimmendes Industrie- und Handelszentrum zu machen, verwirklichen wollen. Das würde man niemals akzeptieren! Kurz, bald schien Jem Tankerdon mehr Chancen zu haben, bald Nat Coverley. In beiden Lagern wurden üble Beleidigungen des Gegners laut, die Beziehungen zwischen den beiden Familien kühlten merklich ab, nur Walter und Miss Dy wollten davon nichts wahrhaben. Was ging sie dieser politische Kram an!

Dabei wäre es doch so einfach gewesen, die Angelegenheit für beide Bewerber befriedigend zu lösen; man hätte nur beschließen müssen, daß beide Kandidaten das Amt abwechslungsweise innehaben sollten, sechs Monate, oder besser noch ein Jahr, der eine, und ebensolang der andere. Indes, Vernunft ist etwas, was auf dieser Erde kaum je eine Chance hat, sich durchzusetzen, und obwohl Standard Island von allen Kontinenten dieser Erde unabhängig war, so kochten doch auch hier wie überall die menschlichen Leidenschaften leicht über!

»Da haben wir's«, sagte Frascolin eines Tages zu seinen Freunden, »es ist genauso gekommen, wie ich befürchtet habe.«

»Und was gehen uns diese Auseinandersetzungenan?« wollte Pinchinat wissen. »Was kann uns denn schon passieren? In einigen Monaten sind wir in Madeleine Bay, unser Engagement ist beendet, und wir gehen, jeder mit seiner kleinen Million in der Tasche, an Land.«

»Wenn es nicht vorher noch zu einer Katastrophe kommt!«

Der Wahlkampf hatte begonnen

entgegnete der unverbesserliche Sébastien Zorn. »Kann man auf so einem schwimmenden Ungetüm überhaupt jemals seiner Zukunft sicher sein? Zuerst der Überfall der wilden Tiere, nach den wilden Tieren der Überfall der wilden von den Neuen Hebriden, und nach den Wilden die...«

»Schweig, du Unglücksrabe«, unterbrach ihn Yvernès, »oder wir binden dir den Schnabel zu!«

Warum hatte die Trauung Tankerdon-Coverley auch nicht zum festgesetzten Zeitpunkt stattfinden können? Wären die beiden Familien bereits durch dieses neue Band verbunden gewesen, hätte man die Situation vielleicht leichter entspannen können. Das junge Ehepaar hätte viel wirksamer zu intervenieren vermocht. In jedem Fall mußte bald eine Einigung erzielt werden, denn die Wahl war auf den 15. März angesetzt.

Auch Kommodore Simcoe versuchte sein Möglichstes, um die beiden Hälften einander wieder näherzubringen. Man legte ihm jedoch nahe, sich um seine eigenen Angelegenheiten zu kümmern und sich nicht in etwas einzumischen, was ihn nichts anging. Seine Aufgabe wäre es, die Insel zu steuern, Klippen zu umschiffen, nichts weiter. Von der Politik solle er seine Finger lassen.

Kommodore Simcoe ließ sich das nicht zweimal sagen.

Sogar religiöse Fragen spielten plötzlich wieder eine Rolle, und die Geistlichkeit mischte sich – bestimmt zu Unrecht – mehr als nötig in den Streit ein, obwohl man vorher in ziemlicher Eintracht nebeneinander gelebt hatte.

Natürlich engagierten sich die beiden Zeitungen sehr eindeutig: der *New Herald* kämpfte für die Tankerdons, der *Starboard Chronicle* für die Coverleys. Tinte floß in Strömen, und es sah ganz so aus, als würde bald auch Blut fließen. Großer Gott, als ob nicht schon beim Kampf gegen die neuhebridischen Eingeborenen genug Blut vergossen worden wäre!...

Allerdings interessierte sich der Durchschnitt der Bevölkerung vor allem für das Schicksal der beiden Verlobten, deren Liebesgeschichte schon nach dem ersten Kapitel unterbrochen worden war. Was sollte man nur tun, um diesem jungen Paar zu seinem Glück zu verhelfen? Schon hatte man alle Verbindungen zwischen den beiden Stadthälften abgebrochen. Keine Empfänge, keine Einladungen und keine musikalischen Soireen mehr. Wenn das so weiterging, würden die Instrumente des Quartetts in ihren Etuis zu schimmeln beginnen und unsere vier Künstler ihr vieles Geld im Schlaf verdienen.

Obwohl der Oberintendant sich nichts anmerken lassen wollte, sah man ihm doch an, daß ihn eine tödliche Unruhe verzehrte. Er fühlte sich in einer verzweifelten Lage, da er es sich weder mit der einen noch mit der anderen Partei verderben wollte – ein sicheres Mittel, es sich mit beiden zu verderben –.

Am 12. März war Standard Island schon ganz in der Nähe des Äquators, aber noch nicht an dem Breitengrad, wo man mit den Frachtern aus Madeleine Bay zusammentreffen sollte. Obwohl es bis dahin nicht mehr lange dauern konnte, würden die Wahlen höchstwahrscheinlich noch vorher stattfinden, da man sie auf den 15. festgesetzt hatte.

Auf der Backbord- und Steuerbordseite stellte man gegenseitig unzählige Hochrechnungen an, die immer dasselbe Resultat erbrachten: es war unmöglich, eine Mehrheit zu erreichen, wenn sich nicht wenigstens eine Stimme für die andere Partei entschied, aber darauf bestand keinerlei Aussicht, diese Stimmen saßen so fest wie die Zähne im Kiefer eines Tigers.

Da plötzlich wurde eine geniale Idee geboren, und zwar scheinbar gleichzeitig im Verstand all jener, die überhaupt nicht nach ihrer Meinung gefragt wurden. Sie war einfach, überzeugend und würde allem Hader ein Ende machen.Selbst die beiden Kandidaten würden sicherlich mit dieser gerechten Lösung einverstanden sein.

Warum nicht dem König von Malekarlien den Gouverneursposten von Standard Island anbieten? Der Ex-Herrscher war ein vernünftiger, weitsichtiger und entschlossener Mann. Seine Toleranz und philosophische Haltung böten die beste Garantie gegen Überraschungen in der Zukunft. Er kannte die menschliche Seele und wußte, daß man mit ihrer Schwäche und Undankbarkeit rechnen mußte. Er war weder ehrgeizig noch machthungrig und würde bestimmt niemals versuchen, sein Amt auf Kosten der demokratischen Ordnung von Standard Island zu mißbrauchen. Er wäre nichts weiter, als der Präsident des Verwaltungsrates der neuen Gesellschaft Tankerdon, Coverley and Company.

Eine bedeutende Abordnung von Kaufleuten und Beamten von Milliard City beschloß, zusammen mit einigen Offizieren und Seeleuten aus den beiden Häfen, ihrem königlichen Mitbürger diesen Vorschlag als Wunsch der Bevölkerung zu unterbreiten.

Ihre Majestäten empfingen diese Abordnung in dem uns bekannten Salon ihres Hauses an der 39. Straße. Der König hörte sich ihren Vorschlag zwar freundlich an, lehnte ihn aber sofort mit unumstößlicher Entschiedenheit ab. Das gestürzte Königspaar erinnerte sich seiner Vergangenheit, eine Erfahrung, die es zu einer Weigerung bewog.

»Ich danke Ihnen, meine Herren«, sagte der König. »Ihre Bitte ehrt uns, aber wir sind in unserer jetzigen Lage völlig glücklich und hoffen, daß von nun an nichts mehr die Zukunft trüben wird. Glauben Sie mir, wir haben mit den Illusionen einer Regentschaft, gleich welcher Art, längst abgeschlossen. Ich bin nichts weiter als ein einfacher Astronom am Observatorium, und das möchte ich auch gerne bleiben.«

Nach einer so entschiedenen Weigerung hatte es keinen Sinn zu insistieren, weshalb sich die Abordnung alsbald zurückzog.

In den letzten Tagen vor der Wahl erhitzten sich die Gemüter immer mehr. Eine Einigung war nicht mehr möglich. Die Anhänger von Jem Tankerdon und Nat Coverley gingen sich jetzt sogar schon auf der Straße aus dem Weg. Keiner überschritt mehr die Grenzen seiner Stadthälfte. Milliard City war nun in zwei feindliche Lager gespalten. Der einzige, der aufgescheucht, erschöpft, gebrochen, Blut und Wasser schwitzend, zwischen den beiden Hälften hin und her hetzte und überall gute Ratschläge gab, die keiner hören wollte, war der verzweifelte Oberintendant Calistus Munbar. Drei oder vier Mal am Tag strandete er dann wie ein steuerloses Schiff in den Salons des Casinos, wo ihn das Quartett mit vergeblichen Tröstungsversuchen überschüttete.

Kommodore Simcoe seinerseits kümmerte sich jetzt nur noch um seine Pflichten und steuerte Standard Island den vorgeschriebenen Kurs. Mit seiner heiligen Abscheu vor politischen Machenschaften würde er jeden Gouverneur akzeptieren. Seine Offiziere, wie auch die von Oberst Steward, zeigten sich ebenso unberührt wie er von der Frage der Kandidaten, die die Köpfe in beiden Lagern zum Rauchen brachte.

Unterdessen diskutierten und bekämpften sich die Ratsmitglieder während Dauersitzungen im Rathaus. Man wurde persönlich. Sogar die Polizei mußte eingeschaltet werden, denn von morgens bis abends hielt sich eine erregte Menge vor dem Rathaus versammelt, und nur mit Mühe konnten Tätlichkeiten vermieden werden.

Zudem erfuhr man plötzlich von einem höchst bedauerlichen Ereignis: Walter Tankerdon war an der Tür des Hauses Coverley abgewiesen worden. Beiden Verlobten verboten ihre Väter, sich zu sehen, und nun war es wirklich zweifelhaft, ob die Trauung jemals vollzogen würde.

Schließlich brach der 15. März an. Die Wahl sollte im großen Saal des Rathauses stattfinden. Aufgeregte Menschenmassen drängten sich auf dem Platz, wie einst die römische Bevölkerung vor dem Quirinalspalast während eines Konklaves.

Welches Ergebnis würde diese endgültige Beratung erbringen? Was geschah, wenn die Steuerbordbewohner Nat Coverley und die Backbordbewohner Jem Tankerdon treu blieben?

Der große Tag war da. Zwischen ein und drei Uhr schien das normale Leben auf Standard Island lahmgelegt. Fünf- bis sechstausend Menschen bewegten sich unruhig unter den Fenstern des Rathauses hin und her. Man erwartete das Ergebnis der Wahl des Notablen-Rates, das telefonisch augenblicklich an die beiden Stadthälften und die beiden Häfen durchgegeben werden würde.

Um ein Uhr fünfunddreißig fand der erste Wahlgang statt. Beide Kandidaten erhielten die gleiche Anzahl Stimmen.

Eine Stunde später, zweite Abstimmung.

Dasselbe Ergebnis wie vorher.

Um drei Uhr fünfunddreißig dritter und letzter Durchgang.

Auch diesmal erzielte keiner der beiden die Stimmehrheit.

Daraufhin ging der Rat auseinander, und er tat gut daran. Alle Mitglieder waren derart am Ende ihrer Nerven, daß es bei weiterem Zusammensein bestimmt noch zu Tätlichkeiten gekommen wäre. Während sie den Platz überquerten, um zu ihren Palais zurückzukehren, wurden in der Menge unmutige Stimmen laut.

Irgendeine Lösung der verfahrenen Situation mußte jedoch unter allen Umständen schnell gefunden werden, sie wirkte sich zu nachteilig auf die Interessen von Standard Island aus.

»Unter uns gesagt«, meinte Pinchinat, als er und seine Freunde vom Oberintendanten das Ergebnis der drei Wahlgänge erfuhren, »mir scheint, es gibt da ein ganz einfaches Mittel, die Angelegenheit in Ordnung zu bringen.«

»Und das wäre?« fragte Calistus Munbar, indem er seine Arme verzweifelt gen Himmel streckte.

»Ganz einfach! Man trennt die Insel wie eine Torte in zwei gleiche Teile, und dann fährt jeder Teil mit dem Gouverneur seiner Wahl dorthin, wo er will.«

»Unsere Insel auseinanderschneiden?« rief der Oberintendant entsetzt, als hätte Pinchinat ihm vorgeschlagen, sich ein Bein zu amputieren.

»Warum nicht? Mit Hammer, Meißel und Engländer ließe sie sich doch leicht auseinanderschrauben«, fuhr seine Hoheit fort. »Dann gäbe es eben zwei schwimmende Inseln statt einer auf dem Pazifischen Ozean!«

Dieser Pinchinat konnte doch wirklich nie ernst bleiben, auch wenn es um noch so schwerwiegende Dinge ging.

Wie dem auch sei, auch wenn sein Rat nicht befolgt wurde, jedenfalls nicht im wörtlichen Sinn, so hatte sich doch in moralischer Hinsicht eine endgültige Trennung vollzogen. Die Backbord- und Steuerbordbewohner würden sich so fremd werden, als lägen hundert Meilen Meer zwischen ihnen. Es kam

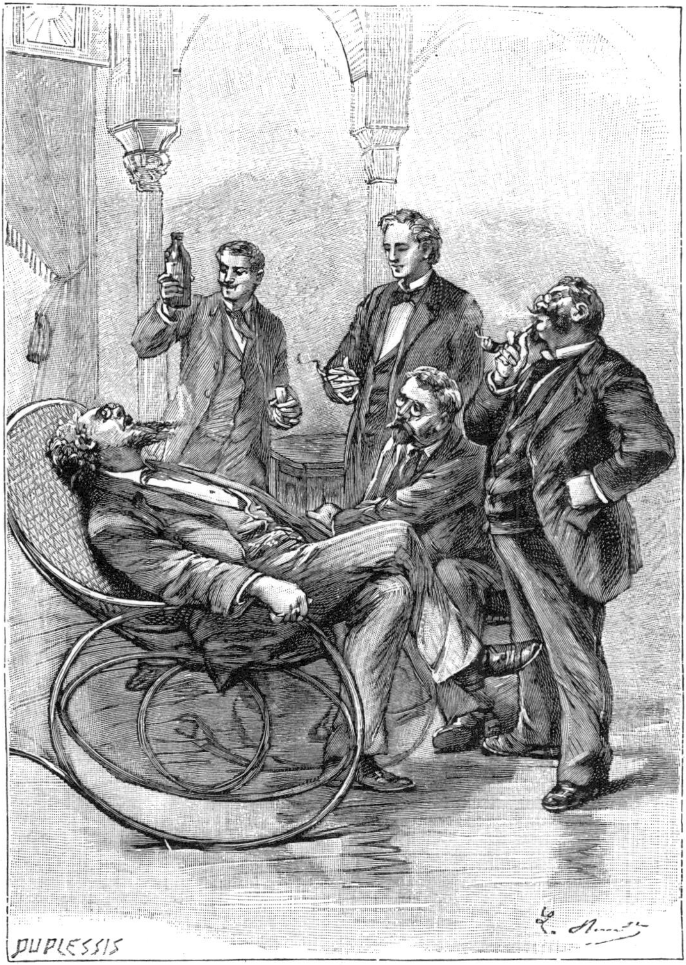

Das Quartett überschüttete ihn mit vergeblichen Tröstungsversuchen

wirklich so weit, daß die dreißig Ratsherren, weil man sich nicht einigen konnte, getrennt abstimmten. Jem Tankerdon wurde auf der Backbordseite zum Gouverneur gewählt, Nat Coverley auf der Steuerbordseite, und jeder würde nun nach seinem Belieben bestimmen. Jede Hälfte hatte ihren Hafen, ihre Schiffe, ihre Offiziere, ihre Matrosen, ihre Soldaten, Beamten, Händler, ihr Elektrizitätswerk, ihre Maschinen, Motoren, Mechaniker, Heizer, keine war von der anderen abhängig.

Alles gut und schön, aber wie sollte es Kommodore Simcoe anstellen, um sich zu verdoppeln, oder wie sollte Calistus Munbar nun seine Aufgaben zur allgemeinen Zufriedenheit erfüllen?

Was letzteren anging, stellte sich die Frage in Wahrheit natürlich gar nicht. Sein Titel hatte jede Bedeutung verloren, denn Feste und Vergnügungen würde es ja doch keine mehr geben, da wegen der Verhärtung der Fronten sogar ein Bürgerkrieg drohte.

Über die Realität dieser Bedrohung möge ein Beispiel Zeugnis ablegen: am 17. März erschien in allen Zeitungen die Notiz, die Verlobung von Walter Tankerdon und Diana Coverley sei endgültig gelöst worden.

Ja, gelöst, trotz ihrer Bitten, trotz ihres Flehens, trotz der Überzeugung von Calistus Munbar, am Ende würde doch die Liebe siegen. Sie siegte nicht. Aber Walter und Dy würden sich nie trennen, eher würden sie ihre Familien verlassen, irgendwo im Ausland heiraten und auf einem Fleckchen Erde glücklich leben, ohne ihre Herzen mit so vielen Millionen belasten zu müssen.

Seit der Ernennung von Jem Tankerdon und Nat Coverley hatte sich am Kurs von Standard Island indessen nichts geändert. Kommodore Simcoe steuerte die schwimmende Insel weiter nach Nordosten. Einmal in Madeleine Bay angelangt, würden wahrscheinlich zahlreiche Milliardäre, der vielen Streitigkeiten müde, auf dem Kontinent die Ruhe suchen, die ihnen das Juwel des Pazifiks nicht mehr bieten konnte. Vielleicht würde man die Insel sogar ganz aufgeben, sie versteigern, sie pfundweise wie Schrott an Alteisenhändler verkaufen und einschmelzen!

Es komme, wie es kommen wolle, aber bis dahin mußte man noch fünftausend Meilen zurücklegen, wozu fünf Monate Seefahrt erforderlich waren. Würde man während der Reise nicht unter den Launen und der Starrköpfigkeit der beiden Gouverneure zu leiden haben? Übrigens herrschte auch unter der Bevölkerung ein ziemlicher Aufruhr. Würden Backbord- und Steuerbordbewohner demnächst handgreiflich werden, sich gegenseitig mit Waffengewalt angreifen, den stählernen Boden von Standard Island mit ihrem Blut rot färben?

Nein, man würde es nicht soweit kommen lassen. Es würde keinen zweiten Sezessionskrieg – in diesem Fall zwar nicht zwischen Norden und Süden, sondern zwischen Backbord und Steuerbord – geben. Aber dann geschah doch etwas, was die ganze Insel ins Unglück zu stürzen drohte.

Am Morgen des 19. März saß Kommodore Simcoe in seinem Büro im Observatorium, wo er auf die erste Standortdurchsage wartete. Nach seinen Schätzungen konnte Standard Island nicht mehr weit von der Stelle entfernt sein, wo man mit den Versorgungsschiffen zusammentreffen wollte. Die Ausguckposten auf dem Turm suchten das Meer in weitem Umkreis ab, um das Auftauchen dieser Dampfer sofort zu melden. Beim Kommodore befanden sich auch der König von Malekarlien, Oberst Steward, Sébastien Zorn, Pinchinat, Frascolin, Yvernès und eine gewisse Anzahl Offiziere und Funktionäre, die man alle unparteiisch nennen könnte, da sie sich bei dem Konflikt nicht eingemischt hatten. Ihnen schien es jetzt das Wichtigste, so schnell wie möglich in Madeleine Bay anzukommen, wo dieser bedauerliche Zustand ein Ende finden würde.

In diesem Moment klingelten zwei Telefone, und Kommodore Simcoe erhielt zwei Befehle. Sie kamen aus dem Rathaus, wo Jem Tankerdon im rechten Flügel und Nat Coverley im linken Flügel residierte, beide mit ihrem Gefolge. Von dort aus verwalteten sie Standard Island, und zwar, was niemanden erstaunen wird, mit Entscheidungen, die sich diametral widersprachen.

An diesem Morgen ging es um den einzuschlagenden Kurs, und zumindest in diesem Punkt hätten sich die beiden Gouverneure einig sein sollen. Das war jedoch nicht der Fall. Der eine,

Nat Coverley, hatte beschlossen, Standard Island werde mit nordöstlichem Kurs auf das Gilbert-Archipel zuhalten. Jem Tankerdon, der irgendwelche Geschäftsverbindungen knüpfen wollte, versteifte sich darauf, daß Standard Island nach Südwesten in Richtung Australien fahren müsse.

Soweit war es also mit den beiden Rivalen gekommen, deren Freunde geschworen hatten, sie, komme was da wolle, zu unterstützen.

Nachdem er die beiden Befehle entgegengenommen hatte, sagte Kommodore Simcoe:

»Genau das hatte ich befürchtet.«

»Und im Interesse der Allgemeinheit darf es einfach nicht so weitergehen«, fügte der König von Malekarlien hinzu.

»Und was machen Sie nun?« wollte Frascolin wissen.

»Da bin ich wirklich neugierig, wie Sie da manövrieren wollen, Monsieur Simcoe«, rief Pinchinat.

»Schlecht!« gab Sébastien Zorn trocken zurück.

»Zuerst werde ich Jem Tankerdon und Nat Coverley wissen lassen, daß ihre Befehle nicht durchführbar sind, weil sie sich widersprechen«, antwortete der Kommodore. »Im übrigen ist es sowieso besser, wenn Standard Island hier liegen bleibt und die Versorgungsschiffe abwartet.«

Diese vernünftige Antwort wurde unverzüglich telefonisch ins Rathaus übermittelt.

Eine Stunde verging, ohne daß beim Observatorium ein neuer Befehl eingegangen wäre. Sehr wahrscheinlich hatten die beiden Gouverneure auf ihre entgegengesetzten Reiserouten verzichtet...

Plötzlich spürte man eine eigentümliche Bewegung im Rumpf von Standard Island. Und was bedeutete diese Bewegung?... Daß Jem Tankerdon und Nat Coverley ihren Starrsinn endgültig zu weit trieben.

Die im Observatorium versammelten Personen blickten sich fragend an.

»Was ist denn nur los...?«

»Was los ist?...« erwiderte Kommodore Simcoe schulter-

»Genau das hatte ich befürchtet«, sagte der Kommodore

zuckend. »Offensichtlich hat Jem Tankerdon Mr. Watson im Backbordhafen seine Befehle direkt gegeben und Nat Coverley hat dasselbe mit Mr. Somwah, dem Maschinisten im Steuerbordhafen, getan. Der eine hat den Befehl: Maschinen voraus erteilt, um nach Nordosten zu fahren, der andere: Maschinen zurück, um nach Südwesten zu fahren. Als Ergebnis davon dreht sich Standard Island auf der Stelle, und das wird so lange dauern, bis einer der beiden Herren zur Vernunft gekommen ist.«

»Darf ich Sie zum Tanz bitten, meine Herren, tanzen wir den Walzer der Dickköpfe!« rief Pinchinat. »Nun kann ja Athanase Dorémus sein Amt niederlegen. Die Milliardäre brauchen keine Tanzstunden!«

Vielleicht reizte diese absurde Situation zum Lachen, aber unglücklicherweise war dieses widersprüchliche Manöver extrem gefährlich, wie der Kommodore bemerkte. Von zehn Millionen PS in verschiedene Richtungen gezogen, drohte Standard Island auseinanderzubrechen.

Und wirklich, die Schiffsschrauben arbeiteten mit voller Kraft, sie drehten sich mit einem Maximum an Geschwindigkeit, und der Stahluntergrund von Milliard City fing an zu zittern. Man stelle sich ein Gespann vor, dessen eines Pferd nach *hü* und dessen anderes nach *hott* zieht, und man kann sich von der Situation ein ungefähres Bild machen!

Indessen wurde die Bewegung immer schneller, Standard Island drehte sich um die eigene Achse. Park und Felder beschrieben konzentrische Kreise, und die an der Peripherie liegenden Punkte der Küste bewegten sich mit einer Geschwindigkeit von zehn bis zwölf Meilen pro Stunde.

Es war nicht daran zu denken, die beiden Maschinisten, deren Manöver die Drehbewegung verursachten, zur Vernunft zu bringen. Kommodore Simcoe hatte keine Befehlsgewalt über sie. Sie gehorchten denselben Leidenschaften wie die übrigen Backbord- und Steuerbordbewohner. Als treue Untergebene ihrer Chefs würden die Herren Watson und Somwah bis zum bitteren Ende Maschine gegen Maschine und Dynamo gegen Dynamo laufen lassen.

Und dann trat ein Phänomen auf, das eigentlich diesem Irrsinn hätte ein Ende setzen müssen:

Infolge der Rotation von Standard Island wurden viele Bewohner der Insel, besonders Frauen, von einem fürchterlichen Schwindelgefühl befallen. Hauptsächlich in den vom Zentrum weiter entfernten Häusern plagte viele eine heftige Übelkeit.

Als sie sich das groteske Ergebnis dieser Auseinandersetzungen bewußt machten, brachen Yvernès, Frascolin und Pinchinat plötzlich in irres Gelächter aus, obwohl die Lage immer kritischer wurde. Das Juwel des Pazifiks drohte auseinanderzureißen, und diesmal nicht nur im übertragenen Sinn.

Auch Sébastien Zorn ließen die dauernden Drehbewegungen immer bleicher werden. Er »strich seine Flagge«, wie Pinchinat sich auszudrücken beliebte, und trug sein Herz plötzlich auf der Zunge. Wann würde dieser schlechte Scherz endlich aufhören? Da war man nun Gefangener auf einer riesigen Drehscheibe und hatte keine Möglichkeit zu entkommen...

Eine ganze nicht enden wollende Woche drehte sich Standard Island ununterbrochen um ihre Achse, Milliard City. Die meisten Inselbewohner hatten in der Stadt Zuflucht gesucht, weil dort die Drehbewegung am wenigsten zu spüren war. Vergeblich hatten sich der König von Malekarlien, Kommodore Simcoe und Oberst Steward bemüht, die beiden im Rathaus residierenden Parteien zum Einlenken zu bewegen. Keiner war bereit nachzugeben. Selbst Cyrus Bikerstaff, wäre er wieder auferstanden, hätte an dieser ultra-amerikanischen Starrköpfigkeit scheitern müssen.

Zu allem Unglück war der Himmel während der ganzen acht Tage dauernd bedeckt, so daß man keine Lagebestimmung vornehmen konnte. Kommodore Simcoe wußte nicht mehr, wo genau sich die Insel befand. Von den mächtigen Schrauben in entgegengesetzte Richtungen gezerrt, fingen die Stahlkammern des Schiffsrumpfes immer stärker an zu beben. Niemand dachte mehr daran, in sein Haus zurückzukehren, alle Welt lagerte im Park, unter freiem Himmel, auf der einen Seite hörte man »Hoch lebe Tankerdon«, auf der anderen »Es lebe Coverley«, die Gegner maßen einander mit blitzenden Augen und geballten Fäusten. Die gesamte Bevölkerung war auf einem Höhepunkt der Raserei angelangt, zum Bürgerkrieg mit all seinen Greueln fehlte nicht mehr viel.

Dennoch wollte weder die eine noch die andere Seite die drohende Gefahr wahrhaben. Man würde nicht nachgeben, auch wenn das Juwel des Pazifiks in tausend Stücke zersprang, und es würde sich so lange weiterdrehen, bis die Dynamos die Schiffsschrauben aus Strommangel nicht mehr antreiben könnten.

Während der ganzen Zeit stand Walter Tankerdon wegen der allgemeinen Feindseligkeit, die er keineswegs teilte, Todesängste aus. Er befürchtete nicht so sehr seinetwegen, sondern vor allem wegen Miss Dy, daß die Insel plötzlich auseinanderbrechen würde. Seit acht Tagen schon hatte er seine ehemalige Verlobte nicht mehr gesehen. Auf den Knien hatte er seinen Vater angefleht, diesem selbstmörderischen Manöver ein Ende zu bereiten. Doch dieser wollte nicht hören.

In der Nacht vom 27. auf den 28. März plante Walter, das junge Mädchen im Schutz der Dunkelheit zu treffen. Er wollte bei ihr sein, wenn die Katastrophe hereinbrach. Unbemerkt mischte er sich unter die Menge, die sich auf der 1. Straße drängte und betrat die feindliche Hälfte, um das Haus der Coverleys aufzusuchen ...

Kurz vor Tagesanbruch erschütterte eine furchtbare Explosion die Atmosphäre bis in die höchsten Schichten. Ans äußerste ihrer Leistungsfähigkeit getrieben, waren die Kessel an Backbord mitsamt den Maschinenhallen in die Luft geflogen. Die Stromversorgung fiel aus, und die Backbordhälfte von Standard Island wurde in tiefste Finsternis gestürzt.

PINCHINAT TRIFFT DEN NAGEL AUF DEN KOPF

Wenn auch die Maschinen des Backbordhafens als Folge der Explosion ihrer Kessel außer Betrieb gesetzt wurden, so waren die Maschinen des Steuerbordhafens doch immer noch intakt. Dennoch befand sich Standard Island nicht mehr in der Lage, sich fortzubewegen. Nur mit ihren Steuerbord-Schrauben ausgerüstet, würde sie sich weiterhin um sich selbst drehen.

Dieses Unglück hatte also die Situation beträchtlich verschlimmert. Als beide Maschinen noch funktionierten und gleichzeitig arbeiteten, hätte es nur einer Einigung der beiden verfeindeten Parteien bedurft, und Standard Island hätte – mit Pferden, die in dieselbe Richtung zogen – wieder den alten Kurs einschlagen können. Man wäre einfach mit einigen Tagen Verspätung in Madeleine Bay angekommen.

Wie die Sache jetzt aussah, bestand keinerlei Aussicht mehr auf eine Weiterfahrt. Standard Island war manövrierunfähig, und Kommodore Simcoe sah keine Möglichkeit, wie die Insel diese fernen Gewässer je wieder verlassen sollte.

Ja vielleicht, falls die Insel während der letzten Woche stationär geblieben war, falls die erwarteten Versorgungsdampfer mit ihr zusammentreffen konnten, wäre man in der Lage gewesen, die nördliche Halbkugel zu erreichen ...

Aber nein, als der Himmel es endlich erlaubte, eine genaue Lagebestimmung vorzunehmen, mußte man feststellen, daß sich Standard Island während ihrer Drehung nach Süden bewegt hatte. Sie war vom 12. zum 17. Grad südlicher Breite abgetrieben.

Zwischen den Neuen Hebriden und den Fidschiinseln verläuft nämlich eine starke südöstliche Strömung. Bei normalem Funktionieren der Maschinen war es für Standard Island ein leichtes, gegen diese Strömung zu fahren, aber seit Einsetzen ihres Schwindelanfalls wurde sie unwiderstehlich zum Wendekreis des Steinbocks hingetragen.

All jenen gegenüber, die »neutral« geblieben waren, verhehlte Kommodore Simcoe nicht seine Besorgnis über den Ernst der Lage: »Wir sind fünf Grad nach Süden abgetrieben worden. Was der Kapitän eines Dampfers mit Maschinenschaden tun kann, kann ich hier an Bord von Standard Island nicht tun. Unsere Insel verfügt über keine Segel, um den Wind zu nutzen, wir sind der Strömung hilflos ausgeliefert. Wo sie uns hintreiben wird, weiß ich nicht. Die von Madeleine Bay kommenden Dampfer werden uns vergebens am vereinbarten Treffpunkt suchen, und wir treiben augenblicklich mit einer Geschwindigkeit von acht bis zehn Meilen pro Stunde auf den weniger befahrenen Teil des Stillen Ozeans zu.«

So also faßte Kommodore Simcoe mit wenigen Worten die Situation zusammen, der er völlig machtlos gegenüberstand. Die Insel der Milliardäre glich einem den Launen der Strömungen ausgeliefertem Wrack. Verlief die Strömung nach Norden, fuhr man nach Norden, verlief sie nach Süden, nach Süden, vielleicht bis zum Antarktischen Meer, und dann...

Schon kurze Zeit später wußte die gesamte Bevölkerung der Insel über die Lage der Dinge Bescheid. Jetzt plötzlich war allen klar, daß man sich in höchster Gefahr befand. Die drohende Gefahr – und das ist nur allzu menschlich – ließ die meisten ihren Zwist vergessen. Von einem Bruderkrieg war keine Rede mehr, und wenn auch der Haß noch schwelte, so würde er sich wenigstens nicht in Tätlichkeiten entladen. Einer nach dem anderen kehrte in seine Hälfte, sein Viertel, sein Haus zurück. Jem Tankerdon und Nat Coverley verzichteten auf ihren Streit um die Vorherrschaft. Sie waren sogar so weit zur Vernunft gekommen, daß sie dem Notabeln-Rat die einzige in dieser Situation vernünftige Empfehlung gaben, nämlich alle Macht über die Insel in die Hände von Kommodore Simcoe zu legen.

Dieser übernahm das schwierige Amt, ohne auch nur einen Augenblick zu zögern. Er wußte, daß er sich auf seine Freunde, Offiziere und Untergebenen unbedingt verlassen konnte. Doch was konnte er schon ausrichten, an Bord dieses riesigen Gefährts mit einer Oberfläche von siebenundzwanzig Quadratkilome-

Die Explosion hatte alles zerstört

tern, das nicht mehr manövrierfähig war, seit es eine seiner Maschinen verloren hatte?

Hatte man alles in allem nicht Grund zu der Behauptung, damit habe Standard Island ihr eigenes Todesurteil gesprochen, obwohl sie bislang als Meisterwerk der Schiffbaukunst galt, da ein solcher Unfall sie zum Spielball von Wind und Wellen machte?...

Natürlich war dieses Unglück nicht durch die Kräfte der Natur verursacht worden, denen das Juwel des Pazifiks seit seiner Konstruktion siegreich getrotzt hatte. Es war das Resultat jener inneren Zwistigkeiten, jener Rivalität zweier Milliardäre, jener verbissenen Beharrlichkeit, in zwei verschiedene Richtungen davonziehen zu wollen! Diese maßlose Dummheit hatte zur Explosion der Heizkessel an Backbord geführt!...

Doch was nützten jetzt alle Vorwürfe? Als erstes mußte man sich über das Ausmaß der Schäden im Backbord-Hafen klarwerden. Kommodore Simcoe rief seine Offiziere und Ingenieure zusammen. Auch der König von Malekarlien gesellte sich zu ihnen. Ganz gewiß wunderte sich dieser königliche Philosoph nicht darüber, daß menschliche Leidenschaften zu einer derartigen Katastrophe führen konnten!

Eine Kommission begab sich auf die Backbordseite, um die Stelle zu inspizieren, an der das Kraftwerk und die Maschinenhallen gestanden hatten. Die Explosion der stark überheizten Verdampfungsapparate hatte alles zerstört und dabei zwei Maschinisten und sechs Heizer getötet. Auch das Kraftwerk, das diese Stadthälfte mit Strom versorgt hatte, war völlig zerstört. Ein Glück, daß wenigstens die Dynamos auf Steuerbord noch funktionierten, was Pinchinat zu einer sehr treffenden Bemerkung veranlaßte:

»Da sind wir ja noch mit einem blauen Auge davongekommen!«

»Wie du meinst«, erwiderte Frascolin, »aber wir haben leider auch ein Bein verloren, und das eine, das uns geblieben ist, wird uns kaum nützen.«

Halb blind und lahm, das war wahrlich zuviel!

Die Untersuchung ergab, daß die Schäden irreparabel waren, wodurch man außerstande geriet, die unfreiwillige Fahrt nach Süden zu stoppen. Es blieb demnach nichts als warten und hoffen, daß man durch irgendeinen Zufall aus der Südströmung herauskommen würde.

Als nächstes ließ Kommodore Simcoe untersuchen, in welchem Zustand sich die Stahlkammern des Rumpfes befanden. Er vermutete, daß sie sich während der acht Tage andauernden heftigen Drehbewegung der Insel verschoben hatten. Hatten sich die Stahlbleche verzogen, die Nieten gelockert? Und welche Möglichkeit gab es, die Kammern wieder zu leeren, falls schon Wasser eingedrungen war?

Die Ingenieure machten sich also an diese zweite Untersuchung. Das Ergebnis der Nachforschungen war äußerst beunruhigend. An verschiedenen Stellen waren die Platten gerissen, Tausende von Nieten hatten sich gelockert, und in verschiedenen Behältern stand schon Wasser. Da aber die Wasserlinie noch nicht gesunken war, nahm man an, daß der metallene Rumpf doch nicht ernsthaft beschädigt war und die neuen Besitzer der Insel sich um ihr Eigentum nicht zu sorgen brauchten. Am Heck wies der Rumpf die meisten Risse auf, und einer der Piers im Backbordhafen war nach der Explosion gesunken. Glücklicherweise war aber der Steuerbordhafen noch völlig intakt und bot den darin liegenden kleinen Schiffen genügend Schutz gegen die Meeresbrandung.

Kommodore Simcoe gab den Befehl, die möglichen Reparaturen unverzüglich auszuführen. Die Bevölkerung mußte wenigstens in diesem Punkt beruhigt werden, wenn Standard Island ohne ihre Backbordmotoren schon nicht die nächstliegende Insel anlaufen konnte.Dagegen konnte man nichts unternehmen.

Blieb noch die Frage der Versorgung mit Lebensmitteln und Trinkwasser zu klären. Hatte man noch genügend Reserven für einen oder sogar zwei Monate?

Kommodore Simcoe machte folgende Bestandsaufnahme: die Versorgung mit Wasser war gesichert. Wenn auch eine der Destillieranlagen durch die Explosion zerstört worden war, so funktionierte die andere noch immer reibungslos, und ihre Kapazität reichte aus, um die ganze Insel mit Wasser zu versorgen.

Bei den Lebensmitteln erwies sich die Lage als weniger rosig. Bei normalem Verbrauch reichten sie gerade noch für vierzehn Tage, es sei denn, man rationierte sämtliche Lebensmittel für die zehntausend Einwohner der Insel. Wie wir wissen, wurden ja außer Früchten und Gemüsen fast sämtliche anderen lebensnotwendigen Artikel importiert. Und im Augenblick gab es keine Möglichkeit, mit der Außenwelt Kontakt aufzunehmen.

Kommodore Simcoe sah deshalb keine andere Möglichkeit als die Verfügung zu erlassen, daß sämtliche Lebensmittel rationiert wurden, so hart das viele auch ankommen mochte. Noch am selben Abend wurde die Meldung über sämtliche Telefone und Schreibtelegraphen in der Stadt verbreitet.

Sie verursachte überall großes Entsetzen, und plötzlich befürchtete man allgemein, daß der Insel noch schlimmere Katastrophen bevorstanden. Das Gespenst einer Hungersnot geisterte durch alle Köpfe, da man ja keine Möglichkeit sah, wie man sich jemals wieder mit Lebensmitteln versorgen sollte. Fatalerweise stand auch nicht ein einziges Schiff mehr zur Verfügung, das man hätte zur amerikanischen Küste schicken können. Das letzte war mit den sterblichen Hüllen von Cyrus Bikerstaff und aller im Kampf gegen die Wilden von Eromanga Gefallenen vor drei Wochen nach Madeleine Bay abgefahren. Jedermann war nun überzeugt, daß die Eigenliebe der beiden Rivalen die schwimmende Insel in eine schlimmere Lage gebracht hatte als damals, als die Angreifer von den Neuen Hebriden über sie hereingebrochen waren!

Wirklich! Was nutzte es jetzt, Milliarden zu besitzen, reich zu sein wie Rothschild, Mackay, Astor, Vanderbilt oder Gould, wenn man damit nicht einmal seinen Hunger zu stillen vermochte? Ohne Zweifel hatten die Nabobs den größten Teil ihres Vermögens in Sicherheit auf den Banken der Alten und Neuen Welt, aber wer weiß, ob der Tag nicht schon nahe war, wo sie sich mit einer Million nicht einmal ein Pfund Fleisch oder Brot kaufen konnten?

Aber sie hatten ihre Lage ja durch ihre absurden Streitereien, unsinnigen Rivalitäten und ihre Machtgier selbst verschuldet. Schuldig an all diesem Unglück waren allein die Tankerdons und Coverleys. Wenn es wirklich zu einer Hungerkatastrophe kommen würde, bestand dann nicht die Gefahr, daß sich die Wut aller Offiziere, Beamten, Angestellten, Kaufleute und der übrigen Bevölkerung gegen diese beiden Familien richten würde?

Jedoch würde man ganz gewiß Walter Tankerdon und Dy Coverley mit Vorwürfen verschonen, denn sie hatten wirklich ihr Möglichstes getan, um ihre Väter zur Vernunft zu bringen, der junge Mann und das junge Mädchen sollten ja die Garanten einer glücklichen Zukunft von Standard Island sein, und sie hatten das Verlöbnis nicht gebrochen!

Während der letzten achtundvierzig Stunden war der Himmel wieder so bedeckt gewesen, daß man keine Positionsbestimmung vornehmen konnte, und so blieb der genaue Standort von Standard Island weiterhin ungewiß.

Am Morgen des 31. März klarte es auf, auch die Morgennebel verzogen sich schnell, so daß einige Hoffnung bestand, die Messungen bald vornehmen zu können.

Mehrere hundert Personen, unter ihnen Walter Tankerdon, hatten sich an der Rammsporn-Batterie versammelt und warteten mit fieberhafter Ungeduld auf das Ergebnis der Messungen. Aber weder Jem Tankerdon noch Nat Coverley noch sonst einer der Honoratioren mischte sich unter die Menge; sie wagten es nicht, ihre Paläste zu verlassen, um sich nicht dem Volkszorn auszusetzen.

Kurz vor mittag bereiteten sich die Beobachter vor, um die Sonne an ihrem höchsten Punkt anzupeilen. Zwei Sextanten, der eine in den Händen des Königs von Malekarlien, der andere in denen von Kommodore Simcoe, richteten sich auf den Horizont.

Nach Aufnahme der Mittagshöhe wurden, unter Berücksichtigung der nötigen Korrekturen, die Berechnungen vorgenommen, und sie ergaben:

29° 17' südlicher Breite.

Gegen zwei Uhr ergab eine unter ähnlich günstigen Bedingungen erfolgte Messung folgende Werte:

179° 32' östlicher Länge.

Man war also seit Beginn der verrückten Drehbewegung von der Strömung ungefähr tausend Meilen nach Südosten mitgerissen worden.

Nach Eintragung der Messungen in die Seekarte ergab sich folgendes Bild:

Die nächsten – immer noch hundert Meilen entfernten – Inseln waren die Gruppe der Kermadec, felsige, kaum bewohnte, unfruchtbare Inseln. Dreihundert Meilen im Süden lag Neuseeland, aber wie sollte man dorthin gelangen, wenn die Strömung nach Südosten verlief? Fünfzehnhundert Meilen westlich lag Australien. Einige tausend Meilen im Osten lag Südamerika; man war ungefähr auf der Höhe von Chile. Südlich von Neuseeland lag das Eismeer mit seinen antarktischen Eiswüsten. War es das Schicksal des Juwels des Pazifiks, irgendwo am Südpol zu zerschellen? Sollten eines Tages dort die sterblichen Überreste der elendiglich verhungerten Milliardäre gefunden werden?

Kommodore Simcoe machte sich daran, die Meeresströmungen in diesem Gebiet genau zu studieren. Was würde geschehen, wenn die Strömung wirklich weiter nach Süden verlief und man nicht zufällig in eine in entgegengesetzter Richtung verlaufende Strömung geriet, oder wenn plötzlich in Polnähe einer der gefürchteten Orkane losbrach?

Die Nachricht über die verzweifelte Lage, in der man sich befand, verbreitete sich schnell, und die Wut auf die Verantwortlichen dieses Unglücks stieg noch mehr. Nur dem Einfluß des Königs von Malekarlien, der ganzen Energie von Kommodore Simcoe und Oberst Steward, dem Einsatz sämtlicher Offiziere, Soldaten und Seeleute, war es zu verdanken, daß ein Aufstand verhindert wurde.

Der Tag verging ohne besondere Ereignisse. Alle, die reichsten wie die ärmsten, mußten sich der Rationierung der Lebensmittel unterwerfen und sich mit dem nötigsten zufriedengeben.

Einer der Piers war gesunken

Unterdessen suchten die Ausguckposten ununterbrochen den Horizont nach Schiffen ab. Sollte ein Schiff auftauchen, so würde man ihm die mißliche Lage signalisieren, aber unglücklicherweise war Standard Island schon außerhalb der Schiffahrtslinien, und nur sehr wenige Schiffe kreuzten in der Nähe des antarktischen Meeres.

In der Nacht vom 3. auf den 4. April ereignete sich unverhofft eine glückliche Wende. Der seit einigen Tagen äußerst heftige Nordwind flaute plötzlich ab. Eine Windstille folgte, dann sprang der Wind, wie es häufig zur Zeit der Tagundnachtgleiche geschieht, völlig unerwartet auf Südost um.

Kommodore Simcoe schöpfte nun wieder etwas Hoffnung. Wenn Standard Island nur ungefähr hundert Meilen nach Westen getrieben wurde, würde sie von der Gegenströmung auf Australien oder Neuseeland zugetrieben werden. Auf jeden Fall war die Fahrt auf den Südpol zu gestoppt, und möglicherweise würde man im riesigen Gebiet Australasiens sogar auf Schiffe treffen.

Bei Sonnenaufgang frischte die Südostbrise ziemlich auf, was Standard Island deutlich zu spüren bekam: all ihre hohen Gebäude, das Observatorium, das Rathaus, die protestantische Kirche und die Kathedrale wirkten in gewisser Weise wie Segel auf dieses gewaltige Schiff von 432 Millionen Registertonnen.

Obwohl der Himmel bedeckt war, kam ab und zu die Sonne durch, was eine Positionsbestimmung ermöglichte.

Die Berechnungen ergaben, daß Standard Island seit dem Vorabend zwei Grad nach Nordwesten aufgestiegen war.

Es war allerdings kaum anzunehmen, daß die stählerne Insel diese doch ziemlich große Strecke nur mit Hilfe des Windes zurückgelegt hatte. Sehr wahrscheinlich war sie in eine zwischen den großen pazifischen Strömungen verlaufende nordwestliche Strömung geraten. Die Aussicht auf Rettung hatte sich durch diese glückliche Fügung gewaltig vergrößert. Aber hoffentlich kam diese Rettung bald, denn bereits hatte man die tägliche Nahrungsmenge noch einmal verkleinern müssen. Die Lebensmittelreserven schmolzen dahin wie Schnee in der Sonne, denn es waren ja zehntausend Menschen zu ernähren.

Als das Ergebnis der letzten Positionsberechnung in den zwei Häfen und der Stadt bekanntgegeben worden war, beruhigten sich die Gemüter etwas. Wir wissen, wie sehr Menschen Stimmungsumschwüngen unterworfen sind, wie schnell Verzweiflung in Hoffnung umschlagen kann. Diese Menschen hier, die nicht mit den in den großen Städten des Kontinents zusammengepferchten elenden Massen zu vergleichen waren, mußten weniger kopflos, besonnener und geduldiger reagieren. Aber noch litt ja niemand Hunger...

Im Verlauf des Morgens frischte der Wind immer mehr auf. Das Barometer fiel langsam. Der Wellengang wurde stärker, ein Zeichen dafür, daß im Südosten ein schweres Unwetter niedergehen mußte. Standard Island ertrug diese ausgeprägten Höhenunterschiede nicht mehr so mühelos wie vorher. In einigen Häusern breiteten sich in sämtlichen Stockwerken bedrohliche Schwingungen aus, wodurch sich Gegenstände zu bewegen begannen. Diese erdbebenähnlichen Erscheinungen versetzten die Milliardäre, die so etwas noch nie erlebt hatten, in beträchtliche Unruhe.

Kommodore Simcoe und sein Mitarbeiterstab verließen das Observatorium nicht mehr. Die Erschütterungen, denen auch dieses Gebäude ausgesetzt war, sorgten dafür, daß keiner der Anwesenden den Ernst der Lage verkennen konnte.

»Offensichtlich ist der Rumpf von Standard Island doch gewaltig beschädigt«, sagte Kommodore Simcoe. »Die Verbindungen zwischen den Stahlkammern haben sich gelockert, was ihn seiner ursprünglichen Widerstandsfähigkeit beraubt hat...«

»Und Gott möge verhüten«, fügte der König von Malekarlien hinzu, »daß wir in ein Unwetter kommen, denn dann sind wir verloren.«

Nun hatte niemand mehr Vertrauen in diesen künstlichen Boden. Fürchten zu müssen, daß Standard Island jeden Augenblick auseinanderbrach und ihre Einzelteile in den Tiefen eines entfesselten Pazifiks verschwanden, war eine grauenhafte Vorstellung, bei der auch die Mutigsten zu zittern begannen.

Überall, im Park, entlang des Serpentine River und auf den

Straßen von Milliard City, fing der Boden an, sich hochzuwölben. Schon senkten sich mehrere Gebäude bedrohlich zur Seite. Daß das Meer schon in verschiedene Kammern des Rumpfes eingedrungen war, konnte jetzt nicht mehr bezweifelt werden, denn die Wasserlinie hatte sich verändert, aber an ein Stopfen der Lecks war nicht zu denken. An der gesamten Peripherie war das Wasser gut einen Fuß gestiegen, und sollte es weiter steigen, bestand die Gefahr, daß die gewaltigen Brecher die Insel überschwemmten. Sobald die Fluten jedoch einmal Standard Islands Fläche bedeckten, war ihr Untergang nur noch eine Frage der Zeit.

Liebend gern hätte Kommodore Simcoe diese Lage vor der Bevölkerung der Insel verheimlicht, denn er befürchtete eine Panik oder gar noch Schlimmeres. Wer konnte vorhersagen, zu was sich die aufgebrachten Leute hinreißen lassen würden, wenn sie der beiden Verantwortlichen für diese Katastrophe habhaft werden könnten? Das Heil in der Flucht von der Insel zu suchen, daran war nicht zu denken. Passagiere eines Schiffes haben immer die Möglichkeit, sich in ein Rettungsboot zu retten oder ein Floß zu bauen, in der Hoffnung, von einem vorüberfahrenden Schiff aufgefischt zu werden. Aber wo hätten die zehntausend Menschen von Standard Island Platz finden sollen? Nein, dieses Floß war Standard Island selbst, und es drohte jeden Augenblick unterzugehen!

Während des ganzen Tages ließ Kommodore Simcoe stündlich die Veränderungen der Wasserlinie notieren. Das Niveau von Standard Island fiel immer mehr. In die Kammern drang also langsam, aber ständig, unwiderstehlich Wasser ein.

Gleichzeitig verschlechterte das Wetter sich zusehends. Der Himmel färbte sich fahl gelb. Das Barometer fiel stark; alles deutete auf einen bevorstehenden Sturm hin. Hinter den Schaumkronen der hohen Brecher vor der Küste von Standard Island war der Horizont kaum noch zusehen.

Gegen Abend brach der Orkan richtig los. Schwere Brecher krachten gegen den Schiffsrumpf, die Stahlkammern barsten auseinander, die Verstrebungen brachen wie Streichhölzer, die

Stahlbleche rissen. Überall hörte man das Krachen von Metall. Die Straßen der Stadt, die Rasenflächen im Park drohten jeden Augenblick auseinanderzuklaffen. Bei Einbruch der Nacht hatten deshalb sämtliche Einwohner Milliard City verlassen und sich auf den Feldern zusammengedrängt, die, weniger von schweren Gebäuden belastet, mehr Sicherheit boten.

Um neun Uhr wurde Standard Island bis in ihre Grundfesten von einem heftigen Ruck erschüttert. Das Kraftwerk des Steuerbordhafens, das die Insel noch mit elektrischem Licht versorgt hatte, war in den aufgewühlten Fluten versunken. Die Finsternis auf der Insel war nun so undurchdringlich, daß man weder Himmel noch Meer erkennen konnte.

Ein wenig später deuteten starke Erschütterungen des Bodens darauf hin, daß die Häuser in der Stadt wie Kartenhäuser zusammenfielen. In einigen Stunden würde von Standard Island nur noch der nackte Rumpf übrig sein.

»Meine Herren«, sagte Kommodore Simcoe, »wir können keinen Augenblick länger im Observatorium bleiben, da es jeden Moment einzustürzen droht. Gehen wir lieber auf die Felder und warten dort das Ende des Sturmes ab.«

»Es ist ein Zyklon«, erwiderte der König von Malekarlien und zeigte allen das Barometer, das auf 713 Millimeter gesunken war.

Tatsächlich war die Insel der Milliardäre in einen dieser Wirbelstürme geraten, deren Bewegungen wie gewaltige Kondensatoren wirken. Zyklone bestehen aus Wassermassen, die sich um eine fast senkrechte Achse drehen, wobei sie von Westen nach Osten wandern. Die einzige Chance, dem Verderben zu entgehen, besteht darin, seinen Mittelpunkt zu erreichen, das sogenannte »Auge«, wo praktisch Windstille herrscht, oder wenigstens die rechte Seite seiner Bahn, wo man der Gewalt der Wellen nicht so sehr ausgesetzt ist. Ohne Motor war jedoch natürlich kein Manöver dieser Art möglich. Dieses Mal traf die Schuld weder die menschliche Dummheit noch den unsinnigen Starrsinn der beiden Gouverneure, sondern die entfesselte Natur, die Standard Island endgültig vernichten würde.

Der König von Malekarlien, Kommodore Simcoe, Oberst

Steward, Sébastien Zorn und seine Freunde, die Astronomen und Offiziere verließen also fluchtartig das einsturzgefährdete Gebäude. Es war höchste Zeit. Kaum hatten sie zweihundert Schritte getan, als der hohe Turm mit ohrenbetäubendem Krachen in sich zusammenfiel, ein riesiges Loch in den Platz riß und in diesem Abgrund verschwand.

Einige Augenblicke später war das gesamte Gebäude nur noch ein einziger Trümmerhaufen.

Dennoch eilte das Quartett die 1. Straße zum Casino hinauf, um seine kostbaren Instrumente, falls möglich, in Sicherheit zu bringen. Die vier erreichten das Casino noch rechtzeitig, rannten in ihre Zimmer hinauf und nahmen die zwei Geigen, die Bratsche und das Cello mit in den Park, wo sie Schutz suchen wollten.

Dort hatten sich schon mehrere tausend Personen aus beiden Stadthälften versammelt, darunter auch die Familien Tankerdon und Coverley, zu deren Glück die absolute Finsternis verhinderte, daß man irgend jemanden wiedererkennen konnte.

Walter indessen war es gelungen, in Miss Dys Nähe zu gelangen. Wenn es zur schlimmsten Katastrophe kam, würde er versuchen, sie zu retten, sich mit ihr zusammen an irgendein Wrackteil zu klammern.

Das junge Mädchen erriet, daß ihr Verlobter nahe war, denn es schrie plötzlich auf:

»Ach, Walter!«

»Dy, meine liebste Dy, ich bin bei dir, ich werde nun immer bei dir bleiben!«

Auch unsere Pariser wollten sich nicht trennen. Sie standen dicht beieinander, Frascolin kaltblütig wie immer, Yvernès sehr nervös, Pinchinat voller ironischer Resignation und Sébastien Zorn wiederholte immer wieder, an Athanase Dorémus gewandt, der sich schließlich doch entschieden hatte, sein Haus zu verlassen:

»Ich habe ja immer gesagt, daß es ein böses Ende nehmen würde. Ich habe euch gewarnt!«

Worauf Seine Hoheit ihm zurief: »Bist du nun endlich fertig

Die Häuser fingen an einzustürzen

mit deinen Tremolos in moll, alter Unglücksprophet? Behalte deine Bußpsalmen lieber für dich!«

Gegen Mitternacht verdoppelte sich die Wut des Zyklons. Die alle in einem Punkt zusammenlaufenden Winde peitschten ungeheure Wellenberge gegen Standard Island. Was würde in diesem Kampf der entfesselten Elemente mit Standard Island geschehen? Würde sie an einem Riff zerschellen? Oder würde sie nun hier inmitten des unendlichen Ozeans auseinanderbrechen?...

Schon jetzt war ihr Rumpf überall durchlöchert. Alle großen Gebäude, Saint-Mary Church, die protestantische Kirche, das Rathaus waren eingestürzt und hatten gähnende Schlunde in den Boden gerissen, durch die die Gischt hoch aufspritzte. Von allen diesen wunderbaren Gebäuden blieb nicht ein einziger Stein auf dem anderen. Reichtümer, Schätze, Bilder, Statuen, Kunstgegenstände für immer verloren! Bei Tagesanbruch würden die Milliardäre keine Spur mehr von ihrer prächtigen Stadt erblicken, das heißt, wenn sie den Tagesanbruch überhaupt noch erlebten und nicht vorher mitsamt ihrer Insel vom Meer verschlungen wurden.

Denn schon bespülten die Wogen bereits Park und Felder. Die Wasserlinie hatte sich erneut gesenkt, womit die Oberfläche der Insel den Meeresspiegel erreichte und die aufgewühlte See einlud, sich über Standard Island zu ergießen.

Nirgendwo konnte man mehr Zuflucht finden. Die Rammsporn-Batterie, die genau im Wind lag, bot keinen Schutz mehr, weder gegen die mächtigen Brecher noch gegen die peitschenden Böen. Kammer um Kammer brach auf, mit einem Getöse, das jeden Donnerschlag übertönen würde... Die endgültige Katastrophe stand kurz bevor...

Gegen drei Uhr morgens klaffte der Park entlang dem Serpentine River auf einer Länge von zwei Kilometern auseinander, und durch diesen Riß quoll das Meer in gewaltigen Mengen. Alle im Park versammelten Menschen flohen so schnell wie möglich auf die Felder, zu den Häfen und den Batterien. Familien wurden auseinandergerissen, Mütter schrien vergeblich nach ihren Kindern, während die entfesselten Wogen über Standard Island hinwegfegten wie eine gigantische Sprungwelle.

Walter Tankerdon, der Miss Dy keinen Augenblick von seiner Seite gelassen hatte, versuchte, mit ihr zum Steuerbordhafen zu gelangen, doch sie besaß nicht mehr die Kraft, ihm zu folgen. Er hob die halb Ohnmächtige auf seine Arme und trug sie so durch die Schreckensschreie der Menge, durch die entsetzliche Finsternis.

Um fünf Uhr morgens ertönte aus östlicher Richtung erneut das Geräusch von berstendem Metall.

Ein Teil mit der Fläche einer halben Quadratmeile war von Standard Island abgebrochen. Der Steuerbordhafen mit sämtlichen Fabriken, Maschinen und Geschäften trieb aufs Meer hinaus ...

Inzwischen hatte die Gewalt des Zyklons ihren Höhepunkt erreicht. Standard Island war nun nur noch ein Spielball der Wellen, ihr Rumpf zerfiel endgültig in seine Einzelteile, die Kammern schwammen einzeln davon und verschwanden, wenn sie voller Wasser waren, in den Tiefen des Ozeans.

»Jetzt ist es also soweit!« schrie Pinchinat seinen Freunden zu. »Zuerst hat die Gesellschaft Schiffbruch erlitten, und jetzt tut es die Insel der Milliardäre!«

Und damit traf er den Nagel auf den Kopf.

Denn nun existierten von der herrlichen Standard Island nur noch ein paar wenige Bruchstücke, die ähnlich wie Kometensplitter im Weltraum, auf der unermeßlichen Weite des Pazifiks trieben.

VIERZEHNTES KAPITEL

AUSKLANG

Bei Anbruch der Morgendämmerung hätte sich einem mehrere hundert Fuß über dem Wasserspiegel schwebenden Beobachter folgendes Bild geboten: drei Fragmente von Standard Island mit zwei bis drei Hektaren Fläche trieben auf dem Ozean dahin, ein Dutzend kleinerer Teile schwammen in einem Abstand von etwa zehn Kabellängen hintereinander her.

Der Zyklon hatte sich seit dem Morgengrauen mit der diesen großen atmosphärischen Störungen eigenen Geschwindigkeit dreißig Meilen nach Osten bewegt.

Dennoch war das Meer immer noch entsetzlich aufgewühlt, und die Wrackteile von Standard Island tanzten wie herrenloses Treibgut auf den haushohen Wellen.

Der Teil von Standard Island, der Milliard City als Untergrund diente, hatte am meisten gelitten. Er war unter dem Gewicht der Gebäude in den Wogen verschwunden. Nichts blieb mehr übrig von den öffentlichen Gebäuden, den prächtigen Häusern beider Stadthälften! Nie war die Trennung von Backbord- und Steuerbordseite vollständiger gewesen, obwohl man sie sich so vollständig sicherlich nicht gewünscht hatte!

Wie viele Menschenleben hatte diese Katastrophe gekostet? Ganz gewiß nicht wenige, obwohl sich wohl die meisten noch rechtzeitig auf die Felder geflüchtet hatten, wo der Untergrund weniger vom Auseinanderbrechen bedroht war.

Und die beiden Streithähne Tankerdon und Coverley? Waren sie mit dem Ergebnis ihrer unsinnigen Rivalität zufrieden? Keiner von beiden würde nun mehr den anderen im Kampf um den Gouverneursposten ausstechen. Milliard City gab es nicht mehr, und mit der Stadt war auch die enorme Kaufsumme, zu der sie die Insel erworben hatten, vom Meer verschlungen worden. Doch es bestand noch lange kein Grund, sie deshalb zu bemitleiden, sie hatten noch genügend Millionen in den Tresoren amerikanischer und europäischer Banken, um auch im Alter ihr tägliches Brot verzehren zu können.

Das größte Bruchstück umfaßte den Teil der Felder, der sich zwischen dem Observatorium und der Rammsporn-Batterie erstreckt hatte. Auf diesem ungefähr drei Hektar großen Fragment drängten sich dreitausend Schiffbrüchige zusammen – wenn man sie so nennen darf.

Auf dem zweiten, ein wenig kleineren Stück, waren sogar

Die aufgewühlte See ergoß sich über Standard Island

einige Gebäude stehengeblieben, mehrere in der Nähe des Backbordhafens liegende Lebensmittellagerhäuser und eine der Süßwasserzisternen. Jedoch waren das Elektrizitätswerk, die Maschinenhallen und die Heizanlage bei der Explosion der Heizkessel völlig zerstört worden. Auf diesem zweiten Bruchstück hatten ungefähr zweitausend Menschen die Katastrophe überlebt. Sollten nicht alle Boote des Backbordhafens untergegangen sein, so bestand vielleicht sogar die Möglichkeit, zwischen den beiden Bruchstücken eine Verbindung herzustellen.

Wie wir wissen, hatte sich der Teil mit dem Steuerbordhafen gegen drei Uhr nachts mit Gewalt von Standard Island gelöst. Er war ohne Zweifel gesunken, denn so weit das Auge reichte, konnte man nichts von ihm entdecken.

Außerdem schwamm noch ein weiteres, etwa vier bis fünf Hektar großes Stück, das früher direkt an die Heck-Batterie angeschlossen hatte mit ungefähr viertausend Überlebenden in Sichtweite der anderen.

Der Rest der Geretteten verteilte sich auf ein Dutzend kleinere Fragmente, jedes ein paar Hundert Quadratmeter groß.

Das also stellten die kläglichen Überreste von dem dar, was einst das Juwel des Pazifik war!

Alles in allem hatte die Katastrophe demnach wohl einige hundert Todesopfer gefordert. Aber dem Himmel sei Dank, daß Standard Island nicht ganz und gar von den Wassern des Pazifiks verschlungen worden war.

Wie aber um Himmels willen sollten diese Bruchstücke in dieser Wasserwüste jemals Land erreichen? Waren nicht alle Schiffbrüchigen dazu verurteilt, eines elenden Hungertodes zu sterben?

Nein, noch war nicht alles verloren. Auf diesen Wrackteilen gab es energische, tatkräftige Männer, die alles Menschenmögliche tun würden, um die Schiffbrüchigen zu retten.

Auf dem größten Bruchstück versammelten sich Kommodore Ethel Simcoe, der König und die Königin von Malekarlien, das Personal des Observatoriums, Oberst Steward und einige seiner Offiziere, einige Honoratioren, die Geistlichkeit – kurz, ein bedeutender Teil der Bevölkerung.

Der Oberintendant war ganz einfach großartig

Unter ihnen befanden sich auch die Familien Tankerdon und Coverley, völlig niedergedrückt durch die schreckliche Verantwortung, die auf den Oberhäuptern ihrer Familien lastete. Aber waren sie nicht schon genug geschlagen, da das Unglück Walter und Miss Dy aus ihrer Mitte gerissen hatte? Allerdings bestand noch geringe Hoffnung, daß sie sich auf eines der anderen Bruchstücke gerettet hatten.

Das Quartett mitsamt seinen kostbaren Instrumenten war noch vollzählig beisammen. Wie heißt es doch so schön: »Nur der Tod hätte sie trennen können!« Frascolin begegnete der Situation mit kühlem Kopf und durchaus hoffnungsvoll, während Yvernès, der die Dinge von ihrer außergewöhnlichen Seite zu sehen pflegte, beim Anblick dieses Desasters ausrief:

»Ich könnte mir kein grandioseres Ende vorstellen!«

Sébastien Zorn war außer sich. Nicht einmal die Tatsache, daß seine Voraussagen so zuverlässig eingetroffen waren wie die des Propheten Jeremias über den Untergang Zions, konnte ihn trösten. Er hatte Hunger, ihm war kalt, er hatte sich erkältet, wurde dauernd von Hustenanfällen geplagt, und da rief ihm der unverbesserliche Pinchinat zu: »Aber mein guter alter Zorn, solange es bei dir nur im Hals kratzt und nicht auf dem Cello ...!«

Ihm fehlte die Kraft dazu, sonst hätte der Cellist Seiner Hoheit bestimmt den Hals umgedreht.

Und Calistus Munbar? Nun, der Oberintendant war einfach großartig. Ja, großartig, das ist das richtige Wort. Er weigerte sich, die Schiffbrüchigen verloren zu geben oder seine wunderbare Insel Standard Island. Man würde heimkehren, die Insel wieder reparieren ..., die Einzelteile waren ja noch gut zu verwenden ..., und kein Mensch sollte behaupten können, die Elemente hätten dieses Meisterwerk der Schiffsbaukunst besiegt!

Sicher befand man sich nun nicht mehr unmittelbar in Gefahr. Alles, was während des Zyklons hatte sinken müssen, war mit Milliard City gesunken, öffentliche Gebäude, Paläste, Häuser, Kraftwerke, Batterien, der gesamte ungemein schwere Überbau. Augenblicklich waren die verschiedenen Bruchstücke in gutem

Zustand, ihre Wasserlinie hatte sich merklich angehoben, und die Wellen erreichten ihre Oberfläche nicht mehr.

Die Situation hatte sich also merklich verbessert, die drohende Gefahr des Untergangs war abgewehrt, weshalb die Schiffbrüchigen anfingen, ein wenig aufzuatmen. Nur die Frauen und Kinder befanden sich noch ganz im Bann der Schrecken der Nacht.

Und was war mit Athanase Dorémus geschehen? Gleich zu Beginn, als Standard Island anfing auseinanderzubrechen, war der Lehrer für Tanz, Auftreten und gutes Benehmen zusammen mit seiner alten Haushälterin auf einem der Bruchstücke davongetragen worden. Aber eine Strömung trieb ihn an jenen Teil heran, auf dem das Quartett ausharrte.

Unterdessen machte sich Kommodore Simcoe als Kapitän eines in Seenot geratenen »Schiffes« Gedanken, was man zur Rettung der herumschwimmenden Einzelteile unternehmen könnte. War es vielleicht möglich, sie alle miteinander zu verbinden? Und wenn nicht, konnte man wenigstens mit den Schiffbrüchigen auf den anderen Bruchstücken in Verbindung treten? Und diese letztere Möglichkeit existierte durchaus, denn mehrere Boote im Backbordhafen waren unversehrt geblieben. Indem er sie von einem Wrackteil zum anderen schickte, würde Kommodore Simcoe bald wissen, über welche Vorräte man verfügte, über wie viele Lebensmittel, über wieviel Süßwasser.

War man indessen in der Lage, die Position dieser Bruchstück-Flottille mit Längen- und Breitengrad festzustellen?

Nein! Sämtliche Instrumente lagen jetzt auf dem Grund des Ozeans, weshalb man auch nicht ergründen konnte, ob man in der Nähe einer Insel oder gar eines Kontinents dahintrieb.

Gegen neun Uhr morgens fuhren Kommodore Simcoe und zwei seiner Offiziere in einer Schaluppe los, die man vom Backbordhafen herübergeschickt hatte. Er inspizierte sämtliche Bruchstücke und stellte am Ende seiner Besichtigung eine Bilanz der Dinge auf, über die man noch verfügte:

Die Destillationsapparate des Backbordhafens waren zerstört, aber die Zisterne enthielt noch genug Trinkwasser für ungefähr vierzehn Tage, wenn man sparsam damit umging. Auch die in den Lagern des Hafens gefundenen Lebensmittel würden ungefähr für die gleiche Zeit ausreichen.

Daraus ergab sich die strikte Notwendigkeit, daß man in spätestens zwei Wochen irgendwo Festland erreichen mußte.

All das wirkte einigermaßen beruhigend, obwohl der Kommodore während seiner Rundfahrt hatte erfahren müssen, daß diese Schreckensnacht mehrere hundert Todesopfer gefordert hatte. Der Schmerz der Familien Tankerdon und Coverley war unaussprechlich, denn weder Walter noch Miss Dy hatte man auf den übrigen Wrackteilen gefunden. Im Augenblick der Katastrophe war der junge Mann mit seiner ohnmächtigen Verlobten auf den Armen unterwegs zum Steuerbordhafen gewesen, und diesen Teil von Standard Island gab es nicht mehr.

Am Nachmittag flaute der Wind weiter ab, das Meer beruhigte sich, und auf den Wrackteilen war kaum noch ein Wellengang zu spüren. Mit den Booten wurden die nötigsten Nahrungsmittel zur Versorgung der Schiffbrüchigen vom Backbordhafen aus verteilt.

Im Laufe des Tages wurde übrigens die Kontaktaufnahme zwischen den Bruchstücken immer einfacher und schneller, da sie dem Gesetz der Anziehung folgend aufeinander zutrieben. Und natürlich sah Calistus Munbar, der im Geiste schon den Wiederaufbau seines Juwel des Pazifiks betrieb, dies als gutes Vorzeichen an.

Eine weitere Nacht verstrich in völliger Finsternis. Wie weit lag doch die Zeit zurück, da sämtliche Avenuen von Milliard City, die Straßen der Geschäftsviertel, die Rasenflächen, Felder und Wiesen von hellem elektrischem Licht erstrahlten, da die Aluminium-Monde ihre gleißend hellen Strahlen auf die Oberfläche von Standard Island herabströmen ließen!

Inmitten dieser tiefschwarzen Nacht stießen mehrere Bruchstücke zusammen, ohne daß ernsthafte Schäden entstanden.

Bei Tagesanbruch stellte man fest, daß alle Bruchstücke nun sehr nahe beieinander schwammen. Mit wenigen Ruderschlägen gelangte man vom einen zum anderen. Die Versorgung mit

Lebensmitteln und Trinkwasser verlief ohne Schwierigkeiten, denn die Schiffbrüchigen begriffen die unbedingte Notwendigkeit einer Rationierung.

Viele Familien begaben sich in den Booten auf die Suche nach ihren vermißten Angehörigen. Welche Freude bei denen, die sich wiederfanden! Dabei vergaß man fast völlig, daß man immer noch in Gefahr schwebte. Aber welcher Schmerz bei denen, die vergeblich nach ihren Lieben riefen!

Glücklicherweise blieb die See auch weiterhin ruhig, obwohl ein leichter Südostwind sicherlich nur von Vorteil gewesen wäre, dann hätte man nämlich zusammen mit der Strömung schneller das australische Festland erreicht.

Auf Befehl von Kommodore Simcoe wurden die Ausguckposten so verteilt, daß sie das Meer auf allen Seiten bis zum Horizont überblicken konnten. Sollte irgendein Schiff erscheinen, würde man ihm Signal geben. Doch zur Zeit der Äquinoktialstürme verirrte sich kaum je ein Schiff in diese Gewässer.

Die Hoffnung war also ziemlich gering, irgendwo am Horizont eine Rauchfahne oder ein Segel zu entdecken. Und dennoch erhielt Kommodore Simcoe gegen zwei Uhr nachmittags von einem Ausguck folgende Meldung:

»Im Nordosten wurde ein Punkt gesichtet, der sich deutlich fortbewegt, und obwohl ein Rumpf nicht zu erkennen ist, besteht kein Zweifel, daß sich uns ein Schiff nähert.«

Diese Nachricht versetzte alle in große Aufregung. Der König von Malekarlien, Kommodore Simcoe, sämtliche Offiziere und Ingenieure eilten auf die Seite, wo das Schiff gesichtet worden war. Um dessen Aufmerksamkeit auf die Schiffbrüchigen zu lenken, wurden sämtliche Fahnen gehißt und alle vorhandenen Gewehre gleichzeitig abgefeuert. Sollte die Nacht hereinbrechen, bevor das Schiff auf die Signale reagiert hatte, würde man auf dem vorderen Fragment ein weithin sichtbares Feuer entfachen, das nicht unbemerkt bleiben konnte.

Aber es war gar nicht nötig, so lange zu warten. Der fragliche Punkt kam schnell näher, dicke Rauchwolken hinter sich herziehend; es bestand gar kein Zweifel mehr, daß er auf die Reste von Standard Island zuhielt.

Sämtliche verfügbaren Ferngläser wurden auf dieses seltsame Gefährt gerichtet, dessen Rumpf kaum aus dem Meer herausragte und das weder Mast noch Segel besaß.

»Meine Freunde!« rief Kommodore Simcoe alsbald aus, »Ich täusche mich nicht! Das ist ein Stück von unserer Insel... das kann nur der Steuerbordhafen sein, der von der Strömung fortgerissen wurde. Sicher hat Mr. Somwah die Maschinen reparieren können und fährt nun auf uns zu!«

Diese Nachricht rief einen wahren Freudentaumel hervor. Jedermann hatte den Eindruck, man sei nun gerettet! Mit dem Steuerbordhafen schien ein lebensnotwendiges Stück von Standard Island zu ihr zurückzukehren.

Es war in der Tat so, wie Kommodore Simcoe vermutet hatte. Nachdem der Steuerbordhafen von der Insel abgerissen worden war, hatte ihn eine Gegenströmung nach Nordosten getrieben. Bei Tagesanbruch reparierte der Hafenoffizier, Mr. Somwah, die nur leicht beschädigten Maschinen und kehrte zum Schauplatz des Unglücks zurück, zusammen mit mehreren hundert weiteren Überlebenden.

Drei Stunden später war der Steuerbordhafen nur noch ungefähr eine Kabellänge von der kleinen Flotte entfernt. Sämtliche Schiffbrüchigen begrüßten die Ankommenden mit lautem Freudengeschrei und begeistertem Winken. Walter Tankerdon und Dy Coverley, die vor der Katastrophe auf diesem Teil Schutz gesucht hatten, standen dicht nebeneinander am Hafen...

Seit der Ankunft des Steuerbordhafens mit seinen Lebensmittel- und Trinkwasservorräten sah die Lage viel rosiger aus. Gott sei Dank war auch noch genügend Treibstoff für einige Tage vorhanden. Mit seinen fünf Millionen PS starken Maschinen mußte es ihm möglich sein, bis zur nächsten Insel zu gelangen. Nach den Berechnungen des Hafenoffiziers handelte es sich dabei um Neuseeland.

Doch die Schwierigkeit bestand darin, diese tausenden von

Boote fuhren hin und her

Personen auf dem kaum sechs- oder siebentausend Quadratmeter großen Teilstück des Steuerbordhafens unterzubringen. Sollte man ihn alleine losschicken, um Hilfe in fünfzig Meilen Entfernung zu holen?

Nein, denn das würde zuviel Zeit in Anspruch nehmen; jede Stunde war kostbar. Keinen einzigen Tag durfte man verlieren, wenn man die Schiffbrüchigen vor dem Grauen einer Hungersnot bewahren wollte.

»Ich habe eine Idee«, sagte der König von Malekarlien. »Die Bruchstücke vom Steuerbordhafen, von der Rammsporn- und der Heck-Batterie können ohne weiteres sämtliche Überlebenden aufnehmen. Verbinden wir doch diese drei Teile mit starken Ketten und ziehen sie hintereinander her, wie Lastkähne hinter einem Schlepper, und der Steuerbordhafen mit seinen fünf Millionen PS wird uns sicher nach Neuseeland bringen.«

Der Rat war ausgezeichnet; er war praktisch und hatte dank der ungeheuren Antriebskraft des Steuerbordhafens alle Aussichten auf Erfolg. Freude erfüllte die Herzen der Schiffbrüchigen, als ob man wirklich schon den rettenden Hafen vor Augen hätte.

Der Rest des Tages verging mit dem Zusammenbinden der Inselteile durch Ketten aus den Lagerhallen des Steuerbordhafens. Kommodore Simcoe rechnete aus, daß der Schleppzug unter diesen Umständen ungefähr acht bis zehn Meilen in vierundzwanzig Stunden zurücklegen konnte. Demnach würde man die fünfzig Meilen bis nach Neuseeland mit Hilfe der Strömung in fünf Tagen schaffen können. Bis dahin reichten die Vorräte aus. Vorsichtshalber, weil ja vielleicht doch noch irgend etwas dazwischenkommen konnte, würde man die strenge Rationierung trotzdem beibehalten.

Gegen sieben Uhr, als alle Schiffbrüchigen umgestiegen waren, setzte sich der Steuerbordhafen auf dem spiegelglatten Ozean an die Spitze des Zuges, worauf die zwei in Schlepptau genommenen Teile langsam hinter ihm einschwenkten.

Am anderen Morgen bei Tagesanbruch verschwanden die letzten Wrackteile von Standard Island am Horizont.

Am 4., 5., 6., 7. und 8. April ereignete sich nichts von Bedeutung. Das Wetter war günstig, der Wellengang kaum spürbar; man hätte sich keine besseren Bedingungen wünschen können.

Am 9. April, gegen acht Uhr morgens, wurde an Backbord Land in Sicht gemeldet – ein ziemlich hohes Gebirge, das man schon von weitem erkennen konnte.

Nachdem man dessen Lage mit den Instrumenten, die im Steuerbordhafen noch vollständig vorhanden gewesen waren, berechnet hatte, gab es über die Identität dieses Berges keinen Zweifel mehr.

Es war das Kap von Ika-Na-Mawi, der großen Nordinsel von Neuseeland.

Es vergingen noch ein Tag und eine Nacht, ehe der Zug am Morgen des 10. April eine Kabellänge vor dem Ufer der Bucht von Ravaraki auf Grund lief.

Welch ein Glück, welche Erleichterung empfanden alle Schiffbrüchigen, endlich wieder festen Boden unter den Füßen zu haben. Und dennoch, wie lange hätte auch der künstliche Boden von Standard Island noch ebenso sicher sein können, hätten nicht menschliche Leidenschaften, die verheerender wirken als Wind und Meer, seine Zerstörung verursacht.

Die Schiffbrüchigen wurden von den Neuseeländern gastfreundlich empfangen, die sie eifrig mit allem versorgten, was sie brauchten.

Nach der Ankunft in Auckland, der Hauptstadt von Ika-Na-Mawi, wurden Walter Tankerdon und Dy Coverley endlich mit allem unter diesen Umständen angebrachten Pomp getraut. Das Quartett spielte anläßlich dieser Feierlichkeiten, an der sämtliche Geretteten teilnahmen, zum letzten Mal. Es war eine wirklich glückliche Verbindung, obwohl die jungen Eheleute nur noch eine ärmliche Million pro Jahr erhalten würden...

Aber wie es Pinchinat formulierte, ließ alles darauf schließen, daß sie auch mit diesem bescheidenen Einkommen glücklich werden würden!

Die beiden Familien Tankerdon und Coverley beabsichtigten,

nach Amerika zurückzukehren, wo sie sich nicht mehr um den Gouverneursposten einer schwimmenden Insel zu streiten brauchen würden.

Denselben Entschluß faßten auch Kommodore Ethel Simcoe, Oberst Steward und ihre Offiziere, das Personal des Observatoriums und sogar Calistus Munbar, der jedoch seinen Plan, eine neue künstliche Insel konstruieren zu lassen, noch nicht aufgegeben hatte.

Der König und die Königin von Malekarlien verhehlten nicht, wie sehr ihnen Standard Island fehlen würde, wo sie einen friedlichen Lebensabend zu verbringen gedacht hatten. Hoffen wir, daß das Ex-Königspaar irgendwo auf der Welt ein ruhiges Plätzchen ohne politische Streitigkeiten gefunden hat, wo es in Ruhe seine Tage beschließen konnte.

Und das Solisten-Quartett?

Nun, das Solisten-Quartett hatte, was auch immer Sébastien Zorn dagegen sagen mochte, kein schlechtes Geschäft gemacht. Falls es Calistus Munbar immer noch verargt hätte, daß er es ein wenig gegen seinen Willen an Bord brachte, wäre das ein Beweis schlimmster Undankbarkeit gewesen. Seit dem 25. Mai des Vorjahres bis zum 10. April waren etwas mehr als elf Monate vergangen, in denen unsere Künstler ein ausgesprochen luxuriöses Leben führten. Vier Trimester lang hatten sie eine üppige Gage eingestrichen, die nun zinsbringend auf Banken in New York und San Francisco lag, abrufbar, wann immer sie wollten...

Nach den Hochzeitsfeierlichkeiten in Auckland nahmen Sébastien Zorn, Yvernès, Frascolin und Pinchinat Abschied von ihren Freunden, nicht zu vergessen von Athanase Dorémus, und bestiegen einen Dampfer nach San Diego.

Bei ihrer Ankunft am 3. Mai in der Hauptstadt von Südkalifornien entschuldigten sie sich als erstes öffentlich in mehreren Zeitungen, vor elf Monaten nicht Wort gehalten zu haben, und drückten ihr lebhaftes Bedauern aus, daß sie die Musikliebhaber von San Diego so lange hatten warten lassen.

»Meine Herren, wir hätten noch zwanzig Jahre auf Sie gewartet!« So lautete die Antwort des liebenswürdigen Direktors für Kammermusikabende in San Diego auf diese Entschuldigung.

Man hätte sich keinen angenehmeren Empfang wünschen können. Die einzige Möglichkeit, sich für so viel Höflichkeit zu revanchieren, war natürlich, das seit so langer Zeit angekündigte Konzert nun endlich zu geben.

Und vor einem ebenso zahlreichen wie begeisterten Publikum wurde das Quartett in F-Dur op. 9 von Mozart für die knapp dem Tod entronnenen Virtuosen einer der größten Erfolge ihrer künstlerischen Laufbahn.

So also endet die Geschichte dieses neunten Weltwunders, des unvergleichlichen Juwels des Pazifiks. Ende gut, alles gut, sagt das Sprichwort, aber müßte man im Fall von Standard Island nicht eher sagen, Ende schlecht, alles schlecht?...

Ende? Nein, denn wie Calistus Munbar behauptet, wird man demnächst eine neue schwimmende Insel bauen.

Und trotzdem stellt sich immer noch, immer wieder die Frage, ob der menschliche Geist mit der Schaffung einer künstlichen Insel, die auf den Weltmeeren kreuzt, nicht die ihm gesetzten Grenzen überschreitet. Ist es dem Menschen, der weder über Winde noch Meere gebieten kann, nicht verboten, dem Schöpfer so vermessen ins Handwerk zu pfuschen?

Jules Verne im Diogenes Verlag

»Die Welt kennt sechs Kontinente: Europa, Afrika, Asien, Amerika, Australien und Jules Verne.«
Claude Roy

Die Hauptwerke, ungekürzt und originalgetreu, mit allen Illustrationen der französischen Erstausgabe. Bisher liegen vor:

Reise um die Erde in achtzig Tagen
Roman. Aus dem Französischen von Erich Fivian

Fünf Wochen im Ballon
Roman. Deutsch von Felix Gasbarra

Von der Erde zum Mond
Roman. Deutsch von William Matheson

Reise um den Mond
Roman. Deutsch von Ute Haffmans

Zwanzigtausend Meilen unter Meer
Roman in zwei Bänden. Deutsch von Peter Laneus und Peter G. Hubler

Reise zum Mittelpunkt der Erde
Roman. Deutsch von Hansjürgen Wille und Barbara Klau

Der Kurier des Zaren
Michael Strogoff. Roman in zwei Bänden. Deutsch von Karl Wittlinger

Die fünfhundert Millionen der Begum
Roman. Deutsch von Erich Fivian

Die Kinder des Kapitäns Grant
Roman in zwei Bänden. Deutsch von Walter Gerull

Die Erfindung des Verderbens
Roman. Deutsch von Karl Wittlinger

Die Leiden eines Chinesen in China
Roman. Deutsch von Erich Fivian

Das Karpathenschloß
Roman. Deutsch von Hansjürgen Wille und Barbara Klau

Die Gestrandeten
Roman in zwei Bänden. Deutsch von Karl Wittlinger

Robur der Eroberer
Roman. Deutsch von Peter Laneus

Zwei Jahre Ferien
Roman. Deutsch von Erika Gebühr

Das erstaunliche Abenteuer der Expedition Barsac
Roman. Deutsch von Eva Rechel-Mertens

Die Insel der Milliardäre
Roman. Deutsch von Christa Hotz und Ute Haffmans

Die Eissphinx
Roman. Deutsch von Hansjürgen Wille und Barbara Klau

Die großen Seefahrer und Entdecker
Eine Geschichte der Entdeckung der Erde im 18. und 19. Jahrhundert

Meistererzählungen
Deutsch von Erich Fivian

Joseph Conrad
Herz der Finsternis

Erzählung. Aus dem Englischen von
Fritz Lorch

Kapitän Marlow steuert seinen Flußdampfer immer tiefer in die Wildnis des Kongo, ins Herz des Schwarzen Kontinents, wo er auf den zwielichtigen Elfenbeinhändler Kurtz stößt.

»Von allem, was er geschrieben hatte, bewunderte ich am meisten die furchtbare Erzählung *Herz der Finsternis,* die seine Lebensanschauung vollkommen ausdrückt: der leidlich moralische Kulturmensch auf dem gefahrvollen Weg über eine Kruste kaum erkalteter Lava, die jeden Augenblick durchbrechen und den Unvorsichtigen in heiß lodernde Abgründe sinken lassen konnte.« *Bertrand Russell*

»Ich mag auch alle Breiten und Palavers bei Conrad unendlich gern, finde sie interessant, mich fesselt jeder Satz. Weil sie gänzlich erfüllt sind vom Zweifelhaften, Klamaukhaften des Schreibens und Kunstmachens, daher dieser dauernde Positionswechsel, Abbrechen, Ansetzen, Andeuten, Raunen, Vergessen. Dann gefällt mir, wie er kleine Züge so riesig aufbauscht, überhaupt ist er doch ein sehr sicherer Mann. Kennen Sie *Herz der Finsternis*? Kurz, sehr lesenswert!«
Gottfried Benn, Brief an F. W. Oelze

Herman Melville im Diogenes Verlag

»Melvilles bewundernswerte Bücher gehören zu den seltenen Werken, die man auf verschiedene Art lesen kann; sie sind einleuchtend und geheimnisvoll zugleich, dunkel wie das hellste Sonnenlicht und doch klar wie ein tiefes Gewässer. Das Kind wie der Weise finden darin, was sie brauchen.« *Albert Camus*

»Von den drei Giganten der großen amerikanischen Epoche – Poe, Hawthorne, Melville – ist uns Melville heute am nächsten.« *Eugenio Montale*

»Es erscheint mir natürlich, wenn Melville alttestamentarisch, biblisch wird. Und wenn er barbarisch wird, so erscheint mir das ebenfalls natürlich. Ich hatte bei der Lektüre keine Zeit zur Frage gehabt: wo hört jetzt das Biblische auf und wo beginnt das Barbarische?« *William Faulkner*

Moby-Dick
Roman. Aus dem Amerikanischen von Thesi Mutzenbecher und Ernst Schnabel. Mit einem Essay von W. Somerset Maugham

Billy Budd
Novelle. Deutsch von Richard Moering. Mit einem Essay von Albert Camus

Meistererzählungen
Deutsch von Günther Steinig. Mit einem Nachwort von Hans-Rüdiger Schwab

R. L. Stevenson im Diogenes Verlag

»Mit Stevenson hielten die stilistischen Forderungen der französischen Naturalisten, in exotischen Zauber gehüllt, ihren Einzug in die englische Literatur. Man darf sagen, daß hier die Anfänge der bedeutendsten Prosa unseres Jahrhunderts zu suchen sind. Nordamerikaner, Russen, Engländer, Franzosen und Italiener – wir alle haben dem Beispiel dieses Mannes einiges zu verdanken, der sein Metier mit der stoischen Unbefangenheit eines vom ganz natürlichen Glauben an das Leben und die Phantasie erfüllten Jungen ausübte.« *Cesare Pavese*

Werke in 12 Bänden. Edition und Übersetzung aus dem Englischen von Curt und Marguerite Thesing

Die Schatzinsel
Roman. Deutsch von Rose Hilferding

Die Herren von Hermiston
Roman (Fragment)

Der Junker von Ballantrae
Roman. Deutsch von Paul Baudisch und Curt Thesing

Die Entführung
Die Abenteuer des David Balfour von Shaw. Roman

Catriona
Eine Fortsetzung zu *Die Entführung*. Roman

Der Selbstmörderklub
Der Diamant des Rajahs
Geschichten

Der Flaschenteufel
und andere Geschichten

Der Leichenräuber
und andere Geschichten

Der gefährliche Archipel
Roman

Der Palast der vielen Frauen
Roman

Dr. Jekyll und Mr. Hyde
und andere Geschichten

Meistererzählungen
Mit einem Nachwort von Lucien Deprijck

H.G. Wells
im Diogenes Verlag

»H.G. Wells: eine geniale Künstlernatur, der im höchsten Maße den Stempel des großen Gelehrten besitzt... Das Interessante an Wells ist, daß er nicht, wie so mancher seiner Zeitgenossen, aufhörte zu wachsen. Wer nachts nicht schläft, kann ihn wachsen hören.« *G.K. Chesterton*

Der Krieg der Welten
Roman. Aus dem Englischen von G.A. Crüwell
und Claudia Schmölders

Die Zeitmaschine
Eine Erfindung. Neu übersetzt
von Peter Naujack

Die Geschichte unserer Welt
Deutsch von Otto Mandl, Helene M. Reiff und
Erna Redtenbacher. Erweiterte Neuausgabe

Die Fortsetzung der ›Zeitmaschine‹ schrieb

Egon Friedell
Die Rückkehr der Zeitmaschine
Phantastische Novelle

Karel Čapek
Der Krieg mit den Molchen

Roman. Aus dem Tschechischen von
Eliška Glaserová

Karel Čapek (1890–1939) ist nicht nur einer der wenigen tschechischen Autoren, die in der ganzen Welt gelesen wurden und werden, er ist auch einer der seltenen, die ein Welt-Wort gemünzt und in Umlauf gesetzt haben: der »Roboter« ist eine Erfindung von Karel Čapek. Er war ein Kosmopolit der tschechischen Republik, Freund des Präsidenten Thomas Masaryk, Übersetzer der Werke des Pragmatikers William James, Verfasser zahlreicher Erzählungen, Stücke, Feuilletons, Garten- und Reisebücher, Pamphlete, Satiren und Romane, von denen als letzter 1936 *Der Krieg mit den Molchen* erschien, eine Satire auf den ewigen Faschismus der Menschen.

»Seine Werke machen Karel Čapek zum Vorbild aller antifaschistischen und antimilitaristischen SF-Schriftsteller der Welt – vom späten H. G. Wells und Sinclair Lewis bis zu den amerikanischen und slawischen Nachkriegsautoren. Und er ist immer noch der beste von ihnen.«
Darko Suvin, Metamorphoses of Science Fiction

»Ich kann mir nicht helfen, aber eine Literatur, die sich nicht um die Wirklichkeit kümmert und darum, was mit der Welt tatsächlich geschieht, ein Schrifttum, das hierauf nicht so stark reagieren mag, wie es Wort und Gedanken erlauben – eine solche Literatur ist nicht mein Fall.« *Karel Čapek*

George Orwell im Diogenes Verlag

»George Orwell, Prophet der Schreckenswelt von *1984*, vielzitierter Autor auch der grimmigen Fabel *Farm der Tiere*, ist heute der meistgelesene englische Schriftsteller des 20. Jahrhunderts. Und mit später Bewunderung wird inzwischen auch jener einst so mißachtete, jener andere Orwell zur Kenntnis genommen, der in Romanen, Reportagen und vielen Essays Zeugnis ablegt von seiner Zeit, von den Dreißigern und Vierzigern, in denen sich Europas Gesicht verändert hat.« *Der Spiegel, Hamburg*

Farm der Tiere
Ein Märchen. Aus dem Englischen von Michael Walter. Mit einem neuentdeckten Nachwort des Autors.

Im Innern des Wals
Erzählungen und Essays. Deutsch von Felix Gasbarra und Peter Naujack

Mein Katalonien
Bericht über den Spanischen Bürgerkrieg. Deutsch von Wolfgang Rieger

Rache ist sauer
Essays. Deutsch von Felix Gasbarra, Peter Naujack und Claudia Schmölders

Erledigt in Paris und London
Bericht. Deutsch von Helga und Alexander Schmitz

Auftauchen, um Luft zu holen
Roman. Deutsch von Helmut M. Braem

Tage in Burma
Roman. Deutsch von Susanna Rademacher

Der Weg nach Wigan Pier
Deutsch und mit einem Nachwort von Manfred Papst

Die Wonnen der Aspidistra
Roman. Deutsch von Nikolaus Stingl

Eine Pfarrerstochter
Roman. Deutsch von Hanna Neves

Charles Dickens
Ein Essay. Deutsch und mit Anmerkungen versehen von Manfred Papst

Meistererzählungen
Ausgewählt von Christian Strich

Gerechtigkeit und Freiheit
Gedanken über Selbstverwirklichung nebst dem Essay ›Kreativität und Lebensqualität‹. Zusammengestellt von Fritz Senn. Deutsch von Felix Gasbarra und Tina Richter. Mit sieben Zeichnungen von Tomi Ungerer

George Woodcock
Der Hellseher
George Orwells Werk und Wirken. Deutsch von Matthias Fienbork

Michael Shelden
George Orwell
Eine Biographie. Deutsch von Matthias Fienbork

Ray Bradbury
im Diogenes Verlag

»Bradbury ist ein Schriftsteller, für den ich Dankbarkeit empfinde, weil er uns eine Freude zurückgibt, die immer seltener wird: die Freude, die wir als Kinder empfanden, wenn wir eine Geschichte hörten, die unglaublich war, aber die wir gerne glaubten.«
Federico Fellini

»Einer der größten Visionäre unter den zeitgenössischen Autoren.« *Aldous Huxley*

Der illustrierte Mann
Erzählungen
Aus dem Amerikanischen von Peter Naujack

Fahrenheit 451
Roman. Deutsch von Fritz Güttinger

Die Mars-Chroniken
Roman in Erzählungen
Deutsch von Thomas Schlück

Die goldenen Äpfel der Sonne
Erzählungen
Deutsch von Margarete Bormann

Medizin für Melancholie
Erzählungen
Deutsch von Margarete Bormann

Das Böse kommt auf leisen Sohlen
Roman. Deutsch von Norbert Wölfl

Löwenzahnwein
Roman
Deutsch von Alexander Schmitz

Das Kind von morgen
Erzählungen
Deutsch von Christa Hotz und Hans-Joachim Hartstein

Die Mechanismen der Freude
Erzählungen
Deutsch von Peter Naujack

Familientreffen
Erzählungen
Deutsch von Jürgen Bauer

Der Tod ist ein einsames Geschäft
Roman. Deutsch von Jürgen Bauer

Der Tod kommt schnell in Mexico
Erzählungen
Deutsch von Walle Bengs

Die Laurel & Hardy-Liebesgeschichte
und andere Erzählungen
Deutsch von Otto Bayer und Jürgen Bauer

Friedhof für Verrückte
Roman. Deutsch von Gerald Jung